D0896291

LA CINQUIÈME
FEMME

DU MÊME AUTEUR

Meurtriers sans visage
Bourgois, 1994

AUX MÊMES ÉDITIONS

Le Guerrier solitaire
1999

à paraître

L'Étape suivante

Le Mur coupe-feu

Henning Mankell

LA CINQUIÈME FEMME

roman

TRADUIT DU SUÉDOIS
PAR ANNA GIBSON

ÉDITIONS DU SEUIL
27, rue Jacob, Paris VIᵉ

COLLECTION DIRIGÉE
PAR ROBERT PÉPIN

Ce livre est édité
par Anne Freyer-Mauthner

Titre original : *Den femte kvinnan*

Éditeur original : Ordfront Förlag, Stockholm
© original : 1996, Henning Mankell

Cette traduction est publiée en accord
avec Ordfront Förlag AB, Stockholm,
et l'agence littéraire Leonhardt & Høier, Copenhague

ISBN ORIGINAL : 91-7324-560-7

ISBN 2-02-037292-4

© Mars 2000, Éditions du Seuil
pour la traduction française

Le Code de la propriété intellectuelle interdit les copies ou reproductions destinées à une utilisation collective. Toute représentation ou reproduction intégrale ou partielle faite par quelque procédé que ce soit, sans le consentement de l'auteur ou de ses ayants cause, est illicite et constitue une contre-façon sanctionnée par les articles L. 335-2 et suivants du Code de la propriété intellectuelle.

J'ai vu Dieu en rêve, et il avait deux visages.
L'un était doux comme celui d'une mère,
et l'autre ressemblait au visage de Satan.

NAWAL EL SAADAWI,
La Chute de l'Imam.

Avec beaucoup d'amour et de soin,
la toile tisse son araignée.

Origine africaine inconnue.

Algérie-Suède

mai-août 1993

PROLOGUE

Tout était silencieux en cette nuit où ils étaient venus pour accomplir leur mission sacrée.

Celui qui portait le nom de Farid et qui était le plus jeune des quatre hommes pensa après coup que même les chiens n'avaient fait aucun bruit. La nuit tiède enveloppait le petit groupe. Ils attendaient depuis la tombée du jour. La voiture qui les avait conduits depuis Alger et le lieu de rendez-vous de Dar Aziza était un vieux tacot. Ils avaient dû s'arrêter deux fois, d'abord pour réparer le pneu arrière gauche, qui avait crevé alors qu'ils n'étaient même pas à la moitié du voyage. Farid, qui n'avait jamais quitté la capitale, s'était assis à l'ombre d'un éboulis pour regarder le paysage. Le caoutchouc du pneu était usé et fissuré ; il s'était déchiré un peu au nord de Bou Saada. Il leur fallut un long moment pour dévisser les boulons et monter la nouvelle roue, et Farid comprit aux conciliabules des trois autres qu'ils seraient en retard et qu'ils n'auraient pas le temps de s'arrêter pour manger. Le voyage reprit. Peu avant El Qued, la voiture tomba en panne. Ils mirent plus d'une heure à localiser le problème et à réparer le moteur. Leur chef – un homme pâle et barbu d'une trentaine d'années, au regard de feu comme seul pouvait en avoir un élu du Prophète – invectivait à voix basse le chauffeur qui suait sous le capot brûlant. Farid ignorait le nom de leur chef. Pour des raisons de sécurité, il ignorait tout de lui – qui il était, et d'où il venait.

Il ne connaissait pas non plus le nom des deux autres.

Seul son propre nom lui était familier.

Ils avaient continué ; l'obscurité tombait déjà, et ils n'avaient que de l'eau à boire, rien à manger.

Lorsqu'ils arrivèrent enfin à El Qued, tout était calme. Ils s'arrêtèrent au cœur du labyrinthe de ruelles, non loin d'une place de marché. La voiture disparut dès qu'ils en furent descendus. Un cinquième homme se détacha de l'ombre et ils le suivirent dans la nuit.

Ce fut alors seulement, comme il se faufilait derrière les autres le long des ruelles étrangères, que Farid songea à ce qui allait bientôt se produire. Il effleura le couteau à la lame recourbée rangé dans son fourreau au fond d'une poche de son caftan.

C'était son frère, Rachid Ben Mehidi, qui lui avait parlé pour la première fois des étrangers. Ils savouraient les soirées tièdes sur le toit de la maison paternelle, en regardant les lumières scintillantes d'Alger. Farid savait que Rachid était activement engagé dans la lutte pour faire triompher la loi du Prophète. Tous les soirs, Rachid revenait sur la nécessité de chasser les étrangers du pays. Au début, Farid s'était senti flatté que son frère prenne le temps de discuter politique avec lui, même si ses propos ne lui paraissaient pas toujours très clairs. Plus tard, il comprit que Rachid avait une autre raison de lui sacrifier tout ce temps : il voulait que Farid participe au combat.

Ces conversations avaient eu lieu plus d'un an auparavant. À présent, Farid suivait les autres hommes vêtus de noir le long des ruelles obscures, dans l'air chaud et immobile, et il s'apprêtait à exaucer le vœu de Rachid. On allait chasser les étrangers, mais pas en les escortant vers les ports ou les aéroports. On allait les tuer. Ainsi, les autres réfléchiraient à deux fois avant de venir.

Ta mission est sacrée, lui répétait sans cesse Rachid. *Le Prophète sera content de toi. Tu auras un avenir radieux une fois que nous aurons transformé ce pays selon son désir.*

Farid effleura à nouveau le couteau dans sa poche. Il l'avait reçu de Rachid la veille au soir, lorsqu'ils s'étaient dit adieu sur le toit. Le couteau avait un beau manche en ivoire.

Ils s'arrêtèrent à la sortie de la ville, à un endroit où les rues convergeaient vers une place. Le ciel était limpide. Ils se tenaient dans l'ombre d'une longue bâtisse passée à la chaux. Les stores étaient baissés sur la devanture des boutiques. En face se dressait une grande villa en pierre protégée par une haute grille. L'homme qui les avait guidés jusque-là disparut sans bruit. À nouveau ils n'étaient plus que quatre. Tout était parfaitement silencieux. Farid n'en revenait pas. À Alger, il ne régnait jamais un tel silence. Jamais, au cours des dix-neuf ans de sa vie, il ne s'était trouvé plongé dans un silence comparable.

On n'entend même pas les chiens, pensa-t-il. Pourtant, il doit y en avoir.

Quelques fenêtres étaient éclairées, dans la villa. Un autobus aux phares cassés passa en faisant beaucoup de bruit. Puis à nouveau le silence.

L'une des lumières s'éteignit. Farid fit un rapide calcul. Ils attendaient depuis une demi-heure environ. Il avait très faim, car il n'avait rien mangé depuis l'aube. Et ils avaient vidé leurs deux bouteilles d'eau. Mais il ne voulait pas en demander davantage. Le chef se serait mis en colère. Comment pouvait-il réclamer de l'eau alors qu'ils s'apprêtaient à accomplir une mission sacrée ?

Une autre lumière s'éteignit. Puis encore une. La villa était à présent plongée dans l'obscurité. Ils attendirent un peu. Puis, sur un signe du chef, ils traversèrent rapidement la rue. Un gardien âgé dormait près de la grille, un gros bâton dans les bras. Le chef lui donna un coup de pied. Le gardien se réveilla, et Farid vit le chef approcher un couteau de son visage et lui murmurer quelque chose à l'oreille. La rue était mal éclairée, mais Farid perçut la peur dans le regard du vieil homme lorsqu'il se leva et s'éloigna en boitant. La grille grinça à peine lorsqu'ils l'ouvrirent pour se glisser dans le jardin. L'air embaumait le jasmin, et une herbe aromatique que Farid reconnut, mais dont il ne se rappela pas le nom. Tout était encore très silencieux. Une plaque était fixée au mur à côté du grand portail de la maison. CONGRÉGATION DES SŒURS CHRÉTIENNES. Farid se demanda ce que cela voulait dire. Au même instant, il sentit une main sur son épaule et sursauta. C'était le chef, qui lui adressait la parole pour la première fois, à voix si basse que même la brise nocturne n'aurait pu l'entendre.

– Nous sommes quatre. Dans la maison aussi, il y a quatre personnes. Elles dorment dans des chambres séparées. Elles sont vieilles et n'opposeront pas de résistance.

Farid jeta un coup d'œil aux deux autres. Ils avaient quelques années de plus que lui. Soudain, Farid eut la certitude qu'ils avaient déjà participé à ce genre d'expédition. Il était le seul débutant. Pourtant, il n'éprouvait aucune inquiétude. Rachid ne lui avait-il pas assuré qu'il agissait au nom du Prophète ? Le chef le regarda comme s'il avait suivi ses pensées.

– Dans cette maison vivent quatre femmes, dit-il. Des étrangères qui ont refusé de quitter notre pays. Pour cette raison, elles ont choisi de mourir. En plus, elles sont chrétiennes.

Je vais tuer une femme, pensa Farid en un éclair. Rachid ne lui avait rien dit à ce sujet.

Cela ne pouvait signifier qu'une seule chose.

Ce n'était pas important. Cela ne faisait aucune différence.

Puis ils pénétrèrent dans la maison. La serrure de la porte d'entrée se laissa forcer sans difficulté avec la lame d'un couteau. Il faisait très chaud à l'intérieur ; l'air stagnait, complètement immobile. Ils allumèrent des lampes de poche et commencèrent à gravir le large escalier central. Le couloir du premier étage était éclairé par une unique ampoule nue. Devant eux, quatre portes fermées. Chacun avait tiré son couteau. Le chef indiqua les portes et hocha la tête. Farid savait qu'il ne fallait pas hésiter à présent. Rachid l'avait prévenu : tout devait se passer très vite. Éviter de regarder les yeux. Se concentrer sur le cou, puis trancher, d'un geste dur et précis.

Après coup, il ne se souvint pas de grand-chose. La femme allongée sous le drap avait les cheveux gris. Il l'avait vaguement aperçue, à la lumière pâle qui tombait de la rue. À l'instant où il avait tiré le drap d'un geste brusque, elle s'était réveillée. Mais elle n'avait pas eu le temps de crier ni de comprendre ce qui lui arrivait, car il lui avait aussitôt tranché la gorge, avant de reculer pour ne pas être aspergé de sang. Puis il s'était détourné, il était ressorti dans le couloir. Toute l'opération avait duré moins d'une demi-minute. Il sentait les secondes s'égrener à l'intérieur de lui. Ils s'apprêtaient à redescendre lorsque l'un des hommes étouffa un cri. Le chef s'immobilisa, comme pris au dépourvu. Il y eut un bref conciliabule.

Il y avait encore une femme dans l'une des chambres. Une cinquième femme.

Elle n'aurait pas dû se trouver là. Elle n'était pas de la maison. Peut-être une visiteuse.

Mais elle aussi était étrangère. L'homme qui l'avait découverte en était certain.

Le chef entra dans la chambre. Derrière lui, Farid aperçut la femme recroquevillée. Son expression de terreur lui souleva le cœur. Dans l'autre lit gisait une morte. Le drap était inondé de sang.

Puis le chef tira son couteau et égorgea la cinquième femme.

Ils quittèrent la maison aussi discrètement qu'ils étaient venus. La voiture les attendait quelque part dans l'obscurité. À l'aube, ils étaient déjà loin d'El Qued et des cinq femmes assassinées.

C'était au mois de mai 1993.

*

La lettre arriva à Ystad le 19 août.

Voyant les timbres d'Algérie, elle comprit que c'était sa mère qui lui écrivait et décida d'attendre. Elle voulait la lire tranquillement. L'enveloppe était épaisse ; une longue lettre. Sa mère ne lui avait pas donné de nouvelles depuis plus de trois mois, et elle avait sûrement beaucoup de choses à lui raconter. Elle posa l'enveloppe sur la table du séjour en se demandant vaguement pourquoi sa mère avait tapé son nom et son adresse à la machine. La réponse devait se trouver dans la lettre. Peu avant minuit, elle ouvrit enfin la porte du balcon et s'installa sur la chaise longue qui disparaissait presque sous les pots de fleurs. C'était une belle nuit d'août, peut-être une des dernières nuits chaudes de l'année. L'automne était déjà là, invisible, attendant son heure. Elle ouvrit l'enveloppe et commença à lire.

Elle lut la lettre jusqu'au bout avant de fondre en larmes.

L'expéditeur était une femme. Ce n'était pas seulement l'élégance de l'écriture qui l'en persuadait. Quelque chose dans le choix des mots, dans la façon dont l'inconnue hésitait, repoussait le moment de lui communiquer, avec le plus de douceur possible, la terrible nouvelle.

Mais il n'y avait aucune douceur à attendre. Il y avait les faits. Rien d'autre.

L'auteur de la lettre s'appelait Françoise Bertrand et elle travaillait dans la police à Alger, même si son statut n'était pas clairement précisé. C'était en cette qualité qu'elle avait été mêlée aux événements qui s'étaient déroulés une nuit de mai dans la ville d'El Qued, au sud-ouest de la capitale.

Les circonstances étaient simples et terrifiantes. Quatre religieuses de nationalité française avaient été assassinées par des inconnus appartenant vraisemblablement à l'un des groupes intégristes résolus à chasser tous les étrangers du pays. Leur but ultime était de déstabiliser l'État jusqu'à ce qu'il s'effondre de lui-même, en profitant du chaos pour instaurer la loi islamique. Les quatre religieuses avaient été égorgées, et on n'avait retrouvé aucune trace des coupables.

Or, il y avait eu aussi une cinquième femme, une touriste suédoise dont le permis de séjour avait été renouvelé plusieurs fois et qui se trouvait par hasard en visite chez les religieuses la nuit où les inconnus étaient entrés avec leurs couteaux. Son passeport, découvert dans un sac à main, révélait qu'elle s'appelait Anna Ander, qu'elle était âgée de soixante-six ans et qu'elle bénéficiait d'un visa de touriste. On avait aussi trouvé un billet d'avion dont la date de retour n'était pas précisée. Dans la mesure où la mort des quatre religieuses était assez embarrassante en elle-même, et comme Anna Ander semblait voyager seule, les enquêteurs avaient décidé, suite à des pressions politiques, d'ignorer l'existence de cette cinquième femme. On avait inventé un accident de la route et on l'avait enterrée de façon anonyme. C'était là que Françoise Bertrand intervenait dans l'histoire. *J'ai été convoquée un matin dans le bureau de mon chef,* écrivait-elle, *et j'ai reçu l'ordre de me rendre immédiatement à El Qued.* La femme était déjà enterrée à ce moment-là. La mission de Françoise Bertrand consistait à faire disparaître les dernières traces de sa présence chez les religieuses avant de détruire son passeport et autres objets susceptibles de lui appartenir.

Anna Ander n'aurait alors jamais séjourné en Algérie. Elle aurait cessé d'exister aux yeux des autorités algériennes. Elle aurait été rayée de tous les registres. Mais, à la villa, Françoise Bertrand avait retrouvé un sac à main oublié par les précédents enquêteurs, dans leur négligence. Le sac était caché derrière une armoire. Ou peut-être était-il tombé du haut de l'armoire, elle n'aurait su le dire. Il contenait des ébauches de lettres de la main d'Anna Ander, des lettres adressées à sa fille qui vivait dans une ville du nom d'Ystad, en Suède. Françoise Bertrand lui demandait pardon d'avoir lu ces documents à caractère privé. Elle avait fait appel à un artiste suédois alcoolique qu'elle connaissait à Alger : il avait traduit le contenu des lettres sans se douter de l'enjeu. Elle avait noté les traductions par écrit, et une image de la femme qu'était Anna Ander avait peu à peu émergé. Celle-ci s'ajoutait à la honte de ce qui était arrivé, et pas seulement parce qu'elle avait été brutalement assassinée en Algérie – ce pays blessé, déchiré, que Françoise aimait pourtant plus que tout. Elle tentait d'expliquer ce qui se passait là-bas et parlait aussi un peu d'elle-même. Son père, né en France, était venu très jeune avec ses parents en Algérie. Il y avait grandi, épousé une Algérienne, et Françoise, l'aînée de leurs enfants, s'était longtemps sentie partagée entre la France et l'Algérie. Mais elle n'avait plus de doute à présent. L'Algérie était sa patrie. C'était pourquoi les conflits qui déchiraient le pays la touchaient si douloureusement. C'était aussi pourquoi elle ne voulait pas s'humilier elle-même, et humilier davantage son pays en faisant disparaître cette femme, en maquillant grossièrement la vérité en un accident de la route inventé de toutes pièces et en allant jusqu'à nier qu'Anna Ander eût jamais séjourné en Algérie. Elle en avait perdu le sommeil, disait-elle. À la fin, elle avait résolu d'écrire à la fille inconnue de la morte, et de lui dire la vérité. En agissant ainsi, elle trahissait son devoir de policier. Elle lui demandait de ne pas dévoiler son nom. *Je vous écris la vérité,* concluait-elle. *Peut-être ai-je tort de vous raconter ce qui s'est passé. Mais comment aurais-je pu agir autrement? J'ai trouvé un sac à main contenant des lettres qu'une femme a écrites à sa fille. Je me contente de les expédier à leur destinataire et de décrire de quelle manière elles sont entrées en ma possession.*

Françoise Bertrand avait joint à son courrier les lettres inachevées.

Ainsi que le passeport d'Anna Ander.

Mais sa fille ne lut pas les lettres. Elle les déposa par terre, sur le balcon, et elle pleura longtemps. Au petit matin, elle se leva et alla à la cuisine. Elle resta longtemps assise à la table, immobile, la tête vide. Puis elle se mit à réfléchir. Soudain, tout était clair. Au fond, pendant toutes ces années, elle n'avait fait qu'attendre. Attendre quoi? Maintenant, elle savait. Elle avait une mission. Le temps était venu de l'accomplir. Sa mère avait disparu. Une porte s'était ouverte, béante.

Elle alla dans la chambre à coucher et prit le carton caché sous le lit, celui qui contenait les bouts de papier découpés aux ciseaux et le gros registre. Elle étala les papiers sur la table de la cuisine. Il y en avait quarante-trois, elle le savait. L'un d'entre eux portait une croix noire. Elle les déplia un à un.

Le vingt-septième était le bon. Elle ouvrit le registre, suivit du doigt la colonne de noms et s'arrêta au vingt-septième. Elle considéra le nom qu'elle y avait écrit de sa propre main et vit lentement apparaître un visage.

Puis elle referma le registre et rangea les bouts de papier dans la boîte.

Sa mère était morte.

Il n'y avait plus de place pour le doute. Et il n'y avait plus de retour possible.

Elle se donnait un an. Pour porter le deuil, et pour se préparer. Mais pas davantage.

Elle ressortit sur le balcon et fuma une cigarette en contemplant la ville qui se réveillait. Des nuages chargés d'averse arrivaient de la mer.

Peu après sept heures, elle alla se coucher.

On était au matin du 20 août 1993.

Scanie

21 septembre - 11 octobre 1994

I

Vers vingt-deux heures, il mit le point final à son poème.

Les dernières strophes lui avaient donné du fil à retordre. Il était à la recherche d'une expression qui soit à la fois mélancolique et belle. Il avait fait plusieurs tentatives et les versions successives avaient atterri dans la corbeille à papier. Deux fois, il avait failli renoncer. Mais maintenant, le poème achevé se trouvait devant lui sur la table. Son élégie au pic mar, qui était en voie d'extinction en Suède et qu'on n'avait pas vu dans le pays depuis le début des années quatre-vingt. Encore un oiseau en passe d'être supprimé par l'homme.

Il se leva et s'étira. Il lui devenait d'année en année plus difficile de rester longtemps penché sur ses travaux d'écriture.

Un vieil homme comme moi ne doit plus se mêler de poésie, pensa-t-il. *À soixante-dix-huit ans, les pensées qu'on peut avoir n'ont plus d'intérêt que pour soi-même.* En même temps, il savait qu'il avait tort. Ce n'était qu'en Occident qu'on considérait les vieux avec pitié ou une indulgence pleine de mépris. Dans d'autres cultures, la vieillesse était l'âge respecté de la sagesse et de l'expérience. Et il continuerait d'écrire des poèmes aussi longtemps qu'il vivrait. Aussi longtemps qu'il aurait les idées claires et la force de tenir un crayon. Il ne pouvait rien faire d'autre. Plus maintenant. Dans le temps, il avait été un bon marchand de voitures ; tellement bon qu'il avait supplanté tous ses concurrents. Il avait la réputation justifiée d'être dur en affaires. Et il avait vendu beaucoup de voitures. À sa grande époque, il avait même eu des filiales à Tomelilla et à Sjöbo, et il avait amassé une fortune suffisante pour financer le train de vie qui lui convenait.

Pourtant, seuls les poèmes comptaient. Tout le reste était accessoire.

Les vers alignés sur le papier lui procuraient une satisfaction qu'il éprouvait rarement par ailleurs.

Il tira les rideaux devant les grandes fenêtres. Derrière, les champs ondulaient avec douceur jusqu'à la mer, dont il sentait la présence même s'il ne pouvait pas la voir depuis la propriété. Puis il s'approcha des rayonnages. Il avait publié neuf recueils au cours de sa vie et ceux-ci étaient rangés côté à côte, dans sa bibliothèque. Un tirage modeste, chaque fois. Trois cents exemplaires vendus, parfois un peu plus. Les autres s'entassaient dans des cartons à la cave. Mais il ne les y avait pas exilés. Leur simple existence le remplissait toujours de fierté. Pourtant, il avait décidé depuis longtemps qu'il les brûlerait un jour. Il porterait les cartons dans la cour et il y mettrait le feu. Dès qu'il apprendrait son arrêt de mort de la bouche d'un médecin, ou lorsque sa propre intuition l'avertirait que la fin était proche, il se débarrasserait des minces plaquettes dont personne n'avait voulu. En aucun cas elles ne finiraient à la décharge.

Il contempla les livres sur l'étagère. Toute sa vie, il avait lu des poèmes, et il en avait appris beaucoup par cœur. Il n'entretenait aucune illusion. Ses vers n'étaient pas les meilleurs qui aient été écrits. Pas les pires non plus. Dans chacun des recueils qui avaient paru régulièrement, tous les cinq ans environ, depuis la fin des années quarante, certaines strophes, prises isolément, pouvaient se comparer à ce qui se faisait de mieux. Dans la vie, cependant, il avait été concessionnaire automobile, pas poète. Ses vers n'avaient pas été commentés dans les pages culturelles des journaux. Il n'avait jamais obtenu de prix littéraire. De plus, il avait été publié à compte d'auteur. La première fois, il avait envoyé son manuscrit aux grands éditeurs de Stockholm et il lui était revenu accompagné de lettres de refus standard. L'un des éditeurs s'était donné la peine d'ajouter que personne n'avait le courage de lire des poèmes consacrés aux oiseaux. *La vie spirituelle du hochequeue n'intéresse guère*, avait-il écrit.

Après cet épisode, il avait renoncé à solliciter les éditeurs. Il finançait lui-même l'impression de ses ouvrages : une reliure sobre, lettres noires sur fond blanc. Rien de luxueux. Les mots serrés entre la première et la quatrième de couverture, c'était tout ce qui comptait. Beaucoup de gens avaient cependant lu ses poèmes au fil des ans et certains lui avaient exprimé leur intérêt.

Et maintenant, il venait d'achever un nouveau poème. Dédié au pic mar, le bel oiseau qu'on ne voyait plus en Suède.

Le poète des oiseaux, pensa-t-il. Presque tout ce que j'ai écrit les concerne. Frôlements d'ailes, souffles nocturnes, appels solitaires au loin. Dans le monde des oiseaux, j'ai deviné les secrets les plus intimes de la vie.

Il retourna à son bureau et relut ce qu'il avait écrit. La dernière strophe était assez réussie, en fin de compte. Il reposa la feuille de papier. En se redressant, il sentit une douleur fulgurante dans le dos. Était-il en train de tomber malade ? Chaque jour, il guettait les indices qui lui signaleraient que son corps commençait à le trahir. Toute sa vie, il avait surveillé sa forme. Il n'avait jamais fumé, il mangeait et buvait avec mesure. Sa santé était bonne. Mais il approchait des quatre-vingts ans et de la fin du temps qui lui était imparti. Il alla à la cuisine, souleva la cafetière électrique qu'il n'éteignait jamais et se servit une tasse de café. Le poème achevé le remplissait d'un mélange de mélancolie et de joie.

L'automne de l'âge, songea-t-il. *Une expression bien trouvée. Chaque ligne que j'écris pourrait être la dernière. Et nous sommes en septembre. C'est l'automne. Dans le calendrier comme dans ma vie.*

Il emporta la tasse de café dans la grande pièce. Avec précaution, il s'installa dans l'un des fauteuils en cuir qu'il possédait depuis plus de quarante ans. Il les avait achetés pour célébrer son triomphe lorsqu'il avait obtenu la concession de Volkswagen pour tout le sud de la Suède. À côté du fauteuil, sur une petite table, il avait placé la photographie de Werner, le berger allemand qui lui manquait plus que tous les autres chiens qui l'avaient accompagné au long de son existence. Vieillir, c'était se retrouver seul. Les gens qu'on avait connus mouraient. À la fin, même les chiens étaient engloutis et disparaissaient parmi les ombres. Bientôt il ne resterait plus que lui. Tôt ou tard, chacun se découvrait seul au monde. Il avait récemment tenté de composer un poème à partir de cette idée. Mais il n'était parvenu à rien. Il ne savait parler que des oiseaux. Les oiseaux étaient compréhensibles. Ce n'était presque jamais le cas des humains. S'était-il même jamais compris lui-même ? Écrire sur ce qu'il ne comprenait pas lui aurait fait l'effet de pénétrer un territoire interdit.

Il ferma les yeux. Un souvenir lui était soudain revenu : celui d'un jeu télévisé à la fin des années cinquante, ou peut-être au début des années soixante. La télévision était encore en noir et blanc à l'époque. Un jeune homme s'était porté candidat sur le thème des oiseaux. Un jeune homme sage et soigné, qui louchait. Il avait répondu à toutes les questions et gagné un chèque de dix mille couronnes – une somme extravagante à l'époque.

Il se souvenait de cette émission. Lui-même ne se trouvait pas dans le studio de télévision, cette cage insonorisée, avec des écouteurs sur les oreilles. Il était confortablement assis dans le même fauteuil que ce soir. Mais il aurait pu répondre à toutes les questions à la place du candidat. Il n'aurait même pas eu besoin de réfléchir. Pourtant, il n'avait jamais touché dix mille couronnes. Personne n'était au courant de l'étendue de ses connaissances concernant les oiseaux. Il s'était contenté d'écrire des poèmes.

Il sursauta en pleine rêverie. Un bruit venait de capter son attention. Il tendit l'oreille. Y avait-il quelqu'un dans la cour?

Il repoussa cette pensée. Il se faisait des idées. Vieillir, cela signifiait entre autres que l'on devenait anxieux. Certes, il vivait dans une ferme isolée. Mais les portes avaient de bonnes serrures. Il gardait un fusil de chasse dans sa chambre à coucher, au premier étage, ainsi qu'un revolver dans un tiroir de la cuisine. Si jamais un visiteur importun se présentait, il saurait se défendre. Et il n'hésiterait pas à le faire.

Il se leva du fauteuil. Éprouva à nouveau la douleur fulgurante dans le dos. Elle venait par vagues. Il posa sa tasse dans l'évier de la cuisine et jeta un coup d'œil à sa montre. Bientôt vingt-trois heures. Temps de sortir. Il consulta en plissant les yeux le thermomètre de l'autre côté de la fenêtre de la cuisine. Il faisait sept degrés. Le baromètre était au beau. Un vent léger du sud-ouest passait sur la Scanie. Des conditions idéales, pensa-t-il. Cette nuit, il y aurait des vols vers le sud. Par milliers, les oiseaux migrateurs passeraient à tire-d'aile au-dessus de sa tête. Il ne pourrait pas les voir. Mais il les sentirait. En cinquante ans, il avait passé nombre de nuits d'automne dehors, simplement pour goûter cette sensation : la présence des oiseaux tout là-haut dans le noir, si loin au-dessus de lui.

Un ciel entier qui déménage, pensait-il souvent.

Des orchestres symphoniques d'oiseaux chanteurs qui s'en vont en silence avant l'irruption de l'hiver, en quête de contrées plus chaudes. L'instinct du départ est profondément inscrit dans leurs gènes. Et leur faculté d'orientation inégalée, réglée sur les étoiles et le champ magnétique, les conduit toujours au bon endroit. Ils cherchent et trouvent les vents favorables, ils se sont constitué une bonne réserve de graisse, ils peuvent rester en vol pendant des heures.

Un ciel entier, tout vibrant de battements d'ailes, s'élance pour son pèlerinage annuel. Vol de nuit vers La Mecque.

Qu'est-ce qu'un homme, comparé à un oiseau migrateur? Un vieillard seul, rivé à la terre? Et là, très loin au-dessus de lui, un ciel entier qui déménage?

Il avait souvent eu le sentiment d'accomplir un rite sacré. De célébrer sa grand-messe automnale, debout dans le noir, à guetter le départ des oiseaux. Au printemps, il était de nouveau là, à son poste, pour accueillir leur retour.

Ces vols nocturnes étaient sa religion.

Il alla dans le hall d'entrée et prit sa veste. Puis il se ravisa, retourna dans le séjour et enfila le pull-over laissé sur un tabouret près de la table de travail.

Vieillir, cela signifiait entre autres contrariétés qu'on prenait plus vite froid qu'avant.

Il contempla une fois de plus le poème achevé posé sur la table. Son chant funèbre au pic mar, qui avait fini par prendre tournure, tout compte fait. Peut-être vivrait-il assez longtemps pour achever un dixième et dernier recueil ? Il imaginait déjà un titre possible. *Messe de nuit.*

Il retourna dans le vestibule, enfila la veste et enfonça la casquette sur son front. Il s'attarda un instant sur le seuil. La nuit d'automne était saturée de l'odeur de terre mouillée. Il referma la porte derrière lui et attendit que ses yeux s'accoutument à l'obscurité. Le jardin était désert. Au loin, on devinait le vague reflet des lumières d'Ystad. Pour le reste, ses terres étaient plongées dans le noir, en raison de l'isolement de la ferme. Le ciel était presque entièrement dégagé, et rempli d'étoiles. On distinguait juste quelques nuages à l'horizon.

C'était une nuit idéale pour le départ des oiseaux.

Il traversa la cour. La ferme était ancienne et de forme traditionnelle, une longère de Scanie avec ses trois longues bâtisses se recoupant à angle droit – la quatrième avait brûlé au début du siècle. Il avait préservé les pavés ronds de la cour et consacré beaucoup d'argent aux travaux de rénovation, jamais interrompus depuis son emménagement. À sa mort, il léguerait la propriété à la Fondation pour la culture régionale, qui avait son siège à Lund. Il ne s'était jamais marié, il n'avait pas d'enfants. Il avait vendu des voitures. Il était devenu riche. Il avait eu des chiens. Et les oiseaux avaient toujours été là, au-dessus de sa tête.

Je ne regrette rien, pensa-t-il sur le chemin qui conduisait à la tour qu'il avait lui-même construite et d'où il guettait habituellement le passage des vols migrateurs. Je ne regrette rien parce que les regrets n'ont aucun sens.

C'était une belle nuit de septembre.

Pourtant, il était inquiet.

Il s'immobilisa sur le chemin et prêta l'oreille. Mais on n'entendait que le bruit du vent. Il reprit sa marche. Peut-être était-ce la douleur qui le préoccupait? Les élancements dans son dos? L'inquiétude avait sa source à l'intérieur de lui.

Il s'immobilisa à nouveau et se retourna. Rien. Il était seul. Le sentier devant lui descendait en pente douce. Au bout s'élevait la colline où il avait construit sa tour. Juste avant cette colline courait un large fossé sur lequel il avait installé une passerelle. Depuis la porte d'entrée de la ferme, il y avait exactement deux cent quarante-sept mètres. Combien de fois avait-il emprunté ce chemin? Il en connaissait chaque tournant, chaque ornière. Pourtant, il marchait lentement, avec prudence. Il ne voulait pas tomber et risquer de se casser une jambe. Les os des vieux deviennent fragiles, il le savait. S'il se retrouvait aux urgences pour une fracture du col du fémur, il en mourrait, parce qu'il ne supporterait pas de rester inactif dans un lit d'hôpital. Il se mettrait à réfléchir sur sa vie. Et alors, rien ne pourrait plus le sauver.

Il s'immobilisa de nouveau. Une chouette hulula. Puis il entendit une branche craquer. Le bruit venait du petit bois situé de l'autre côté de la colline. Il se tint immobile, tous les sens en alerte. La chouette hulula à nouveau. Puis le silence se fit. Il jura à voix basse avant de reprendre sa marche.

Vieux et inquiet, pensa-t-il. Peur des fantômes et peur du noir.

La tour apparut. Une ombre se découpant sur le ciel nocturne. Encore vingt mètres, et il arriverait à la passerelle qui enjambait le profond fossé. Il continua. On n'entendait plus la chouette. Une effraie, pensa-t-il.

Oui, décidément, une effraie.

Soudain, il s'arrêta net. Il était arrivé à la passerelle.

Quelque chose clochait. C'était la tour. Il plissa les yeux pour distinguer les détails. Il n'aurait pu dire de quoi il s'agissait. Mais quelque chose avait changé.

Je me fais des idées, pensa-t-il. Tout est normal. La tour que j'ai construite voici dix ans n'a pas bougé. Ce sont mes yeux qui n'y voient plus clair, voilà tout.

Il fit deux pas, sentit sous ses pieds les planches de la passerelle. Il observait toujours la tour.

Ça ne colle pas, pensa-t-il. Je sais que c'est impossible, mais je jurerais presque qu'elle a grandi d'un mètre depuis hier – ou bien je rêve, et c'est moi-même que j'aperçois là-haut.

Au même instant, il comprit que c'était bien cela. Quelqu'un se tenait au sommet de la tour. Une ombre immobile. Il sentit un frisson de peur le parcourir, comme un vent froid. Puis la colère prit le dessus. Quelqu'un s'était introduit sur ses terres et dans sa tour sans lui en demander la permission. Un braconnier, guettant les biches qui fréquentaient le petit bois de l'autre côté de la colline ? Un autre ornithologue amateur ? Cela semblait difficile à croire.

Il cria à l'intention de l'intrus. Aucune réponse, pas un geste. Le doute le reprit. Ses yeux devaient le trahir.

Il interpella l'ombre une nouvelle fois. Puis, comme il n'obtenait aucune réponse, il s'engagea sur la passerelle.

Lorsque les planches cédèrent sous son poids, il ne put opposer la moindre résistance. Le fossé était profond de plus de deux mètres et il n'eut même pas le temps de tendre les bras pour se protéger dans sa chute.

Puis une douleur insupportable, venant de nulle part, le transperça comme si l'on enfonçait des fers rouges à différents endroits de son corps. La douleur était si atroce qu'il n'eut même pas la force de crier. Peu avant de mourir, il comprit qu'il n'avait pas touché le fond du fossé. Il était resté suspendu, cloué à sa propre souffrance.

Sa dernière pensée fut pour les oiseaux de nuit qui voyageaient là-haut.

Le ciel qui déménageait vers le sud.

Une dernière fois, il essaya de se dégager de l'étau du supplice.

Puis plus rien.

Il était vingt-trois heures vingt, le 21 septembre 1994.

Cette nuit-là, de grands vols de grives musiciennes et de grives tannées prirent la route du ciel.

Venues du nord, elles survolèrent la pointe de Falsterbo avant de quitter le pays en direction du sud-ouest et de la chaleur qui les attendait, très loin de la Scanie.

*

Lorsque le silence fut revenu, elle descendit avec précaution l'escalier de la tour. Elle alluma sa torche électrique et éclaira le fossé. L'homme qui portait le nom de Holger Eriksson était mort.

Elle éteignit sa lampe et resta un instant immobile dans l'obscurité.

Puis elle s'éloigna rapidement.

2

Le lundi 26 septembre, Kurt Wallander se réveilla peu avant cinq heures dans son appartement de Mariagatan, dans le centre d'Ystad. En ouvrant les yeux, il commença par regarder ses mains. Elles étaient bronzées. Il reposa la tête sur l'oreiller et écouta la pluie d'automne qui tambourinait contre la vitre. Une sensation de bien-être l'enveloppa au souvenir du voyage qui s'était achevé deux jours plus tôt, à l'aéroport de Kastrup. Il avait passé une semaine entière en compagnie de son père à Rome. Il avait fait très chaud là-bas. Aux heures les plus brûlantes de l'après-midi, ils partaient en quête d'un banc de la villa Borghese, où son père s'asseyait à l'ombre pendant que lui-même enlevait sa chemise et fermait les yeux au soleil. Cela avait été leur seul sujet de controverse au cours de ce voyage ; son père ne comprenait pas qu'il puisse être coquet au point de vouloir bronzer. Mais c'était un sujet de désaccord minime, à croire qu'il n'avait surgi que pour souligner l'harmonie qui avait régné entre eux le reste du temps.

Un voyage heureux, pensa Wallander. Nous sommes partis à Rome, mon père et moi, et ça s'est bien passé. Mieux que je n'aurais jamais osé l'espérer.

Il jeta un regard au réveil sur la table de chevet. Il devait reprendre le travail ce matin, mais il n'était pas pressé. Il pouvait encore rester au lit un moment. Il prit la pile de journaux qu'il avait feuilletés la veille au soir et commença à lire un article sur les résultats des législatives. Comme il se trouvait à Rome le jour des élections, il avait voté par correspondance. Il s'avérait que les sociaux-démocrates avaient obtenu plus de quarante-cinq pour cent des voix. Mais que signifiait ce résultat, en réalité ? Pouvait-on espérer des changements ?

Il laissa tomber le journal. En pensée, il retourna une fois de plus à Rome.

Ils étaient descendus dans un hôtel bon marché non loin du Campo dei Fiori. De la terrasse, au-dessus de leurs chambres, ils avaient une belle vue sur la ville, pendant qu'ils prenaient leur café du matin et décidaient du programme de la journée. Il n'y avait pas eu la moindre divergence entre eux à ce sujet. Son père savait exactement ce qu'il désirait voir. Wallander s'inquiétait parfois à la pensée qu'il n'aurait pas la force de faire tout ce qu'il voulait. Il guettait aussi sans cesse chez lui des signes de confusion ou d'absence. La maladie était là, tapie dans l'ombre, ils le savaient l'un et l'autre. Celle qui portait l'étrange nom d'Alzheimer. Mais son père s'était montré d'une humeur éblouissante tout au long de la semaine. En y repensant, Wallander sentit sa gorge se serrer. Le voyage était fini, il appartenait déjà au passé et n'existait plus que dans leur souvenir. Ils ne retourneraient jamais à Rome. Ils avaient accompli ce voyage, pour la première et la dernière fois, lui et son père qui fêterait bientôt ses quatre-vingts ans.

Il y avait eu des instants de grande proximité entre eux. Pour la première fois depuis près de quarante ans.

Wallander songea à cette découverte qu'il avait faite à Rome : ils se ressemblaient beaucoup, son père et lui, bien plus qu'il n'avait voulu l'admettre jusque-là. Par exemple, ils étaient aussi matinaux l'un que l'autre. Lorsque Wallander lui avait expliqué que l'hôtel servait le petit déjeuner à partir de sept heures, son père avait aussitôt protesté. Il avait entraîné Wallander jusqu'à la réception et là, dans un mélange de scanien, d'anglais, d'allemand et de quelques bribes incohérentes d'italien, il avait réussi à leur faire comprendre qu'il voulait son *breakfast presto*. Pas *tardi*. Tout, mais pas *tardi*. Pour une raison connue de lui seul, il avait aussi répété plusieurs fois *passaggio a livello* en évoquant son désir de voir le petit déjeuner servi une heure plus tôt, autrement dit à six heures du matin, faute de quoi son fils et lui seraient contraints de chercher un autre hôtel. *Passaggio a livello*, répétait son père, tandis que le personnel de la réception le contemplait avec un étonnement mêlé de respect.

Ils avaient donc obtenu de prendre leur café à six heures. Wallander avait ensuite constaté dans son dictionnaire italien que *passaggio a livello* signifiait passage à niveau. Il en conclut que son père avait confondu cette expression avec une autre. Laquelle ? Il eut la sagesse de ne pas l'interroger.

Wallander reprit conscience du bruit de la pluie. Le voyage à Rome, une seule et brève semaine, se transformait dans son souvenir en une expérience infinie et bouleversante. Son père avait fait preuve d'une grande autorité dans l'affaire du café matinal. Il avait entraîné son fils avec la même aisance, du matin au soir, à travers la ville. Visiblement, rien n'avait été laissé au hasard. Wallander avait compris que son père préparait ce voyage depuis toujours. C'était un pèlerinage auquel il avait eu le droit de prendre part, à titre de serviteur invisible mais toujours présent. Il y avait un sens secret à ce périple. Il savait qu'il ne le comprendrait jamais tout à fait. Son père était venu à Rome pour voir quelque chose qu'il semblait avoir déjà vécu intérieurement.

Le troisième jour, ils avaient visité la chapelle Sixtine. Pendant près d'une heure, son père avait contemplé le plafond peint par Michel-Ange. On aurait dit un vieil homme adressant directement au ciel sa prière muette. Pour sa part, Wallander avait dû y renoncer assez vite ; il avait trop mal à la nuque. Il comprenait qu'il avait sous les yeux quelque chose de très beau. Mais aussi que son père en voyait infiniment plus que lui. L'espace d'un instant, il se demanda avec irrévérence si son père scrutait l'immense fresque à la recherche d'un coq de bruyère ou d'un coucher de soleil. Mais le remords le saisit aussitôt. Son père avait beau être un peintre du dimanche, il n'en contemplait pas moins l'œuvre d'un maître avec recueillement et passion.

Wallander ouvrit les yeux. La pluie crépitait contre la vitre.

Ce soir-là – celui de leur troisième jour à Rome –, il avait eu le sentiment que son père complotait quelque chose. Il ignorait d'où lui venait cette certitude. Ils dînaient via Veneto, dans un restaurant beaucoup trop cher aux yeux de Wallander, mais son père avait insisté. C'était leur premier et leur dernier voyage ensemble à Rome, avait-il dit, alors ils pouvaient s'offrir un dîner convenable. Ensuite ils étaient revenus à l'hôtel à pied, en flânant à travers la ville. La soirée était douce, ils marchaient au milieu des gens et le père de Wallander parlait de la fresque de la chapelle Sixtine. Ils s'étaient trompé de chemin deux fois avant de retrouver l'hôtel. Le réceptionniste, qui témoignait le plus grand respect au père de Wallander depuis l'affaire du petit déjeuner, s'était incliné en lui remettant sa clé. Ils s'étaient souhaité bonne nuit en haut de l'escalier et chacun avait regagné sa chambre. Wallander s'était couché en écoutant les bruits qui montaient de la rue. Peut-être avait-il pensé à Baiba, ou était-il simplement sur le point de s'endormir.

Brusquement, il rouvrit les yeux, tous les sens en alerte, mû par une inquiétude soudaine. Après un moment, il enfila son peignoir et descendit dans le hall de l'hôtel. Tout était silencieux. Le portier de nuit regardait la télévision dans le bureau situé derrière la réception. Wallander lui acheta une bouteille d'eau minérale. C'était un jeune homme qui faisait ce boulot pour financer ses études de théologie. Il l'avait raconté à Wallander la première fois que celui-ci était descendu seul à la réception. Il avait des cheveux noirs bouclés, venait de Padoue, s'appelait Mario et parlait un anglais parfait. Wallander s'apprêtait à remonter, sa bouteille à la main, lorsqu'il s'entendit demander au jeune homme de le réveiller si jamais son père se montrait à la réception au cours de la nuit, et surtout s'il quittait l'hôtel. Le réceptionniste le dévisagea un instant, puis hocha la tête et répondit que bien sûr, si jamais le vieux M. Wallander décidait de sortir la nuit, il viendrait aussitôt frapper à la porte de la chambre 32.

Cela se produisit au cours de la sixième nuit. Ils avaient passé la journée à visiter le Forum romanum et la galerie Doria Pamphili. Le soir, ils avaient longé les sombres couloirs souterrains qui conduisent de la villa Borghese à l'escalier de la Trinité-des-Monts et dîné dans un restaurant où l'addition avait fait hausser les sourcils à Wallander. C'était l'une de leurs dernières soirées romaines. Le voyage – que l'on pouvait d'ores et déjà qualifier d'heureux – touchait à sa fin. Le père de Wallander faisait preuve d'une énergie et d'une curiosité intactes. Ils avaient traversé la ville à pied, en s'arrêtant à une terrasse pour un café et un verre de *grappa*. Ils avaient trinqué. De retour à l'hôtel, on leur avait donné leurs clés. La soirée était aussi douce que les précédentes, en cette semaine de septembre, et, aussitôt couché, Wallander s'était endormi.

Il était une heure et demie du matin lorsqu'on frappa à sa porte. L'espace d'un instant, il se demanda où il était. Mais en ouvrant la porte, tout ensommeillé, il reconnut le portier de nuit, qui lui expliqua dans son excellent anglais que le vieux *signor* Wallander venait de quitter l'hôtel. Wallander s'habilla en quelques secondes. Dès qu'il fut dehors, il reconnut la silhouette de son père s'éloignant d'une démarche assurée. Wallander commença à le suivre à distance, en songeant qu'il était en train de filer son propre père pour la première fois de sa vie – mais aussi que son pressentiment ne l'avait pas trompé. Au début, il se demanda dans quelle direction ils se dirigeaient. Puis les ruelles rétrécirent, et il comprit qu'ils étaient en route vers la Piazza di Spagna. Il se tenait toujours à bonne distance de son père. Dans la nuit tiède, il le vit gravir le monumental escalier jusqu'à l'église aux deux tours. Arrivé tout en haut des marches, il s'assit. Wallander, qui était resté en bas, tapi dans l'ombre, le voyait comme un minuscule point noir tout là-haut. Son père demeura ainsi, immobile, pendant près d'une heure. Puis il se leva et redescendit l'escalier. Wallander recommença à le suivre ; c'était la filature la plus secrète qu'il ait jamais menée. Ils se retrouvèrent bientôt à la fontaine de Trevi. Au lieu de jeter une pièce dans le bassin, son père se contenta de contempler l'eau jaillissante. Un lampadaire éclairait son visage. Il avait le regard brillant.

Puis ils étaient rentrés à l'hôtel.

Le lendemain, dans l'avion d'Alitalia à destination de Copenhague – son père s'était assis près du hublot, comme à l'aller –, Wallander regarda ses mains et constata qu'il avait bien bronzé. Pendant la traversée entre Dragør et Limhamn, il demanda pour la première fois à son père s'il était content du voyage. Son père hocha la tête et marmonna une réponse inaudible. Wallander savait qu'il ne fallait pas s'attendre à de plus grandes preuves d'enthousiasme. Gertrud les attendait au terminal des ferries. Ils prirent la route, et déposèrent Wallander à Ystad. Plus tard dans la soirée, lorsqu'il leur téléphona pour vérifier si tout allait bien, Gertrud répondit que son père était déjà dans l'atelier et peignait son éternel motif, le coucher de soleil sur un paysage immobile.

Wallander quitta son lit et alla à la cuisine. Il était cinq heures et demie. Il se prépara un café. *Pourquoi est-il sorti au milieu de la nuit ? Pourquoi s'est-il assis en haut des marches ? Que signifiait cet éclat dans ses yeux, au bord de la fontaine ?*

Il n'avait pas de réponse à ces questions. Mais, en un éclair, il avait entrevu le paysage intérieur secret de son père. Et il avait eu la présence d'esprit de ne pas chercher à franchir la frontière invisible. Il ne l'interrogerait jamais sur sa promenade solitaire dans Rome cette nuit-là.

En attendant que le café soit prêt, Wallander alla à la salle de bains. Il constata avec satisfaction qu'il paraissait en forme et plein d'énergie. Le soleil avait éclairci ses cheveux. Peut-être l'abus de spaghetti lui avait-il fait prendre un peu de poids. Mais il ne prit pas la peine de vérifier en montant sur la balance. Il se sentait reposé. C'était le plus important. Il était content que ce voyage ait eu lieu.

Le fait de savoir que dans moins d'une heure il serait à nouveau policier ne lui inspirait aucun malaise. Souvent, il avait du mal à reprendre le travail après une période de congé. Surtout ces dernières années. Parfois aussi, il avait sérieusement envisagé de démissionner et de chercher un autre emploi, peut-être en tant que responsable de la sécurité dans une entreprise. Mais il était policier. Cette certitude avait mûri, de façon lente et irrévocable. Il ne serait jamais autre chose que cela.

Sous la douche, il repensa aux événements de l'été, au cours de ces quelques semaines de canicule et de championnat du monde de football qui avait si bien réussi à la Suède. Il pensa à la chasse éperdue et désespérée pour retrouver un meurtrier en série qui avait abouti à l'arrestation d'un garçon déséquilibré de quatorze ans à peine – le souvenir le remplissait encore d'angoisse. Au cours de la semaine à Rome, cette histoire s'était comme envolée de son esprit. À présent, tout lui revenait. Une semaine à Rome ne modifiait rien. Le monde qu'il s'apprêtait à retrouver n'avait pas changé.

Il resta assis à la table de la cuisine jusqu'à sept heures passées. Dehors, la pluie tombait toujours aussi fort. La chaleur italienne n'était déjà plus qu'un vague souvenir. L'automne était arrivé en Scanie.

Il quitta son appartement à sept heures trente et prit la voiture pour se rendre au commissariat. Son collègue Martinsson arriva au même moment et se gara à côté de lui sur le parking. Ils se saluèrent sous la pluie et se hâtèrent vers l'entrée du bâtiment.

– Comment s'est passé le voyage? demanda Martinsson quand ils furent à l'abri. Bienvenue parmi nous, au fait.

– Mon père était très content.

– Et toi?

– C'était un beau voyage. Et il a fait chaud.

Ebba, réceptionniste du commissariat d'Ystad depuis plus de trente ans, l'accueillit avec un grand sourire.

– C'est possible de bronzer aussi vite en Italie au mois de septembre?

– Oui, répondit Wallander. Si on se met au soleil.

Ils s'éloignèrent dans le couloir. Wallander pensa qu'il aurait dû rapporter quelque chose à Ebba et maudit intérieurement sa négligence.

– Tout est calme, dit Martinsson. Rien à signaler. Ou presque rien.

– On peut peut-être espérer un automne tranquille, fit Wallander sans conviction.

Martinsson disparut pour aller chercher un café. Wallander ouvrit la porte de son bureau. Tout y était tel qu'il l'avait laissé. Aucun papier sur la table. Il enleva sa veste et entrouvrit la fenêtre. On avait déposé quelques circulaires de la direction centrale dans le bac à courrier. Il en prit une, mais la reposa presque aussitôt sans l'avoir lue.

Il pensait à l'enquête concernant le trafic de voitures volées entre la Suède et les ex-pays de l'Est, dont il s'occupait depuis près d'un an. S'il ne s'était rien passé d'inattendu durant son absence, c'était à ce dossier qu'il s'attaquerait en priorité.

À huit heures et quart, il se leva et se rendit à la salle de réunion où les enquêteurs de la brigade criminelle se retrouvaient chaque lundi à huit heures trente pour préparer le travail de la semaine. Il fit le tour de la pièce et salua les uns et les autres. Tout le monde admira son bronzage. Puis il s'assit à sa place habituelle. L'ambiance était typique d'un lundi matin d'automne : grise et triste, un peu vague. Combien de matinées semblables avait-il passées dans cette pièce ? Dans la mesure où leur nouveau chef, Lisa Holgersson, se trouvait à Stockholm, c'était Hansson qui dirigeait la réunion. Martinsson avait raison. Il ne s'était pas passé grand-chose pendant son absence.

– Si je comprends bien, je retourne à mes voitures volées, dit Wallander sans chercher à dissimuler son manque d'enthousiasme.

– À moins que tu ne veuilles t'occuper d'un cambriolage, répliqua Hansson aimablement. Chez un fleuriste.

Wallander le considéra avec surprise.

– Un cambriolage chez un fleuriste ? Qu'est-ce qu'ils ont pris ? Des tulipes ?

– Rien, apparemment.

Au même instant, la porte s'ouvrit et Ann-Britt Höglund fit une entrée hâtive. Son mari était organisateur de voyages et semblait toujours être parti pour un pays lointain dont personne n'avait jamais entendu parler, si bien qu'elle se retrouvait souvent seule avec leurs deux enfants. Ses matins étaient chaotiques et elle arrivait régulièrement en retard aux réunions. Ann-Britt Höglund faisait partie de la police d'Ystad depuis plus d'un an maintenant. C'était la plus jeune de l'équipe. Au début, les collègues plus âgés, Svedberg et Hansson entre autres, avaient manifesté leur hostilité à l'arrivée d'une femme parmi eux. Mais Wallander avait vite reconnu ses qualités professionnelles et l'avait soutenue. Personne ne commentait plus ses fréquents retards, du moins en présence de Wallander. Elle s'assit avec un signe de tête joyeux dans sa direction, comme si elle était surprise de le voir de retour.

– Nous parlions du fleuriste, résuma Hansson à son intention. Nous pensions que Kurt pourrait y jeter un coup d'œil.

– L'effraction a eu lieu dans la nuit de jeudi, dit Ann-Britt. La vendeuse s'en est aperçue en arrivant le vendredi matin. Les voleurs étaient entrés par une fenêtre à l'arrière du bâtiment.

– Qu'ont-ils pris ? demanda Wallander.

– Rien.

– Qu'est-ce que cela veut dire, rien ?

Ann-Britt Höglund haussa les épaules.

– Rien, ça veut dire rien.

– Il y avait des traces de sang au sol, intervint Svedberg. Et le propriétaire est en voyage.

– Étrange, dit Wallander. Est-ce que ça vaut vraiment la peine qu'on y consacre du temps ?

– C'est étrange, en effet, dit Ann-Britt. Quant au temps que ça mérite, je n'en sais rien.

Wallander pensa fugitivement que cela lui éviterait au moins de replonger aussitôt dans le dossier des voitures volées. Il se laissait une journée pour s'habituer à l'idée qu'il n'était plus à Rome.

– Je peux toujours y jeter un coup d'œil, conclut-il.

– C'est moi qui m'en suis chargée jusqu'ici, dit Ann-Britt Höglund. La boutique se trouve dans le centre-ville.

La réunion s'acheva. Il pleuvait toujours. Wallander retourna dans son bureau récupérer sa veste. Ils prirent sa voiture pour se rendre chez le fleuriste.

– Comment était le voyage ? s'enquit Ann-Britt pendant qu'ils attendaient au feu rouge devant l'hôpital.

– J'ai vu la chapelle Sixtine. Et j'ai vu mon père de bonne humeur pendant toute une semaine.

– Un voyage réussi, autrement dit.

Le feu passa au vert. Elle lui indiqua le chemin.

– Comment vont les choses ici ? demanda Wallander.

– Rien ne change en une semaine. C'est calme.

– Notre nouveau chef ?

– Elle est à Stockholm pour discuter des propositions de réduction de personnel. Je pense qu'elle est bien. Au moins aussi bien que Björk.

Wallander lui jeta un coup d'œil.

– Je croyais que tu ne l'aimais pas.

– Il faisait de son mieux. Que peut-on demander de plus ?

– Rien, répondit Wallander. Absolument rien.

Ils s'arrêtèrent au coin de Västra Vallgatan et de Pottmakargränd.

Le magasin s'appelait Cymbia. L'enseigne oscillait sous le vent. Ils restèrent quelques instants dans la voiture. Ann-Britt lui tendit une pochette plastifiée contenant des papiers. Wallander y jeta un regard tout en l'écoutant.

– Le propriétaire s'appelle Gösta Runfeldt. Il est parti en voyage. Son employée arrive vendredi matin peu avant neuf heures et découvre une fenêtre brisée à l'arrière du magasin. Il y a des débris de verre à l'intérieur et à l'extérieur. Il y a aussi des traces de sang dans la boutique proprement dite. Rien ne semble avoir été volé. Il n'y a jamais d'argent dans la caisse, la nuit. Elle appelle la police à neuf heures trois. J'arrive peu après dix heures. Je constate qu'en effet, une fenêtre est cassée et qu'il y a des taches de sang par terre. Rien de volé. Tout cela est un peu étrange.

Wallander réfléchit.

– Rien, pas même une fleur?

– D'après la vendeuse, non.

Il lui rendit ses documents.

– Peut-on vraiment se souvenir du nombre exact de fleurs qu'il y a dans chaque vase? demanda-t-il.

– Nous pouvons lui poser la question. Le magasin est ouvert.

Il poussa la porte, faisant tinter une clochette. Les parfums mêlés lui rappelèrent les jardins de Rome. Il n'y avait pas de clients. Une femme d'une cinquantaine d'années sortit de l'arrière-boutique et hocha la tête en les apercevant.

– Je suis venue avec un collègue, annonça Ann-Britt Höglund.

Wallander la salua.

– Je vous reconnais, dit la femme. J'ai vu votre photo dans le journal.

– Rien de négatif, j'espère.

– Oh non. Rien que des paroles aimables.

Wallander savait, par les documents que lui avait montrés Ann-Britt Höglund dans la voiture, que la vendeuse s'appelait Vanja Andersson et qu'elle avait cinquante-trois ans.

Il fit lentement le tour de la boutique. Par l'effet d'une longue habitude, il faisait attention à l'endroit où il mettait les pieds. Il passa derrière le comptoir et s'arrêta devant une porte de service partiellement vitrée. La vitre était neuve. C'était donc par là que s'étaient introduits le ou les voleurs. Wallander baissa les yeux vers le revêtement de sol, un assemblage de dalles plastifiées.

– Je suppose que les traces de sang étaient ici.

– Non, répliqua Ann-Britt. Elles étaient au milieu du magasin.

Surpris, Wallander fronça les sourcils. Il la suivit. Ann-Britt s'immobilisa parmi les fleurs.
– Ici, dit-elle.
– Et rien sous la vitre brisée ?
– Rien. Tu comprends maintenant pourquoi tout cela me paraît étrange ? Pourquoi y a-t-il du sang ici, et pas sous la vitre ? Si on part de l'hypothèse que c'est la personne qui a brisé la vitre qui s'est blessée...
– Qui cela pourrait-il être d'autre ?
– C'est bien ce que je me demande. Qui d'autre ?
Wallander fit une nouvelle fois le tour de la boutique. Il essayait de se représenter l'enchaînement des événements. Quelqu'un avait brisé la vitre et s'était introduit dans le local. On avait retrouvé du sang au milieu de la boutique. Rien n'avait été volé.
Tout crime, tout délit obéissait à une forme de projet ou de raison, sauf les actes de démence pure. Voilà ce que lui enseignait sa longue expérience. Mais personne ne commettait l'acte dément de s'introduire par effraction chez un fleuriste sans rien y voler. Ça ne tenait pas debout.
– Je suppose que le sang avait goutté, reprit-il à voix haute.
À son étonnement, Ann-Britt Höglund secoua à nouveau la tête.
– Non. C'était une petite flaque.
Wallander réfléchit, mais ne dit rien. Il n'avait rien à dire. Il se tourna vers la vendeuse qui attendait, un peu en retrait.
– Rien n'a été volé, si je comprends bien ?
– Rien.
– Pas même quelques fleurs ?
– Non, je ne crois pas.
– Savez-vous combien de fleurs exactement vous avez ici à chaque instant ?
– Oui.
Elle avait répondu sans hésiter. Wallander hocha la tête.
– Pouvez-vous imaginer une explication à ce qui s'est passé ?
– Non.
– Vous n'êtes pas propriétaire du magasin ?
– Le propriétaire s'appelle Gösta Runfeldt. Je travaille pour lui.
– Si j'ai bien compris, il est en voyage. Avez-vous été en contact avec lui ?
– C'est impossible.
Wallander la regarda attentivement.
– Pourquoi ?

– Il fait un safari-orchidées en Afrique.

Wallander réfléchit un instant.

– Un safari-orchidées ? Pouvez-vous m'en dire plus ?

– Gösta a la passion des orchidées. Il sait tout sur le sujet. Il voyage dans le monde entier pour observer les différentes variétés. Il est en train d'écrire un livre sur l'histoire des orchidées. En ce moment, il est en Afrique. Je ne sais pas où. Je sais seulement qu'il doit rentrer mercredi prochain.

Wallander hocha la tête.

– Le mieux est que nous lui parlions à son retour. Peut-être pourrez-vous lui demander de prendre contact avec nous, au commissariat ?

Vanja Andersson promit de lui transmettre le message. Un client entra au même instant. Wallander et Ann-Britt Höglund ressortirent sous la pluie. Quand ils furent à nouveau dans la voiture, Wallander attendit un instant avant de mettre le contact.

– On peut évidemment imaginer un voleur qui commet une erreur, dit-il. Un voleur qui se trompe de fenêtre. Il y a un magasin d'informatique juste à côté.

– Mais la flaque de sang ?

Wallander haussa les épaules.

– Il n'a peut-être pas remarqué qu'il s'était coupé. Il est resté les bras ballants à regarder autour de lui. Le sang a goutté. Et du sang qui goutte au même endroit finit tôt ou tard par former une flaque.

Elle hocha la tête. Wallander démarra.

– On dira que c'est une affaire qui concerne les compagnies d'assurances, dit-il. Rien de plus.

Ils revinrent au commissariat sous la pluie.

Il était onze heures, le 26 septembre 1994.

Dans l'esprit de Wallander, le voyage à Rome s'éloignait déjà, comme un mirage qui s'estompe.

3

Le lendemain, mardi 27 septembre, la pluie continua de tomber sur la Scanie. Les météorologues avaient prévu que le bel été serait suivi par un automne pluvieux. Jusqu'à présent, rien ne démentait leur pronostic.

La veille, à la fin de sa première journée de travail après le voyage en Italie, Wallander s'était préparé un dîner sommaire qu'il avait avalé à contrecœur. Puis il avait tenté à plusieurs reprises de joindre sa fille, Linda, qui vivait à Stockholm. Il avait ouvert la porte du balcon, en profitant d'une accalmie entre deux averses. Linda n'avait pas pris l'initiative de l'appeler pour lui demander comment s'était passé le voyage, et cela l'énervait. Il essaya de se persuader, sans succès, qu'elle était très occupée. Cet automne, elle suivait un cours d'art dramatique tout en travaillant comme serveuse dans un restaurant de Kungsholmen.

Vers vingt-trois heures, il appela aussi Baiba chez elle, à Riga. Entre-temps, il s'était remis à pleuvoir, et le vent soufflait. Il constata qu'il avait déjà du mal à se rappeler les chaudes journées de Rome.

Pourtant, ce qui l'avait occupé là-bas – à part le soleil et son rôle de monsieur de compagnie –, c'était bien la pensée de Baiba. Au cours de l'été, quand ils étaient partis ensemble au Danemark, alors que Wallander était à bout de forces après la traque éprouvante qui avait conduit à l'arrestation du meurtrier de quatorze ans, il lui avait demandé, à la fin de leur séjour, si elle voulait l'épouser. Elle avait répondu de façon évasive, sans pour autant se barricader dans un refus. Elle n'essayait pas de dissimuler les raisons qui la faisaient hésiter. Ils marchaient sur la plage sans fin de Skagen, où Wallander s'était promené bien des années plus tôt avec son ancienne femme, Mona, et plus tard aussi à une époque où il était déprimé au point d'envisager sérieusement de changer de métier. Les soirées étaient d'une chaleur presque tropicale. Les gens étaient rivés à leur poste de télévision à cause de la Coupe du monde de football, et c'était la raison pour laquelle les plages étaient presque désertes. Ils se promenaient au bord de l'eau en ramassant des galets et des coquillages, et Baiba lui confiait ses doutes. Pouvait-elle envisager de partager à nouveau sa vie avec un policier ? Son mari, Karlis, major de la police lettone, avait été assassiné en 1992. Wallander l'avait connue à ce moment-là, au cours des semaines confuses et irréelles qu'il avait passées à Riga. Pendant le séjour à Rome, Wallander s'était demandé s'il voulait vraiment se marier une deuxième fois. Quelle nécessité y avait-il de se marier ? De se lier par des liens complexes et officiels qui ne signifiaient pratiquement plus rien, dans la société où il vivait ? Il avait vécu longtemps avec la mère de Linda. Le jour où elle lui avait annoncé qu'elle voulait divorcer, il n'avait rien compris. Cinq ans plus tard, il commençait tout juste à comprendre – et peut-être aussi à accepter en partie – les raisons pour lesquelles elle avait voulu refaire sa vie sans lui. Il pouvait entrevoir comment ils en étaient arrivés là, reconnaître son propre rôle et même admettre que, par son éternelle absence et son désintérêt croissant pour tout ce qui comptait dans sa vie à elle, il portait la plus grande part de responsabilité dans leur échec. Si l'on pouvait parler de responsabilité dans ce contexte. On faisait un bout de chemin ensemble. Puis les chemins se séparaient, de façon si lente et imperceptible que lorsqu'on s'en apercevait enfin, il était trop tard.

Il avait beaucoup réfléchi à cette question durant les longues journées à Rome. Et il était parvenu à la conclusion qu'il désirait vraiment épouser Baiba. Il voulait qu'elle vienne vivre à Ystad. Et il avait aussi pris la décision de déménager, d'échanger son appartement de Mariagatan contre une maison. En dehors de la ville. Avec un vrai jardin. Une maison pas trop chère, mais en assez bon état pour qu'il puisse effectuer lui-même les réparations nécessaires. Il avait aussi envisagé d'acheter le chien dont il rêvait depuis longtemps.

Il fit part de tous ces projets à Baiba ce soir-là au téléphone, alors que la pluie avait recommencé à tomber sur Ystad. C'était comme un prolongement de la conversation qu'il avait menée dans sa tête à Rome, où il s'adressait à elle en pensée, même si elle n'était pas présente. À quelques reprises, il s'était même surpris à parler à voix haute. Cela n'avait pas échappé à son père, qui marchait sous le soleil à ses côtés. Il lui avait alors demandé – avec une ironie non dénuée d'amabilité – lequel des deux était réellement en train de perdre la boule.

Elle décrocha à la première sonnerie. Il eut l'impression que son appel lui faisait plaisir. Il lui raconta le voyage à Rome, puis il renouvela sa demande de l'été. Le silence fit un bref aller et retour entre Riga et Ystad. Elle avait réfléchi, elle aussi. Son hésitation demeurait ; elle n'avait pas diminué, mais pas non plus augmenté.

– Viens, dit Wallander. On ne peut pas parler de ça au téléphone.

– Oui, répondit-elle. Je vais venir.

Ils ne convinrent pas d'une date. Ils en reparleraient plus tard. Elle avait son travail à l'université de Riga. Elle devait toujours prévoir ses congés longtemps à l'avance. Mais en raccrochant, Wallander eut le sentiment qu'il abordait une nouvelle phase de sa vie. Elle allait venir. Il se remarierait.

Il mit longtemps à trouver le sommeil, ce soir-là. Plusieurs fois, il se leva, alla à la cuisine et contempla la pluie par la fenêtre. Il regretterait le lampadaire qui se balançait dehors, tout seul dans le vent.

Malgré la nuit écourtée, il se leva tôt le mardi matin. Peu après sept heures, il se gara devant le commissariat. Il traversa à grands pas le parking balayé par la pluie. Il allait s'atteler immédiatement à l'énorme dossier des voitures volées. Plus il repousserait l'échéance, plus son propre découragement lui pèserait. Il étala sa veste sur le fauteuil des visiteurs pour la faire sécher et prit sur l'étagère le dossier qui représentait une pile de paperasse haute d'un demi-mètre. Il avait juste commencé à trier les documents lorsqu'on frappa à la porte. Il devina que c'était Martinsson et lui cria d'entrer.

– Quand tu n'es pas là, j'arrive toujours le premier, dit Martinsson. Maintenant je me retrouve à nouveau deuxième.

– Les voitures me manquaient trop, répondit Wallander en indiquant son bureau encombré.

Martinsson lui tendit un papier.

– J'ai oublié de te donner ça hier, dit-il. Lisa Holgersson voulait que tu y jettes un coup d'œil.

– Qu'est-ce que c'est ?

– Lis, tu verras. Comme tu sais, les gens pensent que la police doit donner son avis sur tout.

– C'est une circulaire de la direction ?

– Presque.

Wallander lui jeta un regard interrogateur. Martinsson répondait rarement dans le vague. Quelques années plus tôt, il avait joué un rôle dans le parti libéral, Folkpartiet, et il nourrissait vraisemblablement des ambitions politiques. Mais ce rêve s'était étiolé au même rythme que le parti lui-même. Wallander décida de ne pas commenter le score du Folkpartiet aux élections de la semaine précédente.

Martinsson sortit. Wallander parcourut le texte. Puis il le relut, avec une colère grandissante. Il ne se souvenait pas d'avoir éprouvé une telle fureur depuis longtemps. Il alla jusqu'au bureau de Svedberg dont la porte était, comme d'habitude, entrebâillée.

— Tu as lu ça ? demanda Wallander en agitant le papier.

— Qu'est-ce que c'est ?

— Une nouvelle organisation qui voudrait savoir si la police a quelque chose à redire au nom qu'elle s'est choisi.

— Et qui est ?

— Les Amis de la hache.

Svedberg haussa les sourcils.

— Les Amis de la hache ?

— Les Amis de la hache. Ils voudraient savoir — par rapport aux événements de cet été — si ce nom pourrait éventuellement être mal perçu. En effet, précisent-ils, ils n'ont pas l'intention de scalper les gens.

— Qu'est-ce qu'ils veulent faire, alors ?

— Si j'ai bien compris, il s'agit d'une sorte d'association pour la conservation des arts populaires, qui voudrait créer un musée de vieux outils.

— C'est une bonne idée. Qu'est-ce qui te rend si hargneux ?

— Le fait qu'ils croient que la police a le temps de se prononcer sur des sujets pareils. Personnellement, je trouve que « Les Amis de la hache » est un nom curieux pour une association de conservation des arts populaires, mais en tant que policier, ça m'exaspère qu'on nous demande de consacrer de l'énergie à des trucs pareils.

— Dis-le au chef.

— C'est bien mon intention.

— Mais elle ne sera sans doute pas de ton avis. N'oublie pas qu'on est censés revenir à la police de proximité.

Svedberg avait raison. Depuis les débuts de Wallander dans le métier, la police avait connu nombre de transformations, en particulier sur le chapitre des relations toujours sensibles avec cette ombre confuse et menaçante appelée « le public ». Ce public, suspendu comme une épée de Damoclès au-dessus de la police nationale en général et de la tête de chaque policier en particulier, se caractérisait par une seule qualité : son inconstance absolue. La dernière tentative en date pour le satisfaire consistait à transformer l'ensemble de la profession en une police de proximité à l'échelle nationale. Comment on allait s'y prendre pour réaliser cet objectif, personne ne le savait au juste. Le grand patron de la direction centrale avait fait placarder sur toutes les portes ses thèses sur l'importance de la *visibilité* de la police. Mais dans la mesure où personne n'avait compris en quoi la police était jusque-là restée invisible, on ne voyait pas trop comment obéir à cette nouvelle directive. Les patrouilles à pied existaient déjà, et ces derniers temps on avait vu aussi des policiers circuler à bicyclette, en minicommandos d'allure sportive. La direction faisait sans doute allusion à une visibilité symbolique. C'est pourquoi on avait ressorti des cartons cette notion de « police de proximité », qui sonnait bien – comme un oreiller moelleux pour le public. Mais personne ne semblait capable d'expliquer en quoi ce projet était compatible avec le fait que la criminalité en Suède ne cessait d'augmenter en ampleur et en violence. En tout état de cause, la stratégie officielle impliquait qu'on prenne le temps de se prononcer sur l'opportunité ou non, pour une organisation de conservation des arts populaires, de s'intituler « Les Amis de la hache ».

Wallander alla chercher un café. Puis il s'enferma dans son bureau et se plongea dans le dossier des voitures volées. Il avait du mal à se concentrer. Ses pensées revenaient sans cesse à sa conversation avec Baiba la veille au soir. Mais il se fit violence et redevint policier. Il lui fallut quelques heures pour reprendre les différentes étapes de l'enquête et retrouver le point où il l'avait laissée avant de partir pour l'Italie. Il appela un collègue de Göteborg avec lequel il avait l'habitude de collaborer. Ils se concertèrent sur certains aspects de l'investigation. Après avoir raccroché, Wallander constata qu'il était déjà midi et qu'il avait faim. Il pleuvait toujours. Il prit sa voiture et déjeuna dans un restaurant du centre-ville. À treize heures, il était de retour au commissariat. Il venait de se rasseoir dans son fauteuil lorsque le téléphone sonna. C'était Ebba, qui l'appelait de l'accueil.

– Tu as de la visite, annonça-t-elle.

– Qui ?

– Un homme qui s'appelle Tyrén. Il veut te parler.

– De quoi ?

– De quelqu'un qui a peut-être disparu.

– Personne ne peut s'en charger à ma place ?

– Il tient absolument à te voir.

Wallander considéra les dossiers étalés sur son bureau. Rien d'urgent au point qu'il ne puisse recevoir une déposition relative à une disparition.

– Envoie-le-moi, dit-il.

Il se leva pour ouvrir la porte et entreprit de ranger son bureau. Lorsqu'il leva la tête, un homme se tenait sur le seuil. Wallander ne l'avait jamais vu. Son bleu de travail signalait qu'il était employé par les stations-service OK. Lorsqu'il entra, Wallander perçut une odeur d'huile et d'essence.

Il lui serra la main et l'invita à s'asseoir. L'homme, qui pouvait avoir une cinquantaine d'années, avait des cheveux gris clairsemés, et il était mal rasé. Il se présenta. Wallander devina à son accent qu'il était originaire de l'ouest de la Scanie, comme lui.

– Vous vouliez me voir…, commença Wallander.

– D'après ce que j'ai cru comprendre, tu es un policier valable.

– C'est le cas de la plupart des policiers.

La réponse de Tyrén le prit complètement au dépourvu.

– Ce n'est pas vrai, et tu le sais aussi bien que moi. J'ai passé du temps en taule. Et j'en ai rencontré plusieurs qui étaient des vrais salauds.

C'était dit avec tant de conviction que Wallander ne sut que répondre. Il décida de changer de sujet.

– Je suppose que ce n'est pas pour me dire cela que vous êtes venu. Il s'agissait d'une disparition, je crois ?

Sven Tyrén triturait sa casquette marquée du sigle OK.

– En tout cas, dit-il, c'est bizarre.

Wallander, qui avait réussi à trouver un bloc-notes dans un tiroir, le feuilleta à la recherche d'une page blanche.

– Commençons par le commencement, dit-il. De qui s'agit-il ?

– Holger Eriksson.

– Qui est-ce ?

– Un client.

– Je devine que vous tenez une station-service.

Sven Tyrén secoua vigoureusement la tête.

– Je suis livreur de fioul, dit-il. Je m'occupe du district au nord d'Ystad. Holger Eriksson habite entre Högestad et Lödinge. Il a téléphoné au bureau en disant que sa réserve était presque épuisée, et on a convenu d'une livraison jeudi matin. Mais quand je suis arrivé là-bas, il n'y avait personne.

Wallander prenait des notes.

– Jeudi dernier ? demanda-t-il.

– Le 22.

– Et quand vous a-t-il appelé ?

– Le lundi.

Wallander réfléchit.

– Il ne peut pas y avoir eu de malentendu concernant l'heure ?

– Ça fait dix ans que je lui livre son fioul. Il n'y a jamais eu de malentendu.

– Que s'est-il passé alors ? Quand vous avez constaté qu'il n'était pas chez lui ?

– La vanne de remplissage était verrouillée, alors je suis reparti. J'ai déposé un mot dans sa boîte aux lettres.

– Que s'est-il passé ensuite ?

– Rien.

Wallander posa son stylo.

– Quand on est livreur de fioul, poursuivit Sven Tyrén, on connaît les habitudes des gens. Je n'arrivais pas à oublier cette histoire. Je ne pouvais pas croire qu'il était parti en voyage. Alors j'y suis retourné hier après-midi. Après le travail. Avec ma voiture personnelle. Le mot était encore dans la boîte aux lettres. En dessous de tout le courrier qui était arrivé depuis jeudi. Je suis entré dans la cour et j'ai sonné à la porte. Personne. La voiture était au garage.

– Est-ce qu'il habite seul ?

– Il n'est pas marié. Il a fait fortune en vendant des voitures. À part ça, il écrit des poèmes. Il m'a donné un livre une fois.

Wallander se rappela alors avoir vu, dans la librairie d'Ystad, le nom de Holger Eriksson sur une étagère consacrée aux auteurs régionaux. Il était entré dans la librairie parce qu'il cherchait un cadeau pour Svedberg, qui fêtait ses quarante ans.

– Autre détail bizarre, reprit Sven Tyrén. La porte n'était pas fermée à clé. J'ai pensé qu'il était peut-être malade. Il a quand même près de quatre-vingts ans. Je suis entré. Mais la maison était vide. Pourtant, la cafetière électrique était branchée, dans la cuisine. Ça sentait le brûlé, le café s'était évaporé. C'est là que je me suis décidé à venir. Ce n'est pas normal.

De toute évidence, son inquiétude était sincère. Mais Wallander savait par expérience que la plupart des cas de disparition se résolvaient d'eux-mêmes. Il était rare qu'il se produise quelque chose de grave.

– N'y a-t-il pas de voisins ?

– La ferme est isolée.

– Qu'est-ce qui a pu se passer, à votre avis ?

Sven Tyrén répondit vite, sans hésiter.

– Je crois qu'il est mort. Je crois que quelqu'un l'a tué.

Wallander ne dit rien. Il attendait la suite. Mais elle ne vint pas.

– Qu'est-ce qui vous fait penser cela ?

– Ce n'est pas normal, répéta Sven Tyrén. Il avait commandé du fioul. D'habitude, quand je viens, il est toujours chez lui. S'il était parti, il n'aurait pas laissé la cafetière branchée. Et il ne serait jamais sorti sans fermer la porte à clé. Même pour une courte promenade.

– Avez-vous eu le sentiment que la maison a été cambriolée ?

– Rien à signaler. Sauf la cafetière.

– Vous étiez donc déjà entré dans la maison ?

– Chaque fois que je venais livrer. Il m'invitait à prendre le café. Et il me lisait quelques-uns de ses poèmes. Il était sans doute assez seul ; ça lui faisait plaisir d'avoir de la visite.

Wallander réfléchit.

– Vous avez dit que vous pensiez qu'il était mort. Mais aussi que quelqu'un l'aurait tué. Pourquoi ? Avait-il des ennemis ?

– Pas que je sache.

– Mais il était riche ?

– Oui.

– Comment le savez-vous ?

– Tout le monde le sait.

Wallander décida d'abréger la conversation.

– Nous allons nous en occuper, dit-il. Il y a certainement une explication plausible à son absence. C'est presque toujours le cas.

Il prit note de l'adresse. La ferme portait un nom surprenant : *L'Isolée*. Wallander raccompagna Sven Tyrén jusqu'à l'accueil.

– Je suis sûr qu'il est arrivé quelque chose, répéta Sven Tyrén en prenant congé. Ce n'est pas normal qu'il ne soit pas chez lui quand je lui livre son fioul.

– Je vous tiendrai au courant, promit Wallander.

Au même instant, Hansson surgit dans le hall.

– Qui est l'abruti qui bloque l'entrée du commissariat avec un camion de fioul ?

– C'est moi, répliqua Sven Tyrén avec calme. Je m'en vais à l'instant.

– Qui était-ce ? demanda Hansson lorsque Tyrén eut disparu.

– Il voulait nous signaler une disparition. As-tu entendu parler d'un écrivain du nom de Holger Eriksson ?

– Un écrivain ?

– Ou un concessionnaire automobile.

– Faudrait savoir. C'est l'un ou l'autre.

– Les deux, semble-t-il. Et d'après ce livreur de fioul, il aurait disparu.

Ils allèrent chercher du café.

— C'est sérieux ? demanda Hansson.

— Le type paraissait soucieux, en tout cas.

— J'ai eu l'impression de le reconnaître.

Wallander avait le plus grand respect pour la mémoire de Hansson. Lorsqu'il lui arrivait d'oublier un nom, c'était en général vers lui qu'il se tournait.

— Il s'appelle Sven Tyrén, dit Wallander. Il a dit au passage qu'il avait fait de la prison.

Hansson réfléchit.

— Je crois qu'il a été impliqué dans des histoires de mauvais traitements, dit-il enfin. Il y a quelques années.

Wallander l'écoutait pensivement.

— Je crois que je vais faire un tour du côté de la ferme d'Eriksson, dit-il.

Il retourna dans son bureau, prit sa veste et fourra l'adresse de *L'Isolée* dans sa poche. Il aurait dû commencer par enregistrer officiellement la disparition de Holger Eriksson, mais décida de remettre cette corvée à plus tard. Il était quatorze heures trente lorsqu'il quitta le commissariat. La grosse averse avait cédé la place à une pluie fine. Wallander frissonna en traversant le parking jusqu'à sa voiture. Il prit la direction du nord et n'eut aucune difficulté à trouver la ferme. Comme son nom le suggérait, elle était située à l'écart, au sommet d'une colline. Les champs dénudés ondulaient en pente douce vers la mer, qui restait cependant invisible. Quelques corneilles criaillaient dans un arbre. Wallander souleva le battant de la boîte aux lettres. Elle était vide. Sven Tyrén avait probablement rentré le courrier. Wallander pénétra dans la cour aux pavés ronds. Tout semblait bien entretenu. Il s'immobilisa et goûta un instant le silence. La ferme était constituée de trois bâtisses se recoupant à angle droit. Autrefois, elle avait formé un quadrilatère complet. Le quatrième bâtiment avait été rasé, ou détruit par un incendie. Wallander admira le toit de chaume. Sven Tyrén avait raison. Celui qui avait les moyens d'entretenir une toiture pareille était un homme riche. Wallander avança jusqu'à la porte et sonna. Puis il frappa. Enfin il tourna la poignée, entra, et s'immobilisa de nouveau, aux aguets. Le courrier était posé sur un tabouret, à côté d'un porte-parapluies. Plusieurs paires de jumelles étaient suspendues au mur. L'un des étuis était ouvert. Vide. Wallander fit lentement le tour du rez-de-chaussée, où flottait encore une odeur de café brûlé. Dans le séjour – qui occupait deux niveaux, sous le haut plafond aux poutres apparentes –, il s'arrêta devant un bureau où était posée une feuille de papier. La lumière était mauvaise; il prit la feuille et s'approcha d'une fenêtre.

C'était un poème consacré à un oiseau. Un genre de pivert.

Une date figurait en bas à droite : *22 septembre 1994, 22 h 12.*

Ce soir-là, Wallander et son père avaient dîné dans un restaurant, non loin de la Piazza del Popolo.

Dans la maison déserte, cette pensée lui fit l'effet d'un rêve lointain et irréel.

Wallander reposa la feuille sur le bureau. *Mercredi dernier à dix heures du soir, il a écrit un poème; il a même indiqué l'heure. Le lendemain, Sven Tyrén doit lui livrer du fioul. À ce moment-là, il a disparu. En laissant la porte ouverte.*

Mû par une impulsion subite, Wallander sortit à la recherche du réservoir de fioul. La jauge était presque à zéro.

Wallander retourna à l'intérieur, s'assit sur une vieille chaise en bois et regarda autour de lui.

Quelque chose lui disait que Sven Tyrén avait raison.

Holger Eriksson avait disparu. Il ne s'était pas simplement absenté.

Wallander se releva et fouilla plusieurs armoires avant de trouver un trousseau de clés. Il ferma soigneusement la porte d'entrée et se dirigea vers sa voiture. La pluie avait repris de plus belle. Peu avant dix-sept heures, il était de retour à Ystad. Il enregistra officiellement la disparition de Holger Eriksson, en pensant qu'ils entameraient les recherches le lendemain matin à la première heure.

Puis il reprit sa voiture et rentra chez lui, en s'arrêtant en chemin pour acheter une pizza. Il mangea devant la télévision. Linda n'avait toujours pas téléphoné. Il alla se coucher peu après vingt-trois heures et s'endormit presque aussitôt.

Il fut réveillé à quatre heures du matin par un besoin urgent de vomir. Il n'eut pas le temps d'arriver jusqu'aux toilettes. Un peu plus tard, il constata qu'il avait aussi la diarrhée. Il était malade – était-ce la pizza, ou une grippe intestinale rapportée d'Italie? À sept heures, il se sentait si épuisé qu'il composa le numéro du commissariat pour prévenir qu'il ne viendrait pas travailler ce jour-là. Ce fut Martinsson qui prit son appel.

– Tu connais la nouvelle, bien sûr? demanda Martinsson sans préambule.

– Je sais juste que je suis malade comme un chien.

– Un ferry a sombré cette nuit quelque part au large de Tallinn. Il y aurait des centaines de morts. Des Suédois, pour la plupart. Il semblerait qu'il y avait aussi pas mal de policiers à bord.

Wallander se sentit à nouveau sur le point de vomir. Mais il se força à rester au téléphone.

— Des policiers d'Ystad ? demanda-t-il avec inquiétude.

— Pas de chez nous. Mais c'est terrible.

Wallander n'en croyait pas ses oreilles. Plusieurs centaines de morts dans une catastrophe en mer ? Ce n'était pas possible. Pas si près de la Suède.

— Je dois raccrocher, dit-il. Il faut que j'aille vomir. Mais il y a un papier sur mon bureau à propos d'un certain Holger Eriksson. Il a disparu. Quelqu'un doit s'en occuper.

Il raccrocha précipitamment et eut à peine le temps d'arriver jusqu'aux toilettes. Le téléphone sonna alors qu'il s'apprêtait à se recoucher.

Cette fois, c'était Mona, son ex-femme. L'inquiétude le saisit aussitôt. Elle ne l'appelait jamais, sauf à propos de leur fille.

— J'ai parlé à Linda, dit-elle. Elle n'était pas à bord du ferry.

Wallander mit un instant à comprendre.

— Tu parles du ferry qui a coulé ?

— Quoi d'autre ? Quand des centaines de gens meurent dans un accident, moi, j'appelle ma fille pour savoir si elle va bien.

— Pardonne-moi. Tu as raison, bien sûr. Merci. C'est juste que je suis malade. Je n'arrête pas de vomir. J'ai une grippe intestinale. On pourrait peut-être se parler un autre jour ?

— Je t'appelais seulement pour que tu ne t'inquiètes pas, dit-elle.

Ils raccrochèrent. Wallander retourna dans son lit. L'espace d'un instant, il pensa à Holger Eriksson. Et à cette catastrophe qui s'était produite au cours de la nuit.

Il avait de la fièvre. Il s'endormit très vite.

La pluie cessa à peu près au même moment.

4

Au bout de quelques heures déjà, il avait commencé à ronger ses liens.

La sensation de folie rampante ne le quittait pas un seul instant. Il était aveugle – quelque chose lui couvrait les yeux et l'empêchait de voir. On lui avait aussi enfoncé quelque chose dans les oreilles qui lui comprimait les tympans. Il percevait des bruits. Mais ils venaient de l'intérieur. Une rumeur interne qui cherchait à s'échapper. Le plus douloureux était de ne pas pouvoir bouger. C'était ça qui le rendait fou. Il avait beau être couché, complètement étendu sur le dos, il avait sans cesse la sensation de tomber. Une chute vertigineuse, sans fin. Mais ce n'était peut-être qu'une hallucination, une image de son effondrement intérieur. La folie était en train de le casser, de réduire son corps et son esprit en débris incohérents.

Malgré tout, il essayait désespérément de s'accrocher au réel. Il devait réfléchir. Et rester calme. C'était la seule issue, s'il voulait garder une chance de comprendre ce qui lui était arrivé. *Pourquoi ne pouvait-il pas bouger? Où était-il? Pourquoi?*

Le plus longtemps possible, il avait résisté à la panique en s'obligeant à garder la notion du temps. Il comptait les minutes et les heures, se soumettait à une contrainte qui n'avait ni commencement ni fin, puisque la lumière ne variait pas – il faisait toujours noir. En plus, il s'était réveillé dans la position où il se trouvait encore à présent, entravé et couché sur le dos, et il n'avait aucun souvenir d'avoir été déplacé. Il n'y avait donc pas de début à ce cauchemar. Il aurait pu être né comme ça.

C'était là que la folie prenait sa source. Dans les brefs instants où il parvenait à surmonter la panique, il s'efforçait de se concentrer sur la réalité qui subsistait malgré tout.

Il lui restait un point d'ancrage.

La surface sur laquelle il était couché. Ce n'était pas une illusion. Il savait qu'il était allongé sur le dos, sur un sol dur.

Sa chemise avait glissé, remontant sur la hanche gauche, et la peau à cet endroit reposait directement sur une surface irrégulière. Il s'était écorché en essayant de bouger. Il était allongé sur une dalle de ciment. Pourquoi ? Comment était-il arrivé là ? Il essayait de retrouver son dernier souvenir avant le black-out. Mais là, tout devenait confus. Il savait ce qui s'était passé. Pourtant non. Et c'était lorsqu'il commençait à douter, à ne plus savoir ce qui s'était réellement produit, que la panique l'envahissait. Il lui arrivait alors de pleurer. Des sanglots brefs, violents, qui cessaient très vite, puisque personne ne pouvait l'entendre. Certains pleuraient uniquement lorsqu'ils étaient seuls. Mais ce n'était pas son cas.

En fait, c'était son unique certitude : personne ne pouvait l'entendre. Où qu'il fût, et même si cette dalle d'épouvante planait dans une galaxie inconnue, il n'y avait personne à proximité. Personne ne pouvait l'entendre.

Ses uniques repères se situaient avant le début de la folie. Tout le reste lui avait été retiré, y compris son identité, et jusqu'à ses sous-vêtements. *C'était la veille de son départ pour Nairobi. Il était près de minuit, il avait bouclé sa valise et examinait une dernière fois ses documents de voyage. Il revoyait la scène très clairement. Sans le savoir, il se trouvait donc à ce moment-là dans une antichambre de la mort, préparée exprès à son intention. Son passeport était posé sur le bureau, à gauche. Les billets d'avion, il les tenait à la main. Sur ses genoux, la pochette plastifiée contenant les dollars, les cartes de crédit et les chèques de voyage. Le téléphone avait sonné. Il avait tout posé sur le bureau pour répondre.*

Cette voix – la dernière voix vivante qu'il ait entendue –, il s'y cramponnait de toutes ses forces. Elle représentait son dernier lien avec la réalité qui, seule, pouvait encore faire échec à la folie.

Une belle voix, très douce, agréable ; il comprenait qu'il avait parlé à une femme. Elle lui était inconnue, il ne l'avait jamais rencontrée auparavant.

Elle voulait acheter des roses. D'abord, elle s'était excusée de le déranger si tard. Mais elle avait grand besoin de ces fleurs. Elle n'avait pas précisé la raison. Mais il l'avait crue aussitôt. Comment imaginer que quelqu'un puisse mentir à propos de roses ? Il ne se souvenait pas de l'avoir interrogée, ni de s'être interrogé lui-même. Pourquoi avait-elle soudain découvert qu'il lui fallait ces roses, si tard dans la soirée, alors que tous les magasins étaient fermés, et pourquoi ne pouvait-elle pas attendre jusqu'au lendemain ?

Mais il n'avait pas hésité. La boutique n'était pas loin, il ne s'était pas encore couché. Cela ne lui prendrait que dix minutes au plus de lui rendre ce service.

En y repensant, il comprenait qu'il y avait là un point qu'il ne parvenait pas à éclaircir. *Il avait immédiatement senti que cette femme l'appelait d'un endroit très proche. Elle ne s'était pas adressée à lui par hasard, mais pour une raison précise, qu'il ignorait.*

Qui était cette femme ? Que s'était-il passé ensuite ?

Il avait enfilé son manteau et il était sorti de chez lui, les clés de la boutique à la main. Il n'y avait pas de vent, mais il faisait froid et humide dehors. Il avait plu en début de soirée, le trottoir était encore mouillé. Il s'était arrêté devant la porte du magasin, celle qui donnait sur la rue. Il se souvenait d'avoir tourné la clé dans la serrure et d'être entré. Puis le monde avait explosé.

Combien de fois avait-il refait ce trajet en pensée, dès que la panique lâchait prise un instant ? Impossible à dire.

Il devait y avoir quelqu'un. Je m'attendais à trouver une femme devant la boutique. Mais il n'y avait personne. J'aurais pu rebrousser chemin et rentrer. J'aurais pu me fâcher, en croyant à une plaisanterie stupide. Non, j'ai ouvert la porte parce que je savais qu'elle viendrait. Elle avait dit que c'était important.

Personne ne ment à propos de roses.

La rue était déserte, il en était absolument certain. Un seul détail avait retenu son attention : une voiture en stationnement, lanternes allumées. Lorsqu'il avait ouvert la porte, cette voiture se trouvait derrière lui. Lanternes allumées. Puis le monde s'était volatilisé dans un éclair aveuglant.

Il n'y avait qu'une seule explication possible – et elle le rendait hystérique de terreur. On l'avait assommé volontairement. Quelqu'un qu'il n'avait pas vu, et qui avait surgi derrière lui, dans l'ombre. Mais une femme qui téléphone tard le soir pour demander à acheter des roses ?

À partir de là, tout se brouillait. Il n'y avait plus rien de compréhensible, rien qu'il puisse appréhender par la raison. Au prix d'un énorme effort, il avait alors réussi à approcher ses mains de sa bouche pour ronger les cordes qui l'entravaient. Au début, il s'y était attaqué comme un fauve affamé, à grands coups de dents. Presque aussitôt, il avait perdu une molaire, en bas à gauche. Une douleur violente, mais qui avait vite disparu. Quand il recommença – et il se voyait réellement comme un animal pris au piège, qui n'hésite pas à se ronger une patte pour se dégager –, ce fut de façon beaucoup plus lente et méthodique.

Le contact des cordes sèches et dures lui faisait l'effet d'une main réconfortante. Même s'il ne parvenait pas à se libérer, il tiendrait au moins la folie en respect. Ce semblant d'action lui permettait de réfléchir plus ou moins clairement. Il avait été agressé. Il était détenu, couché sur une dalle en ciment. Deux fois par jour, ou par nuit, il sentait un frottement contre sa tête. Une main gantée écartait ses mâchoires et versait de l'eau dans sa bouche. Toujours de l'eau fraîche, rien d'autre. La main qui le touchait était ferme, mais pas franchement brutale. Ensuite, on lui glissait une paille entre les lèvres. Il aspirait une soupe tiède, avant de se retrouver à nouveau seul dans le noir.

Il avait été attaqué, il était entravé. Sous son corps, une dalle en ciment. Quelqu'un le maintenait en vie. Il pensait être là depuis une semaine à peu près. Il avait essayé de comprendre. Ce devait être une erreur. Mais laquelle ? Quelle raison pouvait-on avoir de ligoter quelqu'un dans le noir sur une dalle en ciment ? Confusément, il devinait que la folie avait son origine dans une pensée qu'il n'osait pas formuler consciemment. Ce n'était pas une erreur. Ce cauchemar lui était destiné, à lui personnellement. Comment allait-il finir ? Cela se poursuivrait peut-être indéfiniment, et il ne savait pas pourquoi.

Deux fois par jour ou par nuit, on lui donnait de l'eau et de la soupe. Deux fois par jour ou par nuit, on le traînait par les pieds jusqu'à un trou. Il n'avait plus de pantalon. Il n'avait que sa chemise. Lorsqu'il avait terminé, on le traînait à nouveau au même endroit. Il n'avait rien pour s'essuyer. D'ailleurs, il n'aurait pas pu, ligoté comme il l'était. La puanteur était très forte.

Mais il sentait aussi un parfum.

Était-ce un être humain qui lui donnait à boire ? La femme qui voulait acheter des roses ? Ou seulement une paire de mains gantées ? Des mains qui le tiraient jusque sur le trou. Et un parfum imperceptible qui s'attardait ensuite. Ces mains et ce parfum devaient bien venir de quelque part.

Bien entendu, il avait essayé de leur parler. Il devait bien y avoir aussi une bouche. Et des oreilles. L'être qui lui avait fait ça, quel qu'il fût, devait pouvoir écouter ce qu'il avait à dire. Chaque fois qu'il sentait les mains sur son visage et ses épaules, il essayait de s'exprimer, de différentes manières. Il avait supplié, il avait crié, parfois aussi il avait tenté de défendre sa cause de manière calme et réfléchie. *Tout être humain a des droits. Même quand il est dans les fers. Il a le droit de savoir pourquoi il a été complètement privé de droits. Si on enlève ce droit à un être humain, l'univers n'a plus de sens.*

Il n'avait même pas exigé d'être libéré. Au début, il voulait seulement savoir pourquoi il était retenu prisonnier. Rien d'autre. Juste cela.

Il n'avait pas obtenu de réponse. Ces mains n'avaient ni corps, ni bouche, ni oreilles. À la fin, il hurlait de désespoir. Mais il n'avait rien obtenu, même pas la plus fine réaction dans les mains qui le manipulaient. Seulement la paille qu'on glissait entre ses lèvres. Et la trace d'un parfum fort, musqué.

Il était en train de se décomposer intérieurement. La seule chose qui le retenait encore, c'était l'acte de ronger. Il avait à peine entamé l'épaisseur de la corde, alors qu'il la grignotait depuis une semaine au moins. Mais son sauvetage ne pourrait venir que de là. Il survivait en rongeant ses liens. Encore une semaine, et il aurait dû être de retour de son voyage, celui dont il serait en train de profiter en cet instant même s'il n'était pas descendu à la boutique pour un bouquet de roses. Il aurait été dans une forêt d'orchidées au Kenya, enveloppé de parfums extraordinaires. Il était attendu en Suède dans une semaine. Vanja Andersson s'inquiéterait de son absence. Si ce n'était pas déjà le cas. Il y avait une autre possibilité : l'agence de voyages devait assurer le suivi de ses clients. Il avait payé son billet d'avion, mais il ne s'était jamais présenté à l'aéroport de Kastrup. Quelqu'un avait dû s'en étonner. Vanja Andersson et l'agence de voyages étaient son unique recours. Entre-temps, il continuerait de ronger ses liens pour ne pas perdre ce qu'il lui restait de raison.

Il savait qu'il était en enfer. Mais il ne savait pas pourquoi.

La peur faisait bouger ses mâchoires qui attaquaient les cordes dures. La peur et l'espoir d'être sauvé.

Il continuait de ronger.

Dans l'intervalle, il pleurait en se tordant sous l'effet des crampes. Mais n'en continuait pas moins de ronger.

*

Elle avait conçu cette pièce comme un lieu de sacrifice.

Personne n'aurait pu deviner son secret. À moins de savoir. Et elle était seule à posséder ce savoir.

Autrefois, ce lieu se composait de plusieurs pièces étriquées et austères, au plafond bas, uniquement éclairées par la lumière filtrant par les petites fenêtres enfoncées dans l'épaisseur du mur. Voilà à quoi avait ressemblé la maison lors de sa première visite. Ou du moins, dans ses souvenirs les plus anciens. Elle se rappelait bien l'été où elle avait vu sa grand-mère maternelle pour la dernière fois. Sa grand-mère était morte au début de l'automne. Mais avant de mourir, elle avait passé l'été à l'ombre des pommiers. Elle-même, d'ailleurs, n'était plus qu'une ombre. Âgée de quatre-vingt-dix ans, elle était rongée par un cancer. Elle avait passé son dernier été immobile, inaccessible au monde, et les petits-enfants avaient reçu l'ordre de ne pas la déranger, de ne pas crier en sa présence et de s'approcher uniquement quand elle le leur demandait.

Une fois, sa grand-mère avait levé la main et lui avait fait signe de venir. Elle avait obéi, pleine d'appréhension. La vieillesse était dangereuse, les maladies et la mort y rôdaient, et elle était pleine de tombes noires et de terreur. Mais sa grand-mère l'avait simplement regardée, avec son doux sourire que le cancer n'avait jamais réussi à déformer. Peut-être lui avait-elle dit quelque chose ; dans ce cas, elle l'avait oublié. Mais sa grand-mère était là, et c'était un été heureux. Ce devait être en 1952 ou en 1953. Il y a très longtemps. Bien avant le début du désastre.

À cette époque, les pièces étaient encore minuscules. La grande transformation avait eu lieu lorsqu'elle avait récupéré la maison à la fin des années soixante. Elle avait supprimé tous les murs qui pouvaient être sacrifiés sans que la bâtisse s'écroule. Elle n'était pas seule ; des cousins l'avaient aidée, des jeunes gens désireux de montrer leur force. Mais elle aussi avait fait tomber des pans entiers de mur et contemplé avec satisfaction les gravats qui s'amoncelaient. Une fois la poussière retombée, on avait vu émerger ce grand espace où elle n'avait rien voulu laisser, en dehors du four à pain qui dominait à présent la pièce comme un étrange rocher. Tous ceux qui avaient visité la maison après la fin des travaux étaient restés muets de surprise devant la beauté du lieu. C'était bien la vieille maison, et pourtant on la reconnaissait à peine. La lumière entrait à flots par les fenêtres qu'elle avait fait percer et équiper de volets extérieurs en chêne massif. Elle avait décapé le vieux plancher et dégagé le plafond jusqu'à la charpente.

Quelqu'un avait dit que la maison ressemblait maintenant à une église.

La remarque lui avait plu. Peu à peu, elle avait commencé à considérer ce lieu comme son sanctuaire privé. Lorsqu'elle y était seule, elle se trouvait au centre du monde. Elle se sentait alors parfaitement calme, loin des menaces qui rôdaient partout ailleurs.

À certaines périodes, elle était rarement venue dans sa cathédrale. Les horaires qui réglaient sa vie étaient très variables, depuis toujours. Elle s'était aussi demandé plusieurs fois s'il ne fallait pas vendre la maison. Aucune rénovation au monde n'aurait suffi à effacer certains souvenirs. Mais elle ne pouvait se résoudre à abandonner la grande pièce avec son four immense, un rocher blanc qu'elle avait fait murer à la fin des travaux. Il était devenu une partie d'elle-même. Parfois elle le voyait comme un bastion, le dernier, celui qu'elle défendrait jusqu'à la fin.

Puis elle avait reçu la lettre d'Alger.

Tout avait alors changé.

Elle ne pensait plus jamais à quitter sa maison.

Le mercredi 28 septembre, elle arriva à Vollsjö peu après trois heures de l'après-midi. Elle avait récupéré sa voiture à Hässleholm et fait la route seule. Sa maison se trouvait en dehors du village, où elle s'était arrêtée pour faire quelques courses. Elle savait ce qu'il lui fallait, se demandait seulement si elle devait renouveler sa réserve de pailles. Par mesure de sécurité, elle en prit un paquet supplémentaire. La caissière la reconnut et lui fit un signe de tête. Elle lui répondit par un sourire et elles échangèrent quelques mots sur le temps, avant d'évoquer la terrible catastrophe, le naufrage du ferry. Elle paya et reprit sa voiture. Ses voisins les plus proches étaient absents. Ils ne venaient à Vollsjö que pendant l'été. C'étaient des Allemands de Hambourg qui passaient le mois de juillet en Scanie. Ils se saluaient, mais leurs relations n'allaient pas plus loin.

Elle fit tourner la clé dans la serrure. Une fois à l'intérieur, elle s'immobilisa et tendit l'oreille. Puis elle entra dans la grande pièce, s'approcha du four à pain et s'immobilisa de nouveau. Tout était silencieux. Silencieux comme elle voulait que le monde soit.

L'homme enfermé dans le four ne pouvait pas l'entendre. Il était en vie, mais elle n'était pas obligée de subir sa respiration. Ni ses larmes.

Elle se dit qu'elle avait obéi à une intuition secrète, qui connaissait maintenant un aboutissement inattendu. Cela avait commencé par sa décision de garder la maison, au lieu de la vendre et de déposer l'argent à la banque. Puis elle avait fait le choix de garder le four, sans vraiment savoir pourquoi. Sa véritable fonction s'était révélée bien plus tard, lorsqu'elle avait reçu la lettre d'Alger et compris ce qui lui restait à faire.

Elle fut interrompue dans ses pensées par le bip de sa montre. Ses invitées arriveraient dans une heure. Avant cela, elle devait nourrir l'homme enfermé dans le four. Il y était depuis cinq jours maintenant. Bientôt, il serait affaibli au point de ne plus pouvoir lui opposer la moindre résistance. Elle prit son emploi du temps dans son sac et constata qu'elle serait en congé à partir du dimanche après-midi jusqu'au mardi suivant. Il faudrait agir à ce moment-là. Alors, elle le tirerait de là et elle lui expliquerait.

Elle n'avait pas encore décidé de quelle manière elle le tuerait ensuite. Il y avait différentes possibilités. Mais elle n'était pas pressée. En réfléchissant à ce qu'il avait fait, elle comprendrait tôt ou tard de quelle manière il devait mourir.

Elle alla à la cuisine et réchauffa la soupe. Par mesure d'hygiène, elle avait lavé le gobelet en plastique muni d'un couvercle dont elle se servait pour le nourrir. Elle versa l'eau dans un deuxième gobelet. Chaque jour, elle diminuait la quantité de liquide. Juste de quoi le maintenir en vie, pas plus. Lorsqu'elle eut fini, elle se parfuma, enfila une paire de gants en plastique et retourna dans la grande pièce. À l'arrière du four, une ouverture était masquée par quelques briques disjointes. Avant d'enfermer l'homme à l'intérieur, elle avait fait un test avec un haut-parleur puissant. Elle avait refermé la trappe et mis la musique à plein volume. Aucun son ne s'était échappé du four.

Elle s'inclina pour mieux le voir. Lorsqu'elle posa la main sur sa jambe, il ne tressaillit même pas. L'espace d'un instant, elle crut qu'il était mort. Puis elle perçut un halètement. *Il est faible*, pensa-t-elle. *L'attente touche à sa fin.*

Lorsqu'elle l'eut nourri, traîné jusqu'au trou et remis à sa place, elle referma la trappe. Puis elle lava la vaisselle, rangea la cuisine et but une tasse de café en feuilletant le journal de l'entreprise. D'après la nouvelle grille des salaires, elle toucherait cent soixante-quatorze couronnes de plus par mois et cela, de façon rétroactive à compter du 1er juillet. Elle consulta à nouveau sa montre. Il se passait rarement plus de dix minutes sans qu'elle y jette un coup d'œil. Cela faisait partie de son identité. Sa vie et son travail étaient régis par un emploi du temps rigoureux. Rien ne lui causait plus de souffrance qu'un horaire non respecté. Aucune explication ne pouvait alors lui venir en aide. Elle se sentait toujours responsable. Elle savait que ses collègues se moquaient d'elle derrière son dos. C'était douloureux. Mais elle ne disait rien. Le silence faisait partie d'elle, de son horloge intérieure. Même s'il n'en avait pas toujours été ainsi.

Elle se souvenait de sa voix d'enfant, qui était forte, mais pas perçante. Le silence était venu plus tard. Lorsqu'elle avait vu le sang. Et sa mère qui était en train de mourir. Elle n'avait pas crié cette nuit-là. Elle s'était cachée à l'intérieur de son propre silence. Elle avait réussi à se rendre invisible.

C'était arrivé à ce moment-là. Sa mère couchée sur la table, en train de saigner, de pleurer et de lui voler la sœur qu'elle attendait depuis toujours.

Elle regarda à nouveau sa montre. Les autres seraient bientôt là. On était mercredi. C'était le jour de leur réunion hebdomadaire. Si elle avait pu choisir, les réunions auraient toujours eu lieu le mercredi. Ainsi, il y aurait eu une plus grande régularité. Mais son emploi du temps professionnel ne le permettait pas. C'était ainsi, elle n'y pouvait rien.

Elle avait disposé les cinq chaises en cercle. Cinq personnes à la fois, c'était le maximum. Autrement, l'intimité risquait de se perdre. Il était déjà assez difficile de créer un climat de confiance tel que ces femmes silencieuses osent prendre la parole. Elle alla dans la chambre à coucher pour ôter son uniforme. À chaque vêtement qu'elle enlevait, elle marmonnait une prière. Et elle se souvenait.

C'était sa mère qui lui avait parlé d'Antonio. L'homme qu'elle avait rencontré dans sa jeunesse, bien avant la Seconde Guerre mondiale, dans un train entre Cologne et Munich. Ils n'avaient pas de place assise et s'étaient retrouvés serrés l'un contre l'autre dans le couloir enfumé. Les lumières des bateaux sur le Rhin scintillaient de l'autre côté de la vitre sale, ils voyageaient de nuit, et Antonio lui avait raconté qu'il allait devenir prêtre de l'Église catholique. Il lui avait expliqué que la messe commençait à l'instant où le prêtre se changeait. La messe avait un début, une ouverture, qui était ce rituel de purification. À chaque vêtement qu'il ôtait ou enfilait, le prêtre récitait une prière spéciale. À chaque vêtement, il s'approchait un peu plus de sa mission sacrée.

Elle n'avait jamais oublié ce souvenir de sa mère, sa rencontre avec Antonio dans le couloir du train. Maintenant qu'elle était à son tour devenue une prêtresse ayant pour mission de proclamer le caractère sacré de la justice, le fait de changer de tenue n'avait plus rien d'un acte banal. Mais ses prières à elle n'entraient pas dans le cadre d'un dialogue avec Dieu. Dans un univers chaotique et absurde, l'idée de

Dieu était l'absurdité suprême. L'empreinte du monde était celle d'un Dieu absent. Ses prières, elle les adressait à elle-même. À l'enfant qu'elle avait été. Avant que tout ne s'écroule. Avant que sa mère ne la prive de ce qu'elle désirait plus que tout. Avant que les hommes ne se dressent devant elle avec leur regard tordu et plein de menace, qui faisait penser à des serpents.

Tout en se déshabillant, elle revenait par la prière à sa propre enfance. Elle posa son uniforme sur le lit. Puis elle enfila des vêtements doux aux tons pastel. Un changement s'opérait en elle. Comme si sa peau elle-même se transformait, redevenait celle de l'enfant.

Pour finir, elle ajusta sa perruque et ses lunettes. L'écho de la dernière prière s'estompait. *Au clair de la lune, mon ami n'a pas de nom, pas de nom, pas de nom...*

Elle entendit la première voiture s'arrêter devant la maison. Elle contempla son visage dans le grand miroir. *Ce n'était pas la Belle au Bois dormant qui s'était réveillée de son cauchemar. C'était Cendrillon.*

Elle était prête. Elle était devenue une autre. Elle rangea son uniforme dans un sac en plastique, lissa le couvre-lit et sortit de la chambre. Personne n'entrait jamais dans cette pièce, mais elle fit néanmoins tourner la clé dans la serrure et vérifia que la porte était bien fermée.

Peu avant dix-huit heures, elles étaient réunies. Il manquait une femme. Quelqu'un expliqua que l'absente avait eu ses premières contractions la veille au soir, deux semaines avant le terme. Mais elle était à l'hôpital, et l'enfant était peut-être déjà né.

Elle décida aussitôt qu'elle lui rendrait visite à la maternité le lendemain. Elle voulait la voir. Elle voulait voir son visage, après tout ce qu'elle avait enduré.

Puis elle écouta leurs histoires. De temps en temps, elle faisait semblant de prendre des notes dans son cahier. Mais ce n'étaient que des chiffres. Elle inventait sans arrêt des emplois du temps. Des horaires, des distances. C'était un jeu qu'elle pratiquait partout, qui ressemblait de plus en plus à une conjuration. Elle n'avait pas besoin de prendre des notes pour se souvenir de ce qu'on lui racontait. Chaque mot prononcé par ces voix effrayées, toute la douleur et l'angoisse qu'elles osaient enfin exprimer, se fixait aussitôt dans sa mémoire. Elle voyait bien le soulagement que cela leur apportait, aux unes et aux autres. Pour un court instant, peut-être. Mais qu'était la vie, sinon de courts instants ? *Un emploi du temps, une fois*

de plus. Des secondes qui se recoupaient, se remplaçaient l'une l'autre.
La vie était comme un pendule. Elle oscillait entre douleur et répit. Sans
arrêt, sans fin.

Elle s'était placée de manière à voir le grand four, derrière le
groupe des femmes. La lumière était tamisée. La pièce reposait dans
une pénombre douce. Elle se représentait cette lumière comme
féminine. Le four était un rocher, immobile, muet, au milieu d'une
mer vide.

Elles parlèrent pendant quelques heures et prirent ensuite le thé
dans la cuisine. Toutes connaissaient la date et l'heure de la réunion
suivante. Il n'y avait jamais de flottement ou d'incertitude à ce sujet.

Il était vingt heures trente lorsqu'elle les raccompagna jusqu'à la
porte. Elles leur serra la main à tour de rôle et accepta leurs témoignages de reconnaissance. Lorsque la dernière voiture eut disparu,
elle retourna dans sa chambre. Elle ôta sa perruque, ses lunettes. Elle
se changea à nouveau, prit le sac en plastique contenant l'uniforme
et quitta la chambre. Dans la cuisine, elle lava les tasses. Puis elle
éteignit les lumières et ramassa son sac à main.

Un court instant, elle resta immobile, debout près du four, et
prêta l'oreille. Tout était silencieux.

Puis elle quitta la maison. Une pluie fine s'était mise à tomber.
Elle monta dans sa voiture et prit la direction d'Ystad.

Il n'était pas encore minuit lorsqu'elle s'endormit dans son lit.

5

Wallander se réveilla le jeudi matin avec la sensation d'avoir bien dormi. Il n'avait plus du tout mal au ventre. Il se leva à six heures et vit que le thermomètre extérieur indiquait cinq degrés. Des nuages lourds masquaient le ciel, les trottoirs étaient mouillés, mais il ne pleuvait pas. Peu après sept heures, il arriva au commissariat, où la paix matinale régnait encore. Dans le couloir, il se demanda soudain s'ils avaient retrouvé Holger Eriksson. Il enleva sa veste et s'assit à son bureau. Il y avait quelques messages téléphoniques, et une note d'Ebba lui rappelait qu'il avait rendez-vous chez l'opticien ce jour-là. Il l'avait oublié. Pourtant, il savait très bien que cette visite ne pouvait être repoussée. Il lui fallait des lunettes de lecture. Dès qu'il restait un peu trop longtemps penché sur ses dossiers, les lettres commençaient à se confondre et lui donnaient la migraine. Il aurait bientôt quarante-sept ans. Et ce n'était qu'un début. Un autre message lui signalait un appel de Per Åkeson, du ministère public. Sachant qu'il était matinal, il l'appela aussitôt à son bureau, situé dans une autre partie du bâtiment. On l'informa qu'Åkeson était à Malmö. Wallander rangea le message et alla chercher un café. Puis il se rassit dans son fauteuil et tenta de formuler une stratégie pour la poursuite de l'enquête sur les voitures volées. Le crime organisé, sous toutes ses formes, comportait le plus souvent un maillon susceptible d'être brisé si on y appliquait une pression suffisante. Le seul espoir de la police était de découvrir ce point faible.

Il fut interrompu dans ses réflexions par la sonnerie du téléphone. C'était Lisa Holgersson, leur nouveau chef, qui voulait lui souhaiter la bienvenue après son voyage.

— Ça s'est bien passé ? demanda-t-elle.

— Très bien, répondit Wallander.

— On redécouvre ses parents…

– Et eux découvrent peut-être leurs enfants sous un nouveau jour.

Elle s'excusa un instant, et Wallander entendit que quelqu'un entrait dans son bureau et lui posait une question. Il pensa furtivement que Björk ne lui aurait jamais demandé comment s'était passé son voyage. Puis il entendit à nouveau la voix de Lisa Holgersson.

– J'ai passé quelques jours à Stockholm, dit-elle. C'était moyennement drôle.

– Ah oui? Qu'est-ce qu'ils ont inventé cette fois?

– Je pense à l'*Estonia*. Aux policiers qui sont morts.

Wallander ne répondit pas. Il aurait dû comprendre d'emblée.

– Tu imagines l'ambiance qui régnait là-bas, poursuivit-elle. Comment pouvions-nous rester assis là à discuter de la coordination entre la brigade criminelle centrale et les districts?

– On est aussi démuni que n'importe qui, face à la mort. On s'imagine que non, qu'on en a trop vu. On croit avoir l'habitude. Mais ce n'est pas vrai.

– Un ferry fait naufrage par une nuit de grand vent, et soudain la mort redevient visible en Suède. Alors qu'elle était de plus en plus dissimulée, niée.

– Je n'y avais pas pensé, dit Wallander. Mais tu as sans doute raison.

Il l'entendit tousser dans le combiné. Après un bref silence, elle reprit la parole.

– Nous avons évoqué les problèmes de coordination. Et l'éternelle question des priorités.

– Pour moi, dit Wallander, notre priorité devrait être d'arrêter des criminels et d'accumuler suffisamment de preuves pour qu'ils soient jugés.

– Si les choses pouvaient être aussi simples, soupira-t-elle.

– Je suis content de ne pas être chef.

– Moi-même, parfois, je m'interroge…

Elle laissa sa phrase en suspens et Wallander crut qu'elle allait mettre un terme à la conversation. Mais elle reprit la parole.

– Je leur ai promis que tu viendrais à l'école de police début décembre. Ils veulent que tu leur fasses une conférence sur l'enquête de l'été dernier. Si j'ai bien compris, ce sont les élèves eux-mêmes qui ont fait la demande.

Wallander avala sa salive.

– Je ne peux pas, dit-il. Je suis incapable de jouer au prof. Quelqu'un d'autre peut s'en charger. Martinsson est très doué pour ça. Il voulait même devenir politicien dans le temps.

Il l'entendit rire.

– Je leur ai promis que tu viendrais. Ça se passera bien, j'en suis sûre.

– Je dirai que je suis malade.

– Décembre est encore loin. Nous avons le temps d'en reparler. En fait, je voulais juste savoir comment s'était passé ton voyage. Maintenant, je sais qu'il était réussi.

– Ici, tout est calme. Nous avons une disparition. Mais les autres s'en occupent.

– Quelle disparition ?

Wallander rendit compte de sa conversation avec Sven Tyrén.

– Est-ce que c'est souvent grave, quand les gens disparaissent ? demanda-t-elle. Que disent les statistiques ?

– Je n'en sais rien. Je sais juste que c'est très rarement un crime, ou même un accident. Parfois, ce sont des personnes âgées séniles qui s'égarent. Dans le cas des jeunes, c'est en général une fugue, par révolte contre les parents ou par goût de l'aventure. Il est très rare que ce soit sérieux.

Wallander se souvenait bien du dernier cas sérieux auquel il avait été confronté. Cet agent immobilier, une femme, qui avait disparu et qu'on avait retrouvée assassinée dans un puits. Cela s'était passé quelques années plus tôt et faisait partie des souvenirs les plus désagréables de sa carrière.

Ils conclurent la conversation. Wallander était bien décidé à refuser cette conférence à l'école de police. La proposition était flatteuse, certes. Mais l'aversion était la plus forte. Il espérait convaincre Martinsson de s'en charger à sa place.

Il retourna à ses trafiquants de voitures et commença à chercher le point faible qui permettrait de s'attaquer à l'organisation. Vers huit heures, il alla chercher un autre café et prit quelques biscottes au passage. Son estomac ne lui causait plus de problèmes. Il venait de se rasseoir lorsque Martinsson frappa à la porte.

– Ça va mieux ? demanda-t-il.

– Ça va bien. Et Holger Eriksson ?

Martinsson le dévisagea sans comprendre.

– Qui ?

– Holger Eriksson. J'ai rédigé un rapport avant-hier. Il a peut-être disparu. Je t'en ai parlé au téléphone.

Martinsson secoua la tête.

– Quand m'en as-tu parlé ?

– Hier matin. Quand j'étais malade.

– Ça a dû m'échapper. J'étais assez bouleversé par la catastrophe.
Wallander se leva.
– Hansson est arrivé? demanda-t-il. On doit commencer les
recherches tout de suite.
– Je l'ai aperçu dans le couloir tout à l'heure.
Ils le trouvèrent dans son bureau, en train de contempler un billet
de loterie qu'il venait de gratter. Il le déchira et jeta les morceaux
dans la corbeille.
– Holger Eriksson, dit Wallander. Le type qui a peut-être disparu.
Tu te souviens du camion-citerne qui bloquait l'entrée du commis-
sariat, mardi?
Hansson acquiesça.
– Le chauffeur s'appelait Sven Tyrén. Tu t'es rappelé qu'il avait
été impliqué dans des histoires de mauvais traitements.
– Je m'en souviens, dit Hansson.
Wallander avait du mal à cacher son impatience.
– Il était donc venu signaler la disparition de ce Holger Eriksson.
J'ai fait un tour à la ferme où il habite, et d'où l'on peut supposer
qu'il a disparu. J'ai rédigé un rapport là-dessus. Puis j'ai téléphoné
ici hier matin quand j'étais malade et je vous ai demandé de vous
occuper de l'affaire. Je la considérais comme sérieuse.
– On ne s'en est pas occupés, dit Martinsson. J'en assume la res-
ponsabilité.
Wallander comprit qu'il ne pourrait pas se mettre en colère.
– Des choses pareilles ne devraient pas se produire. Mais nous
pouvons invoquer des circonstances malheureuses. Je vais retourner à
la ferme. S'il n'y est toujours pas, il faudra commencer les recherches.
J'espère qu'on ne va pas le retrouver mort quelque part. En sachant
qu'on est restés vingt-quatre heures sans rien faire.
– On organise une battue? demanda Martinsson.
– Pas encore. Je vais commencer par y aller seul. Mais je vous
tiendrai au courant.
Wallander retourna dans son bureau et chercha le numéro de OK
dans l'annuaire. Une jeune fille décrocha à la première sonnerie.
Wallander se présenta et dit qu'il voulait parler à Sven Tyrén.
– Il est en livraison. Mais il a le téléphone dans la cabine.
Wallander nota le numéro dans la marge d'un mémo de la direc-
tion centrale. Peu après, la voix de Sven Tyrén lui parvint dans un
grésillement.
– Je crois que vous aviez raison, dit Wallander. Concernant la disparition de Holger Eriksson.

– Bien sûr que j'ai raison ! Il vous a fallu tout ce temps pour piger ça ?

Wallander répondit à la question par une autre question.

– Est-ce que vous n'auriez pas oublié quelque chose ?

– Quoi ?

– Vous le savez mieux que moi. Est-ce qu'il a de la famille quelque part ? Est-ce qu'il lui arrive de voyager ? Y a-t-il quelqu'un dans sa vie ? Tout ce qui pourrait donner une explication plausible à son absence.

– Il n'y a pas d'explication plausible. Je l'ai déjà dit. C'est pour ça que je suis venu au commissariat.

Wallander réfléchit. Sven Tyrén n'avait aucune raison de mentir. Son inquiétude était très manifestement sincère.

– Où êtes-vous ? demanda Wallander.

– Je reviens du port de Malmö. J'ai fait le plein au terminal.

– Je vais faire un tour chez Eriksson, dit Wallander. Je pars maintenant. Vous pouvez me rejoindre là-bas ?

– J'arrive, répondit Tyrén. Je serai là dans une heure. J'ai juste une livraison à faire dans une maison de retraite. On ne veut pas que les vieux prennent froid, pas vrai ?

Wallander mit fin à la conversation. Puis il quitta le commissariat sous une pluie fine.

Il sortit d'Ystad et prit la direction du nord avec un sentiment de malaise. S'il n'avait pas été souffrant, le malentendu ne se serait jamais produit.

L'inquiétude de Sven Tyrén était justifiée, il en était à présent convaincu. En fait, il le savait depuis mardi déjà. Et on était jeudi. Entre-temps, la police n'avait rien fait.

Lorsqu'il arriva chez Holger Eriksson, la pluie avait augmenté d'intensité. Il mit les bottes en caoutchouc qu'il gardait toujours dans le coffre de sa voiture. En passant, il souleva le battant de la boîte aux lettres. Elle contenait un journal et quelques lettres. Il traversa la cour et sonna à la porte. Puis il tira le trousseau de clés de sa poche et entra dans la maison. Il tenta de percevoir si quelqu'un était venu depuis sa propre visite. Mais rien ne paraissait différent de la dernière fois. L'étui à jumelles dans l'entrée était toujours vide, le poème toujours sur le bureau. Wallander ressortit dans la cour et contempla pensivement le chenil abandonné. Une bande de corneilles menait grand tapage dans un champ. Un lièvre mort, pensa-t-il avec distraction. Puis il retourna à sa voiture et prit une torche électrique. Méthodiquement, il commença à fouiller toute la maison. Holger Eriksson était un homme d'ordre. Dans une aile de bâtiment qui servait à la fois de garage et d'atelier, il trouva une Harley Davidson bien entretenue qu'il admira longuement. Puis il entendit un bruit de camion et ressortit pour accueillir Sven Tyrén. Celui-ci descendit de la cabine et lui jeta un regard interrogateur. Wallander secoua la tête.

– Il n'est pas ici, dit-il.

Ils entrèrent dans la maison. Wallander demanda à Tyrén de le suivre dans la cuisine. Il réussit à trouver quelques feuilles de papier pliées dans la poche de sa veste. Pas de stylo en revanche. Il retourna dans le séjour et prit celui qui se trouvait sur le bureau à côté du poème dédié au pic mar.

– Je n'ai rien à ajouter, commença Sven Tyrén avec méfiance. La police ferait mieux de commencer les recherches.

– On en sait toujours plus qu'on ne le pense, répliqua Wallander sans chercher à masquer l'irritation que lui inspirait l'attitude de Tyrén.

– Alors ? Qu'est-ce que je saurais sans le savoir ?

– Lui avez-vous parlé personnellement, pour la livraison ?

– Il a téléphoné au bureau. On a une fille là-bas. C'est elle qui s'occupe des commandes. Elle sait toujours où me trouver. On se parle plusieurs fois par jour, sur le portable.

– Et tout paraissait normal quand il a appelé ?

– Faudrait lui poser la question à elle.

– C'est bien mon intention. Comment s'appelle-t-elle ?

– Rut. Rut Eriksson.

Wallander prit note.

– Je suis passé à la ferme au début du mois d'août, poursuivit Tyrén. C'est la dernière fois que je l'ai vu. Il était exactement comme d'habitude. Il m'a invité à prendre le café. Il m'a lu quelques nouveaux poèmes. Et il m'a sorti quelques blagues. Pas mal, mais salées.

– C'est-à-dire ?

– Presque de quoi me faire rougir.

Wallander le dévisageait fixement. Soudain, il s'aperçut qu'il pensait à son père, qui pouvait lui aussi raconter des histoires grivoises.

– Vous n'avez jamais eu l'impression qu'il était en train de devenir sénile ?

– Il était aussi lucide que toi et moi réunis.

Wallander se demanda si c'était une insulte. Puis il laissa tomber.

– N'avait-il pas de famille ?
– Il ne s'est jamais marié. Il n'avait pas d'enfants. Pas de maîtresse. Du moins pas que je sache.
– Des frères et sœurs ? Des cousins ?
– Il ne m'en a jamais parlé en tout cas. Il avait décidé de léguer tous ses biens à une fondation de Lund.
– Quelle fondation ?
Tyrén haussa les épaules.
– Une association quelconque. Qu'est-ce que j'en sais ?
Wallander pensa avec un certain malaise aux Amis de la hache. Puis il se dit que Holger Eriksson avait sans doute légué sa ferme à la Fondation de Lund. Il prit note.
– A-t-il d'autres propriétés immobilières, à votre connaissance ?
– Qu'est-ce que ça serait ?
– Une autre ferme ? Un immeuble en ville ? Peut-être un appartement ?
Tyrén réfléchit avant de répondre.
– Non. Il avait cette ferme. Le reste se trouve à la banque. Handelsbanken.
– Comment le savez-vous ?
– Ses factures de fioul. Le paiement passait par une agence de Handelsbanken.
Wallander hocha la tête et replia ses papiers ; il n'avait pas d'autres questions. Il était à présent convaincu qu'il était arrivé quelque chose à Holger Eriksson.
– Je vous tiendrai au courant, dit-il en se levant.
– Que va-t-il se passer ?
– La police fait son travail, répliqua Wallander.
Ils sortirent dans la cour.
– Je veux bien vous aider à le chercher, dit Tyrén.
– Non, répondit Wallander. Nous préférons faire les choses à notre manière.
Sven Tyrén ne protesta pas. Il remonta dans la cabine et fit demi-tour avec adresse. Le camion-citerne disparu, Wallander se posta en bordure d'un champ et contempla un petit bois qu'on apercevait au loin. Les corneilles continuaient leur raffut. Wallander prit son téléphone portable, composa le numéro du commissariat et demanda Martinsson.
– Comment ça se passe ? demanda aussitôt celui-ci.
– Il va falloir organiser une battue. Hansson connaît l'adresse. Je veux qu'on commence le plus vite possible. Avec les chiens.

Il s'apprêtait à éteindre l'appareil lorsque Martinsson reprit la parole.

— Attends, dit-il. J'ai consulté l'ordinateur à tout hasard, pour voir si on avait quelque chose sur Holger Eriksson. La réponse est positive.

Wallander approcha le portable de son oreille et se mit sous un arbre pour s'abriter de la pluie.

— Alors?

— Il y a environ un an, il a signalé une tentative de cambriolage. *L'Isolée*, c'est bien le nom de la ferme?

— Oui. Continue.

— Sa déclaration a été enregistrée le 19 octobre 1993. C'est Svedberg qui s'en est chargé. Je l'ai interrogé là-dessus, mais il avait tout oublié, évidemment.

— Que s'est-il passé?

— Sa déclaration était un peu bizarre...

— Comment ça? fit Wallander avec impatience.

— Rien n'avait été volé. Pourtant, il était certain que quelqu'un s'était introduit dans la maison.

— Que s'est-il passé ensuite?

— Rien. On a classé l'affaire. On n'a même pas envoyé quelqu'un là-bas, puisque rien n'avait été volé. Mais la déclaration figure toujours dans le fichier. Et c'est Holger Eriksson qui l'a faite.

— Étrange. On verra ça plus tard. Envoie les chiens le plus vite possible.

Mais Martinsson n'avait pas fini.

— Il n'y a rien qui te frappe? demanda-t-il.

— Quoi donc?

— C'est la deuxième fois en quelques jours qu'on entend parler d'un cambriolage où rien n'a été volé.

Martinsson avait raison. Rien n'avait été pris chez le fleuriste de Västra Vallgatan.

— C'est bien le seul point commun, objecta Wallander.

— Le fleuriste a disparu, lui aussi.

— Non. Il est en voyage au Kenya. Il n'a pas disparu. Contrairement à Holger Eriksson.

Wallander rangea le téléphone dans sa poche, releva le col de sa veste et retourna à son inspection du garage, sans trop savoir ce qu'il espérait trouver. Il fallait attendre l'arrivée des chiens. Ensuite, on organiserait la battue et on commencerait à interroger les voisins. Après un moment, il ressortit du garage et retourna dans la maison.

Il se servit un verre d'eau à la cuisine. Le bruit des canalisations, lorsqu'il ouvrit le robinet, indiquait à lui seul que personne n'était venu là depuis plusieurs jours. Tout en buvant, il considéra distraitement les corneilles qui criaillaient au loin. Il reposa le verre et sortit. Il pleuvait à verse. Les corneilles criaillaient. Soudain, Wallander s'immobilisa. Il pensa à l'étui vide suspendu près de la porte d'entrée. Il regarda à nouveau les corneilles. Un peu plus loin, sur la colline, se dressait une tour. Il se tenait absolument immobile en essayant de réfléchir. Puis, lentement, il se mit à marcher, en suivant la bordure du champ. La terre grasse collait à la semelle de ses bottes. Il découvrit un sentier qui filait droit à travers champ. En le suivant du regard, il constata qu'il conduisait à la colline. Il estima la distance à deux cents mètres environ. Il reprit sa marche. La terre était mieux tassée sur le sentier, elle n'adhérait pas aux bottes. Les corneilles plongeaient en direction du champ, disparaissaient et resurgissaient. Il devait y avoir un repli de terrain ou un fossé de ce côté-là. Wallander continua. La tour apparut plus distinctement. Elle devait servir pour la chasse au lièvre, ou au cerf. De l'autre côté de la colline s'étendait un petit bois, qui appartenait vraisemblablement lui aussi au domaine de Holger Eriksson. Il constata bientôt que c'était bien un fossé qu'il avait devant lui. Quelques planches formaient comme une passerelle écroulée. Les corneilles étaient de plus en plus bruyantes. Puis elles prirent leur essor, toutes en même temps, et disparurent. Wallander avança jusqu'au bord du fossé et jeta un coup d'œil en bas.

Il tressaillit et fit instinctivement un pas en arrière. La nausée le submergea.

Après coup, il dirait que c'était l'une des pires visions qu'il ait jamais eu à affronter. Pourtant, en tant que policier, il avait vu beaucoup de choses au fil des ans qu'il aurait préféré ne jamais voir.

Mais sur le moment, tandis que la pluie dégoulinait du col de sa veste et s'insinuait sous sa chemise, il ne comprit pas ce qu'il avait sous les yeux. Un spectacle étrange, et irréel. Un spectacle encore jamais vu, de près ou de loin.

Une seule chose était absolument sûre : il y avait un mort dans le fossé.

Il s'accroupit avec précaution. Il dut s'obliger à ne pas détourner le regard. Le fossé était profond de deux mètres ou plus, et il était hérissé de pieux pointus enfoncés dans la boue, à la verticale. Un homme était empalé dessus. Les pieux sanglants, effilés comme des lances, avaient à certains endroits transpercé le corps de part en part.

Les corneilles s'étaient attaquées à la nuque. Wallander se releva. Il constata que ses jambes flageolaient. Puis il entendit un bruit de voitures. Il devina qu'il s'agissait des premières patrouilles.

Il recula d'un pas. Les pieux étaient apparemment en bambou. Comme de grosses cannes à pêche taillées en pointe à leur extrémité. Puis il considéra les planches écroulées. Dans la mesure où le sentier continuait de l'autre côté du fossé, elles devaient servir de passerelle. Pourquoi avaient-elles cédé? Il s'agissait de planches grossières, très résistantes. De plus, la largeur du fossé ne dépassait pas deux mètres.

Il entendit un chien aboyer et rebroussa chemin en direction de la ferme. Il souffrait de nausée aiguë. Et il avait peur. C'était une chose de découvrir un homme assassiné. Mais de cette manière? *Quelqu'un avait délibérément enfoncé ces pieux dans le fossé. L'homme avait été empalé.*

Il s'immobilisa sur le sentier et inspira à fond.

Des images de l'été lui revenaient à l'esprit. Cela allait-il recommencer? N'y avait-il aucune limite à ce qui pouvait arriver dans ce pays? Qui pouvait concevoir l'idée d'empaler un vieil homme dans un fossé?

Il se remit à marcher. Deux maîtres-chiens attendaient devant la maison. Il aperçut également Ann-Britt Höglund et Hansson. Tous deux portaient des vêtements de pluie.

Lorsqu'il entra dans la cour aux pavés ronds, les autres comprirent aussitôt qu'il s'était passé quelque chose.

Wallander s'essuya le visage et leur expliqua ce qu'il en était. Il entendit lui-même que sa voix tremblait légèrement. Il indiqua les corneilles qui étaient aussitôt retournées à leur besogne après son départ.

— Il est là-bas, dit-il. Il est mort. C'est un meurtre. Déclenchez l'alerte majeure.

Les autres attendaient qu'il ajoute quelques mots.

Mais il se détourna.

6

À la tombée de la nuit du jeudi 29 septembre, les policiers avaient tendu une bâche au-dessus de l'emplacement où le corps de Holger Eriksson avait été retrouvé, empalé sur neuf pieux de bambou épais. On avait déblayé la boue mêlée de sang au fond du fossé, sous une pluie persistante qui rendait la scène encore plus macabre. Wallander et ses collègues avaient rarement travaillé dans des conditions aussi lugubres. La terre grasse collait à leurs bottes, ils trébuchaient sur les câbles électriques qui serpentaient dans la boue, et la lumière crue des projecteurs renforçait l'impression d'irréalité et de malaise. Entre-temps, ils avaient fait venir Sven Tyrén afin qu'il identifie le corps. C'était bien Holger Eriksson. Aucun doute à ce sujet. Les recherches avaient pris fin avant même de commencer. Tyrén s'était montré d'un calme surprenant, comme s'il ne comprenait pas vraiment ce qu'il avait sous les yeux. Ensuite, il avait passé plusieurs heures à déambuler nerveusement autour du périmètre de sécurité, sans un mot, jusqu'au moment où Wallander s'aperçut qu'il avait disparu.

Wallander se faisait l'effet d'un rat trempé pris au piège au fond de ce fossé. Quant à ses collègues, un regard suffisait pour constater qu'ils tenaient le coup au prix d'un effort gigantesque. Svedberg et Hansson avaient dû quitter les lieux à tour de rôle pour cause de nausée aiguë. Mais Ann-Britt Höglund, qu'il aurait préféré renvoyer chez elle dès le début de la soirée, paraissait étrangement sereine. Lisa Holgersson était arrivée aussitôt après la découverte du corps. Elle avait organisé le travail sur les lieux de manière à ce qu'ils ne se cognent pas les uns aux autres. Mais un jeune aspirant avait tout de même glissé dans la boue. Il était tombé dans le fossé, s'était blessé à la main sur l'un des pieux et avait dû se faire soigner par le médecin, qui essayait maintenant de décider comment ils parviendraient à dégager le cadavre. Wallander, présent au moment où l'aspirant était tombé, avait entrevu en un éclair de quelle manière les choses avaient dû se passer pour Holger Eriksson. C'était d'ailleurs un des premiers gestes qu'il avait faits en revenant sur le lieu du meurtre : examiner les planches en compagnie de Nyberg, l'expert technique du groupe. Sven Tyrén avait confirmé que ces planches servaient de passerelle. Holger Eriksson les avait assemblées lui-même. Tyrén l'avait accompagné une fois jusqu'à la tour de la colline. Wallander crut comprendre que Holger Eriksson se passionnait pour les oiseaux. Ce n'était pas une tour de chasse, mais une tour d'observation. Les jumelles correspondant à l'étui vide avaient été retrouvées autour de son cou. Il ne fallut pas longtemps à Sven Nyberg pour constater que les planches avaient été sciées presque de part en part. Après cette information, Wallander s'était éloigné pour réfléchir et tenter de se représenter l'enchaînement des événements, sans succès. Ce fut seulement lorsque Nyberg constata que les jumelles étaient adaptées à la vision nocturne que Wallander commença à deviner un scénario possible. En même temps, il avait du mal à y croire. S'il avait raison, ils se trouvaient en présence d'une mise en scène si atroce, dans sa minutie et sa brutalité, qu'elle en devenait presque inimaginable.

En fin de soirée, ils s'attaquèrent à la tâche sinistre consistant à dégager le corps. Ils commencèrent par débattre avec le médecin et avec Lisa Holgersson : fallait-il déterrer les pieux, les scier ou alors – mais c'était presque insoutenable – arracher le corps ?

Ils optèrent pour la dernière solution, sur le conseil de Wallander. C'était important qu'ils puissent voir le lieu du crime exactement tel qu'il était avant la chute mortelle. Wallander se sentit obligé de participer personnellement à la dernière phase du travail, lorsqu'il fallut détacher et emporter le cadavre. Il était alors minuit passé, il pleuvait toujours, quoique moins fort, et on n'entendait plus que le bruit du groupe électrogène et des bottes qui pataugeaient dans la boue.

Ensuite, il y eut un moment d'inactivité. Personne ne parlait. Quelqu'un avait apporté du café. La fatigue se lisait sur les visages, qui paraissaient fantomatiques dans la lumière blanche. Wallander pensa qu'il devait rassembler ses collaborateurs pour faire le point. Que s'était-il passé au juste ? Comment devaient-ils poursuivre ? Ils étaient tous épuisés. La nuit était déjà bien avancée. Ils étaient déprimés, trempés, affamés. Martinsson serrait un portable contre son oreille. Parlait-il à sa femme, qui était perpétuellement inquiète ? Mais après avoir glissé le téléphone dans sa poche, Martinsson leur annonça que d'après le météorologue de garde, la pluie allait cesser au cours de la nuit. Au même instant, Wallander décida qu'ils n'avaient rien de mieux à faire qu'attendre le lever du jour. Ils n'avaient pas encore trouvé de meurtrier potentiel, ils n'en étaient qu'aux préliminaires de l'enquête. Les chiens, appelés au départ pour rechercher Holger Eriksson, n'avaient flairé aucune piste. Plus tôt dans la soirée, Wallander et Nyberg étaient montés dans la tour. Mais ils n'avaient rien découvert d'intéressant. Lisa Holgersson était toujours là ; Wallander se tourna vers elle.

– Nous ne pouvons rien faire de plus dans l'immédiat, dit-il. Je propose que nous nous retrouvions ici au lever du jour. Le plus urgent, dans l'immédiat, c'est de nous reposer.

Personne n'avait d'objection à faire. Ils étaient tous pressés de partir. Sauf Sven Nyberg. Wallander savait qu'il continuerait de travailler toute la nuit et qu'il serait encore là à leur retour. Les autres commencèrent à remonter vers les voitures garées dans la cour de la ferme. Wallander s'attarda un instant auprès de Nyberg.

– Qu'en penses-tu ? demanda-t-il.

– Rien. Sinon que je n'ai jamais vu quelque chose qui ressemble à ça.

Wallander hocha la tête sans répondre. Lui non plus n'avait jamais rien vu de pareil. Ils contemplaient le fossé par l'échancrure de la bâche.

– Que regardons-nous au juste ? demanda Wallander.

– La copie d'un piège asiatique. Dont on se sert pour capturer les fauves. Mais aussi en cas de guerre.

Wallander acquiesça.

– Ce genre de bambou épais ne pousse pas en Suède, poursuivit Nyberg. C'est un produit d'importation. Pour les cannes à pêche et le mobilier.

– Et il n'y a pas de fauves en Scanie, ajouta Wallander pensivement. Ni de guerre. Alors ? Qu'est-ce que nous regardons, au juste ?

– Quelque chose qui n'a rien à faire ici. Quelque chose qui cloche. Quelque chose qui me fait peur.

Wallander le considéra attentivement. Il était rare que Nyberg prononce autant de mots à la suite. Quant à exprimer un sentiment personnel, ça ne lui arrivait pour ainsi dire jamais.

– Ne reste pas trop tard, dit-il en prenant congé.

Nyberg ne répondit pas.

Wallander franchit le périmètre de sécurité, fit un signe de tête aux policiers qui garderaient le lieu du crime au cours de la nuit et remonta en direction de la ferme. Lisa Holgersson l'attendait sur le chemin. Elle tenait une lampe de poche.

– Il y a des journalistes là-haut, dit-elle. Que pouvons-nous leur dire ?

– Pas grand-chose.

– Même pas le nom de Holger Eriksson…

Wallander réfléchit avant de répondre.

– Je crois que si, dit-il enfin. J'en prends la responsabilité. Je crois qu'on peut se fier au livreur de fioul. Holger Eriksson n'avait pas de famille. Dans ce cas, on peut divulguer son nom. Cela peut nous être utile.

Ils se remirent en marche. Derrière eux, les projecteurs faisaient une lumière blafarde.

– Pouvons-nous leur dire autre chose ? demanda-t-elle.

– Que c'est un meurtre. Ça, on peut l'affirmer avec certitude. Mais nous n'avons pas de mobile, pas de meurtrier potentiel, aucune piste pour l'instant.

– Quelle est ton opinion personnelle ?

Wallander s'aperçut à quel point il était fatigué. Chaque pensée, chaque mot lui coûtait un effort presque surhumain.

– Je n'ai rien vu de plus que toi, dit-il. Mais tout a été minutieusement préparé. Holger Eriksson est tombé droit dans le piège. On peut en tirer au moins trois conclusions.

Ils s'arrêtèrent de nouveau ; il pleuvait un peu moins fort.

– Tout d'abord, dit Wallander, la personne qui a fait cela connaissait Holger Eriksson et au moins quelques-unes de ses habitudes. Deuxièmement, le meurtrier avait réellement l'intention de le tuer.

Il se remit à marcher.

– Et troisièmement ?

Wallander se retourna, considéra le visage pâle de Lisa Holgersson à la lueur de la torche électrique. Il se demanda vaguement quelle tête il faisait, lui. La pluie avait-elle déjà effacé son bronzage italien ?

– Celui qui a fait ça ne voulait pas seulement tuer Holger Eriksson. Il voulait lui faire le plus de mal possible. Eriksson est peut-être resté empalé longtemps avant de mourir. Personne ne l'a entendu, à part les corneilles. Les médecins pourront peut-être nous renseigner sur la durée de son agonie.

Lisa Holgersson fit la grimace.

– Qui est capable de faire une chose pareille ? demanda-t-elle.

– Je ne sais pas. Tout ce que je sais, c'est que ça me donne envie de vomir.

En arrivant à la bordure du champ, ils furent accueillis par deux journalistes et un photographe frigorifiés. Wallander les salua d'un hochement de tête. Il les connaissait tous. Il jeta un regard à Lisa Holgersson, qui fit un geste négatif. Wallander prit donc la parole et leur expliqua aussi brièvement que possible ce qui s'était passé. À la première question, il leva la main. Les journalistes disparurent.

— Tu as une bonne réputation, commenta Lisa Holgersson. J'en ai pris la mesure cet été. Il n'y a pas un district de police en Suède qui ne voudrait t'avoir dans son équipe.

Ils s'étaient arrêtés à hauteur de la voiture de Lisa Holgersson. Wallander comprit qu'elle était sincère. Mais il était trop épuisé pour apprécier le compliment.

— Organise l'enquête comme tu l'entends, poursuivit-elle. Dis-moi ce dont tu as besoin, je m'arrangerai pour te l'obtenir.

Wallander hocha la tête.

— On verra tout à l'heure, dit-il. Dans l'immédiat, j'ai surtout besoin de dormir, et toi aussi.

Il était près de deux heures du matin lorsque Wallander arriva à l'appartement de Mariagatan. Il se prépara quelques sandwiches qu'il mangea à la table de la cuisine. Puis il s'allongea sur son lit. Il avait mis le réveil à sonner à cinq heures.

À sept heures, ils étaient à nouveau rassemblés, dans la lumière grise du petit matin. Le météorologue avait eu raison. Il ne pleuvait plus. Au lieu de cela, le vent soufflait et il faisait nettement plus froid. Les policiers restés sur place avaient dû fabriquer des fixations provisoires pour empêcher la bâche de s'envoler. Puis la pluie avait soudain cessé, et Nyberg avait piqué une crise contre les dieux capricieux de la météo. Comme une nouvelle averse paraissait peu probable, ils avaient démonté la bâche, de sorte que Nyberg et les autres techniciens travaillaient à présent dans le fossé sans aucune protection contre le vent cinglant.

Pendant le trajet jusqu'à la ferme, Wallander avait essayé de réfléchir à la meilleure manière d'organiser l'enquête. Ils ne savaient rien de Holger Eriksson, sinon que c'était un homme riche. Cela pouvait constituer un mobile. Mais Wallander, d'emblée, était sceptique. Les pieux de bambou acérés parlaient un autre langage. Il ne pouvait pas l'interpréter pour l'instant, il ne savait même pas dans quelle direction il fallait chercher, mais il s'inquiétait déjà à l'idée qu'ils allaient peut-être au-devant d'une réalité qu'ils n'avaient pas les moyens de comprendre.

Comme toujours lorsqu'il était en proie au doute, ses pensées revenaient à Rydberg, le vieux policier qui lui avait tout appris et sans lequel il aurait fait un enquêteur assez médiocre. Rydberg était mort d'un cancer. Cela ferait bientôt quatre ans. Wallander eut un frisson à la pensée que le temps avait passé si vite. Puis il se demanda ce qu'aurait fait Rydberg à sa place. *Patience*, pensa-t-il. *Rydberg m'aurait récité son Sermon sur la Montagne. Il m'aurait dit que la règle de la patience s'imposait plus que jamais.*

Ils installèrent un quartier général provisoire dans la maison d'Eriksson. Wallander essaya de définir les tâches les plus urgentes et de les répartir le plus efficacement possible entre ses collaborateurs.

Au petit jour, au milieu des visages gris de fatigue et de découragement, Wallander tenta de faire le point sur l'état de l'enquête. Mais au fond, il n'avait qu'une chose à dire : ils ne disposaient d'aucune piste.

— Nous en savons très peu, commença-t-il. Un livreur de fioul nommé Sven Tyrén nous signale une disparition. Ça, c'était mardi. Si on se fie aux déclarations de Tyrén et à la date indiquée au bas du poème, on peut supposer que le meurtre s'est produit le mercredi 21 septembre, après dix heures du soir. Peut-être plus tard. Mais pas plus tôt. Nous ne pouvons pas préciser l'heure exacte pour l'instant. Il va falloir attendre le résultat de l'autopsie.

Wallander marqua une pause. Personne ne posa de question. Svedberg se moucha. Il avait les yeux brillants. Il avait sans doute de la fièvre, pensa Wallander. Il aurait mieux fait de rester au lit. D'un autre côté, Svedberg le savait aussi bien que lui, ils avaient besoin d'unir toutes leurs forces s'ils voulaient avancer.

— Nous ne savons pas grand-chose de Holger Eriksson, poursuivit Wallander. Un concessionnaire automobile à la retraite. Riche, célibataire, sans enfants. Plus ou moins poète et ornithologue amateur.

— Nous en savons un peu plus que ça, intervint Hansson. Holger Eriksson était un personnage connu. Du moins dans la région, il y a dix ou vingt ans. On peut dire qu'il avait une réputation de maquignon. Très dur en affaires. Il ne supportait pas les syndicats. Il gagnait énormément d'argent. Soupçonné de fraude fiscale. Mais je crois qu'il n'a jamais été condamné.

— En d'autres termes, dit Wallander, il avait peut-être des ennemis.

— Ça paraît même assez certain. Ce qui ne veut pas dire qu'ils auraient été prêts à le tuer. Surtout pas de cette manière.

Wallander résolut de ne pas aborder la question des pieux et de la passerelle sciée. Il voulait procéder par ordre. Ne fût-ce que pour ne pas confondre les détails dans son propre esprit épuisé. Là encore, il obéissait à une mise en garde de Rydberg. *Une enquête ressemble à un*

chantier de construction. Tout doit se faire dans le bon ordre, sinon ça
ne peut pas fonctionner.

— Notre priorité est de nous faire une opinion sur Holger Eriksson et sur sa vie. Mais avant de nous répartir le travail, je voudrais
essayer de vous donner une image de la façon dont les choses se sont
passées, selon moi.

Ils étaient assis autour de la longue table de la cuisine. Par la
fenêtre, Wallander distinguait le périmètre de sécurité et la bâche
démontée, en plastique blanc. Nyberg agitait les bras ; on aurait dit
un épouvantail en ciré jaune planté dans la boue. Wallander croyait
presque entendre sa voix exaspérée. Mais Nyberg était compétent et
consciencieux. S'il agitait les bras, c'est qu'il avait une bonne raison
de le faire.

L'attention de ses collaborateurs s'était entre-temps aiguisée. Il
connaissait bien ce phénomène, pour l'avoir vécu d'innombrables
fois. L'instant précis où le groupe d'investigation prenait forme, où
l'enquête démarrait pour de bon.

— Voici comment je crois que cela s'est passé, répéta Wallander,
lentement cette fois, en choisissant ses mots avec soin. Mercredi soir,
après vingt-deux heures, ou très tôt le jeudi matin, Holger Eriksson
quitte la maison. Il ne prend pas la peine de fermer la porte à clé
puisqu'il ne compte s'absenter qu'un court moment et qu'il n'a pas
l'intention de quitter ses terres. Il emporte des jumelles à vision nocturne. Il suit le sentier à travers champs en direction du fossé et de la
passerelle. Il est probablement en route vers la tour qui se dresse sur
la petite colline, de l'autre côté du fossé. Holger Eriksson s'intéresse
aux oiseaux. Cette époque, septembre et octobre, est la saison des
grandes migrations. Je ne sais pas grand-chose sur ce sujet, ni dans
quel ordre se font les départs. Mais j'ai entendu dire que beaucoup
de vols commençaient la nuit. Cela pourrait expliquer à la fois
l'heure et les jumelles à vision nocturne. À moins, une fois de plus,
que ça ne se soit passé le matin. Ensuite, la passerelle s'est brisée net,
puisque les planches avaient été sciées au préalable, pratiquement de
part en part. Il a été précipité en avant et il s'est empalé sur les
pieux. À supposer qu'il ait crié, personne ne l'a entendu. Comme
vous avez pu le constater, la ferme est loin de tout. Ce n'est pas pour
rien qu'il l'a appelée *L'Isolée*.

Wallander prit une Thermos et se servit du café avant de poursuivre.

— Voilà ce qui est arrivé, à mon avis. Ce scénario soulève bien plus
de questions qu'il n'apporte de réponses. Mais c'est de là qu'il faut

partir. Nous avons affaire à un meurtre soigneusement prémédité. Brutal et terrifiant. Nous n'avons aucun mobile plausible, ni même pensable. Nous ne disposons d'aucune piste.

Le silence se fit. Wallander jeta un regard circulaire. Ce fut Ann-Britt Höglund qui reprit la parole.

– Autre détail important, dit-elle. La personne qui a fait ça n'avait aucune intention de cacher son crime.

Wallander hocha la tête. Il comptait revenir précisément sur ce point.

– Ce n'est pas tout, dit-il. Si on y regarde de plus près, ce piège bestial peut être interprété comme une démonstration dans l'horreur.

– Aurions-nous affaire à un nouveau malade mental ? demanda Svedberg.

Chacun autour de la table comprit l'allusion. L'été n'était pas loin.

– Nous ne pouvons exclure cette hypothèse, dit Wallander. Nous ne pouvons rien exclure du tout.

– Cela ressemble à une fosse à ours, intervint Hansson. Ou à quelque chose qu'on aurait vu dans un vieux film de guerre qui se passe en Asie. Drôle de mélange. Une fosse à ours et un amateur d'oiseaux.

– Ou un marchand de voitures, objecta Martinsson qui n'avait pas ouvert la bouche jusque-là.

– Ou un poète, dit Ann-Britt Höglund. On a l'embarras du choix.

L'horloge indiquait sept heures trente. La discussion touchait à sa fin. Ils décidèrent que la cuisine de Holger Eriksson leur servirait de salle de réunion jusqu'à nouvel ordre. Svedberg partit en voiture pour avoir une conversation approfondie avec Sven Tyrén et l'employée qui avait pris la commande de Holger Eriksson. Ann-Britt Höglund allait veiller à ce que tous les voisins soient contactés et interrogés. Wallander, se rappelant le courrier dans la boîte aux lettres, lui demanda aussi de parler au facteur. Hansson passerait la maison au peigne fin avec l'aide d'un technicien de Nyberg, tandis que Lisa Holgersson et Martinsson se partageaient l'organisation de toutes les autres tâches.

La roue de l'enquête avait commencé à tourner.

Wallander enfila sa veste et sortit. Des nuages déchiquetés couraient dans le ciel. Il prit la direction du fossé où la bâche en plastique battait au vent. Soudain, il entendit le bruit caractéristique d'un vol d'oies. Il s'immobilisa et leva la tête. Il lui fallut un moment pour distinguer la petite formation, très haut dans le ciel, qui avait pris la direction du sud-ouest. Comme les autres oiseaux migrateurs qui passaient au-dessus de la Scanie, les oies quitteraient sans doute le pays par Falsterbo.

Wallander les suivit pensivement du regard. Il songeait au poème retrouvé sur la table du séjour. Puis il reprit sa marche, avec une inquiétude croissante.

Quelque chose, dans cet acte brutal, le mettait profondément mal à l'aise. Il pouvait s'agir d'un accès de haine aveugle ou de folie. Tout comme d'un meurtre froidement calculé. Il ne savait pas laquelle des deux hypothèses l'effrayait le plus.

En arrivant au bord du fossé, il vit que Nyberg et ses techniciens avaient commencé à déterrer les pieux sanglants. Chaque tige de bambou était enroulée dans une feuille de plastique avant d'être transportée jusqu'à une voiture. Nyberg avait le visage maculé de boue et se déplaçait avec raideur au fond du fossé.

Wallander se dit qu'il contemplait un tombeau.

– Comment ça va ? demanda-t-il d'une voix qui se voulait encourageante.

Nyberg marmonna une réponse inaudible. Wallander décida de remettre ses autres questions à plus tard. Nyberg était irritable et lunatique, et il n'hésitait jamais à déverser sa mauvaise humeur sur le premier venu. Au commissariat d'Ystad, on était convaincu qu'il n'hésiterait pas un instant à engueuler le grand patron de Stockholm lui-même s'il trouvait la moindre raison de le faire.

Les policiers avaient construit un pont provisoire au-dessus du fossé. Wallander le traversa et monta sur la colline. Le vent s'empara aussitôt de sa veste. Il considéra la tour, qui faisait environ trois mètres de haut. Elle était constituée du même type de planches que Holger Eriksson avait utilisées pour sa passerelle. Une échelle permettait d'atteindre le sommet. Wallander l'escalada jusqu'à la plate-forme, large d'un mètre carré à peine. Le vent lui fouettait le visage. Il n'était qu'à trois mètres au-dessus de la colline, mais tout le paysage en était modifié. Il entrevoyait Nyberg au fond du fossé. Au loin, il apercevait la ferme d'Eriksson. Il s'accroupit pour inspecter la plate-forme. Soudain, il regretta d'y être monté avant que Nyberg ait fini ses investigations et se dépêcha de redescendre. Au pied de la tour, il chercha un endroit où s'abriter du vent. Il se sentait épuisé. Il y avait aussi autre chose. Il essaya de donner un nom à cette sensation qui dépassait la simple fatigue. Du découragement ? Son plaisir avait vraiment été de courte durée. Juste le temps du voyage en Italie. La décision d'acheter une maison, peut-être aussi un chien. Et la venue prochaine de Baiba.

Puis un vieil homme se faisait empaler au fond d'un fossé – et le monde se dérobait à nouveau sous ses pieds.

Combien de temps encore aurait-il la force de continuer?

Il s'obligea à penser à autre chose. Le plus urgent, c'était de retrouver celui qui avait tendu ce piège macabre à Holger Eriksson. Wallander redescendit la colline avec précaution. À distance, il reconnut Martinsson qui approchait sur le sentier. Pressé, comme d'habitude. Wallander alla à sa rencontre. Il se sentait encore hésitant, peu sûr de lui. Par quel bout fallait-il attaquer l'enquête? Il cherchait une ouverture. Mais il n'avait pas l'impression de la trouver.

Puis il vit à l'expression de Martinsson qu'il était arrivé quelque chose.

– Qu'y a-t-il? demanda-t-il.

– Tu dois rappeler une certaine Vanja Andersson.

Wallander dut fouiller dans sa mémoire. Puis cela lui revint. La fleuriste de Västra Vallgatan.

– Plus tard, fit-il avec impatience. On n'a pas le temps.

– Je n'en suis pas si sûr, dit Martinsson d'une voix hésitante, presque comme s'il regrettait d'avoir à le contredire.

– Pourquoi pas?

– Apparemment, le fleuriste n'est jamais parti pour Nairobi. Le propriétaire. Gösta Runfeldt.

Wallander ne comprenait toujours pas où Martinsson voulait en venir.

– Son employée dit qu'elle a appelé l'agence de voyages pour connaître l'heure exacte de son retour. C'est comme ça qu'elle l'a appris.

– Appris quoi?

– Que Gösta Runfeldt ne s'était pas présenté à l'aéroport de Kastrup. Il n'est jamais parti pour l'Afrique. Pourtant, il avait payé son billet.

Wallander le dévisageait fixement.

– Ça veut dire que nous avons un disparu de plus, conclut Martinsson d'une voix hésitante.

Wallander ne répondit pas.

Il était neuf heures du matin, le vendredi 30 septembre.

7

Il fallut deux heures à Wallander pour se persuader que Martinsson avait eu raison. En revenant vers Ystad, après avoir pris la décision de rendre visite, seul, à Vanja Andersson, il se rappela aussi une remarque que Martinsson avait faite précédemment : qu'il y avait une autre ressemblance entre les deux affaires. Holger Eriksson était venu au commissariat un an plus tôt pour signaler un cambriolage où rien n'avait été volé. Et quelqu'un était entré par effraction dans le magasin de Gösta Runfeldt, sans rien prendre. Wallander roulait vers Ystad avec une appréhension croissante. Le meurtre de Holger Eriksson suffisait par lui-même. Ils n'avaient pas besoin d'une nouvelle disparition. Surtout pas si elle avait un lien avec Holger Eriksson. Ils n'avaient pas besoin d'un autre fossé aux pieux aiguisés. Wallander conduisait beaucoup trop vite, comme s'il cherchait à fuir cette pensée – qu'il était une fois de plus en passe de tomber tout droit dans un cauchemar. De temps à autre, il freinait brutalement, comme s'il donnait l'ordre à sa voiture, et non à lui-même, de se calmer et de réfléchir posément. Quels indices portaient à croire que Gösta Runfeldt avait réellement disparu ? Son absence pouvait avoir une explication plausible. Ce qui était arrivé à Holger Eriksson n'arrivait jamais. Certainement pas deux fois de suite. En tout cas pas en Scanie, et encore moins à Ystad. Il devait y avoir une explication, et Vanja Andersson allait la lui donner.

Mais il ne parvenait pas à se convaincre lui-même. Avant de se rendre à la boutique, il fit une halte au commissariat. Il trouva Ann-Britt Höglund dans le couloir et l'entraîna vers la cafétéria où quelques agents de la circulation épuisés somnolaient au-dessus de leur casse-croûte. Ils se servirent un café et s'assirent à une table. Wallander lui parla de la conversation téléphonique qu'avait eue Martinsson, et Ann-Britt Höglund eut la même réaction que lui.

Méfiance. C'était sans doute une simple coïncidence. Mais Wallander lui demanda de trouver une copie de la déclaration d'effraction faite par Holger Eriksson l'année précédente. Il voulait aussi qu'elle vérifie s'il existait un autre lien éventuel entre Holger Eriksson et Gösta Runfeldt. Si tel était le cas, on devait pouvoir le retrouver facilement dans l'ordinateur. Il savait qu'elle avait beaucoup à faire. Mais c'était urgent, dit-il. *Il fallait faire le ménage avant l'arrivée des invités.* Il s'étonna lui-même de la maladresse de sa métaphore. Il ne comprenait même pas d'où elle lui était venue. Ann-Britt Höglund lui jeta un regard interrogateur. Elle attendait la suite. Mais rien ne vint.

– Nous sommes pressés, ajouta-t-il simplement. Moins nous consacrerons de temps et d'énergie à constater qu'il n'existe aucun lien entre les deux hommes, mieux ça vaudra.

Il devait partir, et fit mine de se lever. Mais elle le retint par une question.

– Qui a pu faire ça ?

Wallander se rassit lentement. Il revoyait intérieurement les pieux ensanglantés. L'image était insoutenable.

– Je ne sais pas. C'est tellement sadique et macabre que je n'arrive pas à me représenter un mobile normal. À supposer qu'on puisse avoir une raison « normale » de tuer quelqu'un.

– Bien sûr que oui. On a tous connu des moments de rage où on a imaginé la mort de quelqu'un. Chez certains, l'inhibition normale ne joue pas. Ils tuent.

– Ce qui me fait peur, dit Wallander, c'est le côté minutieux des préparatifs. Celui qui a fait ça a pris son temps. Il connaissait les habitudes de Holger Eriksson en détail. Il a dû prendre des notes.

– Cela peut justement nous donner un fil conducteur. Holger Eriksson n'avait pas d'amis proches. Celui qui l'a tué devait pourtant se trouver dans les parages. D'une manière ou d'une autre. Il a en tout cas dû se rendre jusqu'au fossé. Il a scié les planches. Il est allé là-bas, et il en est reparti. Quelqu'un l'a peut-être vu. Ou remarqué une voiture inhabituelle. Les gens font attention à ce qui se passe. Les gens de la campagne sont comme les animaux de la forêt. Ils nous observent. Mais nous ne les voyons pas.

Wallander acquiesça distraitement. Il n'écoutait pas avec toute l'attention nécessaire.

– On en reparlera plus tard, dit-il. Je dois rendre visite à l'employée du fleuriste.

– Je vais voir ce que je peux trouver.

Ils se quittèrent à la porte de la cafétéria. Au moment où il sortait du commissariat, Ebba le rappela pour lui signaler que son père avait cherché à le joindre.

– Plus tard, répondit Wallander. Je n'ai pas le temps.

– C'est terrible, ce qui est arrivé.

Wallander eut presque l'impression qu'elle lui présentait ses condoléances pour un deuil personnel.

– Je lui ai acheté une voiture autrefois, dit-elle. Une PV 444.

Wallander mit un instant à comprendre qu'elle faisait allusion à Holger Eriksson.

– Tu conduis ? demanda-t-il, étonné. Je ne savais même pas que tu avais le permis.

– Conduite impeccable depuis trente-neuf ans. Et j'ai toujours la PV.

Wallander se rappela alors qu'il avait parfois aperçu une PV noire très bien entretenue sur le parking du commissariat, sans jamais se demander à qui elle appartenait.

– J'espère que tu as fait une bonne affaire.

– C'est Holger Eriksson qui a fait une bonne affaire, répondit-elle sans hésiter. Je l'ai payée beaucoup trop cher. Mais je m'en suis si bien occupée que j'ai peut-être fini par gagner au change. C'est une voiture de collection maintenant.

– Je dois y aller. Mais j'aimerais bien faire un tour avec toi à l'occasion.

– N'oublie pas de rappeler ton père, dit-elle.

Wallander s'arrêta net et réfléchit. Puis il se décida.

– Appelle-le. Rends-moi ce service. Appelle-le et explique-lui de quoi je m'occupe. Dis-lui que je lui téléphonerai dès que je pourrai. Ce n'était pas urgent, je suppose ?

– Il voulait seulement parler de l'Italie.

– On va en parler. Mais pas tout de suite. Dis-lui ça de ma part.

Wallander conduisit tout droit jusqu'à Västra Vallgatan. Il se gara avec négligence à cheval sur le trottoir et entra dans la boutique. Il y avait quelques clients. Il fit signe à Vanja Andersson qu'il pouvait attendre. Après une dizaine de minutes, ils se retrouvèrent seuls. Vanja Andersson écrivit un mot sur une feuille de papier qu'elle fixa sur la porte avec du scotch avant de fermer à clé. Wallander la suivit dans le petit bureau qui servait d'arrière-boutique. Le parfum des fleurs lui donnait presque le vertige. Puisqu'il n'avait pas de quoi noter, comme d'habitude, il prit une pile de cartes de visite sur la table et commença à griffonner au verso. L'horloge au mur indiquait onze heures moins cinq.

– Commençons par le commencement, dit Wallander. Vous avez téléphoné à l'agence de voyages. Pourquoi?

L'expression de Vanja Andersson trahissait son inquiétude. Il aperçut sur la table le journal *Ystads Allehanda*, avec un grand article en première page sur le meurtre de Holger Eriksson. Du moins, pensa-t-il, elle ne sait pas que je suis ici dans l'espoir de ne pas découvrir un lien entre Holger Eriksson et Gösta Runfeldt.

– Gösta avait noté la date de son retour sur un bout de papier, commença-t-elle. J'ai dû l'égarer. J'avais beau chercher, je ne le retrouvais pas. Alors j'ai appelé l'agence de voyages. Ils m'ont dit qu'il aurait dû partir le 23, mais qu'il ne s'était jamais présenté à Kastrup.

– Comment s'appelle cette agence?

– « Voyages spéciaux ». Elle se trouve à Malmö.

– À qui avez-vous parlé?

– Elle s'appelait Anita Lagergren.

Wallander prenait note.

– Quand avez-vous appelé?

Elle lui indiqua l'heure.

– Et qu'a-t-elle dit d'autre?

– Gösta ne s'est pas présenté à l'enregistrement à Kastrup. Ils ont appelé au numéro qu'il leur avait donné. Mais il n'y avait personne. L'avion est parti sans lui.

– Et après? Ils n'ont rien fait de plus?

– Anita Lagergren m'a dit qu'ils avaient envoyé une lettre à Gösta pour lui expliquer qu'il ne pouvait pas espérer se faire rembourser.

Wallander vit qu'elle était sur le point d'ajouter quelque chose. Mais elle se ravisa au dernier moment.

– À quoi pensiez-vous? dit-il avec douceur.

– Le voyage coûtait très cher. Anita Lagergren a mentionné le prix.

– Combien?

– Près de trente mille couronnes. Pour quinze jours.

Wallander lui donna raison. C'était vraiment très cher. Pour sa part, il n'aurait jamais pu se payer de telles vacances. Son père et lui avaient dépensé environ un tiers de cette somme à eux deux au cours de leur semaine à Rome.

– Je ne comprends pas, dit-elle soudain. Gösta n'aurait jamais fait une chose pareille.

Wallander suivait sa pensée.

– Depuis combien de temps travaillez-vous pour lui?

– Ça va faire onze ans.

– Et ça s'est toujours bien passé?

– Gösta est gentil. Il aime vraiment les fleurs. Pas seulement les orchidées.

– On reparlera des orchidées tout à l'heure. Comment le décririez-vous?

Elle réfléchit.

– Gentil et... normal, dit-elle. Réservé. Un solitaire.

Wallander pensa avec malaise que cette description aurait sans doute pu convenir à Holger Eriksson. Sauf peut-être le côté «gentil».

– Il n'était pas marié?

– Il était veuf.

– Avait-il des enfants?

– Deux. Ils sont mariés et ont eux-mêmes des enfants. Ni l'un ni l'autre n'habite en Scanie.

– Quel âge a-t-il?

– Quarante-neuf ans.

Wallander consulta ses notes.

– Veuf, répéta-t-il. Dans ce cas, sa femme devait être assez jeune lorsqu'elle est morte. C'était un accident?

– Je ne sais pas au juste. Il n'en parlait jamais. Mais je crois qu'elle s'est noyée.

Wallander changea de sujet. Ils auraient l'occasion de passer toutes ces informations au peigne fin. Si nécessaire. Il espérait que non. Wallander reposa son stylo. Le parfum des fleurs lui montait à la tête.

– Vous avez sûrement réfléchi, dit-il. À deux choses au moins. Pourquoi il n'est pas parti en Afrique. Et où il peut se trouver, s'il n'est pas à Nairobi.

Elle acquiesça. Wallander vit soudain qu'elle avait les larmes aux yeux.

– Il a dû lui arriver quelque chose, dit-elle. Après avoir parlé à l'agence de voyages, je suis allée à son appartement, qui se trouve tout près d'ici. J'ai les clés. Je devais arroser ses fleurs. J'y étais déjà allée deux fois depuis son départ, pour prendre le courrier. J'y suis donc retournée. Mais il n'était pas là. Il n'y était pas non plus revenu entre-temps.

– Comment le savez-vous?

– Je m'en serais aperçue.

– Que s'est-il passé, à votre avis?

– Je ne sais pas. Il se réjouissait à l'idée de ce voyage. Il comptait achever son livre sur les orchidées cet hiver.

Wallander constata que sa propre inquiétude ne faisait que croître. Un tic-tac intérieur s'était déclenché. Il reconnaissait ces signaux d'alarme muets.

Il rassembla les cartes de visite griffonnées.

– J'ai besoin de voir son appartement, dit-il. Et vous allez rouvrir la boutique. Je suis persuadé que tout cela a une explication très naturelle.

Elle lui jeta un regard aigu, comme si elle cherchait la confirmation de ces paroles rassurantes sur son visage. Il savait qu'elle serait déçue. Elle lui remit les clés de l'appartement, qui était situé un peu plus loin dans la même rue, en direction du centre.

– Je vous les rapporte dès que j'aurai fini, dit-il.

En ressortant dans la rue, il vit un vieux couple qui contournait péniblement sa voiture mal garée. Ils lui jetèrent un regard plein de reproche. Il prit un air dégagé et s'éloigna à pied.

L'appartement se trouvait au deuxième étage d'un immeuble du début du siècle. Il y avait un ascenseur. Mais Wallander prit l'escalier. Quelques années auparavant, il avait envisagé de prendre un appartement dans un immeuble semblable à celui-ci. À présent, il ne comprenait plus cette idée. S'il quittait Mariagatan, ce serait pour emménager dans une maison, avec un jardin. Et Baiba. Et peut-être aussi un chien. Il ouvrit la porte et entra dans l'appartement, en se demandant de façon fugitive combien de fois dans sa vie il avait pénétré ainsi ce territoire étranger que constitue le domicile d'un inconnu. Il resta un moment immobile dans l'entrée. Chaque logement avait son caractère propre. Au fil des ans, il avait affiné son habitude d'écouter l'écho laissé par les gens qui vivaient là. Puis il fit lentement le tour de l'appartement. C'était le premier pas, souvent décisif. La première impression. À laquelle il ne cesserait de revenir par la suite. Ici vivait un homme qui s'appelait Gösta Runfeldt et qui, un matin, ne s'était pas présenté comme prévu à l'aéroport de Kastrup. Wallander repensait à ce que lui avait dit Vanja Andersson. La joie que se faisait Gösta Runfeldt de ce voyage. Il sentit que sa propre inquiétude était à présent intense.

Après avoir visité les quatre pièces et la cuisine, il revint dans le séjour et se plaça au centre. C'était un appartement spacieux et clair, mais qui lui donnait confusément l'impression d'être meublé avec indifférence. La seule pièce qui avait du caractère était le bureau. Où régnait un agréable chaos de livres, de papiers, de lithographies de fleurs, et de cartes géographiques. Une table de travail surchargée. Un ordinateur éteint. Quelques photographies sur l'appui de la fenêtre. Enfants et petits-enfants. Une photo de Gösta Runfeldt posant dans un paysage asiatique, entouré d'orchidées géantes. Au verso, une indication à l'encre : *Birmanie, 1972*. Gösta Runfeldt souriait au photographe inconnu. Sourire aimable, visage bronzé. Les couleurs avaient pâli. Mais pas le sourire de Gösta Runfeldt. Wallander reposa la photographie et considéra un planisphère accroché au mur. Il eut quelques difficultés à situer la Birmanie. Puis il s'assit dans le fauteuil devant le bureau. Gösta Runfeldt devait partir en voyage. Mais il n'était jamais parti. Du moins pas à Nairobi à bord du charter de « Voyages spéciaux ». Wallander se releva et entra dans la chambre à coucher. Le lit était fait. Un lit étroit, pour une seule personne. Sur la table de chevet, une pile de livres. Wallander consulta les titres. Des ouvrages consacrés aux fleurs. Sauf un, qui portait sur le marché international des changes. Wallander le reposa. Il cherchait autre chose. Il se pencha et jeta un coup d'œil sous le lit. Rien. Il ouvrit l'armoire. Sur l'étagère supérieure, il entrevit deux valises. Il dut se mettre sur la pointe des pieds pour les attraper. Vides, l'une et l'autre. Puis il alla à la cuisine et rapporta une chaise. Il jeta un coup d'œil à l'étagère et trouva aussitôt ce qu'il cherchait. Dans l'appartement d'un homme seul, il était exceptionnel qu'il n'y eût pas de poussière. Celui de Gösta Runfeldt ne faisait pas exception à la règle. L'empreinte était très nette. Il y avait eu une troisième valise. Dans la mesure où les deux autres, qu'il venait d'examiner, étaient vieilles et que les serrures de l'une étaient cassées, Wallander conclut que Gösta Runfeldt avait utilisé la troisième. S'il était effectivement parti. Si la valise ne se trouvait pas ailleurs dans l'appartement. Il suspendit sa veste au dossier d'une chaise et ouvrit toutes les armoires et espaces de rangement où l'on aurait pu s'attendre à trouver une valise. Rien. Il retourna dans le bureau. Si Gösta Runfeldt était bien parti, il avait dû emporter un passeport. Il fouilla dans les tiroirs, qui n'étaient pas fermés à clé. Dans l'un d'eux, il découvrit un vieil herbier. Wallander l'ouvrit. *Gösta Runfeldt, 1955*. Écolier déjà, il collectionnait les fleurs. Wallander contempla un bleuet vieux de quarante ans. La couleur avait pâli, mais pas disparu. Pour sa part, Wallander n'avait jamais collectionné de plantes. Il continua à chercher, mais ne trouva aucun passeport. Il fronça les sourcils. Pas de valise. Pas de passeport. Pas davantage de billet d'avion. Il quitta le bureau et s'installa dans un fauteuil du séjour. Le fait de changer de siège l'aidait parfois à formuler ses pensées. Beaucoup d'indices portaient à croire que Gösta Runfeldt avait réellement quitté l'appartement. Avec son passeport, son billet d'avion et une valise.

Il poursuivit son raisonnement. Se pouvait-il qu'il lui fût arrivé quelque chose sur le chemin de Copenhague ? Avait-il pu, par exemple, tomber du ferry au cours de la traversée ? Dans ce cas, on aurait dû retrouver la valise. Il sortit les cartes de visite de sa poche, alla à la cuisine et composa le numéro de téléphone de la boutique. Par la fenêtre, il apercevait l'immense silo du port d'Ystad. Un ferry à destination de la Pologne doublait la jetée en pierre. Vanja Andersson décrocha.

– Je suis encore à l'appartement, dit-il. J'ai quelques questions. A-t-il dit de quelle manière il comptait se rendre à Copenhague ?

Elle répondit vite, sans hésiter.

– Il prenait toujours le ferry entre Limhamn et Dragør.

Cela faisait une incertitude de moins, pensa Wallander.

– Autre question, poursuivit-il. Savez-vous combien il avait de valises ?

– Non. Comment aurais-je pu le savoir ?

Wallander comprit qu'il aurait dû formuler la question autrement.

– À quoi ressemblait sa valise ? Vous avez peut-être eu l'occasion de la voir ?

– Il emportait toujours le minimum. C'était un voyageur expérimenté. Il avait un sac à bandoulière et une petite valise à roulettes.

– Quelle couleur ?

– Noire.

– Vous en êtes sûre ?

– Oui, dit-elle. J'en suis certaine. Il m'est quelquefois arrivé d'aller le chercher après ses voyages. À la gare ou bien à l'aéroport de Malmö. Gösta ne jetait jamais rien, à moins d'y être absolument obligé. S'il avait dû s'acheter une nouvelle valise, je l'aurais su. Il se serait plaint en disant qu'elle était trop chère. Il peut être un peu grippe-sou, parfois.

Mais le voyage à Nairobi avait coûté trente mille couronnes, pensa Wallander. Trente mille couronnes gaspillées en pure perte. Cela n'avait pu se produire avec son consentement.

Wallander se sentait de plus en plus mal à l'aise. Il dit à Vanja Andersson qu'il lui rapporterait les clés à la boutique dans une demi-heure. Après avoir raccroché, il pensa qu'elle fermait sans doute à l'heure du déjeuner. Puis il réfléchit à ce qu'elle venait de lui apprendre. Une valise noire. Celles qu'il avait trouvées dans la chambre étaient grises. Il n'avait pas non plus aperçu de sac à bandoulière. De plus, il savait maintenant que les départs en voyage de Gösta Runfeldt passaient par Limhamn. Il s'approcha de la fenêtre et contempla les toits. Le ferry vers la Pologne était parti.

Ça ne colle pas, pensa-t-il. Gösta Runfeldt n'a pas disparu de son plein gré. Il a peut-être eu un accident. Mais ce n'est même pas sûr.

Pour répondre immédiatement à l'une des questions les plus pressantes qu'il se posait, il appela les renseignements et obtint le numéro de la compagnie maritime qui assurait la liaison entre Limhamn et Dragör. Il eut de la chance, on lui passa aussitôt le responsable des objets perdus à bord. L'homme parlait danois. Wallander se présenta et l'interrogea à propos d'une valise noire, en précisant la date. Puis il attendit. Il fallut quelques minutes au Danois, qui s'appelait Mogensen, pour effectuer ses recherches.

– Rien, annonça-t-il en reprenant l'écouteur.

Wallander essaya de réfléchir. Puis il lui expliqua la situation.

– Est-ce qu'il arrive que des gens disparaissent de vos bateaux ? Qu'ils tombent par-dessus bord ?

– C'est très rare.

Wallander eut le sentiment que Mogensen parlait en connaissance de cause.

– Mais ça arrive ?

– Ça arrive sur toutes les lignes maritimes. Des gens se suicident. D'autres sont ivres morts. Certains délirent et veulent faire les funambules sur le bastingage. Mais c'est très rare.

– Avez-vous des chiffres sur le pourcentage de gens qu'on retrouve ? Noyés ou en vie ?

– Je n'ai pas de statistiques, répondit Mogensen. Mais on en entend parler. La plupart dérivent et s'échouent sur le rivage. Morts. Certains se prennent dans les filets de pêche. D'autres disparaissent pour de bon. Mais ils ne sont pas nombreux.

Wallander n'avait pas d'autres questions. Il remercia Mogensen pour son aide et raccrocha.

Il n'était sûr de rien. Pourtant, il avait maintenant une conviction. Gösta Runfeldt ne s'était jamais rendu à Copenhague. Il avait fait sa valise, pris son passeport et son billet et quitté l'appartement.

Puis il avait disparu.

Wallander repensa à la flaque de sang dans la boutique. Que

signifiait-elle? Avaient-ils fait fausse route? Cette effraction n'était peut-être pas du tout une erreur.

Il refit le tour de l'appartement. Essaya de comprendre. Il était presque midi et quart. Le téléphone sonna dans la cuisine. Au premier signal, il tressaillit. Puis il se dépêcha de répondre. C'était Hansson qui l'appelait depuis le lieu du meurtre.

– J'ai appris par Martinsson que Runfeldt avait disparu, dit-il. Quoi de neuf?

– En tout cas, répondit Wallander, il n'est pas ici.

– Tu as une idée de ce qui a pu se passer?

– Non. Mais je crois qu'il avait l'intention de partir. Quelque chose l'en a empêché.

– Tu penses qu'il y a un lien avec Holger Eriksson?

Wallander réfléchit. Que pensait-il, en réalité? Il n'en savait rien. Ce fut la réponse qu'il donna à Hansson.

– Nous ne pouvons pas écarter cette possibilité, se contenta-t-il de dire. Nous ne pouvons écarter aucune hypothèse.

Après avoir raccroché, Wallander refit encore une fois le tour de l'appartement, avec beaucoup de lenteur. Il avait le sentiment qu'il aurait dû remarquer autre chose. Il finit par laisser tomber et feuilleta le courrier dans le hall. Trouva la lettre de l'agence de voyages. Une facture d'électricité. Ainsi qu'un avis de passage du facteur signalant qu'un colis était arrivé de Borås. Runfeldt était invité à le retirer à la poste. Wallander empocha l'avis.

Vanja Andersson l'attendait dans la boutique lorsqu'il revint avec les clés. Il lui demanda de le contacter si elle se souvenait du moindre détail qui pouvait avoir de l'importance.

Puis il retourna au commissariat. Il laissa l'avis à Ebba en lui demandant d'envoyer quelqu'un à la poste pour récupérer le colis.

À treize heures, il referma la porte de son bureau.

Il avait faim.

Mais l'inquiétude était la plus forte. Il reconnaissait cette sensation. Il savait ce qu'elle signifiait.

Il pensait de plus en plus qu'ils ne retrouveraient pas Gösta Runfeldt vivant.

8

À minuit, Ylva Brink put enfin s'asseoir pour prendre un café. Lena Söderström, l'autre sage-femme de service à la maternité d'Ystad en cette nuit du 30 septembre, se trouvait dans l'une des chambres, où une parturiente avait ses premières contractions. Jusque-là, la nuit avait été active. Pas dramatique, mais bien remplie, sans temps de pause.

Elles étaient trop peu nombreuses : deux sages-femmes et deux infirmières pour faire face à tous les aléas de la nuit. Plus un médecin qu'elles pouvaient appeler en cas d'hémorragie ou autres complications. Mais elle avait connu pire, songea-t-elle en s'installant sur la banquette avec sa tasse de café. Quelques années plus tôt, elle avait été l'unique sage-femme au cours des longues nuits. Cela avait parfois conduit à des situations difficiles, où elle aurait dû, pour bien faire, être à deux endroits en même temps. Elles avaient alors réussi à convaincre la direction de la nécessité d'être toujours au moins deux sages-femmes pendant la nuit.

L'office se trouvait au centre du vaste service d'obstétrique. Les baies vitrées lui permettaient de surveiller ce qui se passait dans le couloir. Pendant la journée, il y avait toujours du mouvement. Mais la nuit, tout était différent. Elle aimait travailler de nuit, contrairement à beaucoup de ses collègues, qui avaient des enfants et qui ne pouvaient pas récupérer leurs heures de sommeil pendant la journée. Celles-là auraient préféré ne jamais être de service la nuit, si elles avaient pu choisir. Mais les enfants d'Ylva Brink étaient grands et son mari, chef machiniste à bord d'un pétrolier qui circulait entre l'Asie et le Moyen-Orient, était souvent absent. Elle aimait bien la nuit. Elle trouvait apaisant de travailler pendant que les autres dormaient.

Elle savoura son café et se servit du quatre-quarts posé sur la table basse. L'une des infirmières entra et s'assit, bientôt rejointe par la

deuxième. Une radio était allumée dans un coin. Elles parlèrent de
l'automne, de la pluie persistante. L'une d'elles avait entendu sa
mère prédire un hiver long et froid. Ylva Brink pensa aux rares occasions où la Scanie s'était retrouvée sous la neige. Ça n'arrivait pas
souvent. Mais cela entraînait parfois des conséquences dramatiques
pour les femmes qui devaient accoucher et qui ne pouvaient pas se
rendre à l'hôpital. Ylva Brink se souvenait du jour où elle avait failli
geler dans la cabine d'un tracteur qui avançait péniblement sous la
tempête vers une ferme isolée au nord de la ville. La femme avait eu
une hémorragie. C'était la seule fois dans toute sa carrière de sage-
femme où elle avait sérieusement eu peur de perdre une vie. Et cela
ne devait pas se produire. La Suède était un pays où les femmes ne
pouvaient tout simplement pas mourir en couches.

Mais pour l'instant, c'était l'automne. La saison des sorbiers aux
baies éclatantes. Ylva Brink, qui venait du nord du pays, regrettait
parfois les forêts mélancoliques du Norrland. Elle ne s'était jamais
habituée aux paysages plats de Scanie toujours balayés par le vent.
Néanmoins, son mari avait eu le dernier mot. Il était natif de Trelleborg et il n'aurait jamais pu imaginer de vivre ailleurs que dans le
sud. Lorsqu'il rentrait en Suède, c'est-à-dire pas très souvent.

Elle fut interrompue dans ses pensées par l'arrivée de l'autre sage-
femme. Lena Söderström avait trente et un ans. Elle pourrait être
ma fille, pensait parfois Ylva. J'ai exactement le double de son âge.

– Ce sera sans doute pour demain matin, dit Lena. L'équipe de
jour s'en chargera.

– La fin de la nuit s'annonce calme, dit Ylva. Dors un peu, si tu
es fatiguée.

Les nuits étaient longues, parfois. La possibilité de dormir une
demi-heure, ou même un quart d'heure, pouvait faire toute la différence. La fatigue aiguë disparaissait. Mais Ylva ne dormait jamais.
Depuis ses cinquante-cinq ans, elle remarquait que son besoin de
sommeil diminuait peu à peu. Elle y voyait un rappel de la brièveté
de la vie. Il ne fallait pas la gaspiller en dormant.

Une infirmière passa dans le couloir. Lena buvait du thé. Les deux
infirmières du service étaient penchées sur une page de mots croisés.
Il était presque minuit vingt.

Déjà le mois d'octobre, pensa Ylva. L'automne s'approfondit.
Bientôt l'hiver. Harry sera en congé en décembre. Un mois entier.
On va en profiter pour repeindre la cuisine. Elle n'en a pas besoin,
mais au moins, Harry aura de quoi s'occuper. Les vacances ne lui
valent rien. Il ne tient pas en place quand il est en vacances.

Une patiente sonna. L'une des infirmières se leva et revint après quelques minutes.

– C'était Maria de la 3 qui avait la migraine, dit-elle en reprenant ses mots croisés.

Ylva finit son café. Elle pensait à quelque chose, sans savoir quoi au juste. Puis elle comprit.

L'infirmière qui était passée dans le couloir.

Soudain, elle eut la sensation que quelque chose clochait. Toutes celles qui travaillaient dans le service étaient là, dans l'office. Et elles n'avaient reçu aucun appel des urgences.

Elle secoua la tête. Elle avait dû se faire des idées.

En même temps, elle savait que ce n'était pas le cas. Une infirmière qui n'avait rien à faire là était passée dans le couloir.

– C'était qui, tout à l'heure ? demanda-t-elle lentement.

Les autres levèrent la tête.

– Qui donc ? demanda Lena Söderström.

– Une infirmière est passée dans le couloir il y a quelques minutes. Pendant que nous étions toutes ici.

Les autres ne comprenaient toujours pas où elle voulait en venir. Elle ne le comprenait pas elle-même. Une autre patiente sonna. Ylva posa aussitôt sa tasse.

– J'y vais, dit-elle.

C'était la dame de la chambre 2, qui attendait son troisième enfant. Ylva soupçonnait que ce bébé n'était pas vraiment prévu au programme. Elle lui donna quelque chose à boire et ressortit dans le couloir. Elle jeta un regard à gauche et à droite. Aucune porte ouverte. Mais une infirmière était passée. Elle n'avait pas rêvé. Le sentiment de malaise la reprit. Quelque chose clochait. Elle s'immobilisa et prêta l'oreille. Le son assourdi de la radio lui parvenait de l'office. Elle y retourna et reprit sa tasse au passage.

– Ce n'était rien, dit-elle.

Au même instant, l'infirmière reparut dans le couloir. Cette fois, Lena Söderström la vit aussi. Tout se passa très vite. Elles entendirent la porte principale du service se refermer.

– Qui était-ce ? demanda Lena.

Ylva n'en avait aucune idée. Les deux autres levèrent la tête.

– De qui parlez-vous ?

– L'infirmière qui vient de passer.

Celle qui tenait le crayon et remplissait la grille des mots croisés se mit à rire.

– Mais nous sommes ici, dit-elle. Toutes les deux.

Ylva se leva vivement. Lorsqu'elle ouvrit la porte du couloir extérieur, qui reliait le service d'obstétrique au reste de l'hôpital, il n'y avait personne. Elle tendit l'oreille. Au loin, elle entendit une porte claquer. Elle revint sur ses pas.

— Personne, dit-elle.

— Que vient faire une infirmière d'un autre service chez nous ? demanda Lena. Sans même nous saluer ?

Ylva l'ignorait. En revanche, elle savait maintenant qu'elle n'avait rien inventé.

— Faisons le tour des chambres, dit-elle. Juste pour nous assurer que tout va bien.

Lena lui jeta un regard scrutateur.

— Pourquoi ?

— Pour vérifier. Rien de plus.

Elles se rendirent dans toutes les chambres. Tout paraissait normal. À une heure du matin, une femme se mit à saigner. Le reste de la nuit fut chargé de travail. À sept heures, après la relève, Ylva Brink rentra chez elle. Elle habitait une villa, non loin de l'hôpital. Elle repensa à l'infirmière inconnue qu'elle avait entrevue dans le couloir. Soudain, elle eut la certitude que ce n'était pas une infirmière. Même si elle portait l'uniforme. Une infirmière ne serait tout simplement pas entrée ainsi, surtout de nuit, sans les saluer ni leur dire ce qu'elle faisait là.

Ylva Brink réfléchit encore. L'incident la rendait inquiète. La femme devait avoir une raison précise d'être là. Elle était restée dix minutes. Puis elle avait disparu. Dix minutes. Elle était entrée dans une chambre, elle avait rendu visite à quelqu'un. À qui ? Pourquoi ? Elle s'allongea, essaya de dormir. La pensée de cette femme la tracassait. À onze heures, elle renonça à trouver le sommeil. Elle se leva et se prépara un café en pensant qu'elle devait en parler à quelqu'un. Elle avait un cousin dans la police. Il pourrait lui dire si elle s'inquiétait pour rien. Elle composa le numéro de son domicile, mais le répondeur lui apprit qu'il était de service. Comme le commissariat n'était pas loin, elle décida de faire une promenade. Des nuages s'effilochaient dans le ciel. Elle songea que la police ne recevait peut-être pas de visiteurs le samedi. De plus, elle avait lu dans les journaux l'histoire horrible qui était arrivée près de Lödinge. Un marchand de voitures assassiné et jeté dans un fossé. La police n'avait peut-être pas de temps à lui consacrer. Même pas son cousin.

Elle s'arrêta à l'accueil et demanda si l'inspecteur Svedberg était là. On lui répondit qu'il était là. Mais qu'il était très occupé.

– Dites-lui que c'est Ylva. Je suis sa cousine.

Quelques instants plus tard, Svedberg vint la chercher. Comme il avait l'esprit de famille et qu'il l'aimait bien, il ne pouvait pas lui refuser quelques minutes de conversation. Il alla chercher du café, et ils s'installèrent dans son bureau. Elle lui relata l'incident de la nuit. Svedberg convint que c'était étrange. Mais ça ne méritait sans doute pas qu'on s'y attarde. Elle se laissa contenter par cette réponse. Les trois jours suivants, elle était de congé, et elle oublia bientôt l'infirmière qui était passée dans le couloir de la maternité dans la nuit du 30 septembre au 1er octobre.

Le vendredi, tard dans la soirée, Wallander réunit ses collaborateurs fatigués pour une nouvelle mise au point. Ils avaient fermé la porte de la salle de réunion à vingt-deux heures ; à minuit, ils y étaient encore. Wallander commença par leur expliquer en détail qu'ils avaient à présent une deuxième disparition sur les bras. Martinsson et Ann-Britt Höglund avaient fait un rapide survol des archives. Le résultat était jusqu'à présent négatif. Du côté de la police, rien n'indiquait pour l'instant l'existence d'un lien éventuel entre Holger Eriksson et Gösta Runfeldt. Vanja Andersson n'avait pas le souvenir d'avoir jamais entendu Gösta Runfeldt mentionner le nom de Holger Eriksson. La seule chose qu'ils pouvaient faire, conclut Wallander, c'était de continuer à travailler sans parti pris. Gösta Runfeldt pouvait réapparaître d'un instant à l'autre et donner une explication raisonnable à sa disparition. Mais ils ne devaient pas oublier l'existence de certains indices de mauvais augure. Wallander demanda à Ann-Britt Höglund de prendre la tête des recherches concernant Gösta Runfeldt. Cela ne signifiait pas pour autant qu'elle était détachée de l'enquête sur le meurtre de Holger Eriksson. Wallander, qui préférait en général travailler en équipe réduite pour les investigations difficiles, avait cette fois le sentiment qu'ils auraient peut-être dû demander des renforts dès le départ. Il en avait d'ailleurs parlé à Hansson, et ils avaient décidé d'un commun accord de ne pas soulever le sujet avant le début de la semaine suivante. Après tout, il se pouvait qu'ils effectuent une percée plus tôt que prévu.

Assis autour de la table de réunion, ils passaient en revue les résultats obtenus jusque-là par les uns et les autres. Comme toujours, Wallander commença par demander si quelqu'un avait une information décisive à communiquer au groupe. Son regard alla de l'un à l'autre ; ils secouèrent la tête à tour de rôle. Nyberg se moucha sans bruit. Il était à sa place habituelle, tout seul, en bout de table. Wallander lui donna la parole.

– Rien encore, dit Nyberg. Vous avez vu tout ce qu'il y avait à voir. Les planches ont été sciées presque de part en part. Il est tombé et il s'est empalé. Nous n'avons rien trouvé dans le fossé. Nous ne savons pas encore d'où proviennent les tiges de bambou.

– Et la tour ? demanda Wallander.

– Rien non plus. Évidemment, on est loin d'avoir fini. Si tu pouvais nous dire ce qu'on cherche, ça nous faciliterait le travail.

– Je ne sais pas, dit Wallander. Mais celui qui a fait ça devait bien venir de quelque part. Nous avons le sentier qui part de la maison de Holger Eriksson. Tout autour, il y a des champs. Et de l'autre côté de la colline, un bois.

– Il y a un chemin pour les tracteurs entre la colline et le bois, intervint Ann-Britt Höglund. On a trouvé des traces de pneus. Mais les voisins qu'on a interrogés jusqu'ici n'ont rien remarqué d'anormal.

Svedberg prit la parole.

– Le domaine de Holger Eriksson est très étendu, semble-t-il. J'ai parlé à un agriculteur du nom de Lundberg. Il a vendu plus de cinquante hectares à Eriksson il y a dix ans. Comme les terres lui appartiennent, les voisins n'avaient aucune raison de passer par là. Ça signifie que peu de gens ont eu l'occasion de voir quelque chose.

– Il nous reste beaucoup de personnes à interroger, dit Martinsson en feuilletant ses papiers. Par ailleurs, j'ai été en contact avec le laboratoire de médecine légale de Lund. Ils pensent pouvoir nous donner des informations lundi matin.

Wallander prit note. Puis il se tourna à nouveau vers Nyberg.

– Où on en est, pour la maison d'Eriksson ?

– On ne peut pas tout faire à la fois, répondit Nyberg froidement. Jusqu'ici, on a préféré rester dans la boue, puisqu'il risque de se remettre à pleuvoir d'un jour à l'autre. Je crois qu'on pourra s'attaquer à la maison demain matin.

– Très bien, dit Wallander aimablement.

Il n'avait pas la moindre envie de déclencher la colère de Nyberg. Ça risquait de provoquer une mauvaise ambiance qui influencerait toute la suite de la réunion. En même temps, cette attitude systématiquement lunatique l'énervait. Il constata aussi que Lisa Holgersson, qui était assise en milieu de table, avait pris note de l'agressivité de Nyberg.

Le compte rendu se poursuivit. Ils en étaient encore aux balbutiements de l'enquête. Wallander s'était souvent fait la réflexion que cette étape ressemblait à un travail de défrichement. Mais ils avançaient avec prudence. Tant qu'ils ne disposaient pas d'une ou de plusieurs pistes sérieuses, tous les détails gardaient une importance égale. Ils n'en étaient pas encore au point où certains commenceraient à paraître moins significatifs que d'autres.

Vers une heure du matin, Wallander constata qu'ils tâtonnaient. Les entretiens avec Rut Eriksson et Sven Tyrén n'avaient rien donné de neuf. Holger Eriksson avait passé sa commande de quatre mètres cubes de fioul. Rien d'inquiétant jusque-là. L'étrange déclaration de cambriolage de l'année précédente restait inexpliquée. Le travail de reconstitution de la vie et de la personnalité de Holger Eriksson avait à peine atteint sa vitesse de croisière. Pour l'instant, ils en étaient aux préliminaires de routine. L'enquête ne vivait pas encore de sa propre vie. Les éléments objectifs dont ils disposaient étaient peu nombreux. Eriksson était sorti de chez lui le mercredi 21 septembre après dix heures du soir, ses jumelles autour du cou. À ce moment-là, le piège mortel était déjà prêt. Il s'était engagé sur la passerelle et il avait trouvé la mort.

Après ce tour de table, Wallander s'essaya à un récapitulatif. Depuis le début de la réunion, il avait le sentiment d'avoir vu quelque chose, sur le lieu du meurtre, qui aurait dû retenir son attention. Quelque chose qu'il ne parvenait pas à interpréter. *La méthode*, pensa-t-il. *La présence de ces pieux. Un meurtrier choisit délibérément son langage. Pourquoi empaler un être humain ? Pourquoi se donne-t-il cette peine ?*

Dans l'immédiat, il préférait cependant garder ses réflexions pour lui. Elles étaient encore trop confuses pour être présentées au reste de l'équipe. Il se servit un verre d'eau minérale et repoussa les documents entassés devant lui.

– Nous cherchons un point de départ, commença-t-il. Nous sommes en présence d'un meurtre qui ne ressemble à rien de connu. Cela peut donner à penser que le mobile et le meurtrier diffèrent eux aussi de tout ce que nous avons connu jusqu'à présent. D'une certaine manière, cela évoque la situation de cet été. Cette fois-là, nous avons trouvé la solution en refusant de nous laisser aveugler. Cette fois encore, nous devons nous garder de tirer des conclusions hâtives.

Puis il s'adressa directement à Lisa Holgersson.

– Il va falloir travailler dur, dit-il. On est déjà samedi. Il n'y a rien à faire. Tout le monde doit continuer pendant le week-end. Nous ne pouvons pas attendre jusqu'à lundi.

Lisa Holgersson hocha la tête. Elle ne fit aucune objection. La réunion touchait à sa fin. Tous étaient fatigués. Mais Lisa Holgersson s'attarda, ainsi qu'Ann-Britt Höglund. Ils se retrouvèrent bientôt seuls dans la salle. Wallander pensa que là, pour une fois, les femmes étaient en majorité dans son univers.

— Per Åkeson voudrait te parler, dit Lisa Holgersson.

Wallander avait oublié de le rappeler. Il secoua la tête, plein de reproche envers lui-même.

— Je lui téléphonerai demain, dit-il.

Lisa Holgersson avait enfilé son manteau. Mais elle voulait visiblement ajouter quelque chose.

— Y a-t-il la moindre raison de penser que nous n'avons pas affaire à un dément? demanda-t-elle. Empaler quelqu'un sur des pieux... Pour moi, c'est le Moyen Age.

— Pas forcément, dit Wallander. On s'est servi de pièges semblables au cours de la Seconde Guerre mondiale. D'ailleurs, la bestialité et la folie ne marchent pas toujours main dans la main.

Lisa Holgersson ne parut pas satisfaite de la réponse. Elle s'appuya au montant de la porte et le dévisagea.

— Je ne suis pas convaincue. Peut-être pourrions-nous faire appel au psychologue qui est venu cet été? D'après ce que tu m'en as dit, il vous a beaucoup aidés.

C'était vrai. Mats Ekholm avait joué un rôle important. Il les avait aidés à construire un profil du meurtrier. Mais Wallander estimait qu'il était trop tôt pour faire à nouveau appel à lui. De façon générale, il se méfiait des rapprochements abusifs.

— Peut-être, dit-il sans conviction. Mais attendons un peu.

Lisa Holgersson lui jeta un regard aigu.

— Tu n'as pas peur qu'il recommence? Un nouveau piège hérissé de pieux?

— Non.

— Gösta Runfeldt?

Wallander se demanda soudain s'il ne s'était pas exprimé en dépit du bon sens. Mais il secoua de nouveau la tête. Il ne pensait pas que cela se reproduirait. Ou peut-être prenait-il simplement ses désirs pour des réalités?

Il ne savait pas.

— Le meurtre de Holger Eriksson a exigé des préparatifs minutieux, dit-il. C'est quelque chose qu'on fait une seule fois. Qui suppose en plus certaines conditions très particulières. Par exemple, un fossé suffisamment profond. Une passerelle. Et une victime qui sort de chez elle le soir ou à l'aube pour observer les oiseaux. J'ai bien conscience que c'est moi qui ai fait le rapprochement entre la dispa-rition de Gösta Runfeldt et ce qui s'est passé à Lödinge. Mais c'est avant tout par mesure de sécurité. Si je dois conduire cette enquête, il me faut à la fois une ceinture et des bretelles.

Elle haussa les sourcils. Ann-Britt Höglund éclata de rire.

– Je crois que je comprends, dit Lisa Holgersson en hochant la tête. Mais pense quand même à Ekholm.

– Compte sur moi, dit Wallander. Tu as peut-être raison. Mais il est encore trop tôt. Le résultat d'une initiative dépend souvent du moment choisi.

Lisa Holgersson hocha à nouveau la tête et boutonna son man-teau.

– Vous avez besoin de dormir tous les deux, conclut-elle. Ne res-tez pas trop longtemps.

– La ceinture et les bretelles…, dit Ann-Britt après son départ. C'est Rydberg qui t'a appris ça ?

Wallander ne se vexa pas. Il se contenta de hausser les épaules et commença à rassembler ses papiers.

– Il faut bien inventer quelque chose soi-même de temps en temps. Tu te souviens, quand tu es arrivée à Ystad ? Tu pensais que j'avais beaucoup de choses à t'apprendre. Maintenant tu vois peut-être à quel point tu te trompais ?

Elle s'était assise sur la table et contemplait ses ongles. Wallander pensa qu'elle était pâle, fatiguée et vraiment pas jolie. Mais compé-tente. Elle était cet oiseau rare : un policier dévoué. De ce point de vue, ils se ressemblaient. Il laissa retomber les papiers sur la table et s'enfonça dans son fauteuil.

– Dis-moi ce que tu vois, dit-il.

– Quelque chose qui me fait peur.

– Pourquoi ?

– La brutalité. La préméditation. L'absence de mobile.

– Holger Eriksson était un homme riche. Tout le monde confirme qu'il était dur en affaires. Il pouvait avoir des ennemis.

– Ça n'explique pas qu'on ait voulu l'empaler, dit-elle.

– La haine peut rendre aveugle. Tout comme l'envie. Ou la jalousie.

Elle secoua la tête.

– En arrivant là-bas, j'ai eu le sentiment que ce n'était pas juste un vieil homme qui avait été assassiné. Je ne peux pas m'expliquer plus clairement. Mais le sentiment était là. Et il était fort.

Wallander tressaillit malgré la fatigue. Il comprit qu'elle venait de dire quelque chose d'important. Qui recoupait de façon confuse les pensées qu'il avait eues lui-même.

– Continue, dit-il simplement. Suis ta pensée!

– Je n'ai pas grand-chose à dire. L'homme était mort. En le voyant, personne ne pourrait plus oublier la manière dont cela s'était passé. C'était un meurtre. Mais aussi autre chose.

– Chaque meurtrier a son langage, dit Wallander. C'est ce que tu penses?

– Plus ou moins.

– Il a voulu nous dire quelque chose?

– Peut-être.

Un code, pensa Wallander. Que nous ne parvenons pas encore à décrypter.

– Tu as peut-être raison, dit-il.

Ils restèrent un instant silencieux. Puis Wallander se leva avec lourdeur et continua de rassembler ses documents. Il découvrit un papier qui ne lui appartenait pas.

– C'est à toi? demanda-t-il.

Elle y jeta un regard.

– C'est l'écriture de Svedberg.

Wallander essaya de déchiffrer les mots griffonnés au crayon. Il était question de la maternité d'Ystad. D'une femme inconnue.

– Qu'est-ce que c'est? demanda-t-il. Svedberg va être papa? Il n'est même pas marié, que je sache. Est-ce qu'il a au moins quelqu'un dans sa vie?

Elle prit le papier et le parcourut avant de le lui rendre.

– Quelqu'un a apparemment signalé qu'une femme inconnue se promenait dans les couloirs de la maternité déguisée en infirmière, dit-elle.

Wallander fit une grimace ironique.

– On va s'en occuper dès qu'on aura le temps.

Il faillit jeter le papier à la poubelle, mais se ravisa. Il le donnerait à Svedberg le lendemain. Ils se séparèrent dans le couloir.

– Qui garde tes enfants? demanda-t-il. Ton mari est à la maison?

– Il est au Mali.

Wallander ne savait pas où se trouvait le Mali. Mais il ne lui posa pas la question.

Après son départ, Wallander resta seul dans le commissariat désert. Il alla dans son bureau, posa le papier de Svedberg sur la table et prit sa veste. En partant, il s'arrêta devant le central, où un policier solitaire lisait un journal.

– Personne n'a appelé, à propos de Lödinge ? demanda-t-il.
– Personne.

Wallander sortit et se dirigea vers sa voiture. Le vent soufflait fort. Il n'avait toujours pas appris de quelle manière Ann-Britt Höglund résolvait ses problèmes de garde d'enfants. Il chercha longtemps dans ses poches avant de trouver les clés de sa voiture. Puis il rentra chez lui. Malgré la fatigue, il resta assis sur le canapé à ruminer les événements de la journée. Il repensait surtout à ce que lui avait dit Ann-Britt Höglund juste avant qu'ils ne se séparent. Que c'était un meurtre. Mais aussi quelque chose d'autre. Quelque chose de plus.

Comment un meurtre pouvait-il être plus qu'un meurtre ?

Il était presque trois heures du matin lorsqu'il alla enfin se coucher. Avant de s'endormir, il pensa qu'il ne devait pas oublier d'appeler son père et Linda.

Il se réveilla en sursaut à six heures. Il avait fait un rêve. Holger Eriksson était vivant. Il se tenait sur la passerelle au-dessus du fossé. Wallander s'était réveillé à l'instant où les planches cédaient. Il s'obligea à se lever. La pluie avait repris, au-dehors. Dans la cuisine, il découvrit qu'il n'y avait plus de café. Il finit par trouver quelques cachets d'aspirine et resta longtemps assis à la table, la tête entre les mains.

À sept heures et quart, il était de retour au commissariat. Il se servit du café au passage.

En ouvrant la porte de son bureau, il découvrit quelque chose qu'il n'avait pas remarqué la veille au soir. Sur la chaise à côté de la fenêtre, il y avait un paquet. Il se rappela soudain l'avis de passage du facteur qu'il avait ramassé dans l'appartement de Gösta Runfeldt. Ebba avait donc fait le nécessaire. Il posa sa veste et commença à ouvrir le colis, en se demandant de façon fugitive s'il en avait le droit. Puis il considéra le contenu en fronçant les sourcils.

La porte de son bureau était restée ouverte. Martinsson passa dans le couloir.

Wallander l'appela. Martinsson apparut dans l'encadrement de la porte.

– Entre, dit Wallander. Jette un coup d'œil à ça.

9

Ils étaient penchés sur le colis de Gösta Runfeldt.

Pour Wallander, le contenu se réduisait à une série de fils électriques, de fiches de connexion et de petites boîtes noires dont il ne pouvait déterminer l'usage. Pour Martinsson au contraire, il ne semblait y avoir aucun doute sur ce que Gösta Runfeldt avait commandé et que la police avait, jusqu'à nouvel ordre, payé.

– C'est du matériel d'écoute sophistiqué, dit-il en examinant l'une des petites boîtes.

Wallander lui jeta un regard sceptique.

– Peut-on vraiment acheter ce genre d'équipement à une boîte de vente par correspondance de Borås ?

– Tu peux tout acheter par correspondance, répliqua Martinsson. Il y en a peut-être encore qui vendent de la camelote. Mais ce que tu vois là, c'est du matériel sérieux. En revanche, je ne sais pas si c'est bien légal. Il va falloir vérifier. L'importation de ces trucs-là est très réglementée.

Ils finirent de vider le carton sur le bureau de Wallander. Il n'y avait pas que du matériel d'écoute. À leur grande surprise, ils trouvèrent aussi un emballage contenant un pinceau aimanté et de la poudre. Cela ne pouvait signifier qu'une chose. Runfeldt avait l'intention de relever des empreintes digitales.

– Qu'en penses-tu ? demanda Wallander.

Martinsson secoua la tête.

– Ça paraît très étrange.

– Que peut faire un fleuriste avec du matériel d'écoute ? Espionner ses concurrents ?

– Et le pinceau aimanté… C'est encore plus bizarre.

Wallander fronça les sourcils. Il ne comprenait rien. C'était du matériel coûteux. Très technique. Wallander se fiait au jugement de

Martinsson. L'entreprise de vente par correspondance s'appelait
« Secur ».

– Appelons-les et demandons si Gösta Runfeldt leur a acheté
autre chose, proposa Wallander.

– À mon avis, ils ne doivent pas s'empresser de livrer des informations sur leurs clients. De plus, on est samedi et il est encore tôt.

– Ils ont un service de commande téléphonique qui fonctionne
vingt-quatre heures sur vingt-quatre, dit Wallander en indiquant la
facture.

– Un répondeur, sans doute. Il m'arrive d'acheter des outils de
jardinage par correspondance. Je sais comment ça se passe. Ils n'ont
pas de standardiste sur la brèche vingt-quatre heures sur vingt-
quatre, si c'est ça que tu crois.

Wallander contemplait l'un des minuscules micros.

– Est-ce que c'est vraiment légal ? Tu as raison, il va falloir vérifier.

– Tu veux une réponse tout de suite ? J'ai quelques mémos dans
mon bureau qui traitent de la question.

Martinsson disparut et revint quelques instants plus tard avec une
liasse de brochures.

– Unité d'information de la direction centrale, annonça-t-il. Ils
publient souvent des trucs intéressants.

– Je les lis quand j'en ai le temps, dit Wallander. Mais parfois je
me demande s'ils n'en font pas beaucoup trop.

– Ici, nous avons un mémo qui s'intitule « Écoutes téléphoniques
et procédure pénale », dit Martinsson en posant un document sur le
bureau. Mais ce n'est peut-être pas ce qui nous intéresse en premier
lieu. Par contre, voyons celui-ci : « Généralités sur le matériel
d'écoute ».

Martinsson le feuilleta, trouva le paragraphe qu'il cherchait et le
lut à haute voix.

– « La loi suédoise interdit la détention, la vente et l'importation
de matériel d'écoute. » Ça impliquerait logiquement qu'il soit aussi
interdit d'en fabriquer.

– Ça signifie que nous allons demander à nos collègues de Borås
de s'occuper de cette entreprise. Pour vente illégale. Et importation
illégale.

– Les entreprises de vente par correspondance sont très sérieuses en
général, dit Martinsson. Je soupçonne que la profession ne demande
qu'à se débarrasser des brebis galeuses.

– Appelle Borås, dit Wallander. Le plus vite possible.

Il repensait à sa visite à l'appartement de Gösta Runfeldt. Il n'avait pas remarqué de matériel de ce type lorsqu'il avait fouillé les tiroirs du bureau et les armoires.

— Je crois que nous allons demander à Nyberg d'y jeter un coup d'œil, dit-il. Rien d'autre dans l'immédiat. Mais ça me paraît étrange.

Martinsson était d'accord. Lui non plus ne comprenait pas ce qu'un passionné d'orchidées pouvait faire avec du matériel d'écoute. Wallander rangea à nouveau l'équipement dans sa boîte.

— Je vais faire un tour à Lödinge, dit-il.

— Moi, j'ai retrouvé quelqu'un qui a travaillé comme vendeur pour le compte de Holger Eriksson pendant plus de vingt ans. Je dois le rencontrer dans une demi-heure, à Svarte. Il devrait pouvoir nous donner une idée du monsieur.

Ils se séparèrent à l'accueil. Wallander portait le carton de Runfeldt sous le bras. Il s'arrêta pour parler à Ebba.

— Qu'a dit mon père ? s'enquit-il.

— Il m'a chargée de te dire que, naturellement, tu ne devais l'appeler que si tu en avais le temps.

Wallander se méfia aussitôt.

— Il avait un ton ironique ?

Ebba le considéra gravement.

— Ton père est un homme très aimable, dit-elle. Il a le plus grand respect pour ton travail.

Wallander, qui savait que la vérité était tout autre, se contenta de secouer la tête. Ebba indiqua le carton.

— J'ai payé ça de ma poche, dit-elle. Il n'y a plus de caisse commune dans les commissariats de nos jours.

— Dépose la facture sur mon bureau. Est-ce que ça va si on te rembourse lundi ?

Ebba accepta. Wallander quitta le commissariat. Il avait cessé de pleuvoir et le ciel commençait à s'éclaircir. On s'acheminait vers une belle journée d'automne. Wallander ouvrit la portière de sa voiture et posa le carton sur la banquette arrière. Il quitta Ystad. Le paysage était moins oppressant sous le soleil. L'espace d'un instant, il se sentit aussi un peu moins inquiet. Le meurtre de Holger Eriksson ressemblait à un cauchemar. Mais il pouvait peut-être malgré tout s'expliquer de manière plus ou moins sensée. La disparition simultanée de Gösta Runfeldt ne signifiait pas nécessairement qu'il s'était passé quelque chose de grave. Même s'il ne comprenait pas du tout la raison pour laquelle Runfeldt avait commandé du matériel d'écoute, ce détail pouvait aussi, paradoxalement, indiquer qu'il était encore en vie. Wallander avait pensé, de façon fugitive, que Runfeldt s'était peut-être suicidé. Mais il avait repoussé cette idée. La joie évoquée par Vanja Andersson n'annonçait pas vraiment une disparition dramatique suivie d'un suicide. Le paysage d'automne autour de lui était lumineux, limpide. Il se dit qu'il avait parfois un peu trop tendance à se laisser aller à ses démons.

Il bifurqua vers la ferme de Holger Eriksson et se gara au bord du chemin. Un homme – Wallander reconnut aussitôt un journaliste du quotidien *Arbetet* – vint à sa rencontre. Wallander tenait le carton de Runfeldt sous le bras. Ils se saluèrent. Le journaliste indiqua le carton d'un signe de tête.

– Tu apportes la solution ?

– Non.

– Sérieusement. Comment ça se passe ?

– On a prévu une conférence de presse lundi. D'ici là, nous n'avons pas grand-chose à dire.

– Mais il a été empalé sur des tubes en métal effilés ?

Wallander le considéra avec surprise.

– Qui a dit ça ?

– L'un de tes collègues.

Wallander avait du mal à le croire.

– Ce doit être un malentendu. Il n'y avait pas de tubes en métal.

– Mais il a été empalé ?

– Oui.

– Cela ressemblerait à une chambre de torture enterrée dans un champ de Scanie ?

– Ce ne sont pas mes paroles.

– Quelles sont tes paroles ?

– Il y aura une conférence de presse lundi.

Le journaliste insista.

– Tu dois bien pouvoir me donner quelque chose.

– Nous en sommes au début de l'enquête. Nous constatons qu'un meurtre a été commis. Mais nous n'avons pas de piste.

– Rien du tout ?

– Pour l'instant, je préfère ne pas en dire plus.

Le journaliste s'éloigna de mauvaise grâce. Wallander savait qu'il retranscrirait fidèlement ses paroles. C'était l'un des rares à n'avoir jamais déformé ses propos.

Il entra dans la cour aux pavés ronds. Au loin, la bâche abandonnée battait au vent. Le périmètre de sécurité était encore en place. On distinguait vaguement un policier au pied de la tour. Wallander songea qu'il n'y avait plus de raison de maintenir cette surveillance. Au moment où il arrivait devant la maison, la porte s'ouvrit. C'était Nyberg, chaussé de caoutchoucs.

– Je t'ai vu arriver par la fenêtre, expliqua-t-il.

Wallander constata aussitôt que Nyberg était de bonne humeur. C'était de bon augure pour le travail de la journée.

– Je t'apporte une boîte, dit Wallander en entrant. Je veux que tu y jettes un coup d'œil.

– Ça a un rapport avec Holger Eriksson?

– Avec Gösta Runfeldt. Le fleuriste.

Wallander posa le carton sur le bureau. Nyberg repoussa le poème pour faire de la place et déballa le contenu du carton. Son premier commentaire fut le même que celui de Martinsson. C'était bel et bien du matériel d'écoute. De très bonne qualité. Nyberg mit ses lunettes et chercha le nom du pays d'origine.

– Singapour, annonça-t-il après quelques instants. Mais le matériel a sans doute été fabriqué ailleurs.

– Où?

– Aux États-Unis ou en Israël.

– Pourquoi c'est marqué Singapour, alors?

– Certains fabricants adoptent un profil bas. Ceux qui sont impliqués dans l'industrie de l'armement en particulier. Ils ne dévoilent aucun secret, à moins d'y être forcés. Les composants techniques sont fabriqués à différents endroits dans le monde. L'assemblage se fait ailleurs. Le cachet d'origine peut être le fait d'un autre pays encore.

Wallander indiqua le matériel.

– Que peut-on faire avec ça?

– On peut mettre un appartement sur écoute. Ou une voiture.

Wallander secoua la tête, découragé.

– Gösta Runfeldt est fleuriste, dit-il. À quoi ça peut bien lui servir?

– Retrouve-le et pose-lui la question, répliqua Nyberg.

Ils rangèrent à nouveau le matériel dans la boîte. Nyberg se moucha. Wallander remarqua qu'il était sérieusement enrhumé.

– N'en fais pas trop, dit-il. Il faut aussi dormir parfois.

– C'est cette saloperie de boue. Ça me rend malade de rester sous la pluie. Je ne comprends pas qu'ils ne soient pas foutus de construire un abri mobile qui fonctionne même en Scanie.

– Écris un article là-dessus dans le journal de la police, proposa Wallander.

– Et quand est-ce que j'aurais le temps de faire ça?

La question resta sans réponse. Ils firent le tour de la maison.

– Je n'ai rien trouvé, dit Nyberg. Du moins pas encore. Mais la maison a beaucoup de recoins.

– Je reste encore un peu. J'ai besoin de jeter un coup d'œil.

Nyberg retourna auprès de ses techniciens. Wallander s'assit près de la fenêtre. Un rayon de soleil lui caressa la main. Il était encore bronzé. Son regard fit le tour de la grande pièce. Il pensait au poème. Qui écrit des poèmes sur un pivert ? Il prit la feuille de papier et relut les vers de Holger Eriksson. Il sentait bien que certaines formules étaient belles. Pour sa part, il lui était peut-être autrefois arrivé d'écrire une ligne ou deux dans les livres de poésie de ses copines d'école. Mais il n'avait jamais lu les poètes. Linda s'était plainte, à l'occasion, d'avoir grandi dans une maison sans livres. Wallander ne pouvait pas la contredire. Son regard errait dans la pièce. *Un marchand de voitures fortuné. Qui a près de quatre-vingts ans. Qui écrit des poèmes. Et qui s'intéresse aux oiseaux. Au point de sortir de chez lui, tard le soir, pour sentir la présence des volées invisibles. Ou alors avant l'aube.* Il laissait errer son regard. Le rayon de soleil réchauffait sa main gauche. Soudain, il se rappela un détail dans la déclaration de cambriolage qu'ils avaient retrouvée dans les archives. *Selon Eriksson, la porte d'entrée a été forcée à l'aide d'un pied-de-biche ou d'un instrument similaire. Selon Eriksson, rien n'a cependant été volé.* Il y avait aussi autre chose. Wallander chercha dans sa mémoire. Puis cela lui revint. *On n'avait pas touché au coffre-fort.* Il se leva et partit en quête de Nyberg. Il le trouva dans l'une des chambres à coucher. Wallander s'arrêta à la porte.

– As-tu découvert un coffre-fort ? demanda-t-il.

– Non.

– Il doit y en avoir un. Trouvons-le.

Nyberg était agenouillé à côté du lit. Lorsqu'il se releva, Wallander remarqua qu'il portait des protège-genoux.

– Tu en es sûr ? demanda Nyberg. J'aurais dû m'en apercevoir.

– Oui, dit Wallander. Il y a un coffre-fort.

Ils fouillèrent systématiquement la maison pendant une demi-heure, sans succès. Ce fut l'un des collaborateurs de Nyberg qui le découvrit enfin, caché derrière la porte d'un four, dans l'office. Le coffre-fort était muré dans le renfoncement. Il était équipé d'une combinaison à chiffres.

– Je crois savoir où se trouve le code, dit Nyberg. Holger Eriksson avait sans doute un peu peur de perdre la mémoire sur ses vieux jours.

Wallander l'accompagna dans le séjour. Dans l'un des tiroirs du bureau, Nyberg avait découvert une petite boîte contenant une rangée de chiffres notée sur un bout de papier. Ils retournèrent à l'office, essayèrent la combinaison et entendirent le déclic caractéristique. Nyberg fit un pas de côté pour laisser Wallander ouvrir le coffre-fort.

Wallander jeta un coup d'œil à l'intérieur. Puis il tressaillit et recula, écrasant au passage le pied de Nyberg.

– Qu'y a-t-il? demanda Nyberg.

Il lui fit signe de regarder par lui-même. Nyberg avança la tête. Lui aussi tressaillit. Mais pas aussi fort que Wallander.

– On dirait une tête humaine, dit Nyberg.

Il se tourna vers l'un de ses assistants, qui avait pâli en entendant ce commentaire. Nyberg lui demanda d'aller chercher une lampe de poche. Ils attendirent sans bouger. Wallander avait le vertige. Il prit quelques profondes inspirations, pendant que Nyberg le considérait d'un air perplexe. Puis la lampe arriva. Nyberg éclaira l'intérieur du coffre-fort. C'était bien une tête, dont le cou avait été tranché à mi-hauteur. Les yeux étaient ouverts. Mais ce n'était pas une tête ordinaire. Elle était réduite et desséchée. Ni Nyberg ni Wallander n'auraient pu dire s'il s'agissait d'un singe ou d'un être humain. À part cela, le coffre ne contenait que quelques agendas et un carnet. Ann-Britt Höglund arriva à ce moment-là. À l'atmosphère tendue qui régnait dans l'office, elle comprit aussitôt qu'il s'était passé quelque chose. Elle resta en retrait, sans poser de questions.

– On fait venir le photographe? demanda Nyberg.

– Il suffit que tu prennes quelques images, répondit Wallander. Le plus important, c'est de la sortir de là.

Il se tourna vers Ann-Britt Höglund.

– Il y a une tête là-dedans, dit-il. Une tête humaine réduite. À moins que ce ne soit un singe.

Elle avança et regarda à son tour. Wallander nota qu'elle n'avait pas tressailli. Ils sortirent de l'office pour laisser à Nyberg et à ses collaborateurs la place de travailler. Wallander transpirait.

– Un coffre-fort contenant une tête, dit-elle. Réduite ou non, singe ou non. Qu'est-ce que cela veut dire?

– Holger Eriksson devait être quelqu'un de bien plus complexe que nous ne le pensions.

Ils attendirent que Nyberg et ses assistants aient fini de vider le coffre. Il était neuf heures du matin. Wallander lui raconta ce que Martinsson et lui avaient découvert dans le colis expédié de Borås.

Ann-Britt Höglund examina le contenu de la boîte et demanda ce que cela pouvait bien signifier. Ils décidèrent que quelqu'un devait fouiller l'appartement de Gösta Runfeldt de façon plus méthodique que ne l'avait fait Wallander. Le mieux était que Nyberg accepte d'y envoyer un de ses collaborateurs. Ann-Britt Höglund appela le commissariat et apprit que la police danoise avait donné sa réponse : aucun corps d'homme ne s'était échoué au cours des derniers jours. La police de Malmö n'avait pas davantage signalé de cadavres échoués, pas plus que la Société de sauvetage en mer. À neuf heures et demie, Nyberg leur apporta la tête et les autres objets trouvés dans le coffre-fort. Wallander repoussa l'ode au pic mar. Nyberg déposa la tête sur la table. Il y avait aussi les agendas, le carnet et une boîte contenant une médaille. Mais la tête monopolisait leur attention. À la lumière du jour, il n'y avait plus de doute. C'était bien une tête humaine. Noire. Peut-être un enfant. Du moins, quelqu'un de jeune. En l'examinant à la loupe, Nyberg constata que la peau était mangée aux mites. Wallander grimaça de dégoût lorsque Nyberg s'approcha pour la renifler.

– Qui pourrait nous renseigner sur les têtes réduites ? demanda-t-il.

– Le Musée ethnographique, répliqua Nyberg. Qui a d'ailleurs été rebaptisé « musée des Peuples ». La direction centrale a publié une brochure très intéressante. Qui indique où l'on peut se procurer des informations sur les sujets les plus étranges.

– Appelons-les, dit Wallander. Ce serait bien si quelqu'un pouvait répondre à nos questions sans attendre jusqu'à lundi.

Nyberg entreprit d'emballer la tête dans un sac en plastique. Wallander et Ann-Britt Höglund s'assirent et commencèrent à examiner les autres objets. La médaille qui reposait sur un coussinet de soie était d'origine étrangère. Elle portait une inscription en français, énigmatique pour l'un comme pour l'autre. Inutile d'interroger Nyberg, pensa Wallander. Son anglais était médiocre, son français inexistant. Ils passèrent aux agendas. Ils dataient du début des années soixante. Il y avait un nom sur la page de garde : *Harald Berggren*. Wallander consulta Ann-Britt Höglund du regard. Elle secoua la tête. Ce nom n'avait pas encore surgi dans le cadre de l'enquête. Les annotations étaient peu nombreuses. Quelques indications horaires. Des initiales. À un endroit, les lettres *HE*. Ça, c'était le 10 février 1960. Quelque trente ans plus tôt.

Puis Wallander feuilleta le carnet. Celui-là était bien rempli, en revanche. Il s'agissait d'une sorte de journal de bord. La première annotation datait du mois de novembre 1960. La dernière de juillet 1961. L'écriture était minuscule et presque indéchiffrable. Wallander songea qu'il avait bien entendu oublié sa visite chez l'opticien. Il emprunta une loupe à Nyberg. Feuilleta le carnet en lisant une ligne par-ci par-là.

— Il est question du Congo belge, dit-il. Quelqu'un a séjourné là-bas pendant une guerre. En tant que soldat.

— Holger Eriksson ou Harald Berggren ?

— Harald Berggren. On se demande qui c'est, d'ailleurs...

Il reposa le cahier. Il se doutait qu'il pouvait avoir de l'importance et qu'il fallait le lire attentivement. Ils échangèrent un regard. Ils pensaient à la même chose.

— Une tête humaine réduite, dit-il. Et un journal de bord qui traite d'une guerre en Afrique.

— Un fossé hérissé de pieux, ajouta Ann-Britt Höglund. Le souvenir d'une guerre. Pour moi, les réducteurs de têtes et les gens empalés appartiennent au même univers.

— Pour moi aussi, dit Wallander. Je me demande si nous ne tenons pas malgré tout un début de piste.

— Qui est Harald Berggren ?

— C'est l'une des premières questions auxquelles nous devons tenter de répondre.

Wallander se rappela que Martinsson se trouvait sans doute en ce moment même à Svarte, chez quelqu'un qui avait connu Holger Eriksson pendant de longues années. Il demanda à Ann-Britt Höglund de le joindre sur son téléphone portable. À partir de maintenant, le nom de Harald Berggren serait recherché dans tous les fichiers. Elle composa le numéro. Attendit. Secoua la tête.

— Il l'a débranché, dit-elle.

Wallander s'énerva.

— Comment pouvons-nous prétendre mener une enquête si nous nous rendons injoignables ?

Il savait qu'on aurait pu lui retourner le reproche. De toute l'équipe, c'était sans doute lui le plus difficile à joindre. Du moins par périodes. Mais elle ne fit aucune réflexion.

— Je vais aller le trouver, dit-elle en se levant.

— Harald Berggren. Ce nom est important. Ça vaut pour tout le monde.

— Je ferai circuler l'information, répondit-elle.

Après son départ, Wallander alluma la lampe du bureau. Il s'apprêtait à rouvrir le carnet lorsqu'il aperçut un bout de papier coincé sous la reliure en cuir. Il tira dessus avec précaution et découvrit une photographie. En noir et blanc, tachée et écornée. L'un des coins était carrément arraché. Trois hommes posaient pour un photographe inconnu. Ils étaient jeunes, ils riaient, et ils portaient une sorte d'uniforme. Wallander se rappela la photo aperçue dans l'appartement de Gösta Runfeldt, où on le voyait dans un paysage tropical, entouré d'orchidées géantes. Ici non plus, le paysage n'était pas suédois. Il examina la photographie à la loupe. Le soleil devait être au zénith au moment où elle avait été prise. Il n'y avait aucune ombre. Les hommes étaient bronzés. Chemises ouvertes, manches retroussées. Des fusils étaient posés à côté d'eux. Ils se tenaient appuyés contre une pierre de forme étrange. Derrière ce rocher, on devinait un paysage ouvert, dépourvu de contours. Du sable ou de la terre battue. Il considéra les visages. Ces hommes pouvaient avoir entre vingt et vingt-cinq ans. Il retourna la photo. Rien. Elle datait à peu près de la même époque que le journal lui-même. Du début des années soixante, à en juger d'après leur coupe de cheveux. Aucun n'avait les cheveux longs. Vu leur âge, on pouvait exclure Holger Eriksson. En 1960, celui-ci avait entre quarante et cinquante ans.

Wallander reposa la photographie et ouvrit l'un des tiroirs du bureau. Il se souvenait d'avoir vu quelques photos d'identité dans une enveloppe. Il les retrouva, et plaça l'une d'elles sur la table. Elle était relativement récente. L'année, *1989*, était inscrite au dos, au crayon. Holger Eriksson à l'âge de soixante-treize ans. Il considéra ce visage. Le nez pointu, les lèvres minces. Il essaya de gommer les rides et de voir un visage plus jeune. Puis il revint à la photographie des trois hommes. Il étudia leur physionomie, l'un après l'autre. Celui qui se tenait le plus à gauche offrait une certaine ressemblance avec Holger Eriksson. Wallander se cala dans le fauteuil et ferma les yeux. *Holger Eriksson est retrouvé mort dans un fossé. Dans son coffre-fort, nous découvrons une tête humaine réduite, un journal de bord et une photographie.* Soudain, Wallander se redressa, les yeux grands ouverts. Le cambriolage signalé par Holger Eriksson l'année précédente. *On n'avait pas touché au coffre-fort.* Imaginons, pensa Wallander, que la personne qui a commis l'effraction ait eu les mêmes difficultés que nous à trouver le coffre. Supposons que le contenu était le même que maintenant. Et que c'était précisément ce contenu que cherchait le cambrioleur. Il échoue, et ne renouvelle apparemment pas sa tentative. En revanche, Holger Eriksson meurt un an plus tard.

Ce raisonnement présentait une certaine cohérence. Mais un détail le contredisait de façon décisive. À la mort de Holger Eriksson, le coffre serait forcément découvert, tôt ou tard. Ne fût-ce que par la ou les personnes chargées d'organiser la succession.

Pourtant, il tenait quelque chose. Une piste.

Il considéra à nouveau la photographie. Les trois hommes souriaient. Un sourire figé depuis trente ans. Il se demanda fugitivement si le photographe pouvait être Holger Eriksson. Mais Holger Eriksson vendait des voitures à Ystad, à Tomelilla et à Sjöbo. Il n'avait pas pris part à une lointaine guerre africaine. À moins que… Ils ne connaissaient encore qu'une infime partie de la vie de Holger Eriksson. Wallander considéra pensivement le cahier ouvert devant lui. Il rangea la photographie dans la poche de sa veste, prit le cahier et rejoignit Nyberg, qui se livrait à un examen technique de la salle de bains.

– J'emporte le journal, dit-il. Je laisse les agendas.

– Tu as trouvé quelque chose ? demanda Nyberg.

– Je crois. Si quelqu'un me cherche, je suis chez moi.

En ressortant dans la cour, il aperçut quelques policiers occupés à démanteler le périmètre de sécurité autour du fossé. La bâche avait déjà disparu.

Une heure plus tard, il était assis à la table de sa cuisine. Lentement, il commença à lire le journal.

La première annotation datait du 20 novembre 1960.

10

Il fallut près de six heures à Wallander pour lire le journal de Harald Berggren jusqu'à la fin. Il avait été interrompu plusieurs fois. Le téléphone n'avait pas cessé de sonner et Ann-Britt Höglund était passée pour une rapide visite peu après seize heures. Mais Wallander avait fait de son mieux pour écourter les interruptions. Ce journal était une des choses les plus fascinantes, mais aussi les plus effrayantes, qu'il eût jamais approchées. Il décrivait quelques années de la vie d'un homme ; pour Wallander, c'était comme de pénétrer dans un monde totalement inconnu. Ce Harald Berggren, quel qu'il fût, ne pouvait être décrit comme un maître du langage – au contraire, il s'exprimait souvent de manière sentimentale ou avec une hésitation qui frôlait parfois l'impuissance. Mais le contenu, les expériences qu'il racontait possédaient une intensité qui débordait de loin leur habit verbal étriqué. D'un côté, Wallander devinait toute l'importance de ce cahier s'ils voulaient comprendre ce qui était arrivé à Holger Eriksson. D'un autre côté, il percevait sans cesse comme un avertissement intérieur. Ce pouvait aussi être une fausse piste, qui les éloignerait au contraire de la solution. Wallander savait que la plupart des vérités étaient à la fois attendues et inattendues. Il s'agissait juste de trouver les liens et de les interpréter correctement. De plus, une enquête n'était jamais semblable à une autre, du moins pas en profondeur, lorsqu'on commençait à pénétrer sous l'écorce des ressemblances superficielles.

Le carnet de bord de Harald Berggren était un journal de guerre. Au cours de sa lecture, Wallander avait pu identifier les deux autres hommes figurant sur la photo – même s'il ne savait toujours pas qui était qui. Sur la photo, Harald Berggren était entouré par un Irlandais, Terry O'Banion, et par un Français du nom de Simon Marchand. Le photographe était un homme de nationalité inconnue qui se faisait appeler Raul. Ensemble, ils avaient participé pendant un an à une guerre en Afrique. Ils étaient tous mercenaires.

Harald Berggren commence son journal en racontant qu'il a entendu parler, à Stockholm, d'un café bruxellois où l'on peut nouer des contacts avec le monde obscur des mercenaires. Il note que ces premières informations datent du début de 1958. Il ne dit rien de ce qui le pousse, quelques années plus tard, à se rendre à Bruxelles. Harald Berggren semble surgir de nulle part dans son propre récit. Il n'a pas de passé, pas de parents, pas d'existence propre. Dans le journal, il fait son apparition sur une scène vide. Tout ce qu'on sait, c'est qu'il a vingt-trois ans et qu'il est marqué par la défaite hitlérienne survenue quinze ans plus tôt.

Wallander avait interrompu sa lecture à cet endroit. Harald Berggren utilisait l'adjectif *désespéré*. Wallander relut plusieurs fois la phrase. *La défaite désespérée imposée à Hitler par la trahison de ses généraux.* Wallander essayait de comprendre. Cet adjectif fournissait une indication décisive à propos de Harald Berggren. Exprimait-il une conviction politique ? Ou bien était-ce le signe de sa confusion d'esprit ? Il n'y avait pas d'autres indices permettant de répondre dans un sens ou dans l'autre, car Harald Berggren n'y faisait plus allusion par la suite.

Au mois de juin 1960, il quitte la Suède par le train et s'arrête une journée à Copenhague pour une visite au parc d'attractions de Tivoli. Le soir, il danse avec une femme prénommée Irène. Il note qu'elle est *mignonne, mais beaucoup trop grande.* Le lendemain, il est à Hambourg. Le jour suivant, le 12 juin 1960, il se retrouve à Bruxelles. Au bout d'un mois, il a atteint son objectif : obtenir un contrat de mercenaire. Il note avec fierté qu'il perçoit maintenant une solde et qu'il va faire la guerre. Il a visiblement le sentiment de toucher au but de ses rêves. Tout cela est raconté de façon rétrospective, plusieurs mois plus tard, le 20 novembre 1960. Dans cette première entrée du journal, qui est aussi la plus longue, il donne un résumé des événements qui l'ont conduit jusqu'à cette date. Il se trouve alors en Afrique. Il précise le nom de l'endroit : Omerutu.

En lisant ce nom, Wallander se leva et alla chercher son vieil atlas scolaire, rangé au fond d'un carton dans l'armoire de la chambre. Bien entendu, il ne trouva aucune trace d'Omerutu. Il laissa cependant l'atlas ouvert sur la table de la cuisine. Il reprit sa lecture.

Harald Berggren est enrôlé en compagnie de Terry O'Banion et de Simon Marchand dans une unité de combat constituée exclusivement de mercenaires. Leur chef, dont il ne dit presque rien tout au long du journal, est un Canadien qu'il ne désigne jamais que sous le nom de Sam. Harald Berggren ne semble pas non plus s'intéresser à l'enjeu de cette guerre.

Wallander avait lui-même une représentation vague du conflit déchirant ce pays qu'on appelait à l'époque, y compris dans son vieil atlas, le Congo belge.

Harald Berggren ne semble éprouver nul besoin de justifier sa présence en tant que soldat étranger. Il dit simplement qu'ils se battent pour la liberté. Mais laquelle? Ce n'est jamais explicité. Il note à plusieurs reprises, entre autres le 11 décembre 1960 et le 19 janvier 1961, qu'il n'hésiterait pas à se servir de son arme s'il se retrouvait en situation de combat face à des soldats suédois de l'ONU. Par ailleurs, il consigne soigneusement le moment où il touche sa solde. Le dernier jour de chaque mois est consacré à une comptabilité miniature. Combien il a gagné, combien il a dépensé, combien il a économisé. Il note aussi avec satisfaction ses actes de pillage. Dans un passage fort désagréable, les mercenaires parviennent à une plantation abandonnée et incendiée. Il décrit les cadavres décomposés couverts de mouches. Le propriétaire et sa femme, deux Belges, sont allongés, morts, dans leur lit. Ils ont les bras et les jambes arrachés. La puanteur est insoutenable. Mais les mercenaires fouillent la maison et découvrent des diamants et des bijoux en or qu'un joaillier libanais évaluera à plus de vingt mille couronnes. Harald Berggren note alors que la guerre se justifie par sa rentabilité. Il ajoute une réflexion personnelle qui n'a pas d'équivalent dans le journal : il se demande s'il aurait pu atteindre le même niveau de prospérité s'il était resté en Suède et avait gagné sa vie comme mécanicien. Il répond par la négative. Non, décidément, il ne s'en serait jamais aussi bien sorti. Il continue de mener sa guerre avec beaucoup d'enthousiasme.

À part son obsession de gagner de l'argent et de tenir ses comptes, Harald Berggren est aussi très scrupuleux sur un autre point.

Il tue des gens, dans sa guerre africaine. Il précise la date, l'heure et le nombre. Lorsqu'il en a la possibilité, il s'approche de ceux qu'il vient de tuer. Il note s'il s'agit d'un homme, d'une femme ou d'un enfant. Il constate froidement à quel endroit ses balles ont touché les victimes. Wallander lisait ces passages, qui revenaient régulièrement, avec un sentiment de malaise et de colère croissant. Harald Berggren n'a rien à faire dans cette guerre. Il touche un salaire pour tuer. Il ne dit jamais qui le paie. Et ceux qu'il tue sont rarement des soldats, rarement des hommes en uniforme. Le groupe dont il fait partie constitue un escadron de la mort, qui se livre à des exactions contre différents villages soi-disant opposés à cette liberté qu'eux-mêmes, les mercenaires, prétendent défendre. Ils massacrent, pillent, et se retirent ensuite. Ils sont tous européens, et ne considèrent visiblement pas ceux qu'ils tuent comme des êtres humains d'une dignité égale à la leur. Harald Berggren ne fait pas mystère du mépris que lui inspirent les Noirs. Il note avec satisfaction qu'ils *s'enfuient comme des chèvres effarées à notre approche. Mais nos balles sont plus rapides que leurs bonds et leurs cabrioles.*

En lisant ces lignes, Wallander avait failli jeter le cahier contre le mur. Mais il s'obligea à poursuivre, après avoir fait une pause pour baigner ses yeux gonflés. Il regrettait plus que jamais de n'être pas allé chez l'opticien.

À supposer qu'il dise la vérité, Harald Berggren tue en moyenne dix personnes par mois. Au bout de sept mois de guerre, il tombe malade. Il est évacué en avion vers un hôpital de Léopoldville. Il a attrapé une dysenterie amibienne et apparemment, il est au plus mal pendant plusieurs semaines. Les notations dans le journal cessent alors. Mais au moment de son admission à l'hôpital, il a déjà tué plus de cinquante personnes au cours de cette guerre à laquelle il participe au lieu de travailler comme mécanicien en Suède. Une fois guéri, il retourne auprès de sa compagnie. Un mois plus tard, ils sont à Omerutu. Ils posent devant un rocher, qui n'est pas un rocher mais une termitière, et l'inconnu Raul prend la photo de Berggren entouré de Terry O'Banion et de Simon Marchand.

Wallander se leva et s'approcha de la fenêtre pour examiner la photo à la lumière du jour. Il n'avait jamais vu de termitière en vrai. Mais le journal faisait manifestement référence à l'image qu'il tenait entre les mains. Il retourna à sa lecture.

Trois semaines plus tard, ils sont victimes d'une embuscade et Terry O'Banion est tué. Ils sont contraints de battre en retraite. Celle-ci se transforme en fuite désordonnée. Wallander essaya de repérer la peur chez Harald Berggren. Il était persuadé qu'elle existait. Mais Berggren la dissimule. Il note seulement qu'ils enterrent les morts dans le bush, en marquant l'emplacement des tombes de simples croix en bois. La guerre continue. Un jour, il s'exerce au tir en prenant pour cible un troupeau de singes. À une autre occasion, il ramasse des œufs de crocodile au bord d'un fleuve. Ses économies s'élèvent à présent à près de trente mille couronnes.

La fin arrive brutalement, au cours de l'été 1961. Le journal s'interrompt du jour au lendemain.

Wallander songea qu'il avait dû en être de même pour Harald Berggren – il devait penser que cette étrange guerre dans la jungle durerait éternellement. Dans ses dernières notes, il raconte le départ précipité, de nuit, tous feux éteints, à bord d'un avion de transport dont le moteur commence à faire des siennes peu après le décollage de la piste qu'ils ont eux-mêmes dégagée, dans le bush. Il ne précise même pas leur destination – comme s'il en avait assez, ou qu'il n'avait plus rien à dire. Harald Berggren s'éloigne dans la nuit africaine, le bruit du moteur s'estompe, il n'est plus là.

Il était cinq heures de l'après-midi. Wallander s'étira et sortit sur le balcon. De gros nuages arrivaient de la mer. La pluie n'allait pas tarder. Il songeait à ce qu'il venait de lire. Pourquoi ce journal se trouvait-il dans le coffre de Holger Eriksson en compagnie d'une tête réduite ? À supposer qu'il fût encore en vie, Harald Berggren devait avoir un peu plus de cinquante ans. Wallander s'aperçut qu'il frissonnait. Il retourna à l'intérieur et ferma la porte du balcon. Il s'assit sur le canapé. Il avait mal aux yeux. Pour qui Harald Berggren avait-il tenu ce journal ? Lui-même ou quelqu'un d'autre ?

De plus, il manquait quelque chose.

Wallander ne savait pas encore quoi. Un jeune homme tient le journal d'une guerre lointaine en Afrique. Souvent, il décrit les faits en détail, même si son champ d'observation est limité. Mais il manquait toujours quelque chose. Wallander n'était pas parvenu à lire entre les lignes.

La deuxième fois qu'Ann-Britt Höglund sonna à la porte, il comprit enfin. En l'apercevant, il se rendit compte de ce qui manquait dans le journal de Harald Berggren. Son monde était entièrement dominé par les hommes. Les femmes qu'il évoquait étaient mortes, ou alors occupées à s'enfuir en bondissant. En dehors d'Irène, rencontrée au parc de Tivoli de Copenhague – celle qui était mignonne, mais beaucoup trop grande –, il n'y a aucune femme. Il raconte des permissions dans différentes villes du Congo, ses beuveries et ses bagarres. Mais il n'y a jamais de femme. Seulement Irène.

Wallander ne put s'empêcher de penser que c'était important. Harald Berggren est un jeune homme lorsqu'il part pour l'Afrique. La guerre est une aventure. Dans l'univers d'un jeune homme, les femmes représentent un élément important de l'aventure.

Il commençait à s'interroger. Mais il préférait garder ses pensées pour lui jusqu'à nouvel ordre.

Ann-Britt Höglund venait lui apprendre qu'elle avait fouillé l'appartement de Gösta Runfeldt en compagnie de l'un des techniciens de Nyberg. Le résultat était négatif. Ils n'avaient rien trouvé qui puisse expliquer pourquoi il avait acheté du matériel d'écoute.

– Le monde de Gösta Runfeldt est rempli d'orchidées, dit-elle. Il me fait l'impression d'un veuf aimable et passionné.

– Sa femme se serait noyée, dit Wallander.

– Elle était très belle, répliqua Ann-Britt Höglund. J'ai vu leur photo de mariage.

– Nous devrions peut-être chercher à savoir ce qui lui est arrivé. Un de ces jours.

– Martinsson et Svedberg s'occupent de contacter ses enfants, dit-elle. Mais je me demande si nous ne devrions pas commencer à prendre cette disparition au sérieux.

Wallander avait déjà eu Martinsson au téléphone. Celui-ci avait parlé à la fille de Gösta Runfeldt. Elle n'imaginait pas une seule seconde que son père ait pu disparaître volontairement. Elle était très inquiète. Elle savait qu'il devait partir pour Nairobi et, jusqu'à l'appel de Martinsson, elle avait cru qu'il était là-bas.

Wallander était du même avis : désormais, la disparition de Gösta Runfeldt constituait une priorité aux yeux de la police.

– Il y a trop de choses qui clochent, dit-il. Svedberg devait me rappeler dès qu'il aurait parlé au fils, qui se trouve apparemment quelque part dans le Hälsingland, dans une maison de campagne où il n'y a pas le téléphone.

Ils convinrent de réunir le groupe d'enquête le lendemain dimanche, en début d'après-midi. Ann-Britt Höglund se chargerait de prévenir les autres. Puis Wallander lui décrivit le contenu du journal de Harald Berggren. Il prit son temps, en essayant de n'omettre aucun détail. C'était aussi une façon pour lui de résumer ses impressions.

– Harald Berggren, dit-elle pensivement lorsqu'il eut fini. Est-ce que ce pourrait être lui ?

– En tout cas, il lui est déjà arrivé de commettre des atrocités, régulièrement et moyennant finances. Son journal est assez terrifiant, il faut bien le dire. Peut-être vit-il aujourd'hui dans la peur que le contenu en soit dévoilé ?

– Autrement dit, il faut le retrouver. De toute urgence. Mais comment ?

Wallander hocha la tête.

– Le journal se trouvait dans le coffre d'Eriksson. Jusqu'à présent, c'est notre piste la plus sérieuse. Même si nous devons continuer à tout explorer, sans a priori.

– Tu sais bien que c'est impossible. Quand nous trouvons une piste, ça crée forcément un a priori.

– C'était surtout un rappel, répondit Wallander de façon évasive. Du fait que nous pouvons nous tromper.

Elle était sur le point de partir lorsque le téléphone sonna. C'était Svedberg, qui avait réussi à joindre le fils de Gösta Runfeldt.

– Il est bouleversé, dit Svedberg. Il voulait prendre le premier avion.

– Quand a-t-il parlé à son père pour la dernière fois ?

– Quelques jours avant son départ pour Nairobi. Son départ prévu, plutôt. Il n'a rien remarqué d'inhabituel à ce moment-là. D'après lui, son père était toujours heureux de partir en voyage.

Wallander acquiesça.

Il tendit l'écouteur à Ann-Britt Höglund, qui informa Svedberg de l'heure prévue pour la réunion du lendemain. Elle avait déjà raccroché lorsque Wallander se rappela qu'il avait en sa possession un papier appartenant à Svedberg. À propos d'une femme qui avait eu un comportement bizarre à la maternité d'Ystad.

Ann-Britt partit pour retrouver ses enfants. Lorsqu'il fut à nouveau seul, Wallander appela son père. Ils décidèrent qu'il passerait le voir tôt le lendemain matin. Son père avait fait développer les photos qu'il avait prises à Rome avec son vieil appareil.

Wallander consacra le reste de la soirée à faire le point sur le meurtre de Holger Eriksson. Parallèlement, il récapitula les éléments de la disparition de Gösta Runfeldt. Il était inquiet, agité. Il avait du mal à se concentrer.

Son pressentiment de se trouver à la périphérie de quelque chose d'énorme ne cessait de croître.

L'inquiétude ne lui laissait pas de répit.

À la fin, il constata qu'il était trop épuisé pour réfléchir davantage. Il était vingt et une heures. Il repoussa son bloc-notes et appela Linda. Le téléphone sonna longtemps dans le vide. Elle n'était pas chez elle. Il enfila une grosse veste, descendit dans le centre-ville et dîna dans le restaurant chinois qui faisait l'angle de la place. Il y avait encore beaucoup de monde. Il se rappela qu'on était samedi. Il s'autorisa une carafe de vin, qui lui donna tout de suite la migraine. Lorsqu'il ressortit dans la rue, il pleuvait.

Au cours de la nuit, il rêva du journal de Harald Berggren. Il était debout dans le noir, il faisait très chaud, et quelque part dans cette obscurité, Harald Berggren le visait avec une arme.

Il se réveilla de bonne heure.

La pluie avait cessé et le ciel était à nouveau dégagé.

À sept heures et quart, il prit sa voiture et partit chez son père, à Löderup. Les contours du paysage se découpaient avec acuité dans la lumière matinale. Wallander décida de convaincre son père et Gertrud de faire une promenade avec lui sur la plage. Bientôt, il ferait trop froid.

Il repensait avec malaise au rêve de la nuit. Tout en conduisant, il songea aussi qu'ils devaient profiter de la réunion de l'après-midi pour dresser une liste des priorités. Il était urgent de localiser Harald Berggren. Surtout s'il s'avérait que cette piste ne menait nulle part.

Lorsqu'il entra dans la cour, son père se tenait déjà sur le perron pour l'accueillir. Ils ne s'étaient pas revus depuis le voyage à Rome. Ils allèrent à la cuisine où Gertrud avait préparé le petit déjeuner. Ensemble, ils regardèrent les photos prises par son père. Beaucoup d'entre elles étaient floues. Le sujet avait parfois tendance à déborder du cadre. Mais comme son père paraissait à la fois satisfait et fier, Wallander se contenta de hocher la tête avec admiration.

Une image se distinguait des autres. Elle avait été prise par un serveur, au cours de leur dernière soirée à Rome. Ils venaient de dîner, on apercevait une bouteille de vin à moitié vide sur la nappe blanche. Wallander et son père s'étaient rapprochés l'un de l'autre et souriaient au photographe.

Un court instant, Wallander revit la photo pâlie du journal de Harald Berggren. Mais il repoussa cette association d'idées. Dans l'immédiat, il voulait se regarder, lui, avec son père. Il constata que la photo confirmait de façon irrévocable ce qu'il avait découvert au cours du voyage.

Ils se ressemblaient, physiquement. Ils se ressemblaient même beaucoup.

– J'aimerais bien en avoir une copie, dit Wallander.

– C'est déjà fait, répondit son père avec satisfaction en lui tendant une enveloppe.

Lorsqu'ils eurent fini de manger, ils se rendirent à l'atelier. Son père était sur le point d'achever un paysage avec coq de bruyère. Il peignait toujours l'oiseau en dernier.

– Combien de tableaux as-tu peints dans ta vie? demanda Wallander.

– Tu me poses la même question chaque fois. Comment veux-tu que je le sache? À quoi ça servirait? Le principal, c'est qu'ils soient tous pareils. Sans exception.

Wallander avait compris depuis longtemps qu'il n'y avait qu'une seule explication au fait que son père représentait sans cesse le même motif. C'était sa manière de conjurer tous les changements qui se précipitaient autour de lui. Dans ses toiles, il maîtrisait jusqu'à la trajectoire du soleil. Celui-ci restait immobile, fixe, toujours suspendu à la même hauteur, au-dessus des arbres.

– C'était un beau voyage, dit Wallander en regardant son père mélanger des couleurs.

– Je te l'avais bien dit. Si on n'avait pas fait ce voyage, je serais mort sans avoir vu la chapelle Sixtine.

Wallander se demanda brièvement s'il allait profiter de l'occasion pour l'interroger sur sa promenade nocturne dans les rues de Rome. Puis il y renonça. C'était un secret qui ne concernait personne d'autre que lui.

Il suggéra de prendre la voiture jusqu'à la mer. À sa grande surprise, son père accepta aussitôt. Gertrud préféra rester à la maison. Peu après dix heures, ils prirent la route de Sandhammaren. Il n'y avait presque pas de vent. Ils laissèrent la voiture à proximité de la plage. Son père s'appuya à son bras pour franchir les dunes. Puis la mer s'étendit devant eux. La grève était presque déserte. Au loin, quelques personnes jouaient avec un chien. Pour le reste, ils étaient seuls.

– C'est beau, commenta son père.

Wallander l'observait à la dérobée. Le voyage à Rome semblait avoir transformé son humeur de fond en comble. Peut-être même aurait-il un effet positif sur la maladie insidieuse diagnostiquée par les médecins. De toute façon, Wallander savait qu'il ne comprendrait jamais pleinement ce que cette semaine avait signifié pour lui. C'était le voyage de sa vie, et Wallander avait eu le privilège de l'accompagner.

Ils marchaient lentement le long de la grève. Wallander pensa qu'il leur serait peut-être possible à présent d'évoquer le passé. Mais il n'y avait aucune urgence. Soudain, son père s'immobilisa.

– Qu'est-ce qu'il y a? demanda Wallander.

– Je ne me sens pas très bien depuis quelques jours. Mais ça va passer.

– Tu veux qu'on rentre?

– J'ai dit que ça allait passer.

Sa vieille impatience reprenait le dessus. Wallander ne lui posa pas d'autres questions.

Ils se remirent en marche. Un vol d'oiseaux migrateurs passa au-dessus de leurs têtes, vers l'ouest. Ils se promenaient depuis plus de deux heures lorsque son père déclara enfin qu'il était prêt à rentrer. Wallander, qui avait oublié l'heure, comprit qu'il devait se dépêcher s'il ne voulait pas être en retard à la réunion, au commissariat.

Après avoir déposé son père à Löderup, il revint à Ystad avec une sensation de soulagement. Même si son père ne pouvait échapper à la maladie, il était évident que le voyage à Rome avait beaucoup compté pour lui. Peut-être pourraient-ils renouer le contact qui s'était rompu tant d'années plus tôt, le jour où Wallander lui avait annoncé sa décision d'entrer dans la police ? Son père n'avait jamais accepté ce choix. Et il ne lui avait jamais expliqué pourquoi. Sur le chemin du retour, Wallander songea qu'il allait peut-être enfin obtenir une réponse à cette question qu'il avait passé beaucoup trop de temps à ruminer, dans sa vie.

À quatorze heures trente, ils fermèrent les portes de la salle de réunion. Lisa Holgersson était présente. En la voyant, Wallander se souvint qu'il n'avait toujours pas appelé Per Åkeson. Par mesure de sécurité, il griffonna un mot dans son bloc.

Puis il leur fit part de la découverte de la tête réduite et du journal de Harald Berggren. Lorsqu'il eut fini, la réaction unanime autour de la table fut que cela ressemblait effectivement à une piste. Ils se répartirent les différentes tâches, après quoi Wallander passa à la disparition de Gösta Runfeldt.

– À compter de maintenant, dit-il, nous devons partir de l'idée qu'il lui est arrivé quelque chose. Nous ne pouvons exclure l'hypothèse d'un accident ou d'un crime. Naturellement, la possibilité d'une disparition volontaire subsiste toujours. En revanche, je crois que nous pouvons oublier l'existence d'un lien entre Holger Eriksson et Gösta Runfeldt. Même chose, là encore : il se peut qu'un tel lien existe. Mais c'est peu vraisemblable. Rien ne nous porte à le croire.

Wallander voulait conclure la réunion le plus vite possible. On était malgré tout dimanche. Il savait que ses collaborateurs consacraient toute leur énergie à l'enquête en cours – mais aussi que la meilleure façon de travailler consistait parfois à se reposer. Les quelques heures passées chez son père le matin même lui avaient redonné des forces. Lorsqu'il quitta le commissariat, peu après seize heures, il se sentait bien plus reposé que les derniers jours. Son inquiétude s'était, elle aussi, provisoirement atténuée.

S'ils parvenaient à retrouver Harald Berggren, il y avait fort à parier qu'ils trouveraient aussi la solution. Le meurtre était trop étudié pour ne pas être le fait d'un individu très particulier.

Harald Berggren pouvait bien être cet individu.

En rentrant à Mariagatan, Wallander s'arrêta dans un magasin ouvert le dimanche. Il ne put résister à l'impulsion de louer une cassette vidéo. C'était un classique : *Quai des brumes*. Il l'avait vu au cinéma à Malmö avec Mona, tout au début de leur mariage. Mais il n'en avait qu'un très vague souvenir.

Il regardait le film lorsque le téléphone sonna. En reconnaissant la voix de Linda, il dit qu'il la rappelait tout de suite. Il appuya sur « pause » et s'installa à la cuisine. Ils bavardèrent pendant une demi-heure. Pas un seul instant elle ne s'excusa de ne pas l'avoir appelé plus tôt. Il n'aborda pas le sujet. Il savait qu'ils étaient semblables sur ce point. Distraits parfois, mais aussi capables de concentration lorsque les circonstances l'exigeaient. Elle lui dit que tout allait bien, qu'elle travaillait à l'heure du déjeuner dans le restaurant de Kungsholmen et qu'elle se consacrait pour le reste à son école d'art dramatique. Il ne lui demanda pas comment se passaient les cours. Il avait le sentiment qu'elle doutait déjà suffisamment de ses propres capacités.

Juste avant de raccrocher, il lui raconta la matinée sur la plage.

– On dirait que vous avez passé une bonne journée, dit-elle.

– Oui. J'ai l'impression que quelque chose a changé.

Après avoir raccroché, Wallander sortit sur le balcon. Il n'y avait toujours pas de vent. C'était rare, en Scanie.

L'espace d'un instant, il ne ressentit plus la moindre inquiétude. Dans l'immédiat, il allait dormir. Il se remettrait au travail le lendemain matin.

En éteignant la lumière dans la cuisine, il aperçut à nouveau le journal.

Où donc Harald Berggren se trouvait-il en cet instant ?

II

Le lundi 3 octobre, Wallander se réveilla avec le sentiment qu'il devait avant toute chose avoir une nouvelle conversation avec Sven Tyrén. Il n'aurait pu dire si cette certitude lui était venue en rêve. Mais il était sûr de son fait. Il n'attendit donc pas d'être arrivé au commissariat. Il fit du café, appela les renseignements et obtint le numéro privé de Sven Tyrén. Ce fut sa femme qui décrocha. Son mari était déjà parti au travail. Elle lui donna le numéro de son téléphone portable. Sven Tyrén répondit dans un grésillement. À l'arrière-plan, Wallander percevait le bruit sourd du moteur du camion-citerne. Il avait deux livraisons à faire avant de se rendre au terminal de Malmö. Wallander lui demanda de passer au commissariat le plus vite possible. Sven Tyrén voulut savoir s'ils avaient retrouvé le meurtrier de Holger Eriksson ; Wallander lui expliqua qu'il s'agissait d'un entretien de pure routine, et qu'ils n'en étaient encore qu'au début de l'enquête. Ils retrouveraient sans doute celui qui avait tué Holger Eriksson. Ça pouvait aller vite. Mais ça pouvait aussi prendre du temps. Sven Tyrén promit d'être au commissariat vers neuf heures.

– Évite si possible de stationner devant l'entrée, dit Wallander. Ça peut causer des problèmes.

Sven Tyrén marmonna une réponse inaudible.

À sept heures et quart, Wallander s'apprêtait à franchir les portes vitrées du commissariat ; mais à la dernière minute, il changea d'idée et bifurqua vers la gauche, où le ministère public disposait d'une entrée séparée. Celui qu'il souhaitait voir, il le savait, était aussi matinal que lui. Lorsqu'il frappa à la porte, une voix le pria d'entrer.

Per Åkeson était assis derrière son bureau toujours aussi encombré. La pièce tout entière n'était qu'un chaos de documents et de dossiers. Mais au-delà de cette apparence trompeuse, Per Åkeson était un procureur extrêmement efficace et ordonné dont Wallander appréciait la collaboration. Ils se connaissaient depuis longtemps et, au fil des ans, ils avaient développé une relation qui dépassait de loin le cadre strictement professionnel. Il leur arrivait d'échanger des confidences, ou de demander à l'autre une aide ou un conseil. Pourtant, il existait toujours entre eux une frontière invisible qu'ils ne franchissaient pas. Ils ne deviendraient jamais réellement proches. Ils étaient trop différents pour cela. Per Åkeson hocha la tête et sourit en reconnaissant Wallander. Il se leva et débarrassa le fauteuil des visiteurs d'un carton contenant les documents relatifs à une affaire qui devait être jugée le jour même. Wallander s'assit. Per Åkeson demanda à ce qu'on ne lui passe aucun appel téléphonique.

– J'attendais de tes nouvelles, dit-il. Merci pour la carte, au fait.

Wallander se rappela alors qu'il avait envoyé une carte postale de Rome à Per Åkeson. Du Forum romanum, lui semblait-il.

– C'était un voyage réussi, dit-il. Pour mon père, et aussi pour moi.

– Je ne suis jamais allé à Rome, répliqua Per Åkeson. Que dit le proverbe? Qu'il faut voir Rome et mourir? Ou était-ce Naples?

Wallander secoua la tête. Il n'en savait rien.

– J'espérais un automne tranquille, dit-il. Et puis, à peine rentré je découvre un vieil homme empalé dans un fossé.

Per Åkeson grimaça.

– J'ai vu certaines de vos photographies, dit-il. Et Lisa Holgersson m'a raconté. Vous avez une piste?

– Peut-être.

Wallander entreprit de lui résumer la découverte du coffre-fort de Holger Eriksson. Per Åkeson, il le savait, respectait ses compétences de policier. Il lui arrivait très rarement d'être en désaccord avec Wallander dans ses conclusions ou ses méthodes de travail.

– À première vue, dit Per Åkeson, c'est évidemment de la folie pure d'aller planter des pieux de bambou dans un fossé. D'un autre côté, nous vivons à une époque où la différence entre folie et normalité devient de plus en plus difficile à discerner.

– Quelles nouvelles de l'Ouganda? demanda Wallander.

– Tu veux parler du Soudan, j'imagine.

Wallander savait que Per Åkeson avait sollicité un poste auprès du Haut-Commissariat aux réfugiés de l'ONU. Il voulait quitter Ystad pendant quelque temps. Voir autre chose avant qu'il ne soit trop tard. Per Åkeson avait quelques années de plus que lui. Il avait déjà fêté ses cinquante ans.

— Le Soudan, acquiesça Wallander. Tu en as parlé à ta femme ?
Per Åkeson hocha la tête.

— J'ai pris mon courage à deux mains la semaine dernière. En fait, elle s'est montrée beaucoup plus compréhensive que je ne le pensais. J'ai carrément eu l'impression qu'elle était contente de me voir partir un moment. J'attends toujours leur décision. Mais je serais surpris de ne pas obtenir le poste. Je suis pistonné, comme tu sais.

Per Åkeson possédait une faculté exceptionnelle de se procurer des informations en sous-main. Wallander avait découvert cela au fil des ans. Il n'avait aucune idée de la manière dont il s'y prenait. Par exemple, Åkeson était toujours au courant de ce qui se discutait dans les différentes commissions du Parlement ou dans les réunions les plus fermées de la direction centrale.

— Si tout se passe bien, je m'envole au Nouvel An, dit-il. Je serai parti au moins deux ans.

— Espérons que nous aurons résolu cette affaire d'ici là. As-tu des directives à me donner ?

— Ce serait plutôt à toi d'exprimer tes souhaits, si tu en as.

Wallander réfléchit avant de répondre.

— Pas encore, dit-il enfin. Lisa Holgersson voudrait qu'on fasse de nouveau appel à Mats Ekholm. Tu te souviens de lui ? L'enquête de cet été. L'homme aux profils psychologiques, qui traque les malades mentaux en essayant de les ranger dans des catégories... Cela dit, je crois qu'il est très compétent.

Per Åkeson se souvenait parfaitement de lui.

— Je crois malgré tout que nous devons attendre, poursuivit Wallander. Je ne suis pas du tout sûr que nous ayons affaire à un cas psychiatrique.

— Alors nous attendrons, conclut Per Åkeson en se levant.

Il indiqua le carton d'un geste.

— J'ai une affaire particulièrement embrouillée aujourd'hui, s'excusa-t-il. Je dois me préparer.

Wallander se leva pour partir.

— Qu'est-ce que tu vas faire exactement, au Soudan ? demanda-t-il. Les réfugiés ont-ils vraiment besoin de l'aide de la justice suédoise ?

— Les réfugiés ont besoin de toute l'aide qu'ils peuvent obtenir. Ça ne vaut pas seulement en Suède.

Per Åkeson raccompagna Wallander jusqu'à la réception.

— J'ai passé quelques jours à Stockholm pendant que tu étais à Rome, dit-il soudain. J'ai rencontré Anette Brolin, tout à fait par hasard. Elle m'a demandé de passer le bonjour à tout le monde. Mais à toi tout particulièrement.

Wallander le considéra d'un air sceptique, mais il ne dit rien. Anette Brolin avait remplacé Per Åkeson pendant une courte période, quelques années plus tôt. Elle avait beau être mariée, Wallander avait risqué une approche qui ne s'était pas trop bien terminée. Il aurait préféré oublier cette histoire.

Il sortit du bâtiment. Le vent soufflait par rafales, sous un ciel gris. Wallander évalua la température à huit degrés au plus. Il faillit entrer en collision avec Svedberg qui quittait le commissariat. Il se rappela qu'il avait un papier pour lui.

– J'ai empoché une note à toi par erreur, dit-il. Après la réunion de l'autre jour.

Svedberg se gratta le crâne.

– Je n'ai pas remarqué qu'il me manquait quelque chose...

– Une note concernant une femme au comportement étrange. À la maternité.

– Jette-le. C'est juste quelqu'un qui a vu un fantôme.

– Jette-le toi-même, dit Wallander. Je le mets dans ton bureau.

– Nous continuons à interroger les voisins d'Eriksson, l'informa Svedberg. Je vais aussi passer un moment avec le facteur.

Wallander hocha la tête. Ils se séparèrent.

Le temps d'arriver à son bureau, il avait déjà oublié le papier de Svedberg. Il prit le journal de Harald Berggren dans la poche intérieure de sa veste et le rangea dans un tiroir. Puis il posa sur la table la photo des trois hommes devant la termitière. Pendant qu'il attendait Sven Tyrén, il parcourut quelques documents que lui avait laissés les autres membres du groupe d'investigation. À neuf heures moins le quart, il alla chercher un café. Il croisa Ann-Britt Höglund, qui lui annonça que la disparition de Gösta Runfeldt était désormais enregistrée et officiellement classée dans les affaires urgentes.

– J'ai parlé à un voisin de Runfeldt, dit-elle. Un professeur de lycée, qui me paraît très fiable. Il affirme avoir entendu Runfeldt dans l'appartement le mardi soir. Et depuis, rien.

– Ce qui indiquerait que c'est bien à ce moment-là qu'il est parti, malgré tout. Mais pas à Nairobi.

– J'ai demandé à ce voisin s'il avait remarqué quoi que ce soit d'inhabituel dans l'attitude de Runfeldt, dit-elle. Mais il s'agissait apparemment d'un homme réservé, aux habitudes régulières et discrètes. Poli, mais sans plus. Qui recevait rarement des visites. Une seule particularité à signaler : il lui arrivait parfois de rentrer très tard la nuit. Ce professeur occupe l'appartement en dessous de celui de Runfeldt. Et l'immeuble est mal insonorisé. Je crois qu'on peut lui faire confiance.

Wallander se tenait debout, sa tasse de café à la main, et réfléchissait à ce qu'elle venait de dire.

– Nous devons comprendre à quoi rime ce matériel d'écoute, dit-il. Ce serait bien si quelqu'un pouvait appeler l'entreprise de vente par correspondance dès aujourd'hui. J'espère d'ailleurs que les collègues de Borås ont été informés. Comment s'appelle-t-elle déjà ? Nyberg est au courant. Nous devons savoir si Runfeldt leur a déjà acheté des choses. Il a commandé cet équipement. Il devait bien avoir l'intention de s'en servir.

– Matériel d'écoute, dit-elle. Pinceau aimanté. Qui s'intéresse à ça ? Qui utilise des trucs pareils ?

– Nous.

– Mais qui d'autre ?

Wallander comprit qu'elle avait une idée en tête.

– Le matériel d'écoute peut naturellement servir à des fins indiscrètes.

– Je pensais surtout aux empreintes digitales.

Wallander hocha la tête. Il avait compris.

– Un détective privé, dit-il. L'idée m'a traversé l'esprit. Mais Gösta Runfeldt est un fleuriste qui consacre sa vie aux orchidées.

– Ce n'était qu'une hypothèse, dit-elle. Je vais appeler cette entreprise moi-même.

Wallander retourna dans son bureau. Le téléphone sonna. C'était Ebba. Sven Tyrén attendait à la réception.

– Il n'a pas garé son camion devant la porte ? demanda Wallander. Si c'est le cas, Hansson va devenir fou.

– Je ne vois pas de camion, dit Ebba. Tu viens le chercher ? Au fait, Martinsson voulait te parler.

– Où est-il ?

– Dans son bureau, j'imagine.

– Demande à Sven Tyrén de patienter quelques minutes pendant que je parle à Martinsson.

Ce dernier était au téléphone lorsque Wallander entra dans son bureau. Il conclut aussitôt sa conversation. Wallander devina que c'était sa femme, qui appelait Martinsson un nombre incalculable de fois chaque jour. Personne ne savait de quoi ils parlaient.

– J'ai eu le laboratoire de médecine légale de Lund, dit Martinsson. Ils ont déjà quelques résultats préliminaires à nous communiquer. Le problème est qu'ils ont du mal à déterminer ce qui nous importe le plus.

— L'heure de sa mort ?

Martinsson acquiesça.

— Aucun des pieux n'a transpercé le cœur. Aucune artère n'a été perforée. Cela signifie qu'il a pu rester empalé assez longtemps avant de mourir. La cause immédiate du décès peut être définie comme une noyade.

— Qu'est-ce que cela veut dire ? demanda Wallander, surpris. Il n'était pas dans l'eau, que je sache ?

— Le médecin à qui j'ai parlé m'a fait part de détails désagréables. Il a dit que les poumons étaient tellement remplis de sang qu'à un moment donné, il n'a plus été capable de respirer. À peu près comme s'il s'était noyé.

— Nous devons savoir à quel moment il est mort, dit Wallander. Rappelle-les. Ils doivent bien pouvoir nous le dire.

— Je te ferai parvenir les documents dès qu'ils arriveront.

— Ça, je le croirai quand je les verrai. Avec tout ce qui disparaît dans ce commissariat.

Il n'avait pas dit cela dans l'intention de critiquer Martinsson. Une fois dans le couloir, il comprit que ses paroles avaient pu être mal interprétées. Mais il était trop tard pour y remédier. Il alla à l'accueil chercher Sven Tyrén qui était assis sur une banquette en plastique et regardait fixement le sol. Quand il se leva, Wallander constata qu'il était mal rasé et que ses yeux étaient injectés de sang. L'odeur de fioul et d'essence était très forte. Ils allèrent dans le bureau de Wallander.

— Pourquoi n'avez-vous pas retrouvé celui qui a tué Holger ? commença Sven Tyrén.

Wallander sentit l'exaspération monter une fois de plus, en face de cet homme.

— Dis-moi qui c'est et je vais aller le chercher personnellement, dit-il.

— Je ne suis pas de la police.

— C'est évident. Si tu l'étais, tu n'aurais pas posé une question aussi stupide.

Wallander leva la main pour couper court aux protestations de Tyrén.

— Dans l'immédiat, c'est moi qui conduis l'interrogatoire, dit-il.

— Je suis soupçonné de quelque chose ?

— Non. Mais c'est moi qui pose les questions. Et tu dois y répondre. Rien d'autre.

Sven Tyrén haussa les épaules. Wallander eut soudain le sentiment que l'homme était sur ses gardes, et son attention s'aiguisa aussitôt. Sa première question était la seule qu'il eût préparée.

– Harald Berggren, dit-il. Ça te dit quelque chose?

Sven Tyrén le dévisagea.

– Je ne connais personne de ce nom-là, dit-il. Pourquoi? Je devrais?

– Tu en es sûr?

– Oui.

– Réfléchis!

– Je n'ai pas besoin de réfléchir. Si j'en suis sûr, c'est que j'en suis sûr.

Wallander poussa la photo vers son interlocuteur. Sven Tyrén se pencha pour mieux voir.

– Est-ce que tu reconnais l'un ou l'autre de ces hommes? Regarde bien. Prends ton temps.

Sven Tyrén prit la photo entre ses doigts huileux. Il la considéra longtemps. Wallander commençait vaguement à espérer, lorsqu'il la reposa sur la table en secouant la tête.

– Je ne les ai jamais vus.

– Tu l'as regardée longtemps. As-tu eu l'impression, à un moment donné, de reconnaître quelqu'un?

– Je croyais que tu m'avais dit de prendre mon temps. C'est qui, ces types? Et la photo a été prise où?

– Tu es sûr de toi?

– Je ne les ai jamais vus.

Wallander comprit qu'il disait la vérité.

– Cette photo représente trois mercenaires, dit-il après un silence. Elle a été prise en Afrique il y a un peu plus de trente ans.

– La Légion étrangère?

– Pas exactement. Mais presque. Des soldats qui se vendent au plus offrant.

– Il faut bien vivre.

Wallander lui jeta un regard scrutateur. Mais il ne lui demanda pas de s'expliquer sur son commentaire.

– Est-ce que tu aurais entendu parler d'éventuels contacts entre Holger Eriksson et des mercenaires?

– Holger Eriksson vendait des voitures. Je croyais que tu l'avais compris.

– Il écrivait aussi des poèmes. Il observait les oiseaux.

Wallander ne cherchait pas à dissimuler son irritation.

– As-tu, oui ou non, entendu Holger Eriksson parler de mercenaires ? Ou de guerre en Afrique ?

Sven Tyrén le dévisageait fixement.

– Pourquoi les policiers sont-ils si désagréables ? demanda-t-il.

– Parce qu'on ne s'occupe pas toujours de choses très agréables, répondit Wallander. À partir de maintenant, je veux que tu te contentes de répondre à mes questions. Rien d'autre. Pas de commentaires personnels.

– Et si je refuse ?

Wallander savait qu'il s'apprêtait à commettre une erreur professionnelle. Mais il s'en fichait. Quelque chose, chez cet homme, lui déplaisait souverainement.

– Dans ce cas, je vais te convoquer et t'interroger chaque jour pendant les semaines qui viennent. Et je vais demander un mandat de perquisition.

– Ah bon ? Et tu penses trouver quoi, chez moi ?

– Ce n'est pas le propos. Tu as compris, ou je te réexplique ?

Wallander savait qu'il risquait gros. L'autre pouvait très bien se rendre compte qu'il bluffait. Mais apparemment, il préféra obéir.

– Holger était un homme pacifique. Même s'il pouvait être dur en affaires. Il n'a jamais parlé de mercenaires. Mais il aurait très bien pu le faire.

– Qu'entends-tu par là ? Qu'il aurait pu le faire ?

– Les mercenaires se battent contre les révolutionnaires et les communistes, j'imagine ? Et Holger était conservateur. C'est le moins qu'on puisse dire.

– Comment cela, conservateur ?

– Il trouvait que la société était en pleine décadence. S'il avait pu choisir, on aurait rétabli le fouet et la peine de mort. Celui qui l'a tué se balancerait au bout d'une corde, à l'heure qu'il est.

– Et il parlait de ces sujets avec toi ?

– Il en parlait avec tout le monde. Il n'avait pas peur d'exprimer ses opinions.

– Était-il lié à un mouvement conservateur ?

– Comment veux-tu que je le sache ?

– Si tu sais certaines choses, tu en sais peut-être d'autres. Réponds à la question !

– Je ne sais pas.

– Pas de lien avec des néo-nazis ?

– Je ne sais pas.

– Était-il lui-même nazi ?

– Je ne connais pas ces gens-là. Pour lui, la société était en train de dérailler. Il ne faisait pas de différence entre les socialos et les communistes. Le parti libéral, c'était à peu près ce qu'il pouvait tolérer de plus gauchiste.

Wallander évalua brièvement les propos de Tyrén. Cette information approfondissait, et modifiait en même temps, l'image qu'il s'était faite jusque-là de Holger Eriksson. Il s'agissait manifestement d'une personnalité complexe et contradictoire. Poète et ultra-conservateur, ornithologue et défenseur de la peine capitale. Wallander se souvint du poème posé sur la table, où Holger Eriksson pleurait la disparition d'un oiseau du pays. Mais les criminels, eux, méritaient la pendaison.

– A-t-il jamais évoqué devant toi l'existence d'éventuels ennemis ?

– Tu m'as déjà posé cette question.

– Je sais. Mais je te la repose.

– Il n'en a jamais parlé ouvertement. Mais il fermait toutes les portes à clé, la nuit.

– Pourquoi ?

– Parce qu'il avait des ennemis.

– Mais tu ne sais pas lesquels ?

– Non.

– A-t-il dit pourquoi il avait des ennemis ?

– Il n'a jamais dit qu'il avait des ennemis. C'est moi qui le dis. Combien de fois faut-il que je le répète ?

Wallander leva la main en signe d'avertissement.

– Si ça me chante, je peux te poser la même question tous les jours pendant les cinq années à venir. Pas d'ennemis, donc. Mais il s'enfermait la nuit ?

– Oui.

– Comment le sais-tu ?

– Il me l'a dit, bordel ! Comment je l'aurais su, autrement ? J'allais pas chez lui vérifier ses serrures la nuit ! En Suède de nos jours, on ne peut se fier à personne. C'est ce qu'il disait.

Wallander décida d'interrompre l'interrogatoire jusqu'à nouvel ordre. Il le reprendrait en temps utile. Il avait aussi le net sentiment que Tyrén en savait plus qu'il ne voulait l'admettre. Mais il préférait avancer prudemment, avec lui, pour ne pas l'effaroucher. Sinon, il serait très difficile de le faire sortir de ses retranchements.

– Je pense que nous allons en rester là pour l'instant, dit Wallander.

– Pour l'instant ? Ça veut dire qu'il va falloir que je revienne ? Et quand est-ce que je travaille, moi ?

– On te contactera. Merci d'être venu.

Wallander se leva et lui tendit la main. Ce geste d'amabilité prit Tyrén au dépourvu. Il avait une poignée de main solide, constata Wallander.

– Je crois que tu connais le chemin, dit-il.

Lorsque Tyrén eut disparu, Wallander appela Hansson. Il eut la chance de tomber directement sur lui.

– Sven Tyrén, dit-il. Le livreur de fioul. Impliqué dans des histoires de mauvais traitements, d'après toi. Tu t'en souviens ?

– Je m'en souviens.

– Vois ce que tu peux trouver sur lui.

– C'est urgent ?

– Pas plus que le reste. Mais pas moins.

Hansson promit de s'en occuper.

Il était dix heures. Wallander alla chercher un café. Puis il rédigea un rapport sur son entrevue avec Sven Tyrén. Lors de la prochaine réunion du groupe d'enquête, ils auraient une discussion de fond à ce sujet. Wallander était persuadé de l'importance de ces nouveaux renseignements concernant Holger Eriksson. Après avoir refermé son bloc, il découvrit la note griffonnée au crayon qu'il avait à plusieurs reprises oublié de rendre à Svedberg. Il décida de le faire immédiatement, avant toute autre chose. Il était déjà dans le couloir lorsqu'il entendit son téléphone sonner. Il hésita un court instant. Puis il revint sur ses pas et prit le combiné. C'était Gertrud. Elle pleurait.

– Il faut que tu viennes, dit-elle entre deux sanglots.

Wallander se sentit devenir tout froid.

– Qu'y a-t-il ?

– Ton père est mort. Il est là-bas, il est tombé au milieu de ses tableaux.

Il était dix heures et quart, le lundi 3 octobre 1994.

12

Le père de Kurt Wallander fut enterré le 11 octobre dans le nouveau cimetière d'Ystad. C'était une journée de grand vent, avec des averses brutales coupées d'éclaircies. Cela faisait alors une semaine que Wallander avait reçu l'annonce de sa mort au téléphone. Mais il avait encore du mal à saisir ce qui s'était passé. L'incrédulité avait pris le dessus aussitôt, dès l'instant où il avait raccroché. Que son père puisse mourir – c'était une pensée impossible. Pas maintenant, juste après le voyage à Rome. Pas maintenant alors qu'ils venaient de retrouver un peu de la complicité qui s'était perdue tant d'années plus tôt. Wallander avait quitté le commissariat sans adresser la parole à quiconque. Il était persuadé que Gertrud se trompait. Mais en arrivant à Löderup et en entrant dans l'atelier où flottait l'odeur familière de térébenthine, il sut qu'elle avait dit vrai. Son père était couché, face contre terre, en travers d'un tableau inachevé. À l'instant de mourir, il avait fermé les yeux et il s'était cramponné au pinceau qui lui servait à mettre de petites taches de blanc dans le plumage de son coq de bruyère. Wallander comprit qu'il était en train d'achever le tableau auquel il travaillait la veille, juste avant leur longue promenade sur la plage de Sandhammaren. Il avait dû mourir très vite. Après coup, lorsque Gertrud fut suffisamment calmée pour pouvoir s'exprimer de façon cohérente, elle expliqua à Wallander qu'il avait pris son petit déjeuner comme d'habitude. Tout avait été comme d'habitude. Vers six heures et demie, il était allé à son atelier. Ne le voyant pas revenir à la cuisine pour son café de dix heures, elle était allée le chercher. Il était déjà trop tard.

Ils avaient attendu l'ambulance. Gertrud s'agrippait à son bras. Wallander se sentait vide intérieurement. Il n'éprouvait aucun chagrin. Il ne sentait rien du tout, sauf, vaguement, que cette mort avait quelque chose d'injuste. Il ne pouvait pas plaindre son père. Mais il

pouvait ressentir du chagrin pour lui-même – le seul chagrin possible. Puis l'ambulance était arrivée. Wallander connaissait le chauffeur ; il s'appelait Prytz et avait aussitôt saisi qu'il s'agissait de son
père.

– Il n'était pas malade, dit Wallander. Hier, on s'est promenés sur
la plage. Il se plaignait de nausées. Rien d'autre.

– C'était sans doute une attaque, répondit Prytz, comme s'il
comprenait. Ça peut se manifester de cette manière.

Ce fut aussi ce que dirent plus tard les médecins à Wallander. Tout
était allé très vite. Son père n'avait pas eu le temps de comprendre.
Un vaisseau sanguin avait éclaté dans son cerveau et il était mort
avant même que sa tête ne heurte la toile inachevée. Pour Gertrud, le
chagrin et le choc étaient tempérés de soulagement à la pensée que
cela s'était passé très vite. Et qu'il n'aurait pas désormais à subir l'étio-
lement progressif, la confusion grandissante de la maladie.

Les pensées de Wallander étaient tout autres. Son père avait été seul
à l'instant de sa mort. Personne ne devait être seul au moment de
mourir. Il se sentait coupable de n'avoir pas prêté plus d'attention au
malaise déclaré par son père le dimanche précédent. C'était pourtant
un possible signe avant-coureur d'attaque cardiaque ou cérébrale.
Mais le pire était que cela s'était passé au mauvais moment. Son père
avait quatre-vingts ans, mais c'était quand même beaucoup trop tôt.
Cela aurait dû arriver plus tard. Pas maintenant. Pas ainsi. Wallander
avait essayé de secouer son père pour le faire revenir à la vie. Mais il
ne pouvait rien. Le coq de bruyère ne serait jamais achevé.

Pourtant, au milieu de ce chaos extérieur et intérieur qu'entraîne
toujours la mort, Wallander avait aussi conservé sa faculté d'agir de
façon calme et rationnelle. Après que Gertrud fut partie avec l'ambulance, il retourna à l'atelier. Il resta un instant debout dans le
silence et l'odeur de térébenthine. Il pleura à la pensée que son père
n'aurait pas voulu laisser le coq de bruyère inachevé. Comme un
geste de reconnaissance de la frontière invisible entre la vie et la
mort, Wallander prit le pinceau et ajouta les deux points blancs qui
manquaient dans le plumage de l'oiseau. C'était la première fois de
sa vie qu'il touchait un tableau de son père avec un pinceau. Puis il
nettoya le pinceau et le rangea au milieu des autres dans un vieux
pot à confiture. Il ne comprenait pas ce qui s'était passé. Il n'avait
aucune idée de ce que cela allait signifier pour lui-même. Il ne savait
même pas comment se comporter dans le deuil.

Il retourna dans la maison et téléphona à Ebba. Elle manifesta de
l'émotion et du chagrin, et Wallander eut du mal à poursuivre. Pour

finir, il lui demanda simplement de prévenir les autres. Ils devaient continuer comme d'habitude, sans lui. Qu'ils se contentent de l'informer au cas où ils feraient une percée décisive. Il ne reviendrait pas travailler ce jour-là. Il ne savait pas encore ce qu'il ferait le lendemain. Puis il appela sa sœur, Kristina, et lui annonça la mort de leur père. Ils restèrent longtemps au téléphone. Wallander eut l'impression qu'elle s'était préparée bien plus que lui à la possibilité de ce décès. Elle s'engagea à essayer de joindre Linda, puisque Wallander ne connaissait pas le numéro du restaurant où elle était serveuse. Puis il appela Mona. Elle travaillait dans un salon de coiffure de Malmö dont il ignorait le nom exact. Mais une opératrice aimable lui vint en aide dès qu'il lui eut expliqué la situation. Il entendit à la voix de Mona qu'elle était surprise de recevoir un appel de lui. Elle avait dû penser immédiatement qu'il était arrivé quelque chose à Linda. Quand il lui annonça la nouvelle, il perçut en tout cas chez elle une nuance de soulagement. Cela le choqua. Mais il ne dit rien. Il savait que Mona et son père s'entendaient bien. Mais il était naturel qu'elle s'inquiète pour Linda. Il se rappela le matin où elle l'avait appelé, après le naufrage de l'*Estonia*.

– Je comprends que ce soit difficile, dit-elle. Tu as redouté cet instant toute ta vie.

– Nous avions tant de choses à nous dire, maintenant que nous avions enfin trouvé le moyen de nous parler. Et voilà. C'est trop tard.

– C'est toujours trop tard, dit-elle.

Elle promit de venir à l'enterrement et de l'aider en cas de besoin. Après avoir raccroché, Wallander resta seul avec un sentiment de vide effrayant. Il composa le numéro de Baiba à Riga. Elle ne répondit pas. Il essaya plusieurs fois. Mais elle n'était pas chez elle.

Wallander retourna à l'atelier et s'assit sur le vieux traîneau à courses où il avait toujours l'habitude de se poser, une tasse de café à la main. Il entendit un bruit discret contre la toiture et comprit qu'il s'était remis à pleuvoir. Il constata qu'il était seul avec sa peur de la mort. L'atelier était déjà transformé en caveau mortuaire. Il se leva vivement et ressortit. Le téléphone sonnait lorsqu'il arriva dans la cuisine. C'était Linda. Elle pleurait. Wallander pleura aussi. Elle voulait venir le plus vite possible. Il lui demanda s'il devait appeler son patron pour lui expliquer, mais Linda lui avait déjà parlé. Elle comptait se rendre à l'aéroport d'Arlanda et prendre le premier avion. Elle serait là dans l'après-midi. Il promit d'aller la chercher, mais elle lui dit de rester auprès de Gertrud. Elle viendrait à Löderup par ses propres moyens.

Le soir même, ils étaient rassemblés dans la maison de Löderup. Wallander remarqua que Gertrud était très calme. Ils commencèrent à évoquer ensemble les détails de l'enterrement. Wallander n'était pas sûr que son père aurait souhaité la présence d'un pasteur. Mais c'était à Gertrud de décider. Elle était sa veuve.

– Il ne parlait jamais de la mort, dit-elle. Je ne sais pas s'il en avait peur ou non. Il n'a jamais dit non plus où il voulait être enterré. En tout cas, je veux qu'il y ait un pasteur.

Ils tombèrent d'accord : ce serait le nouveau cimetière, à Ystad. Une cérémonie simple. Le défunt n'avait pas beaucoup d'amis. Linda déclara qu'elle voulait lire un poème, Wallander qu'il ne tiendrait pas de discours. Et ils choisirent le psaume qu'ils chanteraient tous ensemble.

Kristina arriva le lendemain. Elle s'installa chez Gertrud, tandis que Linda logeait chez Wallander à Ystad. La mort les rapprocha, au cours de cette semaine. Avec la disparition de leur père, fit remarquer Kristina, c'étaient eux qui se retrouvaient désormais en première ligne. Wallander sentait que son angoisse de la mort augmentait sans cesse. Mais il n'en parla à personne. Ni à Linda, ni à sa sœur. Peut-être un jour pourrait-il en parler avec Baiba. Elle avait réagi très chaleureusement, lorsqu'il avait enfin réussi à la joindre. Ils étaient restés près d'une heure au téléphone. Elle lui avait raconté ses propres sentiments à la mort de son père, dix ans plus tôt, et aussi ce qu'elle avait éprouvé lorsque son mari Karlis avait été assassiné. Wallander s'était senti soulagé après cette conversation. Baiba existait, et elle ne disparaîtrait pas.

Le jour même de l'annonce du décès dans le journal, Sten Widén téléphona à Wallander de son haras des environs de Skurup. Ils ne s'étaient pas parlé depuis au moins un an. Ils avaient été très proches autrefois, à l'époque où ils partageaient une passion pour l'opéra et de grands rêves pour l'avenir. Sten Widén avait une belle voix. Wallander serait son imprésario. Mais tout avait changé le jour où le père de Sten Widén était mort brusquement, l'obligeant à reprendre la ferme et l'entraînement des chevaux. Wallander était entré dans la police et leurs relations s'étaient progressivement distendues. Mais, apprenant la nouvelle, Sten Widén l'avait aussitôt appelé. Après la conversation, Wallander se demanda si Sten avait jamais rencontré son père. De toute manière, il lui était reconnaissant d'avoir téléphoné. Quelqu'un, en dehors de la famille proche, ne l'avait pas oublié.

Au milieu de ce chaos, Wallander s'obligeait aussi à rester policier. Dès le lendemain de la mort de son père, le mardi 4 octobre, il retourna au commissariat après une nuit sans sommeil. Linda dormait dans son ancienne chambre. Mona était passée les voir, elle avait même apporté le dîner, dans l'espoir de leur changer les idées, avait-elle dit. Pour la première fois depuis l'éprouvant divorce intervenu cinq ans plus tôt, Wallander eut le sentiment que leur histoire appartenait définitivement au passé, y compris à ses propres yeux. Il l'avait trop longtemps suppliée de revenir, trop longtemps nourri le rêve irréaliste que tout redeviendrait comme avant. Mais il n'y avait pas de retour possible. Et maintenant, c'était Baiba dont il se sentait proche. La mort de son père avait au moins le mérite de lui faire comprendre une fois pour toutes que sa vie d'autrefois avec Mona était vraiment terminée.

Il dormit mal au cours de la semaine précédant l'enterrement. Ce n'était pas difficile à comprendre. Mais ses collègues le trouvèrent pareil à lui-même, comme s'il ne s'était rien passé. Ils avaient exprimé leurs condoléances et il les avait remerciés. Puis il avait enchaîné aussitôt en évoquant l'enquête en cours. Lisa Holgersson le prit à part dans le couloir pour lui proposer quelques jours de congé. Il refusa. La pression du chagrin diminuait malgré tout pendant les heures où il travaillait, même si c'était difficile.

La relative distraction de Wallander n'y était peut-être pour rien mais, de fait, l'enquête avança très lentement au cours de cette semaine. La disparition de Gösta Runfeldt, qui doublait telle une ombre le meurtre de Holger Eriksson, demeurait inexpliquée. D'un côté, l'homme s'était tout bonnement volatilisé. Aucun membre de l'équipe ne croyait plus à une explication naturelle. D'un autre côté, ils n'avaient rien trouvé qui indiquât un lien entre Holger Eriksson et Gösta Runfeldt. La seule chose qui paraissait indubitable, concernant Runfeldt, était sa passion pour les orchidées.

– Nous devrions nous intéresser de plus près à la noyade de sa femme, dit Wallander au cours d'une des réunions auxquelles il participa cette semaine-là.

Ann-Britt Höglund promit de s'en charger.

– L'entreprise de vente par correspondance, poursuivit-il. Qu'en est-il? Que disent les collègues de Borås?

– Ils s'en sont occupés tout de suite, répondit Svedberg. Ce n'était pas la première fois que cette entreprise se livrait à l'importation illégale de matériel d'écoute. Elle aurait disparu un moment avant de resurgir sous un autre nom, avec une nouvelle adresse. Parfois aussi avec de nouveaux propriétaires. Si j'ai bien compris, ils sont intervenus immédiatement. Mais nous attendons un rapport écrit.

– Le plus important, pour nous, c'est de savoir si Gösta Runfeldt leur a déjà acheté du matériel, dit Wallander. Le reste ne nous concerne pas pour l'instant.

– Leur fichier clients était très incomplet, apparemment. Mais la police de Borås a trouvé du matériel illégal très sophistiqué dans leurs entrepôts. Si j'ai bien compris, Runfeldt aurait pu être un espion.

Wallander réfléchit un instant à ce que venait de dire Svedberg.

– Pourquoi pas? dit-il ensuite. Nous ne pouvons rien exclure. Il devait bien avoir une raison d'acheter cet équipement.

Ils considéraient donc la disparition de Gösta Runfeldt avec le plus grand sérieux. Mais en dehors de cela, ils consacraient tous leurs efforts à traquer celui ou ceux qui avaient assassiné Holger Eriksson. Ils cherchaient Harald Berggren, sans trouver la moindre trace de lui. Le musée de Stockholm avait confirmé que la tête réduite retrouvée dans le coffre de Holger Eriksson provenait selon toute vraisemblance du Congo ou du Zaïre, et qu'il s'agissait d'une tête humaine. Jusque-là, les éléments concordaient. Mais qui était Harald Berggren? Ils avaient déjà interrogé plusieurs personnes qui avaient connu Holger Eriksson à différentes époques de sa vie. Personne n'avait entendu parler de Berggren. Et personne n'était au courant d'éventuels contacts entre Holger Eriksson et le monde souterrain où les mercenaires se faufilaient comme des rats farouches et signaient leurs contrats avec différents envoyés du diable. Pour finir, ce fut Wallander qui redonna une impulsion à l'enquête en formulant une idée neuve.

– Il y a beaucoup de détails étranges dans la vie de Holger Eriksson, dit-il. Par exemple, le fait qu'il n'existe aucune femme dans son entourage proche. Absolument aucune, à aucun moment. C'est pourquoi je commence à me demander s'il peut exister un lien homosexuel entre Holger Eriksson et le dénommé Harald Berggren. Dans son journal, il n'y a pas de femmes non plus.

Le silence se fit dans la salle de réunion. Personne ne semblait avoir envisagé cette possibilité.

– Cela paraît un peu étrange que des hommes homosexuels choisissent un métier aussi macho, objecta Ann-Britt Höglund.

– Pas du tout, répliqua Wallander. Il n'est pas rare que des homosexuels deviennent soldats. Éventuellement pour dissimuler leur préférence. Ou pour d'autres raisons.

Martinsson examinait la photo des trois hommes devant la termitière.

– Tu as peut-être raison, dit-il. Ces hommes ont quelque chose de féminin.

– Quoi donc? demanda Ann-Britt Höglund avec curiosité.

– Je ne sais pas. Peut-être leur façon de s'appuyer à la termitière. Les cheveux.

– Ça ne sert à rien de jouer aux devinettes, coupa Wallander. C'est juste une possibilité de plus, qu'on peut garder à l'esprit au même titre que les autres.

– En d'autres termes, nous cherchons un mercenaire homosexuel, dit Martinsson d'un air sombre. Où trouve-t-on cela?

– Non, justement. Nous ne cherchons rien de tel. Mais nous devons évaluer cette possibilité en fonction des autres données dont nous disposons.

– Parmi les gens que j'ai interrogés, personne n'a fait la moindre allusion au fait que Holger Eriksson ait pu être homosexuel, dit Hansson qui prenait la parole pour la première fois.

– Ce n'est pas un sujet dont on parle ouvertement, répliqua Wallander. Du moins pas chez les hommes de cette génération. À l'époque, on menait la vie dure aux homosexuels dans ce pays.

– Alors tu voudrais qu'on demande aux gens s'ils pensent que Holger Eriksson était homosexuel? intervint Svedberg qui n'avait pas dit grand-chose, lui non plus, depuis le début de la réunion.

– C'est à vous de choisir votre méthode, dit Wallander. Je ne sais même pas si ça a la moindre pertinence. Mais on ne peut pas exclure cette possibilité.

Ce fut à cet instant que l'enquête entra dans une nouvelle phase – Wallander s'en rendit compte après coup avec beaucoup de netteté. C'était comme si chacun venait de comprendre qu'il n'y avait rien de simple, ou de facilement accessible, dans le meurtre de Holger Eriksson. Ils avaient affaire à une ou plusieurs personnes capables d'une préméditation minutieuse, et ils pouvaient dès à présent soupçonner que le mobile du crime était dissimulé dans le passé. Un passé soigneusement protégé des regards. Ils continuèrent leur laborieux travail de fond pour réunir tout ce qu'il était possible de trouver concernant la vie de Holger Eriksson. Svedberg consacra même quelques nuits à parcourir attentivement les neuf recueils de poèmes publiés par Holger Eriksson. À la fin, il avait cru devenir fou, à force de prendre part aux tourments spirituels qui existaient à l'évidence dans l'univers des oiseaux. Mais il n'avait pas eu le sentiment d'en apprendre plus sur Holger Eriksson. Martinsson emmena sa fille Terese à Falsterbo par un jour de grand vent et passa l'après-midi à discuter avec les ornithologues amateurs qui contemplaient fixement les nuages gris, la tête renversée en arrière. Le seul bénéfice de cette excursion – en dehors du fait d'avoir pu passer du temps avec sa fille, qui envisageait de devenir membre des « Biologistes amateurs » – fut d'apprendre que de grandes bandes de grives tannées avaient quitté la Suède la nuit du meurtre de Holger Eriksson. Martinsson fit part de cette découverte à Svedberg, qui affirma qu'il n'existait pas un seul poème consacré aux grives tannées dans les neuf recueils.

– En revanche, annonça Svedberg avec hésitation, il y a trois longs poèmes sur la bécasse double. Tu crois qu'il existe des bécasses simples ?

Martinsson n'en savait rien. L'enquête continua.

Le jour de l'enterrement arriva enfin. Ils devaient se retrouver au crématorium. Quelques jours plus tôt, Wallander avait appris avec surprise que le pasteur serait une femme. De plus, ce n'était pas une inconnue. Il l'avait déjà rencontrée à une occasion mémorable au cours de l'été précédent. Après coup, il se dit que ç'avait été une bonne idée de la choisir, plutôt que quelqu'un d'autre. Elle avait parlé avec simplicité, sans jamais tomber dans le grandiose ou le pathétique. La veille de la cérémonie, elle lui avait téléphoné pour lui demander si son père était croyant. Wallander avait répondu par la négative. Et il lui avait parlé de sa peinture. Et de leur voyage à Rome. La cérémonie proprement dite s'avéra moins insoutenable qu'il ne le craignait. Le cercueil était en bois foncé, simplement orné de roses. La personne qui manifesta ses sentiments de la façon la plus ouverte fut Linda. Personne, d'ailleurs, ne mettait en cause la sincérité de son chagrin. C'était elle qui regretterait le plus l'homme qui venait de mourir.

Après la cérémonie, ils partirent pour Löderup en voiture. Wallander était soulagé d'en avoir fini avec les funérailles. Les réactions viendraient plus tard. Pour l'instant, c'était comme s'il ne comprenait pas encore vraiment ce qui s'était passé. Il pensa qu'il appartenait à une génération très mal préparée à l'éventualité toujours proche de la mort. Son métier faisait qu'il était souvent confronté, concrètement, à des cadavres. Mais en réalité, il le comprenait maintenant, il était aussi peu protégé que quiconque. Il pensa à la conversation qu'il avait eue une semaine plus tôt avec Lisa Holgersson.

Ce soir-là, il resta avec Linda, et ils parlèrent jusqu'à une heure avancée de la nuit. Elle repartirait pour Stockholm le lendemain matin de bonne heure. Avec précaution, Wallander demanda si elle pensait lui rendre visite moins souvent, maintenant que son grand-père n'était plus là. Mais elle promit qu'elle viendrait plus souvent, au contraire. Et Wallander promit à son tour de ne pas oublier Gertrud.

Au moment de se coucher, il pensa qu'il devait reprendre son travail dès le lendemain. En y consacrant toutes ses forces. Il avait été trop souvent absent pendant une semaine. Il lui fallait prendre de la distance par rapport à la mort de son père pour commencer à comprendre ce qu'elle signifiait. Pour prendre de la distance, il fallait se remettre au travail. Il n'y avait pas d'autre moyen.

Je n'ai jamais su pourquoi il ne voulait pas que je devienne policier, pensa-t-il avant de s'endormir. Et maintenant c'est trop tard. Je ne le saurai jamais.

S'il existe une vie après la mort, ce dont je doute, mon père et Rydberg pourront se fréquenter maintenant. Même s'ils se sont rarement rencontrés au cours de leur vie, je crois qu'ils auraient beaucoup de choses à se dire.

*

Elle avait dressé un emploi du temps minutieux pour les derniers instants de Gösta Runfeldt. Il était à présent si affaibli qu'il ne pourrait lui opposer aucune résistance. Elle l'avait progressivement détruit, en même temps qu'il se détruisait lui-même de l'intérieur. *Le ver caché dans la fleur présage la mort de la fleur*, pensa-t-elle en ouvrant les portes de la maison de Vollsjö. Elle avait noté dans son emploi du temps qu'elle arriverait à seize heures. Elle avait trois minutes d'avance. Elle allait attendre la tombée de la nuit. Alors, elle le tirerait du four. Par mesure de sécurité, elle avait l'intention de lui passer des menottes. Et de le bâillonner. Mais pas de bandeau. Même s'il aurait du mal à s'habituer à la lumière après tous ces jours passés dans le noir, au bout de quelques heures il recommencerait à voir. Elle voulait qu'il la voie vraiment. Alors, elle lui montrerait les photos. Les images qui lui feraient comprendre ce qu'il lui arrivait. Et pour quelles raisons.

Certains éléments qu'elle ne pouvait entièrement prévoir étaient susceptibles d'influencer son planning. Entre autres, le risque qu'il soit faible au point de ne plus tenir sur ses jambes. C'était pourquoi elle avait emprunté à la gare de Malmö un petit chariot à bagages facile à manœuvrer. Personne n'avait fait attention à elle au moment où elle le rangeait dans sa voiture. Elle ne savait pas encore si elle le restituerait. En attendant, elle pourrait transporter l'homme jusqu'à sa voiture, si nécessaire. Le reste était extrêmement simple. Peu avant vingt et une heures, elle le conduirait dans la forêt. Elle l'attacherait au tronc de l'arbre qu'elle avait déjà choisi. Et elle lui montrerait les photos. Puis elle l'étranglerait. Elle le laisserait là. À minuit au plus tard, elle serait à nouveau chez elle, dans son lit. Son réveil sonnerait à cinq heures quinze. Elle commençait son travail à sept heures quinze.

Son plan lui plaisait beaucoup. Il était parfaitement minuté. Rien ne pouvait en empêcher l'exécution. Elle s'assit dans un fauteuil et contempla le four qui trônait tel un autel au centre de la pièce. Ma mère m'aurait comprise, pensa-t-elle. Si personne ne le fait, ce ne sera jamais fait. Il faut chasser le mal par le mal. Là où il n'y a pas de justice, il faut créer la justice. Elle consulta sa montre. Dans trois heures et quinze minutes, Gösta Runfeldt serait mort.

*

Lars Olsson ne se sentait pas très en forme en cette soirée du 11 octobre. Jusqu'au bout, il se demanda s'il n'allait pas renoncer à l'entraînement. Ce n'était pas seulement la fatigue ; la chaîne TV2 montrait ce soir-là un film qu'il voulait voir. Il finit par décider de regarder le film et de faire son circuit ensuite, malgré l'heure tardive. Lars Olsson habitait non loin de Svarte. Il était né à la ferme et vivait encore chez ses parents, à trente ans passés. Il était copropriétaire d'un bulldozer, qu'il manœuvrait d'ailleurs mieux que quiconque. Cette semaine-là, il creusait un fossé pour une nouvelle installation de drainage dans une ferme de Skårby.

Mais Lars Olsson était aussi un passionné de la course d'orientation. Son plus grand plaisir dans la vie était de se déplacer dans les forêts de Suède avec une carte et une boussole. Son équipe de Malmö se préparait à participer à une course de nuit à l'échelle nationale. Il s'était souvent demandé pourquoi il consacrait autant de temps à ce loisir. Quel sens y avait-il à courir dans une forêt à la recherche de balises cachées ? Souvent, il faisait froid, il pleuvait, il avait mal partout et il ne lui semblait jamais être assez bon. Cela méritait-il vraiment qu'on y consacre sa vie ? Mais il était doué pour ça. Il avait une bonne intuition du terrain, et il était à la fois rapide et résistant. À plusieurs reprises, c'était lui qui avait fait gagner son équipe en donnant son maximum, à la fin de la course. Il se trouvait juste au-dessous du niveau qui lui aurait permis de faire partie de l'équipe de Suède. Et il n'avait pas abandonné l'espoir de franchir la dernière étape et de représenter un jour le pays dans les compétitions internationales.

Il regarda la télévision, mais le film était moins bon que prévu. Peu après vingt-trois heures, il sortit de la maison. La partie de forêt où il allait courir se trouvait au nord de la ferme, à la limite du grand domaine de Marsvinsholm. Il avait le choix entre un circuit de huit ou de cinq kilomètres. Comme il se sentait fatigué et devait travailler tôt le lendemain, il choisit l'itinéraire le plus court. Il fixa la lampe à son front et partit. Il avait plu au cours de la journée, des averses brutales coupées d'éclaircies. À présent, il faisait six degrés. La terre mouillée embaumait. Il courait dans la forêt en suivant le sentier. Les troncs scintillaient à la lueur de sa lampe. À l'endroit le plus touffu de ce coin du parcours s'élevait un petit coteau qu'on pouvait franchir en ligne droite. C'était un raccourci. Il décida de l'emprunter. Il quitta le sentier et aborda la montée en courant.

Soudain, il s'immobilisa. À la lueur de sa lampe, il venait de reconnaître un être humain. Tout d'abord, il ne comprit pas vraiment ce qu'il avait sous les yeux. Puis il vit que c'était un homme à moitié nu attaché à un arbre, dix mètres devant lui. Lars Olsson se tenait absolument immobile. Il haletait. Il avait très peur. Il regarda autour de lui. Sa lampe éclaira les arbres et les arbustes. Mais il était seul. Doucement, il fit quelques pas. L'homme était affaissé, seules les cordes le maintenaient en position verticale. Il était torse nu.

Lars Olsson n'eut pas besoin de s'approcher davantage. Il comprit que l'homme était mort. Sans savoir pourquoi, il jeta un regard à sa montre. Il était vingt-trois heures dix-neuf.

Puis il fit demi-tour et rentra chez lui en courant. Il n'avait jamais couru aussi vite de toute sa vie. Sans même prendre le temps d'enlever sa lampe, il se jeta sur le téléphone mural de la cuisine et composa le numéro de la police d'Ystad.

Le policier qui prit son appel l'écouta attentivement.

Puis, sans hésiter, il fit apparaître le nom de Kurt Wallander sur l'écran de l'ordinateur et l'appela à son domicile. Il était minuit moins dix.

Scanie

12-17 octobre 1994

13

Wallander pensait à son père et à Rydberg qui reposaient désormais dans le même cimetière ; il ne s'était pas encore endormi lorsque le téléphone sonna. Il s'empara du combiné, de peur que la sonnerie ne réveille Linda. Avec un sentiment d'impuissance croissante, il écouta ce que le policier de garde avait à lui dire. Les informations étaient encore peu nombreuses. La première patrouille n'était pas encore arrivée à l'endroit indiqué par le témoin. Celui-ci pouvait évidemment se tromper. Mais c'était peu probable. Le policier avait eu l'impression d'avoir affaire à un homme très sensé – bien que secoué, évidemment, par ce qu'il avait vu. Wallander dit qu'il partait tout de suite. Il essaya de s'habiller le plus discrètement possible. Mais Linda apparut en chemise de nuit tandis qu'il griffonnait un message à son intention, à la table de la cuisine.

– Qu'est-ce qui se passe ? demanda-t-elle.
– On a trouvé un homme mort dans la forêt. Je viens de recevoir l'appel.

Elle secoua la tête, incrédule.

– Tu n'as jamais peur ? demanda-t-elle.

Il la regarda sans comprendre.

– Pourquoi aurais-je peur ?
– Tous ces gens qui meurent.

Il devina plus qu'il ne comprit ce qu'elle essayait d'exprimer.

– Je ne peux pas, répondit-il. C'est mon travail. Quelqu'un doit le faire.

Il promit de revenir à temps pour la conduire à l'aéroport. Il était à peine une heure du matin lorsqu'il prit le volant. Ce ne fut que sur la route de Marsvinsholm qu'il songea brusquement qu'il pouvait s'agir de Gösta Runfeldt. Il venait de quitter la ville lorsque son téléphone de voiture sonna. C'était le commissariat. L'information était confirmée. Il y avait bien un mort dans la forêt.

— On l'a identifié ? demanda Wallander.

— Apparemment, il n'avait pas de papiers sur lui. Il était même presque nu, d'après ce qu'on nous a dit. Si j'ai bien compris, ce n'est pas joli joli.

Wallander sentit son estomac se nouer. Mais il ne dit rien.

— Ils t'attendent au croisement. Première sortie en direction de Marsvinsholm.

Wallander appuya sur l'accélérateur. Il appréhendait déjà la vision qui l'attendait. Il aperçut la voiture de police de loin et freina. Un policier se tenait au bord de la route. Wallander reconnut Peters. Il baissa sa vitre et lui jeta un regard interrogateur.

— Ce n'est pas beau à voir, dit Peters.

Wallander se douta de ce que cela signifiait. Peters avait beaucoup d'expérience. Il ne se serait pas exprimé ainsi sans raison.

— Il a été identifié ?

— Il est presque nu. Tu verras par toi-même.

— Et l'homme qui l'a trouvé ?

— Il est là.

Peters remonta dans la voiture de police. Wallander le suivit. Ils se trouvaient dans une parcelle de forêt située au sud du château de Marsvinsholm. Le chemin s'arrêtait au milieu d'un site d'exploitation. Peters redescendit de voiture.

— À partir d'ici, il faut marcher, expliqua-t-il.

Wallander prit ses bottes dans le coffre. Peters et son jeune collègue – Wallander le connaissait à peine, il savait juste qu'il s'appelait Bergman – étaient équipés de torches électriques puissantes. Ils s'engagèrent sur le sentier qui montait vers un petit coteau. Ça sentait l'automne. Wallander songea qu'il aurait dû prendre un gros pull. S'il devait passer la nuit dans la forêt, il aurait froid.

— On y est presque, dit Peters.

Wallander comprit que la remarque était destinée à le mettre en garde, à le prévenir de ce qui l'attendait.

Pourtant le choc fut brutal. Les deux torches éclairèrent avec une précision macabre un homme à moitié nu, affaissé et ligoté à un arbre dans un double faisceau de lumière tremblante. Wallander se tenait parfaitement immobile. Un oiseau de nuit cria, tout près de lui. Puis il s'approcha prudemment. Peters l'éclaira pour qu'il puisse voir où il mettait les pieds. La tête de l'homme pendait sur sa poitrine. Wallander s'agenouilla afin de voir son visage. Il lui sembla qu'il savait déjà. Un regard suffit à confirmer son appréhension. Les photos qu'il avait vues dans l'appartement de Runfeldt dataient de quelques années, mais il n'y avait aucun doute possible. Gösta Runfeldt n'était jamais parti pour Nairobi. Au lieu de cela, il lui était arrivé quelque chose dont ils connaissaient maintenant l'épilogue : il était mort, ligoté à un arbre.

Wallander se releva et fit un pas en arrière. Dans sa tête, il n'y avait plus de doute : il existait bien un lien entre Holger Eriksson et Gösta Runfeldt. Le langage du meurtrier était le même. Même si le vocabulaire était différent. Un fossé hérissé de pieux et un arbre. Ce ne pouvait pas être une coïncidence.

Il se tourna vers Peters.

– On n'a pas le choix. Alerte majeure.

Peters hocha la tête. Wallander constata qu'il avait oublié son téléphone portable dans la voiture. Il demanda à Bergman d'aller le chercher, et de prendre aussi la torche électrique dans la boîte à gants.

– Celui qui l'a trouvé, dit-il ensuite. Où est-il ?

La lampe de Peters décrivit un arc de cercle. Un homme en survêtement était assis sur une pierre, la tête entre les mains.

– Il s'appelle Lars Olsson, dit Peters. Il habite une ferme des environs.

– Que faisait-il en pleine nuit dans la forêt ?

– Apparemment, c'est un adepte de la course d'orientation.

Wallander hocha la tête. Peters lui prêta sa torche et il s'approcha de l'homme, qui leva vivement la tête lorsque la lumière l'atteignit. Il était très pâle. Wallander se présenta et s'assit à ses côtés. La pierre était froide. Il frissonna malgré lui.

– C'est donc vous qui l'avez trouvé, commença-t-il.

Lars Olsson lui raconta tout depuis le début. Le mauvais film à la télévision. Ses courses d'entraînement nocturnes. Sa décision de prendre un raccourci. Et la manière dont l'homme avait soudain surgi dans le rayon de lumière de sa lampe.

– Vous avez indiqué une heure très précise, dit Wallander qui se rappelait la conversation téléphonique avec le policier de garde.

– J'ai consulté ma montre, répondit Lars Olsson. C'est une habitude chez moi. Une mauvaise habitude, peut-être. Quand il se passe quelque chose d'important, je regarde ma montre. Si j'avais pu, j'aurais noté l'heure de ma naissance.

Wallander hocha la tête.

– Si je comprends bien, vous courez dans ce coin de la forêt presque tous les soirs. Quand vous vous entraînez de nuit.

– Je suis venu hier. Mais plus tôt dans la soirée. J'ai fait deux tours. D'abord le circuit le plus long. Puis le plus court. La deuxième fois, j'ai pris le raccourci.

– Quelle heure était-il ?

– Entre vingt et une heures trente et vingt-deux heures.

– Et vous n'avez rien vu ?

– Non.

– Aurait-il pu être ligoté à l'arbre sans que vous l'aperceviez ?

Lars Olsson réfléchit. Puis il secoua la tête.

– Je passe toujours devant cet arbre, dit-il. Je l'aurais vu.

Ça fait toujours une question en moins, songea Wallander. Gösta Runfeldt était ailleurs pendant près de trois semaines. Vivant. Le meurtre a eu lieu au cours des dernières vingt-quatre heures.

Wallander n'avait pas d'autres questions. Il se leva. Des faisceaux de lumière trouaient la forêt.

– Laissez votre adresse et votre numéro de téléphone avant de partir, dit-il. Nous vous recontacterons.

– Qui peut faire une chose pareille ? demanda Lars Olsson.

– Je me pose la question, moi aussi, répondit Wallander.

Il se leva. On lui donna sa torche électrique et son portable ; il rendit l'autre torche à Peters, qui s'entretenait avec le commissariat par téléphone pendant que Bergman notait le nom et le numéro de Lars Olsson. Wallander inspira profondément et s'approcha de l'homme ligoté. Il s'étonna, l'espace d'un instant, de ne pas du tout penser à son père, alors qu'il se trouvait à nouveau si près de la mort. Mais au fond de lui, il en connaissait la raison. Il avait vécu cette expérience tant de fois. Les morts n'étaient pas seulement morts. Ils n'avaient plus rien d'humain. Une fois surmontée la première répulsion, c'était comme de s'approcher d'un objet inanimé. Wallander effleura la nuque de Gösta Runfeldt. Il ne s'attendait pas à trouver un reste de chaleur – et, de fait, elle était froide. Il était toujours difficile de déterminer l'heure exacte de la mort, quand celle-ci survenait à l'extérieur, où la température variait sans cesse. Wallander considéra le torse nu du cadavre. La couleur de la peau ne pouvait rien lui apprendre sur le temps qu'il avait passé là. Il n'y avait aucune trace de blessure. Puis il éclaira son cou et aperçut les taches bleues. Elles pouvaient indiquer que Gösta Runfeldt avait été pendu. Wallander examina les cordes. Elles étaient enroulées autour de son corps, des cuisses jusqu'en haut des côtes. Le nœud était de facture simple. Les cordes n'étaient pas très serrées. Ce détail le surprit. Il recula d'un pas et éclaira le corps entier. Puis il fit le tour de l'arbre, en faisant attention à l'endroit où il posait les pieds. Il ne fit qu'un tour. Il espérait que Peters avait transmis l'ordre à Bergman de ne pas piétiner le périmètre du lieu du meurtre. Lars Olsson avait disparu. Peters était toujours au téléphone. Wallander regrettait de ne pas avoir mis un pull plus épais. Il devrait toujours en avoir un, dans sa voiture. En plus des bottes. La nuit serait longue.

Il essaya de se représenter le fil des événements. Les cordes peu serrées l'inquiétaient. Il pensa à Holger Eriksson. Il était possible que le meurtre de Gösta Runfeldt leur donne la solution. La suite de l'enquête les obligerait à tout voir en double, à se tourner toujours dans deux directions à la fois. Mais l'inverse était tout aussi possible. La confusion pouvait augmenter. Le centre pouvait devenir de plus en plus difficile à repérer, le paysage de l'enquête de plus en plus impossible à interpréter.

Wallander éteignit sa torche électrique et réfléchit un instant dans l'obscurité. Peters était encore au téléphone. Bergman se tenait telle une ombre immobile, quelque part à proximité. Gösta Runfeldt était mort, affaissé au-dessus de ses liens peu serrés.

Était-ce un début, un milieu ou une fin ? Fallait-il envisager le pire : un nouveau meurtrier en série ? Un enchaînement de causes et d'effets encore plus difficile à démêler que celui auquel ils avaient été confrontés pendant l'été ? Il n'avait pas de réponse. Il n'en savait rien, tout simplement. Il était trop tôt. Tout était encore trop tôt.

Il entendit des voitures au loin. Peters s'était éloigné pour accueillir les renforts. Il eut une brève pensée pour Linda. Il espérait qu'elle avait pu se rendormir. Quoi qu'il arrive, il la conduirait à l'aéroport au matin. Un chagrin violent le submergea soudain à la pensée de son père mort. De plus, Baiba lui manquait. Et il était fatigué. Il se sentait surmené par le travail. Disparue, la belle énergie qu'il avait eue au retour de Rome. Il ne restait rien.

Il dut rassembler toutes ses forces pour repousser ces pensées sombres. Martinsson et Hansson apparurent sur le sentier, bientôt suivis d'Ann-Britt Höglund et de Nyberg. Venaient ensuite des ambulanciers et des techniciens. Puis Svedberg. Pour finir, un médecin. On aurait dit une caravane hétéroclite égarée dans la forêt. Wallander commença par rassembler ses collaborateurs les plus proches. Un projecteur relié à un groupe électrogène éclairait déjà de sa lumière fantomatique l'homme ligoté au pied de l'arbre. Wallander pensa fugitivement à la vision macabre qui les avait accueillis au bord du fossé, sur les terres de Holger Eriksson. Elle se renouvelait.

Le cadre était différent, et pourtant identique. Les scénographies du meurtrier se recoupaient.

— C'est Gösta Runfeldt, dit Wallander. Aucun doute là-dessus. Il va falloir réveiller Vanja Andersson et la faire venir. On n'a pas le choix. On a besoin d'une confirmation officielle de son identité le plus vite possible. Mais on peut le détacher d'abord. Ce n'est pas la peine de lui infliger ce spectacle.

Il leur résuma brièvement le récit de Lars Olsson.

— Sa disparition date de presque trois semaines, poursuivit-il. Mais si je ne me trompe pas complètement, et si Lars Olsson a dit vrai, il est mort depuis moins de vingt-quatre heures. En tout cas, il n'a pas passé plus de temps au pied de cet arbre. Il s'agit donc de savoir où il était auparavant.

Puis il répondit à la question que personne n'avait encore posée. La seule question évidente.

— J'ai du mal à croire à une coïncidence, dit-il. Ce doit être le même meurtrier que nous recherchons dans l'affaire Holger Eriksson. Il nous faut maintenant comprendre ce que ces deux hommes avaient en commun. En fait, ce sont trois enquêtes qui doivent converger à partir de maintenant : Holger Eriksson ; Gösta Runfeldt ; et les deux ensemble.

— Et si nous ne découvrons aucun lien ? demanda Svedberg.

— Nous le trouverons, répondit Wallander sans hésiter. Tôt ou tard. Ces deux meurtres ont été planifiés d'une manière qui exclut un choix de victime arbitraire. Nous n'avons pas affaire à un forcené. Ces deux hommes ont été tués à des fins précises, ou pour des raisons précises.

— On imagine mal que Gösta Runfeldt ait été homosexuel, intervint Martinsson. Il était veuf, père de deux enfants.

— Il était peut-être bisexuel, objecta Wallander. Il est encore trop tôt pour ces questions-là. Nous avons d'autres tâches plus urgentes.

Le cercle se défit. Il ne fallut pas beaucoup de paroles pour organiser la suite du travail. Wallander rejoignit Nyberg, qui attendait que le médecin ait fini.

— Il a frappé de nouveau, dit Nyberg, d'une voix qui trahissait sa fatigue.

— Oui. Et on va devoir bosser encore un moment.

— J'ai décidé hier de prendre quelques semaines de congé. Une fois que nous aurons trouvé qui a tué Holger Eriksson. J'ai pensé aux Canaries. Pas très original, d'accord. Mais au moins, il fait chaud là-bas.

Il était rare que Nyberg aborde un sujet personnel. Wallander comprit que c'était sa façon à lui d'exprimer sa déception – puisque ce voyage risquait d'être indéfiniment repoussé, à présent. Il voyait bien que Nyberg était fatigué, marqué. Sa charge de travail était complètement disproportionnée. Wallander décida d'en parler à Lisa Holgersson le plus vite possible. Ils n'avaient pas le droit de continuer à exploiter Nyberg de cette manière.

Au même instant, il vit que Lisa Holgersson venait d'arriver sur les lieux. Elle s'entretenait avec Hansson et Ann-Britt Höglund.

Pour ses débuts chez nous, on ne peut pas dire qu'elle ait été épargnée, songea Wallander. Avec ce nouveau meurtre, les médias vont devenir fous. Björk ne supportait pas cette pression. On verra si elle réagit mieux que lui.

Wallander savait que le mari de Lisa Holgersson travaillait pour une entreprise internationale d'informatique. Ils avaient deux enfants, maintenant adultes. En arrivant à Ystad, ils avaient acheté une maison à Hedeskoga, au nord de la ville. Mais il n'avait pas encore été chez elle, et n'avait jamais vu son mari. Il se surprit à espérer qu'il était de ceux qui soutiennent leur femme sans réserve. Elle allait en avoir besoin.

Le médecin, qui était agenouillé près du corps, se releva. Wallander l'avait déjà rencontré, mais il ne se souvenait plus de son nom.

– On dirait qu'il a été étranglé, dit-il.

– Pas pendu ?

– Non. Étranglé à deux mains. Ça laisse des marques très différentes d'une corde. On voit bien l'empreinte des pouces.

Un homme fort, pensa fugitivement Wallander. Quelqu'un de bien entraîné. Qui n'hésite pas à tuer à mains nues.

– Depuis combien de temps ? demanda-t-il.

– Impossible à dire. Au cours des dernières vingt-quatre heures, à mon avis. Pas davantage. Il faut attendre le rapport du médecin légiste.

– On peut le détacher ?

– J'ai fini, répondit le médecin.

Ann-Britt Höglund les rejoignit.

– Vanja Andersson est arrivée, dit-elle. Elle attend dans une voiture là-bas.

– Comment a-t-elle pris la nouvelle ? demanda Wallander.

– C'est terrible évidemment d'être réveillée de cette manière. Mais j'ai eu l'impression qu'elle n'était pas étonnée. Elle craignait sans doute qu'il lui soit arrivé le pire.

– Moi aussi, dit Wallander. Je suppose que toi aussi ?

Elle hocha la tête sans répondre.

Nyberg avait défait les cordes. Le corps de Gösta Runfeldt était étendu sur un brancard.

– Allons la chercher, dit Wallander. Après, elle pourra rentrer chez elle.

Vanja Andersson était très pâle. Wallander découvrit qu'elle s'était habillée en noir. Avait-elle préparé ces vêtements à l'avance ? Elle regarda le visage du mort, inspira très vite et hocha la tête.

– Pouvez-vous identifier cet homme comme étant Gösta Runfeldt ? demanda Wallander, en jurant intérieurement devant sa propre maladresse.

– Il est si maigre…, murmura-t-elle.

L'attention de Wallander s'éveilla aussitôt.

– Que voulez-vous dire ?

– Son visage est complètement creusé. Il n'avait pas cette tête-là, il y a trois semaines.

Wallander savait que la mort pouvait transformer la physionomie de quelqu'un de façon spectaculaire. Mais il sentait que Vanja Andersson parlait d'autre chose.

– Vous voulez dire qu'il a perdu du poids depuis la dernière fois que vous l'avez vu ?

– Oui. Il est devenu très maigre.

Wallander comprit que c'était important. Mais il ne savait pas encore comment interpréter cette information.

– Vous n'êtes pas obligée de rester, dit-il. Nous allons vous reconduire chez vous.

Elle lui jeta un regard désemparé, perdu.

– Que vais-je faire de la boutique ? demanda-t-elle. De toutes les fleurs ?

– Demain, vous n'êtes certainement pas obligée d'aller travailler. Commencez par là. Ne pensez pas au-delà de demain pour l'instant.

Elle hocha la tête sans répondre. Ann-Britt Höglund la raccompagna jusqu'à la voiture de police qui devait la ramener chez elle. Wallander pensait à ce qu'elle venait de dire. *Gösta Runfeldt disparaît sans laisser de trace pendant près de trois semaines. Lorsqu'on le retrouve, ligoté à un arbre et peut-être étranglé, il est d'une maigreur incompréhensible.* Wallander savait ce que cela indiquait : la captivité.

Il se tenait parfaitement immobile et suivait son propre raisonnement avec beaucoup d'attention. La captivité pouvait, elle aussi, être associée à la guerre. Les soldats prenaient des prisonniers.

Il fut interrompu dans ses pensées par l'approche de Lisa Holgersson, qui trébucha sur une pierre et faillit tomber avant d'arriver à sa hauteur. Il pensa qu'il pouvait tout aussi bien la prévenir sans détour de ce qui l'attendait.

— Tu as l'air d'avoir froid, dit-elle.

— J'ai oublié de prendre un gros pull. Il y a des choses qu'on n'apprend jamais, dans la vie.

Elle indiqua d'un signe de tête le brancard qu'on soulevait pour l'emporter vers le fourgon, qui attendait près des autres voitures.

— Qu'en penses-tu?

— C'est le même homme qui a tué Holger Eriksson. Difficile de penser autre chose.

— Si j'ai bien compris, il a été étranglé.

— D'habitude, dit Wallander, je me méfie des conclusions trop rapides. Mais je peux imaginer la manière dont les choses se sont passées. Il était en vie lorsqu'il a été ligoté à cet arbre. Peut-être évanoui. Mais il a été étranglé ici même et abandonné sur place. De plus, il n'a pas opposé de résistance.

— Comment le sais-tu?

— La corde n'était pas serrée. S'il avait voulu, il aurait pu se dégager.

— L'état de la corde ne peut-il pas indiquer précisément le contraire? objecta-t-elle. Qu'il s'est débattu, qu'il a tenté de résister?

Bonne question, pensa Wallander. Lisa Holgersson est un vrai policier, aucun doute là-dessus.

— C'est possible, dit-il. Mais je ne le pense pas. À cause d'une réflexion de Vanja Andersson. Elle a dit qu'il était devenu très maigre.

— Je ne vois pas le rapport?

— Je me dis simplement qu'un amaigrissement rapide doit impliquer une faiblesse grandissante.

Elle comprit.

— Il reste ligoté au pied de l'arbre, poursuivit Wallander. Le meurtrier n'éprouve aucun besoin de masquer son acte. Ni de faire disparaître le corps. Cela rappelle ce qui est arrivé à Holger Eriksson.

— Pourquoi ici? Pourquoi attacher quelqu'un à un arbre? Pourquoi cette brutalité?

— Lorsque nous l'aurons compris, nous saurons peut-être aussi pourquoi tout ceci est arrivé.

— Tu penses à quelque chose?

— Je pense à beaucoup de choses. Je crois que le mieux que nous puissions faire pour l'instant, c'est de laisser Nyberg et ses hommes travailler en paix. Il est plus important que nous nous retrouvions à Ystad pour faire le point. Cela ne sert à rien de nous épuiser à tourner en rond dans cette forêt. De toute façon, il n'y a rien de plus à voir.

Elle n'avait pas d'objection. À deux heures du matin, ils laissèrent Nyberg et ses techniciens seuls dans la forêt. Il tombait une pluie fine, et le vent s'était levé. Wallander fut le dernier à partir.

Que faisons-nous maintenant? se demanda-t-il. Comment devons-nous continuer? Nous n'avons pas de mobile, nous n'avons pas de suspect. Nous n'avons qu'un journal de bord appartenant à un certain Harald Berggren. Un amateur d'oiseaux et un passionné de fleurs ont été tués. Avec une cruauté étudiée. Presque démonstrative.

Il essaya de se souvenir des paroles d'Ann-Britt Höglund. C'était important. Quelque chose à propos de « virilité exacerbée ». Qui l'avait conduit à se représenter de plus en plus un meurtrier au passé militaire. Harald Berggren était un ancien mercenaire. Plus qu'un soldat. Quelqu'un qui ne défendait ni son pays, ni une cause. Un homme qui avait tué en échange d'un salaire mensuel.

Cela nous donne au moins un point de départ, pensa-t-il. Nous devrons nous y tenir jusqu'à nouvel ordre.

Il alla prendre congé de Nyberg.

– Tu veux qu'on recherche quelque chose en particulier? demanda celui-ci.

– Non. Fais juste attention à tout ce qui pourrait rappeler ce qui est arrivé à Holger Eriksson.

– Je trouve que tout fait penser à Holger Eriksson. Sauf peut-être les pieux de bambou.

– Je veux qu'on fasse venir des chiens à la première heure demain matin.

– Je serai sans doute encore là, fit Nyberg d'un air lugubre.

– Je vais évoquer ta situation avec Lisa.

Il espérait que cela pourrait tenir lieu d'encouragement, au moins symbolique.

– Ça ne servira pas à grand-chose, dit Nyberg.

– En tout cas, ça ne servirait à rien de ne pas le faire.

Wallander s'éloigna sans attendre la réponse.

À trois heures moins le quart, ils étaient rassemblés au commissariat. Wallander arriva le dernier dans la salle de réunion. En voyant les visages gris de fatigue, il comprit qu'il fallait avant tout redonner de l'énergie à l'équipe. Il savait par expérience qu'il venait toujours un moment, au cours d'une enquête, où les réserves de confiance semblaient définitivement épuisées. Sauf que, cette fois, ce moment intervenait particulièrement tôt.

Nous aurions eu besoin d'un automne tranquille, pensa Wallander. Toutes les personnes présentes sont encore marquées par les événements de cet été.

Il s'assit. Hansson lui servit un café.

– Ça ne va pas être facile, commença-t-il. Ce que nous redoutions tous sans le dire s'est produit. Gösta Runfeldt a été tué. Probablement par le même homme qui a tué Holger Eriksson. Nous ne savons pas ce que cela signifie. Par exemple, nous ne savons pas si nous devons nous attendre à d'autres surprises désagréables du même ordre. Nous ne savons pas si cette affaire va prendre la même tournure que ce que nous avons vécu cet été. Je voudrais cependant souligner le danger qu'il y aurait à établir d'autres rapprochements que celui que j'évoquais tout à l'heure, à savoir que c'est vraisemblablement le même homme qui a frappé de nouveau. Pour le reste, il y a beaucoup de différences entre les deux meurtres. Plus de différences que de points communs.

Il marqua une pause pour laisser place à d'éventuels commentaires. Personne ne prit la parole.

– Nous devons continuer à ratisser large, poursuivit-il. Sans présupposés, mais avec détermination. Nous devons retrouver la trace de Harald Berggren. Nous devons comprendre pourquoi Gösta Runfeldt n'est pas parti pour Nairobi. Nous devons comprendre pour quelle raison il a commandé du matériel d'écoute professionnel juste avant de disparaître. Nous devons trouver un lien entre ces deux hommes, qui n'avaient à première vue aucun contact l'un avec l'autre. Dans la mesure où les victimes n'ont pas été choisies au hasard, ce lien existe nécessairement.

Cette fois encore, personne ne fit de commentaire. Wallander décida que le mieux était de mettre un terme à la réunion. Le plus urgent, dans l'immédiat, c'était que tous prennent quelques heures de repos. Ils se réuniraient à nouveau au matin.

Ils se séparèrent rapidement, dès que Wallander eut fini de parler.

Dehors, la pluie et le vent avaient augmenté d'intensité. En traversant le parking jusqu'à sa voiture, Wallander pensa à Nyberg et à ses techniciens. Mais aussi à ce qu'avait dit Vanja Andersson.

Que Gösta Runfeldt avait beaucoup maigri au cours de ces trois semaines d'absence.

Wallander savait que c'était important.
Il avait du mal à envisager une autre explication que la captivité.
La question était seulement de savoir où il avait été détenu.
Pourquoi ? Et par qui ?

14

Wallander finit la nuit allongé sur le canapé du salon, car il devait se lever à nouveau dans peu de temps. Tout était silencieux dans la chambre de Linda lorsqu'il était rentré après la réunion au commissariat. Il avait réussi à s'endormir, mais s'était réveillé en sursaut, inondé de sueur, après un cauchemar dont il ne gardait qu'un souvenir confus. Il était à Rome avec son père, et quelque chose lui avait fait peur. Peut-être dans son rêve la mort les accompagnait-elle déjà, à travers les rues de Rome, comme un avertissement ? Il se redressa sur le canapé. Il était tout entortillé dans les couvertures. Le réveille-matin indiquait cinq heures. Il allait bientôt sonner. Wallander attendit quelques instants. Il se sentait infiniment lourd ; la fatigue lui vrillait le corps comme une douleur lancinante. Il rassembla toutes ses forces pour se lever et aller à la salle de bains. Après la douche, il se sentit déjà un peu mieux. Il prépara le petit déjeuner et réveilla Linda à six heures moins le quart. À six heures trente, ils prirent la route de l'aéroport. Linda, qui n'était pas matinale, n'ouvrit presque pas la bouche au cours du trajet. Ce ne fut que lorsqu'ils eurent quitté la E 65 en direction de l'aéroport de Sturup qu'elle se réveilla un peu.

— Qu'est-ce qui s'est passé, cette nuit ? demanda-t-elle.

— Quelqu'un a découvert un homme mort dans la forêt.

— Tu ne peux pas m'en dire plus ?

— Un type qui s'entraînait la nuit, un adepte de la course d'orientation. Il a failli trébucher sur le mort.

— Qui était-ce ?

— Qui ? Le coureur ou le mort ?

— Le mort.

— Un fleuriste.

— Il s'était suicidé ?

– Non, malheureusement.

– Que veux-tu dire ?

– Il a été assassiné. Et ça signifie beaucoup de travail pour nous. Elle resta silencieuse. Le bâtiment jaune de l'aéroport apparut.

– Je ne comprends pas comment tu tiens le coup, dit-elle enfin.

– Moi non plus. Mais je dois. Quelqu'un doit.

La question suivante de Linda le prit complètement au dépourvu.

– Est-ce que tu crois que je pourrais faire un bon policier ?

– Je croyais que tu avais d'autres projets.

– C'est vrai. Réponds-moi !

– Je ne sais pas. Mais sans doute, oui. Sûrement.

Ils n'en dirent pas plus. Wallander se gara sur le parking. Il prit le sac à dos de Linda dans le coffre de la voiture. Il pensait l'accompagner jusque dans le hall, mais elle secoua la tête.

– Rentre. Tu es tellement fatigué que tu tiens à peine sur tes jambes.

– Je dois travailler. Mais tu as raison, je suis fatigué.

Puis il y eut un instant de flottement. Ils parlèrent de son père à lui, qui était son grand-père à elle. Et qui n'était plus là.

– C'est curieux, lança-t-elle. Je pensais à ça dans la voiture. Tout ce temps qu'on passe à être mort…

Il marmonna une réponse vague. Puis ils se dirent au revoir. Elle promit d'acheter un répondeur. Il la vit disparaître entre les portes vitrées. L'instant d'après, il était seul.

Il resta un moment assis dans la voiture en pensant à ce qu'elle venait de dire. Était-ce cela qui rendait la mort si effrayante ? Le fait qu'elle durait si longtemps ?

Il démarra. Le paysage gris dégageait une impression aussi lugubre que l'enquête en cours. Wallander pensa aux événements des dernières semaines. Un homme empalé dans un fossé. Un autre ligoté à un arbre. La mort pouvait-elle être plus repoussante ? Bien sûr, la vision de son père gisant au milieu des tableaux n'avait rien d'agréable non plus. Il pensa qu'il devait revoir Baiba, le plus vite possible. Il l'appellerait dès ce soir. Il n'avait plus la force de supporter la solitude. La solitude le pourchassait. Elle durait depuis assez longtemps. Cela faisait cinq ans qu'il était divorcé. Il était en train de se transformer en vieux chien farouche. Il ne le voulait pas.

Il arriva au commissariat peu après huit heures. Avant toute chose, il alla chercher un café et passa un coup de fil à Gertrud. Il la trouva étonnamment guillerette. Kristina, la sœur de Wallander, s'attardait à Löderup. Comme il était si occupé par l'enquête en cours, elles avaient pris la décision de procéder toutes les deux à l'inventaire de la petite succession paternelle. Les biens se limitaient essentiellement à la maison de Löderup. Mais il n'y avait presque pas de dettes.

Juste après la mort de son père, Gertrud avait demandé à Wallander s'il avait un souhait particulier. Il avait commencé par dire non. Puis il avait changé d'avis et s'était rendu à l'atelier où il avait choisi, parmi les toiles achevées entassées le long des murs, un tableau avec coq de bruyère. Pour une raison qu'il ne parvenait pas à s'expliquer, il ne voulait pas de la toile à laquelle travaillait son père au moment de sa mort. Celle qu'il avait prise se trouvait provisoirement dans son bureau, au commissariat. Il n'avait toujours pas décidé de son emplacement futur. Ni même s'il allait l'accrocher quelque part.

Puis il redevint policier.

Il commença par parcourir rapidement un compte rendu de l'entretien qu'avait eu Ann-Britt Höglund avec le facteur de Holger Eriksson. Le facteur était une femme. Il remarqua qu'Ann-Britt Höglund écrivait bien, sans phrases alambiquées ni détails superflus. Manifestement, les policiers de la nouvelle génération apprenaient au moins à écrire de bons rapports – ce n'était pas le cas à son époque.

Mais il ne trouva rien qui lui semblât d'une réelle importance pour l'enquête. Lorsque Holger Eriksson voulait parler au facteur, il suspendait un écriteau à sa boîte aux lettres. Mais la dernière fois remontait à plusieurs mois. Elle croyait se souvenir qu'il s'agissait de simples factures. Elle n'avait rien remarqué de particulier au cours des derniers temps. Tout était comme d'habitude. Elle n'avait pas non plus aperçu de voitures inhabituelles ou de personnes étrangères dans les parages. Wallander rangea le rapport. Puis il prit son bloc-notes et dressa une liste des priorités immédiates. Quelqu'un devait avoir un entretien approfondi avec Anita Lagergren de l'agence de voyages de Malmö. Quand Gösta Runfeldt avait-il réservé son billet ? En quoi consistait exactement un safari-orchidées ? Ils devaient accomplir le même travail que pour Holger Eriksson. Obtenir une image précise de la vie de Gösta Runfeldt. En particulier, il leur faudrait interroger ses enfants. Chercher à en savoir plus sur l'équipement technique acheté par Gösta Runfeldt à l'entreprise de Borås. Quel usage comptait-il en faire ? À quoi un fleuriste pouvait-il employer ce type de matériel ? C'était là un point essentiel s'ils voulaient comprendre ce qu'il lui était arrivé. Wallander repoussa son bloc et hésita, la main sur le téléphone. Il était huit heures et quart.

Il courait le risque de réveiller Nyberg s'il l'appelait maintenant. Tant pis. Il composa le numéro de son portable. Nyberg répondit aussitôt. Il était encore dans la forêt, très loin de son lit. Wallander lui demanda comment se passait le ratissage du lieu du crime.

– Les chiens sont là, répondit Nyberg. Ils ont flairé la trace de la corde jusqu'à la zone d'exploitation. Mais cela n'a rien d'étrange, puisque c'est la seule voie d'accès à l'endroit où on l'a retrouvé. On peut partir de l'idée qu'il n'est pas venu à pied. Il a dû être transporté en voiture.

– Des traces de pneus ?

– Plusieurs. Mais je ne peux rien dire de plus pour l'instant, bien sûr.

– Autre chose ?

– Pas vraiment. La corde provient d'une corderie au Danemark.

– Au Danemark ?

– Oui, mais on doit en trouver dans tous les magasins où on vend des cordes. En tout cas, elle paraît neuve. Achetée exprès pour l'occasion.

Wallander réprima un mouvement de malaise. Puis il posa la question qui motivait son appel.

– As-tu découvert le moindre indice qui signalerait qu'il ait tenté de résister au moment où on le ligotait ? Ou qu'il ait essayé de se dégager par la suite ?

Nyberg répondit sans hésiter.

– Non. Je ne crois pas qu'il se soit débattu. D'abord, je n'ai trouvé aucune trace de lutte à proximité de l'arbre. Dans ce cas, le sol aurait été marqué. On aurait pu voir quelque chose. Deuxièmement, ni la corde ni l'écorce ne portent des traces de frottement. Il a été ligoté sur place. Et il s'est tenu tranquille.

– Comment interprètes-tu cela ?

– Il n'y a que deux possibilités, à mon avis. Ou bien il était déjà mort, ou du moins inconscient, quand on l'a ligoté. Ou bien il a choisi de ne pas opposer de résistance. Mais cela paraît peu vraisemblable.

Wallander réfléchit.

– Il y a une troisième possibilité, dit-il ensuite. Il était trop faible pour résister.

Nyberg acquiesça. C'était une possibilité, en effet. Peut-être la plus plausible.

– Encore une question, poursuivit Wallander. Je sais que tu ne peux pas y répondre. Mais on ne peut pas s'empêcher de se représenter de quelle manière les choses ont pu se passer. Tout le monde joue aux devinettes, et c'est vrai dans la police plus que partout ailleurs, même si on le nie farouchement. Y avait-il plus d'une personne présente ?

– J'y ai pensé, dit Nyberg. Beaucoup d'éléments vont dans ce sens. Traîner quelqu'un dans la forêt et le ligoter à un arbre, ce n'est pas une opération simple. Mais j'ai des doutes.

– Pourquoi ?

– Honnêtement, je n'en sais rien.

– Revenons au fossé de Lödinge. Quel était ton sentiment dans ce cas ?

– Le même. Logiquement, ils devaient être au moins deux. Mais j'ai l'impression que ce n'était pas le cas.

– Je partage ce sentiment. Et il me gêne.

– Quoi qu'il en soit, il semblerait que nous ayons affaire à quelqu'un de costaud.

Wallander n'avait pas d'autres questions personnelles.

– À part cela ? demanda-t-il. Autre chose ?

– Quelques vieilles canettes de bière et un faux ongle. C'est tout.

– Un faux ongle ?

– Du genre que se mettent les femmes. Mais si ça se trouve, il est là depuis longtemps.

– Essaie de dormir quelques heures.

– Ah oui ? Et quand ?

Wallander sentit l'exaspération dans la voix de Nyberg et se dépêcha de raccrocher. Le téléphone sonna aussitôt. C'était Martinsson.

– Je peux passer ? demanda-t-il. À quelle heure est la réunion ?

– Neuf heures. On a le temps.

Martinsson avait manifestement une nouvelle à lui communiquer. Wallander l'attendit avec impatience. Ce qui leur manquait plus que tout, à ce stade de l'enquête, c'était une percée décisive. Martinsson apparut à la porte et s'assit dans le fauteuil des visiteurs. Il s'exprima sans détour.

– J'ai pensé à cette histoire de mercenaires, dit-il. Au journal de Harald Berggren et au Congo. En me réveillant ce matin, je me suis rappelé que j'avais rencontré quelqu'un qui se trouvait là-bas en même temps que Harald Berggren.

– En tant que mercenaire ? demanda Wallander, surpris.

– Non. En tant que membre du contingent suédois de l'ONU, chargé de désarmer les forces belges dans la province du Katanga.

Wallander secoua la tête.

– J'avais douze ou treize ans à l'époque. J'ai très peu de souvenirs de cette histoire. Aucun, en fait – je sais juste que l'avion de Dag Hammarskjöld s'est écrasé.

– Moi, j'étais à peine né, dit Martinsson. Mais j'ai des souvenirs de cours d'histoire.

– Tu disais donc que tu as rencontré quelqu'un ?

– Il y a quelques années de cela. J'assistais aux réunions du parti. Après, on se retrouvait souvent pour discuter de façon plus informelle, autour d'un café. J'ai d'ailleurs attrapé mal au ventre à force de boire du café à l'époque.

Wallander pianotait impatiemment sur son bureau.

– Au cours d'une réunion, j'étais assis à côté d'un homme d'une soixantaine d'années. Je ne sais plus comment nous avons abordé le sujet, mais il m'a raconté qu'il était en ce temps-là capitaine et aide de camp du général von Horn qui commandait le contingent suédois de l'ONU au Congo. Et je me suis rappelé qu'il avait évoqué la présence de mercenaires là-bas.

Wallander l'écoutait avec un intérêt croissant.

– J'ai passé quelques coups de fil ce matin. Et j'ai fini par obtenir une réponse positive. L'un de mes ex-camarades de parti s'est rappelé le nom de ce capitaine. Olof Hanzell. Il a pris sa retraite et il habite à Nybrostrand.

– Bien, dit Wallander. On va lui rendre visite le plus tôt possible.

– Je l'ai déjà appelé. Il a dit qu'il nous rencontrerait avec plaisir, si nous pensions qu'il pouvait nous être utile. Il paraît très alerte, et il affirme que sa mémoire est excellente.

Martinsson lui tendit un numéro de téléphone griffonné sur un bout de papier.

– Nous devons tout essayer, dit Wallander. Et la réunion de ce matin ne va pas durer longtemps.

Martinsson se leva. Au moment de sortir, il se retourna.

– Tu as vu les journaux ? demanda-t-il.

– Et quand aurais-je eu le temps de le faire ?

– Heureusement que Björk n'est plus là. Il aurait disjoncté. Des habitants de Lödinge et d'autres communes ont pris la parole pour dire qu'après ce qui est arrivé à Holger Eriksson, il était nécessaire d'envisager la création d'une milice de citoyens.

– Ce n'est pas nouveau, répondit Wallander froidement. On s'en fiche.

– Je n'en suis pas si sûr. Dans les journaux de ce matin, il y a une nouveauté notable.

– Quoi ?

– Ils ne s'expriment plus de façon anonyme. Ils se présentent, avec nom et photo. Ce n'est jamais arrivé auparavant. Désormais, on peut parler ouvertement d'une « milice citoyenne ». Ce n'est plus un tabou.

Wallander comprit que Martinsson avait raison. Mais il avait du mal à croire qu'il s'agissait d'autre chose que de l'habituelle manifestation d'inquiétude après un meurtre violent. Une inquiétude que Wallander comprenait d'ailleurs très bien.

– Ce n'est qu'un début, se contenta-t-il de dire. Attends de voir ce qui va se passer quand l'histoire de Gösta Runfeldt sera connue du public. Nous devrions peut-être prévenir Lisa Holgersson de ce qui la guette.

– Elle te fait quelle impression ?

– Lisa Holgersson ? Elle me paraît très bien sous tous rapports.

Martinsson était revenu dans la pièce. Wallander vit à quel point il était fatigué. Il songea que Martinsson avait vieilli rapidement au cours de ses quelques années dans la police.

– Je croyais que ce qui s'est passé cet été était exceptionnel, dit Martinsson. Maintenant, je comprends que ce n'est pas vrai.

– Les ressemblances sont peu nombreuses. Nous ne devons pas faire de rapprochements imaginaires.

– Ce n'est pas ça. C'est toute cette violence. Comme s'il était désormais nécessaire de torturer les gens qu'on a décidé de tuer.

– Je sais, dit Wallander. Mais si tu te demandes comment changer le cours des choses, ce n'est pas à moi qu'il faut t'adresser.

Martinsson sortit. Wallander pensa à ce qu'il venait d'entendre. Il résolut de rendre visite lui-même au capitaine Olof Hanzell.

Comme Wallander l'avait prédit, la réunion fut de courte durée. Ils n'avaient pas beaucoup dormi, mais tous paraissaient concentrés et pleins d'énergie. Ils savaient que l'enquête s'annonçait difficile. Per Åkeson, qui assistait à la réunion, écouta le compte rendu de Wallander et ne posa pas beaucoup de questions.

Ils se partagèrent ensuite les différentes tâches et discutèrent des priorités. Le sujet de la demande de renforts resta en suspens jusqu'à nouvel ordre. Lisa Holgersson avait dégagé un certain nombre de policiers de leurs obligations afin qu'ils participent à cette enquête, qui était désormais double. À la fin de la réunion, qui avait duré une heure, chacun était déjà surchargé de travail.

– Une chose encore, dit Wallander pour conclure. Ces meurtres vont sans doute occuper une grande place dans les médias. Ce que nous avons vu jusqu'ici n'est qu'un commencement. D'après ce que j'ai cru comprendre, les habitants des communes des environs commencent à évoquer une fois de plus la création d'une milice de citoyens. Attendons de voir si la situation évolue dans le sens que je crois. Dans l'immédiat, le plus simple est que Lisa et moi-même nous chargions des contacts avec la presse. Si Ann-Britt pouvait assister aux conférences de presse, je lui en serais reconnaissant.

La réunion prit fin à dix heures dix. Wallander discuta un moment avec Lisa Holgersson. Ils décidèrent de tenir une conférence de presse à dix-huit heures trente. Puis il sortit dans le couloir pour parler à Per Åkeson, mais celui-ci avait déjà disparu. Wallander retourna dans son bureau et composa le numéro griffonné par Martinsson. En même temps, il se rappela qu'il n'avait toujours pas rendu le papier de Svedberg. Au même instant, Olof Hanzell décrocha. Il avait une voix aimable. Wallander se présenta et lui proposa de lui rendre visite dans la matinée. Le capitaine Hanzell lui expliqua le chemin. Lorsqu'il quitta le commissariat, le temps s'était éclairci. Il y avait du vent, mais le soleil brillait entre les nuages. Il se rappela qu'il devait penser à ranger un pull-over dans la voiture, en prévision des jours froids. Il était pressé, pourtant il s'arrêta devant une agence immobilière du centre-ville et examina les annonces affichées en vitrine. Il regardait uniquement les maisons à vendre. L'une d'entre elles lui parut intéressante. S'il en avait eu le temps, il serait entré pour demander une copie de la fiche de renseignements. Il nota mentalement le numéro de vente et retourna à sa voiture.

Puis il quitta la ville et prit la direction de Nybrostrand, vers l'est. Conformément aux instructions de Hanzell, il dépassa le terrain de golf sur sa gauche, tourna à droite et commença à chercher la rue des Harles. Toutes les rues du quartier portaient des noms d'oiseaux. Cette coïncidence avait-elle un sens? Il cherchait l'assassin d'un ornithologue amateur : à cette adresse, avec un peu de chance, quelqu'un l'aiderait à le retrouver.

Il erra un moment dans le quartier avant de trouver la bonne rue. Il se gara devant le portail de la villa de Hanzell. Elle n'avait pas plus de dix ans, pourtant elle paraissait en mauvais état. Wallander songea que c'était le genre de maison où il ne pourrait jamais vivre. Il sonna. La porte s'ouvrit, révélant un homme en survêtement, avec des cheveux gris coupés ras et une fine moustache. Il semblait en bonne forme physique. Il sourit et tendit la main à Wallander.

— Ma femme est décédée il y a quelques années, dit Olof Hanzell. Depuis, je vis seul. La maison n'est peut-être pas très bien rangée. Mais entrez !

La première chose que remarqua Wallander fut un grand tambour africain placé dans le vestibule. Olof Hanzell suivit son regard.

– L'année que j'ai passée au Congo a été le voyage de ma vie, dit-il. Je ne suis jamais reparti par la suite. Les enfants étaient petits, ma femme ne voulait pas. Puis un jour, il a été trop tard.

Il invita Wallander à entrer dans un salon où des tasses étaient déjà disposées sur une table basse. Là aussi, des souvenirs africains décoraient les murs. Wallander prit place sur un canapé et accepta un café. En fait, il aurait eu besoin de manger. Olof Hanzell avait placé une assiette de biscottes sur la table.

– Je les fais moi-même, dit-il en indiquant les biscottes. C'est une occupation qui convient à un vieux militaire.

Sans perdre de temps, Wallander tira de sa poche la photographie prise devant la termitière et la tendit à Hanzell par-dessus la table.

– Je voudrais savoir si vous reconnaissez l'un ou l'autre de ces trois hommes. Pour vous aider, je peux préciser que la photo a été prise au Congo à l'époque où le contingent suédois de l'ONU s'y trouvait.

Olof Hanzell prit la photographie sans la regarder, se leva et alla chercher des lunettes de lecture. Wallander se rappela la visite chez l'opticien, qu'il n'avait toujours pas faite. Hanzell approcha la photographie de la fenêtre et la considéra longuement. Wallander écouta le silence de la maison. Il attendait. Puis Hanzell revint. Sans un mot, il reposa la photographie sur la table et quitta la pièce. Wallander mangea une deuxième biscotte. Hanzell revint dans le salon, un album à la main. Retournant à la fenêtre, il commença à le feuilleter. Wallander attendit. Hanzell finit par trouver ce qu'il cherchait. Il revint vers la table et tendit l'album à Wallander.

– La photo tout en bas à gauche, dit-il. Elle n'est pas belle à voir, hélas. Mais je crois qu'elle va vous intéresser.

Wallander la regarda. Il tressaillit intérieurement. L'image représentait quelques soldats morts, alignés, le visage en sang, les bras arrachés, le torse déchiqueté. Ils étaient noirs, sans exception. Deux hommes se tenaient debout derrière eux, avec des fusils. L'un et l'autre étaient blancs. Ils posaient comme pour une photo de chasse. Les soldats morts constituaient le trophée.

Wallander reconnut immédiatement l'un des deux Blancs. C'était celui qui se tenait à gauche sur la photographie retrouvée dans la reliure du carnet de Harald Berggren. Il n'y avait aucun doute possible. C'était le même homme.

– Il m'a semblé le reconnaître, dit Hanzell. Mais je n'en étais pas sûr. Il m'a fallu un moment pour trouver le bon album.

– Qui est-ce? demanda Wallander. Terry O'Banion ou Simon Marchand?

Olof Hanzell parut sincèrement surpris.

– Simon Marchand, répondit-il. Je dois reconnaître que vous éveillez ma curiosité.

– Je vous expliquerai tout à l'heure. Dites-moi plutôt comment cette photo est entrée en votre possession.

Olof Hanzell se rassit.

– Que savez-vous des événements au Congo à cette époque? demanda-t-il.

– Pas grand-chose. Pour ainsi dire rien.

– Dans ce cas, je voudrais vous les résumer brièvement. Je crois que c'est nécessaire pour comprendre.

– Prenez votre temps, dit Wallander.

– Commençons par exemple en 1953. Il existait alors quatre États africains indépendants membres des Nations unies. Sept ans plus tard, il y en avait vingt-six. Cela veut dire que le continent africain tout entier était en ébullition à l'époque. La décolonisation était entrée dans sa phase la plus dramatique. Chaque jour, un nouvel État proclamait son indépendance. Souvent, les douleurs de l'accouchement étaient intenses. Mais pas toujours aussi violentes que dans le cas du Congo belge. En 1959, le gouvernement belge a élaboré un plan pour assurer la transition vers l'indépendance. La passation des pouvoirs avait été fixée au 30 juin 1960. À mesure que cette date approchait, les troubles se sont intensifiés à travers le pays. Différentes tribus s'opposaient, des violences de nature politique éclataient quotidiennement. Mais l'indépendance a été proclamée, et un politicien expérimenté du nom de Kasavubu est devenu président tandis que Lumumba était nommé Premier ministre. Vous avez sans doute déjà entendu ce nom: Lumumba.

Wallander hocha la tête sans conviction.

– Les premiers jours, poursuivit Hanzell, on a pu croire à une transition pacifique. Mais après quelques semaines à peine, Force publique, l'armée régulière du pays, s'est mutinée contre ses officiers belges. Des parachutistes belges ont alors été envoyés pour sauver leurs propres officiers. Le pays s'est vite trouvé plongé dans le chaos. La situation est devenue incontrôlable pour Kasavubu et Lumumba. Au même moment, le Katanga – la province du pays située le plus au sud, et qui est aussi la plus riche à cause de ses ressources minières – proclamait à son tour son indépendance, sous la conduite de Moïse Tschombé. Kasavubu et Lumumba ont alors demandé l'aide de l'ONU. Dag Hammarskjöld, qui était secrétaire général à l'époque, a mis sur pied en très peu de temps une intervention des troupes de l'ONU, venues de Suède entre autres. Notre rôle devait se limiter à une mission de police. Les Belges restés au Congo soutenaient Tschombé au Katanga. Avec l'argent des grosses entreprises minières, ils ont aussi fait appel à des mercenaires de tout genre. C'est dans ce contexte qu'a été prise cette photographie.

Hanzell marqua une pause et but une gorgée de café.

– Cela vous donne peut-être une idée de la complexité de la situation et de la tension qui régnait.

– Je devine que la situation était extrêmement confuse, répondit Wallander, impatient d'entendre la suite.

– Plusieurs centaines de mercenaires étaient impliqués dans les combats au Katanga, reprit Hamzell. Ils venaient de plusieurs pays, France, Belgique, Algérie… Quinze ans après la fin de la Seconde Guerre mondiale, il y avait encore beaucoup d'Allemands qui n'avaient jamais accepté la défaite du Reich. Ils se sont vengés sur des Africains innocents. Mais il y avait aussi un certain nombre de Scandinaves. Certains d'entre eux sont morts et ont été enterrés dans des lieux que plus personne ne connaît. Un jour, un Africain s'est présenté au cantonnement suédois de l'ONU avec des papiers et des photographies appartenant à des mercenaires qui avaient été tués. Mais aucun Suédois parmi eux.

– Pourquoi dans ce cas s'est-il présenté chez vous ?

– Nous avions la réputation d'être gentils et généreux. Il est arrivé avec sa boîte en carton, il voulait nous la vendre. Dieu sait où il se l'était procurée.

– Et vous l'avez achetée ?

Hanzell hocha la tête.

– Disons plutôt que nous avons procédé à un troc. Je crois que j'ai payé cette boîte l'équivalent de dix couronnes. J'ai jeté la plupart des papiers. Mais j'ai gardé quelques photographies. Entre autres celle-ci.

Wallander décida de franchir un pas supplémentaire.

– Harald Berggren, dit-il. L'un des hommes de la photo est suédois et porte ce nom. Celui du milieu ou celui de droite, autrement dit. Est-ce que ce nom évoque quelque chose ?

Hanzell réfléchit. Puis il secoua la tête.

– Non, dit-il. Mais d'un autre côté, cela ne signifie pas grand-chose.

– Pourquoi?

– Beaucoup de mercenaires changeaient de nom. Pas seulement les Suédois. On prenait un nom d'emprunt tant qu'on était sous contrat. Lorsque tout était fini, si on était encore vivant, on pouvait reprendre son ancienne identité.

Wallander réfléchit.

– Harald Berggren aurait donc pu séjourner au Congo sous un autre nom?

– Oui.

– Il aurait donc aussi pu tenir ce journal sous son propre nom, qui faisait alors office de pseudonyme?

– Oui.

– Harald Berggren aurait donc pu être tué sous un autre nom?

– Oui.

Wallander fixa sur Hanzell un regard scrutateur.

– En d'autres termes, il est presque impossible de savoir s'il est en vie ou non. Il peut être mort sous un nom et vivant sous un autre nom.

– Les mercenaires sont des individus farouches. Ce qui se comprend.

– Cela signifie qu'il est presque impossible de le retrouver, si lui-même ne le souhaite pas?

Olof Hanzell acquiesça. Wallander considéra l'assiette de biscottes.

– Beaucoup de mes collègues étaient d'un autre avis, dit Hanzell. Mais pour moi, les mercenaires ont toujours été des gens méprisables. Ils tuaient pour l'argent. Ils prétendaient combattre pour une idéologie. Pour la liberté. Contre le communisme. La réalité était différente. Ils tuaient sans discrimination. Ils exécutaient les ordres du plus offrant.

– Ce devait être très difficile pour eux de retrouver une vie normale, dit Wallander.

– La plupart n'y arrivaient jamais. Ils devenaient pour ainsi dire des ombres, des marginaux. Ou alors, ils buvaient jusqu'à ce que mort s'ensuive. Certains étaient sans doute dérangés depuis très longtemps.

– Que voulez-vous dire?

Olof Hanzell répondit sans hésiter.

– Des sadiques et des psychopathes.

Wallander hocha la tête. Il comprenait.

Harald Berggren était un homme qui existait sans exister. Et son rôle éventuel dans le double meurtre paraissait de plus en plus problématique.

Le sentiment de Wallander était net.

Il s'était enlisé. Il n'avait aucune idée de la suite à donner à l'enquête.

15

Wallander s'attarda plus longtemps que prévu à Nybrostrand. Mais pas chez Olof Hanzell. Il avait pris congé de celui-ci à treize heures. En ressortant à l'air libre après leur longue conversation, il s'était senti désemparé. Au lieu de retourner à Ystad, il prit sa voiture jusqu'à la mer. Après une hésitation, il décida d'aller se promener. Peut-être cela l'aiderait-il à faire le point? Il avait besoin de réfléchir. Mais lorsqu'il fut sur la plage et qu'il sentit le vent mordant, il changea d'avis et retourna à la voiture. Il monta du côté du passager et rabattit le dossier du siège le plus loin possible vers l'arrière. Puis il ferma les yeux et commença à ordonner mentalement tous les événements survenus depuis le jour, deux semaines plus tôt, où Sven Tyrén était entré dans son bureau pour lui signaler la disparition de Holger Eriksson. On était à présent le 12 octobre, et ils avaient un meurtre supplémentaire à élucider.

Wallander passa en revue tout ce qui s'était passé entre-temps, en essayant d'établir une chronologie. L'une des idées essentielles que lui avait transmises Rydberg : les événements qui survenaient en premier n'étaient pas nécessairement les premiers dans l'ordre des causes. Holger Eriksson et Gösta Runfeldt avaient été assassinés l'un et l'autre. Mais que s'était-il produit en réalité? S'agissait-il d'une vengeance ou d'un crime crapuleux? Et en quoi consistait le gain?

Il ouvrit les yeux et considéra un hauban à demi arraché qui battait contre un mât, dans le vent. Holger Eriksson avait été empalé ; le piège avait été préparé avec le plus grand soin. Gösta Runfeldt avait été séquestré, puis étranglé.

Maints détails inquiétaient Wallander. La cruauté délibérée, démonstrative. Et pourquoi Gösta Runfeldt avait-il été séquestré avant sa mort? L'homme qu'ils tentaient d'identifier devait connaître à la fois Holger Eriksson et Gösta Runfeldt. Aucun doute, à ce sujet du moins.

Il devait avoir une connaissance précise des habitudes de Holger Eriksson. De plus, il devait être informé du départ de Gösta Runfeldt pour Nairobi. Ces données constituaient le seul point de départ tangible. Il fallait partir de là. En second lieu, le meurtrier ne s'était pas du tout inquiété à l'idée que les corps seraient retrouvés. Certains indices semblaient même indiquer le contraire.

Wallander s'attarda sur ce point. Pourquoi agit-on de façon démonstrative ? Pour que quelqu'un le remarque. Le meurtrier voulait-il montrer ce qu'il avait accompli ? Que voulait-il montrer, dans ce cas ? Que ces deux hommes étaient morts ? Pas seulement. Il voulait aussi qu'on sache de quelle manière cela s'était passé. Ils avaient été mis à mort avec une cruauté minutieuse.

C'était une possibilité, pensa Wallander avec un malaise croissant. Dans ce cas, les meurtres de Holger Eriksson et de Gösta Runfeldt s'inscrivaient dans un contexte beaucoup plus vaste. Dont il ne pouvait même pas soupçonner la portée. Cela ne signifiait pas nécessairement qu'on devait s'attendre à de nouvelles victimes. Mais cela indiquait que Holger Eriksson, Gösta Runfeldt et celui qui les avait tués devaient être identifiés au sein d'un groupe. Une forme de communauté. Par exemple, une bande de mercenaires dans une guerre lointaine en Afrique.

Wallander eut soudain envie d'une cigarette. Il avait arrêté de fumer avec une facilité surprenante, quelques années auparavant, une fois sa décision prise. Mais il lui arrivait exceptionnellement de regretter cette habitude. Il descendit de la voiture et monta à l'arrière. Changer de position, c'était comme changer de perspective. Il oublia les cigarettes et continua de réfléchir. Ce qu'ils devaient chercher – ou trouver au plus vite –, c'était le lien qui unissait Holger Eriksson et Gösta Runfeldt. Ce lien pouvait être ténu et discret. Mais il existait, Wallander en était persuadé. Pour aboutir, ils devaient en savoir plus sur les deux hommes. À première vue, ils étaient différents l'un de l'autre. Très différents. À commencer par l'âge. Ils appartenaient à deux générations distinctes. Trente ans les séparaient. Holger Eriksson aurait pu être le père de Gösta Runfeldt. Mais il existait un point où leurs trajectoires se croisaient. La recherche de ce point serait le noyau de l'enquête. Wallander ne voyait pas d'autre manière de procéder.

Le téléphone portable bourdonna. C'était Ann-Britt Höglund.

– Il y a du nouveau ? demanda-t-il.

– J'avoue que je t'appelais par pure curiosité.

– La conversation avec le capitaine Hanzell était instructive. Il m'a raconté beaucoup de choses qui peuvent se révéler importantes. Ainsi, il se pourrait très bien que Harald Berggren vive aujourd'hui sous un autre nom. Les mercenaires choisissaient souvent un pseudonyme pour signer leur contrat ou conclure un accord verbal.

– Cela va nous compliquer la tâche.

– Oui, c'est aussi ce que j'ai pensé. Comme de perdre à nouveau l'aiguille dans la botte de foin. Mais ce n'est pas si sûr, en fait. Combien de gens changent de nom au cours de leur vie ? La recherche risque d'être laborieuse, mais pas impossible.

– Où es-tu ?

– Au bord de la mer. À Nybrostrand.

– Que fais-tu ?

– À vrai dire, je réfléchis dans la voiture.

Il constata qu'il avait donné une inflexion un peu sévère à sa voix, comme s'il éprouvait le besoin de se justifier.

– Dans ce cas, je ne vais pas te déranger plus longtemps, dit-elle.

– Tu ne me déranges pas. Je pensais revenir à Ystad maintenant. En passant par Lödinge.

– Pour une raison particulière ?

– J'ai besoin de me rafraîchir la mémoire. Ensuite, je m'arrêterai à l'appartement de Runfeldt. Je serai de retour vers quinze heures. Ce serait bien si Vanja Andersson pouvait être là.

– Je m'en occupe.

Wallander prit la direction de Lödinge. Il était loin d'avoir mené sa réflexion à son terme. Mais il avait progressé. Il disposait maintenant d'un canevas pour la suite de l'enquête. Il avait commencé à sonder une plus grande profondeur que prévu.

Il n'avait pas dit toute la vérité à Ann-Britt Höglund. Sa visite chez Holger Eriksson n'avait pas pour seul but de lui rafraîchir la mémoire. Wallander voulait revoir la maison juste avant de retourner à l'appartement de Runfeldt. Il voulait voir s'il existait des ressemblances. Il voulait savoir en quoi consistaient les différences.

En s'engageant sur le chemin de la ferme de Holger Eriksson, il découvrit non sans surprise que deux voitures y étaient déjà garées. Qui pouvaient être les visiteurs ? Des journalistes qui consacraient cette journée d'automne à prendre de lugubres images du lieu du crime ? Il obtint la réponse dès qu'il eut pénétré dans la cour, en reconnaissant un avocat d'Ystad qu'il avait rencontré à différentes occasions. Il y avait aussi deux femmes, l'une de l'âge de Wallander, l'autre plus âgée. L'avocat, qui s'appelait Bjurman, lui serra la main.

– C'est moi qui suis chargé de la succession de Holger Eriksson, expliqua-t-il. Nous pensions que la police avait fini son travail dans la maison. J'ai appelé le commissariat pour m'en assurer.

– Nous n'aurons pas fini tant que nous n'aurons pas retrouvé le coupable, répondit Wallander. Mais si vous voulez faire le tour de la maison, cela ne nous gêne pas.

Wallander se souvint d'avoir lu dans le dossier que Bjurman était l'exécuteur testamentaire d'Eriksson. Il croyait aussi savoir que Martinsson avait été en contact avec lui.

Maître Bjurman présenta Wallander aux deux femmes. La plus âgée lui serra la main avec raideur, comme s'il était indigne d'avoir affaire à un membre de la police. Wallander, très sensible à ce genre de comportement, sentit aussitôt monter la colère. Mais il se maîtrisa. L'autre femme se montra aimable.

– Mme Mårtensson et Mme von Fessler représentent la Fondation pour la culture régionale, dit Bjurman. Holger Eriksson a choisi de léguer presque tous ses biens à cette fondation. Il a donné des indications très précises concernant le mobilier. Nous nous apprêtions à en faire l'inventaire.

– Prévenez-moi s'il manque quelque chose, dit Wallander. Autrement, je ne vous dérangerai pas. Je ne reste qu'un moment.

– La police n'a donc pas retrouvé le coupable ? intervint la femme plus âgée, qui était Mme von Fessler.

Wallander perçut dans cette réplique à la fois un constat et une critique à peine voilée.

– Non, dit-il. La police ne l'a pas retrouvé.

Il comprit qu'il devait s'éloigner tout de suite s'il ne voulait perdre son sang-froid. Il se détourna et se dirigea vers la maison. La porte d'entrée était ouverte. Afin de ne plus entendre les bruits de voix dans la cour, il la referma derrière lui. Une souris fila entre ses pieds et disparut derrière un vieux coffre placé contre le mur. C'est l'automne, pensa Wallander. Les campagnols sont de retour dans les murs. L'hiver approche.

Il fit le tour de la maison, lentement, avec une attention concentrée. Il ne cherchait rien de particulier ; il voulait graver les lieux dans sa mémoire. Cela lui prit un peu plus de vingt minutes. Lorsqu'il ressortit dans la cour, Bjurman et les deux femmes se trouvaient dans l'un des bâtiments annexes. Wallander décida de s'éclipser sans rien dire. Il se dirigea vers sa voiture et jeta un regard en direction des champs. Aucune corneille ne criaillait au bord du fossé. Il s'apprêtait à ouvrir la portière, mais s'interrompit dans son geste. Bjurman avait dit quelque chose. Quoi, au juste? Il lui fallut quelques instants pour se le remémorer. Il retourna à la maison. Bjurman et les deux femmes s'attardaient dans les dépendances. Il ouvrit le portail et fit signe à Bjurman d'approcher.

— Qu'avez-vous dit tout à l'heure à propos du testament? demanda-t-il.

— Holger Eriksson a presque tout légué à la Fondation de Lund.

— Presque tout? Il y avait donc une exception?

— Un legs de cent mille couronnes est allé à un autre bénéficiaire. C'est tout.

— Quel bénéficiaire?

— Une église de la paroisse de Berg. L'église de Svenstavik, plus précisément. À titre de donation.

Wallander n'avait jamais entendu parler de cet endroit.

— Svenstavik, répéta-t-il sans conviction. C'est en Scanie?

— Non, ce serait plutôt dans le sud du Jämtland, du côté de Härjedalen.

— Quel rapport avec Holger Eriksson? demanda Wallander, surpris. Je croyais qu'il était né ici, à Ystad.

— Je n'en sais malheureusement rien, répondit Bjurman. Holger Eriksson était un homme très secret.

— Il n'a laissé aucune explication à ce sujet?

— Le testament de Holger Eriksson est un acte notarié exemplaire, à la fois laconique et précis. Il ne fait état d'aucune motivation de type affectif. Aux termes de cet acte, l'église de Svenstavik doit recevoir cent mille couronnes. Elle les recevra.

Wallander n'avait pas d'autres questions. Il regagna sa voiture et appela le commissariat. Ebba répondit. C'était à elle qu'il voulait parler.

— Je voudrais que tu me trouves le numéro du pasteur de Svenstavik, dit-il. À moins qu'il ne se trouve à Östersund. Je présume que c'est la ville la plus proche.

— Svenstavik, répéta-t-elle. C'est où?

— Tu ne le sais pas? C'est dans le sud du Jämtland.

— Tu es très fort, répondit-elle.

Wallander comprit qu'elle l'avait démasqué, et admit qu'il ne le savait que depuis quelques instants, grâce à Bjurman.

— Quand tu auras trouvé le numéro, communique-le-moi. Je suis dans ma voiture, je vais à l'appartement de Gösta Runfeldt.

— Lisa Holgersson veut absolument te parler. Les journalistes n'arrêtent pas de téléphoner. Mais la conférence de presse a été repoussée jusqu'à dix-huit heures trente.

– Ça me convient parfaitement.

– Ta sœur a appelé aussi, poursuivit Ebba. Elle avait envie de te dire deux mots avant de retourner à Stockholm.

Le rappel de la mort de son père fut à la fois imprévu et brutal. Mais il ne pouvait se laisser aller à ses sentiments. Pas tout de suite.

– Je vais lui téléphoner, dit Wallander. Mais le plus important, c'est le numéro du pasteur de Svenstavik.

Arrivé à Ystad, il s'arrêta devant un kiosque et avala un hamburger insipide. Il s'apprêtait à retourner à la voiture, mais changea d'avis et revint vers le guichet. Il demanda un hot dog, qu'il mangea très vite, comme s'il commettait un acte illégal et qu'il craignait d'être pris en flagrant délit. Puis il se dirigea vers Västra Vallgatan. La vieille voiture d'Ann-Britt Höglund était garée devant le porche de Gösta Runfeldt.

Le vent soufflait encore par rafales. Wallander avait froid. Il se recroquevilla en traversant la rue. Lorsqu'il sonna à la porte de l'appartement, ce ne fut pas Ann-Britt qui lui ouvrit.

– Elle a dû rentrer chez elle, expliqua Svedberg lorsque Wallander lui demanda où elle était. Un de ses enfants est malade. Et sa voiture ne voulait pas démarrer, alors elle a pris la mienne. Mais elle revient le plus vite possible.

Wallander entra dans le séjour et jeta un regard circulaire.

– Nyberg a déjà fini ? demanda-t-il, surpris.

– Tu n'es pas au courant ?

– De quoi ?

– Nyberg. Il s'est blessé le pied.

– Je ne savais pas, dit Wallander. Qu'est-ce qui s'est passé ?

– Nyberg a glissé sur une flaque d'huile devant le commissariat. Il est tombé et il s'est déchiré un muscle ou un tendon du pied gauche. Il est à l'hôpital. Il a appelé pour dire qu'il pouvait reprendre le travail. Mais il a besoin d'une béquille. Et il était très en colère.

Wallander pensa à Sven Tyrén, qui avait garé son camion-citerne devant l'entrée du commissariat.

Au même instant, on sonna à la porte. C'était Vanja Andersson. Elle était très pâle. Wallander fit un signe à Svedberg, qui disparut dans le bureau de Gösta Runfeldt. Il fit entrer Vanja Andersson dans le séjour. Elle paraissait effrayée de se retrouver dans l'appartement. Lorsqu'il lui proposa de s'asseoir, elle hésita.

– Je comprends que c'est désagréable, dit-il. Je ne vous aurais pas demandé de venir si ce n'était pas indispensable.

Elle hocha la tête. Mais comprenait-elle vraiment ? Toute cette histoire devait lui sembler aussi confuse que le fait que Gösta Runfeldt n'eût jamais pris l'avion pour Nairobi, et qu'il eût été retrouvé mort dans un bois près de Marsvinsholm.

– Vous êtes déjà venue dans cet appartement, commença-t-il. Et vous avez une bonne mémoire. Je le sais parce que vous avez pu nous indiquer la couleur de sa valise.

– Vous l'avez trouvée ?

Wallander se rendit compte qu'ils n'avaient même pas commencé à la chercher. Elle avait tout bonnement disparu de sa conscience.

Il s'excusa et rejoignit Svedberg, qui explorait avec méthode une étagère de la bibliothèque.

– As-tu entendu quelque chose à propos de la valise de Gösta Runfeldt ?

– Il avait une valise ?

Wallander secoua la tête.

– Ce n'est rien, dit-il. J'en parlerai à Nyberg.

Il retourna dans le séjour. Vanja Andersson était immobile, sur le canapé. Wallander sentit qu'elle voulait s'en aller le plus vite possible. Comme si le simple fait de respirer l'air de l'appartement lui coûtait un immense effort.

– Nous reviendrons à la valise plus tard, dit-il. Ce que je voudrais vous demander pour l'instant, c'est de faire le tour de l'appartement en essayant de voir si quelque chose a disparu.

Elle lui jeta un regard plein d'effroi.

– Comment le verrais-je ? Je ne suis pas venue souvent.

– Je sais. Mais il se peut malgré tout que vous remarquiez quelque chose. La disparition d'un objet, par exemple. Cela peut être important. Au point où nous en sommes, tout est important. Si nous voulons retrouver celui qui a fait ça. Ce que vous souhaitez sans doute autant que nous.

Wallander aurait dû s'y attendre. Pourtant, la réaction de Vanja Andersson le prit au dépourvu.

Elle éclata en sanglots. Svedberg apparut dans l'encadrement de la porte du bureau. Wallander se sentait, comme toujours dans ces cas-là, complètement démuni. Les futurs policiers d'aujourd'hui apprenaient-ils, au cours de leur formation, à consoler les gens en larmes ? Il se promit de poser la question à Ann-Britt Höglund quand l'occasion s'en présenterait.

Svedberg disparut dans la salle de bains et revint avec un mouchoir en papier qu'il lui tendit. Elle cessa de pleurer aussi vite qu'elle avait commencé.

– Excusez-moi. C'est très difficile.

– Je sais. Vous n'avez pas à vous excuser. Je crois qu'on pleure beaucoup trop rarement, de façon générale.

Elle lui jeta un regard surpris.

– Ça vaut aussi pour moi, ajouta Wallander.

Après un instant, elle se leva. Elle était prête.

– Prenez tout votre temps, dit-il. Essayez de voir l'appartement tel qu'il était quand vous y êtes venue la dernière fois. Pour arroser les fleurs. Prenez votre temps.

Il la suivit à une certaine distance. Les percées décisives, dans les enquêtes difficiles, se produisaient soit au cours d'une conversation, soit dans un silence absolu et concentré. Il avait pu le constater à plusieurs reprises. Dans l'immédiat, c'était le silence qui importait. Il voyait qu'elle faisait un réel effort.

Mais cela ne donna aucun résultat. Ils revinrent à leur point de départ, le canapé du séjour. Elle secoua la tête.

– Tout me paraît comme d'habitude, dit-elle. Je ne vois rien qui ait été enlevé ou déplacé.

Wallander n'était pas surpris. Si elle avait marqué un arrêt au cours de sa tournée de l'appartement, il l'aurait vu.

– Autre chose ? demanda-t-il.

– Je pensais qu'il était parti pour Nairobi. J'arrosais ses fleurs et je m'occupais du magasin.

– Et vous vous êtes parfaitement acquittée de ces deux tâches. Merci d'être venue.

Il la raccompagna jusqu'à la porte. Svedberg sortit des toilettes.

– Rien ne semble avoir disparu, dit Wallander après le départ de Vanja Andersson.

– Cet homme me fait une impression très contradictoire, dit Svedberg pensivement. Sa pièce de travail est un curieux mélange de chaos et d'ordre maniaque. En ce qui concerne les fleurs, l'ordre règne sans partage. Je n'avais jamais cru qu'il existait autant de livres consacrés aux orchidées. Mais ses documents personnels sont entassés n'importe comment. Dans la comptabilité de 1994, j'ai trouvé une déclaration de revenus datant de 1969. Cette année-là, il a d'ailleurs déclaré la somme de trente mille couronnes.

– Je me demande ce que nous gagnions, nous, à l'époque. Pas beaucoup plus, à mon avis. Sans doute beaucoup moins. Il me semble que nous touchions dans les deux mille couronnes par mois.

Il y eut un court silence pendant lequel ils méditèrent l'un et l'autre leurs revenus d'autrefois.

– Continue de chercher, dit enfin Wallander.

Svedberg disparut. Wallander s'approcha de la fenêtre et regarda le port. Il entendit une clé tourner dans la serrure. Ce devait être Ann-Britt Höglund, puisque c'était elle qui avait les clés. Il la rejoignit dans le hall d'entrée.

– Rien de grave, j'espère ?

– Rhume d'automne, dit-elle. Mon mari se trouve dans ce qu'on appelait autrefois les Indes-Orientales. Mais je suis sauvée par ma voisine.

– Je m'interrogeais justement. Je croyais que les voisines serviables avaient disparu à la fin des années cinquante.

– C'est sans doute vrai. Mais j'ai de la chance. La mienne a la cinquantaine, et pas d'enfants. Mais ce n'est pas un service gratuit, bien sûr. Et il lui arrive de dire non.

– Que fais-tu dans ces cas-là ?

Elle haussa les épaules avec résignation.

– J'improvise. Si c'est le soir, je trouve parfois une baby-sitter. Souvent, je me demande moi-même comment je me débrouille. Et tu sais bien que je ne me débrouille pas toujours. Dans ces cas-là, j'arrive en retard. Mais je ne crois pas que les hommes comprennent vraiment la gageure que c'est de travailler quand on a un enfant malade.

– Sans doute. Nous devrions peut-être décerner une médaille d'honneur à ta voisine.

– Elle envisage de déménager, dit Ann-Britt Höglund avec lassitude. Je n'ose même pas penser à ce qui arrivera ce jour-là.

Puis elle changea de sujet.

– Vanja Andersson est venue ? demanda-t-elle.

– Venue et repartie. Il semblerait que rien n'ait disparu de l'appartement. Mais elle m'a fait penser à tout autre chose. La valise de Gösta Runfeldt. Je dois dire que je l'avais complètement oubliée.

– Moi aussi. Mais il me semble qu'ils ne l'ont pas retrouvée dans la forêt. J'ai parlé à Nyberg juste avant qu'il ne se casse le pied.

– C'était si grave que ça ?

– Il a une sérieuse entorse.

– Alors il va être de très mauvaise humeur dans les jours qui viennent. Ce n'est pas bon du tout.

– Je vais l'inviter, dit Ann-Britt Höglund joyeusement. Il aime le poisson au court-bouillon.

– Comment le sais-tu? demanda Wallander, surpris.

– Il m'est déjà arrivé de l'avoir à dîner, répondit-elle. C'est un invité très agréable. Il parle de tout, sauf de son travail.

Wallander se demanda fugitivement si lui-même pouvait être considéré comme un invité agréable. Certes, il essayait de ne pas trop parler de son travail. Mais quand avait-il été invité à dîner pour la dernière fois? Il ne s'en souvenait même plus.

– Les enfants de Runfeldt sont arrivés, poursuivit Ann-Britt Höglund. Hansson s'en occupe. Il y a une fille et un fils.

Ils étaient entrés dans le séjour. Wallander considéra la photographie de l'épouse de Gösta Runfeldt.

– Nous devrions chercher à savoir ce qui s'est passé, dit-il.

– Elle s'est noyée.

– Plus en détail.

– Hansson a bien compris. Il n'a pas l'habitude de bâcler ses interrogatoires. Il leur posera des questions sur leur mère.

Elle avait raison. Hansson avait beaucoup de mauvais côtés. Mais il excellait dans certains domaines, par exemple faire parler les témoins. Rassembler des informations. Interroger des parents à propos de leurs enfants. Ou l'inverse, comme dans le cas présent.

Wallander lui résuma sa conversation avec Olof Hanzell. Elle l'écouta attentivement. Il omit quelques détails; le plus important, c'était la conclusion, à savoir que Harald Berggren pouvait très bien vivre quelque part sous un autre nom. Il le lui avait déjà signalé au téléphone; il constata qu'elle avait continué de réfléchir de son côté.

– S'il a officiellement demandé à changer de nom, dit-elle, nous pouvons en retrouver la trace par l'intermédiaire des services du procureur.

– Je doute qu'un mercenaire s'y prenne de manière aussi officielle, objecta Wallander. Mais nous allons nous en assurer. Comme du reste. Et ça ne sera pas facile.

Puis il évoqua sa rencontre avec maître Bjurman et les femmes de Lund devant la ferme de Holger Eriksson.

– J'ai traversé le Norrland en voiture avec mon mari il y a longtemps, dit-elle. J'ai le souvenir que nous sommes passés par Svenstavik.

– Ebba aurait dû m'appeler pour me donner le numéro du pasteur, dit soudain Wallander.

Il prit son téléphone portable dans sa poche; il était débranché. Wallander jura à voix haute et Ann-Britt tenta de dissimuler un sourire, sans succès. Il comprit qu'il se conduisait comme un enfant.

Pour sauver la face, il composa lui-même le numéro du commissariat. Ann-Britt Höglund lui prêta un crayon et il nota le numéro dans la marge d'un journal. Ebba avait tenté de l'appeler à plusieurs reprises.

Au même instant, Svedberg apparut dans le séjour, une liasse de papiers à la main. Des quittances.

– J'ai peut-être trouvé quelque chose, dit Svedberg. Apparemment, Gösta Runfeldt disposait d'un local en ville, dans Harpegatan. Il payait un loyer mensuel. Sauf erreur de ma part, c'est une comptabilité séparée, indépendante de celle de la boutique.

– Harpegatan? demanda Ann-Britt Höglund. C'est où?

– Près de Nattmanstorg, répondit Wallander. En plein centre.

– Vanja Andersson en a-t-elle parlé?

– Elle n'était peut-être pas au courant, dit Wallander. Je vais me renseigner.

Il quitta l'appartement et marcha jusqu'à la boutique. Le vent soufflait maintenant par fortes rafales. Il fit le gros dos et retint son souffle. Vanja Andersson était seule. Le parfum des fleurs était plus capiteux que jamais. Un court instant, Wallander se sentit submergé de solitude, en repensant au voyage à Rome et à son père qui n'était plus là. Mais il chassa ces pensées. Il était policier. Le deuil, il s'y abandonnerait quand il en aurait le temps. Pas maintenant.

– Une question, dit-il. À laquelle vous pouvez sans doute répondre immédiatement par oui ou par non.

Le visage pâle et effrayé de Vanja Andersson était tourné vers lui. Certaines personnes donnaient toujours l'impression d'être préparées au pire. Mais comment le lui reprocher, vu les circonstances?

– Saviez-vous que Gösta Runfeldt louait un local dans Harpegatan?

Elle secoua la tête.

– Vous en êtes sûre?

– Gösta n'avait pas d'autre local que celui-ci.

Wallander sentit soudain qu'il était très pressé.

– C'est tout, dit-il. Pas d'autres questions.

Lorsqu'il revint à l'appartement, Svedberg et Ann-Britt Höglund avaient rassemblé tous les trousseaux de clés qu'ils avaient pu dénicher. Ils prirent la voiture de Svedberg jusqu'à Harpegatan et s'arrêtèrent devant un immeuble ordinaire. Le nom de Gösta Runfeldt ne figurait pas sur le tableau du hall d'entrée.

– Les factures précisent qu'il s'agit d'un sous-sol, dit Svedberg.

Ils descendirent l'escalier de la cave à tâtons. Wallander perçut un parfum acide de pommes d'hiver. Svedberg essaya différentes clés. La douzième était la bonne. Ils entrèrent dans un couloir bordé de portes en métal peintes en rouge. Ce fut Ann-Britt Höglund qui les alerta.

– Je crois que c'est ici, dit-elle.

Wallander et Svedberg la rejoignirent devant une porte décorée d'un autocollant représentant une fleur.

– Une orchidée, dit Svedberg.

– Une chambre secrète, répliqua Wallander.

Svedberg continua à essayer ses clés. La porte était équipée d'une serrure supplémentaire, récente.

Enfin ils entendirent un déclic. Wallander sentit la tension monter d'un cran. Svedberg se remit au travail. Il ne lui restait plus que deux clés à essayer lorsqu'il leva la tête vers les autres et leur fit signe qu'il avait trouvé la bonne.

– Alors on y va, dit Wallander.

Svedberg ouvrit la porte.

16

La peur le lacéra comme une griffe.

Mais il était trop tard. Svedberg avait déjà ouvert la porte. Dans la fraction de seconde qui suivit, pendant laquelle la peur avait remplacé le temps, Wallander attendit l'explosion. Mais tout ce qu'on entendit fut le léger raclement de la main de Svedberg cherchant l'interrupteur à tâtons. Après coup, Wallander eut un peu honte de sa propre réaction. Pourquoi Runfeldt aurait-il protégé son local avec une charge explosive?

Svedberg alluma. Ils entrèrent l'un derrière l'autre. L'unique éclairage provenait d'une série de lucarnes étroites situées au niveau du trottoir. Wallander remarqua aussitôt qu'elles étaient équipées de barreaux intérieurs. C'était inhabituel. Gösta Runfeldt avait dû les faire installer à ses propres frais.

La pièce était aménagée en bureau. Il y avait une table de travail. Des classeurs le long des murs. Une cafetière électrique et quelques tasses rangées sur un torchon, sur une autre table, contre le mur. Il y avait aussi un téléphone, un fax et une photocopieuse.

– On y va ou on attend Nyberg? demanda Svedberg.

Wallander réfléchissait. Il avait entendu la question, mais ne répondit pas tout de suite. Il essayait encore de comprendre ce que signifiait sa première impression. Pourquoi Gösta Runfeldt avait-il loué cette pièce et tenu une comptabilité séparée? Pourquoi Vanja Andersson ignorait-elle son existence? Et surtout : à quoi lui servait-elle?

– Pas de lit, commenta Svedberg. Ce n'est donc pas un nid d'amour.

– Aucune femme ne se sentirait très inspirée dans un endroit pareil, dit Ann-Britt Höglund.

Wallander n'avait toujours pas répondu à la question de Svedberg.

Le plus important était sans aucun doute de savoir pourquoi Gösta Runfeldt avait gardé le secret sur l'existence de ce bureau. Car c'était bien un bureau. Aucun doute là-dessus.

Il jeta un regard circulaire et constata qu'il y avait une autre porte. Il fit un signe de la tête à Svedberg, qui s'avança et abaissa la poignée. La porte n'était pas fermée à clé. Il l'ouvrit et jeta un coup d'œil.

– On dirait un labo photo, dit Svedberg. Avec tout l'équipement.

Au même instant, Wallander se demanda s'il n'existait pas tout compte fait une explication simple et logique à l'existence de ce local. Gösta Runfeldt prenait beaucoup de photos. Ils avaient pu s'en rendre compte dans son appartement. Il possédait une vaste collection de photographies d'orchidées du monde entier. On voyait rarement des êtres humains sur ces photos, qui étaient le plus souvent en noir et blanc – alors même que les couleurs magnifiques de ces fleurs auraient eu de quoi séduire un photographe.

Wallander et Ann-Britt Höglund s'étaient avancés pour jeter un regard par-dessus l'épaule de Svedberg. C'était un petit labo, en effet. Il n'était pas nécessaire d'attendre Nyberg. Ils pouvaient examiner l'endroit par eux-mêmes.

En tout premier lieu, Wallander chercha une valise. Mais il n'y en avait pas. Il s'assit dans le fauteuil et commença à feuilleter les documents posés sur le bureau pendant que Svedberg et Ann-Britt Höglund s'occupaient des classeurs. Wallander se rappela vaguement que Rydberg, il y a très longtemps, au commencement du monde, au cours de l'une des longues soirées qu'ils passaient ensemble sur son balcon à boire du whisky, avait dit que le travail d'un policier ressemblait un peu à celui d'un expert-comptable. L'un et l'autre consacraient une grande partie de leur temps à feuilleter des papiers. Dans ce cas, pensa Wallander, je suis en train de contrôler les comptes d'un mort, dans le bilan duquel figure un bureau secret dans Harpegatan, à Ystad. Wallander ouvrit le premier tiroir du bureau. Il contenait un petit ordinateur portable. Les capacités de Wallander dans ce domaine étaient réduites. Même pour se servir du sien, dans son bureau au commissariat, il devait souvent demander l'aide d'un collègue. Mais Svedberg et Ann-Britt Höglund avaient tous les deux l'habitude des ordinateurs et les considéraient comme un outil de travail parmi d'autres.

– Voyons ce qui se cache là-dedans, dit-il en le posant sur la table.

Il se leva. Ann-Britt Höglund prit sa place dans le fauteuil. Il y avait une prise à côté du bureau. Elle ouvrit l'ordinateur et le mit en marche. L'écran s'éclaira. Svedberg fouillait encore dans les classeurs. Elle commença à pianoter.

– Pas de code, murmura-t-elle. Il s'ouvre.

Wallander se pencha pour mieux voir. Il était si près qu'il perçut la trace d'un parfum discret. Il pensa à ses yeux. Il ne pouvait plus attendre. Il lui fallait des lunettes.

– C'est un registre, dit-elle. Différents noms de personnes.

– Regarde si Harald Berggren y figure, dit Wallander.

Elle leva la tête, surprise.

– Tu crois?

– Je ne crois rien. Mais on peut toujours essayer.

Svedberg avait abandonné ses classeurs et rejoint Wallander. Elle chercha dans le registre. Puis elle secoua la tête.

– Holger Eriksson? proposa Svedberg.

Wallander acquiesça. Elle chercha. Rien.

– Choisis un nom au hasard dans la liste.

– Nous avons quelqu'un du nom de Lennart Skoglund, dit-elle. On essaie?

– Mais c'est Nacka! s'exclama Svedberg.

Ils le dévisagèrent sans comprendre.

– C'était un joueur de foot célèbre. Il s'appelait Lennart Skoglund. On le surnommait Nacka. Vous avez quand même entendu parler de lui!

Wallander hocha la tête. En revanche, le nom n'évoquait rien pour Ann-Britt Höglund.

– C'est un nom assez courant, dit Wallander. Regardons.

Elle fit apparaître le texte à l'écran. Il était très court. Wallander réussit à le lire en plissant les yeux.

Lennart Skoglund. Commencé 10 juin 1994. Terminé 19 août 1994. Pas de suite. Affaire classée.

– Qu'est-ce que cela veut dire? demanda Svedberg. Que signifie «affaire classée»? Quelle affaire?

– Ça aurait presque pu être écrit par nous, remarqua Ann-Britt Höglund.

Au même instant, Wallander entrevit l'explication possible. Il pensa au matériel acheté par correspondance. Au labo photo. Au bureau secret. Cela paraissait peu vraisemblable. Mais parfaitement plausible. Le registre qu'ils avaient sous les yeux semblait le confirmer.

Wallander se redressa.

– Finalement, Gösta Runfeldt ne s'intéressait peut-être pas qu'aux orchidées. On peut se demander s'il n'était pas aussi ce qu'on appelle communément un détective privé.

On pouvait envisager de nombreuses objections. Mais Wallander voulait suivre la piste jusqu'au bout, tout de suite.

— Je crois que j'ai raison, poursuivit-il. Je propose que vous vous mettiez à deux pour contredire mon hypothèse. Examinez soigneusement tout ce que vous trouverez ici. Ouvrez les yeux et n'oubliez pas Holger Eriksson. De plus, je veux que l'un de vous prenne contact avec Vanja Andersson. Sans le savoir, elle a peut-être vu ou entendu des choses liées à cette activité. Moi, je retourne au commissariat pour parler aux enfants de Gösta Runfeldt.

— Et la conférence de presse de dix-huit heures trente? demanda Ann-Britt Höglund. J'ai promis d'y assister.

— Il est plus important que tu restes ici.

Svedberg tendit ses clés de voiture à Wallander, qui fit un geste de dénégation.

— Je vais chercher la mienne, dit-il. J'ai besoin de bouger.

Une fois dans la rue, il regretta aussitôt. Le vent soufflait fort et il faisait de plus en plus froid. Il hésita un instant à rentrer chez lui avant toute chose, pour prendre un pull. Mais il renonça. Il était pressé. De plus, il était inquiet. Ils faisaient de nouvelles découvertes. Mais elles ne cadraient pas avec les autres données de l'enquête. Pourquoi Gösta Runfeldt aurait-il été détective privé? Wallander marchait vite. Une fois dans sa voiture, il découvrit en mettant le contact que le voyant rouge était allumé. Il n'avait plus d'essence. Mais il ne prit pas la peine de s'arrêter à une station-service. L'inquiétude le rendait impatient.

Il parvint au commissariat peu avant seize heures trente. Ebba lui tendit une pile de messages téléphoniques qu'il fourra dans la poche de sa veste. Arrivé dans son bureau, il commença par appeler Lisa Holgersson, qui lui confirma que la conférence de presse aurait lieu à dix-huit heures trente. Wallander promit de s'en occuper. Il faisait cela sans plaisir. Il avait trop tendance à s'irriter de ce qu'il considérait comme des questions pressantes et pleines d'insinuations de la part des journalistes. À plusieurs reprises, il y avait eu des plaintes relatives à son manque de coopération, émanant des plus hautes instances de la police à Stockholm. C'était d'ailleurs cela qui avait fait comprendre à Wallander qu'il était connu au-delà du cercle étroit de ses collaborateurs et amis. Sa notoriété était nationale, qu'il le veuille ou non.

Wallander fit part à Lisa Holgersson de la découverte du local de

Gösta Runfeldt. Dans l'immédiat cependant, il passa sous silence l'idée que Runfeldt aurait pu consacrer une partie de son temps à des activités de détective. Après avoir raccroché, il appela Hansson. La fille de Gösta Runfeldt était dans son bureau. Ils décidèrent de se retrouver brièvement dans le couloir.

— J'ai laissé repartir le fils, dit Hansson. Il loge à l'hôtel Sekelgården.

Wallander hocha la tête. Il savait où se trouvait cet hôtel.

— Ça a donné quelque chose ?

— Pas vraiment. On peut dire qu'il a confirmé l'image d'un homme passionné par les orchidées.

— Et la mère ? La femme de Runfeldt ?

— Un accident tragique. Tu veux les détails ?

— Pas maintenant. Que dit la fille ?

— Je m'apprêtais à commencer l'entretien. J'ai passé beaucoup de temps avec le fils. J'essaie de faire les choses à fond. Au fait, le fils habite à Arvika et la fille à Eskilstuna.

Wallander jeta un coup d'œil à sa montre. Seize heures quarante-cinq. Il devait préparer la conférence de presse. Il pouvait néanmoins consacrer quelques minutes à la fille.

— Ça te dérange si je lui pose quelques questions ?

— Pourquoi ça me dérangerait ?

— Je n'ai pas le temps de t'expliquer tout de suite. Mais les questions vont sans doute te paraître bizarres.

Ils entrèrent dans le bureau de Hansson. La femme assise dans le fauteuil des visiteurs était jeune. Wallander lui aurait donné vingt-trois ou vingt-quatre ans, au plus. Il crut aussi déceler une ressemblance physique avec le père. Elle se leva à leur entrée. Wallander sourit et lui serra la main. Hansson s'adossa à la porte pendant que Wallander s'asseyait derrière le bureau. Le fauteuil paraissait neuf. Comment Hansson s'y était-il pris pour obtenir un nouveau fauteuil ? Le sien était en très mauvais état.

Hansson avait noté un nom sur un bout de papier : Lena Lönnerwall. Wallander leva les yeux vers Hansson qui fit un signe de tête affirmatif. Il ôta sa veste et la posa par terre, à côté du fauteuil. Elle suivait tous ses gestes du regard.

— Tout d'abord, dit-il, permettez-moi de vous présenter mes condoléances.

— Merci.

Wallander remarqua qu'elle paraissait posée. Il eut la nette impression qu'elle n'allait pas fondre en larmes, et cela le soulagea.

– Vous vous appelez Lena Lönnerwall et vous habitez à Eskilstuna, poursuivit-il. Vous êtes la fille de Gösta Runfeldt.

– Oui.

– L'inspecteur Hansson prendra tout à l'heure tous les autres renseignements personnels, qui sont malheureusement indispensables. Je n'ai que quelques questions à vous poser. Êtes-vous mariée ?

– Oui.

– Quelle est votre profession ?

– Je suis entraîneuse de basket-ball.

Wallander considéra un instant cette réponse.

– Cela signifie que vous êtes professeur d'éducation physique ?

– Cela signifie que je suis entraîneuse de basket-ball.

Wallander hocha la tête et laissa à Hansson les autres questions relatives à ce sujet. Mais c'était la première fois qu'il se trouvait en face d'une femme entraîneuse de basket-ball.

– Votre père était fleuriste ?

– Oui.

– Toute sa vie ?

– Dans sa jeunesse, il était en mer. Il a cessé de naviguer quand il s'est marié avec maman.

– Si j'ai bien compris, votre mère s'est noyée ?

– Oui.

La courte hésitation n'avait pas échappé pas à Wallander. Son attention s'aiguisa aussitôt.

– Quand cela s'est-il produit ?

– Il y a une dizaine d'années. Je n'avais que treize ans à l'époque.

Elle était tendue. Wallander poursuivit avec prudence.

– Pouvez-vous me dire un peu plus en détail ce qui s'est passé ? Où cela s'est-il produit ?

– Est-ce qu'il y a vraiment un rapport avec la mort de mon père ?

– La reconstitution chronologique fait partie du travail de base de la police, dit Wallander sur un ton qu'il espérait plein d'autorité.

Hansson, qui se tenait toujours appuyé à la porte, lui jeta un regard surpris.

– Je ne sais pas grand-chose, dit-elle.

Pas vrai, pensa Wallander. Tu sais, mais tu n'as pas envie d'en parler.

– Dites-moi ce que vous savez.

– C'était en hiver. Pour une raison que j'ignore, ils sont partis en excursion à Älmhult. Un dimanche. Ils sont sortis sur le lac gelé. La glace a cédé. Papa a essayé de la sauver. Mais c'était impossible.

Wallander ne réagit pas. Il réfléchissait à ce qu'elle venait de dire. Quelque chose avait effleuré un autre élément de l'enquête. Il finit par comprendre de quoi il s'agissait. Ce n'était pas lié à Gösta Runfeldt, mais à Holger Eriksson. Dans son cas, il s'agissait d'un trou dans la terre. Dans le cas de la mère de Lena Lönnerwall, d'un trou dans la glace. Tous deux étaient tombés. L'instinct policier de Wallander lui disait qu'il y avait là un lien. Mais lequel ? Il ne le savait pas. Il ne savait pas davantage pourquoi la femme assise en face de lui ne voulait pas évoquer la mort de sa propre mère. Il laissa le sujet de l'accident et passa sans détour à la question principale.

— Votre père était fleuriste. Il avait aussi la passion des orchidées.

— C'est le premier souvenir que j'ai de lui. La façon dont il nous parlait des fleurs, à mon frère et à moi.

— D'où lui venait cette passion ?

Elle le considéra avec étonnement.

— D'où vient la passion ? Peut-on répondre à cela ?

Wallander secoua la tête sans répondre.

— Saviez-vous que votre père était détective privé ?

Hansson tressaillit. Wallander ne quittait pas des yeux la femme assise en face de lui. Sa surprise lui parut sincère.

— Mon père aurait été détective privé ?

— Oui. Vous le saviez ?

— Ce n'est pas possible.

— Pourquoi ?

— Je ne comprends pas. Je ne sais même pas ce qu'est au juste un détective privé. Il en existe vraiment en Suède ?

— C'est une question qu'on peut se poser, dit Wallander. Mais votre père consacrait de toute évidence une partie de son temps à des activités de détective exerçant à titre privé.

— Comme Ture Sventon ? C'est le seul détective suédois que je connaisse.

— Je ne parle pas de bande dessinée. Je parle sérieusement.

— Moi aussi. Je n'ai jamais entendu dire que mon père se serait livré à une chose pareille. Que faisait-il ?

— Il est trop tôt pour répondre à cette question.

Wallander était maintenant convaincu qu'elle ignorait tout de l'activité secrète de son père. Son hypothèse était peut-être erronée. Mais il était intimement persuadé du contraire : la découverte du deuxième bureau de Gösta Runfeldt représentait une percée dont ils ne pouvaient prévoir d'emblée toutes les conséquences. La chambre secrète de Harpegatan ne les conduirait peut-être qu'à d'autres chambres secrètes. Mais Wallander avait le sentiment que cette découverte secouait l'enquête tout entière. Un séisme à peine perceptible venait d'avoir lieu. Tout s'était mis en mouvement.

Il se leva.

– C'était tout – il lui tendit la main. Nous aurons certainement l'occasion de nous revoir.

Elle le considéra gravement.

– Qui a fait cela ? demanda-t-elle.

– Je ne sais pas. Mais je suis convaincu que nous allons retrouver celui ou ceux qui ont tué votre père.

Hansson le suivit dans le couloir.

– Détective privé, fit-il. C'est une blague ?

– Non. Nous avons découvert l'existence d'un bureau secret. Tu en sauras plus tout à l'heure.

Hansson acquiesça.

– Ture Sventon n'était pas un personnage de bande dessinée, dit-il ensuite. C'était une série de bouquins.

Wallander était déjà parti. Il alla chercher un café et ferma la porte de son bureau. Lorsque le téléphone sonna, il décrocha et posa le combiné sur la table sans répondre. S'il avait eu le choix, il aurait annulé la conférence de presse. Avec une grimace, il prit son bloc-notes et fit une liste des principaux éléments qu'il pouvait communiquer aux journalistes.

Il se pencha en arrière et regarda par la fenêtre. Le vent se déchaînait au-dehors.

Si le meurtrier parle un langage, pensa-t-il, nous pourrions essayer de lui répondre. Si, comme je le crois, il a voulu montrer de quoi il était capable, nous pourrions lui signaler que nous avons bien vu ; mais que cela n'a pas suffi à nous faire peur.

Il jeta encore quelques notes sur le papier. Puis il se leva et se rendit dans le bureau de Lisa Holgersson. Il lui exposa brièvement sa pensée. Elle l'écouta avec attention, puis hocha la tête. Ils allaient suivre sa proposition.

La conférence de presse devait avoir lieu dans la plus grande salle de réunion du commissariat. À son entrée, Wallander eut le sentiment de retrouver l'ambiance de l'été, et la conférence de presse tumultueuse qu'il avait quittée dans un état de rage non dissimulé. Il reconnaissait la plupart des visages.

– Je suis contente que tu t'en charges, murmura Lisa Holgersson.

– C'est comme ça, répondit Wallander. Quelqu'un doit le faire.

– Je fais juste l'introduction, dit-elle. Après, c'est à toi.

Ils prirent place sur l'estrade. Lisa Holgersson souhaita la bienvenue à tous et laissa la parole à Wallander. Celui-ci constata qu'il transpirait déjà.

Il commença par un compte rendu détaillé des meurtres de Holger Eriksson et de Gösta Runfeldt, en développant un certain nombre de détails choisis et en donnant son point de vue personnel : ces crimes étaient les plus violents auxquels ses collègues et lui aient jamais été confrontés. Il omit cependant de leur faire part de la découverte que Gösta Runfeldt avait vraisemblablement exercé une activité secrète en tant qu'enquêteur privé. Il ne dit rien non plus de l'homme qui avait autrefois servi comme mercenaire dans une guerre africaine, sous le nom de Harald Berggren.

En revanche, il leur dit tout autre chose. Ce dont il avait au préalable convenu avec Lisa Holgersson.

Il dit que la police disposait d'une piste sérieuse. Il ne pouvait donner de détails. Mais ils suivaient des indices précis, qu'il était prématuré de divulguer. Pour des raisons évidentes d'efficacité.

Cette pensée lui était venue au moment où il avait senti l'enquête bouger – un mouvement de fond, presque indécelable ; pourtant il l'avait clairement perçu.

Sa pensée était très simple.

Lorsqu'un tremblement de terre se produit, les gens fuient. Ils se dépêchent de quitter l'épicentre. Le meurtrier – les meurtriers ? – voulait que le monde reconnaisse le caractère sadique et prémédité de ses actes. À présent, les enquêteurs pouvaient confirmer qu'ils avaient bien vu. Mais ils pouvaient aussi préciser leur réponse : ils en avaient peut-être vu plus que prévu.

Wallander voulait mettre le meurtrier en mouvement. La proie mobile était plus facile à repérer que la proie immobile tapie dans l'ombre.

Évidemment, cela pouvait tout aussi bien provoquer l'effet contraire. La proie pouvait se rendre invisible. Pourtant, il lui semblait que ça valait le coup d'essayer. De plus, il avait obtenu l'appui de Lisa Holgersson, alors même que cela impliquait de faire une entorse à la vérité. Ils ne disposaient d'aucune piste. Seulement de données fragmentaires et incohérentes.

Wallander se tut pour laisser place aux questions. La plupart d'entre elles étaient prévisibles. Il les avait déjà entendues, et il les entendrait à nouveau aussi longtemps qu'il serait policier. Il y répondit comme d'habitude.

Ce ne fut que vers la fin, alors que Wallander commençait à s'impatienter et que Lisa Holgersson lui faisait signe de conclure, que la conférence de presse prit une tournure tout à fait inattendue. L'homme qui leva la main pour demander la parole se trouvait au fond de la salle, dans un coin. Wallander ne l'avait pas vu et s'apprêtait à finir lorsque Lisa Holgersson lui fit remarquer discrètement qu'il y avait encore une question.

– Je représente le journal *Le Rapporteur*, commença l'homme. J'ai une question que j'aimerais bien vous poser.

Wallander chercha dans sa mémoire. Il n'avait jamais entendu parler d'un journal de ce nom. Son impatience grandissait.

– Quel journal avez-vous dit?

– *Le Rapporteur.*

Wallander perçut un mouvement de malaise dans la salle.

– Je dois avouer que je n'en ai jamais entendu parler. Quelle était la question?

– *Le Rapporteur* est l'héritier d'une longue tradition, répliqua l'homme, imperturbable. Son nom est celui d'un journal satirique et critique du début du XIXe siècle. Notre premier numéro doit paraître prochainement.

– Une seule question, dit Wallander. Quand vous aurez publié votre premier numéro, je répondrai à deux questions.

Des rires fusèrent dans la salle. Mais l'homme resta impassible. Il avait quelque chose d'un prédicateur. Ce futur *Rapporteur* était peut-être d'inspiration religieuse. Ou crypto-religieuse. La nouvelle spiritualité a fini par gagner Ystad, pensa Wallander. La plaine de l'ouest est conquise, maintenant c'est au tour de l'est.

– Comment la police d'Ystad réagit-elle à la décision des habitants de Lödinge d'instaurer une milice citoyenne?

Wallander avait du mal à distinguer le visage de l'homme à cette distance.

– Je n'ai pas entendu dire que les habitants de Lödinge avaient l'intention de commettre collectivement quelque bêtise que ce soit, répondit-il.

– Et pas seulement à Lödinge, poursuivit l'homme, comme s'il n'avait pas entendu. Il existe un projet d'organisation à l'échelle nationale, pour fédérer les milices locales. Une force de police populaire capable de protéger les citoyens. Qui se chargera de tout ce que la police néglige. Ou dont elle n'a pas l'énergie de s'occuper. L'un des points de départ serait la région d'Ystad.

Le silence s'était fait dans la salle.

– Et pourquoi ce privilège reviendrait-il à Ystad ? demanda Wallander, qui ne savait toujours pas s'il devait prendre cet homme au sérieux.

– En l'espace de quelques mois, il s'est produit plusieurs meurtres brutaux dans la région. Il faut reconnaître que la police a réussi à résoudre l'affaire de cet été. Mais on dirait que ça recommence. Les gens veulent vivre. Pour de vrai. Pas sous forme de souvenir chez les autres. La police suédoise a baissé les bras devant la criminalité, qui sort de son trou aujourd'hui. C'est pourquoi la milice citoyenne est la seule solution aux problèmes de sécurité qui se posent.

– Le fait que des particuliers se substituent à la loi n'a jamais résolu le moindre problème, dit Wallander. La police d'Ystad n'a qu'une réponse à donner à ce type d'initiative. Cette réponse est claire, univoque, et ne peut donner lieu à aucun malentendu. Toute initiative privée visant à constituer une force d'ordre parallèle sera considérée de notre côté comme illégale et sera vigoureusement combattue en tant que telle.

– Dois-je en conclure que vous êtes opposé à la milice citoyenne ? demanda l'homme.

Wallander voyait à présent nettement son visage pâle et émacié. Il décida de ne pas l'oublier.

– Oui, répondit-il. Cela signifie que nous sommes opposés à toute tentative de constituer une milice de citoyens.

– Vous ne vous interrogez pas sur ce que les gens de Löadinge vont penser de cette réaction ?

– Je m'interroge peut-être. Mais je n'ai pas peur de la réponse.

Wallander mit un terme rapide à la conférence.

– Tu penses qu'il était sérieux ? demanda Lisa Holgersson lorsqu'ils se retrouvèrent seuls dans la salle de réunion.

– Peut-être. Nous devrions rester vigilants sur ce qui se passe à Löadinge. Si les gens commencent à réclamer ouvertement une milice de citoyens, cela veut dire que la situation a changé. Cela peut nous causer des ennuis.

Il était dix-neuf heures. Wallander quitta Lisa Holgersson et retourna dans son bureau. Il avait besoin de réfléchir. Il ne se souvenait pas qu'une enquête lui eût jamais laissé aussi peu de temps pour réfléchir.

Le téléphone sonna. Il décrocha aussitôt. C'était Svedberg.

– Comment s'est passée la conférence de presse ?

– Un peu plus mal que d'habitude. Et vous ?

– Je pense que tu devrais venir. Nous avons trouvé un appareil photo contenant un rouleau de pellicule. Nyberg est avec nous. Nous avions l'intention de le développer.

— Pouvons-nous affirmer qu'il menait une double vie en tant qu'enquêteur privé ?

— Nous le pensons. Mais nous pensons aussi autre chose.

Wallander attendit, tous les sens en alerte.

— Nous croyons que l'appareil photo contient des images de son dernier client.

— J'arrive, dit Wallander.

Il quitta le commissariat sous la bourrasque. Les nuages se pourchassaient dans le ciel. En se dirigeant vers sa voiture, il se demanda si les oiseaux migrateurs se déplaçaient de nuit par un vent aussi fort.

Sur la route de Harpegatan, il s'arrêta pour prendre de l'essence. Il se sentait fatigué et vide. Il se demanda quand il aurait le temps de visiter une maison. Et de penser à son père. Il se demanda quand Baiba viendrait. Il consulta sa montre. Était-ce le temps ou sa vie qui passait ainsi ? Il était trop fatigué pour en décider. Il démarra. Sa montre indiquait dix-neuf heures trente-cinq.

Quelques minutes plus tard, il se gara dans Harpegatan et descendit au sous-sol.

17

Tendus, ils contemplèrent l'image qui émergeait peu à peu du bain de révélateur. Wallander ne savait pas à quoi il s'attendait exactement ni même ce qu'il espérait voir surgir dans cette obscurité où il se tenait, immobile, aux côtés de ses collègues. La lumière rouge lui donnait l'impression de guetter une apparition peu respectable. Nyberg dirigeait les opérations techniques. Il se déplaçait en sautillant sur une béquille, après son accident devant le commissariat. Et il était d'humeur particulièrement grincheuse.

En attendant, ils avaient fait des progrès pendant que Wallander s'occupait des journalistes. Il ne subsistait plus de doute quant au fait que Gösta Runfeldt avait bien exercé une activité de détective privé. D'après les listes de clients qu'ils avaient trouvées, il s'y livrait depuis au moins dix ans. Les notes les plus anciennes remontaient au mois de septembre 1983.

– Son activité semble avoir été assez limitée, expliqua Ann-Britt Höglund. Il a eu, au maximum, sept ou huit missions par an. On peut imaginer que c'était un passe-temps, un loisir.

Svedberg, de son côté, avait tenté de déterminer de quel type de mission il s'agissait.

– Dans la moitié des cas à peu près, il est question d'infidélité présumée, dit-il après avoir consulté ses notes. Bizarrement, ce sont surtout les hommes qui soupçonnent leur femme.

– Qu'est-ce que ça a de bizarre ? demanda Wallander.

Svedberg dut admettre qu'il n'avait pas de réponse valable.

– Je ne pensais pas que ce serait le cas, dit-il seulement. Mais qu'est-ce que j'en sais, après tout ?

Svedberg était célibataire et n'avait jamais fait état d'une liaison avec une femme. Il avait passé la quarantaine et semblait satisfait de son état. Wallander lui fit signe de poursuivre.

– On trouve au moins deux cas par an de patrons qui soupçonnent leurs employés de les voler. Plus un certain nombre de missions
de surveillance de nature mal définie. L'ensemble donne une impression assez monotone. Ses notes ne sont pas très détaillées. Mais il se
faisait bien payer.

– Alors, nous savons du moins comment il finançait ses voyages à
l'étranger, dit Wallander. Rien que celui de Nairobi, qui n'a jamais
eu lieu, coûtait trente mille couronnes.

– Il avait une mission en cours au moment de sa mort, intervint
Ann-Britt Höglund.

Elle posa un calendrier sur la table. Wallander pensa aux lunettes
qu'il n'avait pas encore achetées et ne prit même pas la peine d'y
jeter un regard.

– Apparemment, il s'agissait d'une mission courante, de celles
dont il avait le plus l'habitude, poursuivit-elle. Une personne dénom-
mée « Mme Svensson », sans plus, soupçonne son mari de la tromper.

– Ici, à Ystad ? demanda Wallander. Ou bien exerçait-il aussi
ailleurs ?

– En 1987, il a effectué une mission à Markaryd, dit Svedberg.
C'est ce qu'on trouve de plus au nord. Pour le reste, il se limite à la
Scanie. En 1991, il se rend deux fois au Danemark et une fois à
Kiel. Je n'ai pas eu le temps de regarder en détail, mais il s'agit d'un
chef machiniste employé à bord d'un ferry qui aurait eu une aventure avec une serveuse qui travaillait sur le même bateau. Sa femme
avait des raisons d'être jalouse.

– Mais pour le reste, il n'a exercé que dans la région d'Ystad ?

– Je ne dirais pas cela, répondit Svedberg. Il faudrait plutôt parler
de la Scanie du Sud et de l'Est.

– Holger Eriksson ? poursuivit Wallander. Avez-vous trouvé son
nom ?

Ann-Britt Höglund jeta un regard à Svedberg, qui fit non de la
tête.

– Harald Berggren ?

– Non plus.

– Avez-vous trouvé une indication sur un lien existant entre Holger
Eriksson et Gösta Runfeldt ?

La réponse fut négative. Ils n'avaient rien trouvé. Ce lien doit
pourtant exister, pensa Wallander. Il est invraisemblable de penser
que nous aurions affaire à deux meurtriers différents. Aussi invraisemblable que d'imaginer que les victimes ont été choisies au hasard.
Le lien existe. C'est juste que nous ne l'avons pas encore trouvé.

— Je ne le comprends pas, reprit Ann-Britt Höglund. Cet homme était à l'évidence passionné par les fleurs. En même temps, il consacrait du temps à cette autre activité.

— Les gens sont rarement tels qu'on se les représente, répondit Wallander.

Il se demanda fugitivement si cela valait aussi pour lui.

— Il semblerait qu'il ait gagné pas mal d'argent par ce biais, dit Svedberg. Sauf erreur de ma part, il n'a signalé aucun de ces revenus parallèles dans ses déclarations d'impôts. Se pourrait-il tout simplement qu'il ait gardé cette activité secrète pour ne pas que le fisc s'en mêle ?

— Je ne le pense pas, dit Wallander. Détective privé, c'est tout de même une occupation assez douteuse aux yeux de la plupart des gens.

— Ou puérile, intervint Ann-Britt Höglund. Un jeu pour des hommes qui auraient oublié de grandir.

Wallander éprouva une envie confuse de la contredire. Mais comme il ne trouvait pas d'argument, il laissa tomber.

L'image développée par Nyberg représentait un homme. La photographie avait été prise à l'extérieur. Aucun d'entre eux ne put identifier le décor. L'homme avait la cinquantaine, des cheveux courts, peu fournis. Selon Nyberg, les photos avaient été prises à une grande distance. Certains négatifs étaient flous. Cela pouvait indiquer que Gösta Runfeldt s'était servi d'un téléobjectif sensible au moindre mouvement.

— Mme Svensson prend contact avec lui pour la première fois le 9 septembre, dit Ann-Britt Höglund. Le 14 et le 17 septembre, Runfeldt note qu'il « travaille à sa mission ».

— C'est quelques jours seulement avant son départ pour Nairobi, remarqua Wallander.

Ils étaient entre-temps sortis de la chambre noire. Nyberg, assis à la table, examinait une série de chemises cartonnées contenant des photographies.

— Qui est son client ? demanda Wallander. Mme Svensson ?

— Ses registres et ses notes manquent de précision, dit Svedberg. C'était un détective laconique. Mme Svensson n'a même pas d'adresse.

— Comment un détective privé recrute-t-il ses clients ? demanda Ann-Britt Höglund. Il devait faire de la publicité quelque part.

— J'ai vu des annonces dans les journaux, dit Wallander. Peut-être pas dans *Ystads Allehanda*. Mais dans les quotidiens nationaux.

Il doit être possible de retrouver la trace de cette Mme Svensson.

– J'ai parlé au gardien de l'immeuble, dit Svedberg. Il pensait que Runfeldt possédait un genre d'entrepôt ici. Il n'a jamais vu quelqu'un lui rendre visite au sous-sol.

– Il donnait sans doute rendez-vous ailleurs à ses clients, dit Wallander. Ici, c'était sa chambre secrète.

Ils méditèrent ces propos en silence. Wallander se demandait ce qui était le plus important, à présent. En même temps, la conférence de presse continuait de le hanter. L'homme du *Rapporteur* l'avait inquiété. Une organisation nationale était-elle réellement sur le point de se constituer? Si c'était le cas, Wallander savait que l'étape suivante n'était pas loin – ces gens commenceraient à inventer leurs propres châtiments et à les mettre en œuvre. Il éprouvait le besoin de raconter à Ann-Britt Höglund et à Svedberg ce qui s'était passé. Mais il s'abstint. Il valait mieux aborder cette question au cours de la prochaine réunion de l'équipe. De plus, c'était à Lisa Holgersson de le faire.

– Nous devons retrouver Mme Svensson, dit Svedberg. Mais comment?

– Nous devons la trouver, répéta Wallander. Et nous la trouverons. Il faut mettre le téléphone sur écoute et éplucher à nouveau tous les papiers qui sont ici. Mme Svensson existe forcément quelque part. J'en suis convaincu. J'ai l'intention de vous confier ce travail. Pendant ce temps, je vais parler au fils Runfeldt.

Il quitta Harpegatan. Le vent soufflait encore par rafales. La ville paraissait déserte. Il tourna dans Hamngatan, se gara devant la poste et ressortit dans la bourrasque. Il se voyait sous les traits d'un personnage pathétique : un policier dans un pull-over trop mince luttant contre le vent dans une petite ville déserte, en automne. La défense de la loi en Suède, pensa-t-il. Ou ce qu'il en reste. Voilà à quoi elle ressemble. Des policiers gelés dans des pulls trop minces.

Il prit à gauche devant la Caisse d'épargne et suivit la rue qui conduisait à l'hôtel Sekelgården. L'homme qu'il cherchait s'appelait Bo Runfeldt. À la réception, un jeune homme était en train de lire derrière le comptoir.

Wallander lui fit un signe de tête.

– Salut, dit le garçon.

Wallander s'aperçut soudain qu'il le connaissait. Il lui fallut quelques instants pour reconnaître le fils aîné de Björk, l'ancien chef de la police.

— Quelle surprise! dit Wallander. Comment va ton père?

— Il s'ennuie à Malmö.

Ce n'est pas Malmö qui l'ennuie, pensa Wallander. C'est le fait d'être chef.

— Qu'est-ce que tu lis?

— Un bouquin sur les fractales.

— Les fractales?

— Ce sont des maths. J'étudie à l'université de Lund. L'hôtel, c'est juste un petit boulot.

— Très bien, dit Wallander. Et moi, je ne suis pas venu pour réserver une chambre. Mais pour voir un de tes clients. Bo Runfeldt.

— Il vient de monter dans sa chambre.

— Y a-t-il un endroit où nous pourrions parler sans être dérangés?

— Il n'y a personne ce soir. Vous pouvez vous mettre dans la salle des petits déjeuners.

Il indiqua le couloir.

— J'y vais, dit Wallander. Appelle-le dans sa chambre et dis-lui que je l'attends.

— J'ai lu les journaux. Pourquoi est-ce que ça devient de plus en plus dur?

Wallander le considéra avec intérêt.

— Que veux-tu dire?

— La brutalité. La violence. Quoi d'autre?

— Je ne sais pas, répondit Wallander. Sincèrement, je ne sais pas. Et pourtant, je ne crois pas moi-même à ce que je suis en train de dire. En fait, je crois que je sais. En fait, tout le monde sait.

Le fils de Björk voulait poursuivre la conversation. Mais Wallander leva la main et indiqua le téléphone. Puis il alla s'asseoir dans la salle à manger, en pensant à la question qui venait de lui être posée. D'où venait sa réticence à répondre – alors qu'il connaissait parfaitement l'explication? La Suède qui était la sienne, où il avait grandi, le pays édifié après la guerre, ne reposait pas sur des fondations aussi solides qu'on le pensait. En dessous, il y avait des sables mouvants. À l'époque déjà, les cités en construction étaient qualifiées d'«inhumaines». Comment s'attendre à ce que les gens qui devaient vivre là conservent une «humanité» intacte? La société s'était durcie. Les gens qui se sentaient inutiles ou carrément rejetés dans leur propre pays réagissaient par l'agressivité et le mépris. Il n'existait pas de violence gratuite, Wallander le savait. Toute violence avait un sens pour celui qui l'exerçait. Oser accepter cette vérité, c'était le seul moyen, le seul espoir de modifier cette évolution.

Comment serait-il possible à l'avenir d'être encore policier? Il savait que certains de ses collègues envisageaient sérieusement de changer de métier. Martinsson en avait parlé à plusieurs reprises, Hansson une fois en prenant le café. Et Wallander lui-même, quelques années plus tôt, avait découpé une offre d'emploi dans le journal : une grande entreprise de Trelleborg cherchait un responsable de la sécurité.

Il se demanda comment Ann-Britt Höglund voyait les choses. Elle était encore jeune. Elle avait au moins trente ans de carrière devant elle.

Il se dit qu'il lui poserait la question. Il avait besoin de connaître sa réponse pour trouver lui-même la force de continuer.

En même temps, il savait que l'image qu'il dressait ainsi était incomplète. Parmi les jeunes, l'intérêt pour le métier de policier avait beaucoup augmenté au cours des dernières années. Et ce regain d'intérêt semblait se maintenir. Wallander était de plus en plus convaincu que tout cela était une question de génération.

Il nourrissait le sentiment confus d'avoir raison depuis longtemps. Dès le début des années quatre-vingt-dix, Rydberg et lui avaient souvent évoqué les policiers de l'avenir, au cours des longues soirées d'été passées sur le balcon. Cet échange s'était poursuivi tout au long de la maladie de Rydberg, jusqu'à la fin. Ils n'y avaient jamais mis de point final. Et ils n'étaient pas toujours d'accord. Mais ils avaient toujours partagé l'idée que le travail policier consistait, en dernier recours, à sentir l'air du temps. À interpréter les changements, à sonder les mouvements à l'œuvre dans la société.

À l'époque, Wallander se disait qu'il avait beau avoir raison, il se trompait sur un point décisif : ce n'était pas plus difficile d'être policier aujourd'hui qu'hier.

C'était plus difficile pour lui. Ce qui n'était pas la même chose.

Il fut interrompu dans ses pensées par un bruit de pas dans le couloir, du côté de la réception. Il se leva pour accueillir Bo Runfeldt, qui se révéla être grand et plutôt athlétique. Wallander lui donnait vingt-sept ou vingt-huit ans. Il avait une poignée de main énergique. Wallander l'invita à s'asseoir. Au même moment, il constata qu'il avait une fois de plus oublié d'emporter un bloc-notes. Il se demanda s'il avait même un stylo-bille. Il envisagea de retourner à la réception pour emprunter du papier et un crayon au fils de Björk. Mais il s'abstint. Il faudrait faire un effort de mémoire. Mais cette négligence était impardonnable. Il se sentit exaspéré.

— Permettez-moi d'abord de vous présenter mes condoléances.

Bo Runfeldt hocha la tête sans répondre. Ses yeux, qu'il gardait légèrement plissés, étaient d'un bleu intense. Wallander pensa qu'il était peut-être myope.

– Je sais que vous avez eu un entretien approfondi avec mon collègue, l'inspecteur Hansson, poursuivit Wallander. Mais j'ai besoin de vous poser quelques questions supplémentaires.

Bo Runfeldt ne disait toujours rien. Wallander remarqua qu'il avait un regard pénétrant.

– Si j'ai bien compris, poursuivit-il, vous habitez Arvika. Et vous êtes contrôleur de gestion.

– Je travaille pour Price Waterhouse, dit Bo Runfeldt.

Sa voix trahissait un homme habitué à s'exprimer en public.

– Ce n'est pas une entreprise suédoise, si?

– Non. Price Waterhouse est l'un des plus grands cabinets d'audit international. Il est plus facile de citer les pays où nous ne sommes pas représentés que l'inverse.

– Mais vous travaillez en Suède?

– Pas tout le temps. J'ai souvent des missions en Afrique et en Asie.

– Ils ont besoin de contrôleurs de gestion suédois?

– Non. Ils ont besoin de gens de chez Price Waterhouse. Nous contrôlons beaucoup de projets d'aide au développement. Nous vérifions autrement dit que l'argent va bien où il doit aller.

– Et c'est le cas?

– Pas toujours. Cela a-t-il réellement un lien avec ce qui est arrivé à mon père?

L'homme avait du mal à dissimuler que cette conversation avec un policier lui paraissait indigne de lui. Normalement, Wallander se serait mis en colère. D'autant plus qu'il avait déjà été confronté à ce type d'attitude quelques heures plus tôt. Mais face à Bo Runfeldt, il ne se sentait pas sûr de lui. Quelque chose chez cet homme l'incitait à se retenir. Il se demanda brièvement s'il ne gardait pas une trace de la soumission si souvent manifestée par son père. Par exemple, vis-à-vis de ceux qui débarquaient dans leurs grosses voitures américaines pour lui acheter ses toiles. Il n'avait encore jamais eu cette pensée. Peut-être était-ce là l'héritage qu'il tenait de son père. Un sentiment d'infériorité, dissimulé sous un mince vernis démocratique.

Il considéra l'homme aux yeux bleus.

– Votre père a été assassiné, dit-il. Dans l'immédiat, c'est moi qui décide de la pertinence des questions.

Bo Runfeldt haussa les épaules.

– Je dois admettre que je ne connais rien au travail de policier.

– J'ai parlé à votre sœur aujourd'hui, poursuivit Wallander. Je lui ai posé une question à laquelle nous accordons la plus grande importance. Je vais maintenant vous la poser à vous. Saviez-vous que votre père exerçait une activité de détective privé ?

Bo Runfeldt ne réagit pas. Puis il éclata de rire.

– Ça, c'est la chose la plus idiote que j'ai entendue depuis longtemps, dit-il.

– Idiote ou pas, c'est la vérité.

– Détective privé ?

– Enquêteur privé, si vous préférez. Il avait un bureau. Il a effectué des missions pendant au moins dix ans.

Bo Runfeldt comprit que Wallander était sérieux. La surprise qu'il manifesta était sincère.

– Il a dû commencer à peu près à l'époque où votre mère s'est noyée.

En regardant Bo Runfeldt, Wallander retrouva l'impression qui l'avait effleuré en parlant à la sœur. Un changement d'attitude presque invisible, comme si Wallander avait empiété sur un territoire dont il aurait dû se tenir éloigné.

– Vous saviez que votre père devait partir pour Nairobi, poursuivit-il. L'un de mes collègues vous a contacté par téléphone, et vous avez été très surpris d'apprendre qu'il ne s'était jamais présenté à l'aéroport de Kastrup.

– Je lui avais parlé la veille.

– Comment était-il à ce moment-là ?

– Comme d'habitude. Il a évoqué son voyage.

– Il ne manifestait aucune inquiétude ?

– Non.

– Vous avez dû réfléchir à ce qui s'est passé. Pouvez-vous imaginer une raison quelconque qui ait pu le faire renoncer à ce voyage de son plein gré ? Ou qui ait pu le pousser à vous mentir ?

– Aucune.

– Apparemment, il a fait sa valise et il a quitté son domicile. Les traces s'arrêtent là.

– Quelqu'un devait l'attendre.

Wallander marqua une courte pause avant de poser la question suivante.

– Qui ? demanda-t-il.

– Je ne sais pas.

– Votre père avait-il des ennemis ?

– Pas que je sache. Plus maintenant.

Wallander tressaillit.

– Que voulez-vous dire ? Plus maintenant ?

– Ce que je dis. Je crois qu'il n'avait plus d'ennemis.

– Pourriez-vous vous exprimer un peu plus clairement ?

Bo Runfeldt tira de sa poche un paquet de cigarettes. Wallander remarqua que sa main tremblait légèrement.

– Cela vous dérange si je fume ?

– Pas du tout.

Wallander attendit. Il savait qu'il y aurait une suite. Il avait aussi l'intuition qu'il approchait d'un point important.

– J'ignore si mon père avait des ennemis, dit-il. Mais je connais quelqu'un qui avait toutes les raisons de le haïr.

– Qui ?

– Ma mère.

Bo Runfeldt attendait la question suivante. Mais elle ne vint pas. Il attendit encore.

– Mon père aimait sincèrement les orchidées, reprit-il enfin. Il en savait long sur le sujet. C'était un botaniste autodidacte, pourrait-on dire. Mais il était aussi autre chose.

– Quoi ?

– Un homme violent. Il a maltraité ma mère tout au long de leur mariage. Parfois, elle devait se faire soigner à l'hôpital. Nous voulions la convaincre de le quitter. Mais c'était impossible. Il la battait. Puis il s'effondrait et elle se laissait attendrir. C'était un cauchemar sans issue. La violence n'a pris fin que lorsqu'elle s'est noyée.

– D'après ce que j'ai cru comprendre, elle a disparu sous la glace.

– C'est tout ce que je sais, moi aussi. C'est ce que racontait mon père.

– Vous ne paraissez pas entièrement convaincu ?

Bo Runfeldt écrasa sa cigarette dans le cendrier. Il n'en avait fumé que la moitié.

– Peut-être avait-elle scié le trou à l'avance ? dit-il. Peut-être voulait-elle en finir ?

– Cela vous semble possible ?

– Elle avait parlé de se suicider. Pas souvent. À quelques reprises, au cours des dernières années. Mais nous n'y croyions pas. On n'y croit jamais. Tous les suicides sont au fond incompréhensibles pour ceux qui auraient dû voir et comprendre ce qui se tramait.

Wallander pensa au fossé hérissé de pieux. Aux planches à moitié sciées. Gösta Runfeldt était un homme brutal. Il maltraitait sa femme.

Wallander cherchait fébrilement la signification de ce que venait de lui apprendre Bo Runfeldt.

– Je ne regrette pas la mort de mon père, poursuivit Runfeldt. Je ne pense pas non plus que ma sœur le regrette. C'était un homme mauvais. Il rendait la vie infernale à notre mère.

– Il n'a jamais été brutal avec vous ?

– Jamais. Seulement avec elle.

– Pourquoi la traitait-il ainsi ?

– Je ne sais pas, et il ne faut pas dire du mal des morts. Mais c'était un monstre.

Wallander réfléchit.

– Avez-vous jamais envisagé que votre père ait pu tuer votre mère ? Que ce n'était pas un accident ?

Bo Runfeldt répondit sans hésiter.

– Oui, plusieurs fois. Mais c'est impossible à prouver. Il n'y avait aucun témoin. Ils étaient seuls sur la glace.

– Comment s'appelle le lac ?

– Stångsjön. C'est dans les environs d'Älmhult. Dans le sud du Småland.

Wallander réfléchit. Avait-il d'autres questions ? Il lui semblait que l'enquête venait de se court-circuiter elle-même. Les questions auraient dû être nombreuses. De fait, elles l'étaient. Mais il n'y avait personne à qui les poser.

– Harald Berggren. Ce nom vous évoque-t-il quelque chose ?

Bo Runfeldt réfléchit longuement avant de répondre.

– Non. Mais je peux me tromper. C'est un nom assez répandu.

– Votre père a-t-il jamais été en contact avec des mercenaires ?

– Pas que je sache. Mais je me rappelle qu'il parlait souvent de la Légion étrangère quand j'étais petit. Pas avec ma sœur. Mais avec moi.

– Que disait-il ?

– Il racontait des histoires d'aventures. S'engager dans la Légion, c'était peut-être un rêve d'adolescent qu'il avait lui-même nourri autrefois. Mais je suis certain qu'il n'a jamais eu affaire à eux. Ni à des mercenaires.

– Holger Eriksson ? Avez-vous déjà entendu ce nom ?

– L'homme qui a été assassiné une semaine avant mon père ? J'en ai entendu parler par les journaux. Mais à ma connaissance, mon père n'a jamais été en contact avec lui. Je peux évidemment me tromper. Nous n'étions pas très proches.

Wallander hocha la tête. Il n'avait pas d'autres questions.

– Combien de temps restez-vous à Ystad ?

— L'enterrement aura lieu le plus vite possible. Nous devons décider ce que nous allons faire de la boutique.

— Il est très possible que je vous recontacte, dit Wallander en se levant.

Il était près de neuf heures du soir lorsqu'il quitta l'hôtel. Il constata qu'il avait faim. Le vent soufflait fort. Il s'abrita au coin d'une rue et essaya de prendre une décision. Il devait manger, il le savait. Mais il avait aussi besoin de s'asseoir quelque part au plus vite pour rassembler ses pensées. Les enquêtes entrecroisées commençaient enfin à tourner. Le grand risque était maintenant qu'ils perdent pied. Wallander était encore à la recherche du point de contact possible entre Holger Eriksson et Gösta Runfeldt. Il doit exister, pensa-t-il. Il est dissimulé quelque part, dans un passé trouble. Je l'ai peut-être déjà entrevu sans m'en rendre compte.

Il reprit sa voiture. Sur le chemin du commissariat, il composa le numéro de portable d'Ann-Britt Höglund. Elle lui apprit qu'ils n'avaient pas encore fini de fouiller le bureau secret de Harpegatan. Mais ils avaient renvoyé Nyberg chez lui ; il avait trop mal au pied.

— Je suis en route vers mon bureau après une conversation intéressante avec le fils Runfeldt, dit Wallander. J'ai besoin de temps pour y réfléchir.

— Ce n'est pas tout de fouiller dans les papiers. On a aussi besoin de quelqu'un qui réfléchit.

Après avoir raccroché, il se demanda si la remarque était ironique ou non. Mais il repoussa cette pensée. Il n'avait pas le temps.

En passant dans le couloir, il vit Hansson, assis à son bureau, en train de parcourir certains éléments du dossier. Il s'arrêta à la porte, un gobelet de café à la main.

— Où sont les protocoles des médecins légistes ? demanda-t-il soudain. Ils doivent bien être arrivés à l'heure qu'il est. Du moins celui qui concerne Holger Eriksson.

— Chez Martinsson, je suppose. Il me semble qu'il a dit quelque chose à ce sujet.

— Il est encore là ?

— Non. Il a copié un fichier sur disquette en disant qu'il allait continuer à travailler chez lui.

— Est-ce permis ? demanda Wallander distraitement. D'emporter chez soi des documents qui concernent l'enquête ?

— Je ne sais pas. Je n'ai jamais eu l'occasion de le faire. Je n'ai même pas d'ordinateur à la maison. Mais c'est peut-être une faute professionnelle de nos jours...

– Quoi donc ?

– De ne pas avoir un ordinateur chez soi.

– Dans ce cas, nous sommes deux. J'aimerais bien voir ces protocoles demain matin.

– Comment s'est passée l'entrevue avec Bo Runfeldt ?

– Je vais rédiger un rapport ce soir. Mais il a dit des choses qui peuvent se révéler importantes. En plus, nous savons maintenant avec certitude que Gösta Runfeldt consacrait une partie de son temps à des activités de détective.

– Svedberg a appelé. Il m'a raconté.

Wallander prit son téléphone portable dans sa poche.

– Que faisions-nous à l'époque où nous n'avions pas ces machins-là ? Je m'en souviens à peine.

– La même chose que maintenant, répliqua Hansson. Mais ça prenait plus de temps. On cherchait des cabines téléphoniques. On passait beaucoup plus de temps dans les voitures. Mais on faisait exactement les mêmes choses que maintenant.

Wallander longea le couloir jusqu'à son bureau, en adressant au passage un signe de tête aux agents de circulation qui sortaient de la cafétéria. Puis il s'assit dans son fauteuil sans même prendre la peine de déboutonner sa veste. Au bout de dix minutes, il l'enleva et attira à lui un bloc-notes vierge.

Il lui fallut plus de deux heures pour récapituler les meurtres de façon approfondie – en essayant de piloter deux navires à la fois. Il cherchait sans cesse le point de contact qui devait nécessairement exister. Il était plus de onze heures du soir lorsqu'il posa son stylo-bille. Il était parvenu à un état de réflexion où il ne pouvait plus progresser.

Mais il était sûr de son fait. Le point de contact existait. Simplement, ils ne l'avaient pas encore trouvé.

Et puis il revenait sans cesse à cette observation d'Ann-Britt Höglund. *Il y avait quelque chose de démonstratif dans la manière de procéder.* Dans les deux cas. Holger Eriksson empalé sur des pieux pointus ; Gösta Runfeldt étranglé et ligoté à un arbre.

Je vois quelque chose, pensa-t-il. Mais je ne vois pas au travers.

Il réfléchit encore à ce que cela pouvait être. Mais il n'obtint pas de réponse.

Il était presque minuit lorsqu'il éteignit la lumière dans son bureau.

Il s'attarda un instant, immobile, dans le noir.

Ce n'était encore qu'une appréhension, une crainte vague à la périphérie de sa conscience.

Il pensait que le meurtrier allait frapper de nouveau. C'était le seul signal qu'il lui semblait avoir capté, au cours de cette longue réflexion solitaire.

Il y avait quelque chose d'inachevé dans les événements tels qu'ils s'étaient enchaînés jusque-là.

Quoi ? Il ne le savait pas.

Pourtant, il était sûr de son fait.

18

Elle attendit jusqu'à deux heures et demie du matin. Elle savait par expérience que c'était l'heure où la fatigue, insidieusement, prenait le dessus. Elle repensait à toutes les nuits où elle avait elle-même été de service. C'était toujours ainsi. Entre deux heures et quatre heures du matin, le risque de somnolence était à son maximum.

Elle attendait dans la lingerie depuis neuf heures du soir. Comme lors de sa première visite, elle était passée par l'entrée principale de l'hôpital. Personne n'avait fait attention à elle. Une infirmière pressée. Peut-être était-elle sortie faire une course? Ou chercher quelque chose qu'elle avait oublié dans sa voiture? Personne ne l'avait remarquée parce qu'elle n'avait rien de remarquable. Un moment, elle avait envisagé de mettre une perruque. Mais ç'aurait été faire preuve d'une prudence excessive. Dans la lingerie, où le parfum de draps propres et repassés lui rappelait vaguement son enfance, elle avait eu le temps de réfléchir. Elle avait choisi de rester dans le noir, alors qu'elle aurait aussi bien pu allumer la lumière. Peu après minuit, elle avait sorti sa lampe de poche, qui lui servait aussi dans son travail, et elle avait relu la dernière lettre écrite par sa mère. Elle était inachevée, comme toutes celles que lui avait réexpédiées Françoise Bertrand. Mais c'était dans cette dernière lettre que sa mère avait soudain commencé à parler d'elle-même. Des événements qui l'avaient conduite à sa tentative de suicide. Elle comprit que sa mère n'avait jamais surmonté son amertume. *Je dérive dans le monde comme un bateau sans capitaine*, écrivait-elle, *tel le malheureux Vaisseau fantôme contraint d'expier la faute d'un autre. Je croyais que l'âge mettrait de la distance, que les souvenirs s'estomperaient et finiraient peut-être par disparaître. Je comprends maintenant qu'il n'en est rien. Seule la mort mettra un terme à tout cela. Puisque je ne veux pas mourir, pas encore, je choisis de me souvenir.*

La lettre était datée de la veille de son arrivée chez les religieuses. Lorsqu'elle eut fini, elle éteignit sa lampe. Tout était silencieux. Deux fois, quelqu'un était passé dans le couloir. La lingerie se trouvait dans un service en partie désaffecté.

Elle avait eu du temps pour réfléchir. Et maintenant, trois jours de congé en perspective, dans son emploi du temps. Elle reprendrait le service dans quarante-neuf heures, à dix-sept heures quarante-quatre. Elle avait du temps devant elle, et elle allait le mettre à profit. Jusqu'à présent, tout s'était déroulé selon un ordre inéluctable. Les femmes ne commettaient d'erreur que lorsqu'elles se mettaient à penser comme les hommes. Elle le savait depuis longtemps. Il lui semblait l'avoir d'ores et déjà prouvé.

Quelque chose cependant la dérangeait. Elle avait soigneusement suivi les comptes rendus dans les journaux. Elle avait écouté les bulletins d'information à la radio et regardé les reportages des différentes chaînes télévisées. Il lui semblait évident que la police n'y comprenait rien. C'était ce qu'elle voulait – ne pas laisser de trace, égarer les chiens loin du sentier où ils auraient dû flairer la piste. Mais là, cet étalage d'incompétence commençait presque à l'exaspérer. La police ne comprendrait jamais ce qui s'était passé. Par ses actes, elle créait des énigmes qui resteraient dans les annales. Cependant, dans leur tête, les policiers continueraient toujours à chercher un homme. Elle ne voulait plus qu'il en soit ainsi.

Assise dans l'obscurité de la lingerie, elle échafauda un plan. À l'avenir, elle introduirait de petites modifications. Sans pour autant changer son emploi du temps. Il y avait toujours une marge incluse, même si on ne la voyait pas.

Elle allait donner un visage à l'énigme.

À deux heures trente du matin, elle quitta la lingerie. Le couloir était désert. Elle ajusta son uniforme blanc et se dirigea vers l'escalier qui conduisait à la maternité. Il y aurait, comme d'habitude, quatre personnes de service. Elle était déjà venue, au cours de la journée, sous prétexte de rendre visite à une femme dont elle savait qu'elle était déjà rentrée chez elle avec son bébé. Elle avait pu constater, en jetant un coup d'œil au registre par-dessus l'épaule de l'infirmière, que toutes les chambres étaient occupées. Elle avait du mal à comprendre pourquoi les femmes donnaient naissance à cette époque de l'année, alors que l'automne allait vers l'hiver. Mais elle connaissait la réponse. Les femmes ne choisissaient pas encore elles-mêmes le moment où leurs enfants naissaient.

En arrivant à la double porte vitrée qui donnait accès à la maternité, elle l'entrouvrit. Puis elle s'immobilisa et tendit l'oreille. Aucun bruit de voix ne lui parvenait de l'office. Cela signifiait que les sages-femmes et les infirmières étaient occupées. Il lui faudrait moins de quinze secondes pour atteindre la chambre de la femme. Selon toute vraisemblance, elle ne croiserait personne. Mais elle ne pouvait en être sûre. Elle tira de sa poche le gant qu'elle avait cousu elle-même, après avoir rempli la doublure de plomb moulé de manière à épouser les jointures de ses doigts. Elle l'enfila à sa main droite, ouvrit la porte et traversa vivement le couloir. L'office était vide ; une radio était allumée quelque part. Rapide et silencieuse, elle se glissa jusqu'à la chambre. La porte se referma sans bruit derrière elle.

La femme allongée dans le lit ne dormait pas. Elle retira son gant et le rangea dans sa poche. Où se trouvait également l'enveloppe contenant la lettre de sa mère. Elle s'assit au bord du lit. La femme était très pâle et son ventre formait une grande bosse sous le drap. Elle lui toucha la main.

– Tu as pris une décision ? demanda-t-elle.

La femme acquiesça sans un mot. Celle qui était assise à son chevet n'en fut pas surprise. Mais elle ressentit néanmoins une sorte de triomphe. Même les femmes les plus diminuées pouvaient toujours être ramenées à la vie.

– Eugen Blomberg, dit la femme. Il habite à Lund. Il est chercheur à l'université. Je ne sais pas précisément de quoi il s'occupe.

– Je m'en charge, dit-elle en lui caressant la main. N'y pense plus.

– Je hais cet homme.

– Oui. Tu le hais, et tu as raison de le haïr.

– Si je pouvais, je le tuerais.

– Je sais. Mais tu ne le peux pas. Pense plutôt à ton enfant.

Elle se pencha et effleura la joue de la femme. Puis elle se leva et remit son gant. Elle n'était pas restée plus de deux minutes. Elle entrouvrit la porte avec précaution. Aucune sage-femme, aucune infirmière en vue. Elle quitta la chambre et se dirigea vers la sortie.

Au moment précis où elle passait devant l'office, une femme en sortit. Hasard malheureux. Tant pis. La femme la dévisageait fixement. Elle était assez âgée ; il s'agissait sans doute de l'une des deux sages-femmes.

Elle passa son chemin, en direction de la sortie. L'autre cria et la rattrapa en courant. À ce moment-là, elle ne pensait encore qu'à partir, disparaître entre les battants vitrés. Mais l'autre l'agrippa par le bras et lui demanda qui elle était et ce qu'elle faisait là. Les femmes sont décidément difficiles, pensa-t-elle. C'est regrettable. Puis elle se retourna vivement et la frappa de sa main gantée. Elle ne voulait pas la blesser. Elle fit très attention à ne pas l'atteindre à la tempe, ce qui pouvait avoir des conséquences funestes. Elle visa la joue, en frappant juste assez fort pour l'étourdir, l'obliger à lâcher prise. La femme gémit et s'affaissa sur le sol. Mais lorsqu'elle voulut prendre la fuite, elle sentit deux mains agripper ses jambes et comprit qu'elle n'avait pas frappé assez fort. Au même instant, elle entendit une porte s'ouvrir quelque part à l'arrière-plan. Elle était en train de perdre le contrôle de la situation. Elle tenta de dégager sa jambe. Puis elle se pencha pour frapper à nouveau. La femme la griffa au visage. Alors, elle frappa sans plus retenir sa force. En visant la tempe. La femme lâcha prise et se recroquevilla sur le sol. Elle s'enfuit entre les battants de verre, en sentant que l'autre lui avait éraflé la joue jusqu'au sang, avec ses ongles. Elle continua à courir jusqu'au bout du couloir. Aucun bruit derrière elle. Personne ne la poursuivait. Elle s'essuya le visage. La manche de sa blouse portait des traces de sang. Elle rangea le gant dans sa poche, enleva ses sabots pour courir plus vite. Elle se demanda si l'hôpital possédait un système d'alarme interne. Mais elle réussit à quitter le bâtiment sans avoir croisé quiconque. Ce ne fut que dans la voiture, en examinant son visage dans le rétroviseur, qu'elle constata que les griffures étaient peu nombreuses et superficielles.

Cela ne s'était pas passé tout à fait comme prévu. On ne pouvait pas toujours tout prévoir. Le plus important, c'était qu'elle avait réussi à persuader la femme de dévoiler le nom de celui qui lui avait fait tant de mal.

Eugen Blomberg.

Elle avait deux jours et deux nuits pour effectuer ses recherches, préparer un plan et un horaire. Elle n'était pas pressée. Elle prendrait le temps nécessaire. Mais, d'après ses estimations, l'ensemble des opérations ne lui demanderait pas plus d'une semaine.

Le four était vide. En attente.

*

Jeudi matin, peu après huit heures, le groupe d'enquête était rassemblé dans la salle de réunion. Wallander avait demandé à Per Åkeson d'être présent. Il s'apprêtait à prendre la parole lorsqu'il découvrit qu'il manquait quelqu'un.

— Svedberg, dit-il. Il n'est pas arrivé?

– Il est venu et reparti, répondit Martinsson. Il y aurait eu une agression, cette nuit, à l'hôpital. Il pensait être de retour dans peu de temps.

Un vague souvenir traversa l'esprit de Wallander, sans qu'il parvienne à le préciser. Cela avait un lien avec Svedberg. Et avec l'hôpital.

– Cet incident remet à l'ordre du jour la question des renforts, dit Per Åkeson. Nous ne pouvons plus reporter cette discussion. Malheureusement.

Wallander saisit l'allusion. Il s'était plusieurs fois retrouvé en désaccord avec Per Åkeson sur cette question des renforts.

– À la fin de la réunion, dit Wallander. Commençons par voir où nous en sommes de cette enquête.

– Il y a eu quelques appels de Stockholm, intervint Lisa Holgersson. Vous devinez de la part de qui. Ces événements brutaux nuisent à l'image des gentils policiers de proximité.

Un mélange de découragement et d'hilarité parcourut la salle. Mais personne ne fit de commentaire. Martinsson bâilla ostensiblement ; Wallander saisit la balle au bond.

– Nous sommes tous fatigués, dit-il. Le vrai drame de la police, c'est le manque de sommeil. Du moins par périodes.

Il fut interrompu par l'arrivée de Nyberg. Wallander savait qu'il venait d'avoir une conversation téléphonique avec le laboratoire de criminologie de Linköping. Nyberg s'avança jusqu'à la table en boitant, appuyé sur sa béquille.

– Comment va ton pied ? demanda Wallander.

– Il vaut mieux avoir mal au pied que se faire empaler sur du bambou importé de Thaïlande.

Wallander lui jeta un regard scrutateur.

– C'est une certitude ? Qu'il venait de Thaïlande ?

– Oui. Importé pour la pêche et la décoration via un négociant de Brême. Nous avons parlé à leur agent suédois. On en importe plus de cent mille tiges par an. Impossible de savoir où celui-ci a été acheté. Mais je viens de parler au labo de Linköping. Ils pourront au moins nous dire depuis combien de temps il se trouve dans le pays. Le bambou n'est importé qu'à partir d'un certain âge.

Wallander hocha la tête.

– Autre chose ? demanda-t-il, son attention toujours tournée vers Nyberg.

– Par rapport à Eriksson ou à Runfeldt ?

– Les deux. Dans l'ordre.

Nyberg feuilleta son bloc-notes.

– Les planches de la passerelle proviennent du supermarché de matériaux de construction d'Ystad, commença-t-il. À supposer que cette information puisse nous servir à quelque chose. En fait, on n'a rien trouvé sur le lieu du meurtre qui puisse servir à quelque chose. Il y a un sentier de l'autre côté de la colline où se dresse la tour. C'est probablement par là que le meurtrier est arrivé. À supposer qu'il soit venu en voiture. Ce qui paraît vraisemblable. Nous avons relevé toutes les traces de pneus. Mais dans l'ensemble, le site est étrangement vierge.

– Et la maison?

– Le problème est que nous ne savons pas ce que nous cherchons. Tout paraissait bien rangé. L'effraction qu'il avait déclarée il y a un an reste, elle aussi, une énigme. Le seul détail qu'on peut signaler, c'est que Holger Eriksson a fait installer des serrures supplémentaires aux portes de la maison principale, il y a quelques mois.

– On devrait pouvoir en conclure qu'il avait peur.

– J'y ai pensé. Mais tout le monde est susceptible d'installer de nouvelles serrures un jour ou l'autre. Après tout, nous vivons à l'époque bénie des portes blindées.

Wallander détourna son attention de Nyberg et jeta un regard circulaire.

– Les voisins, dit-il. Les indices. Qui était Holger Eriksson? Qui pouvait avoir des raisons de le tuer? Harald Berggren? Il est temps de faire le point. De façon systématique. Même si ça prend du temps.

Après coup, Wallander repenserait toujours à ce jeudi matin comme à une montée interminable. Chacun exposa à tour de rôle les résultats de son travail, sans que cela débouche sur la moindre avancée significative. La montée devenait de plus en plus laborieuse. La vie de Holger Eriksson semblait une forteresse inexpugnable. Chaque fois qu'ils croyaient entrevoir une ouverture, elle ne débouchait sur rien. Ils continuèrent ainsi, et l'enquête semblait s'étirer à l'infini devant eux. Personne n'avait vu quoi que ce soit, personne ne semblait au fond connaître cet homme qui vendait des voitures, observait les oiseaux et écrivait des poèmes. Wallander commençait à croire qu'il s'était malgré tout trompé, que Holger Eriksson avait été victime d'un meurtrier lunatique qui avait choisi ce fossé par hasard et décidé sur un coup de tête de scier les planches de cette passerelle-là plutôt qu'une autre. Mais tout au fond de lui, il savait qu'il ne pouvait en être ainsi. Le meurtrier parlait un langage, il y avait une logique, une rationalité à l'œuvre dans sa manière de tuer Holger Eriksson. Wallander ne se trompait pas. Son problème était qu'il ne savait pas de quel côté chercher la vérité.

Ils en étaient là – complètement enlisés – au moment où Svedberg arriva, de retour de l'hôpital. Après coup, Wallander pensa qu'en cet instant Svedberg avait réellement surgi comme le sauveur.

Mais d'abord, il prit le temps de s'asseoir et de mettre un semblant d'ordre dans ses papiers. Puis il s'excusa pour son absence. Wallander se sentit obligé de lui demander ce qui s'était passé à l'hôpital.

– C'est très étrange. Cette nuit, une infirmière s'est manifestée à la maternité peu avant trois heures. L'une des sages-femmes – Ylva Brink, une cousine à moi – était de service. Comme elle ne reconnaissait pas cette infirmière, elle lui a demandé ce qu'elle faisait là. C'est alors que l'autre l'a assommée avec un coup-de-poing américain ou une arme de ce genre. Ylva a perdu connaissance. Lorsqu'elle est revenue à elle, la femme avait disparu. Évidemment, ça a fait toute une histoire. Personne n'a la moindre idée de ce qu'elle faisait là. On a interrogé toutes les femmes qui s'apprêtent à accoucher. Mais aucune ne l'avait vue. J'ai parlé au personnel qui était de garde cette nuit. Tout le monde était très choqué.

– Et la sage-femme ? demanda Wallander. Ta cousine ?

– Elle a une commotion cérébrale.

Wallander s'apprêtait à revenir au sujet de Holger Eriksson lorsque Svedberg reprit la parole. Il paraissait préoccupé et se grattait nerveusement le crâne.

– Ce qui est encore plus étrange, c'est que cette infirmière s'est déjà présentée une fois à la maternité. Une nuit, il y a une semaine. Il se trouve qu'Ylva était aussi de service cette nuit-là. Elle est certaine que cette femme n'était pas une vraie infirmière. Qu'elle était déguisée.

Wallander fronça les sourcils. Au même instant, il se souvint du papier qui traînait depuis une semaine sur son bureau.

– Tu avais déjà parlé à Ylva Brink à cette occasion, dit-il. Tu avais même pris quelques notes.

– J'ai jeté ce papier, dit Svedberg. Dans la mesure où il ne s'était rien passé cette nuit-là, il m'a semblé que cela ne valait pas la peine de s'y attarder. Nous avons des soucis plus graves en ce moment.

– C'est inquiétant, dit Ann-Britt Höglund. Une fausse infirmière qui s'introduit la nuit dans la maternité. Et qui n'hésite pas à recourir à la force. Cela doit signifier quelque chose.

– Ma cousine ne l'a pas reconnue. Mais elle a pu nous donner une description assez précise. La femme était de constitution robuste et elle avait une force physique peu commune.

Wallander ne dit rien du papier qui traînait sur son bureau.

– Cela paraît étrange, remarqua-t-il seulement. Quelles sont les mesures prises par l'hôpital ?

– Ils vont faire appel à une entreprise de surveillance jusqu'à nouvel ordre. Ils verront bien si la fausse infirmière se manifeste à nouveau.

Ils en restèrent là pour les événements de la nuit. Wallander regarda Svedberg en pensant avec découragement que celui-ci ne ferait sans doute que corroborer l'image d'une enquête complètement enlisée. Mais il se trompait. Svedberg avait des nouvelles à leur communiquer.

– La semaine dernière, j'ai parlé à l'un des employés de Holger Eriksson. Ture Karlhammar, soixante-treize ans, domicilié à Svarte. J'ai rédigé un rapport là-dessus, vous avez peut-être eu l'occasion d'y jeter un coup d'œil. Il a travaillé comme vendeur pour Holger Eriksson pendant plus de trente ans. Au début de mon entretien avec lui, il s'est contenté de déplorer sa mort. Holger Eriksson était un homme dont il ne pouvait dire que du bien, etc. La femme de Karlhammar était en train de préparer le café ; la porte de la cuisine était ouverte. Soudain elle est entrée dans le séjour, elle a posé le plateau si brusquement que le pot de crème a failli se renverser, et elle a déclaré que Holger Eriksson était un salaud. Puis elle est ressortie.

– Et alors ? demanda Wallander, surpris.

– Il y a eu un petit moment de gêne, bien entendu. Karlhammar a maintenu sa version. Après coup, j'ai voulu parler à sa femme. Mais elle avait disparu.

– Que veux-tu dire ?

– Elle avait pris la voiture. J'ai rappelé plusieurs fois. Pas de réponse. Mais ce matin, j'ai trouvé une lettre dans mon bureau. Je l'ai lue avant de partir à l'hôpital. C'est la femme de Karlhammar qui l'a envoyée. Et si ce qu'elle écrit est exact, c'est très intéressant.

– Résume, dit Wallander. Ensuite tu pourras nous faire une photocopie de la lettre.

– Elle prétend que Holger Eriksson a fait preuve de sadisme plusieurs fois dans sa vie. Il maltraitait ses employés. Il était capable de harceler ceux qui choisissaient de ne plus travailler pour lui. Elle dit qu'elle peut donner d'innombrables exemples qui le prouvent.

Svedberg chercha un passage dans le texte qu'il avait sous les yeux.

– Elle affirme qu'il avait très peu de respect pour les autres. Il était dur et cupide. Vers la fin de la lettre, elle fait allusion à de nombreux voyages qu'il aurait faits en Pologne. Apparemment, il aurait eu quelques femmes là-bas. D'après Mme Karlhammar, ces femmes auraient bien des choses à raconter, elles aussi. Mais si ça se trouve bien sûr, ce ne sont que des ragots. Comment peut-elle savoir ce qu'il faisait en Pologne?

– Aucune allusion au fait qu'il aurait pu être homosexuel? demanda Wallander.

– Ces rumeurs de voyages en Pologne ne donnent pas vraiment cette impression.

– Karlhammar n'avait évidemment pas entendu parler d'un certain Harald Berggren?

– Non.

Wallander éprouvait le besoin de se dégourdir les jambes. Ce que venait de leur apprendre Svedberg était d'une importance indubitable. Il pensa que c'était la deuxième fois en moins de vingt-quatre heures qu'un homme était décrit comme brutal. Il suggéra une courte pause, le temps d'aérer la pièce. Per Åkeson s'attarda après le départ des autres.

– Ça y est, dit-il. Pour le Soudan.

Wallander sentit une morsure de jalousie. Per Åkeson avait pris une décision et trouvé l'audace de changer de vie. Pourquoi n'en faisait-il pas autant? Pourquoi se contentait-il de chercher une maison? Maintenant que son père avait disparu, plus rien ne le retenait à Ystad. Et Linda se débrouillait seule.

– Ils n'ont pas besoin de policiers là-bas, pour s'occuper des réfugiés? J'ai une certaine expérience de ce genre de travail, ici, à Ystad.

Per Åkeson éclata de rire.

– Je peux leur poser la question, dit-il. On trouve souvent des policiers suédois dans différentes brigades de l'ONU. Rien ne t'empêche de poser ta candidature.

– Pour l'instant, je suis empêché par une enquête. Mais après, peut-être. Quand pars-tu?

– Entre Noël et le Nouvel An.

– Et ta femme?

Per Åkeson écarta les bras.

– En vérité, je crois qu'elle est contente de ne plus me voir pendant quelque temps.

– Et toi? Tu es content de ne plus la voir?

Per Åkeson hésita.

– Oui, dit-il enfin. Je crois que ça va me faire du bien. Parfois j'ai le sentiment que je ne reviendrai peut-être pas. Je ne partirai jamais en Inde à bord d'un bateau que j'aurais construit moi-même. Je n'ai même jamais fait ce rêve. Mais je pars au Soudan. Ce qui se passera ensuite, je n'en sais rien.

– Tout le monde rêve de s'évader, dit Wallander. Les gens sont sans arrêt en quête de cachettes paradisiaques. Parfois, il me semble que je ne reconnais plus mon propre pays.

– Je suis peut-être en fuite sans le savoir. Mais a priori, le Soudan n'a rien d'un paradis.

– En tout cas, tu as raison d'essayer. J'espère que tu m'écriras. Tu vas me manquer.

– Ça, c'est une perspective qui me réjouit. Écrire des lettres. Pas de courrier officiel. Une correspondance privée. Je vais pouvoir compter mes amis. Il y aura ceux qui répondront à mes lettres, et puis les autres.

Le temps de la pause était écoulé. Martinsson, qui avait toujours peur de s'enrhumer, referma les fenêtres. Ils reprirent place autour de la longue table.

– Avant de récapituler, dit Wallander, voyons ce qu'il en est du côté de Gösta Runfeldt.

Il laissa Ann-Britt Höglund communiquer aux autres l'existence du sous-sol de Harpegatan et la découverte que Runfeldt avait eu une activité de détective privé. Lorsque Svedberg, Nyberg et elle eurent épuisé ce qu'ils avaient à dire, lorsque les photos tirées et copiées par Nyberg eurent fait le tour de la table, Wallander résuma sa conversation avec le fils de Runfeldt. Il remarqua que le groupe était bien plus attentif qu'au début de la réunion.

– Je ne peux m'empêcher de penser que nous approchons d'un tournant décisif, conclut Wallander. Nous sommes toujours à la recherche d'un point de contact entre Holger Eriksson et Gösta Runfeldt. Nous ne l'avons pas encore trouvé. Mais que signifie le fait qu'ils soient tous deux décrits comme des hommes brutaux ? Et que nous ne l'apprenions que maintenant ?

Il s'interrompit pour faire place aux commentaires ou aux questions. Personne ne prit la parole.

– Il est temps de commencer à creuser plus profond, poursuivit-il. Il y a beaucoup trop de points qui demandent à être éclaircis. À compter de maintenant, il faudra examiner tous les éléments de l'enquête en fonction de ces deux hommes, et pas seulement de l'un ou de l'autre. Ce sera le rôle de Martinsson de veiller à ce que ce soit fait. Ensuite, un certain nombre de questions semblent plus urgentes que d'autres. Je pense en particulier à la noyade de la femme de Runfeldt. J'ai le sentiment qu'il s'agit peut-être là d'un point essentiel. Ensuite, nous avons la question de l'argent légué par Holger Eriksson à l'église de Svenstavik. J'ai l'intention de m'en occuper personnellement, ce qui va sans doute impliquer quelques voyages. Par exemple, jusqu'au lac des environs d'Älmhult, où la femme de Runfeldt s'est noyée. Toute cette histoire a quelque chose de très douteux. Certes, je peux me tromper, mais nous ne devons pas laisser cette question en suspens. Il sera peut-être aussi nécessaire d'aller jusqu'à Svenstavik.

— C'est où? demanda Hansson.

— Dans le sud du Jämtland. Du côté de Härjedalen.

— Holger Eriksson était pourtant bien de Scanie? Quel rapport avait-il avec le Jämtland?

— C'est précisément ce que nous devons essayer de découvrir, dit Wallander. Pourquoi ne donne-t-il pas de l'argent à une église d'ici? Qu'est-ce que cela signifie? Je veux savoir pourquoi il a choisi cette paroisse-là. Il doit y avoir une raison très précise.

Wallander conclut. Personne n'avait d'objection à faire. Ils allaient continuer à chercher des aiguilles dans les meules de foin. Personne ne s'imaginait que la solution viendrait autrement qu'au prix d'un travail minutieux, qui mettrait leur patience à rude épreuve.

Ils étaient en réunion depuis plusieurs heures lorsque Wallander décida d'aborder lui-même la question des renforts. Il se rappela aussi qu'il devait dire quelque chose à propos de l'idée de faire venir un psychologue, autrement dit une aide extérieure.

— Je ne m'oppose pas à une augmentation des effectifs, dit-il. Nous avons beaucoup de travail en perspective, et ça va prendre du temps.

— Je m'en occupe, répliqua Lisa Holgersson.

Per Åkeson hocha la tête sans rien dire. Au cours de toutes leurs années de collaboration, Wallander n'avait jamais vu Åkeson revenir sur un point déjà réglé. Il pensa confusément que c'était peut-être un atout dans le cadre de sa future mission au Soudan.

— En revanche, poursuivit-il, je suis moins convaincu par la nécessité de faire appel à un psychologue. Je suis le premier à reconnaître que Mats Ekholm, qui est venu cet été, était un interlocuteur valable. Ses arguments et ses points de vue nous ont été utiles. Pas décisifs, mais pas non plus dénués d'importance. La situation est différente aujourd'hui. Je propose que nous lui envoyions des comptes rendus et qu'il nous fasse part de ses observations. Nous pouvons nous contenter de cela jusqu'à nouvel ordre. Si un événement dramatique intervient, nous pourrons réexaminer la situation. Là encore, la proposition de Wallander ne rencontra pas d'objection.

Il était treize heures passées lorsqu'ils se séparèrent enfin. Wallander ne s'attarda pas au commissariat. Cette longue matinée lui avait donné la migraine. Il prit sa voiture jusqu'à un restaurant du centre-ville. Tout en mangeant, il essaya d'évaluer ce qui était réellement ressorti de cette réunion. Dans la mesure où ses pensées revenaient sans cesse à ce qui avait bien pu se produire sur ce lac gelé près d'Älmhult par un jour d'hiver dix ans plus tôt, il décida de suivre son intuition. Dès qu'il eut fini de déjeuner, il appela l'hôtel Sekelgården. Le réceptionniste lui apprit que Bo Runfeldt était dans sa chambre. Wallander lui demanda de le prévenir qu'il passerait le prendre peu après quatorze heures. Puis il retourna au commissariat. Il trouva Martinsson et Hansson et les entraîna dans son bureau. Il dit à Hansson d'appeler Svenstavik.

– Que dois-je demander au juste?

– Va droit au but. Pourquoi Holger Eriksson a-t-il fait cette unique exception dans son testament? Pourquoi une donation à cette paroisse plutôt qu'à une autre? Cherche-t-il la rémission de ses péchés? Lesquels, dans ce cas? Si quelqu'un évoque le secret professionnel, dis-leur qu'il nous faut ces renseignements pour empêcher que d'autres meurtres soient commis.

– Tu veux vraiment que je leur parle de la rémission des péchés?

Wallander éclata de rire.

– Presque. Procure-toi toutes les informations que tu peux obtenir. De mon côté, j'ai l'intention d'emmener Bo Runfeldt à Älmhult. Demande à Ebba de nous réserver deux chambres dans un hôtel là-bas.

Martinsson parut hésiter.

– Qu'espères-tu trouver en regardant un lac?

– Je ne sais pas, répondit Wallander avec sincérité. Mais le voyage me donnera du moins le temps de parler avec Bo Runfeldt. J'ai le sentiment qu'il existe des informations cachées, très importantes pour nous, que nous ne découvrirons qu'en faisant preuve de beaucoup d'obstination. À part ça, je devrais pouvoir trouver quelqu'un là-bas qui était présent au moment de l'accident. Je voudrais que vous fassiez un peu de travail préparatoire. Appelez les collègues d'Älmhult. Une noyade accidentelle survenue il y a dix ans. Vous pouvez obtenir la date exacte par la fille de Runfeldt, l'entraîneuse de basket. Je vous contacterai une fois que je serai là-bas.

Le vent soufflait encore par rafales lorsque Wallander traversa le parking jusqu'à sa voiture. Il prit la route de Sekelgården. Bo Runfeldt l'attendait à la réception, assis dans un fauteuil.

– Prenez votre manteau, dit Wallander. On part en excursion.

Bo Runfeldt le considéra avec froideur.

– Où allons-nous ?

– Je vous le dirai dans la voiture.

Peu après, ils quittaient Ystad. Wallander attendit d'avoir dépassé la sortie de Höör pour lui annoncer leur destination.

19

Il s'était mis à pleuvoir. Ils n'étaient sur la route que depuis vingt minutes, mais Wallander commençait déjà à douter de toute l'entreprise. Cela valait-il la peine de faire ce voyage jusqu'à Älmhult? Qu'attendait-il donc? Comment un vague soupçon à propos d'un accident survenu dix ans plus tôt pourrait-il aider l'investigation en cours?

Tout au fond de lui, cependant, il ne doutait pas. Il ne pensait pas obtenir la solution. Mais il espérait franchir une étape.

Lorsqu'il avait dévoilé le but de l'expédition à Bo Runfeldt, celui-ci avait demandé avec mauvaise humeur si c'était une blague. En quoi la mort tragique de sa mère pouvait-elle être liée au meurtre de son père? Wallander se trouvait à ce moment-là derrière un camion. Il attendit de l'avoir doublé pour répondre.

— Vous ne montrez pas plus d'empressement que votre sœur à parler de ce qui s'est passé, dit-il. D'une certaine manière, je peux le comprendre. On ne parle pas d'un accident tragique si ce n'est pas absolument nécessaire. Mais je n'ai pas l'impression que ce soit le côté tragique qui vous gêne. Vous pouvez m'expliquer pourquoi? Si vous me donnez une réponse satisfaisante à cette question, on fait demi-tour immédiatement et on retourne à Ystad. N'oubliez pas que c'est vous qui avez évoqué la brutalité de votre père.

— C'est déjà une réponse.

Wallander remarqua le changement presque imperceptible dans la voix de Bo Runfeldt. Une pointe de fatigue, une résistance qui commençait à faiblir. Il continua à l'interroger avec prudence tandis que le paysage monotone défilait de l'autre côté de la vitre.

— Votre mère avait donc évoqué la possibilité de se suicider?

Bo Runfeldt répondit après un silence.

— En fait, c'est curieux qu'elle ne l'ait pas fait plus tôt. Je ne pense pas que vous puissiez imaginer dans quel enfer elle vivait. Moi non plus, d'ailleurs. Personne.

— Pourquoi ne s'est-elle jamais séparée de lui ?

— Il menaçait de la tuer si elle le quittait. Elle avait vraiment toutes les raisons de le croire. Plusieurs fois, il l'a tellement battue qu'elle a dû être hospitalisée. Je ne le savais pas à l'époque. J'ai compris plus tard.

— Si un médecin soupçonne des actes de violence, il a le devoir d'en informer la police.

— Elle avait toujours une bonne explication. Et elle était convaincante. Elle allait même jusqu'à s'humilier pour le protéger. Elle était capable de dire qu'elle était tombée parce qu'elle avait trop bu. Ma mère, qui ne touchait jamais à l'alcool ! Mais les médecins ne pouvaient évidemment pas le savoir.

La conversation s'interrompit, le temps de dépasser un autocar. Wallander constata que Runfeldt était tendu. Il ne roulait pas vite. Mais son passager n'était pas à l'aise en voiture.

— Je crois, reprit celui-ci lorsque le car fut derrière eux, que ce qui la retenait de se suicider, c'étaient nous, les enfants.

— C'est naturel, répondit Wallander. Revenons plutôt à ce que vous disiez tout à l'heure. Que votre père aurait menacé de la tuer. Un homme qui maltraite une femme n'a pas, en général, l'intention de la tuer. Il veut la dominer. Parfois il frappe trop fort, jusqu'à ce que mort s'ensuive, mais ce n'était pas son intention. Quand on tue délibérément quelqu'un, la motivation est le plus souvent autre. C'est un pas de plus.

Bo Runfeldt réagit par une question inattendue.

— Est-ce que vous êtes marié ?

— Plus maintenant.

— Vous la battiez ?

— Pourquoi l'aurais-je battue ?

— Je me posais la question, c'est tout.

— Ce n'est pas de moi qu'on parle, en l'occurrence.

Bo Runfeldt se tut, comme s'il voulait lui donner le temps de réfléchir, et soudain, Wallander se rappela avec une clarté effarante l'unique fois où il avait frappé Mona, dans un accès de rage incontrôlée. Elle était tombée, sa nuque avait heurté le montant d'une porte et elle était restée quelques secondes évanouie. Cette fois-là, il s'en était fallu d'un cheveu qu'elle ne fasse sa valise et s'en aille. Mais Linda était encore toute petite. Et Wallander l'avait suppliée. Ils avaient passé toute la soirée et toute la nuit à parler. Il l'avait implorée. Pour finir, elle était restée. L'incident s'était gravé dans sa mémoire. Mais il avait du mal à se rappeler ce qui avait bien pu déclencher cette scène. À quel propos s'étaient-ils disputés ? D'où lui était venue cette rage ? Il ne le savait plus. Il s'aperçut qu'il avait tout refoulé. Il y avait peu d'épisodes dans sa vie qui lui inspiraient autant de honte que ce qui s'était passé ce soir-là. Il comprenait bien sa propre réticence à s'en souvenir.

— Revenons à cette journée, il y a dix ans, dit Wallander après un silence. Que s'est-il passé ?

— C'était un dimanche d'hiver. Début février. Le 5 février 1984. Une journée d'hiver, belle et froide. Ils partaient souvent en excursion le dimanche. Dans la forêt. Au bord de la mer. Ou sur les lacs gelés.

— Ça paraît idyllique, dit Wallander. Comment puis-je associer cette image avec ce que vous m'avez dit plus tôt ?

— Ça n'avait rien d'idyllique, bien sûr. Au contraire. Maman était toujours terrifiée. Je n'exagère pas. Elle avait depuis longtemps franchi la limite où la peur prend le dessus et envahit toute l'existence. Elle devait être à bout. Mais s'il voulait partir en excursion le dimanche, il n'y avait pas à discuter. La menace des coups était toujours présente. Je suis convaincu que mon père ne percevait pas sa terreur. Il devait croire sincèrement qu'après chaque épisode de violence, tout était pardonné et oublié. Je suppose qu'il considérait ses propres exactions comme des débordements occasionnels. À peine plus.

— Je crois que je comprends. Que s'est-il passé ensuite ?

— J'ignore pourquoi ils sont allés dans le Småland ce dimanche-là. Il avait garé la voiture au bord d'un sentier. Il avait neigé, mais la neige n'était pas très profonde. Puis ils ont pris le chemin forestier jusqu'au lac. Ils sont sortis sur la glace. Soudain, la glace a cédé, et ma mère est tombée dans le trou. Il n'a pas réussi à la tirer de là. Il est retourné à la voiture en courant pour chercher de l'aide. Évidemment, elle était morte quand ils l'ont retrouvée.

— Comment avez-vous appris la nouvelle ?

— C'est lui qui a appelé. Je me trouvais à Stockholm ce jour-là.

— Quel souvenir avez-vous de cette conversation au téléphone ?

— Il était bouleversé, bien sûr.

— De quelle manière ?

— Peut-on être bouleversé de plus d'une manière ?

— Était-il en larmes ? Pétrifié par le choc ? Essayez d'être plus précis.

– Il ne pleurait pas. Mon père n'avait les larmes aux yeux que lorsqu'il parlait d'une variété rare d'orchidées. J'ai plutôt eu le sentiment qu'il voulait me convaincre qu'il avait fait tout son possible pour la sauver. Ce n'était pourtant pas nécessaire, si ? Quand quelqu'un est en danger, on fait ce qu'on peut pour l'aider ?

– Qu'a-t-il dit de plus ?

– Il m'a demandé de prévenir ma sœur.

– C'est donc vous qu'il avait appelé en premier ?

– Oui.

– Que s'est-il passé ensuite ?

– Nous sommes venus en Scanie, ma sœur et moi. Exactement comme cette fois-ci. L'enterrement a eu lieu une semaine plus tard. J'ai parlé avec un policier, une seule fois, au téléphone. Il a dit que la glace devait être très mince, et que c'était étonnant. D'autant plus que ma mère était plutôt menue.

– Il a dit cela ? Le policier auquel vous avez parlé ? Que la glace devait être « très mince » et que c'était étonnant ?

– J'ai une bonne mémoire des détails. Peut-être parce que je suis contrôleur de gestion.

Wallander hocha la tête. Ils dépassèrent un panneau qui signalait un café à cinq cents mètres. Ils s'y arrêtèrent et Wallander en profita pour interroger Runfeldt sur son métier. Mais il n'écouta que distraitement les réponses. Il passait mentalement en revue la conversation qu'ils venaient d'avoir dans la voiture. Il y avait eu un élément important. Mais quoi ? Au moment où ils s'apprêtaient à repartir, le téléphone portable de Wallander sonna. C'était Martinsson. Bo Runfeldt s'éloigna pour le laisser seul.

– On n'a pas beaucoup de chance, dit Martinsson. Sur les deux policiers en poste à Älmhult il y a dix ans, l'un est mort et l'autre a pris sa retraite et déménagé à Örebro.

Wallander éprouva une vive déception. Sans un témoin fiable, ce voyage perdait une bonne partie de son sens.

– Je ne sais même pas comment trouver le chemin du lac. N'y avait-il pas au moins un chauffeur d'ambulance ? Des pompiers ?

– J'ai retrouvé l'homme qui a aidé Gösta Runfeldt, dit Martinsson. J'ai son nom et son adresse. Le seul problème, c'est qu'il n'a pas le téléphone.

– Tu veux me dire qu'il y a encore des gens dans ce pays qui n'ont pas le téléphone ?

– Il faut croire que oui. Tu as un crayon ?

Wallander fouilla dans ses poches. Il n'avait comme d'habitude ni papier ni crayon. Il fit signe à Bo Runfeldt, qui lui tendit un stylo-bille en or et une carte de visite.

— Il s'appelle Jacob Hoslowski, dit Martinsson. C'est un original qui vit seul dans une cabane, pas très loin du lac en question. Le lac s'appelle Stångsjön et se trouve un peu au nord d'Älmhult. J'ai eu affaire à une personne aimable à la mairie, qui m'a dit que le lac était indiqué sur le plan d'information, au bord de la route, à la sortie vers Älmhult. Mais elle n'a pas pu me donner d'indications précises pour aller chez Hoslowski. Il faudra que tu demandes à quelqu'un.

— On a un endroit où dormir ?

— On vous a réservé deux chambres à l'hôtel d'IKEA.

— IKEA ? Ils ne vendent pas des meubles ?

— Si. Mais ils ont aussi un hôtel.

— Il y a du nouveau, à part ça ?

— Tout le monde est très occupé. Mais apparemment, Hamrén va venir de Stockholm pour nous aider.

Wallander se souvint de Hamrén et de Ludwigsson, les deux inspecteurs de la police criminelle de Stockholm qui les avaient secondés au cours de l'enquête de l'été. Il était plutôt content à l'idée de les revoir.

— Et Ludwigsson ?

— Il a eu un accident de voiture et il se trouve à l'hôpital.

— Grave ?

— Je vais me renseigner. Mais ça ne m'a pas donné cette impression.

Après avoir raccroché, Wallander rendit son stylo à Runfeldt.

— Tu as un beau stylo, dit-il.

— Être contrôleur pour Price Waterhouse signifie avoir un des meilleurs boulots qui existent. Du moins en ce qui concerne le salaire et les perspectives d'avenir. Les parents qui ont un peu de jugeote conseillent tous à leurs enfants de travailler dans l'audit.

— Tu peux me donner une idée du salaire moyen ?

— La plupart de ceux qui travaillent au-dessus d'un certain niveau ont un contrat strictement personnel. C'est-à-dire secret.

Wallander comprit : cela signifiait que le salaire en question était très élevé. Comme tout le monde, il restait bouche bée chaque fois qu'il entendait des révélations sur les écarts de revenus et les accords secrets concernant les indemnités de départ et les indemnités en cas de licenciement. Son propre salaire, en dépit de son ancienneté dans la police, était modeste. S'il avait recherché un emploi dans le privé, dans le secteur de la sécurité par exemple, il aurait pu gagner au moins le double. Pourtant, il avait pris sa décision. Il resterait policier, du moins aussi longtemps qu'il pourrait vivre de son salaire. Mais il avait souvent pensé qu'il était possible de dresser un tableau de la Suède simplement en comparant les différents types de contrats de travail.

Ils arrivèrent à Älmhult à dix-sept heures. Bo Runfeldt avait demandé s'il était vraiment nécessaire de passer la nuit sur place. Wallander n'avait pas de réponse valable à lui fournir. En réalité, Bo Runfeldt aurait pu prendre le train de Malmö le soir même. Mais il lui fit valoir qu'ils ne pourraient voir le lac que le lendemain, puisque le jour déclinait déjà. Or, il voulait que Runfeldt l'accompagne.

Lorsqu'ils furent installés à l'hôtel, Wallander se mit aussitôt en quête de la maison de Jacob Hoslowski avant qu'il ne fasse complètement nuit. Ils s'étaient arrêtés à l'entrée de la localité pour consulter le plan. Wallander avait repéré l'emplacement du lac Stångsjön. Cette fois, il ressortit de l'agglomération et tourna deux fois à gauche. Les sapins se dressaient en rangs serrés de part et d'autre de la route. Les paysages ouverts de la Scanie n'étaient plus qu'un souvenir. Il s'arrêta en voyant un homme occupé à réparer un grillage. L'homme lui expliqua comment se rendre chez Hoslowski. Wallander continua. Le moteur faisait un bruit suspect. Il pensa qu'il devrait bientôt changer de voiture. Sa Peugeot commençait à être vieille. Avait-il les moyens d'en acheter une autre ? Il conduisait celle-ci depuis un an – depuis que la précédente avait brûlé sur la E 65. Celle-là aussi était une Peugeot. La prochaine serait de la même marque. Plus il vieillissait, plus il lui était difficile de changer ses habitudes.

Il marqua un arrêt au carrefour suivant. S'il avait bien compris, il devait tourner à droite. En principe, il trouverait la maison de Hoslowski au bout de huit cents mètres environ. La route était en mauvais état. Après une centaine de mètres, Wallander s'arrêta et fit marche arrière. Il avait peur de s'enliser. Il descendit de voiture et continua à pied. Le vent faisait murmurer les sapins de part et d'autre de l'étroite route forestière. Il marchait vite pour ne pas prendre froid.

La maison se trouvait juste au bord de la route. C'était une vieille cabane de métayer. Des carcasses de voitures encombraient la cour. Un coq solitaire le contemplait, perché sur une souche. Une seule fenêtre était éclairée. Wallander constata que la lumière provenait d'une lampe à pétrole. Il hésita à repousser sa visite au lendemain. Mais il avait fait un long voyage. L'enquête ne lui permettait pas de perdre de temps. Il avança jusqu'à la porte d'entrée. Le coq était toujours immobile sur sa souche. Il frappa. Après quelques secondes, il entendit un bruit de pas traînants. La porte s'ouvrit. L'homme qui se tenait dans la pénombre était plus jeune qu'il ne l'aurait imaginé, quarante ans à peine. Wallander se présenta.

– Jacob Hoslowski, répondit l'autre.

Wallander perçut dans sa voix un accent léger, presque imperceptible. L'homme était sale. Il sentait mauvais. Ses longs cheveux et sa barbe étaient crasseux, hirsutes. Instinctivement, Wallander se mit à respirer par la bouche.

– Je me demandais si je pouvais vous déranger quelques instants, commença-t-il. Je suis policier et j'arrive d'Ystad.

Hoslowski sourit et s'écarta pour le laisser passer.

– Entre. Je fais toujours entrer ceux qui frappent à ma porte.

Wallander franchit le seuil, fit un pas dans la pénombre et faillit trébucher sur un chat. Puis il découvrit que la maison entière était pleine de chats. Il n'avait jamais de sa vie vu autant de chats rassemblés au même endroit. Cela lui rappela le Forum romanum. Mais ici, à la différence de Rome, la puanteur était insoutenable. Il ouvrit la bouche pour s'obliger à respirer, tout en suivant Hoslowski dans la plus grande des deux pièces qui composaient la maison. Il n'y avait presque pas de meubles, seulement des matelas, des coussins, des rangées de livres et une lampe à pétrole posée sur un tabouret. Et des chats. Des chats partout. Wallander eut l'impression désagréable qu'ils le suivaient tous d'un regard vigilant et qu'ils pouvaient se jeter sur lui d'un instant à l'autre.

– Il est rare d'entrer dans une maison qui n'a pas l'électricité, dit-il.

– Je vis en dehors du temps, répliqua Hoslowski avec simplicité. Pour ma prochaine vie, je serai réincarné en chat.

Wallander hocha la tête.

– Je comprends, dit-il sans conviction. Si je ne me trompe pas, vous viviez déjà ici il y a dix ans ?

– J'habite ici depuis que j'ai quitté le temps.

Wallander sentait bien qu'il s'apprêtait à poser une question douteuse ; il la posa néanmoins.

– Quand avez-vous quitté le temps ?

– Il y a très longtemps.

Wallander comprit qu'il ne valait peut-être pas la peine d'insister.

Avec une certaine difficulté, il se laissa tomber sur l'un des coussins, en espérant qu'il n'était pas imprégné de pipi de chat.

— Il y a dix ans, une femme a disparu sous la glace du lac Stångsjön non loin d'ici. Elle en est morte. Les noyades ne sont sans doute pas très courantes, alors vous vous en souvenez peut-être ? Même si, comme vous le disiez tout à l'heure, vous vivez en dehors du temps.

Wallander remarqua que Hoslowski – qui devait être cinglé, ou bien égaré par des idées prophétiques confuses – réagit de façon positive à cette reconnaissance de son discours sur l'existence hors du temps.

— Un dimanche en hiver, il y a dix ans, précisa Wallander. D'après ce qu'on nous en a dit, l'homme est venu vous demander de l'aide.

Hoslowski hocha la tête. Il s'en souvenait.

— Un homme a cogné à ma porte. Il voulait se servir de mon téléphone.

Wallander jeta un regard circulaire.

— Mais vous n'avez pas de téléphone ?

— À qui parlerais-je ?

Wallander hocha la tête.

— Que s'est-il passé ?

— Je lui ai dit d'aller voir mon voisin. Il a le téléphone.

— Vous l'avez accompagné là-bas ?

— Je suis allé au lac pour voir si je pouvais la repêcher.

Wallander revint un peu en arrière dans son interrogatoire.

— L'homme qui a frappé à la porte. Je suppose qu'il était bouleversé ?

— Peut-être.

— Que voulez-vous dire ?

— Il m'a fait l'effet d'être plutôt calme, par rapport à ce qu'on aurait pu attendre, vu la situation.

— Avez-vous remarqué autre chose ?

— J'ai oublié. Cela se passait dans une dimension cosmique qui a changé plusieurs fois depuis.

— Vous êtes allé jusqu'au lac. Que s'est-il passé là-bas ?

— La glace était très lisse. J'ai vu le trou. J'y suis allé. Mais je n'ai rien vu.

— Vous y êtes allé, dites-vous. N'aviez-vous pas peur que la glace cède ?

— Je sais où il faut mettre les pieds. En plus, je supprime mon propre poids si je veux.

On ne peut pas discuter avec un fou, pensa Wallander, découragé. Il poursuivit malgré tout.

— Pouvez-vous décrire ce trou ?

— Il avait certainement été découpé par un pêcheur. Il avait peut-être regelé. Mais la glace n'avait pas eu le temps d'épaissir.

Wallander réfléchit.

— Les pêcheurs n'ont-ils pas l'habitude de forer des trous plus petits ?

— Celui-ci était presque carré. Peut-être découpé à la scie.

— Y a-t-il souvent des pêcheurs sur le lac ?

— Il y a beaucoup de poisson. J'y pêche moi-même. Mais pas l'hiver.

— Que s'est-il passé ensuite ? Vous étiez au bord du trou. Vous n'avez rien vu. Qu'avez-vous fait ?

— J'ai enlevé mes vêtements et je me suis laissé glisser dans le trou.

Wallander le dévisagea fixement.

— Et pourquoi diable avez-vous fait ça ?

— J'ai pensé que je pourrais sentir son corps avec mes pieds.

— Mais vous auriez pu vous tuer ?

— Je peux me rendre insensible au froid ou à la chaleur, si c'est nécessaire.

Wallander se dit qu'il aurait dû prévoir cette réponse.

— Mais vous ne l'avez pas retrouvée ?

— Non. Je suis remonté sur la glace et je me suis rhabillé. Puis des gens sont arrivés en courant. Une voiture avec des échelles. Alors je suis parti.

Wallander entreprit de se lever de sa position inconfortable sur le coussin. La puanteur était insupportable. Il n'avait plus de questions et il ne voulait pas s'attarder plus longtemps que nécessaire. Pourtant, il devait admettre que Jacob Hoslowski s'était montré très accueillant et très serviable.

Hoslowski le raccompagna dans la cour.

— Ils ont fini par la tirer de là, dit-il. Mon voisin passe quelquefois chez moi et il me donne des informations sur ce qui se passe dans le monde. C'est un homme très aimable. Entre autres, il veut que je sois informé de tout ce qui se passe dans l'association locale de tir à l'arc. Ce qui se passe dans d'autres endroits du monde lui paraît moins important. C'est pourquoi je ne suis pas au courant de grand-chose. Peut-être pourriez-vous me dire s'il y a une grande guerre en ce moment ?

— Pas une grande, répondit Wallander. Mais beaucoup de petites.

Hoslowski hocha la tête. Puis il indiqua une direction.

— Mon voisin habite tout près. On ne voit pas sa maison, mais elle n'est qu'à trois cents mètres. Les distances terrestres sont difficiles à évaluer.

Wallander le remercia et partit dans le noir. Il n'avait pas oublié de prendre sa torche électrique. Des lumières scintillaient entre les arbres. Il pensait à Jacob Hoslowski et à tous ses chats.

La villa à laquelle il parvint paraissait récente. Une voiture recouverte d'une bâche portant l'inscription « TUYAUTERIE SERVICE » était garée devant la maison. Wallander sonna. Un homme lui ouvrit. Il était pieds nus et portait un maillot de corps blanc. Il avait ouvert la porte à la volée, comme si Wallander était le dernier d'un long défilé d'importuns. Mais son visage était ouvert, aimable. Wallander perçut des cris d'enfant à l'arrière-plan. Il se présenta en peu de mots.

— Et c'est Hoslowski qui vous a envoyé chez moi ? dit l'homme en souriant.

— Comment l'avez-vous deviné ?

— À l'odeur. Mais entrez. On peut toujours aérer.

Wallander suivit la silhouette massive de l'homme jusque dans une cuisine. Les cris d'enfant venaient du premier étage. Une télévision était allumée quelque part. L'homme expliqua qu'il s'appelait Rune Nilsson et qu'il posait des canalisations. Wallander déclina l'offre d'un café et présenta l'objet de sa visite.

— Un tel événement ne s'oublie pas, dit l'homme lorsqu'il eut fini. Je n'étais pas encore marié à l'époque. Il y avait une vieille maison ici, que j'ai rasée pour construire celle-ci. Était-ce vraiment il y a dix ans ?

— Oui, à quelques mois près.

— Cet homme est venu frapper à ma porte. Il était à peu près midi.

— Dans quel état était-il ?

— Choqué. Mais calme. Il a appelé le numéro d'urgence pendant que je m'habillais. Puis on est partis, en prenant un raccourci par la forêt. Je pêchais beaucoup, à l'époque.

— Et pendant tout ce temps, il vous a paru calme ? Qu'a-t-il dit ? Comment expliquait-il l'accident ?

— Elle était tombée. La glace avait cédé.

— Pourtant la glace était assez épaisse ?

— On ne sait jamais. Il peut y avoir des fissures ou des faiblesses invisibles. Mais c'était bien un peu bizarre, quand même.

– D'après Jacob Hoslowski, le trou était carré. À son avis, il aurait pu être découpé à la scie.

– Je ne me souviens pas de la forme. Mais il était grand.

– Pourtant, la glace tout autour était solide. Vous êtes un homme massif et vous n'avez pourtant pas eu peur de sortir sur le lac ?

Rune Nilsson acquiesça.

– J'y ai souvent réfléchi, après coup. C'était étrange, ce trou qui s'est ouvert subitement et la femme qui a disparu. Pourquoi n'avait-il pas réussi à la tirer de là ?

– Quelle était sa propre explication ?

– Il avait essayé. Mais elle avait disparu très vite. Attirée sous la glace.

– Et c'était vrai ?

– Ils l'ont retrouvée à quelques mètres du trou. Juste sous la surface. Elle n'avait pas coulé. J'étais présent lorsqu'ils l'ont repêchée. Je ne l'ai pas oublié. Je ne parvenais pas à comprendre qu'elle puisse être si lourde.

Wallander le dévisagea attentivement.

– Que voulez-vous dire ?

– Je connaissais Nygren, qui était policier ici à l'époque. Il est mort maintenant. Il a dit un jour que l'homme lui avait affirmé qu'elle pesait près de quatre-vingts kilos. Cela aurait expliqué que la glace cède. Je n'ai jamais bien compris ça. Mais je suppose qu'on se pose toujours des questions sur les accidents. Ce qui s'est vraiment passé. Comment on aurait pu l'éviter. Etc.

– Vous avez raison, dit Wallander en se levant. Merci de m'avoir reçu. Ce serait bien si vous pouviez me montrer demain l'endroit où c'est arrivé.

– Vous voulez nous faire marcher sur l'eau ?

Wallander sourit.

– Ce n'est pas nécessaire. Mais Jacob Hoslowski en serait peut-être capable.

Rune Nilsson secoua la tête.

– Il est gentil, dit-il. Malgré tous ses chats. Mais il est fou.

Wallander retourna à sa voiture en longeant le sentier forestier. La lampe à pétrole brillait chez Hoslowski. Rune Nilsson avait promis de l'attendre vers huit heures le lendemain matin. Wallander reprit la direction d'Älmhult. Le bruit suspect du moteur avait disparu. Il se sentait affamé. Ce serait peut-être une bonne idée de proposer à Bo Runfeldt qu'ils dînent ensemble. Ce voyage ne lui faisait plus l'effet d'une démarche inutile.

Mais lorsqu'il arriva à l'hôtel, un message l'attendait à la réception. Bo Runfeldt avait loué une voiture pour se rendre à Växjö. Il avait des amis là-bas et comptait y passer la nuit. Il promettait d'être de retour à Älmhult le lendemain matin de bonne heure. Wallander s'irrita brièvement de cette initiative. Après tout, il aurait pu avoir besoin de lui au cours de la soirée. Runfeldt avait laissé un numéro de téléphone où on pouvait le joindre. Mais Wallander n'avait aucune raison de l'appeler. Il était aussi secrètement soulagé de pouvoir disposer de sa soirée. Il monta dans sa chambre, prit une douche et remarqua qu'il n'avait même pas emporté une brosse à dents. Il s'habilla et se mit en quête d'un magasin ouvert, où il pourrait se procurer des affaires de toilette. Puis il dîna dans une pizzeria. Il pensait sans cesse à l'accident sur le lac. Comme si une image commençait à prendre forme. Après le dîner, il retourna dans sa chambre. Peu avant vingt et une heures, il appela Ann-Britt Höglund chez elle. Il espérait que ses enfants seraient couchés. Il lui raconta en peu de mots ce qui s'était passé et lui demanda s'ils avaient réussi à retrouver Mme Svensson – celle qu'ils pensaient être la dernière cliente de Gösta Runfeldt.

– Pas encore, reconnut-elle. Mais on va bien y arriver.

Il abrégea la conversation. Puis il alluma la télévision et suivit distraitement un débat jusqu'au moment où il s'endormit malgré lui.

Lorsqu'il se réveilla, à six heures du matin, Wallander se sentait reposé. À sept heures trente, il avait pris son petit déjeuner et payé la note d'hôtel. Il s'installa à la réception pour attendre. Bo Runfeldt apparut quelques instants plus tard. Ni l'un ni l'autre ne commenta le fait qu'il avait passé la nuit à Växjö.

– On s'en va, dit simplement Wallander. On va voir le lac où votre mère s'est noyée.

– Alors ? demanda Bo Runfeldt dans la voiture. Ce voyage a-t-il donné quelque chose ?

Wallander remarqua qu'il devait contrôler son exaspération.

– Oui. Et votre présence a été décisive. Quoi que vous puissiez en penser.

Ce n'était pas vrai, naturellement. Mais Wallander s'était exprimé avec tant d'autorité que Bo Runfeldt en resta, sinon convaincu, du moins pensif.

Rune Nilsson vint à leur rencontre. Ils prirent un sentier qui traversait la forêt. Il n'y avait pas de vent ; il devait faire autour de zéro degré. La terre était dure sous leurs pas. L'étendue d'eau apparut devant eux. C'était un lac tout en longueur. Rune Nilsson indiqua un point quelque part au milieu du lac. Bo Runfeldt était de toute évidence mal à l'aise. Wallander pensa qu'il n'était sans doute jamais venu là.

– C'est difficile de se représenter le lac gelé, dit Rune Nilsson. Tout change avec l'hiver. En particulier, la perception des distances. Ce qui paraît très loin, l'été, peut soudain se révéler très proche. Ou le contraire.

Wallander descendit au bord de l'eau, qui était très sombre. Il lui sembla entrevoir un petit poisson près d'une grosse pierre. Derrrière lui, il entendit Bo Runfeldt demander si le lac était profond. Mais il ne perçut pas la réponse de Rune Nilsson.

Que s'était-il passé? Gösta Runfeldt avait-il pris sa décision à l'avance? De noyer sa femme ce dimanche-là? Il devait en être ainsi. D'une manière ou d'une autre, il avait préparé le trou. De même que quelqu'un avait scié les planches au-dessus du fossé de Holger Eriksson. Et retenu Gösta Runfeldt prisonnier.

Wallander resta un long moment immobile à contempler le lac qui s'étendait sous ses yeux. Mais ce qu'il lui semblait voir se trouvait à l'intérieur de lui.

Ils revinrent sur leurs pas, à travers la forêt. Arrivés à la voiture, ils prirent congé de Rune Nilsson. Wallander pensait qu'ils seraient de retour à Ystad avant midi.

Mais il se trompait. À peine eurent-ils quitté Älmhult que la voiture cala. Impossible de redémarrer. Wallander téléphona à un garage local agréé par sa compagnie d'assurances. L'homme arriva après vingt minutes à peine. Il constata rapidement que la panne était sérieuse et ne pouvait être réparée sur place. Il n'y avait pas d'autre choix que de laisser la voiture à Älmhult et de prendre le train de Malmö. Il les conduisit à la gare à bord de la dépanneuse. Bo Runfeldt proposa de se rendre au guichet pendant que Wallander signait les papiers nécessaires avec le mécanicien. Après coup, Wallander constata qu'il avait acheté des billets de première. Il ne fit aucun commentaire. Le train à destination de Hässleholm et de Malmö partait à neuf heures quarante-quatre.

Entre-temps, Wallander avait appelé le commissariat et demandé que quelqu'un vienne les chercher à Malmö. Il n'y avait pas de correspondance pour Ystad à cette heure-là. Ebba promit de s'en occuper.

– La police n'a-t-elle vraiment pas de meilleures voitures que ça? demanda soudain Bo Runfeldt, alors que le train venait de quitter la gare. Que se serait-il passé en cas d'alerte?

– C'était ma voiture personnelle, répondit Wallander. Nos véhicules d'intervention sont en bien meilleur état.

Le paysage défilait de l'autre côté de la vitre. Wallander pensait à Jacob Hoslowski et à ses chats. Mais aussi au fait que Gösta Runfeldt avait probablement assassiné sa femme. Ce que cela signifiait, il n'en savait rien. Gösta Runfeldt lui-même était mort. Un homme brutal, ayant peut-être commis un meurtre, avait été tué avec une cruauté égale à la sienne.

Le mobile le plus plausible était la vengeance.

Mais qui se vengeait ? De quoi ? Et quel était le rôle de Holger Eriksson là-dedans ?

Il l'ignorait. Il n'avait aucune réponse.

Il fut interrompu dans ses réflexions par l'arrivée du contrôleur.

C'était une femme. Elle sourit et leur demanda leurs billets avec un accent de Scanie à couper au couteau.

Wallander eut la sensation qu'elle l'avait reconnu. Peut-être à cause des photos de lui qui étaient parues dans le journal.

– Quand arrivons-nous à Malmö ? demanda-t-il.

– Douze heures quinze, répondit-elle. Onze heures treize à Hässleholm.

Puis elle s'éloigna.

Elle connaissait les horaires par cœur.

20

Ce fut Peters qui les accueillit à la gare de Malmö. Bo Runfeldt s'excusa dès leur arrivée en disant qu'il restait quelques heures en ville, mais qu'il serait de retour à Ystad dans l'après-midi. Sa sœur et lui devaient s'occuper de la succession de leur père et décider de ce qu'ils allaient faire de la boutique.

Wallander monta à l'arrière et consacra le temps du trajet à prendre des notes sur ce qui s'était passé à Älmhult. Il avait acheté un stylo-bille et un petit bloc de papier à la gare de Malmö; il tenait à présent ce bloc en équilibre sur un genou pendant qu'il écrivait. Peters, qui n'était pas bavard, ne dit pas un mot de tout le voyage; il voyait bien que Wallander était occupé. Le soleil brillait, mais il y avait aussi du vent. Déjà le 14 octobre. Son père était enterré depuis moins d'une semaine.

Arrivés à Ystad, ils prirent directement le chemin du commissariat. Wallander avait mangé des sandwiches hors de prix à bord du train et ne ressentait pas le besoin de déjeuner. Il s'arrêta quelques instants à la réception pour raconter à Ebba ce qui était arrivé à la voiture. Sa PV à elle était, comme d'habitude, garée sur le parking, et elle était dans un état impeccable.

— Je n'ai pas le choix, lui confia-t-il. Je dois acheter une nouvelle voiture. Mais où vais-je trouver l'argent?

— Quand on y réfléchit, on a vraiment des salaires de misère. Il vaut mieux ne pas trop y penser.

— Je n'en suis pas sûr. En tout cas, ce n'est pas en occultant les problèmes qu'on y changera quelque chose.

— Tu as peut-être un contrat secret.

— Tout le monde en a un, répondit Wallander. Sauf peut-être toi et moi.

Il s'éloigna dans le couloir en jetant un coup d'œil dans chaque bureau. Ses collègues étaient tous sortis, sauf Nyberg, qui occupait la dernière pièce, au fond du couloir. Wallander s'y rendait très rarement. Une béquille était appuyée contre la table.

— Comment va ton pied ?

— Comme il peut, répondit Nyberg avec mauvaise humeur.

— Vous n'auriez pas retrouvé la valise de Gösta Runfeldt par hasard ?

— En tout cas, elle n'est pas dans la forêt de Marsvinsholm. Les chiens l'auraient flairée.

— Avez-vous trouvé autre chose ?

— On trouve toujours des choses. La question est de savoir si elles ont un rapport avec ce qu'on cherche. Nous sommes en train de comparer les traces de pneus du chemin de la tour de Holger Eriksson et celles que nous avons retrouvées dans la forêt. Je doute que nous parvenions à une conclusion positive. Il y avait trop de pluie et de boue aux deux endroits.

— Autre chose ?

— La tête de singe, dit Nyberg. Qui n'était pas une tête de singe, mais une tête humaine. On a reçu une longue lettre du musée d'ethnographie de Stockholm. J'en ai compris à peu près la moitié. En tout cas, ils sont certains qu'elle provient du Congo belge. Du Zaïre, comme on dit maintenant. D'après eux, elle daterait d'il y a quarante ou cinquante ans.

— Chronologiquement, ça colle.

— Ils aimeraient bien la récupérer.

— On verra après l'enquête.

Nyberg considéra soudain Wallander avec attention.

— Est-ce qu'on va retrouver ceux qui ont fait ça ?

— Il le faut.

Nyberg hocha la tête, mais n'ajouta rien.

— Tu as dit « ceux ». Pourtant, l'autre jour, tu as dit qu'à ton avis il n'y avait sans doute qu'une seule personne impliquée.

— J'ai dit « ceux » ?

— Oui.

— Je crois toujours qu'il s'agit d'une seule personne. Mais je ne pourrais pas te dire pourquoi.

Wallander se retourna pour partir. Nyberg l'arrêta.

— On a réussi à soutirer des renseignements à la boîte de vente par correspondance de Borås. Avant le matériel d'écoute et le pinceau aimanté, Gösta Runfeldt s'était déjà adressé à eux à trois reprises. L'entreprise n'existe pas depuis très longtemps. Il a acheté des jumelles de nuit, quelques lampes de poche et d'autres bricoles. Rien d'illégal, en plus. On a retrouvé les lampes dans le local de Harpegatan. Mais les jumelles n'étaient ni là-bas, ni à son domicile.

Wallander réfléchit.

– Elles étaient peut-être dans la valise qu'il voulait emporter à Nairobi ? Est-ce qu'on observe les orchidées la nuit, en cachette ?

– Quoi qu'il en soit, nous ne les avons pas retrouvées.

Wallander retourna à son bureau. Il avait l'intention d'aller chercher un café, mais changea d'avis. Il s'assit à sa table de travail et relut ce qu'il avait écrit au cours du trajet de Malmö à Ystad. Il cherchait les ressemblances et les différences entre les deux meurtres. La victime, dans les deux cas, avait une réputation de brutalité. Holger Eriksson maltraitait ses employés, Gösta Runfeldt maltraitait sa femme. Il y avait là un premier point commun. L'un et l'autre avaient été tués de manière très étudiée. Wallander était toujours persuadé que Runfeldt avait été séquestré. Sa longue absence pouvait difficilement s'expliquer autrement. Eriksson, en revanche, était tombé tout droit dans le piège mortel. Il y avait là une différence. Mais Wallander croyait aussi déceler une ressemblance, même si celle-ci était indistincte et difficile à appréhender. Pourquoi Runfeldt avait-il été détenu ? Pourquoi avait-on retardé le moment de le tuer ? Il y avait beaucoup de réponses possibles à cette question. Pour une raison ou pour une autre, on avait voulu attendre. Ce qui soulevait de nouvelles questions. Se pouvait-il qu'on n'ait pas eu la possibilité de le tuer immédiatement ? Et, dans ce cas, pourquoi ? Ou bien cela faisait-il partie du projet de retenir Runfeldt captif, de l'affamer pour l'affaiblir ?

Une fois de plus, le seul mobile qu'il croyait entrevoir était la vengeance. Mais de quoi voulait-on se venger ? Ils ne tenaient encore aucune piste tangible.

Wallander se tourna en pensée vers le meurtrier. Ils avaient imaginé un homme seul, d'une force physique impressionnante. Ils pouvaient naturellement se tromper ; il pouvait y avoir plus d'une personne impliquée, mais Wallander en doutait. La préparation et l'organisation des meurtres trahissaient un agent solitaire.

Le soin apporté aux préparatifs était nécessaire à l'exécution de ces deux crimes, pensa-t-il. Si le meurtrier n'avait pas été seul, les préparatifs auraient pu être beaucoup moins détaillés.

Wallander changea de position dans son fauteuil. Il essaya de déchiffrer l'inquiétude sourde qui le tenaillait en permanence. Il y avait quelque chose, dans le paysage de cette enquête, qu'il n'apercevait pas. Ou qu'il interprétait de façon complètement erronée. Mais quoi ?

Au bout d'une heure environ, il alla chercher le café auquel il avait auparavant renoncé. Puis il appela l'opticien. Celui-ci ne lui fixa pas de nouveau rendez-vous : Wallander pouvait passer quand il voulait. Après avoir vidé deux fois les poches de sa veste, il finit par retrouver le numéro du garagiste d'Älmhult dans la poche de son pantalon. La réparation de la voiture allait lui coûter très cher. Mais il n'avait pas le choix, s'il voulait en tirer quelque chose au moment de la vente. Il mit fin à sa conversation avec le garagiste et appela Martinsson.

– Je ne savais pas que tu étais rentré. Comment s'est passé le voyage à Älmhult ?

– Justement, je voulais qu'on en parle. Qui est là maintenant ?

– J'ai vu Hansson tout à l'heure. Il était question de se réunir un moment, à dix-sept heures.

– Attendons dix-sept heures alors.

Wallander raccrocha et pensa soudain à Jacob Hoslowski et à ses chats. Quand aurait-il le temps de chercher une maison ? Cela ne se ferait peut-être jamais. Leur charge du travail ne cessait d'augmenter. Avant, il y avait toujours eu des moments d'accalmie, des périodes un peu plus tranquilles. Cela n'arrivait pratiquement plus. Et rien ne laissait présager une amélioration. Il ne savait pas si la criminalité était en hausse. En revanche, elle devenait de plus en plus violente, et de plus en plus complexe. Dans le même temps, il y avait de moins en moins de policiers de terrain, et de plus en plus de personnel administratif. Autrement dit, de plus en plus de gens chargés d'organiser le travail des autres. Wallander, lui, ne pouvait pas s'imaginer assis derrière un bureau. Les quelques moments qu'il y passait représentaient une coupure dans ses activités ordinaires. Une chose était sûre : il ne retrouverait jamais le meurtrier entre les quatre murs du commissariat. Les progrès de la technique en criminologie étaient impressionnants. Mais elle ne pourrait jamais remplacer le travail sur le terrain.

Il revint en pensée à Älmhult. Que s'était-il passé sur le lac gelé en ce dimanche d'hiver, dix ans plus tôt ? Gösta Runfeldt avait-il mis en scène l'accident ? Avait-il réellement tué sa femme ? Certains signes semblaient l'indiquer. Trop de détails démentaient l'hypothèse de l'accident. Il devait être possible de retrouver un rapport quelque part dans les archives. L'enquête avait sans doute été menée avec négligence, mais il lui paraissait difficile de critiquer les policiers de l'époque. Qu'auraient-ils soupçonné ? Pourquoi auraient-ils même soupçonné quoi que ce soit ?

Wallander décrocha son téléphone et rappela Martinsson. Il lui demanda de prendre contact avec le commissariat d'Älmhult et de réclamer une copie du rapport relatif à l'accident.

– Pourquoi ne l'as-tu pas fait toi-même ? demanda Martinsson, surpris.

– Je n'ai parlé à aucun policier là-bas. Je me suis assis par terre dans une maison remplie de chats avec un homme capable de supprimer la pesanteur quand ça l'arrange. Pour la copie du rapport, le plus tôt serait le mieux.

Il raccrocha sans laisser à Martinsson le temps de poser des questions. Il était trois heures de l'après-midi. Par la fenêtre, il vit que le ciel était encore dégagé et décida que finalement il pouvait s'acquitter tout de suite de la visite chez l'opticien. Une réunion était prévue à dix-sept heures. D'ici là, il n'aurait pas le temps de faire grand-chose. Et en plus, il avait mal à la tête. Il enfila sa veste et quitta le commissariat. Ebba était au téléphone. Il lui écrivit sur un bout de papier qu'il serait de retour à dix-sept heures. Sur le parking, il chercha sa voiture des yeux avant de se rappeler qu'elle était encore à Älmhult. Il lui fallut dix minutes pour se rendre à pied dans le centre-ville. L'opticien avait sa boutique dans Stora Östergatan. On lui demanda de patienter quelques minutes. Il feuilleta les journaux posés sur une table. Tout à coup, il tomba sur une photo de lui, qui devait dater de plus de cinq ans. Il se reconnut à peine. Les deux meurtres faisaient l'objet d'un gros titre. « La police suit une piste sérieuse. » Les paroles mêmes de Wallander. Qui ne correspondaient à aucune réalité. Il se demanda si le meurtrier lisait les journaux. Suivait-il le travail des enquêteurs ? Wallander continua de feuilleter le journal. Tout à coup, son regard fut arrêté par une autre photo. Il lut l'article avec une stupeur croissante. L'envoyé du *Rapporteur*, ce journal qui n'existait pas encore, avait dit vrai. Un certain nombre de gens venus de tout le pays s'étaient rassemblés à Ystad pour constituer une organisation nationale des milices de citoyens. Ils s'exprimaient sans détour, affirmant qu'ils n'hésiteraient pas, au besoin, à se mettre hors la loi. Ils soutenaient le travail de la police. Mais ils n'acceptaient pas les réductions de personnel ni de budget. Surtout, ils n'acceptaient pas de vivre dans l'insécurité. Wallander lisait l'article avec un sentiment de malaise et d'amertume croissant. Quelque chose avait réellement changé. Les défenseurs d'une milice armée ne se cachaient plus. Ils s'exprimaient au grand jour, affichaient leur nom et leur photographie dans les journaux. Se rassemblaient ouvertement à Ystad pour fonder une organisation nationale.

Wallander jeta le journal sur la table basse. Il va falloir lutter sur deux fronts, pensa-t-il. Ces gens-là sont beaucoup plus dangereux que les groupuscules néo-nazis qu'on brandit toujours comme des épouvantails. Sans parler des gangs de motards.

Son tour arriva enfin. Wallander, assis derrière un appareil bizarre, regardait fixement des lettres floues. Il s'inquiéta soudain à l'idée qu'il était en train de devenir aveugle. Il lui semblait ne plus rien voir. Mais lorsque l'opticien lui tendit une paire de lunettes et un journal – qui contenait d'ailleurs aussi un article sur les milices de citoyens et l'organisation nationale en gestation –, il s'aperçut qu'il pouvait le lire sans se fatiguer les yeux. L'espace d'un instant, cela dissipa le malaise que lui inspirait l'article.

– Il vous faut des lunettes de lecture, dit l'opticien aimablement. Rien d'inhabituel à votre âge. Une correction de 1.5 dioptrie, pas plus. Par la suite, il faudra sans doute augmenter la correction tous les deux ou trois ans.

Wallander dut ensuite choisir une monture. Il fut stupéfait d'apprendre combien elle coûtait. Lorsqu'il comprit qu'il existait aussi des lunettes de lecture en plastique bon marché, il n'hésita pas une seconde.

– Combien de paires ? demanda l'opticien. Deux ? Au cas où vous les perdriez...

Wallander pensa à tous les stylos-billes qu'il perdait sans cesse. Et au fait qu'il ne supporterait pas de porter ses lunettes en sautoir autour du cou.

– J'en voudrais cinq, dit-il.

Lorsqu'il ressortit de la boutique, il n'était que quatre heures de l'après-midi. Sans réfléchir, il se dirigea vers l'agence immobilière devant laquelle il s'était arrêté quelques jours plus tôt. Cette fois, il entra et s'assit pour examiner les maisons à vendre. Deux d'entre elles lui parurent intéressantes. On lui fit une photocopie des renseignements, et il promit de rappeler pour la visite. Il ressortit dans la rue. Il avait encore du temps devant lui. Il décida d'obtenir la réponse à une question qui lui trottait dans la tête depuis la mort de Holger Eriksson, et il remonta jusqu'à la librairie de la grand-place. Le vendeur qu'il connaissait était dans la réserve, au sous-sol. Il descendit les marches et l'aperçut au milieu d'un tas de cartons, en train de déballer des livres scolaires. Ils se saluèrent.

– Tu me dois dix-neuf couronnes, dit le libraire en souriant.

– Pourquoi ?

– Cet été, j'ai été réveillé à six heures du matin parce que la police avait besoin d'une carte de la République dominicaine. Celui qui est venu la chercher a payé cent couronnes. La carte coûtait cent dix-neuf couronnes.

Wallander fit le geste de sortir son portefeuille, mais le libraire leva la main.

— Cadeau, dit-il. C'était juste pour plaisanter.

— Les poèmes de Holger Eriksson, dit Wallander sans transition. Imprimés à compte d'auteur. Qui les lisait ?

— C'était un poète amateur, bien sûr. Mais il n'écrivait pas si mal. Le problème était surtout qu'il ne s'intéressait qu'aux oiseaux. Ou plutôt, c'était le seul sujet qui lui réussissait. Lorsqu'il s'essayait à autre chose, c'était toujours raté.

— Qui achetait ses recueils ?

— Il n'en vendait pas beaucoup par l'intermédiaire de la librairie. La plupart de ces textes régionaux ne sont évidemment pas rentables. Mais ils ont une importance sur un autre plan.

— Qui les achetait ?

— Honnêtement, je n'en sais rien. Peut-être un touriste de passage en Scanie. Ou des ornithologues amateurs. Peut-être aussi quelques collectionneurs de littérature régionale.

— Les oiseaux, dit Wallander. Cela signifie qu'il n'a jamais écrit quoi que ce soit qui puisse choquer les gens ?

— Bien sûr que non. Quelqu'un a prétendu le contraire ?

— Je me posais juste la question, répondit Wallander.

Il quitta la librairie et reprit la direction du commissariat.

Lorsqu'il fut installé à sa place habituelle dans la salle de réunion, Wallander commença par mettre ses lunettes neuves. Une certaine gaieté se répandit autour de la table. Mais personne ne fit de commentaire.

— Qui manque ? demanda-t-il.

— Svedberg, répliqua Ann-Britt Höglund. Je ne sais pas où il est. Elle eut à peine le temps de finir sa phrase que Svedberg fit son entrée. Wallander comprit aussitôt qu'il s'était passé quelque chose.

— J'ai trouvé Mme Svensson, dit-il. La dernière cliente de Gösta Runfeldt. Si on ne s'est pas trompés.

— Bien, dit Wallander, en sentant monter l'excitation.

— Je me suis dit qu'elle était peut-être passée à la boutique, poursuivit Svedberg. Pour parler à Runfeldt, je veux dire. J'ai emporté la photo que nous avions tirée dans le labo du sous-sol. Vanja Andersson se souvenait d'avoir vu une photo du même homme, un jour, sur la table de l'arrière-boutique. Elle savait aussi qu'une dame du nom de Svensson était passée au magasin à plusieurs reprises. Elle avait acheté des fleurs qui devaient être expédiées à une certaine adresse. À partir de là, ça n'a pas été difficile. Son adresse et son numéro de téléphone figuraient dans le registre des clients. Elle habite à Sövestad. J'y suis allé. Elle a une petite entreprise de culture maraîchère. Je lui ai montré la photo et je lui ai dit la vérité : que nous pensions qu'elle avait fait appel à Gösta Runfeldt en tant que détective privé. Elle a tout de suite confirmé.

– Bien, répéta Wallander. Ensuite ?

– Je ne lui ai pas posé d'autres questions. Elle était occupée, il y avait des ouvriers dans la maison. J'ai pensé qu'il valait mieux que nous préparions l'entretien ensemble.

– Je voudrais lui parler dès ce soir, dit Wallander. On va essayer d'abréger la réunion.

Ils restèrent environ une demi-heure autour de la table. À un moment donné, Lisa Holgersson entra et s'assit en silence. Wallander résuma son voyage à Älmhult et conclut en exprimant sa pensée : ils ne pouvaient exclure la possibilité que Gösta Runfeldt ait assassiné sa femme. Ils devaient attendre la copie du rapport d'enquête de l'époque. Ensuite, il faudrait décider de la marche à suivre.

Wallander se tut ; personne ne prit la parole. Tous comprenaient qu'il pouvait avoir raison. Mais personne ne savait ce que cela signifiait en réalité.

– C'était important de faire ce voyage, dit Wallander après un silence. Je crois aussi qu'un détour par Svenstavik pourrait donner des résultats.

– Avec un arrêt à Gävle, intervint Ann-Britt Höglund. Je ne sais pas si c'est important. Mais j'ai demandé à un ami de Stockholm de se rendre dans une librairie spécialisée et de me procurer quelques numéros d'un journal intitulé *Terminator*. Ils sont arrivés aujourd'hui.

– De quoi s'agit-il ? demanda Wallander, qui en avait vaguement entendu parler.

– C'est un magazine publié aux États-Unis. Une revue professionnelle mal camouflée, pourrait-on dire. Pour les gens qui veulent s'engager comme mercenaires, gardes du corps, soldats, etc. C'est une revue désagréable. Par son racisme, entre autres. Mais j'ai trouvé une petite annonce qui devrait nous intéresser. Il existe un homme à Gävle qui prétend pouvoir trouver des missions pour – je cite – « des hommes sans préjugés et prêts à se battre ». J'ai appelé les collègues de Gävle. Ils le connaissent, mais n'ont jamais eu directement affaire à lui. D'après eux, il est susceptible de connaître un grand nombre de ceux qui, en Suède, ont un passé de mercenaire.

– C'est peut-être important, dit Wallander. En tout cas, on va lui rendre visite. On devrait pouvoir combiner ça avec le voyage à Svenstavik.

– J'ai consulté la carte, poursuivit-elle. On peut prendre l'avion jusqu'à Östersund et louer une voiture. Ou demander l'aide des collègues sur place.

Wallander referma son bloc-notes.

– Demandez à quelqu'un de m'organiser une tournée, dit-il. Si possible, je voudrais partir demain.

– C'est samedi demain, objecta Martinsson.

– Les gens que je veux voir me recevront sans doute. Nous n'avons pas de temps à perdre. Je propose qu'on mette un terme à cette réunion. Qui m'accompagne à Sövestad ?

Avant que quelqu'un ait eu le temps de répondre, Lisa Holgersson tambourina sur la table avec son crayon.

– Juste une seconde. Je ne sais pas si vous êtes au courant, mais il y a une sorte de rassemblement en ville en ce moment. Des gens qui ont décidé de constituer une organisation nationale pour les milices de citoyens. Je crois que nous devrions avoir une discussion là-dessus le plus rapidement possible afin de définir notre attitude.

– La direction centrale a fait diffuser des tonnes de circulaires à propos de ces soi-disant milices de citoyens, dit Wallander. Ces gens sont tout à fait au courant de la législation suédoise dans ce domaine.

– Sans aucun doute. Mais j'ai le sentiment que quelque chose est en train de changer. J'ai peur que nous n'apprenions dans peu de temps qu'un voleur a été abattu par un individu se réclamant de tel ou tel groupe. Ensuite, ils se protégeront les uns les autres.

Wallander savait qu'elle avait raison. Mais dans l'immédiat, il avait du mal à s'intéresser à autre chose qu'à l'enquête en cours.

– Attendons lundi, dit-il. Je suis d'accord, c'est important. À long terme, c'est une question décisive, si nous ne voulons pas être débordés par une foule de gens déguisés en flics. Je propose que nous en parlions à la réunion de lundi.

Lisa Holgersson n'insista pas. Ils se levèrent tous. Ann-Britt Höglund et Svedberg accompagneraient Wallander à Sövestad. Il était dix-huit heures lorsqu'ils quittèrent le commissariat. Le ciel s'était couvert ; il pleuvrait sans doute au cours de la soirée ou de la nuit. Ils prirent la voiture d'Ann-Britt Höglund. Wallander monta à l'arrière, après s'être brusquement demandé s'il puait encore, après sa visite dans la maison des chats, chez Jacob Hoslowski.

– Maria Svensson, commença Svedberg. Elle a trente-six ans et gère un petit jardin de rapport à Sövestad. Si j'ai bien compris, elle ne vend que des légumes cultivés sans engrais chimiques.

– Tu ne lui as pas demandé pourquoi elle avait pris contact avec Runfeldt ?

– Je ne lui ai posé aucune question.

– Ça va être intéressant. De toute ma carrière, je n'ai jamais rencontré quelqu'un qui ait fait appel à un détective privé.

– La photo représentait un homme, intervint Ann-Britt Höglund. Est-ce qu'elle est mariée ?

– Aucune idée. Je vous ai tout dit. Vous en savez autant que moi maintenant.

– Aussi peu, corrigea Wallander. Nous ne savons pour ainsi dire rien.

Ils arrivèrent à Sövestad après une vingtaine de minutes. Wallander s'était déjà rendu une fois dans cette localité, bien des années plus tôt, pour récupérer le corps d'un homme qui s'était pendu. C'était le premier suicide auquel il avait eu affaire, en tant que policier. Le souvenir le remplit de malaise.

Svedberg s'arrêta devant une maison flanquée d'une serre et d'un magasin surmonté d'une enseigne : « LÉGUMES SVENSSON ». Ils descendirent de voiture.

– Elle habite sur place, dit Svedberg. Je suppose qu'elle a fermé la boutique à cette heure.

– Un fleuriste et une maraîchère... Simple coïncidence ?

Wallander n'espérait pas une réponse. D'ailleurs, il n'en obtint pas. Ils étaient encore sur le chemin de gravier qui conduisait à la maison lorsque la porte s'ouvrit.

– Maria Svensson, annonça Svedberg. Elle nous attendait.

Wallander considéra la femme debout sur le perron. Elle portait un jean et un chemisier blanc. Des sabots aux pieds. Il nota l'absence de maquillage. Svedberg fit les présentations et Maria Svensson les invita à entrer. Ils la suivirent dans le séjour. Wallander pensa fugitivement que son intérieur avait quelque chose d'indistinct. Comme si le lieu où elle vivait ne présentait pas beaucoup d'intérêt pour elle.

– Un café ?

Ils déclinèrent la proposition.

– Comme vous le savez, commença Wallander, nous sommes là pour en apprendre un peu plus sur votre relation avec Gösta Runfeldt.

Elle le considéra avec surprise.

– J'aurais eu une relation avec lui ?

– Une relation de détective à cliente.

– C'est exact.

– Gösta Runfeldt a été assassiné. Il nous a fallu du temps pour comprendre qu'il n'était pas seulement fleuriste, mais qu'il exerçait également en tant que détective privé.

Wallander pesta intérieurement contre sa manière raide de s'exprimer.

– Ma première question est donc : comment avez-vous pris contact avec lui ?

– J'avais vu une petite annonce dans le quotidien *Arbetet*, cet été.

– Comment l'avez-vous contacté ?

– Je suis passée à la boutique. Nous nous sommes retrouvés le jour même, dans un café d'Ystad. Pas loin de la place centrale. Je ne me souviens plus du nom du café.

– Pour quel motif aviez-vous pris contact avec lui ?

– Je préférerais ne pas répondre à cette question.

Cette brusque détermination le prit au dépourvu ; jusque-là, elle s'était exprimée sans aucune réticence.

– Je crois cependant que vous devez le faire.

– Je peux vous assurer que cela n'a aucun rapport avec sa mort. Je suis effarée et choquée, comme tout le monde.

– C'est à la police de décider si cela a un rapport ou non. Vous devez malheureusement répondre à la question. Vous pouvez choisir. Soit vous le faites maintenant. Dans ce cas, tout ce qui ne concerne pas directement l'enquête restera entre nous. Si, au contraire, nous devons vous faire venir au commissariat pour un interrogatoire officiel, les fuites seront plus difficiles à éviter.

Elle resta longtemps silencieuse. Ils attendirent. Wallander posa sur la table la photographie qu'ils avaient tirée dans le laboratoire de Gösta Runfeldt. Elle la considéra avec une expression neutre.

– C'est votre mari ? demanda Wallander.

Elle le dévisagea avec surprise. Puis elle éclata de rire.

– Non. Ce n'est pas mon mari. Mais il m'a volé mon amour.

Wallander ne comprit pas. Mais Ann-Britt Höglund avait immédiatement saisi.

– Comment s'appelle-t-elle ?

– Annika.

– Et cet homme s'est interposé entre vous ?

Maria Svensson avait retrouvé son calme.

– J'ai commencé à le soupçonner. À la fin, je ne savais plus quoi faire. C'est alors que j'ai eu l'idée de prendre contact avec un détective privé. J'avais besoin de savoir si elle était en train de me quitter. De changer. D'aller vers un homme. Pour finir, j'ai compris qu'elle l'avait fait. Gösta Runfeldt est venu, il m'a raconté. Le lendemain, j'ai écrit à Annika que je ne voulais jamais la revoir.

– Quand était-ce ? Quand est-il venu vous le raconter ?

– Le 20 ou le 21 septembre.

– Après cela vous n'avez plus eu de contact avec lui ?

– Non. Je l'ai payé par virement sur un compte postal.

– Quelle impression vous a-t-il faite ?

– Il était très serviable. Il aimait beaucoup les orchidées. Je crois que nous nous comprenions bien. Il paraissait aussi réservé que moi.

Wallander réfléchit.

– Encore une question. Pouvez-vous imaginer une raison pour laquelle il aurait été tué ? Quelque chose qu'il aurait dit ou fait ? Que vous auriez remarqué ?

– Non. Rien. Et j'ai vraiment réfléchi.

Wallander consulta ses collègues du regard avant de se lever.

– Nous n'allons pas vous déranger plus longtemps, dit-il. Et rien ne sera ébruité. Je vous le promets.

– Merci. Je ne voudrais pas perdre mes clients.

Ils se serrèrent la main dans l'entrée. Elle referma la porte derrière eux.

– Que voulait-elle dire ? demanda Wallander lorsqu'ils se furent éloignés. À propos de ses clients ?

– Les gens sont conservateurs à la campagne, dit Ann-Britt. Une femme homosexuelle, c'est encore une personne louche, pour beaucoup de monde. Je crois qu'elle a de très bonnes raisons de ne pas vouloir que ça se sache.

Ils remontèrent en voiture. Wallander pensa qu'il allait bientôt se mettre à pleuvoir.

– Qu'avons-nous appris ? demanda Svedberg.

Wallander savait qu'il n'y avait qu'une réponse possible à cette question.

– Rien, dit-il. La vérité concernant ces deux enquêtes est très simple. Nous ne savons rien avec certitude. Nous tenons quelques fils conducteurs. Mais nous n'avons pas une seule piste digne de ce nom. Nous n'avons rien.

Personne ne fit de commentaire. L'espace d'un instant, Wallander se sentit coupable. Comme s'il venait de trahir l'enquête elle-même. Pourtant, il savait que c'était la vérité.

Ils n'avaient aucune piste.

Absolument aucune.

21

Cette nuit-là, Wallander fit un rêve.

Il était à nouveau à Rome. Il marchait dans la rue avec son père, l'été était soudain fini, c'était l'automne – un automne romain. Ils parlaient, il ne se souvenait pas de quoi. Puis son père se volatilisa d'un coup. L'instant d'avant il était à ses côtés, l'instant d'après il avait disparu, avalé par la foule des passants.

Il se réveilla en sursaut. Dans le silence de la nuit, le rêve était transparent, limpide. Il pleurait la mort de son père, et aussi la conversation qu'ils n'auraient jamais l'occasion de poursuivre, alors qu'ils venaient à peine de recommencer à se parler. Son père était mort, il ne pouvait pas le plaindre. Mais il avait pitié de lui-même.

Il ne retrouva pas le sommeil. De toute manière, le réveil ne tarderait pas à sonner.

La veille au soir, lorsqu'ils étaient revenus au commissariat après la visite à Maria Svensson, il avait trouvé un message lui signalant qu'il avait un avion à sept heures le lendemain matin. Il arriverait à Östersund à neuf heures cinquante après un changement à Stockholm. En examinant le plan de voyage, il constata qu'il pouvait passer la soirée du samedi à Svenstavik ou à Gävle, au choix. Une voiture l'attendrait à l'aéroport de Frösön. Libre à lui de décider où il passerait la nuit. Il consulta la carte de Suède accrochée au mur à côté de la carte agrandie de la Scanie. Cela lui donna une idée. Il alla à son bureau et téléphona à Linda. Pour la première fois, il fut accueilli par un répondeur. Il laissa un message qui tenait en une seule question : pouvait-elle prendre le train jusqu'à Gävle – ce qui représentait un voyage de deux heures au maximum – et passer la soirée et la nuit du lendemain là-bas ? Puis il partit à la recherche de Svedberg. Il finit par le trouver dans la salle de sport du sous-sol. Svedberg avait l'habitude de faire une séance de sauna solitaire le vendredi soir. Il lui demanda un service : pouvait-il réserver deux chambres dans un bon hôtel de Gävle, le lendemain, et l'appeler sur son téléphone portable pour confirmer ?

Puis il rentra chez lui. La nuit, il fit ce rêve de la rue romaine en automne.

Lorsqu'il descendit dans la rue à six heures le lendemain, le taxi commandé la veille l'attendait déjà. Il prit son billet à l'aéroport de Sturup. Comme on était samedi matin, l'avion de Stockholm était à moitié vide. Celui d'Östersund décolla à l'heure. Wallander n'était encore jamais allé à Östersund. De façon générale, il s'était rarement risqué au nord de Stockholm. Il constata qu'il se réjouissait de ce voyage. Qui mettait, entre autres choses, une distance entre lui et son rêve de la nuit.

La matinée était plutôt froide à Östersund. Le pilote avait annoncé un degré au-dessus de zéro. Le froid n'est pas le même qu'en Scanie, pensa-t-il en se dirigeant vers le bâtiment de l'aéroport. Et on ne sent pas l'odeur de la terre. Il prit la voiture de location, traversa le pont de Frösön et songea que le paysage était beau. La ville était lovée dans la pente du lac Storsjön. Il prit la direction du sud ; c'était un soulagement de conduire cette voiture inconnue dans ce paysage inconnu.

Il arriva à Svenstavik à onze heures et demie. Entre-temps, il avait parlé à Svedberg, qui lui avait dit de prendre contact avec un certain Robert Melander. C'était lui, le représentant de la paroisse auquel maître Bjurman avait eu affaire. Il le trouverait dans une maison rouge située à côté de l'ancien tribunal de Svenstavik qui servait désormais de siège entre autres à l'ABF, l'Association pour la formation des travailleurs. Wallander gara la voiture devant le supermarché ICA, au centre de la petite ville. Il lui fallut un moment pour comprendre que l'ancien tribunal se trouvait de l'autre côté du centre commercial récemment construit. Il laissa la voiture où elle était et s'y rendit à pied. Le ciel était couvert, mais il ne pleuvait pas. Il entra dans la cour de la maison qu'il présumait être celle de Robert Melander. Une maison en bois, bien entretenue. Un grand chien gris sortit de sa niche. Il était retenu par une chaîne. La porte d'entrée était ouverte. Wallander frappa. Pas de réponse. Soudain, il lui sembla entendre du bruit de l'autre côté de la maison. Il fit le tour, et constata que le terrain était vaste. Il y avait un champ de pommes de terre et des groseilliers. Wallander fut surpris de voir qu'on pouvait faire pousser des groseilles à cette latitude. Derrière la maison, un homme chaussé de bottes élaguait un tronc d'arbre couché au sol. En apercevant Wallander, il s'interrompit aussitôt et se redressa. Il avait à peu près son âge. Il sourit et rangea sa scie.

– Je suppose que c'est vous, dit-il en lui tendant la main. Le policier d'Ystad.

Melander avait un accent très expressif, pensa Wallander. Il se présenta.

– Quand êtes-vous parti ? demanda Melander. Hier soir ?

– J'ai pris l'avion à sept heures ce matin.

– C'est incroyable. Je suis allé à Malmö une fois dans les années soixante. J'avais l'idée que ça pourrait valoir le coup de bouger un peu. Et il y avait du travail sur le grand chantier naval.

– Oui. Kockums. Mais il n'en reste presque plus rien.

– Il ne reste plus rien de rien, répondit Melander sur un ton philosophe. À l'époque, il fallait quatre jours pour descendre en voiture.

– Mais vous n'êtes pas resté.

– Oh, que non. C'était bien beau, là-bas. Mais ce n'était pas chez moi. Si je vais quelque part dans ma vie, ce sera vers le nord. Pas vers le sud. Ils n'ont même pas de neige, d'après ce qu'ils m'ont dit.

– Si, ça arrive. Et quand il y en a, il y en a énormément.

Melander changea de sujet.

– La table est mise, dit-il. Ma femme travaille au dispensaire. Mais elle a tout préparé. Venez.

Il le précéda dans la maison.

– C'est très beau par ici, constata Wallander.

– Très, renchérit Melander. Et c'est une beauté qui dure. D'année en année.

Ils entrèrent dans la cuisine. Wallander mangea avec appétit. La nourriture était généreuse. Et Melander savait raconter les histoires. Apparemment, c'était un homme qui combinait des activités très diverses pour gagner sa vie. Entre autres, il donnait des cours de danse folklorique pendant l'hiver. Wallander attendit le café pour aborder le sujet de sa visite.

– Nous avons été les premiers surpris, dit Melander. Cent mille couronnes, c'est une grosse somme. Surtout venant d'un inconnu.

– Personne ne savait qui était Holger Eriksson ?

– Il était complètement inconnu. Un marchand de voitures assassiné en Scanie. C'était très étrange. Nous autres, qui nous occupons de l'église, nous avons commencé à interroger les gens. Nous avons aussi passé une annonce dans les journaux, en donnant son nom et en disant qu'on cherchait des informations sur lui. Mais personne ne s'est manifesté.

Wallander avait pensé à emporter une photographie de Holger Eriksson – l'une de celles qu'ils avaient trouvées dans un tiroir de son bureau. Robert Melander l'examina tout en bourrant sa pipe. Puis il l'alluma sans quitter la photo des yeux. Wallander commençait presque à espérer, lorsque Melander secoua la tête.

– Toujours inconnu, dit-il. J'ai une bonne mémoire des visages. Je n'ai jamais vu cet homme. Peut-être quelqu'un d'autre pourra-t-il le reconnaître.

– Je voudrais mentionner deux autres noms. Le premier est Gösta Runfeldt. Ça vous dit quelque chose ?

Melander réfléchit. Mais pas très longtemps.

– Runfeldt, ce n'est pas un nom d'ici.

– Harald Berggren, poursuivit Wallander. Deuxième nom.

La pipe de Melander s'était éteinte. Il la posa sur la table.

– Peut-être. Attendez, je vais passer un coup de fil.

Un téléphone était posé sur l'appui de la fenêtre. Wallander sentit monter la tension. Ce qu'il souhaitait plus que tout, c'était identifier l'homme qui avait tenu un journal au Congo. Melander parlait à quelqu'un qui se prénommait Nils.

– J'ai de la visite de Scanie, expliqua-t-il au téléphone. Un homme qui s'appelle Kurt et qui est policier. Il cherche un Harald Berggren. On n'en a pas de vivant à Svenstavik, je crois. Mais n'y en a-t-il pas un au cimetière ?

Wallander sentit l'espoir l'abandonner. Mais pas complètement. Même un Harald Berggren mort pouvait les aider.

Melander écouta la réponse. Puis il demanda comment se portait un dénommé Arthur, après son accident. Wallander crut comprendre que son état était stable. Melander revint à la table.

– Nils Enman s'occupe du cimetière, expliqua-t-il. Et il y a une pierre tombale qui porte le nom de Harald Berggren. Mais Nils est jeune. Et son prédécesseur est enterré dans le même cimetière. Nous devrions peut-être aller jeter un coup d'œil ?

Wallander se leva. Melander observa son empressement avec surprise.

– Je croyais que les gens de Scanie étaient lents. Mais ça n'a pas l'air d'être ton cas.

– J'ai de mauvaises habitudes, répondit Wallander.

Ils sortirent dans l'air d'automne limpide. Robert Melander saluait tous ceux qu'ils croisaient. Ils arrivèrent au cimetière.

– On devrait le trouver du côté de la forêt, dit Melander.

Wallander, qui le suivait entre les pierres tombales, repensait à son rêve de la nuit. La mort de son père lui paraissait soudain irréelle. Comme s'il n'avait pas encore compris. Melander s'arrêta et indiqua une pierre dressée à la verticale, qui portait une inscription en lettres jaunes. Wallander la déchiffra et constata aussitôt que cela ne l'aidait en rien. Ce Harald Berggren était mort en 1949. Melander avait observé sa réaction.

– Pas lui ?

– Non, ça ne peut pas être lui. L'homme que je cherche était encore en vie en 1963.

– L'homme que tu cherches… Un homme recherché par la police, c'est bien quelqu'un qui a commis un crime ?

– Je ne sais pas. C'est plus compliqué. Souvent, la police recherche des gens qui n'ont rien commis d'illégal.

– Dans ce cas, conclut Melander, tu es venu jusqu'ici pour rien. Nous avons reçu une grosse somme d'argent. Mais nous ne savons pas pourquoi. Et nous ne savons pas qui est cet Eriksson.

– Il doit y avoir une explication.

– Tu veux voir l'église ? demanda Melander à l'improviste, comme s'il voulait l'encourager.

Wallander hocha la tête.

– Elle est belle, dit Melander. Nous nous sommes mariés là.

Ils entrèrent dans l'église. Wallander remarqua que le portail n'était pas fermé à clé. L'intérieur était éclairé par une lumière oblique.

– C'est beau, dit-il.

– Mais je ne pense pas que tu sois très religieux, répliqua Melander en souriant.

Wallander ne répondit pas. Il s'assit sur l'un des bancs en bois. Melander resta debout dans la travée centrale. Wallander cherchait mentalement un chemin possible. Il y avait une réponse, il le savait. Holger Eriksson n'aurait jamais fait une donation à l'église de Svenstavik s'il n'y avait pas eu de raison. Une très bonne raison.

– Holger Eriksson écrivait des poèmes, reprit Wallander. Il était ce qu'on appelle un auteur régionaliste.

– On en a aussi chez nous, dit Melander. En toute franchise, ce n'est pas toujours très bon, ce qu'ils écrivent.

– Il était aussi ornithologue amateur, poursuivit Wallander. La nuit, il guettait le passage des oiseaux migrateurs en route vers le sud. Il ne les voyait pas. Mais il sentait leur présence. Peut-être est-ce possible d'entendre le bruissement de milliers d'ailes ?

– J'en connais quelques-uns qui ont un pigeonnier, dit Melander. Mais des ornithologues, nous n'en avons sans doute eu qu'un seul.

– Tu parles au passé?

Melander s'assit sur le banc de l'autre côté de la travée centrale.

– C'était une étrange histoire, commença-t-il. Une histoire sans fin.

Il rit.

– Presque comme la tienne. La tienne non plus n'a pas de fin.

– Nous retrouverons sans doute celui qui a fait ça, dit Wallander. C'est le cas, en général. Quelle histoire?

– Un jour, au milieu des années soixante, une Polonaise a débarqué à Svenstavik. Personne ne savait d'où elle venait au juste. Mais elle travaillait à la pension de famille. Elle louait une chambre, ne fréquentait pour ainsi dire personne. Elle avait appris le suédois très vite, mais je ne pense pas qu'elle avait des amis. Elle s'est acheté une maison par la suite. Du côté de Sveg. J'étais assez jeune à l'époque. Tellement jeune que je pensais souvent à elle, et au fait qu'elle était belle. Mais elle était du genre solitaire. Et elle s'intéressait aux oiseaux. À la poste, on racontait qu'elle recevait des lettres et des cartes de toute la Suède. Des cartes postales qui donnaient des informations sur des grands ducs bagués et Dieu sait quoi encore. Elle de son côté écrivait des tas de lettres et de cartes postales. C'était elle qui envoyait le plus de courrier de tout Svenstavik, après la mairie. Au magasin, ils étaient obligés de commander des stocks de cartes exprès pour elle. Elle ne s'intéressait pas au motif représenté dessus. Ils en profitaient pour racheter les invendus d'autres magasins.

– Comment sais-tu tout cela? demanda Wallander.

– Dans une si petite ville, on sait beaucoup de choses, qu'on le veuille ou non. C'est comme ça.

– Que s'est-il passé ensuite?

– Elle a disparu.

– Ah?

– Comment dit-on déjà? Disparu en fumée? Disparu, quoi.

Wallander n'était pas sûr d'avoir bien compris.

– Elle est repartie?

– Non. Elle voyageait souvent. Mais elle revenait toujours. Au moment où elle a disparu, elle était ici. C'était en octobre, elle avait fait une promenade dans le village. C'était quelqu'un qui marchait beaucoup. Elle se promenait. Après ce jour-là, personne ne l'a plus revue. Ça a fait couler beaucoup d'encre, à l'époque. Elle n'avait pas fait ses valises. Les gens ont commencé à se poser des questions, en ne la voyant pas revenir à la pension. On est allés chez elle. Elle avait disparu. On a commencé à la chercher. Rien à faire. C'était il y a vingt-cinq ans à peu près. On n'a jamais rien trouvé. Mais des bruits ont couru. Elle aurait été vue en Amérique du Sud ou à Alingsås. Ou alors sous forme de fantôme dans la forêt, du côté de Rätansbyn.

— Comment s'appelait-elle ? demanda Wallander.

— Krista. Nom de famille : Haberman.

Wallander se souvenait vaguement de cette histoire. Les rumeurs les plus folles avaient couru. Il se rappelait vaguement de titres dans le style « La belle Polonaise ».

Wallander réfléchit.

— Elle correspondait donc avec d'autres ornithologues, dit-il. Est-ce qu'elle leur rendait parfois visite ?

— Oui.

— Cette correspondance a-t-elle été conservée ?

— Après qu'elle a été déclarée morte, il y a quelques années, un parent de Pologne a débarqué un beau jour, avec des tas d'exigences. Toutes ses affaires ont disparu. Et la maison a été rasée pour faire place à une construction neuve.

Wallander hocha la tête. Ç'aurait été inespéré de remettre la main sur les lettres et les cartes postales.

— Je me souviens vaguement de cette histoire, dit-il. N'y a-t-il jamais eu de soupçons plus précis ? Du genre suicide ? Ou crime ?

— Il y avait bien entendu toutes sortes de rumeurs. Et je crois que les policiers de l'époque ont fait du bon travail. C'étaient des gens d'ici ; des gens capables de faire la part des choses, entre les ragots et les propos sensés. Il y a eu des rumeurs concernant de mystérieuses voitures. De mystérieuses visites nocturnes. En plus, personne ne savait ce qu'elle fabriquait lorsqu'elle était en voyage. On n'a jamais réussi à en avoir le cœur net. Elle a disparu. Et on ne l'a jamais revue. Si elle vit encore, elle a donc vingt-cinq ans de plus. Tout le monde vieillit. Même les disparus.

Encore, pensa Wallander. Un événement du passé remonte à la surface. Je viens ici pour essayer de comprendre pourquoi Holger Eriksson a légué de l'argent à l'église de Svenstavik ; je n'obtiens pas de réponse à cette question ; en revanche, j'apprends l'existence d'une femme disparue depuis plus de vingt-cinq ans, qui aimait elle aussi les oiseaux. Tout compte fait, peut-être ai-je obtenu une réponse à ma question ? Même si je ne comprends pas du tout la réponse, et encore moins ce qu'elle signifie.

– Le rapport d'enquête doit se trouver à Östersund, reprit Melander. À mon avis, il doit peser plusieurs kilos.

Ils ressortirent de l'église. Wallander considéra un oiseau perché sur le muret du cimetière.

– As-tu entendu parler d'un oiseau appelé pic mar ? demanda-t-il.

– C'est un pic, dit Melander. Comme son nom l'indique. Mais je croyais qu'il avait disparu. Du moins en Suède.

– Il est en passe de disparaître, dit Wallander. Ça fait quinze ans qu'on ne l'a pas vu dans le pays.

– J'en ai peut-être vu un autrefois, dit Melander pensivement. Mais les piverts se font rares ces temps-ci. Depuis qu'on pratique les coupes à blanc, les vieux arbres ont disparu. C'était surtout là qu'ils se perchaient. Et sur les poteaux téléphoniques, bien entendu.

Ils étaient entre-temps revenus vers la voiture de Wallander. Il était quatorze heures trente.

– Tu continues ton voyage ? demanda Melander. Ou tu retournes en Scanie ?

– Je vais à Gävle, répondit Wallander. Combien de temps faut-il ? Trois heures ? Quatre ?

– Je dirais plutôt cinq. Il n'y a pas de neige, pas de verglas. Les routes sont bonnes. Mais je crois qu'il te faudra cinq heures. Ça fait presque quatre cents kilomètres.

– Merci pour ton aide, dit Wallander. Et pour le bon repas.

– Mais tu n'as pas eu de réponse à tes questions.

– Peut-être que si, malgré tout. Si c'est le cas, on le saura bientôt.

– C'est un vieux policier qui s'est chargé de la disparition de Krista Haberman, à l'époque. Quand il a commencé, il approchait de la cinquantaine. Il a continué jusqu'à la retraite. Il paraît qu'il en parlait encore sur son lit de mort. De ce qui avait bien pu arriver à Krista Haberman. Il n'arrivait pas à oublier cette histoire.

– Ce danger existe toujours.

Ils se serrèrent la main.

– Si tu reviens dans le sud, dit Wallander, passe me voir.

Melander sourit. Sa pipe s'était éteinte.

– Mes chemins à moi me conduisent plutôt vers le nord. Mais on ne sait jamais.

– J'aimerais bien que tu m'appelles, conclut Wallander. S'il arrivait quelque chose. Qui pourrait expliquer pourquoi Holger Eriksson vous a légué cet argent.

– C'est étrange. S'il avait vu l'église, on pourrait comprendre. Elle est belle, après tout.

– Tu as raison. S'il était venu, on aurait pu comprendre.
– Peut-être est-il venu une fois ? Sans que personne le sache ?
– Ou alors peut-être une seule personne ?
Melander leva la tête.
– Tu penses à quelque chose ?
– Oui, dit Wallander. Mais je ne sais pas ce que cela signifie.
Ils se serrèrent à nouveau la main. Wallander monta dans la voiture et démarra. Il vit dans le rétroviseur que Melander le suivait du regard.
Il conduisit à travers des forêts sans fin.
Lorsqu'il arriva à Gävle, il faisait déjà nuit. Il chercha l'hôtel dont Svedberg lui avait indiqué le nom. En interrogeant le réceptionniste, il apprit que Linda était déjà arrivée.

Ils trouvèrent un petit restaurant tranquille, où les clients étaient peu nombreux bien qu'on fût samedi soir. Comme Linda était bel et bien venue et que ce lieu leur était, à l'un et à l'autre, complètement inconnu, Wallander se décida de façon tout à fait impulsive à lui parler de ses projets d'avenir. Mais avant, ils parlèrent naturellement de son père à lui, qui était aussi son grand-père à elle, et qui n'était plus.
– Je me suis souvent interrogé sur votre complicité, dit Wallander. Peut-être étais-je tout simplement jaloux ? Je vous voyais tous les deux ensemble et c'était comme si je voyais quelque chose dont j'avais gardé le souvenir, mais qui s'était complètement perdu après l'enfance.
– L'écart de génération est peut-être une bonne chose, répondit Linda. Les enfants s'entendent souvent mieux avec leurs grands-parents qu'avec leurs parents.
– Comment le sais-tu ?
– Je vois bien ce qu'il en est pour moi. Et j'ai des amis qui disent la même chose.
– J'ai toujours senti qu'il mettait une distance inutile entre lui et moi. Je n'ai jamais compris pourquoi il ne pouvait pas accepter que je sois devenu policier. Si au moins il m'avait expliqué. Ou s'il m'avait proposé un autre choix. Mais il ne l'a pas fait.
– Grand-père était très spécial. Et lunatique. Mais que dirais-tu si je t'annonçais, moi, que j'envisageais d'entrer dans la police ?
Wallander éclata de rire.
– Je ne sais pas ce que j'en penserais, sincèrement. Tu y as déjà fait allusion une fois.

Après le dîner, ils retournèrent à l'hôtel. En passant devant un thermomètre fixé à la devanture d'une quincaillerie, Wallander vit qu'il faisait deux degrés en dessous de zéro. Ils s'installèrent dans la salle commune de l'hôtel. Les clients étaient peu nombreux, et il n'y avait personne dans la salle, à part eux. Wallander commença à l'interroger avec prudence sur ses ambitions de comédienne. Il remarqua aussitôt qu'elle préférait ne pas en parler. Du moins pas tout de suite. Il laissa tomber le sujet, mais ne put s'empêcher d'en éprouver de l'inquiétude. Au cours de ces dernières années, Linda avait changé d'orientation plusieurs fois. Ce qui préoccupait Wallander, c'était que ces changements intervenaient très vite et ne donnaient pas l'impression d'avoir été mûrement réfléchis.

Elle se servit du thé dans une Thermos et demanda soudain pourquoi il était si difficile de vivre en Suède.

— Parfois, dit Wallander, je m'imagine que c'est parce que nous avons cessé de repriser nos chaussettes.

Elle lui jeta un regard interrogateur.

— Non, sérieusement. Dans mon enfance, la Suède était un pays où les gens reprisaient encore leurs chaussettes. J'ai même appris à le faire, à l'école. Puis soudain, un jour, c'était fini. On a commencé à jeter les chaussettes trouées. Personne ne prenait plus la peine de les raccommoder. Toute la société s'est transformée. Le fait de jeter les affaires usées, c'est devenu la seule règle qui concernait vraiment tout le monde. Bon, il devait bien y en avoir qui continuaient à repriser leurs affaires. Mais on ne les voyait plus. Aussi longtemps que ça ne concernait que les chaussettes, ce n'était peut-être pas si grave. Mais le phénomène s'est étendu. À la fin, c'est devenu comme une sorte de morale, invisible mais omniprésente. Je crois que ça a transformé notre vision du bien et du mal : ce qu'on a le droit de faire aux autres, et ce qu'on ne peut pas leur faire. Tout est devenu tellement plus dur. De plus en plus de gens, surtout des jeunes, se sentent superflus ou carrément rejetés dans leur propre pays. Comment réagissent-ils ? Par l'agression et le mépris. Le plus effrayant, c'est qu'à mon avis on n'est encore qu'au début d'un processus qui va empirer. La nouvelle génération, ceux qui sont plus jeunes que toi vont réagir avec une violence encore accrue. Et ils n'ont aucun souvenir qu'il ait pu exister une époque où nous reprisions nos chaussettes. Où nous ne jetions rien, ni les chaussettes, ni les gens.

Wallander ne trouva rien à ajouter, même si Linda attendait visiblement la suite.

— Je m'exprime peut-être d'une manière confuse, dit-il.

– Oui. Mais je crois que je comprends ce que tu essaies de dire.

– Il se peut aussi que je me trompe complètement. Toutes les époques ont peut-être semblé pires que celles qui les précédaient.

– Je n'ai jamais entendu grand-père s'exprimer sur ce sujet.

Wallander secoua la tête.

– Il vivait beaucoup dans son propre monde, je crois. Il peignait des tableaux où il pouvait décider de tout, même de la course du soleil. Le soleil est resté suspendu au même endroit, au-dessus de la souche d'arbre, avec ou sans coq de bruyère, pendant près de cinquante ans. Parfois, je crois qu'il n'avait aucune idée de ce qui se passait à l'extérieur de sa maison. Il avait construit un mur de térébenthine invisible, qui le protégeait.

– Tu te trompes. Il savait beaucoup de choses.

– Dans ce cas, il me l'a caché.

– Il écrivait même des poèmes parfois.

Wallander la regarda, incrédule.

– Lui ? Des poèmes ?

– Il m'en a montré quelques-uns un jour. Peut-être les a-t-il brûlés par la suite ? Mais il écrivait des poèmes.

– Et toi ? Tu en écris aussi ?

– Peut-être. Je ne sais pas si cc sont des poèmes. Mais il m'arrive d'écrire. Pour moi. Pas toi ?

– Non. Jamais. Je vis dans un monde de rapports de police mal écrits et de protocoles de médecine légale pleins de détails désagréables. Sans parler de tous les mémos de la direction centrale.

Elle changea de sujet si brusquement qu'il se demanda si elle n'avait pas soigneusement prémédité son coup.

– Comment va Baiba ?

– Elle, elle va bien. Nous, je ne sais pas. Mais j'espère qu'elle va venir. J'espère qu'elle va vouloir s'installer ici.

– Que viendrait-elle faire en Suède ?

– Vivre avec moi, répondit Wallander, étonné.

Linda secoua lentement la tête.

– Et pourquoi pas ?

– Ne le prends pas mal, dit-elle. Mais j'espère que tu te rends compte que tu n'es pas quelqu'un de facile à vivre.

– Ah bon ? Et pourquoi ?

– Pense à maman. Pourquoi crois-tu qu'elle ait eu envie d'une autre vie ?

Wallander ne répondit pas. Il avait le sentiment confus d'être exposé à une injustice.

– Maintenant tu es en colère, dit-elle.

– Non. Pas en colère.

– Quoi alors ?

– Je ne sais pas. Je suis sans doute fatigué.

Elle se leva et vint s'asseoir à côté de lui sur le canapé.

– Ce n'est pas que je ne t'aime pas, dit-elle. C'est seulement que je commence à devenir adulte. Nos conversations ne seront plus les mêmes.

Il hocha la tête.

– Je n'ai peut-être pas encore l'habitude, dit-il. C'est peut-être aussi simple que ça.

Lorsque la conversation s'éteignit d'elle-même, ils regardèrent un film à la télévision. Linda devait retourner à Stockholm tôt le lendemain matin. Mais il sembla à Wallander qu'il venait malgré tout d'entrevoir une image de l'avenir. Ils se rencontreraient lorsqu'ils en auraient le temps, l'un et l'autre. À compter de maintenant, elle lui dirait toujours le fond de sa pensée.

Ils se séparèrent vers une heure du matin dans le couloir de l'hôtel.

Wallander resta longtemps éveillé en essayant de savoir s'il avait gagné ou perdu quelque chose. L'enfant avait disparu. Linda était devenue adulte.

Ils se retrouvèrent dans la salle à manger à sept heures du matin.

Puis il l'accompagna à pied jusqu'à la gare. Sur le quai où ils attendaient le train qui avait quelques minutes de retard, elle fondit brusquement en larmes. Wallander se sentit désemparé. L'instant d'avant, elle ne manifestait pas le moindre signe d'émotion.

– Qu'y a-t-il ? Il s'est passé quelque chose ?

– Grand-père me manque. Je rêve de lui toutes les nuits.

Wallander l'embrassa.

– Moi aussi, dit-il.

Le train arriva. Wallander attendit sur le quai jusqu'au départ. La gare dégageait une impression de solitude extrême. L'espace d'un instant, il sentit qu'il était un être humain oublié ou perdu, complètement privé de force.

Où allait-il puiser le courage de poursuivre ?

22

Un message l'attendait à la réception de l'hôtel. Robert Melander de Svenstavik avait cherché à le joindre. Il monta dans sa chambre et composa le numéro. Ce fut sa femme qui décrocha. Wallander se présenta et la remercia pour le repas de la veille. Puis elle lui passa Melander.

– Je n'ai pas pu m'empêcher de continuer à réfléchir hier soir, dit-il. À un tas de choses. J'ai aussi appelé l'ancien facteur, qui s'appelle Ture Emmanuelsson. Il a confirmé que Krista Haberman recevait très souvent des cartes postales de Scanie. De Falsterbo plus précisément, si sa mémoire est bonne. Je ne sais pas si cela signifie quelque chose. Mais je voulais tout de même t'en parler. Elle recevait énormément de courrier à propos des oiseaux.

– Comment as-tu fait pour me trouver ici ?

– J'ai appelé la police d'Ystad et je leur ai demandé où tu étais. Ce n'est pas plus compliqué que ça.

– Skanör et Falsterbo sont des rendez-vous connus des ornithologues. Cela explique qu'elle ait reçu tant de cartes postales en provenance de là-bas. Merci de t'être donné la peine de m'appeler.

– On se pose forcément des questions, dit Melander. Pourquoi ce marchand de voitures a-t-il fait une donation à notre église ?

– Tôt ou tard, nous aurons la réponse, dit Wallander. Mais ça peut prendre du temps. Merci en tout cas pour ton appel.

Après cette conversation, Wallander resta un moment indécis. Il n'était pas encore huit heures. Il pensa au brusque accès de faiblesse qui l'avait submergé à la gare. L'impression de se trouver devant un obstacle infranchissable. Il pensa aussi à sa conversation de la veille au soir avec Linda. Et surtout, il pensa à ce que Melander venait de dire et à ce qu'il devait faire à présent. Il se trouvait à Gävle parce qu'il avait une mission. Il lui restait six heures avant le départ de l'avion. La voiture de location devait être rendue à l'aéroport de Stockholm. Il ouvrit sa valise et prit quelques documents rangés dans une chemise plastifiée. Ann-Britt Höglund lui suggérait de commencer par appeler un inspecteur de police du nom de Sten Wenngren. Il serait chez lui, toute cette journée de dimanche, et il était prévenu de l'appel de Wallander. Elle avait également noté le nom de l'homme qui avait passé l'annonce dans la revue *Terminator*. Il s'appelait Johan Ekberg et habitait à Brynäs. Wallander se leva et alla à la fenêtre. Le temps était plus que maussade. Il s'était mis à pleuvoir, une pluie froide d'automne qui risquait de se transformer en neige. La voiture était-elle équipée de pneus d'hiver? Il réfléchit à ce qu'il allait faire à Gävle. À chaque nouvelle initiative, il lui semblait s'éloigner de plus en plus du noyau de l'investigation – inconnu certes, mais qui devait néanmoins exister quelque part.

Le sentiment d'avoir manqué quelque élément, d'avoir mal compris ou mal interprété une donnée fondamentale de l'enquête lui revint, tandis qu'il se tenait là, immobile, à la fenêtre de sa chambre d'hôtel. Ce sentiment donnait lieu toujours à la même question : pourquoi cette brutalité démonstrative? Que cherchait à dire le meurtrier?

Son langage. Le code qu'ils ne parvenaient pas à décrypter.

Wallander se secoua, bâilla et fit sa valise. Comme il ne savait pas de quoi il devait parler avec Sten Wenngren, il décida de commencer par Johan Ekberg. Il y gagnerait au moins un petit aperçu de ce monde obscur où des soldats se vendaient au plus offrant. Il ramassa sa valise et quitta la chambre. Après avoir réglé la note à la réception, il demanda le chemin de Södra Fältskärsgatan, à Brynäs. Puis il prit l'ascenseur jusqu'au parking souterrain. Une fois dans la voiture, l'accès de faiblesse le submergea de nouveau. Il resta un moment immobile, sans mettre le contact. Était-il en train de tomber malade? Il ne se sentait pas mal, pas même particulièrement fatigué.

Puis il comprit. C'était son père. Une réaction à tout ce qui s'était passé. Peut-être cette réaction faisait-elle partie du deuil. Des efforts pour s'adapter à une nouvelle vie, modifiée de fond en comble.

Il n'y avait pas d'autre explication. Linda réagissait à sa manière. Lui-même accueillait la disparition de son père par des accès d'abattement extrême.

Il démarra et quitta le parking. Le réceptionniste lui avait fourni des indications précises. Malgré cela, il s'égara presque tout de suite dans la ville devenue un désert dominical. Il avait l'impression de tourner dans un labyrinthe. Il lui fallut vingt minutes pour retrouver son chemin. Il était neuf heures trente lorsqu'il s'arrêta devant un immeuble du vieux centre de Brynäs. Il se demanda distraitement si les mercenaires faisaient la grasse matinée. Et si Johan Ekberg était lui-même un mercenaire. Le fait de passer des annonces dans *Terminator* ne signifiait rien ; cet homme-là n'avait peut-être même pas fait son service militaire.

Wallander observa l'immeuble sans quitter la voiture. La pluie tombait. Octobre était le mois de la désespérance. Tout se fondait dans un gris uniforme. Les couleurs d'automne avaient déjà pâli.

Un court instant, il fut sur le point de tout laisser tomber et de prendre la fuite. Il pouvait très bien retourner en Scanie et charger quelqu'un d'autre de téléphoner à ce Johan Ekberg. Ou le faire lui-même. S'il quittait Gävle tout de suite, il pourrait prendre un avion plus tôt que prévu et revenir plus vite à Ystad.

Bien entendu, il n'en fit rien. Wallander n'avait jamais réussi à amadouer le comptable intérieur qui veillait à ce qu'il s'acquitte de ses devoirs. Il ne voyageait pas aux frais des contribuables pour rester dans une voiture à regarder tomber la pluie. Il descendit et traversa la rue.

Johan Ekberg habitait au dernier étage. Il n'y avait pas d'ascenseur. Un air d'accordéon s'échappait de l'un des appartements. Quelqu'un chantait. Wallander s'immobilisa dans l'escalier et prêta l'oreille. C'était un *schottis*. Il sourit pour lui-même. Celui qui joue de l'accordéon ne s'use pas les yeux à regarder la pluie triste, pensa-t-il.

La porte de Johan Ekberg était équipée de serrures supplémentaires et de montants renforcés. Wallander sonna. D'instinct, il devinait qu'on l'observait par le judas. Il sonna à nouveau, comme pour signifier qu'il n'avait pas l'intention de renoncer. La porte s'ouvrit. La chaîne de sécurité était mise. Le vestibule était plongé dans l'ombre. L'homme qu'il entrevit était très grand.

– Je cherche Johan Ekberg, dit Wallander. Je suis de la brigade criminelle d'Ystad. J'ai besoin de vous parler, si c'est vous qui êtes Ekberg. Vous n'êtes soupçonné de rien. J'ai simplement besoin de quelques renseignements.

La voix qui lui répondit était coupante, presque stridente.

– Je ne parle pas aux flics. De Gävle ou d'ailleurs.

Aussitôt, l'apathie de Wallander se volatilisa. Il réagit immédiatement. Il n'avait pas fait tout ce chemin pour se laisser renvoyer d'entrée de jeu. Il sortit sa carte.

– J'enquête sur deux meurtres qui ont été commis en Scanie. Vous en avez probablement entendu parler par les journaux. Je ne

suis pas venu jusqu'ici pour discuter devant une porte. Si vous ne
voulez pas me laisser entrer, c'est votre droit. Mais dans ce cas, je
reviendrai. Et là, vous serez obligé de m'accompagner au commissariat ici, à Gävle. C'est à vous de choisir.

— Qu'est-ce que vous voulez savoir ?

— Soit vous me laissez entrer, soit vous sortez de là. Je ne parle pas
aux gens à travers une chaîne de sûreté.

La porte se ferma avant de se rouvrir. Il avait enlevé la chaîne. Une
lumière crue inonda le vestibule et prit Wallander au dépourvu. La
lampe était délibérément orientée de manière à aveugler le visiteur.
Wallander suivit l'homme dont il n'avait toujours pas vu le visage.
Ils entrèrent dans une salle de séjour où les rideaux étaient tirés et les
lampes allumées. Wallander marqua un arrêt. C'était comme d'entrer dans une autre époque. On aurait dit un mausolée à la gloire
des années cinquante. Un juke-box était placé contre un mur. Les
tubes de néon scintillants dansaient sous leur coupole en plastique.
Un Wurlitzer. Des affiches au mur : James Dean ; différents films
de guerre. *Men in Action.* Des *marines* américains combattant sur
des plages japonaises. Il y avait aussi des armes : des baïonnettes, des
épées, de vieux pistolets d'arçon. Le canapé et les fauteuils étaient en
cuir noir.

Johan Ekberg le dévisageait, debout. Il avait les cheveux coupés
ras. Il aurait pu sortir tout droit de l'une des affiches qui ornaient les
murs, avec son short kaki, son maillot de corps blanc, ses tatouages
aux bras et ses muscles saillants. Wallander devina qu'il se trouvait
en présence d'un bodybuilder. Le regard d'Ekberg était extrêmement vigilant.

— Qu'est-ce que vous voulez ?

Wallander indiqua l'un des fauteuils. L'homme hocha la tête.
Wallander s'assit tandis qu'Ekberg restait debout. Il se demanda si
celui-ci était même né à l'époque où Harald Berggren livrait sa
guerre ignoble au Congo.

— Quel âge avez-vous ?

— Vous êtes venu de Scanie pour me demander ça ?

Wallander constata que cet homme l'exaspérait. Il ne fit aucune
tentative pour dissimuler sa réaction.

— Entre autres. Si tu ne réponds pas à mes questions, on arrête
tout de suite. Dans ce cas, la suite de l'entretien aura lieu au
commissariat.

— Je suis soupçonné d'un crime ?

— Pourquoi ? Tu en as commis un ?

Wallander s'exhorta lui-même au calme. Ce n'était pas ainsi qu'il était censé exercer ce métier.

– Non.

– Alors on recommence. Quel âge as-tu ?

– Trente-deux ans.

Wallander avait vu juste. À la naissance d'Ekberg, cela faisait déjà un an que l'avion, avec Hammarskjöld à bord, s'était écrasé à Ndola.

– Je suis venu pour parler avec toi de mercenaires suédois, dit-il. Ma présence s'explique par le fait que tu affiches ouvertement tes activités. Tu passes des annonces dans *Terminator*.

– Ça n'a rien d'illégal ! Je suis aussi abonné à *Combat & Survival* et *Soldier of Fortune*.

– Je n'ai pas dit ça. Ça ira beaucoup plus vite si tu te contentes de répondre à mes questions.

Ekberg s'assit et prit une cigarette sans filtre. Puis il l'alluma avec un briquet à essence, comme dans les vieux films. Il se demanda si Johan Ekberg vivait entièrement dans une autre époque.

– Des mercenaires suédois, répéta Wallander. Quand est-ce que cela a commencé ? Au moment de la guerre au Congo, au début des années soixante ?

– Un peu avant.

– Quand ?

– On pourrait remonter à la guerre de Trente Ans, par exemple.

Wallander se demanda si Ekberg se fichait de lui. Puis il pensa qu'il ne devait pas se laisser distraire par son apparence ou par le fait qu'il semblait être resté coincé dans les années cinquante. S'il existait des spécialistes des orchidées, Ekberg pouvait très bien être un spécialiste des mercenaires. De plus, Wallander avait un vague souvenir d'avoir appris à l'école que la guerre de Trente Ans avait été livrée par des soldats de métier.

– Contentons-nous de l'après-guerre, dit Wallander.

– Dans ce cas, il faut commencer par la Seconde Guerre mondiale. Il y a eu des volontaires suédois dans toutes les armées en présence. On a vu des Suédois en uniforme allemand, russe, japonais, américain, anglais et italien.

– Des volontaires et des mercenaires, ce n'est pas la même chose, si ?

– Je parle de la volonté de se battre. Il y a toujours eu des Suédois prêts à prendre les armes.

Wallander crut détecter le mélange caractéristique de provocation et d'impuissance de ceux qui nourrissaient des illusions de grandeur par rapport à la Suède. Il jeta un rapide coup d'œil aux murs pour voir si d'éventuels symboles nazis lui auraient échappé. Mais il n'en vit aucun.

– Laisse tomber les volontaires, répéta-t-il. Je m'intéresse aux mercenaires. Ceux qui se louent.

– La Légion étrangère, dit Ekberg. C'est le point de départ classique. Il y a toujours eu des Suédois dans la Légion. Beaucoup d'entre eux sont enterrés dans le désert

– Le Congo, dit Wallander. C'est un autre point de départ. Vrai ou faux ?

– Il n'y avait pas beaucoup de Suédois là-bas. Mais certains se sont battus jusqu'à la fin la guerre, du côté du Katanga.

– Qui étaient-ils ?

Ekberg le considéra avec étonnement.

– Tu veux des noms ?

– Pas encore. Je veux savoir quelle sorte de gens c'était.

– D'anciens militaires. Quelques aventuriers. Quelques convaincus. Quelques flics expulsés de la police.

– Convaincus de quoi ?

– De la lutte contre le communisme.

– Mais ils tuaient des Africains innocents ?

Ekberg fut instantanément sur ses gardes.

– Je ne suis pas tenu de répondre aux questions d'opinion politique. Je connais mes droits.

– Je ne cherche pas à connaître tes opinions. Je veux savoir qui étaient ces hommes. Et pourquoi ils sont devenus mercenaires.

Ekberg le considéra de son regard vigilant.

– Pourquoi ? demanda-t-il. Disons que ce sera ma seule question. Et je veux une réponse.

Wallander n'avait rien à perdre.

– Il se peut qu'un ancien mercenaire suédois soit impliqué dans l'un au moins des deux meurtres. C'est pourquoi je pose ces questions. C'est pourquoi tes réponses peuvent avoir de l'importance.

Ekberg hocha la tête. Il avait compris.

– Tu veux boire quelque chose ?

– Quoi, par exemple ?

– Whisky, bière…

Wallander avait conscience du fait qu'il n'était que dix heures du matin. Il secoua la tête – même si, en réalité, il aurait volontiers pris une bière.

– Non, merci.

Ekberg se leva et revint quelques instants plus tard avec un verre de whisky.

– Quel est ton métier ? reprit Wallander.

La réponse d'Ekberg le prit complètement au dépourvu. Il ne savait pas à quoi il s'attendait ; pas à cela, en tout cas.

– Chef d'entreprise. Je suis consultant en gestion du personnel. Je mets au point des méthodes de résolution des conflits.

– Ça paraît intéressant.

Il se demandait toujours si Ekberg se fichait de lui.

– Par ailleurs, j'ai un portefeuille d'actions qui se porte bien en ce moment.

Wallander décida de faire comme si Ekberg disait la vérité. Il revint au sujet des mercenaires.

– Comment se fait-il que tu t'intéresses tellement aux mercenaires ?

– Ils représentent certaines valeurs qui représentent à leur tour le meilleur de notre culture – et qui sont malheureusement en train de disparaître.

Wallander ressentit un malaise immédiat. D'autant plus qu'Ekberg paraissait très convaincu. Comment était-ce possible ? Et combien de petits actionnaires suédois portaient des tatouages comme ceux d'Ekberg ? Pouvait-on imaginer que les financiers et les hommes d'affaires de l'avenir seraient des bodybuilders qui avaient dans leur salon d'authentiques juke-boxes ? Wallander revint au sujet de sa visite.

– Comment s'opérait le recrutement, pour le Congo ?

– Il y avait des bars, à Bruxelles. À Paris aussi. Tout se passait très discrètement. Encore aujourd'hui, d'ailleurs. Surtout depuis ce qui s'est passé en Angola, en 1975.

– Que s'est-il passé ?

– Un certain nombre de mercenaires n'ont pas réussi à sortir du pays à temps. Ils ont été faits prisonniers à la fin de la guerre. Le nouveau régime a ordonné un procès. La plupart d'entre eux ont été condamnés à mort et exécutés. C'était extrêmement cruel. Et complètement inutile.

– Pourquoi ont-ils été condamnés à mort ?

– Parce que c'étaient des soldats recrutés. Comme si cela faisait la moindre différence. Les soldats sont toujours recrutés, d'une manière ou d'une autre.

– Mais ils n'avaient rien à voir avec cette guerre ? Ils venaient de l'extérieur ? Ils voulaient juste gagner de l'argent ?

Ekberg ignora le commentaire. Comme s'il était indigne de lui.

– Ils auraient dû quitter la zone des combats à temps. Mais ils avaient perdu deux de leurs commandants de compagnie. L'avion qui devait les récupérer a atterri sur la mauvaise piste, dans le bush. La malchance a beaucoup joué, dans cette histoire. Environ quinze d'entre eux ont été faits prisonniers. La majorité a réussi à sortir du pays et à continuer jusqu'en Rhodésie du Sud. Il existe aujourd'hui un monument dédié aux exécutés de l'Angola. Dans une grande ferme des environs de Johannesburg. Des mercenaires du monde entier sont venus pour assister à l'inauguration.

– Y avait-il des Suédois parmi les exécutés ?

– Il y avait surtout des Anglais et des Allemands. Les familles disposaient de quarante-huit heures pour récupérer les corps. Presque personne ne s'est manifesté.

Wallander pensait au monument de Johannesburg.

– Il existe autrement dit un sentiment de communauté chez les mercenaires, quelle que soit leur origine ?

– Chacun est responsable de soi. Mais la communauté existe. Elle doit exister.

– Beaucoup deviennent peut-être mercenaires pour cette raison ? Parce qu'ils recherchent cette communauté ?

– L'argent vient d'abord. Puis l'aventure. Ensuite la communauté. Dans cet ordre.

– La vérité, c'est donc que les mercenaires tuent pour de l'argent ?

– Naturellement. Les mercenaires ne sont pas des monstres. Ce sont des êtres humains.

Wallander sentait croître son malaise. Mais il comprenait en même temps qu'Ekberg était absolument sincère. Cela faisait longtemps qu'il n'avait pas rencontré quelqu'un d'aussi convaincu. Il n'y avait rien de monstrueux chez ces soldats qui tuaient n'importe qui, du moment que la paye était bonne. Au contraire, c'était une définition de leur humanité. Selon Johan Ekberg.

Wallander sortit une copie de la photographie et la posa sur la table en verre.

– Tu as des affiches de films aux murs, dit-il. Voici une photo authentique. Prise dans ce qu'on appelait alors le Congo belge. Il y a plus de trente ans. Avant ta naissance. Elle représente trois mercenaires. L'un d'eux est suédois.

Ekberg se pencha pour examiner la photographie. Wallander attendit.

– Reconnais-tu l'un des trois hommes ? demanda-t-il enfin.

Il nomma deux d'entre eux : Terry O'Banion et Simon Marchand. Ekberg fit signe que non.

– Ce ne sont pas nécessairement leurs vrais noms. Mais leurs noms de mercenaires.

– Si je les connaissais, ce serait de toute façon sous leurs noms de mercenaires.

– Le Suédois, poursuivit Wallander, est celui du milieu.

Ekberg se leva et disparut dans une autre pièce. Il revint avec une loupe et examina à nouveau la photo.

– Il s'appelle Harald Berggren, dit Wallander. C'est à cause de lui que je suis venu jusqu'ici.

Ekberg ne dit rien. Il regardait toujours l'image.

– Harald Berggren, répéta Wallander. Il tenait un journal pendant cette guerre. Tu le reconnais ? Tu sais qui c'est ?

Ekberg posa la photographie et la loupe.

– Bien sûr, dit-il. Je sais qui est Harald Berggren.

Wallander tressaillit. Il ne s'attendait pas du tout à cette réponse.

– Où est-il maintenant ?

– Il est mort. Depuis sept ans.

Wallander avait envisagé cette éventualité. Pourtant, il éprouva une grande déception.

– Que s'est-il passé ?

– Il s'est suicidé. Ce n'est pas rare chez ceux qui ont beaucoup de courage et qui ont combattu dans des circonstances difficiles.

– Pourquoi s'est-il suicidé ?

Ekberg haussa les épaules.

– Je crois qu'il en avait assez.

– Assez de quoi ?

– De quoi a-t-on assez quand on décide de mourir ? De la vie elle-même. De l'ennui. De la fatigue de voir son visage dans la glace tous les matins.

– Comment cela s'est-il passé ?

– Il habitait dans la banlieue nord de Stockholm, à Sollentuna. Un dimanche matin, il a rangé son revolver dans sa poche et il a pris un bus. Arrivé au terminus, il est descendu, il est parti à pied dans la forêt et il s'est tué.

– Comment sais-tu tout cela ?

– Je le sais. Ça veut dire qu'il ne peut pas être impliqué dans un meurtre en Scanie. À moins qu'il n'ait ressuscité – ou posé une mine qui n'explose que maintenant.

Wallander avait laissé le journal de Harald Berggren à Ystad. Il pensa que c'était peut-être une erreur.

– Harald Berggren a tenu un journal au Congo. Nous l'avons

trouvé dans le coffre-fort de l'une des victimes. Un marchand de voitures. Holger Eriksson. Ça te dit quelque chose?

Ekberg secoua la tête.

— Tu en es sûr?

— J'ai une très bonne mémoire.

— As-tu une idée de la raison pour laquelle ce journal s'est retrouvé là?

— Non.

— Peux-tu imaginer quelle relation il pouvait y avoir entre ces deux hommes, il y a plus de sept ans?

— Je n'ai rencontré Harald Berggren qu'une seule fois. C'était l'année avant sa mort. J'habitais Stockholm à l'époque. Il est venu me voir un soir, chez moi. Il était très agité. Il m'a raconté qu'en attendant une nouvelle guerre, il passait son temps à voyager dans le pays, en travaillant un mois ici, un mois là. Il avait un métier, après tout.

Wallander réalisa aussitôt qu'il avait complètement occulté cette possibilité. Bien qu'elle fût mentionnée dans le journal, dès la première page.

— Il était mécanicien, c'est cela?

Pour la première fois, Ekberg parut surpris.

— Comment le sais-tu?

— C'était écrit dans son journal.

— Je me disais qu'un concessionnaire pouvait peut-être avoir besoin d'un mécanicien supplémentaire de temps en temps. Que Harald était peut-être passé en Scanie, et qu'il aurait pu croiser ce Eriksson.

Wallander hocha la tête. C'était évidemment possible.

— Harald Berggren était-il homosexuel?

Ekberg sourit.

— Oui.

— C'est fréquent, chez les mercenaires?

— Pas nécessairement. Mais ce n'est pas rare. Je suppose qu'on en trouve aussi dans la police?

Wallander ne répondit pas.

— Et chez les consultants? demanda-t-il.

Ekberg s'était levé pour aller se mettre à côté du juke-box. Il sourit à Wallander.

— Ça arrive.

— Tu passes des annonces dans *Terminator*. Tu proposes tes services, mais tu ne précises pas lesquels.

– Je fais office d'intermédiaire.

– Auprès de qui ?

– Divers employeurs qui peuvent se révéler intéressants.

– Des missions de guerre ?

– Parfois. Gardes du corps, protection de convois. Ça varie. Si je voulais, je pourrais alimenter la presse suédoise en histoires surprenantes.

– Mais tu ne le fais pas, si ?

– Mes clients me font confiance.

– Je ne suis pas journaliste.

Ekberg s'était rassis dans le fauteuil.

– « Terre blanche », en Afrique. Le chef du parti nazi chez les Boers. Il a deux gardes du corps suédois. Ce n'est qu'un exemple. Mais si tu répètes ça en public, je le nierai, bien entendu.

– Je ne dirai rien.

Wallander n'avait pas d'autres questions. Ce que signifiaient les réponses d'Ekberg, il ne le savait pas encore.

– Puis-je garder la photographie ? demanda Ekberg. J'ai une petite collection.

– Garde-la, dit Wallander en se levant. Nous avons l'original.

– Qui a le négatif ?

– Je me pose la question, moi aussi.

Il était déjà sorti de l'appartement lorsqu'il pensa à une dernière question.

– Pourquoi fais-tu tout cela ?

– Je reçois des cartes postales du monde entier. C'est tout.

Wallander comprit qu'il n'obtiendrait pas d'autre réponse.

– J'ai du mal à te croire. Mais il se peut que je te rappelle. Si j'ai d'autres questions.

Ekberg hocha la tête. Puis il referma la porte.

Lorsque Wallander ressortit sur le trottoir, il tombait une pluie mêlée de neige. Il était onze heures du matin. Il n'avait rien de plus à faire à Gävle. Il remonta en voiture. Harald Berggren n'avait pas tué Holger Eriksson, et pas davantage Gösta Runfeldt. La piste potentielle était réduite à néant.

Nous devons recommencer à zéro, pensa Wallander. Nous rayons Harald Berggren de l'enquête. Nous oublions les têtes réduites et les journaux de guerre. Que reste-t-il ? On devrait pouvoir retrouver Harald Berggren parmi les anciens employés de Holger Eriksson. On devrait aussi pouvoir établir si celui-ci était homosexuel.

La couche superficielle de l'enquête n'a rien révélé, pensa-t-il. Nous devons creuser plus profond.

Wallander mit le contact. Puis il fit d'une traite le trajet jusqu'à l'aéroport de Stockholm. Il mit un certain temps à trouver l'agence de location où il devait rendre la voiture. À quatorze heures, il attendait son avion, assis sur une banquette du hall de départs, en feuilletant distraitement un journal du soir abandonné par quelqu'un. La pluie mêlée de neige avait cessé un peu au nord d'Uppsala.

L'avion quitta Arlanda à l'heure. Wallander était assis du côté du couloir. Il s'endormit presque aussitôt après le décollage et ne se réveilla que lorsque le changement de pression dans ses oreilles lui signala le début de la descente vers Sturup. La femme assise à côté de lui reprisait une paire de bas. Wallander la considéra avec étonnement. Puis il pensa qu'il devait appeler Älmhult et demander où en était la réparation de sa voiture. Il serait obligé de prendre un taxi jusqu'à Ystad.

Mais en se dirigeant vers la sortie, il aperçut Martinsson. Il comprit aussitôt qu'il s'était passé quelque chose.

Pas une nouvelle victime, pensa-t-il. Tout, mais pas ça.

Martinsson l'avait repéré.

– Qu'est-ce qui se passe ? demanda Wallander.

– Il faut que tu gardes ton portable branché. On n'arrive pas à te joindre.

Wallander attendit. Il retenait son souffle.

– Nous avons retrouvé la valise de Gösta Runfeldt, dit Martinsson.

– Où ?

– Au bord de la route, du côté de Höör. Pas très bien cachée.

– Qui l'a trouvée ?

– Un type qui s'était arrêté pour pisser. Il a vu la valise et il l'a ouverte. Il y avait des documents au nom de Runfeldt. L'homme avait lu les journaux. Il a téléphoné tout de suite. Nyberg est là-bas.

Bien, pensa Wallander. C'est toujours une piste.

– On y va, dit-il.

– Tu as besoin de passer chez toi d'abord ?

– Non. S'il y a quelque chose dont je n'ai pas besoin, c'est bien d'aller chez moi.

Ils se dirigèrent vers la voiture de Martinsson.

Wallander constata soudain qu'il était pressé.

23

La valise était encore à l'endroit où elle avait été retrouvée, au bord de la route. Beaucoup d'automobilistes s'étaient arrêtés par curiosité en apercevant les deux voitures de police et l'attroupement. Nyberg était en train d'examiner les lieux à la recherche de traces. Il était agenouillé et manipulait un objet par terre, pendant que l'un de ses assistants tenait sa béquille. Il leva la tête à l'approche de Wallander.

— Comment était le Norrland ? demanda t il.

— Je n'ai pas trouvé de valise. À part ça, c'est très beau, là-bas. Même s'il fait froid.

— Avec un peu de chance, on va pouvoir déterminer depuis combien de temps elle est ici. Je suppose que c'est une information importante.

La valise était fermée. Wallander ne voyait aucune étiquette portant une adresse. Pas davantage de publicité pour l'agence « Voyages spéciaux ».

— Vous avez parlé à Vanja Andersson ?

— Elle est déjà venue, dit Martinsson. Elle a reconnu la valise. On l'a ouverte. Les jumelles de nuit qui avaient disparu de chez Gösta Runfeldt s'y trouvaient. Il semble bien que ce soit la sienne.

Wallander essaya de réfléchir. Il était sur la route 13, au sud d'Eneborg. Autrement dit, un peu après le croisement où l'on pouvait, entre autres, prendre la direction de Löding. Si on prenait la direction opposée, on arrivait au sud de Krageholm, non loin de Marsvinsholm. Wallander constata qu'ils se trouvaient environ à mi-chemin des deux meurtres. Ou dans le coin d'un triangle dont Ystad constituait la pointe.

Ils se trouvaient très près de tout, pensa-t-il. Un centre invisible.

La valise avait été repérée du côté est de la route. Si elle avait été déposée là par quelqu'un qui passait en voiture, celle-ci venait vrai-semblablement d'Ystad. Mais elle pouvait aussi venir de Marsvin-sholm, et avoir pris vers le nord au carrefour de Sövestad. Wallander essayait d'évaluer les alternatives. Nyberg avait raison : c'était impor-tant de savoir combien de temps la valise était restée au bord de la route.

– Quand peut-on l'enlever ? demanda-t-il.

– Elle pourra être à Ystad dans moins d'une heure. J'ai presque fini, dit Nyberg.

Wallander fit un signe de tête à Martinsson. Ils se dirigèrent vers sa voiture. Au cours du trajet depuis l'aéroport, Wallander lui avait résumé son voyage, qui éclaircissait un point important, sans pour autant faire avancer l'autre question : l'énigme de la donation faite par Holger Eriksson à l'église du Jämtland. En tout cas, ils savaient à présent que Harald Berggren était mort. Ekberg disait la vérité, et ses informations étaient fiables ; Wallander n'avait aucun doute là-dessus. Berggren n'avait pu être mêlé à la mort de Holger Eriksson. En revanche, ils devaient découvrir s'il avait effectivement travaillé pour lui. Même si c'était le cas, il ne fallait cependant pas en attendre grand-chose. Certains éléments du puzzle n'avaient pas de valeur en eux-mêmes. Il fallait juste qu'ils soient à leur place pour que les pièces importantes puissent s'encastrer. Harald Berggren était désor-mais l'un de ces élément. Ils montèrent dans la voiture de Martins-son et prirent la direction d'Ystad.

– Holger Eriksson fournissait peut-être du travail temporaire à des mercenaires au chômage ? suggéra Martinsson. Peut-être y en a-t-il eu un autre après Harald Berggren ? Qui ne tenait pas de jour-nal, mais qui a soudain eu l'idée de tendre un piège mortel à Eriks-son ?

– C'est possible, dit Wallander sans conviction. Mais comment expliquer dans ce cas ce qui est arrivé à Gösta Runfeldt ?

– On ne l'explique pas. Peut-être devrions-nous nous concentrer sur lui ?

– Eriksson est mort le premier. Mais il n'est pas nécessairement le premier dans l'ordre des causes. Le problème n'est pas seulement que nous manquons de mobiles et d'explications. Nous manquons de véritables points de départ.

Martinsson resta silencieux tandis qu'ils traversaient la ville de Sövestad.

– Pourquoi retrouvons-nous sa valise le long de cette route ? demanda-t-il soudain. C'est la bonne direction si on veut se rendre

à l'aéroport de Kastrup, mais ce n'était pas du tout le cas de Runfeldt, puisqu'il devait prendre l'avion à Copenhague. Que s'est-il
passé exactement ?

— J'aimerais bien le savoir, dit Wallander.

— On a eu le temps d'examiner la voiture de Runfeldt. Il avait une
place de parking, derrière son immeuble. C'est une Opel de 1993.
Tout paraissait en ordre.

— Les clés ?

— On les a retrouvées dans l'appartement.

Wallander pensa qu'il ignorait toujours si Runfeldt avait commandé
un taxi le matin de son départ. Il posa la question à Martinsson.

— Hansson a parlé à quelqu'un de la centrale des taxis. Runfeldt
avait réservé une voiture pour cinq heures du matin, qui devait le
conduire à Malmö. Le chauffeur a attendu. Puis ils ont téléphoné
chez Runfeldt, en pensant qu'il ne s'était pas réveillé. Pas de réponse.
Finalement, le chauffeur est reparti. D'après Hansson, la personne
qui l'a renseigné était très exacte dans sa description des événements.

— On dirait que nous avons affaire à une agression soigneusement
préméditée.

— Ce qui impliquerait qu'ils étaient au moins deux.

— Qui auraient été informés en détail des projets de Runfeldt. Du
fait qu'il devait partir tôt ce matin-là. Qui pouvait le savoir ?

— La liste est limitée. Et elle existe. Je crois que c'est Ann-Britt
Höglund qui l'a établie. Anita Lagergren de l'agence de voyages ; les
enfants de Runfeldt. Sa fille connaissait seulement le jour, pas
l'heure de son départ. En dehors de cela, personne.

— Vanja Andersson ?

— Elle croyait savoir. Mais elle ne savait pas.

Wallander secoua lentement la tête.

— Quelqu'un d'autre, dit-il. Il manque quelqu'un sur cette liste.
C'est la personne que nous recherchons.

— Nous avons commencé à passer en revue son fichier de clien-
tèle. On a recoupé différentes informations, et on est arrivés à la
conclusion qu'il avait effectué en tout une quarantaine de « missions ». Ça n'en fait pas beaucoup, autrement dit. Quatre par an.
Mais la personne que nous cherchons figure peut-être dans la liste.
On ne peut pas exclure cette hypothèse.

— Il va falloir éplucher ce registre. Ça va être difficile. Mais tu as
raison, on ne peut pas en faire l'économie.

— Je commence à croire que cette enquête va nous prendre énormément de temps.

Wallander se posa silencieusement la question. Il constata qu'il partageait le sentiment de Martinsson.

– On peut toujours espérer que tu te trompes. Mais ce n'est pas très probable.

Ils approchaient d'Ystad. Il était dix-sept heures trente.

– Apparemment, le fils et la fille veulent vendre la boutique, dit Martinsson. Ils ont demandé à Vanja Andersson si elle voulait la reprendre. Mais il n'est pas sûr qu'elle ait l'argent.

– Qui t'a raconté ça ?

– Bo Runfeldt a téléphoné. Il voulait savoir si sa sœur et lui pouvaient quitter Ystad après l'enterrement.

– Quand doit-il avoir lieu ?

– Mercredi.

– Qu'ils partent, dit Wallander. Nous les recontacterons au besoin.

Martinsson s'engagea sur le parking du commissariat.

– J'ai eu un garagiste d'Älmhult au téléphone, dit-il. Ta voiture sera prête mercredi prochain. Malheureusement, on dirait que ça va coûter assez cher. Tu le savais peut-être ? Mais il a promis de la faire livrer ici, à Ystad.

Ils trouvèrent Hansson dans le bureau de Svedberg. Wallander les informa brièvement du résultat de son voyage. Hansson était très enrhumé. Wallander lui proposa de rentrer chez lui.

– Lisa Holgersson aussi est malade, dit Svedberg. Apparemment, elle a attrapé la grippe.

– Déjà ? fit Wallander. Si la grippe est arrivée, on va avoir des problèmes.

– Je suis juste enrhumé, assura Hansson. Avec un peu de chance, je serai guéri demain.

– Les deux enfants d'Ann-Britt Höglund sont malades, dit Martinsson. Mais il paraît que son mari doit rentrer demain.

Wallander sortit après leur avoir demandé de le prévenir quand la valise serait arrivée. Il avait l'intention de rédiger un compte rendu de son voyage. Peut-être aussi de rassembler les factures dont il avait besoin pour faire une note de frais. Mais sur le chemin de son bureau, il changea d'idée. Il revint sur ses pas.

– Je peux emprunter une voiture ? demanda-t-il. Je reviens dans une demi-heure.

On lui tendit plusieurs trousseaux de clés. Il prit celui de Martinsson. Il faisait déjà nuit lorsqu'il se gara dans Västra Vallgatan. Le ciel était limpide. La nuit allait être froide. Il continua à pied jusqu'à l'immeuble de Runfeldt. Les fenêtres étaient éclairées. Les enfants de Runfeldt, sans doute. La police avait fini son travail dans l'appartement. Le fils et la fille pouvaient commencer à trier les affaires de leur père. Dernier résumé de la vie d'un mort. Il pensa soudain à son propre père. Puis à Gertrud et à sa sœur Kristina. Il n'était pas allé à Löderup une seule fois pour les aider. Même s'il n'y avait pas grand-chose à faire et qu'elles pouvaient se débrouiller seules, il aurait dû se montrer là-bas. Il avait oublié – malaise ou manque de temps ? Il ne le savait pas au juste.

Il s'était arrêté devant le porche de l'immeuble. La rue était déserte. Il avait besoin de se représenter un enchaînement d'événements. Il se plaça juste devant la porte et regarda autour de lui. Puis il traversa la rue et refit la même chose. *Runfeldt est dans la rue. Si c'est le soir, ou la nuit, il n'a pas sa valise. Quelque chose l'a poussé à quitter son appartement. Si c'est le matin, en revanche, il a la valise. La rue est déserte. Il pose la valise sur le trottoir. De quel côté arrive le taxi ? Attend-il devant le porche ou traverse-t-il la rue ? Il se passe quelque chose. Runfeldt et sa valise disparaissent. La valise est retrouvée au bord de la route de Höör. Runfeldt lui-même est mort, ligoté à un arbre dans la forêt de Marsvinsholm.* Wallander examina le porche des deux immeubles voisins de celui de Runfeldt. Aucun d'entre eux n'était assez profond pour dissimuler quelqu'un. Il regarda les lampadaires. Ceux qui éclairaient le porche de Runfeldt étaient intacts. Une voiture, pensa-t-il. Une voiture était garée ici, tout près de l'immeuble. Runfeldt apparaît sur le trottoir. Quelqu'un descend de voiture. Si Runfeldt a eu peur, il aurait dû crier. Le voisin attentif l'aurait remarqué. Si c'est une personne inconnue, Runfeldt n'a peut-être été que surpris. L'homme s'est avancé vers Runfeldt. L'a-t-il frappé ? Menacé ? Wallander pensa à la réaction de Vanja Andersson dans la forêt. Runfeldt avait beaucoup maigri au cours de sa courte disparition. Wallander était persuadé que c'était synonyme de captivité. Il avait été affamé. Puis on l'avait traîné jusqu'à la voiture – peut-être évanoui, peut-être sous la menace. On retrouvait la valise au bord de la route de Höör.

La première réaction de Wallander en arrivant sur les lieux fut que cette valise avait été laissée là exprès.

L'élément démonstratif, à nouveau.

Wallander retourna devant le porche. Recommença son scénario. *Runfeldt apparaît sur le trottoir. Il s'apprête à entreprendre un voyage qui le réjouit. Il se rend en Afrique pour observer les orchidées.*

Wallander fut interrompu dans ses pensées par le passage d'une voiture.

Il se mit à faire les cent pas devant le porche. Runfeldt avait peut-être tué sa femme, dix ans plus tôt. Délibérément scié un trou dans la glace. C'était un homme brutal. Il maltraitait la mère de ses enfants. En apparence, c'est un fleuriste aimable qui a la passion des orchidées. Maintenant, il s'apprête à partir pour Nairobi. Tous ceux qui lui ont parlé au cours des derniers jours avant son départ ont confirmé sa joie sincère. Un homme aimable qui était en même temps un monstre.

Wallander refit le chemin jusqu'à la boutique. Il pensait à l'effraction. La flaque de sang par terre. Deux ou trois jours après que Runfeldt a été vu pour la dernière fois, quelqu'un pénètre dans la boutique. Rien n'est volé. Pas même une fleur. Il y a du sang par terre.

Wallander secoua la tête, découragé. Il y avait quelque chose qu'il ne voyait pas. Une surface en dissimulait une autre. Gösta Runfeldt. Amateur d'orchidées et monstre. Holger Eriksson. Amoureux des oiseaux, poète et marchand de voitures. Lui aussi a la réputation d'être un homme brutal.

La brutalité les unit, pensa Wallander. Plus exactement, la brutalité cachée. Dans le cas de Runfeldt plus clairement que dans celui d'Eriksson. Mais il y a des ressemblances.

Il retourna devant le porche. *Runfeldt apparaît dans la rue. Pose sa valise. Si c'est le matin. Que fait-il ensuite ? Il attend un taxi. Mais lorsque celui-ci arrive, il a déjà disparu.*

Wallander s'immobilisa. *Runfeldt attend un taxi.* Se peut-il qu'un autre taxi soit arrivé entre-temps ? Un faux taxi ? Runfeldt sait simplement qu'il a réservé une voiture ; il ne sait pas à quoi elle ressemble. Ni à quoi ressemble le chauffeur. Il monte à l'arrière. Le chauffeur range la valise dans le coffre. Ils prennent la direction de Malmö. Mais ils n'iront pas au-delà de Marsvinsholm.

Les choses ont-elles pu se passer ainsi ? Runfeldt a-t-il été séquestré quelque part à proximité de la forêt où il a été tué ? Mais la valise est retrouvée sur la route de Höör. Dans une tout autre direction. Du côté de la ferme de Holger Eriksson.

Wallander constata qu'il tournait en rond. Il avait lui-même du mal à croire à l'hypothèse d'un faux taxi. Il ne savait que penser. Une seule chose était indubitable : ce qui s'était produit devant le porche avait été soigneusement prémédité. Par quelqu'un qui savait que Runfeldt devait partir pour Nairobi.

Wallander reprit le chemin du commissariat. En arrivant, il reconnut la voiture de Nyberg négligemment garée devant l'entrée. La valise était donc arrivée.

Ils avaient étalé une feuille en plastique sur la table de la salle de réunion. La valise était posée dessus, mais n'avait pas été ouverte. Nyberg buvait un café avec Svedberg et Hansson. Wallander comprit qu'ils l'attendaient. Martinsson parlait au téléphone. Avec l'un de ses enfants, constata Wallander en lui rendant les clés de sa voiture.

– Alors ? demanda Wallander à Nyberg. Elle était au bord de la route depuis combien de temps ?

La réponse le prit complètement au dépourvu.

– Quelques jours tout au plus. Trois jours au grand maximum.

– Autrement dit, intervint Hansson, elle a passé un long moment ailleurs.

– Ce qui soulève une autre question, dit Wallander. Pourquoi a-t-on choisi de s'en débarrasser maintenant ?

Personne n'avait de réponse. Nyberg enfila des gants en plastique et ouvrit la valise. Il s'apprêtait à soulever le premier vêtement lorsque Wallander lui demanda d'attendre. Il se pencha sur la table. Il ne savait pas au juste ce qui avait retenu son attention.

– Avons-nous une photo ? demanda-t-il.

– Pas de la valise ouverte, dit Nyberg.

– Je veux une photo.

Il avait réagi à la manière dont le contenu de la valise était rangé. Mais il n'aurait pu dire pourquoi.

Nyberg sortit et revint avec un appareil. Comme il avait encore mal au pied, il demanda à Svedberg de grimper sur une chaise et de prendre la photo à sa place.

Puis ils vidèrent la valise. Wallander avait sous les yeux l'image d'un homme qui pensait partir en Afrique avec un bagage léger. Aucun objet, aucun vêtement superflu ou inattendu. Ils trouvèrent les documents de voyage dans les poches latérales. Il y avait aussi une somme assez importante en dollars. Au fond de la valise, quelques carnets, de la documentation consacrée aux orchidées et un appareil photo. Ils contemplèrent en silence les différents objets. Wallander cherchait fiévreusement ce qui avait bien pu retenir son attention au moment d'ouvrir la valise. Nyberg examinait le contenu de la trousse de toilette. Il en tira une boîte de pilules.

– Prévention du paludisme, dit-il. Gösta Runfeldt était bien préparé pour l'Afrique.

Wallander considérait la valise vide. Un objet s'était coincé dans la doublure du couvercle. Nyberg le dégagea. C'était un badge d'identification en plastique bleu.

– Gösta Runfeldt assistait peut-être à des congrès, proposa Nyberg.
– Il s'apprêtait à partir en safari, objecta Wallander. Il se peut évidemment que ce clip date d'un précédent voyage.

Il prit une serviette en papier sur la table et saisit le badge par son épingle de sûreté pour l'examiner de plus près. Il perçut alors un parfum. Cela le laissa songeur. Il le tendit à Svedberg.

– Tu sens?
– Après-rasage?

Wallander secoua la tête.

– Non, dit-il. C'est un parfum.

Ils reniflèrent à tour de rôle, sauf Hansson qui était enrhumé. Ils tombèrent d'accord sur le fait que le clip sentait le parfum. Un parfum de femme. Wallander était de plus en plus pensif. Il lui semblait aussi reconnaître ce badge.

– Qui a déjà vu des clips d'identification comme celui-ci?

Ce fut Martinsson qui fournit la réponse.

– Ça ne viendrait pas de l'administration du district? Tous ceux qui travaillent à l'hôpital en ont.

Juste, pensa Wallander.

– Mais ça ne colle pas, dit-il. Un clip en plastique qui sent le parfum dans la valise de Gösta Runfeldt...

Au même instant, il comprit ce qui avait arrêté son attention lorsque Nyberg avait ouvert la valise.

– Je voudrais qu'Ann-Britt vienne, dit-il. Enfants malades ou pas. Sa voisine pourrait peut-être lui donner un coup de main pendant une demi-heure? La police paiera la facture.

Martinsson composa le numéro. La conversation fut très brève.

– Elle arrive, dit-il.

– Pourquoi la fais-tu venir? demanda Hansson.

– Je voudrais qu'elle fasse quelque chose avec cette valise. Rien d'autre.

– Tu veux qu'on remette le contenu à l'intérieur? demanda Nyberg.

– Non, justement. Je veux que ce soit Ann-Britt qui le fasse.

Les autres lui jetèrent un regard perplexe. Mais personne ne fit de commentaire. Hansson se moucha. Nyberg s'assit pour reposer son pied endolori. Martinsson disparut en direction de son bureau, sans doute pour passer un coup de fil à sa femme. Wallander quitta la salle de réunion et alla se planter devant la carte du district d'Ystad. Il examina le tracé des routes entre Marsvinsholm, Lödinge et Ystad. Il y a toujours un centre, pensa-t-il. Un point de recoupement entre différents événements, qui a une contrepartie concrète dans la réa-

lité. Contrairement à ce qu'on dit, un meurtrier revient très rarement sur le lieu du crime. En revanche, il passe souvent au même
endroit au moins deux fois, voire davantage.

Ann-Britt Höglund arriva. Comme d'habitude, Wallander se sentit coupable de l'avoir fait venir. Il comprenait les difficultés qu'elle
rencontrait, en étant si souvent seule avec ses deux enfants. Cette
fois, il lui sembla cependant qu'il l'avait dérangée pour une très
bonne raison.

– Il s'est passé quelque chose? demanda-t-elle.

– Tu sais que nous avons retrouvé la valise de Runfeldt?

– On me l'a dit.

Ils entrèrent dans la salle de réunion.

– Ce qui est là, sur la table, était auparavant dans la valise, dit
Wallander. Je voudrais que tu enfiles une paire de gants et que tu
fasses cette valise.

– D'une manière spéciale?

– De la manière la plus naturelle pour toi. Tu m'as dit un jour
que c'est toujours toi qui fais la valise de ton mari quand il part en
voyage. Autrement dit, tu as l'habitude.

Elle se mit à l'œuvre sans poser d'autres questions. Wallander lui
en fut reconnaissant. Ils la regardaient tous. Avec des gestes précis et
sûrs, elle prit les différents objets à tour de rôle et fit la valise. Puis
elle recula d'un pas.

– Je la referme?

– Ce n'est pas nécessaire.

Ils se rapprochèrent de la table pour contempler le résultat. Celui-
ci était conforme aux prévisions de Wallander.

– Comment pouvais-tu savoir dans quel ordre Runfeldt avait
rangé ses affaires? demanda Martinsson à Ann-Britt.

– Plus tard, les commentaires, l'interrompit Wallander. J'ai vu un
agent de la circulation tout à l'heure dans la salle de repos. Allez le
chercher.

L'agent, qui s'appelait Laurin, entra. Entre-temps, ils avaient à
nouveau vidé la valise. Laurin paraissait fatigué. Wallander avait
entendu parler d'un grand contrôle antialcoolique de nuit, sur les
routes. Wallander lui demanda d'enfiler des gants en plastique et de
ranger dans la valise les objets éparpillés sur la table. Laurin ne posa
aucune question. Wallander constata qu'il s'acquittait de la tâche
avec soin, soulevant et rangeant les vêtements l'un après l'autre,
consciencieusement. Lorsqu'il eut fini, Wallander le remercia. Il
quitta la pièce.

— Complètement différent, constata Svedberg.

— Je ne cherche pas à démontrer quoi que ce soit, dit Wallander. D'ailleurs, je ne pense pas que ce soit possible. Mais quand Nyberg a ouvert la valise, j'ai eu le sentiment que quelque chose clochait. Comme si cette valise n'avait pas été faite par un homme, mais par une femme.

— Vanja Andersson ? suggéra Hansson.

— Non. Pas elle. C'est Gösta Runfeldt lui-même qui a fait sa valise. Nous pouvons en être assez certains.

Ann-Britt Höglund fut la première à comprendre où il voulait en venir.

— Tu veux dire qu'elle aurait été refaite entre-temps ? Par une femme, cette fois ?

— Je ne veux rien affirmer de précis. J'essaie de réfléchir à haute voix. La valise se trouve au bord de la route depuis peu. Gösta Runfeldt a disparu depuis bien plus longtemps. Où était la valise pendant ce temps ? Cela expliquerait d'ailleurs une étrange absence.

Personne n'y avait encore songé. Mais tous comprirent aussitôt ce qu'il avait en tête.

— Il n'y a pas de sous-vêtements dans cette valise, dit Wallander. Cela me paraît étrange que Gösta Runfeldt ait envisagé de partir en Afrique sans emporter un seul caleçon.

— Oui, approuva Hansson. Il n'aurait pas fait ça.

— Ce qui signifie que quelqu'un a refait la valise, dit Martinsson. Par exemple, une femme. Et tous les sous-vêtements de Runfeldt disparaissent au cours de cette opération.

La tension était palpable dans la pièce.

— Autre chose, dit Wallander lentement. Pour une raison ou pour une autre, les caleçons de Runfeldt ont disparu. Mais en même temps, un autre objet s'est glissé dans la valise.

Il indiqua d'un geste le badge en plastique bleu. Ann-Britt Höglund n'avait pas retiré ses gants.

— Renifle-le, dit Wallander.

Elle fit ce qu'il lui demandait.

— Un parfum de femme discret, dit-elle.

Le silence se fit dans la pièce. Pour la première fois, l'enquête tout entière semblait retenir son souffle.

Ce fut Nyberg qui reprit la parole.

— Cela voudrait dire qu'il y aurait une femme impliquée dans ces atrocités ?

— En tout cas, répondit Wallander, nous ne pouvons plus l'ex-

clure. Même si rien ne l'indique directement. En dehors de cette valise.
Le silence se fit à nouveau. Cette fois, il dura un long moment.
Il était dix-neuf heures trente, le dimanche 16 octobre.

*

Elle était arrivée sous le pont de chemin de fer peu après dix-neuf heures. Il faisait froid. Elle était obligée de faire les cent pas pour garder un peu de chaleur. Celui qu'elle attendait ne viendrait pas avant une demi-heure, peut-être plus. Mais elle était toujours en avance. Avec un frisson, elle se rappela les rares fois où elle était arrivée en retard, au cours de sa vie. Où elle avait laissé des gens attendre. Où ils avaient levé la tête à son entrée et l'avaient dévisagée fixement.

Elle ne serait plus jamais en retard. Elle avait aligné sa vie sur un emploi du temps où tout était prévu, y compris les marges.

Elle était absolument tranquille. Celui qui passerait bientôt sous le pont était un homme qui ne méritait pas de vivre. Elle ne pouvait ressentir de haine à son égard. Haïr, c'était l'affaire de la femme qui avait tellement souffert par sa faute. Debout dans le noir, elle attendait seulement de faire le nécessaire.

Son unique hésitation avait porté sur l'opportunité d'un délai. Le four était vide. Mais elle avait un emploi du temps professionnel chargé au cours de la semaine suivante. Elle ne voulait pas prendre le risque qu'il meure dans le four. Elle avait donc décidé d'agir tout de suite. La méthode s'était imposée d'elle-même. La femme qui lui avait raconté sa vie – et qui avait fini par lâcher le nom de cet homme – lui avait parlé d'une baignoire. Et de l'effet que ça faisait quand quelqu'un vous enfonçait la tête sous l'eau et qu'on avait la sensation de mourir, d'éclater de l'intérieur.

Elle pensait à l'école du dimanche. Le feu de l'enfer qui attendait le pécheur. La peur lui était restée. Personne ne savait comment était mesuré le péché. Personne ne savait à quel moment venait le châtiment. Elle n'avait jamais pu parler de cette peur avec sa mère. Elle s'était interrogée sur les derniers instants de la vie de sa mère. La femme de la police algérienne, Françoise Bertrand, écrivait que tout s'était passé très vite. Sa mère n'avait pas eu le temps de souffrir. Elle n'avait sans doute même pas eu conscience de ce qui lui arrivait. Mais comment savoir ? Françoise Bertrand n'avait-elle pas malgré tout cherché à lui épargner une part de vérité trop insoutenable ?

Un train passa au-dessus de sa tête. Elle compta les wagons. Puis le silence retomba.

Pas par le feu, pensa-t-elle. Par l'eau. Le pêcheur périra par l'eau. Elle jeta un regard à sa montre. Remarqua que l'un des lacets de ses chaussures de tennis était sur le point de se défaire. Elle se pencha pour le renouer. Serra fort le lacet. Elle avait beaucoup de force dans les doigts. L'homme qu'elle attendait, et qu'elle surveillait depuis plusieurs jours, était petit et gros. Il ne lui poserait aucun problème. Ce serait l'affaire d'un instant.

Un homme tenant un chien en laisse passa sous le pont, de l'autre côté de la rue. Ses pas résonnaient contre le trottoir. La situation lui rappelait un vieux film en noir et blanc. Elle fit ce qui paraissait le plus simple : jouer à celle qui attendait quelqu'un. Cet homme ne se souviendrait pas d'elle. Toute sa vie, elle avait appris à passer inaperçue, à se rendre invisible. Elle se préparait déjà, même si elle ne pouvait pas le savoir, à l'époque.

L'homme au chien disparut. Sa voiture à elle était garée de l'autre côté du pont. C'était le centre de Lund, mais il n'y avait personne dehors. À part l'homme au chien, elle n'avait vu qu'un cycliste. Elle sentait qu'elle était prête. Tout se passerait bien.

Soudain, elle l'aperçut. Il approchait, sur le même trottoir qu'elle. On entendit une voiture au loin. Elle se plia en deux, comme si elle avait mal au ventre. L'homme s'arrêta à sa hauteur. Il lui demanda si elle était malade. Au lieu de répondre, elle se laissa glisser à genoux. Il fit ce qu'elle escomptait. Il se rapprocha et se pencha vers elle. Elle murmura qu'elle avait eu un malaise. Pouvait-il l'aider à rejoindre sa voiture ? Elle était garée un peu plus loin. Il la prit par le bras. Elle se fit lourde, pour voir. Il dut faire un effort pour la soutenir. C'était bien ce qu'elle pensait. Les forces de cet homme étaient très limitées. Il la soutint jusqu'à la voiture. Lui demanda si elle avait encore besoin d'aide. Elle fit signe que non. Il lui ouvrit la portière. Elle tendit aussitôt la main et s'empara du chiffon qu'elle avait glissé dans un sac en plastique pour que l'éther ne s'évapore pas. Il ne lui fallut que deux secondes pour l'en extraire. La rue était toujours déserte. Elle se retourna vivement, plaqua le chiffon sur le visage de l'homme. Il se débattit, mais elle était la plus forte. Lorsqu'il glissa à terre, elle le soutint d'un bras tout en ouvrant la portière arrière. Il ne fut pas difficile de le pousser sur la banquette. Elle monta à l'avant. Une voiture passa. Elle se retourna vers lui et pressa à nouveau le chiffon contre son visage. Il était inconscient. Il ne se réveillerait pas au cours du trajet jusqu'au lac.

Elle prit par Svaneholm et Brodda. Arrivée au lac, elle s'arrêta sur le camping désert, au bord de la plage. Puis elle éteignit les phares et descendit de voiture. Elle prêta l'oreille. Tout était très silencieux. Les caravanes étaient abandonnées. Elle ouvrit la portière et traîna l'homme inconscient sur le sol. Puis elle fit le tour de la voiture et prit le sac dans le coffre. Les poids heurtèrent le gravier. Il lui fallut plus de temps que prévu pour enfermer l'homme dans le sac et serrer le nœud.

Il était toujours évanoui. Elle traîna le sac jusqu'au ponton qui s'avançait dans l'eau. Un oiseau passa à tire-d'aile dans le noir. Elle laissa le sac à l'extrémité du ponton. Il ne restait plus qu'à attendre. Elle alluma une cigarette et contempla sa main dans la lueur rougeoyante. Sa main ne tremblait pas. Après une vingtaine de minutes, l'homme dans le sac commença à s'agiter.

Elle pensa à la salle de bains. Au récit de la femme. Et elle se souvint des chats qu'on noyait, quand elle était petite. Ils partaient à la dérive, enfermés dans des sacs, encore vivants, se débattant désespérément pour respirer et survivre.

Il se mit à crier. Il se débattait à présent. Elle éteignit son mégot sur le ponton.

Elle essayait de réfléchir. Mais sa tête était vide.

Puis, du bout du pied, elle poussa le sac dans l'eau et s'éloigna rapidement.

24

Ils s'attardèrent au commissariat jusqu'à une heure avancée de la nuit. Wallander avait renvoyé Hansson et plus tard également Nyberg. Mais les autres étaient restés, et ils avaient entrepris de récapituler une nouvelle fois tout ce qu'ils savaient.

Pendant ce temps, la valise était demeurée ouverte devant eux, sur la table, comme une exhortation à poursuivre. À la fin, Martinsson l'avait refermée avec un bruit sec et l'avait emportée dans son bureau.

Ils avaient passé en revue tous les éléments de l'enquête, avec l'idée que rien, dans le travail effectué jusque-là, ne pouvait être considéré comme superflu. Ils éprouvaient un besoin partagé de revenir en arrière, et de s'attarder sur les détails dans l'espoir de découvrir quelque chose qui leur aurait échappé.

Mais ils ne découvrirent rien de nouveau; rien du moins qui puisse ressembler à une percée décisive. Les événements paraissaient encore obscurs, les liens confus, les mobiles incompréhensibles. Ils se retrouvaient au point de départ : deux hommes avaient été tués d'une manière cruelle et brutale, et le meurtrier devait être une seule et même personne.

Il était minuit et quart lorsque Wallander conclut la réunion. Ils décidèrent de se retrouver tôt le lendemain matin pour organiser la suite de l'enquête – c'est-à-dire, essentiellement, pour décider si la découverte de la valise justifiait un changement de priorités.

Ann-Britt Höglund était restée jusqu'au bout, en quittant la salle de réunion à deux reprises. Wallander devina qu'elle parlait au téléphone avec la voisine qui gardait ses enfants. À la fin de la réunion, Wallander lui demanda de rester encore quelques minutes. Il le regretta aussitôt. Il ne devait pas, ou plutôt il ne pouvait pas la retenir davantage. Mais elle se rassit simplement et ils attendirent que les autres soient sortis.

– Je voudrais que tu fasses quelque chose pour moi, dit-il. Je voudrais que tu passes en revue tous ces événements en adoptant une perspective féminine. En imaginant, autrement dit, que ce n'est pas un homme que nous cherchons, mais une femme. Tu dois envisager deux hypothèses. Dans le premier cas, tu pars du principe qu'elle a agi seule. Dans le deuxième cas, qu'elle a tenu un rôle de complice.

– Tu veux dire qu'il y aurait au moins deux personnes impliquées ?

– Oui. Dont une femme. Naturellement, ils peuvent aussi être plusieurs.

Elle hocha la tête.

– Le plus vite possible, poursuivit Wallander. De préférence demain. C'est une priorité. Si tu as d'autres tâches qui ne peuvent attendre, laisse-les à quelqu'un d'autre.

– Je crois que Hamrén de Stockholm sera là demain, dit-elle. Il y aura aussi quelques policiers de Malmö. Je peux demander à l'un d'eux.

Wallander n'avait rien à ajouter. Pourtant, ni l'un ni l'autre ne se leva.

– Tu penses vraiment que c'est une femme ? demanda-t-elle.

– Je ne sais pas. Il ne faudrait pas laisser cette valise et cette trace de parfum prendre une importance exagérée. D'un autre côté, cette enquête tout entière a une tendance à se dérober. C'est étrange, depuis le début. Déjà au moment où nous avons retrouvé Eriksson empalé dans le fossé, tu as dit une chose à laquelle j'ai souvent repensé.

– Sur le côté démonstratif de cette violence ?

– Le langage du meurtrier. La scène évoquait une guerre. Holger Eriksson a été exécuté, on lui a tendu une embuscade.

– C'est peut-être bien une guerre, dit-elle pensivement.

Wallander la regarda avec attention.

– Que veux-tu dire ?

– Je ne sais pas. Peut-être devons-nous interpréter ce que nous voyons au premier degré. Les pièges hérissés de pieux sont faits pour capturer les bêtes féroces. De plus, on s'en sert parfois en temps de guerre.

Wallander comprit aussitôt que cela pouvait être important.

– Continue, dit-il.

Elle se mordit la lèvre.

– Je ne peux pas. Celle qui garde mes enfants doit rentrer chez elle. Je ne peux pas la retenir plus longtemps. La dernière fois que j'ai appelé, elle était en colère. Dans ces cas-là, même le fait que je la paie bien ne sert plus à rien.

Wallander ne voulait pas interrompre cette conversation. L'espace d'un instant, il se sentit exaspéré par ces enfants. Ou peut-être par cet homme qui n'était jamais à la maison. Il regretta aussitôt ce mouvement d'humeur.

– Tu peux venir chez moi, dit-elle. On continuera la conversation là-bas.

Elle était très pâle et très fatiguée. Il ne devait pas abuser. Pourtant, il accepta. Ils traversèrent la ville déserte dans la voiture d'Ann-Britt. Elle habitait une maison récente, à l'ouest de la ville. La baby-sitter les attendait à la porte. Wallander salua et s'excusa, disant qu'il endossait la responsabilité de ce retard. Puis ils s'assirent au salon. Il était déjà venu à quelques reprises. On voyait tout de suite qu'un voyageur vivait dans cette maison. Des souvenirs de nombreux pays ornaient les murs. En revanche, rien ne signalait la présence d'un policier. Cet intérieur dégageait une atmosphère chaleureuse qui faisait entièrement défaut à son propre appartement de Mariagatan. Elle lui demanda s'il voulait boire quelque chose. Il secoua la tête.

– Pièges de chasse et guerre, reprit-il. Nous en étions là.

– Ce sont les hommes qui chassent et qui deviennent soldats. Nous voyons le fossé, les pieux. Ensuite nous retrouvons une tête réduite et un journal de guerre tenu par un mercenaire. Nous voyons tout cela, et nous l'interprétons.

– De quelle manière ?

– De la seule manière qui s'impose. Si le meurtrier a un langage, nous pouvons lire ce qu'il écrit.

Wallander songea soudain à une réflexion de Linda, un jour qu'elle tentait de lui expliquer le travail du comédien. Lire entre les lignes, avait-elle dit. Chercher le texte caché.

Il lui fit part de sa pensée. Lui répéta les paroles de Linda. Elle hocha la tête.

– Je m'exprime peut-être mal, dit-elle. Mais c'est à peu près ce que je pense, moi aussi. Nous avons tout vu, tout interprété, et pourtant, nous ne tombons pas juste.

– Nous voyons ce que le meurtrier veut que nous voyions ?

– Il se plaît peut-être à détourner notre attention.

Wallander réfléchit. Il remarqua qu'il avait l'esprit parfaitement clair à présent. La fatigue avait disparu. Ils suivaient une piste qui pouvait se révéler décisive. Une piste qui existait déjà dans un coin de sa conscience, mais qu'il n'avait pas réussi à cerner jusque-là.

– Le côté démonstratif serait donc une manœuvre de diversion. C'est ce que tu veux dire ?

– Oui.

– Continue !

– La vérité est peut-être à l'exact opposé.

– À quoi ressemble-t-elle ?

– Je ne sais pas. Mais si nous pensons avoir raison alors que nous sommes dans l'erreur, l'erreur doit finir par rejoindre la vérité.

– Je comprends, dit Wallander. Je comprends et je suis d'accord avec toi.

– Une femme n'empalerait jamais un homme sur des pieux, dit-elle. Elle ne ligoterait pas davantage un homme à un arbre avant de l'étrangler à mains nues.

Wallander ne dit rien pendant un long moment. Ann-Britt disparut à l'étage. Lorsqu'elle revint après quelques minutes, il vit qu'elle avait changé de chaussures.

– Nous avons eu dès le départ l'impression d'actes soigneusement prémédités, dit Wallander. Mais cette préméditation a peut-être une dimension que nous ne soupçonnions même pas.

– Je ne peux évidemment pas imaginer qu'une femme ait accompli ces actes. Mais c'est peut-être le cas. Je le vois maintenant.

– Ce que tu pourras nous en dire demain aura une grande importance. Je crois aussi que nous devrions en parler à Mats Ekholm.

– Qui ?

– Le psychologue qui est venu cet été.

Elle secoua la tête avec découragement.

– Je dois être très fatiguée. J'avais oublié son nom.

Wallander se leva. Il était une heure du matin.

– À demain, dit-il. Tu peux m'appeler un taxi ?

– Prends ma voiture si tu veux. Demain matin, j'aurai besoin d'une longue promenade pour mettre de l'ordre dans mes idées.

Elle lui tendit les clés.

– Mon mari rentre bientôt. Ce sera plus facile.

– Je viens peut-être seulement de comprendre dans quelles difficultés tu te débats. Quand Linda était petite, Mona était toujours là. Je crois que je n'ai jamais dû m'absenter une seule fois du travail à cause de Linda, pendant toute son enfance.

Elle le raccompagna jusqu'à la porte. Le ciel était limpide. Il faisait froid, la température était descendue en dessous de zéro.

– Mais je ne regrette pas, dit-elle soudain.

– Quoi donc ?

– D'avoir choisi la police.

– Tu es un bon policier, dit Wallander. Un très bon policier. Si tu ne le savais pas, je te le dis.

Elle parut contente. Il lui fit un signe de tête, monta dans sa voiture et démarra.

Le lendemain, lundi 17 octobre, Wallander se réveilla avec un mal de tête lancinant. Il se demanda s'il était en train de s'enrhumer. Mais il ne constata aucun autre symptôme. Il se prépara un café et avala quelques comprimés. Par la fenêtre de la cuisine, il vit que le vent s'était levé. Une épaisse couverture nuageuse avait recouvert la Scanie au cours de la nuit. Et la température s'était radoucie. Le thermomètre indiquait quatre degrés au-dessus de zéro.

À sept heures et quart, il était au commissariat. Il alla chercher un café avant de s'asseoir à son bureau, où il trouva un message du policier de Göteborg avec lequel il avait collaboré dans le cadre de l'enquête sur le trafic de voitures entre la Suède et les pays de l'ex-Union soviétique. Il resta un instant indécis, le message à la main. Puis il le rangea dans un tiroir, prit un bloc et ouvrit un autre tiroir à la recherche d'un stylo. En apercevant la note de Svedberg, il se demanda combien de fois il avait oublié de la lui rendre.

Il se leva avec irritation. La porte de Svedberg était ouverte. Il entra, posa le papier sur la table, retourna à son bureau, ferma la porte et consacra la demi-heure suivante à noter toutes les questions auxquelles il voulait obtenir une réponse dans les plus brefs délais. Il décida aussi de communiquer le contenu de sa conversation nocturne avec Ann-Britt Höglund le matin même, au cours de la réunion de l'équipe.

À huit heures moins le quart, on frappa à sa porte. C'était Hamrén, de la brigade criminelle de Stockholm, qui venait d'arriver. Wallander l'appréciait. Il avait un très bon souvenir de leur collaboration durant l'été.

– Déjà là ? Je croyais que tu arriverais dans la journée.

– J'ai pris ma voiture hier. J'étais trop impatient.

– Comment ça se passe, à Stockholm ?

– Comme ici. Mais en plus grand.

– Je ne sais pas où on a prévu de t'installer…,

– Dans le bureau de Hansson. C'est déjà arrangé.

– On se réunit dans une demi-heure environ.

– C'est bon, j'ai de la lecture en retard.

Hamrén sortit. Wallander posa distraitement la main sur le combiné pour téléphoner à son père. Il tressaillit presque aussitôt. La douleur avait surgi de nulle part, brutale et instantanée.

Il n'y avait plus de père à qui téléphoner. Ni aujourd'hui, ni demain. Jamais.

Il resta immobile dans son fauteuil, dans l'expectative, s'attendant à sentir la douleur se matérialiser quelque part dans son corps. Puis il prit le combiné et composa le numéro. Gertrud décrocha à la deuxième sonnerie. Elle paraissait fatiguée et fondit brusquement en larmes lorsqu'il lui demanda comment elle allait. Il sentit sa gorge se nouer.

– Je me débrouille, dit-elle lorsqu'elle fut calmée. Un jour après l'autre.

– Je vais essayer de venir un moment cet après-midi. Je ne pourrai pas rester longtemps. Mais je vais essayer.

– J'ai réfléchi à tant de choses. À propos de ton père et de toi. Je ne sais presque rien.

– Moi non plus. Mais si on s'entraide, on pourra peut-être combler quelques cases vides.

Il raccrocha en sachant que, selon toute vraisemblance, il n'aurait pas le temps de passer par Löderup au cours de la journée. Pourquoi lui avait-il dit qu'il essaierait ? Maintenant, elle allait passer sa journée à l'attendre.

Je mène une vie où je finis toujours par décevoir les gens, pensa-t-il, découragé.

Il brisa rageusement le crayon qu'il tenait à la main et considéra les morceaux avant de les jeter dans la corbeille à papier. Une moitié du crayon tomba à l'extérieur. Il lui donna un coup de pied. L'espace d'un instant, il eut envie de fuir. Il se demanda quand il avait parlé à Baiba pour la dernière fois. Elle non plus n'avait pas appelé. Leur relation était-elle en train de mourir à petit feu ? Quand aurait-il le temps de visiter une maison ? D'acheter un chien ?

Il y avait des moments où il haïssait son métier. Celui-là, par exemple.

Il alla jusqu'à la fenêtre. Vent et nuages d'automne. Oiseaux migrateurs en route vers les pays chauds. Il pensa à Per Åkeson qui avait fini par prendre la décision de partir. Faire le pari que la vie pouvait être *autre chose*.

Un jour, à la fin de l'été, alors qu'ils marchaient le long des plages de Skagen, Baiba avait dit que l'Occident riche rêvait d'un immense voilier qui aurait transporté le continent entier dans les Caraïbes. Elle disait que l'effondrement des ex-pays de l'Est lui avait ouvert les yeux. En Lettonie, au milieu de la pauvreté, il y avait eu des îlots de richesse, un bonheur simple. Elle avait découvert la pauvreté propre aux pays riches, qu'elle pouvait désormais visiter. Un océan d'insatisfaction et de vide. C'était là que le voilier entrait en jeu.

Wallander essaya de s'imaginer sous les traits d'un oiseau migrateur oublié, ou peut-être hésitant. Mais cette idée lui parut tellement stupide et dépourvue de sens qu'il la repoussa.

Il prit note par écrit d'appeler Baiba le soir même. Puis il vit qu'il était déjà huit heures et quart. Il se rendit à la salle de réunion. En plus de Hamrén, il trouva deux policiers de Malmö qu'il n'avait jamais rencontrés. L'un s'appelait Augustsson et l'autre Hartman. Il les salua. Lisa Holgersson arriva et tous s'assirent autour de la table. Elle souhaita la bienvenue aux nouveaux venus, se tourna vers Wallander et lui fit un signe de tête.

Il commença comme il avait prévu de le faire, en évoquant sa conversation avec Ann-Britt Höglund à la suite du rempaquetage de la valise. Il constata immédiatement une réaction hésitante de la part des autres. Il s'y s'attendait. Il partageait cette hésitation.

– Il ne s'agit que d'une hypothèse parmi d'autres. Puisque nous ne savons rien, nous ne pouvons rien exclure. J'ai demandé à Ann-Britt de faire le point sur l'état actuel de l'enquête en tenant compte de cette hypothèse. Nous n'avons encore jamais fait quelque chose de semblable. Mais dans le cas qui nous occupe, on ne peut négliger aucune piste.

La discussion qui s'ensuivit fut orageuse. Là encore, Wallander ne fut pas surpris. Hansson, qui paraissait aller mieux ce matin, dirigeait les débats. Nyberg apparut vers le milieu de la réunion. Il n'avait plus sa béquille.

Wallander croisa son regard. Il eut le sentiment que Nyberg voulait dire quelque chose. Il haussa les sourcils. Mais Nyberg secoua la tête.

Wallander écoutait la discussion sans y participer très activement. Il remarqua que Hansson s'exprimait clairement et que son argumentation était solide. Il était important de pouvoir aligner dès maintenant le plus grand nombre possible de contre-hypothèses.

Vers neuf heures, ils firent une pause. Svedberg montra à Wallander une photo dans le journal représentant les tout nouveaux « gardiens de la sécurité » de Lödinge. Plusieurs autres communes de Scanie semblaient vouloir leur emboîter le pas. Lisa Holgersson avait vu un reportage là-dessus aux informations, la veille au soir.

– Les milices de citoyens vont bientôt essaimer à travers tout le pays, dit-elle. Imaginez une situation où les faux policiers seront dix fois plus nombreux que nous.

– C'est peut-être inévitable, intervint Hamrén. Le crime paie. Il en a toujours été ainsi, sans doute, mais aujourd'hui, on peut le prouver. Si on nous reversait dix pour cent des sommes détournées chaque année du circuit de l'économie, nous pourrions embaucher au moins trois mille policiers supplémentaires.

Cette somme parut fantaisiste à Wallander. Mais Hamrén insista.

– La seule question est de savoir si nous voulons d'une telle société, dit-il. Médecin de famille, c'est une chose. Mais policier de famille ? La police partout ? Une société divisée en zones équipées de systèmes d'alarme ? Des clés et des codes pour rendre visite à ses vieux parents ?

– Ce n'est peut-être pas davantage de policiers qu'il nous faut, dit Wallander. Mais des policiers différents.

– Si ça se trouve, nous avons besoin d'une autre société. Avec moins de clauses secrètes et plus de solidarité.

Martinsson s'était exprimé malgré lui avec des accents de campagne électorale. Mais Wallander croyait comprendre son point de vue. Il savait qu'il se faisait constamment du souci pour ses enfants. À l'idée que quelqu'un leur propose de la drogue. Ou qu'il leur arrive quoi que ce soit.

Wallander s'assit à côté de Nyberg, qui n'avait pas bougé depuis le début de la pause.

– J'ai eu l'impression que tu voulais dire quelque chose tout à l'heure.

– C'était un détail. Le faux ongle que j'ai trouvé dans la forêt de Marsvinsholm.

Wallander s'en souvenait.

– Tu pensais qu'il était là depuis longtemps…

– Je ne pensais rien du tout. Mais je n'excluais rien. Maintenant je crois qu'on peut affirmer qu'il n'y était pas depuis très longtemps.

Wallander hocha la tête. Il fit signe à Ann-Britt Höglund.

– Est-ce que tu utilises des faux ongles ? demanda-t-il.

– Pas tous les jours. Mais il m'est arrivé d'en porter.

– Est-ce qu'ils sont solides ?

– Ils se cassent très facilement.

Wallander hocha à nouveau la tête.

– Il m'a semblé que je devais te le dire, conclut Nyberg.

Svedberg entra.

– Merci pour le papier, dit-il. Mais tu aurais pu le jeter.

– Rydberg disait toujours que c'était un péché impardonnable de jeter les notes d'un collègue.

– Rydberg racontait beaucoup de choses.

– Qui se révélaient souvent exactes.

Wallander savait que Svedberg ne s'était jamais bien entendu avec lui. Ce qui l'étonnait, c'était de constater que l'animosité persistait, alors même que Rydberg était mort depuis plusieurs années.

La réunion reprit. Certaines tâches furent redistribuées afin que Hamrén et les deux policiers de Malmö puissent immédiatement prendre part à l'enquête. À onze heures moins le quart, Wallander décida qu'il était temps de conclure. Un poste de téléphone sonna. Martinsson prit la communication. Wallander constata qu'il avait faim. Il aurait peut-être malgré tout le temps de rendre visite à Gertrud à Löderup dans l'après-midi. Au même moment, il vit que Martinsson avait levé la main. Le silence se fit autour de la table. Martinsson écoutait avec concentration. Puis il regarda Wallander, qui comprit aussitôt qu'il s'était passé quelque chose de grave. Non, pensa-t-il. Pas une troisième fois. C'est impossible, on n'y arrivera pas.

Martinsson raccrocha.

– Ils ont retrouvé un corps dans le lac de Krageholm.

Wallander pensa fugitivement que cela ne voulait rien dire. Les noyades accidentelles n'étaient pas rares.

– Où ? demanda-t-il.

– Il y a un petit camping sur la rive. Le corps était juste à côté du ponton.

Wallander comprit que son soulagement était prématuré. Martinsson n'avait pas fini.

– Il était enfermé dans un sac. Un corps d'homme.

Nous y voilà, pensa Wallander. Son estomac se noua aussitôt.

– Qui a téléphoné ? demanda Svedberg.

– Un campeur. Il appelait de son portable. Il était très secoué. J'ai eu l'impression qu'il vomissait en même temps qu'il me parlait.

– Il n'y a pas de campeurs en cette saison, objecta Svedberg.

– Certaines caravanes sont là à l'année, dit Hansson. Je connais l'endroit.

Wallander se sentit brusquement incapable de dominer la situation. Il ne désirait qu'une chose : s'en aller. Ann-Britt Höglund le remarqua peut-être. En tout cas, elle lui vint en aide en se levant aussitôt.

– Allons-y, dit-elle.

– Oui, dit Wallander. Il vaut mieux le faire tout de suite.

Il monta dans la voiture de Hansson, qui connaissait le chemin. Les autres suivaient. Hansson conduisait vite, avec négligence. Wallander se surprit à appuyer sur une pédale de frein imaginaire. Le téléphone de voiture sonna. C'était Per Åkeson, qui voulait parler à Wallander.

– Que se passe-t-il ? C'est arrivé de nouveau ?

– Il est trop tôt pour le dire. Mais le risque existe.

– Pourquoi ?

– A priori, on aurait pu croire à une noyade accidentelle ou à un suicide. Mais un corps dans un sac, c'est un meurtre. Ça ne peut rien être d'autre.

– Merde.

– Comme tu dis.

– Tiens-moi au courant. Où es-tu ?

– Sur la route de Krageholm. Je pense qu'on y sera dans une vingtaine de minutes.

Après avoir raccroché, Wallander pensa qu'ils roulaient dans la direction de l'endroit où ils avaient retrouvé la valise. Le lac de Krageholm se trouvait à proximité du triangle qu'il avait visualisé la veille. Hansson semblait penser à la même chose.

– Le lac se trouve à mi-chemin de Lödinge et de la forêt de Marsvinsholm, dit-il. Ce sont de courtes distances, chaque fois.

Wallander prit le téléphone et composa le numéro de portable de Martinsson, qui se trouvait juste derrière eux.

– Qu'a-t-il dit de plus ? demanda Wallander. Celui qui a téléphoné tout à l'heure. Comment s'appelait-il ?

– Il ne m'a pas donné son nom, je crois. Mais il avait l'accent de Scanie.

– Comment savait-il qu'il y avait un corps dans le sac ? Il l'avait ouvert ?

– Un pied dépassait. Une chaussure.

La liaison était mauvaise, mais Wallander perçut le malaise de Martinsson. Il ne prolongea pas la conversation. Ils arrivèrent à Sövestad et prirent à gauche. Wallander pensa à la femme qui avait été la dernière cliente de Gösta Runfeldt. Partout des rappels des événements. S'il existait un centre géographique dans cette affaire, c'était bien Sövestad.

Le lac apparut entre les arbres. Wallander essaya de se préparer intérieurement à ce qui l'attendait.

Après le dernier virage, alors qu'ils approchaient du camping, ils virent un homme courir vers eux. Wallander descendit de voiture sans attendre que Hansson ait fini de freiner.

– Il est là-bas, dit l'homme d'une voix tremblante, en bégayant presque.

Wallander descendit lentement vers le rivage. Malgré la distance, il entrevoyait déjà quelque chose dans l'eau, à côté du ponton. Martinsson le rejoignit, mais resta sur la plage. Les autres attendaient à l'arrière-plan. Wallander s'engagea sur le ponton, qui oscilla sous son poids. L'eau était brunâtre et paraissait froide. Il frissonna.

Le sac n'était qu'en partie visible. Un pied en émergeait. Chaussé d'une chaussure marron, avec des lacets. On apercevait un peu de peau blanche à travers un trou du pantalon.

Wallander se tourna vers le rivage et fit signe à Nyberg d'approcher. Hansson parlait à l'homme qui avait téléphoné, Martinsson attendait un peu plus loin, Ann-Britt Höglund se tenait seule, à l'écart. Wallander songea que c'était comme une photographie. Une image pétrifiée. Figée une fois pour toutes.

L'impression se dissipa lorsque Nyberg mit le pied sur le ponton. La réalité reprit le dessus. Wallander s'était accroupi, Nyberg en fit autant.

– Sac de jute, dit Nyberg. Ils sont solides, en général. Pourtant, celui-ci est troué. Il devait être vieux.

Wallander aurait aimé être du même avis. Mais il savait déjà que ce n'était pas le cas.

L'homme s'était débattu. Les fibres de jute avaient été étirées, puis déchirées.

Wallander comprit ce que cela signifiait.

L'homme était vivant au moment où on l'avait enfermé dans le sac et jeté à l'eau.

Il inspira profondément. Il avait à la fois la nausée et le vertige.

Nyberg lui jeta un regard inquisiteur. Mais il ne dit rien. Il attendait.

Wallander prit plusieurs inspirations profondes avant d'exprimer sa pensée. Il savait qu'il ne se trompait pas.

– C'est lui qui a troué le sac, à coups de pied. Il s'est débattu. Cela signifie qu'il était en vie lorsqu'on l'a jeté à l'eau.

– Une exécution ? demanda Nyberg. Un règlement de comptes entre bandes rivales ?

– On peut toujours espérer. Mais je ne le pense pas.

– Le même homme ?

Wallander hocha la tête.

– On dirait.

Il se releva avec difficulté. Ses genoux lui faisaient mal. Il retourna vers le rivage tandis que Nyberg restait sur le ponton. Les techniciens venaient d'arriver avec leur voiture et leur équipement. Wallander rejoignit Ann-Britt Höglund, qui se tenait à présent aux côtés de Lisa Holgersson. Les autres membres de l'équipe les rejoignirent. L'homme qui avait découvert le sac était assis sur un rocher, la tête entre les mains.

– Il se peut que ce soit le même meurtrier, dit Wallander. Si c'est lui, il a, cette fois, noyé quelqu'un dans un sac.

Une onde de malaise parcourut le petit groupe.

– Nous devons arrêter ce dément, dit Lisa Holgersson. Qu'est-ce qui se passe, au juste, dans ce pays ?

– Un piège hérissé de pieux, dit Wallander. Un homme étranglé, ligoté à un arbre. Et maintenant un homme noyé dans un sac.

– Tu crois toujours qu'une femme serait capable de faire ça ? demanda Hansson.

Le ton était franchement agressif. Wallander se posa la question à lui-même, en silence. Que croyait-il, au juste ? Les événements défilèrent dans son esprit en quelques secondes.

– Non, répondit-il ensuite. Je ne le crois pas. Parce que je ne veux pas le croire. Mais il se peut malgré tout que ce soit une femme. Ou du moins, qu'une femme soit impliquée.

Il jeta un regard à Hansson.

– La question est mal posée, poursuivit-il. Il ne s'agit pas de ce que je crois. Il s'agit de ce qui se passe dans ce pays aujourd'hui.

Wallander retourna au bord de l'eau. Un cygne solitaire se dirigeait vers le ponton, en glissant sans bruit sur la surface sombre.

Wallander le contempla longuement.

Puis il retourna auprès de Nyberg qui s'était déjà mis au travail, sur le ponton.

Scanie

17 octobre - 3 novembre 1994

25

Nyberg avait découpé le sac avec précaution. Wallander accueillit le médecin, qui venait d'arriver sur les lieux, et l'accompagna sur le ponton pour voir le visage du mort.

Il ne reconnaissait pas ce visage. Il ne l'avait jamais vu. Le contraire l'aurait d'ailleurs étonné.

L'homme pouvait avoir entre quarante et cinquante ans.

Wallander le regarda moins d'une minute. Il n'en avait pas la force. La sensation de vertige ne le quittait pas.

— Le costume est bien coupé, constata Nyberg. Les chaussures ont dû coûter cher, elles aussi.

Ils ne trouvèrent rien dans les poches. Quelqu'un s'était donc donné la peine de retarder l'identification. En revanche, ce quelqu'un devait savoir que le corps serait retrouvé rapidement, dans le lac de Krageholm. Il n'avait pas eu l'intention de le cacher.

Le sac était posé à part sur une feuille de plastique. Nyberg fit signe à Wallander, qui s'était éloigné quelques instants.

— Tout a été soigneusement calculé, dit-il. On croirait presque que le meurtrier avait une balance. Ou des connaissances précises sur la répartition des poids et la résistance de l'eau.

— Que veux-tu dire ?

Nyberg lui montra quelques liserés solides cousus dans la toile.

— Le sac a été préparé. On a glissé des plombs dans cette doublure. Ça garantit deux choses. D'abord, un mince coussin d'air au-dessus de la surface. Ensuite, que le poids combiné des plombs et de l'homme ne suffirait pas à le faire couler. J'en déduis que celui qui a préparé ce sac connaissait le poids de sa victime. Du moins approximativement. Avec une marge d'erreur de quatre ou cinq kilos, pas plus.

Wallander se força à réfléchir, alors que toute pensée relative à la manière dont cet homme avait été tué lui donnait envie de vomir.

— Le coussin d'air étroit garantissait autrement dit la noyade?
— Je ne suis pas médecin. Mais cet homme était bien en vie quand
le sac a été jeté à l'eau. Il a donc été assassiné.
Le médecin qui examinait le corps avait entendu leur échange. Il
se redressa et s'approcha. Le ponton oscillait sous leur poids.
— Il est trop tôt pour affirmer quoi que ce soit, dit-il. Mais il faut
partir de l'idée qu'il s'est noyé.
— Non, corrigea Wallander. Il ne s'est pas noyé. Il a été noyé, déli-
bérément.
— C'est à la police de déterminer s'il s'agit d'un accident ou d'un
meurtre. Je peux seulement parler de ce qui est arrivé au corps.
— Pas de blessures visibles? Aucune trace de coups?
— Il faudra le déshabiller pour répondre à cette question. Mais je
n'ai rien découvert sur les parties visibles. L'expertise médico-légale
donnera peut-être d'autres résultats.
Wallander acquiesça.
— J'aimerais être avisé le plus vite possible si vous détectez le
moindre signe indiquant qu'il a été victime de violences.
Le médecin retourna à sa tâche. Wallander l'avait déjà rencontré
plusieurs fois, mais il ne pouvait se rappeler son nom.
Il quitta le ponton et rassembla ses collaborateurs les plus proches
sur la plage. Hansson venait de finir d'interroger l'homme qui avait
découvert le sac.
— Nous n'avons trouvé aucun papier, commença Wallander. Nous
ne savons pas qui il est. C'est le point le plus important dans l'immédiat. Nous devons établir son identité. Tant qu'on ne sait pas ça,
on est impuissants. Vous devez commencer à passer en revue tous les
portés disparus.
— Le problème, dit Hansson, c'est que sa disparition n'a sans doute
pas encore été constatée. L'homme qui l'a trouvé – il s'appelle Nils
Göransson – affirme qu'il est venu hier après-midi. Il fait les trois-huit
à l'usine de Svedala et il vient souvent ici après le travail, parce qu'il a
du mal à dormir. Il va toujours sur le ponton. Et hier, il n'y avait pas
de sac. Il a donc été mis à l'eau au cours de la nuit. Ou hier soir.
— Ou ce matin, dit Wallander. À quel moment est-il arrivé?
Hansson consulta ses notes.
— À huit heures et quart. Il a fini de travailler vers sept heures et il
est venu directement, en prenant son petit déjeuner sur la route.
— Ça fait une incertitude en moins. Il ne s'est pas passé beaucoup
de temps. C'est un avantage pour nous. La difficulté est donc de
l'identifier.

– Si ça se trouve, dit Nyberg, le sac a été mis à l'eau ailleurs.

Wallander secoua la tête.

– Il n'y est pas depuis longtemps. Et il n'y a pratiquement pas de courant dans le lac.

Martinsson donnait des coups de pied dans le sable, comme s'il avait froid.

– Est-ce qu'on est sûrs que c'est le même meurtrier ? demanda-t-il. Moi, ça me paraît malgré tout différent.

Wallander répondit sans hésiter.

– Non. C'est le même. De toute manière, on doit partir de cette hypothèse.

Puis il leur demanda de retourner à Ystad. Leur présence n'était plus d'aucune utilité sur la plage.

Wallander jeta un regard en direction du lac. Le cygne avait disparu. Il considéra les hommes qui travaillaient sur le ponton. L'ambulance, les voitures de police, le périmètre de sécurité. La scène lui donna soudain un sentiment de complète irréalité. Il ne rencontrait jamais la nature qu'ainsi : ceinturée de bandes plastique délimitant le lieu d'un crime. Où qu'il aille, il y avait des morts. Il pouvait chercher du regard un cygne à la surface de l'eau. Mais au premier plan, c'était un être humain qu'on venait de tirer d'un sac.

Il songea que son travail n'était rien d'autre qu'un cauchemar mal payé. On le payait pour supporter l'insupportable. Les bandes plastique délimitaient sa vie, sinueuses comme des serpents.

Il rejoignit Nyberg, qui se redressa à son approche.

– Nous avons trouvé un mégot de cigarette. C'est tout. Du moins ici, sur le ponton. Mais nous avons eu le temps de faire un examen superficiel du sable. Il n'y a aucune trace montrant qu'on ait traîné le sac. Celui qui l'a porté jusqu'ici devait être costaud. À moins qu'il n'ait conduit sa victime jusqu'au ponton avant de l'enfermer dans le sac.

Wallander secoua la tête.

– Partons de l'hypothèse que le sac a été porté, dit-il. Avec son contenu.

– Est-ce que ça vaut le coup de draguer le fond ?

Wallander hésita.

– Je ne crois pas. L'homme était inconscient lorsqu'il est arrivé ici. En voiture, selon toute probabilité. Ensuite on a jeté le sac à l'eau. La voiture est repartie.

– Alors le dragage peut attendre.

– Dis-moi ce que tu vois, enchaîna Wallander.

Nyberg grimaça.

– Il se peut bien que ce soit le même meurtrier. On retrouve la violence, la brutalité. Même s'il varie ses méthodes.

– Penses-tu qu'une femme ait pu faire ça ?

– Je pense comme toi, répondit Nyberg. Je ne veux pas le croire. Mais si c'est le cas, elle a dû porter une charge de quatre-vingts kilos sans problème. Quelle femme est capable de ça ?

– Je n'en connais aucune. Mais il en existe, évidemment.

Nyberg retourna à sa tâche. Wallander s'apprêtait à quitter le ponton lorsqu'il aperçut soudain le cygne, tout près de lui. Il regretta de n'avoir pas de pain à lui donner. Il picorait quelque chose au bord du rivage. Wallander fit un pas dans sa direction, mais l'oiseau s'éloigna en sifflant.

Wallander remonta jusqu'aux voitures de police et demanda à être conduit à Ystad.

Sur le chemin du retour, il essaya de réfléchir. Ce qu'il redoutait plus que tout s'était produit. Le meurtrier n'avait pas fini. Ils ne savaient rien de lui. Était-il au début ou à la fin du programme qu'il s'était fixé ? Ils ne savaient pas davantage s'il agissait de façon délibérée ou sous le coup de la démence.

C'est forcément un homme, pensa Wallander. Toute autre hypothèse est absurde. Les femmes tuent très rarement. Encore moins de façon préméditée. Et certainement pas avec un tel raffinement de cruauté.

C'est forcément un homme. Peut-être plusieurs. Il faut que nous trouvions le lien qui unit les victimes. Il y en a trois maintenant. Ça devrait augmenter nos chances. Mais rien n'est sûr. Rien ne se dévoile facilement.

Il appuya sa joue contre la vitre. Le paysage : marron, tirant sur le gris. L'herbe encore verte, pourtant. Dans un champ, un tracteur solitaire.

Wallander se rappela le trou hérissé de pieux où il avait trouvé Holger Eriksson. L'arbre au pied duquel Gösta Runfeldt avait été étranglé. Et maintenant un homme enfermé vivant dans un sac et jeté à l'eau. Il lui apparut soudain très clairement que le mobile ne pouvait être que la vengeance. Mais celle-ci dépassait toute mesure. De quoi le meurtrier se vengeait-il ? Quel était le contexte ? Quelque chose de si atroce que la mort ne suffisait pas à l'expier ; ceux qui mouraient devaient comprendre ce qui leur arrivait, et pourquoi.

Il n'y avait pas de coïncidences dans cette histoire. Tout était soigneusement réfléchi, choisi.

Il s'attarda sur cette dernière idée. L'auteur de ces actes choisissait. Quelqu'un choisissait. Quelqu'un était choisi. Selon quels critères ?

En arrivant au commissariat, il éprouva le besoin de s'enfermer seul un moment avant de retrouver ses collaborateurs. Il débrancha le téléphone, repoussa les messages téléphoniques qui jonchaient le bureau et posa les pieds sur une pile de mémos de la direction centrale.

Le plus difficile, c'était la femme. Le fait d'imaginer qu'une femme puisse être impliquée dans ces événements. Il essaya de se rappeler les cas où il avait été confronté à des femmes accusées de crimes violents. Ce n'était pas arrivé souvent. Il croyait pouvoir se les rappeler toutes. Une seule fois, quinze ans plus tôt, il avait lui-même arrêté une femme coupable d'un meurtre. Le tribunal avait conclu à un homicide involontaire. Une femme d'une cinquantaine d'années avait tué son frère. Il la harcelait et la tracassait depuis l'enfance. Pour finir, à bout de forces, elle l'avait abattu avec son propre fusil de chasse. Elle n'avait pas eu l'intention de le blesser. Elle voulait seulement lui faire peur. Mais elle ne savait pas viser. La balle l'avait touché en pleine poitrine et il était mort sur le coup. Dans toutes les autres circonstances, les femmes qui avaient eu recours à la violence avaient agi de façon impulsive, pour se défendre. Il s'agissait alors de leur mari, ou d'hommes qu'elles avaient tenté de repousser, en vain. Dans plusieurs cas, l'alcool avait aussi joué un rôle.

Jamais, de toute sa carrière, il n'avait eu affaire à une femme ayant prémédité un acte violent. Du moins pas dans le cadre d'un plan soigneusement élaboré.

Il se leva et alla à la fenêtre.

Alors qu'est-ce qui l'empêchait de renoncer à l'idée qu'une femme était, malgré tout, impliquée ?

Il n'avait pas de réponse. Il ne savait même pas s'il pensait à une femme seule ou à une femme agissant avec la complicité d'un homme.

Il n'y avait pas le moindre indice dans un sens ou dans l'autre. Il fut tiré de ses pensées par l'arrivée de Martinsson.

– La liste est presque prête.

Wallander ne comprit pas tout de suite de quoi il parlait. Il était profondément plongé dans ses propres réflexions.

– Quelle liste ?

Martinsson parut surpris.

– La liste des portés disparus.

Wallander hocha la tête.

– Alors, on y va, dit-il.

Il poussa Martinsson devant lui dans le couloir. Lorsqu'ils eurent refermé la porte de la salle de réunion, il sentit que l'impuissance l'avait quitté. Contrairement à son habitude, il resta debout. Comme s'il n'avait même pas le temps de s'asseoir avant de commencer.

– Alors ? Qu'est-ce que ça donne ?

– À Ystad, aucune disparition signalée au cours des dernières semaines, dit Svedberg. Parmi ceux que nous recherchons depuis plus longtemps, aucun ne correspond à la description. Il s'agit de deux adolescentes et d'un garçon qui s'est évadé d'un centre de réfugiés. Il a probablement quitté le pays pour retourner au Soudan.

Wallander pensa à Per Åkeson.

– Très bien, dit-il simplement. Et dans les autres districts ?

– Nous sommes en train de vérifier le cas de quelques personnes à Malmö, dit Ann-Britt Höglund. Mais ce n'est pas concluant. Dans l'un des cas, l'âge pourrait être le bon. Mais le disparu est un homme originaire du sud de l'Italie. Celui que nous avons retrouvé n'avait pas l'air franchement italien.

Ils passèrent en revue les avis de recherche lancés dans les districts voisins d'Ystad. Peut-être seraient-ils contraints de couvrir tout le pays, et même le reste de la Scandinavie. Il fallait espérer que la victime avait vécu dans les environs.

– Lund a enregistré un appel hier soir, dit Hansson. Une femme a téléphoné en disant que son mari n'était pas rentré après sa promenade du soir. L'âge pourrait correspondre. Il était chercheur à l'université.

Wallander secoua la tête.

– J'en doute, dit-il. Mais nous devons vérifier.

– Ils nous procurent une photographie, poursuivit Hansson. Elle doit arriver par fax d'un moment à l'autre.

Wallander, qui était resté debout jusque-là, s'assit. Au même instant, Per Åkeson fit son entrée. Wallander aurait préféré l'éviter. Il n'était jamais facile de se livrer à un résumé qui signifiait en substance qu'ils tournaient en rond. L'enquête s'était enlisée. Elle n'avançait pas plus qu'elle ne reculait.

Et maintenant, ils avaient une victime de plus.

Wallander se sentait mal à l'aise. Comme s'il était personnellement responsable de cet échec. Pourtant, il savait qu'ils avaient fait le maximum. Les policiers rassemblés autour de la table étaient tous compétents et dévoués.

Wallander se força à réprimer l'irritation que lui causait la présence de Per Åkeson.

— Tu arrives au bon moment, dit-il. J'allais juste essayer de résumer l'état actuel de l'enquête.

— Il existe donc un état actuel de l'enquête ?

Cette réplique ne cachait aucune intention critique ou malveillante. Ceux qui ne connaissaient pas Per Åkeson pouvaient se formaliser de sa brusquerie. Mais Wallander, qui travaillait depuis longtemps avec lui, savait que c'était une manière de manifester son inquiétude et son désir de se rendre utile.

Hamrén, en revanche, lui jeta un regard hostile. Wallander se demanda comment les procureurs auxquels il avait affaire à Stockholm s'exprimaient d'habitude.

— Bien sûr qu'il existe un état de l'enquête, répondit Wallander. C'est toujours le cas. Mais celui-ci est très confus. Certaines pistes ne sont plus d'actualité. Je crois que nous avons atteint un point où nous devons revenir à la case départ. Nous ne savons pas encore ce qu'implique ce nouveau meurtre. Il est trop tôt pour en parler.

— Est-ce le même homme ?

— Je crois.

— Pourquoi ?

— La façon de procéder. La brutalité. La cruauté. Un sac ne ressemble pas à des pieux de bambou. Mais on pourrait dire que c'est une variation sur un même thème.

— Où en est-on de l'hypothèse du mercenaire ?

— On en est à constater que Harald Berggren est mort depuis sept ans.

Per Åkeson n'avait pas d'autres questions.

La porte s'entrouvrit. Une secrétaire apportait une photo.

— C'est arrivé de Lund par fax, dit la jeune fille avant de refermer la porte.

Tous se levèrent en même temps et entourèrent Martinsson qui avait pris le papier.

Wallander inspira profondément. Il n'y avait aucun doute possible. C'était l'homme qu'ils avaient repêché dans le lac de Krageholm.

— Bien, dit-il à voix basse. Là, nous avons rattrapé une partie de l'avance du meurtrier.

Ils se rassirent.

— Qui est-ce ? demanda Wallander.

Hansson, qui avait de l'ordre dans ses notes, put lui répondre presque aussitôt.

— Eugen Blomberg, cinquante et un ans. Assistant de recherche à l'université de Lund. Ça aurait un rapport avec le lait.

– Le lait ? fit Wallander, surpris.

– C'est ce que j'ai noté. « Liens entre l'allergie au lait et différentes maladies intestinales. »

– Qui a signalé sa disparition ?

– Sa femme. Kristina Blomberg. Elle habite Siriusgatan, à Lund.

Wallander n'avait pas une minute à perdre. Il voulait réduire
encore l'avance invisible du meurtrier.

– Alors on y va, dit-il en se levant. Préviens les collègues que nous
l'avons identifié. Fais en sorte qu'ils retrouvent la femme pour que je
puisse lui parler. Il y a un enquêteur à Lund qui s'appelle Birch. Kalle
Birch. Nous nous connaissons. Vois avec lui. J'y vais tout de suite.

– Peux-tu parler à sa femme avant qu'on l'ait officiellement identifié ?

– Il faudra que quelqu'un d'autre s'en charge. Quelqu'un de
l'université. Un autre chercheur de lait. Et puis, il faut éplucher à
nouveau toutes les données concernant Eriksson et Runfeldt. Y a-t-
il trace d'Eugen Blomberg quelque part ? Nous devrions pouvoir
avancer sur ce point dès aujourd'hui.

Wallander se tourna vers Per Åkeson.

– On pourrait dire que l'état de l'enquête s'est modifié.

Per Åkeson acquiesça. Mais il resta muet. Wallander alla chercher
sa veste et les clés d'une voiture disponible. Il était quatorze heures
quinze lorsqu'il quitta Ystad. Il envisagea brièvement de mettre la
sirène. Mais il ne le fit pas. Il n'irait pas plus vite, de toute façon.

Il arriva à Lund à quinze heures trente. Une voiture de police l'attendait à l'entrée de la ville et le pilota jusqu'à Siriusgatan – une rue
située dans un quartier résidentiel de l'est de la ville. Une autre voiture attendait au coin de la rue. Wallander vit Kalle Birch en descendre. Ils s'étaient rencontrés quelques années plus tôt dans le
cadre d'une grande conférence des districts de police du sud de la
Suède qui s'était tenue à Tylösand, au large de Halmstad. Le but de
cette conférence était d'améliorer la « collaboration opérationnelle »
dans la région. Wallander ne voulait pas y participer. Björk, qui était
chef de police à l'époque, avait dû l'y envoyer de force. Au déjeuner,
il s'était retrouvé assis à côté de Birch. Ils avaient découvert qu'ils
appréciaient tous les deux l'opéra. Ils étaient restés en contact, de
façon épisodique, au fil des ans. Wallander avait entendu dire, de
plusieurs sources différentes, que Birch était un excellent policier
mais qu'il lui arrivait de traverser des périodes de grave dépression.
Dans l'immédiat, tandis qu'il avançait vers Wallander, il paraissait
de bonne humeur. Ils se serrèrent la main.

– On vient de m'expliquer la situation, dit Birch. Un collègue de Blomberg est déjà parti identifier le corps. Nous aurons le résultat par téléphone.

– La veuve ?

– Pas encore informée. Il nous a semblé que c'était prématuré.

– Ça complique l'interrogatoire, dit Wallander. Elle aura un choc.

– On n'y peut rien.

Birch indiqua un salon de thé de l'autre côté de la rue.

– Nous pouvons attendre là-bas. D'ailleurs, j'ai faim.

Wallander n'avait pas déjeuné, lui non plus. Ils prirent des sandwiches et du café et s'installèrent à une table. Wallander donna à Birch un résumé de l'enquête, depuis le début des événements.

– Cela rappelle un peu ce que vous avez vécu cet été, constata-t-il lorsque Wallander eut fini.

– Seulement parce que plusieurs personnes ont été tuées. Le mobile paraît très différent.

– Quelle différence y a-t-il entre le fait de scalper les gens et de les noyer vivants ?

– Je ne peux peut-être pas l'exprimer clairement... Wallander hésita. Mais il y a malgré tout une grande différence.

Birch changea de sujet.

– On n'aurait pas imaginé des choses pareilles quand on a décidé de devenir policiers.

– Je me souviens à peine de ce que j'imaginais à l'époque.

– Ça me fait penser à un vieux commissaire, qui est mort depuis longtemps. Karl-Oscar Fredrick Wilhelm Sunesson. Presque une légende ici, à Lund. Il a vu venir cette évolution. Je me rappelle qu'il nous disait souvent, à nous les jeunes, que tout allait devenir plus dur. La violence allait augmenter, la brutalité aussi. Il nous en expliquait les raisons. Il affirmait que le modèle suédois était un marécage de sables mouvants soigneusement camouflé. Le ferment destructeur était dedans, disait-il. Il se donnait même la peine de nous faire des analyses économiques et d'établir des liens entre différents types de criminalité. Il avait aussi la qualité très rare de ne jamais dire du mal de quiconque. Il pouvait se montrer critique à l'endroit des politiciens. Il était capable d'anéantir, avec quelques arguments bien placés, certaines propositions de changement au sein de la police. Mais il n'a jamais douté que ces propositions émanaient d'une volonté bonne, bien que confuse. Il disait souvent qu'une bonne volonté confuse conduit à de plus grandes catastrophes que la malveillance ou la bêtise. À l'époque, je ne comprenais sans doute pas grand-chose à tout ça. Aujourd'hui, oui.

Wallander pensait à Rydberg. La description de Birch aurait pu s'appliquer à lui.

– Ça ne répond pas à la question, dit-il. De ce que nous croyions, au fond, en choisissant la police.

Wallander n'eut pas l'occasion d'entendre l'avis de Birch sur ce sujet. Son téléphone portable s'était mis à bourdonner. Birch écouta sans un mot.

– Il a été identifié, dit-il lorsqu'il eut fini. C'est bien Eugen Blomberg. Aucun doute là-dessus.

– Alors on y va.

– Si tu veux, tu peux attendre pendant que nous informons sa femme, dit Birch. C'est toujours un mauvais moment.

– Je vous accompagne. Je préfère ça plutôt que rester ici à ne rien faire. De plus, ça peut me donner une idée de la relation qu'elle avait avec son mari.

Ils trouvèrent une femme étonnamment calme, qui parut tout de suite comprendre la raison de leur présence chez elle. Wallander resta en retrait pendant que Birch lui annonçait la mort de son mari. Elle hocha la tête sans rien dire – assise tout au bord de sa chaise comme si elle voulait prendre appui contre le sol. Wallander devina qu'elle avait à peu près le même âge que son mari. Mais elle paraissait plus âgée, comme si elle avait vieilli prématurément. Elle était très maigre ; la peau était tendue sur ses pommettes. Wallander l'observait à la dérobée. Il ne pensait pas qu'elle allait s'effondrer. Du moins pas encore.

Il s'avança sur un signe de tête de Birch. Celui-ci s'était contenté de dire qu'ils avaient retrouvé son mari mort dans le lac de Krageholm. Aucun détail sur ce qui s'était réellement passé.

– Le lac de Krageholm est situé dans le district de police d'Ystad, expliqua Birch. C'est pourquoi je suis venu avec un collègue de là-bas. Il s'appelle Kurt Wallander.

Kristina Blomberg leva la tête. Wallander pensa qu'elle lui rappelait quelqu'un. Mais qui ?

– Je vous reconnais, dit-elle. J'ai dû vous voir dans les journaux.

– Ce n'est pas impossible, répondit Wallander en s'asseyant en face d'elle.

La maison était très silencieuse. Meublée avec goût. Mais curieusement sans vie. Wallander songea qu'il ignorait si le couple avait des enfants. Ce fut sa première question.

– Non, répondit-elle. Nous n'avions pas d'enfants.

– Pas même de précédents mariages ?

Wallander sentit aussitôt son hésitation. Imperceptible, mais bien réelle.

– Non. Pas que je sache. Et de mon côté, je n'en ai pas.

Wallander échangea un regard avec Birch, qui avait lui aussi perçu la fraction de seconde de silence devant une question qui n'aurait dû lui poser aucune difficulté. Wallander décida d'avancer très lentement.

– Quand avez-vous vu votre mari pour la dernière fois ?

– Il est allé se promener hier soir. C'était dans ses habitudes.

– Connaissiez-vous son itinéraire ?

Elle secoua la tête.

– Il s'absentait souvent pendant plus d'une heure. Je ne sais pas où il allait.

– Tout était comme d'habitude, hier soir ?

– Oui.

Wallander devina à nouveau une ombre d'incertitude dans sa réponse. Il poursuivit avec prudence.

– Il n'est donc pas revenu. Qu'avez-vous fait alors ?

– À deux heures du matin, j'ai appelé la police.

– Mais il aurait pu rendre visite à quelqu'un ?

– Il avait très peu d'amis. Je les ai appelés avant de téléphoner à la police. Il n'y était pas.

Elle leva la tête vers lui. Toujours calme. Wallander comprit qu'il ne pouvait plus attendre.

– Votre mari a été retrouvé dans le lac de Krageholm. Nous avons pu établir qu'il a été assassiné. Je regrette. Mais je dois vous dire ce qu'il en est.

Il la dévisagea. Elle n'est pas étonnée, pensa-t-il. Ni par sa mort, ni par le fait qu'on l'ait assassiné.

– Nous voulons bien entendu retrouver le ou les coupables. Avez-vous la moindre idée de qui cela pourrait être ? Votre mari avait-il des ennemis ?

– Je ne sais pas, répondit-elle. Je connaissais très mal mon mari.

Wallander réfléchit avant de poursuivre. Cette réponse l'inquiétait.

– Je ne sais pas comment je dois interpréter cela, dit-il.

– Ce n'est pourtant pas difficile. Je connaissais très mal mon mari. Autrefois, il y a très longtemps, je pensais le connaître. Mais c'était à une autre époque.

– Pourquoi ? Que s'est-il passé entre-temps ?

Elle secoua la tête. Son impassibilité avait cédé la place à autre chose. De l'amertume, pensa Wallander. Il attendit.

– Il ne s'est rien passé. Nous nous sommes éloignés l'un de l'autre. Nous habitons dans la même maison. Mais nous faisons chambre à part. Il vit sa vie, je vis la mienne.

Puis elle se reprit.

– Il vivait sa vie. Je vis la mienne.

– Si j'ai bien compris, il était chercheur à l'université ?

– Oui.

– Son travail portait sur les allergies au lait, c'est exact ?

– Oui.

– Vous travaillez à l'université, vous aussi ?

– Je suis professeur de lycée.

Wallander hocha la tête.

– Vous ne savez donc pas si votre mari avait des ennemis ?

– Non.

– Et il avait peu d'amis ?

– Oui.

– Vous n'imaginez donc pas qui aurait pu vouloir le tuer, ni pour quelles raisons ?

Elle leva les yeux vers lui. Son visage était crispé à l'extrême. Wallander eut la sensation d'un regard qui le transperçait.

– Personne d'autre que moi, dit-elle enfin. Mais je ne l'ai pas tué.

Wallander la dévisagea longuement sans rien dire. Birch s'était rapproché. Il se tenait debout à côté de Wallander.

– Pourquoi auriez-vous pu le tuer ? demanda-t-il.

Au lieu de répondre, elle se leva et ouvrit brutalement son chemisier. Cela s'était passé si vite que Wallander et Birch n'eurent pas le temps de comprendre ce qu'elle faisait. Puis elle montra ses bras. Ils étaient couverts de cicatrices.

– Il m'a fait ça. Et beaucoup d'autres choses dont je ne veux même pas parler.

Elle quitta la pièce, le chemisier déchiré à la main. Wallander et Birch se regardèrent.

– Il la maltraitait, dit Birch. Tu penses que ça peut être elle ?

– Non, dit Wallander. Ce n'est pas elle.

Ils attendirent en silence. Elle revint au bout de quelques minutes. Elle avait enfilé une chemise, sans prendre la peine de rentrer les pans dans sa jupe.

– Je ne regrette pas sa mort, dit-elle. Je ne sais pas qui a fait ça. Je crois que je ne veux pas le savoir. Mais je comprends que vous deviez le retrouver.

– Oui, dit Wallander. Et nous avons besoin de votre aide.

Elle le regarda soudain avec une expression de désarroi total.

– Je ne savais plus rien de lui. Je ne peux pas vous aider.

Wallander songea qu'elle disait sans doute la vérité. Elle ne pouvait strictement rien pour eux.

Mais c'était faux. Elle les avait déjà aidés.

En voyant ses bras, Wallander n'avait plus eu le moindre doute.

Il savait à présent que c'était une femme qu'ils recherchaient.

26

Lorsqu'ils quittèrent la maison de Siriusgatan, il commençait à pleuvoir. Birch le raccompagna jusqu'à sa voiture. Wallander était inquiet et pressé.

– Je ne pense pas avoir jamais rencontré une veuve qui réagisse si calmement à la mort de son mari, dit Birch, mal à l'aise.

– Non, mais c'est un élément dont nous devons tenir compte.

Wallander ne prit pas la peine d'expliciter sa réponse. Il anticipait les heures à venir. Son sentiment d'urgence était très fort.

– Nous devons éplucher toutes ses affaires, à la fois à son domicile et à l'université. C'est un travail qui vous revient. Mais j'aimerais que quelqu'un d'Ystad soit présent. Ça peut nous faciliter la tâche, même si nous ne savons pas ce que nous cherchons.

– Tu ne restes pas ?

– Non. Je vais demander à Martinsson et à Svedberg de venir. Immédiatement.

Wallander prit son téléphone portable dans la voiture et composa le numéro du commissariat d'Ystad. Martinsson était là. Il lui expliqua brièvement les faits. Martinsson promit de venir tout de suite avec Svedberg. Wallander lui dit de retrouver Birch au commissariat de Lund. Il fut obligé d'épeler le nom de Birch, qui sourit.

– Je serais bien resté, dit Wallander. Mais je dois remonter le fil de cette enquête. Je soupçonne que la solution du meurtre de Blomberg s'y trouve déjà, cachée quelque part. Bien que nous ne l'ayons pas vue. La solution des trois meurtres, d'ailleurs. C'est comme si nous nous étions égarés en cours de route.

– Ce serait bien qu'il n'y ait pas d'autres victimes, conclut Birch, laconique.

Ils se séparèrent. Wallander prit la direction d'Ystad. La pluie tombait par rafales. Un avion s'apprêtait à atterrir à Sturup. Tout en conduisant, il passa mentalement en revue, pour la énième fois, toutes les données de l'enquête. Il décida aussi ce qu'il ferait en arrivant à Ystad.

Il était dix-sept heures quarante-cinq lorsqu'il se gara sur le parking du commissariat. Il s'arrêta à la réception pour demander à Ebba si Ann-Britt Höglund était là.

– Elle est revenue avec Hansson il y a une heure.

Il la trouva dans son bureau, en train de parler au téléphone. Il lui fit signe de terminer tranquillement et sortit attendre dans le couloir. Dès qu'elle eut raccroché, il entra à nouveau.

– Je propose que nous allions dans mon bureau. Il faut qu'on réfléchisse ensemble.

– J'emporte quelque chose ?

Elle indiqua d'un geste les dossiers et les documents entassés sur la table.

– Ce n'est pas nécessaire. Si on a besoin de quelque chose, tu pourras venir le chercher.

Elle le suivit dans son bureau. Wallander prévint le central qu'il ne voulait pas être dérangé. Il ne précisa pas la durée. Ce qu'il avait prévu de faire prendrait tout le temps nécessaire.

– Tu te souviens que je t'ai demandé de tout reprendre en adoptant un point de vue féminin, commença-t-il.

– C'est ce que j'ai fait.

– Bien. On va le refaire, depuis le début. C'est à cela que nous allons nous consacrer à partir de maintenant. Je suis persuadé qu'il existe un détail décisif que nous n'avons pas encore vu. Plutôt, nous l'avons vu sans le voir. Nous avons cherché dans toutes les directions, ce détail a toujours été là, mais nous sommes passés à côté. Et je suis maintenant convaincu qu'il y a une femme impliquée dans cette histoire.

– Pourquoi ?

Il lui résuma la conversation avec Kristina Blomberg. La façon dont elle avait arraché son chemisier pour leur montrer ses cicatrices.

– Tu parles d'une femme maltraitée, dit-elle. Pas d'une femme meurtrière.

– C'est peut-être la même chose. Dans tous les cas de figure, si j'ai tort, il va falloir me le prouver.

– Où commençons-nous ?

– Au commencement. Comme dans les contes. En premier lieu, quelqu'un a tendu un piège hérissé de pieux à Holger Eriksson à

Lödinge. Imagine que ce quelqu'un était une femme. Que vois-tu alors ?

– Que ce n'est pas impossible. Il n'y avait rien de trop grand ni de trop lourd à transporter.

– Pourquoi a-t-elle choisi cette manière de procéder ?

– Pour donner l'impression que cela a été fait par un homme.

Wallander considéra longuement cette réponse avant de poursuivre.

– Elle a donc voulu nous entraîner sur une fausse piste ?

– Pas sûr. Elle a peut-être cherché à démontrer de quelle manière la violence peut se retourner contre son auteur. Comme un boomerang. Ou peut-être les deux à la fois, pourquoi pas ?

Wallander réfléchit. Cette explication n'était pas invraisemblable.

– Le mobile, poursuivit-il. Qui a voulu tuer Holger Eriksson ?

– C'est moins clair que dans le cas de Gösta Runfeldt. Là, au moins, on a différentes possibilités. Nous en savons encore trop peu sur Holger Eriksson. Si peu, d'ailleurs, que c'en est bizarre. Sa vie est presque entièrement cachée aux regards. Comme si cette vie était un territoire défendu.

Wallander comprit aussitôt que c'était un point important.

– Que veux-tu dire ?

– C'est simple. Nous devrions en savoir plus, sur un homme de quatre-vingts ans qui a toujours vécu en Scanie, et qui était connu dans la région. Ce n'est pas normal.

– Quelle est l'explication ?

– Je ne sais pas.

– Les gens auraient-ils peur de parler de lui ?

– Non.

– Alors ?

– Nous cherchions un mercenaire. Nous avons découvert qu'il était mort. Nous avons appris que ces gens-là se présentent souvent sous un faux nom. J'ai pensé que ce pouvait aussi être le cas de Holger Eriksson.

– Il aurait été mercenaire ?

– Je ne crois pas. Mais il a pu faire certaines choses sous un autre nom. Il n'était pas nécessairement toujours Holger Eriksson. Cela pourrait expliquer que nous en sachions si peu sur sa vie privée.

Wallander se rappela les premiers recueils de poèmes de Holger Eriksson. Ils avaient été publiés sous un pseudonyme. Par la suite, il s'était servi de son propre nom.

– J'ai du mal à le croire, dit-il. Quel serait le mobile ? Pourquoi quelqu'un a-t-il recours à un nom d'emprunt ?

– Parce qu'il se livre à quelque activité qui doit rester secrète.
Wallander la dévisagea.

– Tu veux dire qu'il aurait pu prendre un autre nom parce qu'il
était homosexuel ? À une époque où il valait mieux le taire ?

– Par exemple.
Wallander hocha la tête. Il hésitait pourtant.

– Nous avons la donation à l'église du Jämtland, dit-il. Pourquoi
a-t-il fait cela ? Et la femme polonaise disparue. Il y a un détail qui la
rend spéciale. Tu y as pensé ?
Ann-Britt Höglund secoua la tête.

– C'est la seule femme qui soit apparue dans toute l'enquête relative à Holger Eriksson. Et il faut reconnaître que cela la rend très
spéciale.

– Nous avons reçu les copies du rapport d'enquête sur sa disparition. Mais je ne pense pas que quelqu'un ait encore eu le temps de
s'y atteler. En plus, elle ne figure qu'à la périphérie de l'enquête.
Nous n'avons aucune preuve d'un lien entre Holger Eriksson et elle.
Wallander réagit sur-le-champ.

– C'est vrai. Il faut s'en occuper le plus vite possible. Savoir si ce
lien existe.

– Qui va s'en charger ?

– Hansson. Il lit plus vite que nous tous. En plus, il découvre
souvent tout de suite ce qui a de l'importance.
Elle prit note. Ils laissèrent momentanément de côté Holger
Eriksson.

– Gösta Runfeldt était un homme brutal, poursuivit Wallander.
Nous pouvons l'affirmer. C'est un point commun avec Holger Eriks-
son. Nous apprenons maintenant que c'était aussi le cas d'Eugen
Blomberg. De plus, Gösta Runfeldt maltraitait sa femme. Comme
Blomberg. Où cela nous mène-t-il ?

– Au fait que ce sont trois hommes enclins à la violence. Dont au
moins deux ont maltraité des femmes.

– Non, objecta Wallander. Pas tout à fait. Ce sont trois hommes,
dont deux ont maltraité des femmes *à notre connaissance*. Mais cela
peut aussi valoir pour le troisième, Holger Eriksson. Nous ne le
savons pas encore.

– La Polonaise ? Krista Haberman ?

– Par exemple. De plus, il se peut que Gösta Runfeldt ait assassiné sa femme. En la noyant sous la glace.
Ils sentirent tous deux qu'ils approchaient un point crucial. Wallander revint brièvement en arrière.

– Le piège hérissé de pieux, dit-il. Comment le décrirais-tu ?

– Préparé, prémédité. Un piège mortel.

– Plus que cela. Une manière lente de tuer quelqu'un.

Wallander fouilla dans les papiers éparpillés sur son bureau.

– Selon le médecin légiste de Lund, Holger Eriksson a très bien pu rester des heures ainsi, empalé sur les pieux, avant de mourir.

Il reposa le papier avec dégoût.

– Gösta Runfeldt, dit-il ensuite. Amaigri, ligoté à un arbre et étranglé. Qu'est-ce que cela nous indique ?

– Qu'il a été retenu prisonnier. Il n'a pas été empalé sur des pieux.

Wallander leva la main. Elle se tut. Il repensait à la visite au lac Stångsjön. *Ils l'avaient retrouvée sous la glace.*

– Se noyer sous la glace, dit-il. Je me suis toujours représenté cela comme une des choses les plus atroces qui puissent arriver à quelqu'un. Se retrouver piégé sous la glace. Ne pas pouvoir la briser. Peut-être deviner la lumière au travers.

– Une captivité sous la glace...

– Précisément. C'est exactement ce que je pense.

– Tu veux dire que le meurtrier choisirait des méthodes qui rappellent ce qui est arrivé aux femmes qu'il ou elle prétend venger ?

– Plus ou moins. C'est en tout cas une possibilité.

– Dans ce cas, la mort d'Eugen Blomberg fait plutôt écho à ce qui est arrivé à la femme de Runfeldt.

– Je sais. Peut-être pourrons-nous en comprendre la raison si nous continuons encore un moment.

Ils parlèrent de la valise. Wallander rappela une nouvelle fois l'existence du faux ongle retrouvé par Nyberg dans la forêt de Marsvinsholm.

Ils en arrivèrent à Blomberg. Le scénario se reproduisait.

– L'objectif était de le noyer, dit-elle. Mais pas trop vite. Il devait rester conscient de ce qui lui arrivait.

Wallander s'enfonça dans son fauteuil et la dévisagea.

– Dis-moi ce que tu vois.

– Un mobile de vengeance prend forme. Il s'agit en tout cas d'un possible dénominateur commun. Des hommes qui ont commis des violences à l'encontre de femmes subissent en retour une violence masculine exacerbée. Comme si on voulait les contraindre à sentir l'effet de leurs propres mains sur leur propre corps.

– C'est une bonne formule. Continue.

– On a peut-être aussi cherché à égarer nos soupçons. Nous avons mis longtemps à envisager qu'une femme puisse être impliquée. Et lorsque cette pensée nous est venue, nous l'avons aussitôt repoussée.

– Qu'est-ce qui contredit l'idée qu'une femme soit impliquée?

– Nous en savons encore très peu. De plus, lorsque les femmes ont recours à la violence, c'est presque toujours pour se défendre ou pour défendre leurs enfants. Ce n'est pas une violence préméditée, mais un réflexe de protection instinctif. En principe, une femme ne creuse pas de pièges hérissés de pieux. Pas plus qu'elle ne retient un homme captif. Pas plus qu'elle ne jette un homme à l'eau, enfermé dans un sac.

Wallander la considérait avec attention.

– En principe, fit-il ensuite. C'est toi qui l'as dit.

– Si c'est une femme qui a fait cela, c'est une malade.

Wallander se leva et alla à la fenêtre.

– Autre chose, dit-il. Un détail qui peut démolir l'édifice que nous essayons de construire. Si vengeance il y a, elle n'est pas personnelle, mais indirecte. L'épouse de Gösta Runfeldt est morte. Celle d'Eugen Blomberg n'a pas tué son mari. Ça, j'en suis certain. Holger Eriksson n'avait pas de femme. S'il s'agit bien de vengeance et si c'est une femme, elle venge d'*autres* femmes, et cela paraît peu vraisemblable. Si c'était le cas, ce serait une grande première. En tout cas pour moi.

– Elle n'agit peut-être pas seule, dit Ann-Britt Hoglund avec hésitation.

– À quoi penses-tu? Des anges de la mort? Un groupe de femmes? Une secte?

– Cela ne paraît pas vraisemblable.

– Non, dit Wallander. Je ne le pense pas non plus.

Il se rassit.

– Je voudrais que tu fasses l'inverse maintenant. Que tu reprennes tous les événements, un à un. Et que tu me donnes toutes les raisons qui contredisent l'hypothèse d'une femme.

– Ne vaudrait-il pas mieux attendre d'en savoir un peu plus sur ce qui est arrivé à Blomberg?

– Peut-être. Mais je ne pense pas que nous en ayons le temps.

– Tu crois que ça risque de recommencer?

Wallander voulait lui donner une réponse honnête. Il resta silencieux un moment.

– Il n'y a pas de commencement, dit-il enfin. Du moins pas de commencement que nous puissions discerner. Par conséquent, il n'est pas non plus vraisemblable qu'il y ait une fin. Cela peut se produire à nouveau. Et nous ne savons pas du tout dans quelle direction nous tourner.

Ils avaient atteint une impasse. Wallander sentait croître son impatience de ne pas avoir de nouvelles de Martinsson et de Svedberg. Puis il se souvint que sa ligne était bloquée. Il composa le numéro du central. Ni Martinsson ni Svedberg n'avaient appelé. Il demanda à ce qu'on lui transmette tout appel de leur part. Mais aucun autre.

– Les effractions, dit-elle soudain. Au magasin et chez Eriksson. Quel rôle jouent-elles ?

– Je ne sais pas. Pas plus que pour la flaque de sang par terre. Je croyais avoir une explication. Maintenant je ne sais plus.

– J'ai réfléchi de mon côté.

Wallander vit qu'elle était sérieuse. Il lui fit signe de poursuivre.

– Nous n'arrêtons pas de dire que nous devons distinguer ce que nous *voyons* réellement. Holger Eriksson a signalé une effraction au cours de laquelle rien n'a été volé. Pourquoi dans ce cas l'a-t-il signalée ?

– Je me suis posé la question moi aussi. Il a pu être choqué par le fait que quelqu'un se soit introduit chez lui.

– Dans ce cas, ça colle.

Wallander ne comprit pas aussitôt où elle voulait en venir.

– On peut imaginer que quelqu'un se soit introduit chez lui pour lui faire peur. Non pour voler.

– Un avertissement ? C'est ce que tu veux dire ?

– Oui.

– Et la boutique ?

– Gösta Runfeldt quitte son appartement. Soit il a été attiré dehors. Soit c'est le matin et il est descendu pour attendre le taxi. Il disparaît sans laisser de trace. Peut-être s'est-il rendu au magasin ? Ça ne prend que quelques minutes. La valise, il l'a laissée dans le hall d'entrée de l'immeuble. Ou alors il l'a emportée avec lui. Elle n'était pas lourde.

– Pourquoi se serait-il rendu au magasin ?

– Je ne sais pas. Il avait peut-être oublié quelque chose.

– Tu veux dire qu'il aurait été agressé à l'intérieur de la boutique ?

– Ce n'est pas une idée brillante, je sais. Mais elle m'est venue comme ça.

– Elle en vaut bien d'autres, dit Wallander.

Il la dévisagea.

– Avons-nous même pris la peine de vérifier si le sang en question pouvait être celui de Runfeldt ? demanda-t-il.

– Je ne crois pas. Dans ce cas, c'est ma faute.

– Si on devait se demander qui est responsable de toutes les erreurs commises au cours d'une enquête, on ne ferait plus que ça. Je suppose qu'il n'en reste aucune trace ?

– Je peux en parler à Vanja Andersson.

– Fais-le. Histoire d'en avoir le cœur net.

Elle se leva et quitta la pièce. Wallander était fatigué. Ils avaient eu une bonne conversation. Mais son inquiétude ne cessait de croître. Ils étaient aussi loin que possible d'un centre de gravité susceptible de donner une direction à l'enquête.

Il entendit quelqu'un hausser le ton dans le couloir. Puis il se mit à penser à Baiba. Il se força à se concentrer à nouveau sur le travail en cours. Il vit alors intérieurement le chien qu'il aurait aimé acheter. Il se leva et alla chercher un café. Quelqu'un lui demanda s'il avait eu le temps de formuler un avis sur l'association des « Amis de la hache ». Il répondit par la négative et retourna dans son bureau. Il avait cessé de pleuvoir. Les nuages formaient une couverture immobile au-dessus du château d'eau.

Le téléphone sonna. C'était Martinsson.

– Svedberg vient de revenir de l'université. Apparemment, Eugen Blomberg passait plutôt inaperçu là-bas. Ce n'était pas un chercheur très éminent, semble-t-il. Il aurait été vaguement lié à l'hôpital pédiatrique de Lund, mais sans réelles responsabilités. En fait, ses recherches se situaient à un niveau assez rudimentaire. C'est du moins ce que prétend Svedberg. Mais d'un autre côté, qu'est-ce qu'il en sait, lui, des allergies au lait ?

– Continue, dit Wallander sans chercher à dissimuler son impatience.

– J'ai du mal à comprendre qu'on puisse avoir si peu de centres d'intérêt, dans la vie. Apparemment, il s'occupait de ses histoires de lait. À part ça, rien du tout. Sauf une chose.

Wallander attendit.

– Il semblerait qu'il ait eu une liaison. J'ai retrouvé quelques lettres. Les initiales KA reviennent à plusieurs reprises. Le détail intéressant, c'est qu'elle était enceinte.

– Comment le sais-tu ?

– Par les lettres. Dans la dernière que j'ai trouvée, elle approchait du terme de la grossesse.

– La lettre est datée de quand ?

– Il n'y a pas de date. Mais elle parle d'un film qui lui a plu, à la télévision. Si je m'en souviens bien, il est passé il y a un mois, pas plus. On va vérifier, bien sûr.

– Il y a une adresse ?
– Non.
– On ne sait même pas si elle habite Lund ?
– Non. Mais elle est sans doute originaire de Scanie, vu les tournures qu'elle emploie.
– Tu as interrogé la veuve de Blomberg au sujet de cette femme ?
– C'est ce que je voulais te demander. Si je dois l'interroger là-dessus. Ou s'il vaut mieux attendre.
– Pose-lui la question, dit Wallander. Nous ne pouvons pas attendre. En plus, je soupçonne qu'elle est déjà au courant. Il nous faut le nom et l'adresse de cette femme. Le plus vite possible. Rappelle-moi dès que tu en sauras plus.

Wallander resta assis, la main sur le combiné. Il se sentait mal à l'aise. Ce que lui avait dit Martinsson lui rappelait quelque chose.

Cela avait un lien avec Svedberg.

De quoi s'agissait-il ?

Puis il attendit que Martinsson le rappelle. Hansson apparut à la porte en disant qu'il essaierait de s'attaquer le soir même au rapport d'enquête en provenance d'Östersund.

– Il y en a onze kilos, dit-il. Juste pour ton information.
– Tu l'as pesé ? demanda Wallander, surpris.
– Moi, non. Jetpak, oui. 11,3 kg en provenance du commissariat d'Östersund. Tu veux savoir combien ça a coûté ?
– Non.

Hansson disparut. Wallander commença à se curer les ongles en imaginant un labrador noir endormi au pied de son lit. Il était dix-neuf heures quarante. Toujours pas de nouvelles de Martinsson. Nyberg l'appela pour l'informer qu'il rentrait chez lui. Après avoir raccroché, Wallander se demanda pourquoi il avait pris cette peine. Pour signaler qu'on pouvait le joindre à son domicile ? Ou qu'il voulait qu'on lui fiche la paix, au contraire ?

Enfin, Martinsson le rappela.

– Elle dormait, dit-il. Je ne voulais pas la réveiller. C'est pour cela que ça a pris si longtemps.

Wallander ne fit aucun commentaire. Pour sa part, il aurait réveillé Kristina Blomberg sans une seconde d'hésitation.

– Qu'a-t-elle dit ?
– Tu avais raison. Elle savait que son mari voyait d'autres femmes. Celle-ci n'était pas la première. Mais elle ne la connaît pas. Les initiales KA ne lui disent rien.
– Sait-elle où elle habite ?

– Elle dit que non. J'aurais tendance à la croire.

– Mais s'il partait en voyage, elle devait être au courant ?

– Je lui ai posé la question. Elle a répondu qu'il ne voyageait pas. D'ailleurs, il n'avait pas de voiture. Il n'avait même pas le permis.

– Ça signifie qu'elle habite dans le coin.

– C'est aussi mon avis.

– Une femme qui répond aux initiales KA. Nous devons la retrouver. Priorité absolue. Est-ce que Birch est là ?

– Il est retourné au commissariat il y a un moment.

– Où est Svedberg ?

– Il devait parler à quelqu'un ; à l'homme qui, apparemment, connaissait le mieux Eugen Blomberg.

– Svedberg doit essayer d'identifier la femme aux initiales KA. C'est ça qui compte.

– Je ne suis pas sûr de pouvoir le joindre. Il a oublié son portable.

Wallander jura.

– La veuve de Blomberg doit savoir qui était le meilleur ami de son mari. C'est important que tu transmettes la consigne à Svedberg.

– Je vais voir ce que je peux faire.

Soudain, Wallander se rappela ce qu'il avait oublié un peu plus tôt. Mais il avait déjà raccroché. Il chercha le numéro de téléphone du commissariat de Lund. Il eut de la chance ; on lui passa Birch presque aussitôt.

– On a peut-être trouvé quelque chose, dit Wallander.

– Martinsson l'a dit à Ehrén, qui travaille avec lui à Siriusgatan. J'ai cru comprendre que nous recherchions une femme qui répondrait aux initiales KA.

– Oublie le conditionnel. C'est bien KA. Karin Andersson, Katarina Alström… Nous devons la retrouver. Il y a aussi un détail important, à mon avis.

– L'information contenue dans l'une des lettres, comme quoi elle allait bientôt accoucher ?

Birch réfléchissait vite.

– Précisément, dit Wallander. Nous devrions donc prendre contact avec la maternité de Lund. Nous renseigner sur les femmes qui ont accouché ces dernières semaines. Ou qui sont sur le point d'accoucher. Avec les initiales KA.

– Je m'en charge, dit Birch. C'est un peu délicat.

Après avoir raccroché, Wallander s'aperçut qu'il transpirait. L'enquête commençait enfin à bouger… Il sortit dans le couloir. Personne. Il sursauta en entendant sonner son téléphone. C'était Ann-Britt Höglund. Elle l'appelait de la boutique de Runfeldt.

– Il ne reste aucune trace de sang. Vanja Andersson a tout nettoyé elle-même.

– La serpillière, dit Wallander.

– Elle l'a jetée. Elle trouvait cette flaque désagréable. Et la poubelle a été vidée il y a longtemps.

Wallander savait qu'il suffisait de presque rien pour réussir une analyse de sang.

– Les chaussures, dit-il. Quelles chaussures portait-elle ce jour-là ? Il reste peut-être une trace de sang sous la semelle.

– Je vais lui poser la question.

Wallander attendit. Ann-Britt revint après quelques instants.

– Elle portait des sabots. Mais ils sont chez elle.

– Va les chercher, dit Wallander. Apporte-les ici et appelle Nyberg. Il est chez lui. Il devrait au moins pouvoir nous dire s'il y a du sang dessus.

Il raccrocha. Hamrén apparut dans l'encadrement de la porte. Wallander ne l'avait presque pas vu depuis son arrivée à Ystad. Il se demanda ce que fabriquaient les deux policiers de Malmö.

– J'ai pris la suite de Martinsson concernant les relations entre Eriksson et Runfeldt, dit Hamrén. Jusqu'à présent, ça n'a rien donné. Leurs trajectoires ne se sont sans doute jamais croisées.

– Il faut continuer, dit Wallander. C'est important. À un moment, ces enquêtes vont se recouper. J'en suis convaincu.

– Et Blomberg ?

– Lui aussi. Le contraire est tout simplement impensable.

– Depuis quand le travail de la police se base-t-il sur des conjectures ? demanda Hamrén en souriant.

– Tu as raison. Mais on espère toujours…

Hamrén tenait sa pipe à la main.

– Je vais fumer dehors, dit-il. Ça rafraîchit les neurones.

Hamrén disparut. Il était un peu plus de vingt heures. Wallander attendait des nouvelles de Svedberg. Il alla chercher un gobelet de café et quelques biscuits. Le téléphone sonna. Une communication destinée au central avait été orientée vers son bureau par erreur. À vingt heures trente, il se posta devant la porte de la cafétéria et regarda distraitement la télévision. De belles images des Comores. Où donc se trouvaient ces îles ? À vingt heures quarante-cinq, il était à nouveau dans son fauteuil. Birch téléphona pour lui annoncer qu'ils avaient commencé les recherches sur les femmes qui avaient accouché au cours des deux derniers mois, ou qui allaient accoucher dans les deux mois à venir. Jusque-là, ils n'avaient trouvé aucun nom répondant aux initiales KA. Après avoir raccroché, Wallander songea que rien ne l'empêchait de rentrer chez lui. Les autres pouvaient tout aussi bien le joindre sur son téléphone portable. Il essaya de contacter Martinsson, sans succès. Puis Svedberg le rappela. Il était vingt et une heures dix.

– Il n'y a pas de femme qui porte les initiales KA. Du moins pas à la connaissance du meilleur ami de Blomberg.

– Bien, dit Wallander sans chercher à masquer sa déception.

– Je vais rentrer maintenant, dit Svedberg.

Wallander raccrocha ; le téléphone sonna aussitôt. C'était Birch.

– Je regrette, dit-il. On n'a trouvé personne avec les initiales KA. Je pense hélas que ces renseignements sont fiables.

– Merde, dit Wallander.

Ils réfléchirent tous deux quelques instants.

– Elle a pu accoucher ailleurs qu'à Lund, dit Birch enfin.

– Tu as raison. Il faudra continuer les recherches demain.

Il raccrocha. Il se souvenait maintenant du détail lié à Svedberg. Un papier qui avait atterri par erreur sur son bureau. À propos d'incidents nocturnes à la maternité d'Ystad. Une affaire d'agression... et de fausse infirmière...

Il composa le numéro de portable de Svedberg, qui répondit de sa voiture.

– Où es-tu ? demanda Wallander.

– Même pas encore à Staffanstorp.

– Viens. Nous devons vérifier quelque chose ensemble.

– Oui, dit Svedberg. J'arrive.

Le trajet lui prit quarante-deux minutes.

Il était vingt et une heures cinquante lorsque Svedberg apparut à la porte de son bureau.

À ce moment-là, Wallander avait déjà commencé à douter.

Le risque qu'il se soit purement et simplement trompé était trop grand.

27

Il ne comprit vraiment ce qui s'était passé qu'au moment où la porte se referma derrière lui. Il fit les quelques pas qui le séparaient de sa voiture et s'installa au volant. Puis il prononça son propre nom à haute voix : Åke Davidsson.

Åke Davidsson était désormais un homme très seul. Il n'avait pas cru qu'une chose pareille puisse lui arriver. Que sa maîtresse depuis tant d'années – même s'ils ne vivaient pas ensemble – lui dise un jour qu'elle ne voulait plus de lui. Et le jette dehors.

Il fondit en larmes. Il avait mal. Il ne comprenait pas. Mais elle paraissait sûre de sa décision. Elle lui avait demandé de partir et de ne jamais revenir. Elle avait rencontré un autre homme, lui avait-elle dit, un homme qui envisageait de vivre avec elle.

Il était presque minuit. C'était un lundi, le 17 octobre. L'obscurité l'entourait. Il savait qu'il ne devait pas conduire de nuit. Sa vue était trop mauvaise. Conduire, il ne le pouvait en réalité qu'avec des lunettes spéciales, et à la lumière du jour. Il plissa les yeux ; il distinguait à peine les contours de la route. Mais il ne pouvait pas rester là toute la nuit. Il devait rentrer à Malmö.

Il mit le contact. Il était très abattu et il ne comprenait pas ce qui s'était passé.

Il s'engagea sur la petite route. Il ne voyait pas grand-chose. Ce serait peut-être plus facile une fois qu'il aurait retrouvé la nationale. Dans l'immédiat, il s'agissait de sortir de Löding.

Mais il se trompa de direction. Les petites routes étaient nombreuses, étroites, et elles se ressemblaient toutes, dans le noir. À minuit et demi, il comprit qu'il était complètement perdu. Il se trouvait alors à un endroit où le chemin semblait s'arrêter dans une sorte de cour de ferme. Il s'apprêtait à faire marche arrière lorsqu'il crut voir une ombre dans le faisceau des phares. Quelqu'un se dirigeait vers sa voiture. Il pensa avec soulagement que cette personne pourrait sans doute lui indiquer le chemin.

Il ouvrit la portière et descendit.

L'instant d'après, il n'y eut plus que du noir.

Svedberg mit un quart d'heure pour retrouver le papier que lui réclamait Wallander. Celui-ci s'était montré très explicite lorsque Svedberg était apparu à la porte de son bureau peu avant vingt-deux heures.

— C'est peut-être hasardeux. Mais nous recherchons une femme répondant aux initiales KA qui aurait accouché, ou qui serait sur le point d'accoucher dans la région. Au début, nous avons pensé à Lund. Mais ça n'a rien donné. Alors, c'est peut-être à Ystad. Sauf erreur, la maternité d'ici utilise des méthodes qui l'ont rendue célèbre, même à l'étranger. D'autre part, il s'y est passé des incidents bizarres, la nuit, à deux reprises. C'est peut-être une pure conjecture, je le répète. Mais je veux savoir ce qui est arrivé.

Svedberg trouva le papier et retourna dans le bureau où Wallander l'attendait avec impatience.

— Ylva Brink, commença Svedberg. Ma cousine. Enfin, une cousine éloignée. Et elle est sage-femme à la maternité. Elle est venue au commissariat pour me signaler qu'une inconnue s'était manifestée la nuit précédente dans le service. Ça l'avait inquiétée.

— Pourquoi ?

— Ce n'est pas normal qu'une personne étrangère à la maternité surgisse ainsi pendant la nuit.

— Procédons par ordre, dit Wallander. Quand l'incident s'est-il produit pour la première fois ?

— La nuit du 30 septembre au 1er octobre.

— Il y a presque trois semaines. Elle était donc inquiète, disais-tu...

— Elle est venue le lendemain, un samedi. Je l'ai reçue dans mon bureau. C'est à ce moment-là que j'ai pris ces notes.

— Et par la suite, l'incident s'est reproduit ?

— La nuit du 12 au 13 octobre. Par coïncidence, Ylva était aussi de garde cette nuit-là. C'est alors qu'elle a été frappée. J'ai été appelé là-bas au matin.

— Que s'était-il passé ?

— L'inconnue avait surgi de nouveau. Quand Ylva a tenté de l'interpeller, l'autre l'a envoyée au tapis. D'après Ylva, c'était comme recevoir un coup de pied d'un cheval.

– Elle n'avait jamais vu cette femme auparavant ?
– Non.
– Elle portait un uniforme d'infirmière ?
– Oui. Mais Ylva est convaincue qu'elle ne faisait pas partie du personnel.
– Comment peut-elle en être sûre ? Il doit y avoir beaucoup de gens à l'hôpital qu'elle ne connaît pas.
– Elle était sûre de son fait. Mais je n'ai pas pensé à lui demander pourquoi.

Wallander réfléchit.

– Cette femme s'intéresse à la maternité entre le 30 septembre et le 13 octobre. Elle s'y rend deux fois, la nuit, et n'hésite pas à frapper une sage-femme. Quel était le but de sa visite ?
– Ylva se pose la même question.
– Elle n'a pas de réponse ?
– Elle a fait le tour des chambres avec ses collègues, dans les deux cas. Mais il n'y avait rien à signaler.

Wallander consulta sa montre. Il était vingt-deux heures quarante-cinq.

– Je veux que tu téléphones à ta cousine, dit-il. Tant pis si on la réveille.

Svedberg hocha la tête. Wallander indiqua son téléphone d'un geste. Il savait que son collègue, distrait par nature, avait une mémoire très développée pour les numéros de téléphone. Il composa celui de sa cousine et laissa sonner longtemps avant de raccrocher.

– Si elle n'est pas chez elle, ça veut dire qu'elle travaille.

Wallander se leva vivement.

– Tant mieux. Je ne suis pas retourné à la maternité depuis la naissance de Linda.
– Le service a été entièrement reconstruit. Tout est neuf, tu verras.

Ils prirent la voiture de Svedberg. Quelques minutes plus tard, ils se garaient devant l'entrée des urgences. Wallander se rappela la nuit, quelques années auparavant, où il s'était réveillé avec d'intenses douleurs à la poitrine en croyant à un infarctus. À l'époque, l'entrée des urgences était ailleurs. Tout paraissait rénové, à l'hôpital. Ils sonnèrent. Un gardien apparut quelques instants après et leur ouvrit. Wallander lui montra sa carte. Ils prirent l'escalier. Le gardien avait prévenu le personnel de garde de leur arrivée. Une femme les attendait à la porte du service.

– Ma cousine, dit Svedberg. Ylva Brink.

Wallander la salua. Une infirmière passa à l'arrière-plan. Ylva Brink les fit entrer dans un petit bureau.

— Pour l'instant, c'est plutôt calme, dit-elle. Mais ça peut changer très vite.

— Je ne serai pas long, dit Wallander. Je sais que tous les renseignements concernant les malades sont confidentiels. Je n'ai pas l'intention de violer cette règle. Tout ce que je voudrais savoir, c'est s'il y a eu, dans ce service, entre le 30 septembre et le 13 octobre, une femme qui devait accoucher et qui répondait aux initiales KA. K comme Karin, A comme Andersson.

Une ombre d'inquiétude passa sur le visage d'Ylva Brink.

— Il s'est passé quelque chose ?

— Non. J'ai seulement besoin d'identifier quelqu'un. Rien d'autre.

— Je ne peux pas répondre à cette question. Ce sont des renseignements strictement confidentiels. À moins que la personne n'ait signé un papier précisant que sa présence ici peut être divulguée. Je pense que cela vaut aussi pour les initiales.

— Quelqu'un va devoir répondre tôt ou tard. Mon problème est que j'ai besoin de cette information tout de suite.

— Même ainsi, je ne peux rien pour vous.

Svedberg n'avait encore rien dit. Wallander vit qu'il fronçait les sourcils.

— Y a-t-il des toilettes ? demanda-t-il soudain à sa cousine.

— Au bout du couloir à droite.

Svedberg fit un signe de tête à Wallander.

— Tu avais besoin d'y aller. C'est le moment.

Wallander comprit. Il se leva et quitta la pièce.

Il attendit cinq minutes aux toilettes avant de retourner dans le bureau. Ylva Brink n'y était plus. Svedberg se tenait penché sur un registre.

— Que lui as-tu dit ? demanda Wallander.

— Qu'elle ne devait pas attirer la honte sur la famille. Et qu'elle était passible d'un an de prison.

— Ah bon ? Pourquoi ?

— Obstruction au travail d'un officier de police dans l'exercice de ses fonctions.

— Ça n'existe pas.

— Elle ne peut pas le savoir. Voilà les noms. Je crois que nous ferions mieux de lire vite.

Ils parcoururent la liste. Aucune des femmes ne portait les initiales KA. Les craintes de Wallander étaient confirmées.

– Ce n'étaient peut-être pas des initiales, dit Svedberg pensivement. KA signifie peut-être autre chose...

– Quoi, par exemple ?

– Regarde. Il y a une Katarina Taxell. Les lettres KA sont peut-être une abréviation de Katarina.

Wallander regarda la liste. Puis il la parcourut entièrement, une nouvelle fois. Aucun autre nom ne présentait cette combinaison de lettres. Aucune Karin, aucune Karolina. Ni avec un K, ni avec un C.

– Tu as peut-être raison, dit-il avec une certaine hésitation. Note l'adresse.

– Il n'y a pas d'adresses. Il n'y a que les noms. Il vaut peut-être mieux que tu m'attendes en bas. Pendant que je parle à Ylva.

– Contente-toi de lui dire qu'elle ne doit pas attirer la honte sur la famille. Ne parle pas d'éventuelles poursuites ; ça peut poser des problèmes. Je veux savoir si Katarina Taxell est encore à la maternité. Et si elle a eu de la visite. Je veux savoir s'il y a quelque chose de particulier la concernant. Si elle est mariée, etc. Mais surtout, son adresse.

– Ça risque de prendre du temps. Ylva a été appelée en salle d'accouchement.

– J'attendrai. Toute la nuit s'il le faut.

Il prit une biscotte sur une assiette et quitta le service. Aux urgences, il croisa un homme ivre et couvert de sang, qui venait d'arriver en ambulance. Wallander le reconnut. Un marchand de ferraille qui s'appelait Niklasson et qui habitait un peu à l'extérieur de la ville. En règle générale, il était sobre. Mais quand il ne l'était pas, les soirées avaient tendance à dégéner en bagarre.

Wallander fit un signe de tête aux deux ambulanciers, qu'il connaissait aussi.

– C'est grave ?

– Niklasson est coriace, dit le plus âgé. Il s'en sortira, comme d'habitude. Ils ont commencé à se battre dans une baraque de Sandskogen.

Wallander sortit sur le parking. Il faisait plutôt froid. Il songea qu'il fallait aussi vérifier s'il existait une Karin ou une Katarina à la maternité de Lund. Ce serait l'affaire de Birch. Il était vingt-trois heures trente. Il essaya d'ouvrir les portières de la voiture de Svedberg. Verrouillées. Il envisagea de remonter pour lui demander les clés. L'attente risquait d'être longue. Finalement, il y renonça.

Il commença à faire les cent pas sur le parking.

Soudain, il était de retour à Rome. Son père marchait devant lui. En route vers sa destination secrète. Un fils suit et surveille son père dans une ville, la nuit. L'escalier de Trinité-des-Monts, la Piazza di Spagna, puis la fontaine de Trevi. Reflets dans son regard. Un vieil homme seul à Rome. Savait-il qu'il allait bientôt mourir ? Que si le voyage en Italie ne s'était pas fait à ce moment-là, il n'aurait jamais eu lieu ?

Wallander s'immobilisa. Il avait la gorge nouée. Quand aurait-il le temps de porter le deuil de son père ? La vie le rejetait, le ballottait. Il aurait bientôt cinquante ans. C'était l'automne. La nuit. Et il faisait les cent pas derrière un hôpital, en grelottant dans le froid. Ce qu'il redoutait le plus, c'était que la vie devienne incompréhensible au point qu'il ne puisse plus l'affronter. Que restait-il alors ? Partir en préretraite ? Demander sa mutation à un poste plus paisible ? Passer quinze ans à faire la tournée des écoles en parlant de la drogue et des dangers de la circulation routière ?

La maison, pensa-t-il. Et un chien. Et peut-être aussi Baiba. Une transformation extérieure est nécessaire. Je commence par là. Puis on verra bien si ça entraîne des changements chez moi. Ma charge de travail est ce qu'elle est. Je ne peux pas m'en sortir si je dois en même temps me traîner moi-même comme un boulet.

Il était minuit passé. Wallander faisait les cent pas sur le parking. L'ambulance était repartie. Tout était silencieux. Il devait réfléchir. Mais il était trop fatigué. Il n'avait que la force d'attendre. Et de rester en mouvement pour entretenir la chaleur.

Svedberg réapparut à minuit et demi. Il marchait vite. Wallander comprit qu'il y avait du nouveau.

— Katarina Taxell est de Lund, commença-t-il.

Wallander sentit aussitôt monter la tension.

— Elle est encore à la maternité ?

— Elle a accouché le 15 octobre. Elle est rentrée chez elle.

— Tu as l'adresse ?

— Oui. Et pas seulement ça. Elle vit seule. Elle n'a pas donné le nom du père. Elle n'a pas reçu une seule visite au cours de son séjour.

Wallander retenait son souffle.

— Alors c'est peut-être elle, dit-il ensuite. Ça doit être elle. La femme qui signait KA les lettres adressées à Eugen Blomberg.

Ils retournèrent au commissariat. Svedberg freina brutalement à l'entrée du parking pour éviter un lièvre qui s'était égaré en ville.

Ils s'installèrent dans la cafétéria provisoirement déserte. Une radio était allumée quelque part. Le téléphone sonnait chez les policiers de garde. Wallander se servit un café.

– Je ne pense pas que ce soit elle qui ait enfermé Blomberg dans un sac, dit Svedberg en se grattant pensivement le crâne avec une cuillère à café. J'ai du mal à croire qu'une femme qui vient d'accoucher sorte la nuit pour assassiner les gens.

– Elle est un maillon de la chaîne. Si je ne fais pas complètement fausse route. Elle se trouve entre Blomberg et la personne qui nous paraît maintenant cruciale.

– L'infirmière qui a frappé Ylva?

– Précisément.

Svedberg fit un effort pour suivre la pensée de Wallander.

– Tu veux dire que cette infirmière inconnue aurait surgi à la maternité d'Ystad pour la rencontrer?

– Oui.

– Mais pourquoi la nuit? Pourquoi ne vient-elle pas pendant les heures de visite? Ça doit bien exister, des horaires de visite. Et personne ne note les noms des visiteurs, ni des patients qui les reçoivent...

Wallander comprit que les questions de Svedberg étaient décisives. Il devait y répondre pour pouvoir poursuivre.

– Elle ne voulait pas être vue, dit-il. C'est la seule explication possible.

Svedberg insista.

– Vue par qui? Est-ce qu'elle avait peur d'être reconnue? Même par Katarina Taxell? Se rendait-elle à l'hôpital la nuit pour regarder une femme endormie?

– Je ne sais pas, dit Wallander. Je suis d'accord avec toi, c'est bizarre.

– Il n'y a qu'une seule explication possible. Elle vient la nuit parce qu'elle risquerait d'être reconnue si elle venait pendant la journée.

Wallander réfléchit.

– Cela veut dire, par exemple, que quelqu'un qui travaille de jour aurait pu la reconnaître?

– On ne peut pas envisager qu'elle préfère visiter la maternité de nuit sans raison. Pour s'exposer en plus à une situation où elle est obligée de frapper ma cousine, qui ne lui a rien fait.

– Il y a peut-être une autre explication, dit Wallander.

– Laquelle?

– Qu'elle ne *peut* visiter la maternité que la nuit.

Svedberg hocha pensivement la tête.

– C'est possible. Mais pourquoi?
– Il y a plusieurs explications. L'endroit où elle habite. Son travail. Peut-être aussi veut-elle accomplir ces visites en secret.
Svedberg repoussa son gobelet de café.
– L'enjeu devait être important, dit-il. Elle est venue deux fois.
– Nous pouvons dresser un emploi du temps provisoire. La première fois, elle vient dans la nuit du 30 septembre au 1er octobre. Elle choisit le créneau horaire où la fatigue et la baisse de vigilance sont à leur maximum, chez tous les gens qui travaillent de nuit. Elle reste quelques minutes dans le service avant de disparaître. Deux semaines plus tard, l'incident se renouvelle. À la même heure. Cette fois, Ylva Brink l'arrête, mais se fait neutraliser. La femme disparaît sans laisser de trace.
– Katarina Taxell accouche un ou deux jours plus tard.
– La femme ne reparaît pas à la maternité. En revanche, Eugen Blomberg est assassiné.
– Tu veux me dire qu'une infirmière serait à l'origine de tout ça?
Ils se regardèrent sans un mot.
Wallander s'aperçut soudain qu'il avait oublié de demander à Svedberg de poser une question importante à Ylva Brink.
– Tu te souviens du badge qu'on a retrouvé dans la valise de Gösta Runfeldt? demanda-t-il. Un clip d'identification comme en utilisent les employés des hôpitaux.
Svedberg hocha la tête. Il s'en souvenait.
– Appelle la maternité, dit Wallander. Demande à Ylva d'essayer de se rappeler si la femme qui l'a frappée portait un tel badge.
Svedberg se leva et décrocha un téléphone mural. Une des collègues d'Ylva Brink répondit. Svedberg attendit. Wallander but un verre d'eau. Puis Svedberg reprit la parole. La conversation fut brève.
– Ylva est certaine que la femme portait un clip en plastique fixé à son uniforme, dit-il. Les deux fois.
– A-t-elle pu lire le nom?
– Elle n'est pas sûre qu'il y ait eu un nom écrit dessus.
Wallander réfléchit.
– Elle peut avoir perdu le premier, dit-il. Si elle peut se procurer un uniforme d'hôpital, elle peut aussi se procurer un badge.
– Ça paraît difficile de retrouver des empreintes digitales à l'hôpital. On y fait sans cesse le ménage. En plus, nous ne savons même pas si elle a touché à quelque chose.
– En tout cas, dit Wallander, elle ne portait pas de gants. Ylva l'aurait remarqué.

Svedberg se frappa le front avec la cuillère.

— Attends ! Si j'ai bien compris, elle a empoigné Ylva avant de la frapper.

— Elle n'a touché que ses vêtements, dit Wallander. On ne retrouve rien sur les vêtements.

L'espace d'un instant, il se sentit découragé.

— Il faudra malgré tout en parler à Nyberg, dit-il. Peut-être a-t-elle touché le lit de Katarina Taxell ? Nous devons essayer. Si on trouve des empreintes qui correspondent à celles de la valise de Gösta Runfeldt, on aura fait un énorme progrès. À partir de là, on pourra commencer à rechercher les mêmes empreintes chez Holger Eriksson et chez Eugen Blomberg.

Svedberg lui tendit le bout de papier où il avait noté les renseignements sur Katarina Taxell. Wallander constata qu'elle avait trente-trois ans et qu'elle travaillait en indépendante, sans que son activité fût précisée. L'adresse indiquée se trouvait dans le centre de Lund.

— Je veux que nous soyons là-bas demain matin à sept heures, dit-il. Puisqu'on a commencé, toi et moi, autant continuer ensemble. Dans l'immédiat, je crois qu'on ferait mieux de dormir quelques heures.

— C'est curieux, dit Svedberg. Au début, on cherchait un mercenaire. Et maintenant, une infirmière.

— Qui n'en est probablement pas une.

— Ça, nous n'en savons rien. Le fait qu'Ylva ne l'ait pas reconnue ne signifie rien. Elle est peut-être vraiment infirmière.

— Tu as raison. Nous ne pouvons pas exclure cette possibilité.

Wallander se leva.

— Je te raccompagne, dit Svedberg. Où en es-tu avec ta voiture, au fait ?

— Je crois que je devrais en acheter une autre. Mais je me demande si j'en ai les moyens.

Un policier de garde entra précipitamment.

— Je savais que vous étiez là, dit-il. Je crois qu'il s'est passé quelque chose.

Wallander sentit son estomac se contracter. Non, pensa-t-il. Pas un de plus. On n'y arrivera pas.

— Un homme grièvement blessé a été retrouvé sur le bord de la route entre Sövestad et Lödinge. C'est un routier qui l'a découvert. On ne sait pas s'il a été renversé ou agressé. Une ambulance est déjà partie. Vu que ce n'était pas loin de Lödinge, je me suis dit…

Il n'eut pas le temps de finir sa phrase. Svedberg et Wallander étaient déjà sortis.

Ils arrivèrent au moment où les ambulanciers soulevaient le blessé pour l'emporter sur une civière. Wallander reconnut les deux hommes qu'il avait croisés plus tôt dans la soirée, aux urgences.

— Comme on se retrouve, constata le chauffeur de l'ambulance.

— C'est un accident de voiture ?

— Dans ce cas, il y a délit de fuite. Mais ça ressemble plus à une agression.

Wallander jeta un regard autour de lui. La route était déserte.

— Qui se promène par ici la nuit ? demanda-t-il.

L'homme avait de vilaines blessures au visage et râlait faiblement.

— On y va, dit le chauffeur. Il y a peut-être urgence. Risque de blessures internes.

L'ambulance disparut. Ils examinèrent les lieux à la lumière des phares de la voiture de Svedberg. Une patrouille de nuit arriva peu après. Svedberg et Wallander n'avaient rien trouvé. En particulier, aucune trace de freinage. Svedberg expliqua aux autres ce qui s'était passé. Puis Wallander et lui retournèrent à Ystad. Le vent s'était levé. Un voyant, sur le tableau de bord, indiquait la température extérieure. Trois degrés au-dessus de zéro.

— Ça n'a sans doute aucun lien avec notre enquête, dit Wallander. Dépose-moi à l'hôpital et rentre dormir un peu. L'un de nous deux sera moins fatigué demain matin.

— Où dois-je te prendre ?

— En bas de chez moi. Disons à six heures. Martinsson se lève tôt. Appelle-le et raconte-lui ce qui s'est passé. Demande-lui de parler à Nyberg, à propos du badge en plastique. Et dis-lui que nous allons à Lund.

Pour la deuxième fois cette nuit-là, Wallander se rendit aux urgences. Le blessé recevait des soins. Wallander s'assit et attendit, épuisé. Il s'endormit malgré lui. Lorsqu'il fut réveillé en sursaut par quelqu'un qui prononçait son nom, il ne comprit pas tout d'abord où il était. Il avait rêvé. De Rome. Il marchait dans les rues sombres à la recherche de son père.

Un médecin se tenait devant lui. Wallander recouvra aussitôt ses esprits.

— Il s'en sortira, dit le médecin. Mais il a été sérieusement malmené.

— Ce n'est pas un accident ?

— Non. Tabassage. Mais pour autant que nous puissions en juger, il n'y a pas de blessures internes.

– Est-ce qu'il avait des papiers d'identité?
Le médecin lui tendit une enveloppe. Wallander en tira un porte-feuille qui contenait, entre autres choses, un permis de conduire. L'homme s'appelait Åke Davidsson. Wallander nota qu'il devait porter des lunettes pour conduire.
– Puis-je lui parler?
– Je crois qu'il vaut mieux attendre.
Wallander décida de demander à Hansson ou à Ann-Britt Höglund de se charger de cette affaire. Même si cet homme avait été sérieuse-ment maltraité, ils ne pouvaient en faire une priorité dans l'immédiat. Ils n'en avaient guère le temps. Wallander se leva pour partir.
– Nous avons trouvé quelque chose sur lui qui pourrait vous inté-resser, dit le médecin.
Il lui tendit un papier. Wallander déchiffra l'écriture pointue : « Un voleur neutralisé par les gardiens de la nuit. »
– Quels gardiens de la nuit? demanda-t-il.
– Ça me paraît clair, dit le médecin. Les milices de citoyens, dont on n'arrête pas de parler dans les journaux. On imagine bien qu'elles s'inventent un nom comme celui-là, non?
Wallander considérait fixement le bout de papier.
– Autre détail qui va dans le même sens, poursuivit le médecin. Le papier était fixé à même sa peau. Agrafé. Avec une agrafeuse.
– C'est incroyable.
– Oui. C'est incroyable que les choses soient allées si loin.
Wallander ne prit pas la peine d'appeler un taxi. Il rentra chez lui à pied. La ville était déserte. Il pensait à Katarina Taxell. Et à Åke Davidsson qui avait eu un message agrafé à son corps.
En arrivant à l'appartement de Mariagatan, il enleva ses chaus-sures et sa veste, prit une couverture et s'allongea sur le canapé. Mais il ne trouvait pas le sommeil. En plus, il commençait à avoir mal à la tête. Il alla à la cuisine et avala quelques comprimés avec un verre d'eau. Dehors, le lampadaire oscillait sur son fil, dans le vent. Il se recoucha et somnola, inquiet, jusqu'à la sonnerie du réveil. Il constata en s'asseyant qu'il était encore plus fatigué qu'au moment de se coucher. Il alla à la salle de bains et s'aspergea le visage d'eau froide. Puis il changea de chemise. En attendant que le café soit prêt, il appela Hansson à son domicile. Hansson mit longtemps à répondre. Wallander comprit qu'il l'avait réveillé.
– Je n'ai pas fini de lire le rapport d'enquête d'Östersund, dit Hansson. J'ai arrêté à deux heures du matin. Il m'en reste à peu près quatre kilos.

— On en parlera plus tard, coupa Wallander. Je veux juste que tu ailles à l'hôpital et que tu parles à un blessé du nom d'Åke Davidsson. Il a été agressé sur la route de Lödinge hier soir ou cette nuit. Par des hommes qui se réclament d'une milice de citoyens, apparemment. Je veux que tu t'en charges.

— Qu'est-ce que je dois faire avec les papiers d'Östersund ?

— Tu te débrouilles pour tout mener de front. Moi, je vais à Lund avec Svedberg. Tu en sauras plus un peu plus tard.

Il raccrocha sans laisser à Hansson le temps de poser d'autres questions. Il n'aurait pas eu la force d'y répondre.

À six heures, la voiture de Svedberg s'arrêta devant son immeuble. Wallander l'avait vue arriver par la fenêtre de sa cuisine, où il buvait son café debout.

— J'ai parlé à Martinsson, dit Svedberg lorsque Wallander fut monté à côté de lui. Il va demander à Nyberg de s'occuper du clip en plastique.

— Il a compris ce qu'on avait en tête ?

— Je crois.

— Alors on y va.

Wallander se cala contre l'appui-tête et ferma les yeux. Dans l'immédiat, il n'avait rien de mieux à faire que dormir.

L'immeuble de Katarina Taxell était situé à côté d'une place dont Wallander ne connaissait pas le nom.

— Il vaudrait peut-être mieux appeler Birch, dit Wallander. Pour qu'il n'y ait pas d'histoires.

Svedberg réussit à le joindre à son domicile. Il tendit le téléphone portable à Wallander, qui expliqua rapidement ce qui s'était passé. Birch promit qu'il serait là dans moins de vingt minutes. Ils attendirent dans la voiture. Le ciel était gris. Il ne pleuvait pas, mais la force du vent augmentait. Birch arriva et se gara derrière eux. Wallander lui exposa en détail ce qui était apparu au cours de la conversation avec Ylva Brink. Birch écoutait attentivement, mais Wallander voyait bien qu'il avait des doutes.

Ils entrèrent dans l'immeuble. Katarina Taxell habitait au deuxième étage, à gauche.

— Je reste en retrait, dit Birch. Tu conduis l'entretien.

Svedberg sonna. La porte s'ouvrit presque aussitôt. Une femme en robe de chambre apparut devant eux. Elle avait des cernes sous les yeux. Wallander pensa qu'elle ressemblait un peu à Ann-Britt Höglund.

Wallander tenta de se montrer aussi aimable que possible. Mais lorsqu'il lui eut expliqué qu'il était de la police et qu'il venait d'Ystad, il perçut une réaction. Ils entrèrent dans l'appartement, qui donnait l'impression d'être exigu et encombré. Toutes sortes d'indices témoignaient de la présence d'un nourrisson. Wallander se souvint du désordre qui avait régné chez eux après la naissance de Linda. La femme les précéda dans le séjour aux meubles de bois clair. Une brochure posée sur la table retint l'attention de Wallander : « Taxell/ Produits capillaires ». Peut-être une indication quant à la nature de son activité.

— Nous regrettons de vous déranger si tôt, commença-t-il lorsqu'ils furent assis. Mais nous ne pouvions pas attendre.

Il hésita. Comment fallait-il poursuivre ? Elle était assise en face de lui et ne le quittait pas des yeux.

— Vous venez de donner naissance à un enfant. À la maternité d'Ystad.

— Un garçon. Il est né le 15. À trois heures de l'après-midi.

— Toutes mes félicitations.

Svedberg et Birch marmonnèrent un vague assentiment.

— Deux semaines plus tôt, poursuivit Wallander, plus exactement dans la nuit du 30 septembre au 1er octobre, je voudrais savoir si vous avez reçu une visite, imprévue ou non, après minuit.

Elle lui jeta un regard incrédule.

— Une visite de qui ?

— Une infirmière que vous n'aviez peut-être pas vue auparavant…

— Je connaissais toutes celles qui travaillaient de nuit.

— Cette femme est revenue deux semaines plus tard. Et nous pensons que c'était pour vous rendre visite.

— La nuit ?

— Oui. Peu après deux heures du matin.

— Personne ne m'a rendu visite. De toute façon, à cette heure-là, je dormais.

Wallander hocha la tête, lentement. Birch se tenait debout derrière le canapé, Svedberg était assis sur une chaise contre le mur. Un grand silence régnait dans la pièce.

Tous attendaient que Wallander reprenne la parole.

Il avait bien l'intention de le faire.

Il voulait seulement rassembler ses esprits. Il était encore fatigué. En réalité, il devait lui demander pourquoi elle avait séjourné si longtemps à la maternité. Y avait-il eu des complications ? Mais il ne le fit pas.

Le plus important était ailleurs.

Elle ne disait pas la vérité.

Wallander était maintenant convaincu qu'elle avait reçu de la visite. Et qu'elle savait qui était cette femme.

28

Un enfant se mit à crier.

Katarina Taxell se leva et quitta la pièce. Wallander venait juste de décider de la suite à donner à l'entretien. Il était convaincu qu'elle mentait. Dès les premiers instants, il avait remarqué quelque chose d'indécis et de fuyant chez elle. De longues années de pratique avaient développé chez lui un instinct presque infaillible pour détecter le moment où quelqu'un s'écartait de la vérité. Il se leva et alla à la fenêtre où s'était posté Birch. Svedberg le suivit. Ils conférèrent à voix basse, sans cesser de surveiller la porte par laquelle elle avait disparu.

– Elle ne dit pas la vérité, dit Wallander.

Les autres semblaient n'avoir rien remarqué. Ou alors, ils étaient moins convaincus. Mais ne firent pas d'objection.

– Il est possible que cela prenne du temps, poursuivit-il. Mais son témoignage est capital. Je n'ai pas l'intention de la lâcher. Elle sait qui est cette femme. Et ça, c'est décisif pour nous. J'en suis plus convaincu que jamais.

Il eut le sentiment que Birch venait juste de saisir le rapport.

– Tu voudrais dire qu'il y aurait une femme à l'origine de tout ceci ? Que c'est une femme qui a fait ça ?

Il paraissait presque effrayé par ses propres paroles.

– Ce n'est pas nécessairement elle qui a commis les meurtres, dit Wallander. Mais il y a une femme au cœur de cette enquête. J'en suis persuadé. Il se peut qu'elle nous empêche de voir le véritable noyau. C'est pour ça qu'il faut la retrouver le plus vite possible. Nous devons savoir qui elle est.

L'enfant cessa de crier. Svedberg et Wallander retournèrent précipitamment à leur place. Ils attendirent une minute. Puis Katarina Taxell vint se rasseoir sur le canapé. Wallander remarqua qu'elle était plus que jamais sur ses gardes.

– Revenons à la maternité d'Ystad, reprit-il avec douceur. Vous avez dit que vous dormiez. Et que personne ne vous a rendu visite ces nuits-là?

– Non.

– Vous habitez ici, à Lund. Pourtant, vous choisissez d'accoucher à Ystad…

– À cause des méthodes qu'ils pratiquent là-bas.

– Je suis au courant, dit Wallander. Ma fille est née dans cette maternité.

Elle ne réagit pas. Wallander comprit qu'elle voulait se borner à répondre aux questions. Elle ne dirait rien de plus de son plein gré.

– Je vais maintenant vous poser quelques questions personnelles, poursuivit-il. Dans la mesure où ce n'est pas un interrogatoire, vous pouvez choisir de ne pas y répondre. Dans ce cas, je dois vous avertir qu'il sera peut-être nécessaire de vous emmener au commissariat pour un interrogatoire officiel. Nous sommes ici parce que nous recherchons des informations au sujet de plusieurs crimes d'une extrême gravité.

Elle ne réagit toujours pas. Son regard était rivé à celui de Wallander, comme si elle cherchait à voir l'intérieur de son crâne. Ce regard le mettait extrêmement mal à l'aise.

– Avez-vous compris ce que je viens de dire?

– J'ai compris. Je ne suis pas idiote.

– Acceptez-vous que je vous pose quelques questions personnelles?

– Je ne le saurai qu'après les avoir entendues.

– Vous vivez seule. Vous n'êtes pas mariée?

– Non.

Elle avait répondu vite, sans hésiter. Avec dureté, pensa Wallander. Comme si elle avait frappé quelque chose.

– Puis-je vous demander qui est le père de votre enfant?

– Non. Cette question ne présente d'intérêt pour personne, sauf pour moi. Et pour l'enfant.

– Si le père de l'enfant a été victime d'un crime violent, on doit pourtant penser le contraire.

– Cela impliquerait que vous sachiez qui est le père de mon enfant. Mais vous ne le savez pas. Donc, la question n'a pas de sens.

Wallander ne put que lui donner raison intérieurement. Elle avait de la suite dans les idées.

– Laissez-moi vous poser une autre question, poursuivit-il. Connaissez-vous un homme du nom d'Eugen Blomberg?

– Oui.
– De quelle manière le connaissez-vous ?
– Je le connais.
– Savez-vous qu'il a été assassiné ?
– Oui.
– Comment le savez-vous ?
– J'ai lu le journal ce matin.
– C'est lui, le père de votre enfant ?
– Non.

Elle ment bien, pensa Wallander. Mais elle n'est pas assez convaincante.

– Vous aviez une liaison avec Eugen Blomberg. Je me trompe ?
– C'est exact.
– Et ce n'est pourtant pas lui le père de votre enfant ?
– Non.
– Combien de temps a duré cette liaison ?
– Deux ans et demi.
– Ce devait être une liaison secrète, puisqu'il était marié.
– Il m'a menti. Je l'ai su longtemps après.
– Que s'est-il passé alors ?
– J'ai rompu.
– Quand cela s'est-il produit ?
– Il y a un an environ.
– Vous ne l'avez jamais revu depuis ?
– Non.

Wallander saisit l'occasion pour passer à l'attaque.

– Nous avons trouvé des lettres chez lui. Des lettres que vous avez échangées il y a quelques mois à peine.

Elle ne se laissa pas désarçonner.

– Nous nous écrivions. Mais nous ne nous sommes pas revus.
– Cela paraît très étrange.
– Il m'écrivait. Je lui répondais. Il voulait me revoir. Je ne le voulais pas.
– Parce que vous aviez rencontré un autre homme ?
– Parce que j'allais avoir cet enfant.
– Et vous ne voulez pas dire le nom du père ?
– Non.

Wallander jeta un coup d'œil à Svedberg, qui contemplait fixement ses chaussures. Birch regardait par la fenêtre. Wallander les savait tous deux en état de vigilance extrême.

– Qui a tué Eugen Blomberg, à votre avis ?

Wallander avait balancé sa question avec beaucoup de force. Birch remua du côté de la fenêtre, en faisant grincer le plancher sous son poids. Svedberg changea d'attitude et considéra fixement ses mains.

— Je ne sais pas, dit-elle.

L'enfant se remit à pleurer. Elle se leva vivement et disparut. Wallander jeta un regard aux deux autres. Birch secoua la tête. Wallander essaya d'évaluer la situation. Cela leur poserait d'énormes problèmes d'emmener au commissariat pour interrogatoire la mère d'un enfant de trois jours. De plus, elle n'était soupçonnée de rien. Wallander prit sa décision très vite. Ils se regroupèrent à nouveau près de la fenêtre.

— J'arrête là, dit-il. Mais je veux qu'elle soit placée sous surveillance immédiatement. Et je veux tous les renseignements qu'on peut obtenir sur elle. Apparemment, elle vend des produits capillaires. Je veux tout savoir sur ses parents, ses amis, son passé, etc. Passez-la au crible de tous nos registres. Je veux une image complète de la vie de cette femme.

— On s'en occupe, dit Birch.

— Svedberg reste à Lund. Nous avons besoin de quelqu'un qui a travaillé sur les trois meurtres.

— En fait, je préférerais rentrer, dit Svedberg. Tu sais que je ne me sens pas très bien en dehors d'Ystad.

— Je sais. Pour l'instant, on ne peut pas faire autrement. Je demanderai à quelqu'un de te remplacer dès que je serai de retour à Ystad. Mais on ne peut pas s'amuser à faire des allers et retours pour rien.

Katarina Taxell reparut dans l'encadrement de la porte. Elle portait le bébé. Wallander sourit. Ils s'avancèrent tous les trois pour le regarder. Svedberg, qui aimait beaucoup les enfants bien qu'il n'en eût pas lui-même, se mit à le cajoler.

Soudain, Wallander remarqua un détail étrange. Il repensa à l'époque où Linda venait de naître. Quand Mona la tenait dans ses bras. Quand lui-même la portait, toujours effrayé à l'idée de la laisser tomber.

Puis il comprit : elle ne tenait pas l'enfant serré contre son corps. Elle le portait comme s'il était un objet qui ne lui appartenait pas.

Cela le mit mal à l'aise. Mais il ne montra rien.

— Nous n'allons pas vous déranger plus longtemps. Il est à peu près certain que nous reprendrons contact avec vous.

— J'espère que vous retrouverez la personne qui a tué Eugen.

Wallander la considéra en silence. Puis il hocha la tête.

– Oui. Je peux vous le garantir.

Ils descendirent dans la rue. Le vent avait encore forci.

– Qu'en penses-tu ? demanda Birch.

– Elle ne dit pas la vérité. Mais je n'ai pas non plus le sentiment qu'elle mentait.

Birch lui jeta un regard interrogateur.

– Comment dois-je interpréter ça ? Qu'elle ment tout en disant la vérité ?

– À peu près. Je ne sais pas ce que ça implique.

– J'ai remarqué un petit détail, intervint Svedberg. Elle n'a pas dit « celui qui », mais « la personne qui ».

Wallander approuva de la tête. Lui aussi avait remarqué. Elle espérait qu'ils retrouveraient « la personne » qui avait tué Eugen Blomberg.

– Est-ce vraiment significatif ? demanda Birch, sceptique.

– Non. Mais Svedberg et moi l'avons remarqué tous les deux. C'est peut-être cela qui est significatif.

Ils décidèrent que Wallander retournerait à Ystad avec la voiture de Svedberg. Quelqu'un viendrait prendre la relève de Svedberg à Lund le plus vite possible.

– C'est important, dit-il une fois de plus à Birch. Katarina Taxell a reçu la visite de cette femme à la maternité. Nous devons savoir qui elle est. La sage-femme qu'elle a agressée nous a donné un signalement assez précis.

– Donne-le-moi, dit Birch. Il se peut qu'elle lui rende visite aussi à son domicile.

– Elle était très grande, dit Wallander. Ylva Brink elle-même fait un mètre soixante-quatorze. Elle estimait la taille de l'autre femme à un mètre quatre-vingts environ. Cheveux foncés, raides, mi-longs. Yeux bleus, nez pointu, lèvres fines. Athlétique sans être corpulente. Poitrine peu marquée. La puissance du coup donné trahit une grande force musculaire. On peut penser qu'elle s'entraîne régulièrement.

– Cette description correspond à pas mal de monde, dit Birch.

– C'est le cas de tous les signalements. Pourtant, quand on tombe sur la personne en question, on comprend tout de suite.

– A-t-elle dit quelque chose ? Comment était sa voix ?

– Elle n'a pas prononcé un mot. Elle s'est contentée de frapper.

– A-t-elle remarqué ses dents ?

Wallander consulta Svedberg du regard. Celui-ci secoua la tête.

– Était-elle maquillée ?

– Normalement, sans plus.

– Comment étaient ses mains ? Avait-elle de faux ongles ?

– Non. Ylva dit qu'elle l'aurait remarqué.

Birch avait pris quelques notes. Il hocha la tête.

– On va voir ce qu'on peut faire. La surveillance de l'immeuble devra être très discrète. Elle va être sur ses gardes.

Ils se séparèrent. Svedberg tendit ses clés de voiture à Wallander. Sur la route du retour, il se demanda pourquoi Katarina Taxell refusait d'admettre qu'elle avait reçu de la visite à deux reprises au cours de son séjour à la maternité d'Ystad. Qui était cette femme ? Quelle était sa relation avec Katarina Taxell et Eugen Blomberg ? Comment les maillons s'enchaînaient-ils à partir de là ? À quoi ressemblait la chaîne qui conduisait au meurtre ?

Il ressentait aussi une inquiétude sourde. À la pensée qu'il était peut-être en train de s'égarer complètement. De suivre un mauvais cap, vers une zone hérissée d'écueils, où l'enquête finirait par s'échouer.

Rien ne pouvait le tourmenter davantage – le priver de sommeil, lui donner des ulcères d'estomac – que le fait de conduire une investigation à sa perte. Cela lui était déjà arrivé. Soudain, l'enquête volait en éclats. Il n'en subsistait rien, que des fragments éparpillés, inutilisables. La seule solution, alors, était de tout reprendre à zéro. À cause de lui.

Il était neuf heures trente lorsqu'il se gara devant le commissariat d'Ystad. Ebba l'intercepta dès qu'il eut franchi la porte.

– C'est le chaos, dit-elle.

– Pourquoi ?

– Lisa Holgersson veut te parler immédiatement. Il s'agit de l'homme que Svedberg et toi avez trouvé au bord de la route cette nuit.

– Je vais aller la voir.

– Tout de suite, dit Ebba.

Wallander se dirigea droit vers le bureau de Lisa Holgersson. La porte était ouverte. Hansson était là, très pâle. Lisa Holgersson paraissait plus secouée qu'il ne l'avait jamais vue. Elle lui fit signe de s'asseoir.

– Je crois que tu devrais écouter Hansson.

Wallander enleva sa veste et s'assit.

– Åke Davidsson, dit Hansson. J'ai eu une assez longue conversation avec lui ce matin.

– Comment va-t-il ? demanda Wallander.

– Moins mal qu'il n'y paraît. Mais c'est déjà beaucoup trop grave.
Au moins autant que l'histoire qu'il m'a racontée.

Après coup, Wallander se dit que Hansson n'avait pas exagéré. Il
l'écouta, d'abord avec surprise, puis avec une indignation croissante.
Hansson s'exprimait de façon claire et concise. Mais l'histoire
débordait pour ainsi dire de son cadre. Wallander pensa qu'il venait
d'entendre quelque chose qu'il n'aurait jamais cru possible. Maintenant cela s'était produit, et il leur faudrait désormais vivre avec ça.
La Suède se transformait continuellement. Le plus souvent, les processus étaient souterrains, identifiables seulement a posteriori. Mais
parfois, Wallander avait la sensation d'une secousse qui traversait le
corps social tout entier. Du moins lorsqu'il considérait et vivait les
changements en tant que policier.

Cette histoire était une secousse de cette nature, qui provoquait à
son tour un soubresaut dans la conscience de Wallander.

Åke Davidsson était un employé des services sociaux de Malmö. Il
avait le statut de semi-invalide en raison de sa mauvaise vue. Après
s'être battu pendant des années, il avait obtenu le droit de passer le
permis de conduire. Celui-ci était cependant assorti de conditions
qui limitaient sa validité. Depuis la fin des années soixante-dix, il
avait une liaison avec une femme de Lödinge. Cette liaison avait pris
fin le soir de l'incident. D'habitude, Åke Davidsson passait la nuit à
Lödinge, puisque la conduite nocturne lui était interdite. Cette fois,
il avait été obligé de reprendre sa voiture. Il s'était perdu, et avait
fini par s'arrêter pour demander son chemin. Il avait alors été inter-
cepté par une patrouille de nuit constituée de « volontaires » de
Lödinge. Ils l'avaient traité de voleur et avaient refusé d'écouter ses
explications. Ses lunettes avaient disparu, peut-être avaient-elles été
brisées. Ensuite, ils l'avaient tabassé jusqu'à ce qu'il perde connaissance, et ils l'avaient laissé ainsi, inconscient, au bord de la route ; il
n'avait repris ses esprits qu'au moment où les ambulanciers le soulevaient sur le brancard.

Telle était l'histoire racontée par Hansson. Mais ce n'était pas
tout.

– Åke Davidsson est un homme pacifique qui, en plus de sa mauvaise vue, souffre d'hypertension. J'ai parlé à certains de ses collègues de Malmö. Ils sont profondément choqués. L'un d'entre eux
m'a raconté un détail dont Åke Davidsson lui-même ne m'avait pas
parlé. Peut-être parce qu'il est timide.

Wallander l'écoutait sans un mot.

– Åke Davidsson est un membre dévoué et très actif d'Amnesty

International. La question est de savoir si cette organisation ne devrait pas commencer à s'intéresser aussi à la Suède. Si on n'arrête pas tout de suite le fléau.

Wallander ne répondit pas. La rage lui coupait la parole.

– Ces types ont un chef, poursuivit Hansson. Il s'appelle Eskil Bengtsson et il possède une entreprise de transports à Lödinge.

– Nous devons mettre un terme à ces agissements, intervint Lisa Holgersson. Même si nous sommes plongés jusqu'au cou dans l'enquête sur les trois meurtres, il faut au moins décider d'un plan d'action.

– Ce plan existe déjà, dit Wallander en se levant. Il est très simple. Il consiste à prendre une voiture et à aller chercher Eskil Bengtsson. Ainsi que tous les autres impliqués dans cette affaire. Åke Davidsson va les identifier, l'un après l'autre.

– Mais il est presque aveugle, objecta Lisa Holgersson.

– Les gens qui voient mal ont souvent l'ouïe fine. Si j'ai bien compris, ces types lui faisaient la conversation pendant qu'ils le tabassaient.

– Je me demande si ça tient la route, dit-elle avec hésitation. Quelles preuves avons-nous ?

– Pour moi, dit Wallander, ça tient la route sans problème. Tu peux évidemment m'ordonner de rester au commissariat.

Elle secoua la tête.

– Vas-y. Le plus tôt sera le mieux.

Wallander fit signe à Hansson de le suivre. Dans le couloir, il se retourna et le saisit par l'épaule.

– Je veux deux voitures de patrouille, dit-il. Avec gyrophares et sirènes. Lorsque nous quitterons Ystad, et aussi en arrivant à Lödinge. Ce ne serait pas mal non plus de prévenir les journaux.

– Ça, on ne peut pas le faire, dit Hansson, soucieux.

– Bien sûr que non. On part dans dix minutes. On parlera dans la voiture du rapport d'Östersund.

– Il m'en reste un kilo à lire, dit Hansson. C'est un travail d'enquête incroyable. Il y a même un fils qui a pris la relève de son père, pour poursuivre les recherches.

– Dans la voiture, l'interrompit Wallander. Pas maintenant.

Hansson disparut. Wallander s'arrêta à l'accueil et conféra à voix basse avec Ebba. Elle hocha la tête et promit de faire ce qu'il lui demandait.

Cinq minutes plus tard, ils étaient en route, avec gyrophares et sirènes.

– Au nom de quoi est-ce qu'on va l'arrêter ? demanda Hansson. Eskil Bengtsson, je veux dire.

– Coups et blessures. Incitation à la violence. Davidsson a dû être transporté jusqu'à la route, alors on peut aussi essayer le kidnapping.

– Tu auras des ennuis avec Per Åkeson.

– Ce n'est pas sûr.

– On dirait qu'on est sur le point d'arrêter des gens extrêmement dangereux.

– Oui, répliqua Wallander, c'est tout à fait ça. Extrêmement dangereux. Pour l'instant, j'ai du mal à m'imaginer des gens plus dangereux pour l'État de droit dans ce pays.

Ils freinèrent devant la ferme d'Eskil Bengtsson, qui se trouvait à l'entrée de l'agglomération. Deux camions et une pelleteuse étaient stationnés dans la cour. Un chien furieux aboyait dans un chenil.

– Alors on y va, dit Wallander.

Ils s'apprêtaient à monter les marches du perron lorsque la porte s'ouvrit brusquement. Un homme costaud apparut, il avait un ventre énorme. Wallander jeta un regard à Hansson, qui acquiesça.

– Commissaire Wallander de la police d'Ystad, dit Wallander. Enfile une veste. Tu viens avec nous.

– Ah bon ? Où ça ?

Son arrogance faillit mettre Wallander hors de lui. Hansson le remarqua et lui empoigna le bras.

– Tu viens avec nous à Ystad, répéta Wallander avec un calme forcé. Et tu sais très bien pourquoi.

– Je n'ai rien fait, protesta Eskil Bengtsson.

– Tu en as fait beaucoup trop. Si tu veux ta veste, c'est maintenant ou jamais.

Une petite femme maigre surgit à ses côtés et se mit à crier d'une voix stridente.

– Que se passe-t-il ? Qu'est-ce qu'il a fait ?

– Ne te mêle pas de ça, dit l'homme en la repoussant vers l'intérieur.

– Passe-lui les menottes, dit Wallander.

Hansson écarquilla les yeux.

– Pourquoi ?

Wallander avait épuisé ses réserves de patience. Il se tourna vers l'un des autres policiers, qui lui donna ce qu'il demandait. Puis il monta les marches, ordonna à Eskil Bengtsson de tendre les bras et referma les menottes autour de ses poignets. Tout s'était passé si vite que Bengtsson n'eut pas le temps de réagir. Au même instant, un flash crépita à côté d'eux. Un photographe venait de surgir d'une voiture et avait pris une image.

– La presse ? fit Hansson, incrédule. Qui les a prévenus ?

– Va savoir, dit Wallander. Allons-y.

Intérieurement, il remercia Ebba pour sa rapidité. C'était vraiment une femme digne de confiance. Entre-temps, Mme Bengtsson était ressortie sur le perron. Tout à coup, elle se jeta sur Hansson et commença à le bourrer de coups de poing. Le flash crépita à nouveau. Wallander escorta Eskil Bengtsson jusqu'à la voiture.

– Ça, dit Eskil Bengtsson, tu vas le payer très cher.

Wallander sourit.

– Sûrement. Mais ce n'est rien comparé au prix que tu vas payer toi-même. Tu veux qu'on commence tout de suite ? Les noms ? La liste des participants ?

Eskil Bengtsson ne répondit pas. Wallander le poussa rudement à l'intérieur de la voiture. Entre-temps, Hansson s'était libéré de son attaquante.

– Il faudrait l'enfermer dans le chenil, dit-il.

Il était si indigné qu'il en tremblait. Elle lui avait profondément labouré une joue avec ses ongles.

– On y va, dit Wallander. Tu prends l'autre voiture et tu te rends tout droit à l'hôpital. Je veux savoir si Åke Davidsson se souvient d'avoir entendu prononcer des noms. Et s'il a vu quelqu'un qui pourrait être Eskil Bengtsson.

Hansson approuva de la tête et s'éloigna. Le photographe s'approcha de Wallander.

– On a été prévenus par un coup de fil anonyme, dit-il. Qu'est-ce qui se passe ?

– Un certain nombre d'habitants de la commune ont agressé et brutalisé un innocent au cours de la nuit. Il semblerait qu'ils se soient organisés en patrouille. L'homme était innocent de tout, sauf de s'être trompé de chemin en conduisant. Ils ont prétendu que c'était un voleur. Ils ont failli le tuer.

– Et l'homme avec les menottes, là, dans la voiture ?

– Il est soupçonné d'avoir participé à l'agression. De plus, c'est l'un des instigateurs de cette lamentable entreprise. Il n'est pas question de laisser agir des milices de citoyens en Suède. Ni en Scanie, ni ailleurs.

Le photographe voulut poser encore une question, mais Wallander leva la main.

– Il y aura une conférence de presse plus tard. Maintenant on y va.

Wallander prévint les autres qu'il voulait aussi les sirènes sur le chemin du retour. Plusieurs automobilistes curieux s'étaient arrêtés à l'entrée de la ferme. Wallander repoussa Eskil Bengtsson et monta à côté de lui, à l'arrière.

– On commence par les noms ? demanda-t-il à nouveau. Ça nous fera gagner du temps à tous les deux.

Eskil Bengtsson ne répondit pas. Wallander sentit qu'il dégageait une forte odeur de transpiration.

Il fallut trois heures à Wallander pour extorquer à Eskil Bengtsson l'aveu qu'il avait participé à l'agression. Ensuite tout alla très vite. Eskil Bengtsson livra le nom des trois autres participants, et Wallander donna l'ordre de les arrêter immédiatement. La voiture d'Åke Davidsson, qui avait été cachée dans un hangar désaffecté au milieu d'un champ, se trouvait déjà au commissariat à ce moment-là. Peu après quinze heures, Wallander réussit à convaincre Per Åkeson de la nécessité de maintenir les quatre hommes en garde à vue. Puis il alla à la salle de conférences où l'attendaient un certain nombre de journalistes. Pour une fois, il était impatient de faire face aux gens de la presse. Il comprit que Lisa Holgersson leur avait déjà donné toutes les informations utiles sur les événements de la nuit, mais cela ne l'empêcha pas de les reprendre à nouveau, en détail. Il avait le sentiment qu'on ne pourrait jamais assez répéter les détails.

– Quatre hommes viennent d'être inculpés. Il n'existe aucun doute quant au fait qu'ils sont responsables de ces violences. Ils auraient pu être plus nombreux. Cinq ou six autres personnes sont impliquées dans ce commando de surveillance privée qui est apparu dans la commune de Löndinge. Il s'agit de gens qui ont décidé de se mettre au-dessus de la loi. Le résultat, nous pouvons d'ores et déjà constater à quoi il ressemble : un homme innocent, souffrant d'hypertension et d'une mauvaise vue, se fait presque assassiner lorsqu'il demande son chemin. La question se pose donc : est-ce cela que nous voulons ? Que le fait de tourner à droite plutôt qu'à gauche devienne synonyme de danger mortel ? Que nous nous considérions tous désormais les uns les autres comme des voleurs, des violeurs et des assassins potentiels ? Il faut être très clair sur ce point. Certains de ceux qui ont été conduits à participer à ces milices illégales et dangereuses n'ont peut-être pas compris de quoi il retournait. On peut les excuser s'ils se retirent immédiatement. Mais ceux qui s'y sont aventurés en connaissance de cause ne peuvent être défendus.

Les quatre hommes que nous avons arrêtés aujourd'hui en sont des exemples. On peut seulement espérer que la peine qui leur sera infligée suffira à dissuader les autres.

Wallander s'était exprimé avec beaucoup de force. Lorsqu'il se tut, les journalistes ne se jetèrent pas sur lui avec leurs questions, contrairement à leur habitude. Certains se bornèrent à demander confirmation de tel ou tel détail. Ann-Britt Höglund et Hansson s'étaient postés au fond de la salle. Wallander chercha dans l'assemblée l'envoyé du journal *Le Rapporteur*. Mais il n'était pas venu.

Après une demi-heure à peine, la conférence de presse était close.

– Tu t'en es bien sorti, dit Lisa Holgersson.

– Il n'y avait qu'une seule manière de s'y prendre.

Lorsqu'il s'approcha d'Ann-Britt Höglund et de Hansson, ceux-ci firent le geste d'applaudir, ce qui ne l'amusa pas du tout. En revanche, il avait faim. Et il avait besoin de prendre l'air. Il consulta sa montre.

– Laissez-moi une heure, dit-il. Retrouvons-nous à dix-sept heures. Svedberg est revenu ?

– Il est en route.

– Qui a pris la relève ?

– Augustsson.

– Qui est-ce ? demanda Wallander, surpris.

– L'un des policiers de Malmö.

Wallander avait oublié son nom. Il hocha la tête.

– À dix-sept heures, répéta-t-il. On a du pain sur la planche.

Il s'arrêta à l'accueil et remercia Ebba pour son aide. Elle se contenta de sourire.

Wallander descendit dans le centre-ville. Le vent soufflait. Il s'installa dans le salon de thé de la place d'où partaient les bus et mangea quelques sandwiches. Les tiraillements de son estomac se calmèrent. Il avait la tête vide. Il feuilleta un hebdomadaire aux pages à moitié déchirées. Sur le chemin du retour, il s'arrêta pour acheter un hamburger. Il jeta la serviette en papier dans une poubelle et se remit à penser à Katarina Taxell. Eskil Bengtsson n'existait plus pour lui. Mais il savait qu'ils auraient à nouveau l'occasion d'être confrontés aux milices locales. Ce qui était arrivé à Åke Davidsson n'était qu'un début.

À dix-sept heures dix, ils étaient rassemblés dans la salle de réunion. Wallander commença par faire le point sur ce qu'ils savaient, concernant Katarina Taxell. Il constata aussitôt que les autres l'écoutaient avec la plus grande attention. Pour la première fois au cours de cette enquête, il eut le sentiment qu'une percée potentielle était en vue. Ce sentiment fut renforcé par l'intervention de Hansson.

– Le dossier d'enquête sur la disparition de Krista Haberman est un roman-fleuve, dit Hansson. J'ai eu trop peu de temps pour le parcourir et il est possible que l'essentiel m'ait échappé. Mais j'ai trouvé un détail intéressant.

Il feuilleta ses notes et finit par trouver ce qu'il cherchait.

– Vers le milieu des années soixante, Krista Haberman s'est rendue en Scanie à trois reprises. Elle était en contact avec un ornithologue amateur de Falsterbo. Plusieurs années plus tard – alors qu'elle a disparu depuis longtemps –, un policier du nom de Frederik Nilsson fait le voyage depuis Östersund pour parler à cet homme de Falsterbo. Il note d'ailleurs qu'il a effectué tout le trajet en train. L'homme de Falsterbo s'appelle Tandvall. Erik Gustav Tandvall. Il admet très volontiers qu'il a reçu la visite de Krista Haberman. Sans que cela soit dit explicitement, on devine qu'ils ont eu une liaison. Mais Nilsson, le policier d'Östersund, ne trouve rien de suspect à cela. Leur histoire est finie depuis longtemps lorsque Krista Haberman disparaît sans laisser de trace. Tandvall n'est pas mêlé à cette disparition. De ce fait, il est oublié dans la suite de l'investigation et son nom ne reparaît plus jamais.

Hansson leva la tête.

– Ce nom me disait quelque chose. Tandvall. Un nom peu commun. J'ai eu l'impression de l'avoir déjà vu. Il m'a fallu un moment pour comprendre. Il était dans la liste de ceux qui avaient travaillé pour le compte de Holger Eriksson.

Un profond silence se fit autour de la table. La tension était à son comble. Chacun comprenait que Hansson avait établi un lien extrêmement important.

– L'employé d'Eriksson ne s'appelait pas Erik Tandvall, poursuivit-il. Son prénom était Göte. Göte Tandvall. Juste avant cette réunion, j'ai obtenu confirmation du fait qu'il s'agissait du fils d'Erik Tandvall. Je dois aussi ajouter qu'Erik Tandvall est mort il y a quelques années. Je n'ai pas encore réussi à localiser le fils.

Hansson se tut. Un long moment passa sans que quiconque reprenne la parole.

– Il y a donc une possibilité que Holger Eriksson ait rencontré Krista Haberman, dit Wallander lentement. Une femme qui disparaît ensuite sans laisser de trace. Une femme de Svenstavik. Dont l'église reçoit une donation importante, aux termes du testament de Holger Eriksson.

Le silence se fit à nouveau.

Tous comprenaient ce que signifiait cette nouvelle.

Ils avaient enfin réussi à établir une connexion.

29

Peu avant minuit, Wallander comprit qu'ils n'auraient pas la force de continuer plus longtemps. Ils étaient en réunion depuis dix-sept heures, en s'interrompant uniquement pour aérer la salle.

Hansson leur avait apporté l'ouverture dont ils avaient besoin. Ils avaient établi un lien. Une silhouette commençait à émerger : un être humain qui se déplaçait telle une ombre entre les trois hommes assassinés. Il était encore trop tôt pour évoquer le mobile de façon explicite, mais ils avaient le net sentiment, à présent, de se mouvoir à la périphérie d'une succession d'événements reliés par le fil de la vengeance.

Wallander les avait rassemblés pour tenter une avancée commune dans ce terrain difficile à pénétrer. Hansson leur avait fourni une direction. Mais ils ne possédaient pas encore de boussole, ni de carte.

Il y avait aussi une hésitation au sein du groupe. Était-ce vraiment possible ? Qu'une disparition étrange, survenue plusieurs années auparavant dans le Jämtland et documentée par des kilos de rapports d'enquête rédigés par des policiers morts depuis longtemps, puisse les aider à démasquer un meurtrier qui, entre autres, plantait des pieux de bambou dans un fossé de Scanie ?

Cette hésitation se dissipa lorsque Nyberg fit son apparition, peu après dix-huit heures. Il ne prit même pas la peine de s'asseoir à sa place en bout de table. Il était visiblement remué, ce qui lui était très inhabituel. Aucune des personnes présentes ne se souvenait d'avoir jamais vu Nyberg montrer des signes d'excitation.

– Il y avait un mégot sur le ponton, annonça-t-il. Nous avons pu identifier une empreinte digitale.

Wallander le considéra avec scepticisme.

– Ce n'est pas possible, pourtant. Des empreintes digitales sur un mégot de cigarette ?

– On a eu de la chance. Tu as raison, en principe ça ne marche pas. Mais il y a une exception. Si la cigarette est roulée à la main. Et c'était le cas de celle-ci.

On aurait entendu une mouche voler. D'abord, Hansson découvrait un intermédiaire possible, et même vraisemblable, entre une Polonaise disparue depuis des années et Holger Eriksson. Et maintenant, Nyberg leur apprenait l'existence d'empreintes identiques sur la valise de Runfeldt et sur le lieu où Blomberg avait été retrouvé, dans un sac.

C'en était presque trop d'un coup. Une accélération brutale pour une enquête qui, jusque-là, n'avait même pas atteint sa vitesse de croisière.

Nyberg s'était assis, une fois sa nouvelle annoncée.

– Un meurtrier qui fume, dit Martinsson. Ce sera plus facile à trouver de nos jours qu'il y a vingt ans. Dans la mesure où il y a de moins en moins de fumeurs.

Wallander acquiesça distraitement.

– Nous devons travailler à croiser davantage les trois enquêtes, dit-il. Avec trois meurtres, il nous faut au moins neuf combinaisons. Empreintes, horaires, tout ce qui est susceptible de nous fournir un dénominateur commun indubitable.

Il jeta un coup d'œil à la ronde.

– Il faudrait établir un emploi du temps précis. Nous savons que le, la ou les coupables agissent avec une brutalité terrifiante. Nous avons découvert un élément démonstratif dans la manière dont les victimes ont été tuées. Mais nous n'avons pas réussi à déchiffrer le langage du meurtrier. Nous avons la vague intuition qu'il nous parle, de façon codée. Il, ou elle, ou eux. Mais qu'essaient-ils de nous dire ? Nous ne le savons pas. Nous devons donc nous demander s'il existe un autre élément fondamental qui nous aurait jusqu'à présent échappé.

– Tu veux savoir si le meurtrier attend la pleine lune pour passer à l'acte ? demanda Svedberg.

– Exactement. La pleine lune symbolique. À quoi ressemble-t-elle dans ce cas précis ? Existe-t-elle ? Je voudrais que quelqu'un dresse un emploi du temps. Cela pourra peut-être nous donner une orientation supplémentaire.

Martinsson promit de recouper les éléments dont ils disposaient. Wallander avait entendu dire qu'il s'était procuré de sa propre initiative certains programmes informatiques élaborés au siège du FBI à Washington. Il devina que Martinsson venait de trouver l'occasion de s'en servir.

Puis ils passèrent à la question du centre géographique. Ann-Britt Höglund glissa une carte d'état-major sous le rétroprojecteur. Wallander se plaça à côté de l'image lumineuse.

– Ça débute à Lödinge, dit-il en indiquant un endroit sur la carte. Quelqu'un commence à surveiller la ferme de Holger Eriksson. Nous pouvons supposer qu'il est venu en voiture et a utilisé le chemin charretier de l'autre côté de la tour d'observation. Un an plus tôt, la même personne a peut-être pénétré dans la maison par effraction. Sans rien voler. Peut-être s'agissait-il d'un avertissement. Nous n'en savons rien. D'ailleurs, ce n'est pas nécessairement la même personne.

Wallander montra la ville d'Ystad.

– Gösta Runfeldt se réjouit de partir pour Nairobi, où il doit étudier des orchidées rares. Tout est prêt. La valise, les dollars et le billet d'avion. Il a même réservé un taxi, il doit partir tôt le matin. Mais le voyage n'a pas lieu. Runfeldt disparaît sans laisser de trace pendant trois semaines avant de resurgir dans les bois – Wallander pointa la forêt de Marsvinsholm sur la carte, à l'ouest de la ville – où un amateur de course d'orientation le retrouve au cours d'un entraînement de nuit. Ligoté à un arbre, étranglé. Amaigri. D'une manière ou d'une autre, il a dû passer le temps de sa disparition en captivité. Jusque-là, nous avons donc deux meurtres commis à deux endroits différents. Si on trace un trait entre ces deux endroits, Ystad se trouve à peu près au milieu.

Son doigt remonta vers le nord-est.

– Nous retrouvons une valise au bord de la route de Sjöbo. Non loin d'un carrefour où l'on peut bifurquer vers la ferme de Holger Eriksson. La valise est bien en vue. Nous pensons aussitôt qu'elle a été placée là afin d'être retrouvée. Mais pourquoi précisément à cet endroit? Parce que cette route est commode pour le meurtrier? Nous ne le savons pas. Mais la question est peut-être plus importante que nous ne l'avons cru jusqu'à maintenant.

Wallander déplaça à nouveau son index, vers le sud-ouest cette fois.

– Le lac de Krageholm. C'est ici que nous retrouvons Eugen Blomberg. Cela nous donne au total un territoire bien délimité et peu étendu. Trente, quarante kilomètres de distance entre les points les plus éloignés. En voiture, on peut se rendre de l'un à l'autre en moins d'une demi-heure.

Il se rassit.

– Essayons d'en tirer quelques conclusions prudentes et provisoires. Qu'est-ce que cela suggère pour vous?

— Une bonne connaissance des environs, dit Ann-Britt Höglund. L'endroit dans la forêt de Marsvinsholm a été bien choisi. La valise a été placée à un emplacement où il n'existe aucune maison d'où quelqu'un aurait pu voir un automobiliste s'arrêter pour déposer un objet.

— Comment le sais-tu ? demanda Martinsson.

— Parce que je l'ai vérifié personnellement.

Martinsson se tut.

— Une bonne connaissance des environs, reprit Wallander. Soit on l'a déjà, soit on se la procure. Qu'en est-il dans le cas qui nous occupe ?

Les avis divergeaient sur cette question. Selon Hansson, une personne étrangère à la région pouvait très bien apprendre à s'orienter rapidement. Svedberg pensait le contraire. D'après lui, le choix de l'emplacement où ils avaient retrouvé Gösta Runfeldt indiquait à lui seul que le meurtrier avait une connaissance approfondie de la région.

Wallander lui-même hésitait. Auparavant, sans savoir pourquoi, il s'était représenté une personne venue de l'extérieur. Il n'en était plus aussi sûr à présent.

Ils ne purent se mettre d'accord. Les deux possibilités existaient et devaient être envisagées jusqu'à nouvel ordre. Ils ne pouvaient pas davantage déceler un centre géographique évident. En utilisant une règle et un compas, ils auraient abouti assez près de l'endroit où avait été retrouvée la valise de Runfeldt. Mais cela ne les avançait guère.

Tout au long de la soirée, ils ne cessèrent de revenir à la question de la valise. Pourquoi avait-elle été placée au bord de la route ? Et pourquoi avait-elle été refaite par quelqu'un qui était, selon toute vraisemblance, une femme ? Ils ne trouvaient pas non plus d'explication plausible à l'absence de sous-vêtements. Hansson avait suggéré que Runfeldt pouvait être un original qui ne portait jamais de slip. Mais personne ne le prit au sérieux. Il devait y avoir une autre raison.

À vingt et une heures, ils firent une pause pour aérer. Martinsson disparut dans son bureau afin de téléphoner chez lui, Svedberg enfila sa veste et partit pour une courte promenade. Wallander alla aux toilettes et se rinça le visage. Il se regarda dans le miroir. Soudain, il eut la sensation que son apparence s'était modifiée depuis la mort de son père. Mais il n'aurait su dire en quoi consistait la différence. Il secoua la tête. Il fallait qu'il trouve bientôt le temps de réfléchir à ce qui s'était passé. Son père était mort depuis plusieurs semaines déjà. Il n'avait pas encore bien compris, et cela lui donnait confusément mauvaise conscience. Il pensa aussi à Baiba. Qui comptait tellement pour lui et à qui il ne téléphonait jamais.

Souvent il lui paraissait impossible de combiner le métier de policier avec autre chose. Ce n'était pas vrai, naturellement. Martinsson avait une très bonne relation avec sa famille. Ann-Britt Höglund assumait plus ou moins seule l'éducation de ses deux enfants. C'était l'homme Wallander qui avait un problème de ce côté-là, pas le policier.

Il bâilla face à son propre reflet. Des bruits dans le couloir lui signalèrent la reprise imminente de la réunion. Il décida qu'ils devaient commencer à parler de la femme qui se profilait à l'arrière-plan. Tenter de l'apercevoir et comprendre le rôle qu'elle jouait.

Ce fut exactement ce qu'il leur dit lorsqu'ils eurent refermé la porte.

– On entrevoit une femme à l'arrière-plan de cette histoire. C'est à cette femme que nous devons consacrer le reste de la soirée, tant que nous aurons la force de continuer. Nous parlions de vengeance. Mais ça reste confus. Cette confusion signifie-t-elle que nous nous sommes trompés dans notre raisonnement ? Que nous nous tournons dans la mauvaise direction ? Qu'il peut exister une explication complètement différente ?

Les autres attendaient la suite en silence. L'ambiance était morose, mais leur concentration paraissait intacte, malgré la fatigue. Il décida de faire un retour en arrière. Sur Katarina Taxell, de Lund.

– Elle a accouché ici, à la maternité d'Ystad. À deux reprises, elle a reçu de la visite pendant la nuit. C'est elle que l'infirmière inconnue venait voir. Elle le nie, mais j'en suis convaincu. Autrement dit, elle ment. La question est donc : pourquoi ? Qui était cette femme ? Pourquoi ne veut-elle pas révéler son identité ? Katarina Taxell et elle sont les deux premières femmes qui surgissent dans cette enquête. Je crois aussi que nous pouvons supposer qu'Eugen Blomberg est bien le père de cet enfant qu'il n'a jamais vu. Je crois que Katarina Taxell ment à propos de l'identité du père. Quand nous sommes allés la voir à Lund, j'ai eu le sentiment qu'elle ne disait presque pas un seul mot de vérité. Pourquoi ? Encore une fois, je n'en sais rien. Mais il y a tout à parier qu'elle détient une clé importante.

– Pourquoi ne la faisons-nous pas venir pour l'interroger ? demanda Hansson avec une certaine agressivité.

– Au nom de quoi ? En plus, elle vient d'accoucher. Nous ne pouvons pas la traiter n'importe comment. Et je ne pense pas qu'elle en dirait plus une fois assise sur une chaise du commissariat de Lund. Il faut la contourner, chercher autour d'elle, débusquer la vérité d'une autre manière.

Hansson hocha la tête à contrecœur.

— La troisième femme que nous trouvons dans l'entourage d'Eugen Blomberg, c'est sa veuve, poursuivit Wallander. Elle nous a donné un certain nombre de renseignements importants. Mais le fait décisif est sans doute qu'elle ne semble pas du tout le regretter. Il la brutalisait. Gravement et depuis longtemps, si on en juge d'après les cicatrices. Elle confirme aussi indirectement sa relation avec Katarina Taxell, puisqu'elle reconnaît qu'il a toujours eu des liaisons extraconjugales.

Au moment même où il prononçait ces mots, il eut le sentiment de s'exprimer comme un vieux pasteur pentecôtiste. Il se demanda quels mots aurait choisis Ann-Britt.

— Disons que les détails autour de Blomberg constituent un modèle, dit-il. Auquel nous aurons l'occasion de revenir.

Il changea de sujet et revint au cas de Runfeldt. Il cherchait encore à revenir en arrière, vers l'événement qui était, chronologiquement, le premier.

— Gösta Runfeldt était, selon tous les témoignages, un individu brutal. Le fils et la fille l'ont confirmé. L'amateur d'orchidées dissimulait un tout autre homme. De plus, il était détective privé. D'ailleurs, nous n'avons toujours pas d'explication plausible à cela. Que cherchait-il? Une excitation? Les orchidées ne lui suffisaient pas? On n'en sait rien. Mais on devine bien une personnalité complexe, contradictoire.

Il parla ensuite de l'épouse de Runfeldt.

— J'ai fait le voyage jusqu'à Älmhult sans être certain de ce que j'allais trouver au bord de ce lac. Je n'ai aucune preuve. Mais cela me paraît bien possible que Runfeldt ait tué sa femme. Nous ne saurons probablement jamais ce qui s'est passé sur la glace. Les principaux intéressés sont morts. Il n'y a pas de témoins. Pourtant, j'ai le sentiment que quelqu'un d'extérieur à la famille était au courant. Faute de mieux, nous devons envisager que le sort de Runfeldt puisse être lié d'une manière ou d'une autre à la mort de sa femme.

De là, il passa aux événements proprement dits.

— Il doit partir pour l'Afrique. Mais il ne part pas. Un obstacle survient. Nous ne savons pas de quelle manière il disparaît. En revanche, nous pouvons dater sa disparition de façon assez exacte. Nous n'avons aucune explication à l'effraction dans sa boutique.

Nous ne savons pas non plus où il a été détenu. La valise nous donne un vague indice géographique. Je crois que nous pouvons aussi tirer la conclusion prudente que cette valise a été refaite par une femme. La même femme, dans ce cas, qui aurait fumé une cigarette roulée sur le ponton où Blomberg a été poussé à l'eau.

– Il peut s'agir de deux personnes différentes, objecta Ann-Britt Höglund. Une personne qui fume la cigarette et laisse des empreintes sur la valise. Une autre qui a touché au contenu de la même valise.

– Tu as raison, dit Wallander.

Il interrogea Nyberg du regard.

– On cherche toujours, dit celui-ci. On a trouvé plein d'empreintes chez Holger Eriksson. Mais jusqu'à présent, aucune qui corresponde à celles-là.

Wallander se remémora soudain un détail.

– Le badge en plastique, dit-il. Celui que nous avons trouvé dans la valise de Runfeldt. Il y avait des empreintes dessus ?

Nyberg secoua la tête.

– C'est étrange. On utilise bien les doigts pour fixer et enlever un badge ?

Personne n'avait d'explication plausible à lui fournir.

Wallander poursuivit.

– Jusqu'à présent, nous avons eu affaire à un certain nombre de femmes, dont une qui revient à plusieurs reprises. Nous avons de plus le thème des femmes maltraitées et peut-être un meurtre non encore découvert. La question est donc : qui pouvait être au courant ? Qui pouvait avoir des raisons de se venger ? Si le mobile est bien la vengeance...

– Nous avons peut-être autre chose, dit Svedberg en se grattant la nuque. Deux vieilles enquêtes policières remisées aux archives. Classées sans suite. Une à Östersund et une autre à Älmhult.

Wallander hocha la tête.

– Reste Holger Eriksson. Encore un homme brutal. Après beaucoup de peine, ou faudrait-il dire beaucoup de chance, nous trouvons aussi une femme dans son passé à lui. Une Polonaise disparue depuis près de trente ans.

Il jeta un regard circulaire avant de conclure.

– Autrement dit, nous retrouvons une constante. Des hommes brutaux et des femmes maltraitées, disparues et peut-être assassinées. Et, si nous prenons un peu de recul, nous entrevoyons aussi une ombre qui suit ces événements à la trace. Une ombre qui est peut-être une femme. Dont nous savons seulement qu'elle fume.

Hansson lâcha son crayon et secoua la tête.

– Ça ne paraît pas vraisemblable. Imaginons qu'une femme soit impliquée. Une femme qui aurait, dans ce cas, une force physique colossale et une fantaisie macabre pour mettre au point des méthodes d'assassinat raffinées. De quelle manière pourrait-elle être concernée par ce qui est arrivé à ces femmes? Était-elle leur amie? Comment toutes ces personnes se sont-elles croisées?

– C'est une question importante, dit Wallander. Décisive, même. Comment ces personnes se sont-elles rencontrées? De quel côté devons-nous commencer à chercher? Parmi les hommes ou parmi les femmes? Résumons-nous : un concessionnaire automobile, poète régionaliste et ornithologue amateur; un fleuriste détective privé amoureux des orchidées et un chercheur spécialisé dans les allergies au lait. Blomberg, au moins, n'avait pas de hobby – apparemment, il ne s'intéressait à rien du tout. Du côté des femmes : une mère qui ment sur l'identité du père de son enfant nouveau-né; une épouse noyée dans un lac près d'Älmhult il y a dix ans; une Polonaise établie dans le Jämtland, aimant les oiseaux, disparue depuis près de trente ans; et enfin, une femme qui rôde la nuit dans la maternité d'Ystad et frappe les sages-femmes... Où sont les points de contact?

Le silence se prolongea. Tous essayaient de trouver la réponse. Wallander attendit. C'était un moment important. Plus que tout, il espérait que quelqu'un tirerait une conclusion inattendue. Rydberg lui avait plusieurs fois répété que le rôle le plus important d'un chef d'équipe était de susciter des associations d'idées imprévues chez ses collaborateurs. Il allait maintenant savoir s'il avait réussi. Ce fut Ann-Britt qui rompit enfin le silence.

– Il existe des lieux de travail où les femmes prédominent, dit-elle. Si nous recherchons une infirmière, vraie ou fausse, le monde médical semble tout indiqué.

– De plus, ajouta Martinsson, les patients sont d'origine très diverse. Si la femme que nous recherchons a travaillé aux urgences, par exemple, elle a pu voir passer beaucoup de femmes maltraitées. Elles ne se connaissaient pas au départ. Mais elle a appris à les connaître. Leur nom, leur dossier médical...

Wallander pensa qu'Ann-Britt Höglund et Martinsson venaient, à eux deux, de bâtir une hypothèse qui pouvait fonctionner.

– Elle serait donc peut-être réellement infirmière, dit-il. Tout ce que nous savons, c'est qu'elle ne travaille pas à la maternité d'Ystad.

– Pourquoi ne travaillerait-elle pas dans un autre service de l'hôpital ? proposa Svedberg.

Wallander hocha lentement la tête. Cela pouvait-il vraiment être aussi simple ? Une infirmière de l'hôpital d'Ystad ?

– On devrait pouvoir le vérifier assez vite, dit Hansson. Les dossiers médicaux ont beau être sacrés, on devrait pouvoir établir si la femme de Gösta Runfeldt a été hospitalisée pour mauvais traitements. Et pourquoi pas aussi Krista Haberman ?

Wallander suivait une autre piste.

– Runfeldt et Eriksson ont-ils jamais été poursuivis pour violences ? demanda-t-il. On devrait pouvoir en trouver des traces, en remontant dans le temps. Si c'est le cas, cette piste commencerait à ressembler à un chemin praticable.

– En même temps, il y a d'autres possibilités, dit Ann-Britt Höglund, comme si elle éprouvait le besoin de remettre en cause sa propre suggestion. Le milieu hospitalier n'est pas le seul où les femmes sont surreprésentées. On peut aussi penser aux groupes de crise réservés aux femmes. Même les femmes policiers de Scanie ont leur propre réseau.

– Nous devons envisager toutes les hypothèses, dit Wallander. Ça va nous prendre du temps. Mais je crois que nous devons admettre que cette enquête se perd dans plusieurs directions à la fois. En direction du passé, en particulier. C'est toujours difficile de se plonger dans les vieilles paperasses. Mais je ne vois pas d'autre solution.

Au cours des deux heures qui suivirent, jusqu'à minuit, ils élaborèrent les différentes stratégies à suivre en parallèle. Puisque les recherches informatiques de Martinsson n'avaient encore rien donné, ils devaient continuer à explorer plusieurs pistes de front. Vers minuit, ils commencèrent à piétiner. Hansson posa la dernière question, celle que tous attendaient depuis le début de cette longue soirée.

– Est-ce que ça va se reproduire ?

– Je ne sais pas, dit Wallander après un silence. J'ai peur que ce soit possible. Tout ce qui s'est produit jusqu'ici me laisse un sentiment d'inachèvement. Ne me demande pas pourquoi. C'est comme je l'ai dit. Un sentiment. Un truc pas très professionnel. Une intuition peut-être.

– Moi aussi j'ai un sentiment, intervint Svedberg.

Il l'avait dit avec tant de force que tous en furent surpris.

– Ne se pourrait-il pas que cette série de meurtres se poursuive indéfiniment ? Si quelqu'un a décidé de se venger des hommes qui se sont mal comportés envers les femmes, il n'y a pas de raison que ça s'arrête.

Wallander savait que Svedberg pouvait fort bien avoir raison. Pour sa part, jusqu'à présent, il avait tenté de repousser cette idée.

— Le risque existe, répondit-il. Ça veut dire que nous devons aboutir à un résultat le plus vite possible.

— Des renforts, dit Nyberg, qui avait à peine prononcé un mot au cours des deux dernières heures. Sinon, on n'y arrivera pas.

— Oui. Je me rends compte que nous allons en avoir besoin. Surtout après la discussion de ce soir. Nous atteignons les limites de nos capacités.

Hamrén leva la main. Il était assis à côté des deux policiers de Malmö, à l'extrémité de la longue table.

— Je voudrais souligner ce dernier point, dit-il. J'ai rarement, pour ne pas dire jamais, été témoin d'un travail policier aussi efficace accompli avec aussi peu de personnel. Puisque j'étais ici cet été, je peux constater que ce n'est pas une exception. Si vous demandez des renforts, personne ne pourra vous les refuser.

Les deux policiers de Malmö approuvèrent d'un signe de tête.

— Je vais soulever la question demain avec Lisa Holgersson, dit Wallander. Je crois aussi que je vais demander quelques femmes de plus. Ne serait-ce que pour alléger l'atmosphère.

La morosité autour de la table se dissipa quelques instants. Wallander saisit l'occasion pour se lever. C'était important de savoir interrompre une réunion au bon moment. Ils n'iraient pas plus loin ce soir. Ils avaient besoin de dormir.

Wallander retourna à son bureau pour récupérer sa veste. Il jeta un coup d'œil à la pile de messages téléphoniques qui ne cessait de croître. Au lieu de ressortir, il se laissa tomber dans son fauteuil. Il entendit des pas s'éloigner dans le couloir. Le silence se fit. Il dirigea le rayon de sa lampe de travail vers la table. La pièce fut plongée dans la pénombre.

Il était minuit et demi. Sans réfléchir, il prit le téléphone et composa le numéro de Baiba à Riga. Elle avait des habitudes irrégulières, comme lui. Parfois elle se couchait tôt, parfois elle restait debout jusqu'au milieu de la nuit. Cette fois, elle décrocha presque aussitôt. Il ne l'avait pas réveillée. Comme toujours, il essaya de sentir au ton de sa voix si elle était contente ou non de recevoir son appel. Il ne pouvait jamais le savoir à l'avance. Cette fois, il eut l'impression qu'elle était un peu sur la défensive, et ça le mit tout de suite mal à l'aise. Il voulait une garantie que tout allait bien. Il lui demanda comment elle se portait, lui parla de cette enquête qui lui prenait tout son temps. Elle lui posa quelques questions. Il ne savait comment poursuivre. Le silence commença à faire des allers-retours entre Ystad et Riga.

– Quand viens-tu ? demanda-t-il pour finir.

Au lieu de répondre, elle lui posa à son tour une question qui le prit au dépourvu. Même s'il aurait dû s'y attendre.

– Tu veux vraiment que je vienne ?

– Et pourquoi ne le voudrais-je pas ?

– Tu n'appelles jamais. Et quand tu appelles, tu m'expliques qu'au fond tu n'as pas le temps de me parler. Comment aurais-tu alors le temps de me voir ?

– Ce n'est pas ça.

– C'est quoi alors ?

Sa propre réaction, surgissant de nulle part, le prit complètement au dépourvu. Il n'y comprit rien, ni sur le moment ni après. Il tenta d'arrêter son bras. Trop tard. Il avait déjà raccroché. Il considéra fixement le téléphone. Puis il se leva et sortit du bureau. Il regrettait déjà son geste. Mais il connaissait suffisamment Baiba pour savoir qu'elle ne répondrait pas s'il la rappelait.

Il sortit du commissariat, dans la nuit, et vit une voiture de police disparaître du côté du château d'eau.

Il n'y avait pas de vent. L'air était froid, le ciel limpide. Mardi 19 octobre.

Il ne comprenait pas sa propre réaction. Que se serait-il passé si elle avait été près de lui ?

Il pensa aux hommes assassinés. C'était comme s'il apercevait tout à coup quelque chose qu'il n'avait pas vu jusque-là. Une fraction de lui-même était enfouie dans toute cette brutalité qui l'entourait. Il en faisait partie.

Il existait une différence de degré. Rien de plus.

Il secoua la tête. Il savait qu'il rappellerait Baiba tôt le lendemain matin. À ce moment-là, elle décrocherait. Ce n'était pas une catastrophe. Elle comprenait. Elle aussi pouvait se montrer irritable sous l'effet de la fatigue. Et alors, c'était à lui de la comprendre.

Il était une heure du matin. Il devait rentrer chez lui et dormir. Ou demander à l'une des patrouilles de nuit de le raccompagner. Il se mit à marcher. La ville était déserte. Quelque part, une voiture dérapa dans un crissement de pneus. Puis le silence. La descente vers l'hôpital.

La réunion avait duré près de sept heures. Au fond, il ne s'était rien passé. Pourtant, la soirée avait été riche en événements. *La lumière apparaît dans les interstices*, avait dit Rydberg un soir alors qu'il avait beaucoup bu. Mais Wallander, qui était au moins aussi saoul que lui, avait compris la phrase. De plus, il ne l'avait pas oubliée. Ils étaient assis sur le balcon de Rydberg. Cela devait faire cinq ans de cela, peut-être six. Rydberg n'était pas encore malade. Un soir de juin, peu avant la Saint-Jean. Ils fêtaient un événement, Wallander ne se rappelait plus lequel.

La lumière apparaît dans les interstices.

Il était arrivé à la hauteur de l'hôpital. Il s'immobilisa et hésita, mais juste un court instant. Puis il fit le tour du bâtiment et se dirigea vers l'entrée des urgences. Il appuya sur la sonnette de nuit. Une voix lui répondit. Il se présenta et demanda si la sage-femme Ylva Brink était de service. Elle l'était. Il demanda à entrer.

Elle l'accueillit devant les portes vitrées. Il vit à son expression qu'elle était inquiète. Il lui sourit. L'air soucieux d'Ylva Brink ne disparut pas pour autant. Peut-être son sourire n'en était-il pas vraiment un ? Ou alors la lumière était mauvaise. Elle lui demanda s'il voulait un café. Il fit signe que non.

— Je ne resterai qu'un instant. Vous avez sans doute beaucoup de travail.

— Oui. Mais je peux bien trouver un petit moment. Si ça ne peut pas attendre jusqu'à demain.

— Ça aurait pu attendre. Mais il se trouve que je passais devant l'hôpital en rentrant chez moi…

Ils étaient dans l'office. Une infirmière apparut à la porte, mais s'immobilisa en apercevant Wallander.

— Ça peut attendre, dit-elle en tournant les talons.

Wallander se pencha vers le bureau. Ylva Brink s'était assise dans un fauteuil.

— Vous avez dû vous interroger sur cette femme qui vous a frappée, commença-t-il. Savoir qui elle était, ce qu'elle faisait dans le service, pourquoi elle a agi comme elle l'a fait… Vous avez dû vous poser des questions à n'en plus finir. Vous nous avez donné un signalement précis. Mais il y a peut-être un détail auquel vous auriez pensé après coup.

— C'est vrai, je me suis posé beaucoup de questions. Mais je vous ai tout dit.

— Vous n'avez pas précisé la couleur de ses yeux.

— Parce que je n'ai pas vu de quelle couleur ils étaient.

— D'habitude, on se souvient pourtant du regard des gens.

– Ça s'est passé beaucoup trop vite.

Il la croyait.

– Je ne pensais pas qu'à son visage, reprit-il. Elle avait peut-être une certaine façon de bouger. Ou une cicatrice sur la main. Une personne est constituée d'une infinité de détails. Nous croyons mémoriser les choses à grande vitesse. Comme si la mémoire volait. En réalité, c'est tout le contraire. Imaginez un objet qui aurait presque la capacité de flotter. Qui s'enfoncerait dans l'eau avec une lenteur extrême. La mémoire fonctionne comme ça.

Elle secoua la tête.

– Ça s'est passé tellement vite. Je ne me rappelle que ce que je vous ai déjà dit. Et j'ai vraiment fait un effort.

Wallander acquiesça en silence. Il ne s'attendait pas à une autre réponse.

– Qu'a-t-elle fait? demanda-t-elle.

– Elle vous a frappée. Nous la recherchons. Nous pensons qu'elle a des informations importantes à nous communiquer. Je ne peux pas en dire plus.

L'horloge du mur indiquait une heure vingt-sept. Il lui tendit la main pour prendre congé. Ils sortirent de l'office. Soudain, elle s'immobilisa.

– Il y a peut-être autre chose, dit-elle avec hésitation.

– Quoi?

– Je n'y ai pas pensé sur le moment, quand je me suis approchée d'elle et qu'elle m'a frappée. Seulement après coup.

– Quoi?

– Elle avait un parfum spécial.

– Comment cela?

Elle lui jeta un regard impuissant.

– Je ne sais pas. Comment décrire une odeur?

– Je sais que c'est très difficile. Mais essayez quand même.

Il vit qu'elle faisait vraiment un effort.

– Non, dit-elle enfin. Je ne trouve pas de mots. Je sais seulement qu'il était spécial. Peut-être pourrait-on dire qu'il était... un peu âcre?

– Plutôt comme une lotion d'après-rasage?

– Oui, dit-elle, surprise. Comment avez-vous deviné?

– Juste une idée.

– Je n'aurais peut-être pas dû en parler. Puisque je n'arrive pas à m'exprimer plus clairement.

– Si. Ça peut être important. On ne peut pas savoir à l'avance.

Ils se séparèrent devant les portes vitrées. Wallander prit l'ascenseur et quitta l'hôpital. Il marchait vite. Il avait vraiment besoin de dormir.

Il réfléchissait à ce qu'elle venait de dire.

S'il restait la moindre trace de parfum sur le badge, celui-ci serait soumis à Ylva Brink dès le lendemain matin.

Mais il savait déjà que c'était le même.

Ils recherchaient une femme. Qui portait un parfum spécial.

Il se demanda s'ils la retrouveraient jamais.

30

Elle avait fini son service à sept heures trente-cinq. L'inquiétude la faisait presser le pas, vers la place de parking où l'attendait sa voiture. La matinée était froide et humide, à Malmö. En temps normal, elle serait rentrée directement chez elle pour dormir ; là, les circonstances l'obligeaient à prendre la route de Lund sans attendre. Elle jeta la valise sur la banquette arrière et prit le volant. Elle s'aperçut qu'elle avait les mains moites.

Elle n'avait jamais pu se fier entièrement à Katarina Taxell. Cette femme était trop faible ; il y avait toujours un risque qu'elle cède sous la pression. Il suffisait qu'on la serre un peu fort pour qu'elle en garde des bleus. Katarina Taxell était quelqu'un qui se laissait marquer trop facilement.

L'inquiétude avait été présente dès le départ, au sujet de Katarina. Jusque-là, elle avait cru qu'elle la tenait en main. À présent, elle n'en était plus si sûre.

Je dois l'éloigner, avait-elle pensé au cours de la nuit. Au moins jusqu'à ce qu'elle ait pris un peu de recul par rapport aux événements.

Ce ne serait pas difficile de lui faire quitter cet appartement où elle vivait. Le prétexte était tout trouvé. Des troubles psychiques au moment de l'accouchement ou juste après, cela n'avait rien d'inhabituel chez une femme.

Elle arriva à Lund en même temps que la pluie. L'inquiétude ne la quittait pas une seconde. Elle se gara dans une rue latérale et continua à pied vers la place où vivait Katarina Taxell. Soudain, elle s'immobilisa. Puis, lentement, elle recula de quelques pas, comme si un fauve avait surgi devant elle. Du coin de la rue, elle observa le porche de l'immeuble de Katarina Taxell.

Une voiture était garée devant. Il y avait quelqu'un à l'intérieur.

Un homme, peut-être deux. Elle eut aussitôt la certitude qu'ils étaient de la police. Katarina Taxell avait été placée sous surveillance.

La panique surgit de nulle part. Elle sentit que son visage se couvrait de marbrures rouges ; son cœur battait la chamade, et ses pensées se bousculaient comme des bêtes de nuit affolées dans une pièce où l'on vient d'allumer la lumière. Que leur avait dit Katarina Taxell ? Pourquoi surveillaient-ils sa maison ? Que faisaient-ils là ?

Mais ce n'était peut-être qu'une illusion. Elle resta immobile en essayant de réfléchir. La première idée qui lui vint fut que Katarina Taxell n'avait rien dû leur dire, justement. Sinon, ils ne la surveilleraient pas ; ils l'auraient déjà emmenée. Il n'était donc pas trop tard. Elle ne disposait sans doute pas de beaucoup de temps. Mais il ne lui en fallait pas davantage. Elle savait ce qu'elle devait faire.

Elle alluma une cigarette qu'elle avait roulée au cours de la nuit. Elle était en avance d'au moins une heure sur l'emploi du temps qu'elle s'était fixé. Mais cette fois, il n'y avait rien à faire. Elle était obligée de l'enfreindre. Cette journée serait très spéciale.

Elle resta encore quelques minutes à observer la voiture garée devant le porche. Puis elle écrasa son mégot et s'éloigna rapidement.

*

En se réveillant le mercredi matin peu après six heures, Wallander se sentait encore très fatigué. Le manque de sommeil s'accumulait. La sensation d'impuissance le plombait, comme un poids mort tout au fond de sa conscience. Il s'attarda dans le lit, immobile, les yeux ouverts. L'être humain est un animal qui vit dans le but de résister encore un moment, pensa-t-il. Pour l'instant, j'ai l'impression de ne plus y arriver.

Il s'assit, posa les pieds par terre. Le sol lui parut froid. Il considéra les ongles de ses orteils. Ils avaient besoin d'être coupés. Toute sa personne aurait eu besoin d'une grande rénovation. Quelques semaines plus tôt, il était à Rome et il avait repris des forces. Il les avait dilapidées en moins d'un mois. Il n'en restait plus rien. Il se força à se lever et se dirigea vers la salle de bains. L'eau froide lui fit l'effet d'une gifle. Il pensa qu'un jour il arrêterait aussi ça : l'eau froide qui l'obligeait à se mettre en route le matin. Il se sécha, enfila un peignoir et alla à la cuisine. Toujours les mêmes gestes. L'eau du café, puis la fenêtre, le thermomètre. Il pleuvait. Quatre degrés au-dessus de zéro. Automne. Le froid avait déjà pris ses quartiers. Quelqu'un au commissariat avait prédit un hiver long et rigoureux. Il le redoutait déjà.

Quand le café fut prêt, il s'assit à la table de la cuisine. Entre-temps, il avait ramassé le journal du matin dans le vestibule. Une photo de Lödinge en première page. Il but quelques gorgées de café. Voilà ; il venait de franchir le premier seuil de fatigue, le plus insurmontable. Ses débuts de journée pouvaient ressembler à une course d'obstacles compliquée. Il jeta un regard à l'horloge. C'était le moment de téléphoner à Baiba.

Elle répondit à la deuxième sonnerie. Comme il l'avait prévu, l'ambiance n'était plus la même que la veille au soir.

— Je suis fatigué, s'excusa-t-il.

— Je sais. Mais ma question reste valable.

— Si je veux vraiment que tu viennes ?

— Oui.

— Il n'y a rien que je désire plus que cela.

Elle le crut. Peut-être pourrait-elle venir quelques semaines plus tard. Début novembre. Elle allait se renseigner le jour même sur les différentes possibilités.

Ils ne prolongèrent pas la conversation. Ni l'un ni l'autre n'aimait le téléphone. Après coup, lorsqu'il eut retrouvé sa tasse de café, Wallander pensa que cette fois, il devait lui parler. La convaincre de venir vivre en Suède. Mentionner la maison qu'il voulait acheter. Et peut-être même le chien.

Il resta longtemps assis, sans ouvrir le journal. À sept heures et demie, il commença à s'habiller. Il dut chercher longtemps dans l'armoire avant de trouver une chemise propre. C'était la dernière. Il fallait absolument qu'il pense à réserver une heure à la buanderie de l'immeuble pour le soir même. Il était sur le point de quitter l'appartement lorsque le téléphone sonna. C'était le garagiste d'Älmhult. L'annonce du coût définitif de la réparation lui fit mal. Mais il ne dit rien. Le garagiste promit que la voiture serait livrée à Ystad le jour même. Il avait un frère qui pouvait la convoyer et rentrer par le train. Wallander en serait quitte pour le prix du billet.

Une fois dans la rue, Wallander constata qu'il pleuvait plus fort qu'il ne l'avait cru en regardant par la fenêtre de la cuisine. Il retourna sous le porche et composa le numéro du commissariat. Ebba promit qu'une voiture de police passerait le chercher immédiatement. Cinq minutes plus tard, elle freinait devant l'immeuble. À huit heures, il était dans son bureau.

Mais il eut à peine le temps d'enlever sa veste que les événements commencèrent à se précipiter autour de lui.

Ann-Britt Höglund apparut dans l'encadrement de la porte. Elle était très pâle.

— Tu as entendu la nouvelle ?

Wallander sursauta. Y avait-il eu une nouvelle victime ?

— Je viens d'arriver, dit-il. Qu'est-ce qui se passe ?

— La fille de Martinsson a été agressée.

— Terese ?

— Oui.

— Que s'est-il passé ?

— Elle a été attaquée devant son école. Martinsson vient de partir. Si j'ai bien compris ce que m'a dit Svedberg, cela avait un rapport avec le fait que Martinsson soit policier.

Wallander la dévisagea sans comprendre.

— C'est grave ?

— Elle a été bousculée et frappée à la tête à coups de poing. À coups de pied aussi, semble-t-il. Elle n'est pas blessée. Mais elle est évidemment sous le choc.

— Qui a fait ça ?

— D'autres élèves. Plus âgés qu'elle.

Wallander s'assit.

— C'est affreux. Mais pourquoi ?

— Je ne sais pas tout. Mais apparemment, les élèves discutent eux aussi de cette histoire de milice de citoyens. Comme quoi la police ne fait rien, nous aurions baissé les bras, etc.

— Et après, ils se jettent sur la fille de Martinsson !

— Oui.

Wallander sentit qu'il avait la gorge nouée. Terese avait treize ans, et Martinsson leur parlait d'elle sans arrêt.

— Pourquoi s'en prendre à une gamine qui n'a rien fait ?

— Tu as lu les journaux ?

— Non.

— Tu devrais. Les gens se sont exprimés à propos d'Eskil Bengtsson et des autres. Leur arrestation passe pour une violation du droit. Åke Davidsson aurait résisté, disent-ils. Il y a de grands reportages, des photos et des gros titres du genre : « Dans quel camp est la police ? »

— Je ne vais pas lire ça, dit Wallander avec dégoût. Que se passe-t-il à l'école ?

— Hansson est parti là-bas. Martinsson a ramené sa fille à la maison.

– Ce sont des garçons de l'école qui ont fait ça ?
– Oui. D'après ce que nous en savons.
– Vas-y, décida Wallander rapidement. Essaie d'obtenir un maximum d'informations. Parle aux garçons. Il vaut mieux que je n'y aille pas. Je risquerais de me mettre en colère.
– Hansson est déjà là-bas. Ça suffit.
– Non. Je veux que tu y ailles aussi. Hansson fait sûrement tout ce qu'il faut. Mais je veux quand même que tu essaies de savoir à ta manière ce qui s'est passé et pour quelles raisons. En plus, si nous venons en force, nous manifestons le fait que cela nous paraît extrêmement sérieux. Moi, je vais chez Martinsson. Tout le reste attendra. La pire faute qu'on puisse commettre, dans ce pays ou ailleurs, c'est de tuer un policier. La deuxième, c'est de s'en prendre à l'enfant d'un policier.
– Il paraît que d'autres élèves s'étaient attroupés et qu'ils rigolaient...
Wallander écarta les mains en signe de protestation. Il ne voulait pas en entendre davantage. Il se leva et prit sa veste.
– Eskil Bengtsson et les autres vont être relâchés aujourd'hui, dit-elle dans le couloir. Mais Per Åkeson va les inculper.
– Que risquent-ils ?
– Les gens du coin parlent déjà de faire une collecte, au cas où ils seraient condamnés à une amende. Mais on peut espérer la prison. Du moins pour certains.
– Comment va Åke Davidsson ?
– Il est rentré chez lui à Malmö. Il est en congé maladie.
Wallander la dévisagea.
– Et s'ils l'avaient tué ? Ils auraient aussi payé une amende ?
Il sortit sans attendre la réponse.

Une voiture de police conduisit Wallander jusqu'à la maison de Martinsson, située dans un quartier résidentiel à l'est de la ville. Wallander n'était pas allé souvent chez lui. La villa était quelconque ; Martinsson et sa femme consacraient tous leurs efforts au jardin. Il sonna à la porte. Ce fut Maria, la femme de Martinsson, qui lui ouvrit. Wallander vit qu'elle avait les yeux gonflés. Terese était l'aînée. Elle avait deux petits frères, dont l'un, Rickard, apparut derrière sa mère. Wallander sourit et lui ébouriffa les cheveux.
– Comment ça va ? demanda-t-il ensuite à Maria. Je viens d'apprendre la nouvelle. Je suis venu tout de suite.
– Elle est assise sur son lit et elle pleure. La seule personne à qui elle veut parler, c'est son papa.

Wallander entra. Enleva sa veste et ses chaussures. L'une de ses chaussettes était trouée. Maria lui demanda s'il voulait du café. Il accepta. Au même instant, Martinsson apparut dans l'escalier. En temps ordinaire, c'était un homme souriant. Cette fois, Wallander ne vit qu'un masque gris d'amertume. Mais aussi de peur.

– J'ai appris ce qui s'est passé, dit-il. Je suis venu tout de suite.

Ils s'installèrent dans le séjour.

– Comment va-t-elle ?

Martinsson se contenta de secouer la tête. Wallander eut l'impression qu'il allait s'effondrer en larmes. Dans ce cas, ce serait bien la première fois.

– Je démissionne, dit Martinsson. Je vais parler à Lisa aujourd'hui même.

Wallander ne sut que répondre. Martinsson était bouleversé, bien sûr. Il s'imaginait sans mal qu'il aurait eu la même réaction si Linda avait été agressée.

Pourtant, il devait s'opposer à cette décision. Il n'était pas question de laisser Martinsson baisser les bras. Wallander savait aussi qu'il était le seul à pouvoir le faire changer d'avis.

Mais il était encore trop tôt. Wallander voyait bien à quel point il était choqué.

Maria arriva avec le café. Martinsson n'en prit pas. Il secoua la tête.

– Ça n'en vaut pas le coup, dit-il. Pas quand la famille doit en subir les conséquences.

– C'est vrai, répondit Wallander. Ça n'en vaut pas le coup.

Martinsson n'ajouta rien. Wallander non plus. Peu après, Martinsson se leva et disparut dans l'escalier. Wallander sentit qu'il ne pouvait rien faire dans l'immédiat.

Maria le raccompagna jusqu'à la porte.

– Dis bonjour à Terese de ma part, dit Wallander.

– Est-ce qu'ils vont à nouveau s'en prendre à nous ?

– Non. Je sais que ça paraît étrange. Comme si j'essayais de minimiser l'événement, d'en faire un petit incident de rien du tout. Mais ce n'est pas ça. C'est juste que nous ne devons pas perdre le sens des proportions, et tirer des conclusions hâtives et fausses de ce qui s'est passé. Là, il s'agit de garçons à peine plus âgés que Terese. Ils ne se rendent pas bien compte de ce qu'ils font. Et s'ils le font, c'est parce que des gens comme Eskil Bengtsson et les autres à Lödinge ont commencé à organiser des patrouilles et à exciter les gens contre la police.

– Je sais, dit-elle. Même ici, dans le quartier, les gens en parlent.

– C'est difficile de garder la tête froide quand il s'agit de ses propres enfants. Nous devons pourtant nous raccrocher à un semblant de raison.

– Toute cette violence… D'où vient-elle ?

– Il y a très peu de gens mauvais. Moi, du moins, je crois qu'ils sont très rares. Mais il y a des circonstances mauvaises. Ce sont elles qui déchaînent toute cette violence. Ce sont elles que nous devons combattre.

– J'ai l'impression que ça ne fait qu'empirer.

– Peut-être, répondit Wallander avec hésitation. Mais dans ce cas, ce sont les circonstances qui changent. Pas les gens qui seraient devenus mauvais.

– Ce pays est devenu tellement dur.

– Oui. Il est devenu très dur.

Il lui serra la main et se dirigea vers la voiture de police qui l'attendait.

– Comment va Terese ? demanda le policier assis au volant.

– Elle est surtout triste, je crois, répondit Wallander. Et ses parents aussi.

– Il y a de quoi devenir fou furieux. Comment réagir autrement ?

– Je me pose la question, moi aussi.

Wallander retourna au commissariat. Hansson et Ann-Britt Höglund se trouvaient toujours à l'école de Terese. Wallander apprit que Lisa Holgersson était à Stockholm. L'espace d'un instant, il s'en irrita. Mais elle avait été informée de la situation. Elle serait de retour à Ystad dans l'après-midi. Wallander partit à la recherche de Svedberg et de Hamrén. Nyberg relevait des empreintes digitales dans la propriété de Holger Eriksson. Les deux policiers de Malmö avaient disparu. Il s'installa avec Svedberg et Hamrén dans la salle de réunion. Tous étaient choqués par ce qui était arrivé à la fille de Martinsson. La réunion ne s'éternisa pas. Chacun retourna à ses occupations. La veille au soir, ils s'étaient réparti les tâches avec soin. Wallander appela Nyberg sur son portable.

– Comment ça va ? demanda-t-il.

– C'est difficile. Mais nous avons peut-être trouvé une vague empreinte dans la tour d'observation. Sous la balustrade. Il se peut que ce ne soit pas celle d'Eriksson. On continue à chercher.

Wallander réfléchit.

– Tu veux dire que la personne qui l'a tué serait montée dans la tour ?

– Ce n'est pas complètement aberrant de le supposer.

– Oui. Dans ce cas, il y a peut-être aussi des mégots de cigarette.

– Si c'était le cas, on les aurait trouvés tout de suite. Maintenant, c'est trop tard.

Wallander lui parla de sa visite nocturne à Ylva Brink, à l'hôpital.

– Le clip est dans un sac plastique, dit Nyberg. Si elle a un bon odorat, elle sentira peut-être quelque chose.

– Je veux qu'on s'en occupe le plus vite possible. Tu peux l'appeler toi-même. Svedberg a le numéro de son domicile.

Nyberg promit que ce serait fait. Wallander constata au même moment que quelqu'un avait déposé un papier sur son bureau. C'était une lettre des services du procureur signalant qu'aucun dénommé Harald Berggren n'avait officiellement choisi de prendre ou d'abandonner ce nom. Wallander mit la lettre de côté. Il était dix heures. Il pleuvait toujours. Il pensa à la réunion de la veille au soir. L'inquiétude le reprit. Étaient-ils vraiment sur la bonne voie? Ou sur un chemin qui ne conduisait nulle part? Il alla à la fenêtre et contempla le château d'eau. Katarina Taxell est notre piste principale, pensa-t-il. Elle a rencontré cette femme. Que cherchait-elle, à la maternité, la nuit?

Il se rassit et appela Birch à Lund. Il fallut presque dix minutes pour le localiser.

– Tout est calme devant chez elle, dit Birch. Aucune visite, en dehors d'une femme que nous avons identifiée comme étant sa mère. Katarina est sortie une fois faire des courses pendant que sa mère gardait le bébé. Il y a un supermarché pas loin. Le seul détail digne d'intérêt, c'est qu'elle a acheté plusieurs journaux.

– C'est probablement le meurtre qui la préoccupe. Semble-t-elle se douter de notre présence?

– Je ne crois pas. Elle est tendue. Mais elle ne se retourne jamais. À mon avis, elle ne soupçonne pas qu'elle est surveillée.

– C'est important qu'elle ne le découvre pas.

– Les gars se relaient tout le temps.

Wallander se pencha sur le bureau et ouvrit son bloc-notes.

– Où en est la collecte d'informations? Qui est-elle?

– Elle a trente-trois ans, dit Birch. Dix-huit de moins que Blomberg, autrement dit.

– C'est son premier enfant. Elle n'est pas vraiment en avance. Les femmes pressées ne font peut-être pas très attention à la différence d'âge? Mais je n'en sais rien, après tout…

– D'autant plus que, d'après elle, Blomberg n'est pas le père de l'enfant.

– Elle ment, coupa Wallander.

Il se demanda brièvement comment il osait l'affirmer avec tant d'assurance.

– Quoi d'autre ? enchaîna-t-il.

– Katarina Taxell est née à Arlöv. Son père était ingénieur. Il travaillait pour la raffinerie sucrière là-bas. Il est mort quand elle était petite. Sa voiture a été heurtée par un train, dans les environs de Landskrona. Elle n'a pas de frères et sœurs. Sa mère et elle ont emménagé à Lund après la mort du père. La mère travaillait à temps partiel à la bibliothèque municipale. Katarina Taxell avait de bonnes notes à l'école. Elle a fait des études universitaires. Géographie et langues, une combinaison assez originale. Ensuite elle est devenue enseignante. Parallèlement, elle a monté une petite entreprise qui vend des produits capillaires. Il semble donc qu'elle soit assez active. Elle ne figure dans aucun de nos registres. Elle donne l'impression de quelqu'un d'assez ordinaire.

– Vous avez fait vite, dit Wallander avec approbation.

– J'ai suivi ton conseil. J'ai mis beaucoup de gens sur le coup.

– Cela indiquerait qu'elle ne se doute encore de rien. Si elle savait que nous avions commencé à rassembler toutes ces informations sur son compte, elle se serait sûrement retournée plus souvent.

– On verra combien de temps ça tient. Je me demande si nous ne devrions pas augmenter un peu la pression.

– J'ai eu la même idée, dit Wallander.

– On l'embarque pour un interrogatoire ?

– Non. Mais je crois que je vais faire un tour à Lund. On pourrait commencer par avoir une nouvelle conversation avec elle, toi et moi.

– À quel sujet ? Si tu n'as pas de nouvelles questions à lui poser, elle va se méfier.

– Je trouverai bien quelque chose en route. Disons qu'on se retrouve devant chez elle à midi ?

Wallander demanda une voiture, signa le formulaire et quitta la ville. Il s'arrêta à l'aéroport de Sturup et mangea un sandwich, dont le prix l'exaspéra, comme d'habitude. En même temps, il essaya de formuler quelques questions à poser à Katarina Taxell. Il ne suffisait pas de répéter celles de la première fois. Il décida que le point de départ devait être Eugen Blomberg. Après tout, il avait été assassiné. Ils avaient besoin de tous les renseignements possibles le concernant. Katarina Taxell était l'une des nombreuses personnes qu'ils interrogeaient à cette fin. À midi moins le quart, Wallander réussit à se garer, non sans mal, dans le centre de Lund et se dirigea vers la place où habitait Katarina Taxell ; la pluie avait cessé de tomber. Il continua de préparer ses questions tout en marchant. Il aperçut Birch de loin.

– J'ai entendu la nouvelle à la radio, dit Birch. À propos de Martinsson et de sa fille. Ça fait froid dans le dos.

– Oui, et le reste aussi.

– Comment va la petite ?

– Il faut espérer qu'elle oubliera. Mais Martinsson a l'intention de démissionner. Et moi, je dois essayer de l'en dissuader.

– S'il est vraiment sérieux, personne ne peut l'en dissuader.

– Je ne pense pas que ce soit le cas. En tout cas, je vais m'assurer qu'il a bien réfléchi.

– Un jour, dit Birch, on m'a lancé une pierre à la tête. Ça m'a mis tellement en colère que j'ai réussi à rattraper le responsable. Il est apparu que j'avais envoyé son frère en prison autrefois. Il considérait qu'il était dans son bon droit et que c'était normal de me jeter des pierres à la tête.

– Un flic reste un flic. Du moins si on en croit ceux qui jettent des pierres.

Birch changea de sujet.

– De quoi comptes-tu lui parler ?

– Eugen Blomberg. La manière dont ils se sont rencontrés. Je veux lui donner l'impression que je lui pose les mêmes questions qu'à beaucoup d'autres gens. Presque des questions de routine.

– Qu'espères-tu en tirer ?

– Je ne sais pas. Mais je crois quand même que c'est nécessaire. Une lueur peut apparaître dans les interstices.

Ils entrèrent dans l'immeuble. Wallander eut soudain l'intuition que quelque chose clochait. Il s'immobilisa dans l'escalier. Birch le regarda.

– Qu'y a-t-il ?

– Je ne sais pas. Rien, sans doute.

Ils montèrent au deuxième étage. Birch sonna à la porte. Ils attendirent. Il sonna de nouveau. La sonnerie résonna dans l'appartement. Ils se regardèrent. Wallander se pencha et jeta un coup d'œil par la fente destinée au courrier. Tout était très silencieux.

Birch sonna à nouveau. De longues sonneries répétées. Personne n'ouvrit.

– Elle doit pourtant être chez elle, dit-il. Personne n'a signalé qu'elle était sortie.

– Alors, elle a disparu par la cheminée, dit Wallander. Elle n'est pas ici, en tout cas.

Ils redescendirent l'escalier en courant. Birch ouvrit brutalement la portière de la voiture de police. L'homme assis au volant lisait un journal.

— Elle est sortie? demanda Birch.

— Elle est là.

— Non, justement.

— Y a-t-il une autre sortie? demanda Wallander.

Birch répéta la question au policier dans la voiture.

— Pas à notre connaissance.

— Ce n'est pas une réponse! Soit il y en a une, soit il n'y en a pas.

Ils retournèrent dans le hall de l'immeuble et descendirent les marches conduisant à la cave. La porte d'accès au sous-sol était fermée à clé.

— Y a-t-il un gardien? demanda Wallander.

— Nous n'avons pas le temps.

Birch examina les gonds de la porte. Ils étaient rouillés.

— Nous pouvons toujours essayer, marmonna-t-il.

Il prit son élan et se jeta contre la porte, qui s'arracha à ses gonds.

— Tu sais ce que ça implique d'enfreindre le règlement, dit-il.

Il n'y avait aucune ironie dans sa voix. Ils longèrent le couloir bordé d'espaces de rangement grillagés, qui aboutissait à une porte. Birch l'ouvrit. Ils se retrouvèrent au pied d'un escalier de secours.

— Elle est donc sortie par-derrière, dit-il. Et personne n'a même pris la peine de s'assurer qu'il existait une autre issue.

— Elle est peut-être encore dans l'appartement, dit Wallander.

Birch comprit.

— Suicide?

— Je ne sais pas. Mais nous devons entrer. Et nous n'avons pas le temps d'attendre le serrurier.

— En général, dit Birch, j'arrive à forcer les serrures. Il faut juste que j'aille chercher quelques outils.

Birch revint moins de cinq minutes plus tard. Il était hors d'haleine. Entre-temps, Wallander s'était remis à sonner à la porte de l'appartement. Un homme âgé était sorti de l'appartement voisin en demandant ce qui se passait. Wallander s'était énervé et lui avait brandi sa carte sous le nez.

— Nous vous serions reconnaissants de rentrer chez vous. Tout de suite. Et de garder votre porte fermée jusqu'à nouvel ordre.

L'homme disparut. Wallander entendit le cliquetis d'une chaîne de sûreté.

Birch réussit à forcer la serrure en quelques minutes. Ils entrèrent. L'appartement était vide. Katarina Taxell avait emmené son enfant. L'issue de secours donnait sur une petite rue. Birch secoua la tête.

— Quelqu'un va devoir rendre des comptes, dit-il.

— Ça me rappelle Bergling. Si j'ai bonne mémoire, il est sorti tranquillement par la porte de derrière pendant que toute la surveillance était concentrée sur la façade.

Ils firent le tour de l'appartement. Wallander eut l'impression que le départ avait été précipité. Il s'arrêta devant un landau et un petit transat restés dans la cuisine.

— On a dû venir la chercher en voiture, dit-il. Il y a une station-service en face. Quelqu'un a peut-être vu une femme quitter la maison avec un bébé.

Birch disparut. Wallander fit un deuxième tour de l'appartement. Il essayait de se représenter l'enchaînement des événements. Pourquoi une femme quitte-t-elle son appartement avec son enfant nouveau-né? Le choix de l'issue de secours indiquait qu'elle avait voulu disparaître sans être vue. Cela impliquait aussi qu'elle était consciente de la surveillance dont elle faisait l'objet.

Elle ou quelqu'un d'autre, pensa Wallander.

Quelqu'un d'autre avait pu découvrir la surveillance du dehors. Et lui téléphoner ensuite pour organiser le départ.

Il s'assit sur une chaise dans la cuisine. Il y avait encore une question importante. Katarina Taxell et son bébé étaient-ils en danger? Ou bien avait-elle quitté l'appartement de son plein gré?

Si elle avait opposé une résistance, quelqu'un l'aurait remarqué, pensa-t-il ensuite. Elle est donc bien partie de son plein gré. Il n'y a au fond qu'une explication à cela. Elle ne veut pas répondre aux questions de la police.

Il se leva, alla à la fenêtre et aperçut Birch, qui parlait à l'un des employés de la station-service. Le téléphone sonna au même instant. Wallander sursauta et retourna dans le séjour. À la deuxième sonnerie, il décrocha.

— Katarina? demanda une voix de femme.

— Elle n'est pas ici. Qui la demande?

— Qui êtes-vous? Je suis la mère de Katarina.

— Mon nom est Kurt Wallander. Je suis policier. Il ne s'est rien passé, sinon que Katarina n'est pas ici. Ni elle, ni son enfant.

— C'est impossible.

— Sans doute. Mais elle n'est pas ici. Vous ne sauriez pas par hasard où elle pourrait être?

– Elle ne serait pas partie sans me prévenir.

Wallander se décida très vite.

– Ce serait bien que vous veniez. Si j'ai bien compris, vous n'habitez pas très loin.

– Je peux être là en moins de dix minutes. Que s'est-il passé ?

Il sentit la peur dans sa voix.

– Il y a certainement une explication plausible, dit-il. Nous pourrons en parler quand vous serez là.

Il entendit Birch ouvrir la porte au moment où il raccrochait.

– Nous avons de la chance, dit Birch. J'ai parlé à un employé de la station-service. Un type éveillé qui n'a pas les yeux dans sa poche.

Il avait pris quelques notes sur un papier taché de graisse.

– Une Golf rouge s'est arrêtée ici ce matin. Entre neuf heures et dix heures. Plutôt dix que neuf, d'ailleurs. Une femme est sortie par la porte de service de l'immeuble. Elle portait un bébé. Elle est montée dans la voiture, qui est partie aussitôt.

Wallander sentit monter la tension.

– A-t-il vu la personne qui conduisait ?

– Le conducteur n'est pas descendu.

– Il ne sait donc pas si c'était un homme ou une femme ?

– Je lui ai posé la question. Il a donné une réponse intéressante. Il a dit que la façon dont la voiture est partie laissait penser que c'était un homme.

– Ah bon ? Et pourquoi ?

– Parce qu'elle a démarré sur les chapeaux de roues. Les femmes conduisent rarement ainsi.

Wallander hocha la tête.

– A-t-il remarqué autre chose ?

– Non. Mais il est possible qu'il se souvienne de nouveaux détails si on l'aide. Comme je le disais, il n'a pas les yeux dans sa poche.

Wallander lui expliqua que la mère de Katarina Taxell n'allait pas tarder. Ils restèrent un moment silencieux.

– Que s'est-il passé ? demanda Birch.

– Je ne sais pas.

– Est-elle en danger ?

– J'y ai pensé. Je ne le crois pas. Mais je peux bien entendu me tromper.

Ils retournèrent dans le séjour. Une chaussette minuscule gisait par terre.

Wallander regarda autour de lui. Birch suivit son regard.

– La solution est là, dit Wallander. Dans cet appartement. Quelque chose qui peut nous conduire à la femme que nous cherchons. Lorsque nous l'aurons trouvé, nous trouverons aussi Katarina Taxell. Nous devons découvrir de quoi il s'agit, même s'il nous faut pour cela arracher toutes les lames du plancher.

Birch ne dit rien.

Ils entendirent une clé tourner dans la serrure. Elle avait donc son propre trousseau. L'instant d'après, la mère de Katarina Taxell apparut dans le séjour.

31

Wallander passa le reste de la journée à Lund. Chaque heure qui s'écoulait renforçait son sentiment : c'était par l'intermédiaire de Katarina Taxell qu'ils avaient le plus de chances de trouver la solution. Ils cherchaient une femme. Il n'y avait plus aucun doute quant au fait que celle-ci était impliquée dans les meurtres. Mais ils ignoraient si elle agissait seule et, surtout, ils ignoraient le mobile.

La conversation avec la mère de Katarina Taxell ne donna aucun résultat. Elle commença par tourner dans l'appartement, de façon hystérique, à la recherche de sa fille et du bébé disparus, et se retrouva à la fin dans un tel état de confusion qu'il fallut demander des renforts et l'accompagner chez un médecin. À ce stade, Wallander avait acquis la conviction qu'elle ignorait où se trouvait sa fille. Les quelques amies qui, d'après la mère, auraient pu venir la chercher en voiture avaient été aussitôt contactées. Toutes étaient tombées des nues. Wallander, cependant, ne se fiait pas à une simple impression au téléphone. À sa demande, Birch rendit personnellement visite à chacune d'entre elles. Pendant ce temps, Katarina Taxell n'avait toujours pas reparu. Wallander était certain que la mère connaissait bien les fréquentations de sa fille. De plus, son inquiétude était sincère. Si elle avait su où se trouvait Katarina, elle le leur aurait dit.

Wallander avait aussi traversé la rue jusqu'à la station-service pour demander à l'employé – un garçon de vingt-quatre ans qui s'appelait Jonas Haver – de lui répéter ce qu'il avait vu. Le témoin idéal, pour ainsi dire. Jonas Haver semblait épier son environnement sans relâche, comme si ses observations pouvaient à n'importe quel moment se transformer en un témoignage décisif. La Golf rouge s'était arrêtée devant l'immeuble au moment où une camionnette de livraison de journaux quittait la station-service. Ils réussirent à retrouver le chauffeur de la camionnette, qui put à son tour affirmer avec certitude qu'il avait quitté la station-service à neuf heures trente précises. Jonas Haver avait noté de nombreux détails, entre autres la présence d'un grand autocollant sur la vitre arrière de la Golf. Mais la distance l'avait empêché de voir ce qu'il représentait, ou de lire le texte qui l'accompagnait. Il confirmait que la voiture avait démarré en trombe, d'une manière qu'il persistait à qualifier de masculine. Seulement, il n'avait pas vu le chauffeur. Il pleuvait, les essuie-glaces balayaient le pare-brise. Il n'aurait rien pu voir, même s'il avait cherché à le faire. Cependant, il était convaincu que Katarina Taxell portait un manteau vert pâle et un grand sac Adidas et que l'enfant était enveloppé dans une couverture bleue. Tout s'était passé très vite. Elle était apparue sous le porche au moment où la voiture s'arrêtait. Quelqu'un avait ouvert la portière arrière de l'intérieur. Elle avait déposé l'enfant sur la banquette avant de mettre son sac dans le coffre. Puis elle avait ouvert l'autre portière arrière, du côté de la rue, et elle était montée. Le conducteur avait démarré avant même qu'elle ait eu le temps de refermer complètement la portière. Jonas Haver n'avait pas retenu le numéro d'immatriculation – Wallander eut le sentiment qu'il avait pourtant essayé. En revanche, il était certain de n'avoir jamais vu cette voiture rouge s'arrêter à cet endroit auparavant.

Wallander revint à l'appartement avec le sentiment qu'un élément venait d'être confirmé, même s'il ne savait pas exactement lequel. S'agissait-il d'une fuite précipitée ? Quand avait-elle été décidée ? Et pourquoi ? Pendant ce temps, Birch avait interrogé tous les policiers affectés à la surveillance de l'immeuble. Avaient-ils repéré une femme dans les environs ? Une femme qui serait venue et repartie, peut-être plus d'une fois ? Mais au contraire de Jonas Haver, les policiers n'avaient pas observé grand-chose. Ils se concentraient sur le porche, sur les gens qui entraient et sortaient, et il n'y avait eu que les habitants de l'immeuble. Wallander, une fois informé de cette réponse, exigea qu'ils identifient chacune de ces personnes. Dans la mesure où quatorze familles vivaient dans l'immeuble, l'escalier fut vite rempli de policiers qui passèrent l'après-midi à contrôler les résidents. Ce fut ainsi que Birch trouva quelqu'un qui avait peut-être fait une observation importante. Il s'agissait d'un homme qui habitait deux étages au-dessus de Katarina Taxell, un musicien à la retraite qui, selon Birch, disait que sa vie se résumait à « rester debout à la fenêtre en regardant tomber la pluie et en entendant dans sa tête la musique qu'il ne jouerait plus jamais ». Il avait été basson de l'orchestre symphonique de Helsingborg et il donnait l'impression – toujours selon Birch – d'être un homme mélancolique et sombre qui vivait dans une grande solitude. Ce matin-là, il pensait avoir vu une femme de l'autre côté de la place. Elle s'était soudain immobilisée et avait reculé de quelques pas. Puis elle avait longuement observé l'immeuble, avant de tourner les talons et de disparaître. Lorsque Birch lui rapporta ces propos, Wallander pensa aussitôt qu'il pouvait s'agir de la femme qu'ils recherchaient. Quelqu'un était venu de l'extérieur et avait découvert la voiture qui n'aurait évidemment pas dû être garée juste devant le porche. Quelqu'un était venu rendre visite à Katarina Taxell. Une nouvelle visite, après celles de l'hôpital.

Pendant toute cette journée, Wallander fit preuve d'une énergie et d'une obstination de grande envergure. Il demanda à Birch de reprendre contact avec les amies de Katarina Taxell pour savoir si l'une d'entre elles avait eu l'idée de lui rendre visite ce matin-là mais s'était ravisée à la dernière minute. La réponse fut unanime et négative. Birch avait essayé d'obtenir du basson à la retraite une description de la femme entrevue sur la place. Mais celui-ci n'avait rien pu lui dire, sinon qu'il s'agissait en effet d'une femme et qu'il l'avait vue vers huit heures du matin. Cette dernière information restait pourtant sujette à caution, dans la mesure où son horloge, son réveille-matin et sa montre indiquaient des heures différentes.

Wallander n'avait cessé d'envoyer Birch en mission à droite et à gauche – il ne semblait pas se formaliser d'être ainsi traité comme un subalterne –, tandis que lui-même commençait à fouiller systématiquement l'appartement de Katarina Taxell. C'était d'ailleurs la première chose qu'il avait demandée à Birch : de lui envoyer quelques techniciens de Lund pour relever les empreintes dans l'appartement, afin de les comparer à celles découvertes par Nyberg. Toute la journée, il était aussi resté en contact téléphonique avec Ystad. Il avait parlé à Nyberg à quatre reprises. Le clip en plastique, qui conservait une très faible trace de parfum, avait été soumis à Ylva Brink. Elle n'avait rien pu affirmer avec certitude. Ce pouvait être le même parfum qu'elle avait senti cette nuit-là, à la maternité, quand la femme l'avait frappée au visage. Mais elle n'en était pas sûre. Tout cela restait vague et confus.

Il parla aussi deux fois à Martinsson. Deux fois à son domicile. Terese était encore sous le choc, bien sûr, effrayée et déprimée. Martinsson était toujours aussi déterminé à donner sa démission et à changer de métier. Wallander parvint à le convaincre d'attendre au moins jusqu'au lendemain avant de signer sa lettre. Il était évident que Martinsson ne pouvait penser à rien d'autre qu'à sa fille ce jour-là, mais Wallander lui fit néanmoins un résumé détaillé des événements. Il était certain que Martinsson l'écoutait, même si ses commentaires étaient distraits et peu nombreux. Il fallait absolument lui conserver sa place dans l'équipe. Éviter que Martinsson ne prenne une décision qu'il regretterait par la suite. Il parla aussi plusieurs fois à Lisa Holgersson. Hansson et Ann-Britt Höglund étaient intervenus avec beaucoup de force à l'école de Terese. Ils avaient eu un entretien individuel, dans le bureau du directeur, avec chacun des trois garçons impliqués dans l'histoire. Ils avaient parlé aux parents et aux professeurs. Ils avaient rassemblé tous les élèves de l'école pour les informer de la situation. Selon Ann-Britt, que Wallander avait également eue au téléphone, c'était Hansson qui leur avait parlé, et il s'était montré excellent. Les élèves étaient scandalisés, les trois garçons s'étaient retrouvés très isolés, et elle doutait que l'événement se reproduise.

Eskil Bengtsson et les autres avaient été relâchés. Mais Per Åkeson allait entamer des poursuites. La mésaventure de la fille de Martinsson ferait peut-être réfléchir un certain nombre de gens. C'était du moins l'espoir formulé par Ann-Britt. Mais Wallander n'en était pas si sûr. Il pensait qu'ils seraient désormais contraints de consacrer beaucoup d'énergie à la lutte contre différentes formes de milices privées.

La nouvelle la plus importante, ce jour-là, arriva cependant par l'intermédiaire de Hamrén, qui avait repris une partie des tâches de Hansson. Vers trois heures de l'après-midi, il avait réussi à localiser Göte Tandvall. Il téléphona aussitôt à Wallander.

– Il tient une brocante à Simrishamn, annonça-t-il. Si j'ai bien compris, il voyage aussi et rachète des antiquités qu'il exporte en Norvège et ailleurs.

– C'est légal, ça ?

– Je ne pense pas que ce soit franchement illégal. Sans doute les prix sont-ils plus élevés là-bas. Ensuite, ça dépend évidemment de quel genre d'antiquités il s'agit.

– Je veux que tu lui rendes visite. Nous n'avons pas de temps à perdre. Et nous sommes déjà assez dispersés comme ça. Prends une voiture, va à Simrishamn. Le plus important, c'est de savoir s'il existait une relation entre Holger Eriksson et Krista Haberman. Cela dit, Göte Tandvall peut détenir d'autres informations susceptibles de nous intéresser.

Hamrén le rappela trois heures plus tard. Il était alors dans sa voiture, à la sortie de Simrishamn. Il avait rencontré Göte Tandvall. Wallander, tendu, attendit la suite.

— C'est un monsieur très résolu, dit Hamrén. À la mémoire très sélective. Il ne se souvenait pas du tout de certaines choses. Dans d'autres cas, il était très sûr de lui.

— Krista Haberman ?

— Il se souvenait d'elle. J'ai eu l'impression qu'elle devait être très belle. Et il est certain que Holger Eriksson l'a rencontrée. Au moins à quelques reprises. Entre autres, il croyait se souvenir d'un matin, de très bonne heure, à la pointe de Falsterbo. Ils observaient le retour des oies. Ou peut-être des grues. Il avait un doute là-dessus.

— Il s'intéresse aux oiseaux, lui aussi ?

— Son père le traînait là-bas sans lui demander son avis.

— En tout cas, conclut Wallander, nous savons l'essentiel.

— Oui, ça paraît coller. Krista Haberman, Holger Eriksson…

Wallander se sentit soudain très mal à l'aise. Avec une clarté effarante, il comprit ce que cela impliquait.

— Je veux que tu retournes à Ystad, dit-il. Et que tu fasses le point sur toutes les informations relatives à la disparition proprement dite. Quand et où Krista Haberman a-t-elle été vue pour la dernière fois ? Je veux que tu fasses un résumé de cette partie de l'enquête. La dernière fois où quelqu'un l'a vue.

— On dirait que tu as une idée en tête.

— Elle a disparu, dit Wallander. On ne l'a jamais retrouvée. Qu'est-ce que cela indique ?

— Qu'elle est morte.

— Plus que cela. N'oublie pas que nous travaillons sur une affaire où des hommes et des femmes ont été exposés à la pire violence qu'on puisse imaginer.

— Tu veux dire qu'elle aurait été assassinée ?

— Hansson m'a donné un aperçu global du rapport d'enquête sur sa disparition. L'hypothèse du meurtre a toujours été présente. Mais comme on ne pouvait rien prouver, c'est toujours resté une hypothèse. En bonne logique policière : pas de conclusions hâtives, laisser toutes les portes ouvertes jusqu'à ce qu'on puisse en fermer une. Peut-être ne sommes-nous pas loin de cette porte.

— Holger Eriksson l'aurait tuée ?

Wallander sentit que Hamrén envisageait cette hypothèse pour la première fois.

— Je ne sais pas. Mais à compter de maintenant, c'est une possibilité dont nous devons tenir compte.

Hamrén promit de s'occuper de ce compte rendu et de le rappeler dès qu'il aurait terminé.

Après avoir raccroché, Wallander quitta l'appartement de Katarina Taxell. Il devait absolument manger quelque chose. Il trouva une pizzeria presque en bas de l'immeuble. Il mangea beaucoup trop vite, ce qui lui donna mal au ventre. Après coup, il aurait été incapable de dire ce qu'il avait avalé.

Il était pressé. L'intuition d'un événement imminent l'inquiétait. Rien ne laissait supposer que la chaîne meurtrière avait été interrompue ; ils travaillaient donc contre la montre. Il se rappela que Martinsson avait promis de reconstituer un tableau chronologique à partir des données de l'enquête. Il s'en serait occupé ce jour-là si Terese n'avait pas été agressée. En revenant à l'appartement de Katarina Taxell, il décida que cela ne pouvait pas attendre. Il s'arrêta sous un Abribus et téléphona à Ystad. Il avait de la chance. Ann-Britt Höglund était là. Elle avait déjà eu le temps de parler à Hamrén et d'apprendre que le lien entre Krista Haberman et Holger Eriksson était confirmé. Wallander lui demanda de dresser ce tableau à la place de Martinsson.

— Je ne sais pas si c'est important, dit-il. Mais nous en savons trop peu sur les déplacements de cette femme. Un emploi du temps fera peut-être aussi apparaître un centre géographique...

— Maintenant tu parles carrément au féminin, remarqua Ann-Britt.

— Oui, c'est vrai. Mais nous ne savons pas si elle est seule. Nous ne savons pas quel rôle elle joue.

— Qu'est-il arrivé à Katarina Taxell, d'après toi ?

— Elle est partie. Cela s'est passé très vite. Quelqu'un a découvert que l'immeuble était surveillé. Elle est partie parce qu'elle avait quelque chose à cacher.

— Est-ce possible qu'elle ait tué Eugen Blomberg ?

— Katarina Taxell est un maillon de la chaîne – à supposer qu'on puisse relier des maillons entre eux, dans cette affaire. Elle ne représente ni un début, ni une fin. J'ai du mal à me représenter qu'elle ait tué quelqu'un. Elle fait sans doute partie du groupe de femmes qui ont subi des violences.

Ann-Britt Höglund parut sincèrement surprise.

— Elle a été maltraitée, elle aussi ? Je ne le savais pas.

— Elle n'a peut-être pas été battue ou tailladée à coups de couteau. Mais je soupçonne qu'elle a pu être victime d'une autre manière.

— Violences psychologiques ?

– À peu près.
– De la part de Blomberg?
– Oui.
– Pourtant, elle accepte d'avoir un enfant de lui? Si tu as raison à propos de la paternité.
– À voir la façon dont elle tenait le bébé, on peut penser que cela ne la rend pas très heureuse. Mais c'est vrai qu'il y a beaucoup de zones d'ombre. Notre travail consiste toujours à bricoler des solutions provisoires. Nous devons faire parler le silence et découvrir le sens caché des mots. Voir au travers des événements, les retourner pour pouvoir les remettre à l'endroit.
– Personne ne nous a expliqué ça, à l'école de police. Tu ne devais pas donner une conférence là-bas, au fait?
– Jamais de la vie, dit Wallander. Je ne sais pas m'exprimer en public.
– Au contraire. Mais tu refuses de l'admettre. En plus, je crois qu'au fond tu en as envie.
– En tout cas, la question n'est pas d'actualité.

Après coup, il repensa à ce qu'elle avait dit. Avait-il vraiment envie de s'exprimer devant un public de futurs policiers? Jusque-là, il avait toujours été persuadé que sa résistance était sincère. Soudain il commençait à en douter.

Il quitta l'Abribus et se hâta de regagner l'immeuble sous la pluie. En plus, le vent s'était levé. De retour à l'appartement, il reprit sa fouille méthodique. Dans un carton caché au fond d'une armoire, il trouva une grande quantité de vieux journaux intimes. Le premier datait de ses douze ans. Wallander constata avec surprise que la couverture s'ornait d'une belle orchidée. Katarina Taxell avait continué à tenir son journal sans interruption tout au long de l'adolescence, puis à l'âge adulte, jusqu'en 1993. Mais les dernières annotations remontaient au mois de septembre. Il chercha une suite, en vain. Pourtant, il était persuadé que cette suite existait. Il demanda l'aide de Birch, qui avait terminé sa chasse aux témoins dans l'immeuble.

Birch trouva les clés de la cave de Katarina Taxell. Il lui fallut une heure pour la fouiller. Aucune trace de journal intime. Wallander avait à présent la conviction qu'elle avait emporté les derniers cahiers avec elle. Ils se trouvaient dans le sac Adidas qu'elle avait déposé dans le coffre de la Golf rouge.

Pour finir, il ne lui restait plus qu'à examiner le contenu du bureau. Il avait déjà parcouru hâtivement les tiroirs. Maintenant, il allait le faire à fond. Il s'assit dans le fauteuil ancien aux accoudoirs

ornés de têtes de dragon sculptées. Le bureau était en fait un secrétaire, dont le panneau se rabattait pour servir d'écritoire. Des photographies encadrées le surmontaient. Katarina Taxell enfant, assise
sur une pelouse ; des meubles de jardin blancs à l'arrière-plan ; des
silhouettes floues ; quelqu'un coiffé d'un chapeau blanc. Katarina
Taxell assise à côté d'un grand chien, regardant l'objectif bien en
face – un nœud dans les cheveux. Le soleil l'éclairait de biais. Autre
image : Katarina Taxell avec sa mère et son père, l'ingénieur. Portant
la moustache et convaincu de sa propre importance. Physiquement,
Katarina Taxell ressemblait plus à son père qu'à sa mère. Wallander
prit la photo et la retourna. Aucune indication de date. Photo prise
chez un photographe de Lund. Autre image : le jour du baccalau-
réat. Casquette blanche à visière, collier de fleurs autour du cou.
Amaigrie et pâle. Le chien et l'ambiance de la pelouse n'étaient plus
qu'un souvenir. Katarina Taxell vivait dans un autre monde. La dernière image. Une photo ancienne, aux contours décolorés. Un paysage aride au bord de la mer. Un couple âgé considérant l'objectif
avec raideur. À l'arrière-plan, un trois-mâts sans voile. Wallander
pensa que l'image pouvait venir de l'île d'Öland et qu'elle avait été
prise vers la fin du siècle dernier. Les grands-parents maternels
ou paternels de Katarina Taxell. Là non plus, aucune date au dos.
Il reposa la photo à sa place. Aucun homme, pensa-t-il. Blomberg
n'existe pas. Cela s'explique. Mais aucun autre homme non plus. Le
père, qui doit pourtant exister. Cela signifiait-il quelque chose ? Tout
signifiait quelque chose. La question était seulement de savoir quoi.
Il examina à tour de rôle les petits tiroirs du haut du secrétaire. Des
lettres, des documents. Des factures. De vieux bulletins scolaires.
Notes très élevées en géographie. Mauvaises notes en revanche en
physique et en mathématiques. Autre tiroir. Des photos d'identité,
prises dans un Photomaton. Trois filles serrées l'une contre l'autre,
en train de grimacer. Une autre photo, prise à Strøget, la grande rue
marchande de Copenhague. Elles étaient assises sur un banc, le
visage rieur. Katarina Taxell était la dernière à droite et elle riait, elle
aussi. Un autre tiroir avec des lettres. Certaines remontant à 1972.
Un timbre représentant la frégate royale *Wasa*. Si ce secrétaire cache
les secrets les plus intimes de Katarina Taxell, alors elle n'a pas de
secrets, pensa Wallander. Une vie impersonnelle. Pas de passions,
pas d'aventures estivales dans les îles grecques. En revanche, de très
bonnes notes en géographie. Il continua. Rien ne retint son attention. Puis il passa aux trois grands tiroirs du bas. Toujours pas de
journaux intimes. Même pas un agenda. Wallander éprouvait une

certaine répugnance à s'enfoncer ainsi dans des strates successives de souvenirs impersonnels. La vie de Katarina Taxell ne laissait pas de trace. Il ne l'apercevait pas. S'apercevait-elle elle-même?

Il repoussa le fauteuil. Referma le dernier tiroir. Rien. Il n'en savait pas plus qu'avant. Il fronça les sourcils. Quelque chose ne collait pas. Si sa décision de partir avait été précipitée, ce dont il ne doutait pas, elle n'avait pas eu le temps de faire le tri et de prendre tout ce qu'elle aurait éventuellement voulu cacher. Les journaux intimes se trouvaient à portée de main. Elle aurait pu les emporter même en cas d'extrême urgence. Mais il y avait toujours, dans la vie d'un être humain, un coin de désordre. Ici, il n'y avait rien. Il se leva et écarta légèrement le secrétaire du mur pour jeter un coup d'œil derrière. Rien. Il se rassit pensivement. Il avait pourtant vu quelque chose. Il ne s'en rendait compte que maintenant. Immobile, il tenta de faire revenir l'image. Ce n'étaient pas les photographies, ni les lettres. Qu'était-ce donc? Les bulletins scolaires? Le contrat de location? Les factures de carte bleue? Rien de tout cela. Que restait-il alors?

Le meuble, pensa-t-il. Le secrétaire. Puis cela lui revint. Les petits tiroirs. Il ouvrit l'un d'entre eux. Puis le suivant. Les compara. Puis il les enleva tout à fait et examina la cavité. Rien. Il remit les tiroirs à leur place. Ouvrit le tiroir supérieur du côté gauche. Puis les autres. Ce fut alors qu'il comprit. Les tiroirs n'avaient pas la même profondeur. Il tira le plus petit et le retourna. Il avait un double fond. Celui-ci contenait un seul objet, qu'il prit et déposa devant lui sur le rabat.

Un indicateur des chemins de fer. Printemps 1991. Les horaires des trains entre Malmö et Stockholm.

Il sortit les autres tiroirs, l'un après l'autre. En trouva un deuxième qui avait un double fond. Vide.

Il se cala confortablement dans le fauteuil et considéra la brochure des chemins de fer. Il ne comprenait pas quelle importance elle pouvait avoir. Plus étrange encore : pourquoi avait-elle été cachée? Il était convaincu qu'elle ne pouvait pas se trouver là par hasard. Birch entra au même moment.

– Regarde ça, dit Wallander.

Birch s'approcha.

– Voilà ce que j'ai trouvé dans le tiroir secret de Katarina Taxell.

– Des horaires de train?

Wallander secoua la tête.

– Je ne comprends pas, dit-il.

Il feuilleta le document, page à page. Birch avait avancé une chaise et s'était assis à côté de lui. Wallander continua de tourner les pages. Aucune annotation, aucune page écornée, s'ouvrant d'elle-même. À l'avant-dernière, il s'immobilisa. Birch avait réagi, lui aussi. Un départ de Nässjö était souligné. *Nässjö-Malmö. Départ : 16 h. Arrivée à Lund : 18 h 42. Malmö : 18 h 57.* Quelqu'un avait souligné tous ces chiffres. Wallander consulta Birch du regard.

– Ça te dit quelque chose ?
– Rien.
Wallander reposa le document.
– Katarina Taxell peut-elle avoir un lien quelconque avec Nässjö ? demanda Birch.
– Pas que je sache. Mais c'est possible, bien sûr. Notre plus grande difficulté, dans l'immédiat, c'est que tout paraît malheureusement à la fois pensable et possible. Il n'y a rien, aucun détail, aucune coïncidence, que nous puissions considérer d'emblée comme secondaire.

Wallander avait reçu quelques sacs plastique du technicien qui avait passé la journée à chercher des empreintes digitales n'appartenant ni à Katarina Taxell, ni à sa mère. Il y glissa l'indicateur des chemins de fer.

– Je l'emporte, dit-il. Si tu n'as pas d'objection.
Birch haussa les épaules.
– Tu ne peux même pas t'en servir pour connaître les horaires, dit-il. Il est périmé depuis trois ans et demi.
– Je prends rarement le train.
– C'est reposant, parfois. Je préfère le train à l'avion. On a le temps de réfléchir.

Wallander pensa à son dernier voyage en train. Lorsqu'il était revenu d'Älmhult. Birch avait raison. Il avait même dormi un moment au cours de ce voyage.

– On n'arrivera à rien de plus dans l'immédiat, dit-il. Je crois qu'il est temps pour moi de retourner à Ystad.
– On ne lance pas d'avis de recherche, pour Katarina Taxell et son bébé ?
– Pas encore.

Ils quittèrent l'appartement. Birch ferma la porte à clé. Dehors, la pluie avait presque cessé. Le vent était froid et soufflait par rafales. Il était déjà vingt heures quarante-cinq. Ils se séparèrent devant la voiture de Wallander.

– Et pour la surveillance de l'immeuble? demanda Birch.

Wallander réfléchit.

– On continue jusqu'à nouvel ordre. N'oubliez pas la porte de service, cette fois.

– Que peut-il arriver, à ton avis?

– Je ne sais pas. Mais les gens qui disparaissent choisissent parfois de revenir.

Il démarra. Quitta la ville. L'automne enveloppait la voiture. Il mit le chauffage. Mais il sentait qu'il avait encore froid.

Et maintenant? pensa-t-il. Katarina Taxell a disparu. Après une longue journée à Lund, je reviens à Ystad avec un sac en plastique contenant un vieil indicateur des chemins de fer.

Malgré tout, ils avaient franchi une étape importante ce jour-là. Holger Eriksson connaissait Krista Haberman. Ils avaient réussi à établir un lien indirect entre les trois hommes assassinés. Il accéléra malgré lui. Il voulait connaître le plus vite possible le résultat des recherches de Hamrén. À la sortie vers l'aéroport de Sturup, il se gara devant l'arrêt de bus et appela Ystad. On lui passa Svedberg. Avant toute chose, il demanda des nouvelles de Terese.

– Elle reçoit beaucoup de soutien de la part de l'école et des autres élèves. Mais ça prendra du temps.

– Et Martinsson?

– Il est abattu. Il parle de démissionner.

– Je sais. Mais je ne pense pas qu'il le fera forcément.

– Tu es sans doute le seul qui puisse le faire changer d'avis.

– C'est bien mon intention.

Puis il lui demanda s'il s'était produit quelque chose d'important. Svedberg était mal informé. Il venait de revenir au commissariat après un entretien avec Per Åkeson, afin que celui-ci l'aide à obtenir le rapport d'enquête sur la mort de la femme de Gösta Runfeldt.

Wallander lui demanda de réunir l'équipe pour vingt-deux heures.

– As-tu vu Hamrén? demanda-t-il enfin.

– Il est en train de relire le dossier Krista Haberman en compagnie de Hansson. Il y avait urgence, si j'ai bien compris.

– Vingt-deux heures, répéta Wallander. S'ils pouvaient avoir fini d'ici là, je leur en serais reconnaissant.

– Ils sont censés retrouver Krista Haberman d'ici là?

– Pas tout à fait. Mais presque.

Wallander posa son téléphone portable sur le siège du passager. Il resta un instant assis sans bouger, dans le noir, avant de redémarrer.

Il pensait au tiroir à double fond. Le tiroir secret de Katarina Taxell qui contenait un vieil indicateur des chemins de fer.
Il n'y comprenait rien. Rien du tout.

À vingt-deux heures, ils étaient réunis. Le seul qui manquait était Martinsson. Ils commencèrent par évoquer les événements de la matinée. Tout le monde savait que Martinsson avait décidé de démissionner.
– Je vais lui parler, dit Wallander. Je veux savoir s'il a pris une décision définitive. Si c'est le cas, personne ne peut l'en empêcher.
Ils n'en dirent pas plus. Wallander résuma brièvement sa journée à Lund. Ils firent un tour d'horizon des raisons possibles de la disparition de Katarina Taxell et de ses éventuels motifs. Serait-il possible de localiser la voiture rouge? Combien de Golf rouges y avait-il, après tout, en Suède?
– Une femme avec un nouveau-né ne peut pas disparaître sans laisser de trace, conclut Wallander. Je crois que, dans l'immédiat, le mieux est de nous exhorter à la patience. Nous devons travailler à partir des éléments dont nous disposons.
Il se tourna vers Hansson et Hamrén.
– La disparition de Krista Haberman. Un événement survenu il y a vingt-sept ans.
Hansson fit un signe de tête à Hamrén.
– Tu voulais connaître les détails de la disparition proprement dite, dit Hamrén. La dernière fois que quelqu'un l'a vue, c'était à Svenstavik, le mardi 22 octobre 1967. Elle fait une promenade dans la ville. Tu y as été, tu peux imaginer le décor, même si le centre a été reconstruit depuis. Elle avait l'habitude de se promener. Le dernier à l'avoir vue est un bûcheron qui arrive de la gare, à vélo. Il est alors seize heures quarante-cinq. Il fait déjà nuit. Mais elle marche à l'endroit où la rue est éclairée. Il est certain que c'est elle. Après cela, personne ne l'a plus revue. Plusieurs témoignages concordants affirment qu'une voiture étrangère aurait traversé la localité ce soir-là. C'est tout.
Wallander resta silencieux.
– Quelqu'un a-t-il dit de quelle marque était cette voiture? demanda-t-il ensuite.
Hamrén fouilla dans ses papiers. Puis il secoua la tête et quitta la pièce. Il revint presque aussitôt avec un autre dossier. Personne ne prit la parole. Il finit par trouver ce qu'il cherchait.
– L'un des témoins, un fermier du nom de Johansson, affirme

que c'était une Chevrolet. Une Chevrolet bleu nuit. Il était sûr de son fait. Il y avait eu autrefois à Svenstavik un taxi du même modèle. Sauf qu'il était bleu ciel.

Wallander hocha la tête.

– Svenstavik est loin de Lödinge, dit-il lentement. Mais si je ne me trompe pas, Holger Eriksson vendait des Chevrolet à cette époque.

On aurait entendu une mouche voler dans la salle.

– Je me demande s'il est possible que Holger Eriksson ait fait le long voyage jusqu'à Svenstavik, poursuivit-il. Et si Krista Haberman a pu revenir avec lui en Scanie.

Il se tourna vers Svedberg.

– Eriksson possédait-il déjà sa ferme à cette époque?

Svedberg hocha la tête.

Le regard de Wallander fit le tour de la table.

– Holger Eriksson a été empalé dans un fossé, dit-il. Si nous avons des raisons de penser que le meurtrier tue ses victimes d'une façon qui reflète des crimes antérieurs, je crois que nous pouvons en tirer une conclusion extrêmement désagréable.

Il espérait se tromper. Mais il ne pensait plus que ce fût le cas.

– Je crois que nous devons commencer à chercher sur les terres de Holger Eriksson, dit-il. Il se pourrait bien que Krista Haberman y soit enterrée quelque part.

Il était vingt-deux heures cinquante, le mercredi 19 octobre.

32

Ils prirent la route de la ferme au petit matin. Wallander avait emmené Nyberg, Hamrén et Hansson. Chacun conduisait sa propre voiture, y compris Wallander dont la Peugeot était arrivée d'Älmhult la veille. Ils s'arrêtèrent au bord du chemin conduisant à la maison vide, qui ressemblait à un navire isolé et démâté dans la brume.

Ce matin-là, jeudi 20 octobre, le brouillard était particulièrement dense. Il était arrivé de la mer à la fin de la nuit, et recouvrait à présent toute la Scanie. Ils avaient décidé de se retrouver à six heures trente. Mais ils étaient tous en retard à cause de la mauvaise visibilité. Wallander arriva le dernier. En descendant de voiture, il songea soudain qu'on aurait dit le début d'une partie de chasse. Il ne manquait que les fusils. Il pensa avec malaise à la mission qui les attendait. D'un côté, il soupçonnait qu'une femme avait été assassinée et enterrée quelque part sur les terres de Holger Eriksson. À supposer qu'ils découvrent quelque chose, ce ne serait de toute façon que des fragments de squelette. Rien d'autre. Vingt-sept ans, c'était long.

D'un autre côté, il pouvait parfaitement se tromper. Son idée du sort réservé à Krista Haberman n'était peut-être pas audacieuse. Elle n'était pas non plus invraisemblable. Mais de l'hypothèse à la confirmation, il y avait encore un long chemin à parcourir.

Ils se dirent bonjour en frissonnant. Hansson avait apporté un plan cadastral. Wallander se demanda fugitivement ce que penserait la Fondation de Lund s'ils en venaient à trouver les restes d'un cadavre. Cela augmenterait sans doute le nombre des visiteurs. Rares étaient les attractions touristiques capables de rivaliser avec le lieu d'un crime. Ils déplièrent la carte sur le capot de la voiture de Nyberg.

– Le domaine avait une autre allure en 1967, comme vous pouvez le voir, commença Hansson. Ce n'est qu'au milieu des années soixante-dix que Holger Eriksson a racheté toutes les terres situées au sud de la ferme.

Wallander constata que cela réduisait d'un tiers la surface dont ils avaient à se préoccuper. Mais les deux tiers qui restaient représentaient déjà un vaste périmètre. Il comprit du même coup qu'ils ne pourraient jamais retourner à la bêche l'ensemble du domaine. Il fallait trouver une autre méthode.

– Le brouillard ne nous facilite pas le travail, dit-il. Je propose que nous essayions de nous faire une vue d'ensemble du terrain. Il devrait être possible d'éliminer certaines zones. Je pars de l'hypothèse qu'on choisit soigneusement le lieu où l'on enterre quelqu'un qu'on a assassiné.

– On choisit sans doute l'endroit où on pense qu'il a le moins de chances d'être retrouvé, dit Nyberg. Il y a une étude à ce sujet. Une étude américaine, évidemment. Mais ça paraît logique.

– Le domaine est très vaste, intervint Hamrén.

– C'est pourquoi nous devons commencer par le réduire, répliqua Wallander. Nyberg a raison. Si Holger Eriksson a bien tué Krista Haberman, je doute qu'il l'ait enterrée n'importe où. Par exemple, je me figure qu'on n'a pas envie d'avoir un cadavre enfoui devant sa porte. À moins d'être complètement fou. Rien n'indique que ç'ait été le cas de Holger Eriksson.

– De plus, il y a des pavés à cet endroit, dit Hansson. Je crois que nous pouvons exclure la cour.

Ils firent le tour de la maison. Wallander envisagea un instant de retourner à Ystad et de revenir lorsque le brouillard se serait dissipé. Mais comme il n'y avait pas de vent, le brouillard risquait de persister toute la journée. Il décida qu'ils pouvaient tout de même consacrer une heure à essayer de se faire une vue d'ensemble. Ils descendirent vers le grand jardin à l'arrière de la maison. La terre mouillée était jonchée de pommes pourries. Une pie s'envola d'un arbre. Ils s'immobilisèrent et regardèrent autour d'eux. Pas ici, pensa Wallander. Un homme qui commet un meurtre dans une ville et qui ne dispose que de son jardin enterre peut-être sa victime au milieu des arbres fruitiers et des arbustes. Mais pas un homme qui vit à la campagne.

Il exprima sa pensée à voix haute. Personne ne fit d'objection.

Ils quittèrent les environs immédiats de la ferme. Le brouillard était encore très dense. Des lièvres surgissaient çà et là dans la blancheur et disparaissaient aussitôt. Ils commencèrent par explorer la limite des terres du côté nord.

– Un chien ne trouverait rien, je suppose ? demanda Hamrén.

– Pas après vingt-sept ans, répondit Nyberg.

La boue collait à leurs bottes. Ils essayaient d'avancer en équilibre sur l'étroite bande herbeuse qui délimitait la propriété de Holger Eriksson. Une herse rouillée était enfoncée dans la boue. Wallander ne se sentait pas seulement mal à l'aise à cause de leur mission. Le brouillard et la terre lourde, grise, humide, l'oppressaient. Il aimait ce paysage où il était né et où il vivait. Mais il se serait volontiers passé de l'automne. Au moins par des journées comme celle-ci.

Ils parvinrent à un étang situé dans un repli de terrain. Hansson leur montra sur la carte l'endroit où ils se trouvaient. L'étang devait faire une centaine de mètres de circonférence.

– Il est rempli d'eau toute l'année, dit Nyberg. Au centre, il est certainement profond de deux ou trois mètres.

– C'est bien entendu une possibilité, dit Wallander. De noyer un corps avec des poids.

– Ou dans un sac, dit Hansson. Comme Eugen Blomberg.

Wallander acquiesça. À nouveau l'effet de miroir. Pourtant, il hésitait. Il exprima ses doutes à haute voix.

– Un corps peut remonter à la surface. Holger Eriksson aurait-il choisi de le noyer alors qu'il disposait de tant d'hectares où l'enterrer ? J'ai du mal à le croire.

– Qui cultivait toute cette terre, au fait ? demanda Hansson. Pas lui, en tout cas. Et il ne la louait pas. Mais la terre doit être cultivée. Sinon elle retourne en friche. Et cette terre-ci est bien entretenue.

Hansson avait grandi dans une ferme des environs d'Ystad. Il savait de quoi il parlait.

– C'est une question importante, dit Wallander. Nous devons y répondre.

– Cela peut aussi nous fournir la réponse à une autre question, intervint Hamrén. À savoir si un changement est intervenu dans la géographie du lieu. Une colline qui serait apparue à un moment donné. Si on creuse à un endroit, on obtient forcément une élévation de terrain ailleurs. Je ne pense pas à une tombe. Mais, par exemple, à un fossé. Ou autre chose.

– Nous parlons d'événements qui ont eu lieu il y a près de trente ans, dit Nyberg. Qui aurait des souvenirs qui remontent aussi loin ?

– Nous devons nous renseigner là-dessus. Qui a cultivé la terre de Holger Eriksson ?

– Trente ans, ça fait un bail, dit Hansson. Il peut y en avoir eu plus d'un.

– Dans ce cas, nous devons parler à tous. Si nous les retrouvons. S'ils sont encore en vie.

Ils continuèrent. Wallander se rappela soudain avoir vu quelques anciennes photographies aériennes de la ferme dans la maison d'habitation. Il demanda à Hansson d'appeler la Fondation de Lund pour réclamer les clés.

– Ça m'étonnerait qu'il y ait quelqu'un à sept heures et quart du matin.

– Appelle Ann-Britt. Demande-lui de contacter l'avocat qui s'est occupé du testament d'Eriksson. Il peut avoir un trousseau de clés.

– Les avocats sont peut-être des gens matinaux, dit Hansson sans conviction, en composant le numéro d'Ann-Britt.

– Je veux revoir ces photographies aériennes, dit Wallander. Le plus vite possible.

Hansson raccrocha après avoir parlé à Ann-Britt Höglund. Ils continuèrent. Le terrain descendait à présent en pente douce. Le brouillard était toujours aussi compact. Au loin, ils entendaient le bruit d'un tracteur. Le bruit décrut. Puis le portable de Hansson sonna. Ann-Britt Höglund avait réussi à joindre l'avocat, qui avait malheureusement rendu ses clés. Elle avait essayé de trouver quelqu'un qui pourrait les aider, à Lund, sans succès. Elle promit de rappeler le plus vite possible. Wallander pensa aux deux femmes qu'il avait rencontrées une semaine plus tôt, et à l'aversion que lui avait inspirée l'aristocrate arrogante.

Il leur fallut près de vingt minutes pour traverser le domaine. Hansson leur montra un point sur la carte. Ils se trouvaient à présent à l'angle sud-ouest. Il y avait encore cinq cents mètres vers le sud. Mais cette partie-là avait été achetée par Holger Eriksson en 1976. Ils prirent la direction de l'est, c'est-à-dire du fossé et de la colline où se dressait la tour d'observation. Wallander sentait croître son malaise. Il crut percevoir la même réaction silencieuse chez les autres.

C'est comme une image de ma vie, pensa-t-il. Ma vie en tant que policier en Suède dans la seconde moitié du XXe siècle. Petit matin, levée du jour. Automne, brouillard, froid humide. Quatre hommes pataugent dans la boue. Ils s'approchent d'un piège incompréhensible, où un homme a été empalé sur des pieux de bambou exotique. En même temps, ils sont à la recherche de l'endroit où pourrait être enterrée une Polonaise disparue depuis vingt-sept ans.

Je vais continuer à patauger dans cette boue jusqu'à ce que je tombe. Ailleurs, dans ce brouillard, des gens penchés sur leur table de cuisine organisent des milices armées. Celui qui s'égare dans le brouillard risque d'être abattu.

Il s'aperçut qu'il menait une conversation intérieure avec Rydberg. Une conversation sans paroles, mais très vivante. Rydberg était assis sur son balcon, dans la dernière phase de sa maladie. Le balcon oscillait comme un dirigeable dans le brouillard. Mais Rydberg ne lui répondait pas. Il se contentait d'écouter, avec son sourire oblique. Son visage était déjà très marqué par la maladie.

Wallander marchait le dernier. Tout à coup, il vit qu'ils étaient arrivés ; le fossé s'ouvrait devant eux ; ils se trouvaient au bord de l'endroit où Eriksson avait été empalé. Un bout de ruban plastique de la police était resté coincé sous l'une des planches effondrées. On a mal fait le ménage, pensa Wallander. Les pieux de bambou n'étaient plus là. Il se demanda où on les entreposait. Dans le sous-sol du commissariat ? Au laboratoire de Linköping ? La tour d'observation se dressait à leur droite. On la voyait à peine dans le brouillard.

Dans l'esprit de Wallander, une pensée prenait forme. Il s'éloigna de quelques pas et faillit glisser dans la boue. Nyberg contemplait fixement le fossé. Hamrén et Hansson discutaient à voix basse d'un détail sur la carte.

Quelqu'un surveille Holger Eriksson et sa ferme, pensa Wallander. Quelqu'un qui sait ce qui est arrivé à Krista Haberman – une femme disparue depuis vingt-sept ans, déclarée morte. Une femme enterrée quelque part dans un champ. Le temps de Holger Eriksson est compté. Une autre tombe hérissée de pieux se prepare. Une nouvelle tombe dans la boue.

Il rejoignit Hamrén et Hansson. Nyberg avait disparu dans le brouillard. Il leur fit part de ses réflexions sans attendre, quitte à devoir les répéter à Nyberg.

– Si le meurtrier est aussi bien informé que nous le pensons, il doit savoir où était enterrée Krista Haberman. Nous avons à plusieurs reprises évoqué le fait qu'il possède son propre langage. Il ou elle essaie de nous dire quelque chose. Nous n'avons que partiellement déchiffré son code. Holger Eriksson a été tué avec une brutalité qu'on pourrait qualifier de démonstrative. Son corps serait forcément retrouvé tôt ou tard. Il est possible que l'endroit ait été choisi aussi pour une autre raison. Pour nous encourager à chercher ici même. Si nous le faisons, nous retrouverons Krista Haberman.

Nyberg surgit du brouillard. Wallander répéta ce qu'il venait de dire. Tous comprenaient qu'il pouvait avoir raison. Ils traversèrent le fossé et montèrent dans la tour. Le petit bois de l'autre côté disparaissait dans le brouillard.

– Trop de racines, dit Nyberg. Je ne crois pas qu'il aurait choisi le bois.

Ils revinrent sur leurs pas et continuèrent vers l'est, rejoignant leur point de départ. Il était près de huit heures. Le brouillard était toujours aussi dense. Ann-Britt Höglund avait appelé pour leur dire que les clés ne tarderaient pas à arriver. Ils étaient tous les trois frigorifiés et trempés. Wallander n'avait pas envie de les retenir plus longtemps que nécessaire. Hansson allait consacrer les prochaines heures à essayer de découvrir qui avait cultivé la terre.

– Un changement inattendu survenu il y a vingt-sept ans, souligna Wallander. C'est ce que nous voulons savoir. Mais pas un mot sur le cadavre qui pourrait être enterré par ici. Autrement, ce sera l'invasion.

Hansson acquiesça. Il comprenait.

– Il faudra revenir quand le brouillard se sera dissipé, poursuivit-il. Mais je crois tout de même que cette première vue d'ensemble a été profitable.

Les autres repartirent. Wallander s'attarda. Une fois seul, il monta dans sa voiture et mit le chauffage. Celui-ci ne fonctionnait pas. La réparation avait coûté un prix exorbitant – qui ne comprenait pas le système de chauffage. Quand aurait-il le temps et les moyens d'acheter une autre voiture ? Celle-ci tiendrait-elle le coup jusque-là ?

Il attendit en pensant aux femmes. Krista Haberman, Eva Runfeldt et Katarina Taxell. Et aussi à la quatrième, celle qui n'avait pas de nom. Quel était le rapport entre elles ? Il eut le sentiment que ce rapport était à sa portée et qu'il aurait dû le voir. Il le voyait sans rien voir.

Il revint en arrière. Des femmes maltraitées, peut-être assassinées. Beaucoup de temps s'était écoulé entre les différents événements.

Il ferma les yeux. Il constata qu'il pouvait tirer une conclusion supplémentaire. Ils n'avaient pas tout vu. Les événements qu'ils essayaient de comprendre participaient à un ensemble plus vaste. Il était important de trouver le lien entre les différentes femmes. Mais ils devaient aussi envisager la possibilité d'un lien fortuit. Quelqu'un choisissait. Mais selon quels critères ? Les circonstances ? Peut-être simplement les occasions ou les possibilités qui s'offraient ? Holger Eriksson vivait seul dans une ferme. Entretenait peu de relations avec l'extérieur. Observait les oiseaux la nuit. C'était une cible facile. Gösta Runfeldt partait en safari-orchidées. Il devait s'absenter pendant deux semaines. Cela aussi, c'était une occasion. Lui aussi vivait seul. Eugen Blomberg faisait la même promenade tous les soirs, seul. Wallander secoua la tête. Il n'arrivait pas à entamer la surface. Était-il sur la bonne piste ? Se fourvoyait-il complètement ? Il n'en savait rien. Il faisait froid dans la voiture. Il descendit, histoire de bouger un peu. Les clés devaient bientôt arriver. Il se dirigea vers la cour de la ferme. Se souvint de sa première visite. La bande de corneilles du côté du fossé. Il regarda ses mains. Elles n'étaient plus bronzées. Le souvenir du soleil sur la villa Borghese avait disparu une fois pour toutes. Comme son père.

Il laissa son regard errer dans la cour. La maison était très bien entretenue. Là vivait autrefois un homme qui s'appelait Holger Eriksson et qui écrivait des poèmes sur les oiseaux. Le vol solitaire de la bécassine double. L'extinction du pic mar. Un jour, il monte dans une Chevrolet bleu nuit et fait le long voyage jusque dans le Jämtland. Était-il poussé par une passion ? Ou par autre chose ? Krista Haberman était une femme de grande beauté. Dans le volumineux dossier d'enquête d'Östersund, il y avait une photo d'elle. L'avait-elle suivi de son plein gré ? Oui, sans doute. Ils prennent la direction de la Scanic. Puis elle disparaît. Holger Eriksson vit seul. Il creuse une tombe. Elle disparaît. On perd sa trace. Jusqu'à maintenant. Parce que Hansson a trouvé le nom de Tandvall et qu'il devient possible d'établir un lien jamais découvert jusque-là.

Wallander remarqua qu'il contemplait depuis un moment le chenil vide. Il n'eut même pas conscience de la pensée qui venait de lui traverser l'esprit. L'image de Krista Haberman commença à s'effacer. Il fronça les sourcils. Pourquoi n'y avait-il pas de chien ? Personne n'avait encore posé cette question – lui pas plus que les autres. À quel moment le chien avait-il disparu ? Cela avait-il d'ailleurs la moindre importance ? Il voulait une réponse à ces deux questions.

Une voiture freina au même instant devant la maison. Un garçon âgé de vingt ans à peine apparut dans la cour. Il s'approcha de Wallander.

– C'est toi le policier qui a besoin des clés ?

– C'est moi.

Le garçon le considéra d'un air sceptique.

– Qu'est-ce qui me le prouve ? Tu pourrais être n'importe qui.

Wallander faillit s'énerver. En même temps, l'hésitation du garçon pouvait se comprendre. Son pantalon était plein de boue. Il sortit sa carte. Le garçon hocha la tête et lui tendit un trousseau.

– Je veillerai à ce qu'elles reviennent à Lund, dit Wallander.

Le garçon acquiesça. Il était pressé. Wallander l'entendit démarrer en trombe tandis qu'il cherchait la clé de la porte d'entrée. Il pensa fugitivement à ce qu'avait dit Jonas Haver à propos de la Golf rouge devant l'immeuble de Katarina Taxell. Était-il vrai que les femmes ne démarraient pas ainsi ? Mona conduisait plus vite que moi, pensa-t-il. Baiba appuie toujours fort sur l'accélérateur. Mais comment démarrent-elles ?

Il ouvrit la porte. Alluma dans le grand vestibule, qui sentait le renfermé. Il s'assit sur un tabouret pour enlever ses bottes boueuses. En entrant dans le séjour, il vit avec surprise que l'ode au pic mar se trouvait toujours sur la table. Le 21 septembre au soir. Un mois plus tôt, à un jour près. S'étaient-ils approchés tant soit peu d'une solution ? Ils avaient deux meurtres supplémentaires à élucider. Une femme avait disparu. Une autre était peut-être enterrée dans les champs de Holger Eriksson.

Il resta debout, immobile, dans le silence. Le brouillard de l'autre côté des fenêtres était encore très épais. Il se sentait mal à l'aise. Les objets l'observaient. Il avança jusqu'au mur où se trouvaient les deux photographies aériennes encadrées et fouilla ses poches à la recherche de ses lunettes. Ce matin, par miracle, il avait pensé à les prendre. Il les mit et se pencha pour mieux voir. L'une était en noir et blanc, l'autre en couleurs, même si les couleurs avaient pâli. La photo en noir et blanc remontait à 1949. Prise deux ans avant l'acquisition de la ferme par Holger Eriksson. L'autre datait de 1965. Wallander ouvrit un rideau pour avoir plus de lumière. Soudain, il aperçut une biche solitaire qui broutait entre les arbres du jardin. Il s'immobilisa. La biche leva la tête et le dévisagea un instant. Puis elle se remit tranquillement à brouter. Wallander resta où il était. Il eut le sentiment qu'il n'oublierait jamais cette biche. Il ne sut pas combien de temps il resta ainsi immobile. Soudain, elle dressa la tête, aux aguets. Wallander, pour sa part, n'avait entendu aucun bruit. Puis elle disparut en deux bonds. Wallander ne bougea pas. La biche restait invisible. Il revint aux deux photographies, qui avaient été prises par la même société – « Vues d'avion » – à seize ans d'intervalle. L'avion équipé d'un appareil était arrivé du sud. Tous les détails étaient très nets. En 1965, Holger Eriksson n'a pas encore construit sa tour. Mais la colline est là. Le fossé aussi. Wallander plissa les yeux. Il n'apercevait aucune passerelle. La photo avait été prise au début du printemps. Les champs étaient labourés. Mais encore aucune végétation. On voyait très nettement le petit étang. Un bosquet longeait l'étroit sentier séparant deux champs. Il fronça les sourcils. Il ne se souvenait pas de ces arbres. Ce matin-là, il n'avait pas pu les voir, à cause du brouillard. Mais il ne lui semblait pas non plus les avoir remarqués lors de ses précédentes visites. Les arbres paraissaient très grands. Il aurait dû les repérer. Tout seuls, isolés au milieu des champs. Puis il examina la maison qui occupait le centre de la photo. Entre 1949 et 1965, le toit a été entièrement refait. Une dépendance qui servait peut-être de porcherie a été démolie. Le chemin d'accès a été élargi. À part ça, pas de changement. Il enleva ses lunettes et regarda par la fenêtre. La biche n'était pas revenue. Il s'assit dans un fauteuil en cuir. Le silence l'enveloppait. Une Chevrolet prend la route de Svenstavik. Une femme monte à bord. Elle arrive en Scanie. Puis elle disparaît. Vingt-sept ans plus tard, l'homme qui est peut-être venu la chercher à Svenstavik est retrouvé mort.

Il resta une demi-heure assis dans le silence. Pour faire le point intérieurement, une fois de plus. Il pensa qu'ils étaient pour le moment à la recherche de trois femmes différentes. Krista Haberman, Katarina Taxell et une autre qui n'avait pas de nom. Mais qui conduisait une Golf rouge. Qui portait parfois des faux ongles et fumait des cigarettes qu'elle roulait elle-même.

Il se demanda s'il était possible qu'elles ne soient que deux. Si Krista Haberman, tout compte fait, ne vivait pas encore. Dans ce cas, elle aurait soixante-cinq ans. La femme qui avait frappé Ylva Brink était beaucoup plus jeune.

Ça ne collait pas. Pas plus que le reste.

Il jeta un regard à sa montre. Neuf heures moins le quart. Il se leva et sortit de la maison. Le brouillard était toujours aussi compact. Il pensa au chenil vide. Puis il ferma la porte à clé et s'en alla.

À dix heures, Wallander avait réussi à rassembler l'équipe d'enquête. Le seul qui manquait était Martinsson. Il avait promis de venir au cours de l'après-midi. Dans l'immédiat, il avait rendez-vous à l'école de Terese. Ann-Britt Höglund leur raconta qu'il l'avait appelée tard, la veille au soir. Elle avait eu l'impression qu'il était ivre, ce qui ne lui arrivait presque jamais. Wallander se sentit vaguement jaloux. Pourquoi Martinsson appelait-il Ann-Britt plutôt que lui ? Alors que Martinsson et lui travaillaient ensemble depuis tant d'années ?

– Il paraît toujours aussi décidé à démissionner, dit-elle. Mais j'ai eu l'impression qu'il me demandait en même temps de l'en dissuader.

– Je vais lui parler, dit Wallander.

Ils refermèrent les portes de la salle de réunion. Per Åkeson et Lisa Holgersson furent les derniers à arriver. Wallander eut l'impression confuse qu'ils sortaient d'un long entretien.

Lisa Holgersson prit la parole dès que le silence se fit.

– Tout le monde parle des milices de citoyens, dit-elle. La commune de Lödinge est désormais célèbre dans tout le pays. On a reçu une demande de Göteborg. Ils veulent savoir si Kurt pourrait participer à un débat télévisé ce soir.

– Jamais de la vie, répondit Wallander, effrayé. Qu'est-ce que j'irais faire là-bas ?

– J'ai déjà décliné l'invitation en ton nom, répondit-elle avec un sourire. Mais un jour ou l'autre, je te demanderai quelque chose en contrepartie.

Wallander comprit aussitôt qu'elle faisait allusion aux conférences à l'école de police.

– Les discussions sont passionnées et violentes, poursuivit-elle. Espérons néanmoins qu'il en sortira quelque chose de positif.

– Dans le meilleur des cas, cela pourrait contraindre la direction centrale à un peu d'autocritique, intervint Hansson. La police n'est tout de même pas sans responsabilité dans cette histoire.

– À quoi penses-tu ? demanda Wallander.

Dans la mesure où Hansson s'engageait rarement dans les discussions portant sur la police, il était curieux de connaître son avis.

– Je pense à tous les scandales, dit Hansson. Où des policiers sont impliqués de façon active. Ça existait déjà avant. Mais pas à ce point.

– C'est un aspect de la question, dit Per Åkeson. Il ne faudrait ni l'exagérer, ni le minimiser. Le grand problème, à mon sens, c'est le glissement progressif de ce que la police et les tribunaux considèrent comme un crime. Une faute qui entraînait auparavant une condamnation devient tout à coup un délit mineur qui ne relève même pas des attributions de la police. Et je crois que c'est perçu comme une humiliation par les gens de ce pays, qui ont toujours eu un sens très aigu de la justice et du droit.

– Les deux choses sont probablement liées, intervint Wallander. Et je doute fort qu'un débat sur les milices ait une influence sur cette évolution. Même si je suis le premier à le souhaiter.

– Quoi qu'il en soit, reprit Per Åkeson, j'ai l'intention de charger au maximum les quatre hommes impliqués dans l'agression de Lödinge. Je pense pouvoir obtenir une condamnation pour trois d'entre eux. Pour le quatrième, c'est moins sûr. Je dois ajouter que le procureur du roi a demandé qu'on le tienne informé. C'est très surprenant, à mon avis. Mais ça indique qu'ils sont au moins quelques-uns en haut lieu à prendre cette affaire au sérieux.

– Åke Davidsson a été interviewé par le quotidien *Arbetet*, dit Svedberg. Il s'est exprimé de façon intelligente et mesurée. En plus, il a l'air de s'être bien remis.

– Restent donc Terese et son papa, dit Wallander. Et les garçons de l'école.

– Martinsson a l'intention de démissionner? demanda Per Åkeson. J'ai entendu une rumeur.

– C'était sa première réaction, qui est bien naturelle. Mais je ne suis pas sûr qu'il s'y tienne.

– C'est un bon policier, dit Hansson. Est-ce qu'il le sait?

– Oui, dit Wallander. Mais ça ne suffit pas. D'autres motifs peuvent faire surface dans ce genre de situation. Notre charge de travail démesurée, par exemple.

– Je sais, dit Lisa Holgersson. Et ça ne va pas s'améliorer.

Wallander se rappela qu'il n'avait toujours pas tenu sa promesse d'évoquer la situation personnelle de Nyberg avec Lisa Holgersson. Il griffonna un mot à ce sujet dans son bloc-notes.

– On aura l'occasion d'en reparler, dit-il.

– Je voulais juste vous tenir au courant, dit Lisa Holgersson. Il n'y a pas d'autres nouvelles. Sinon que Björk, votre ancien chef, a téléphoné pour vous souhaiter bonne chance. Il est désolé de ce qui est arrivé à la fille de Martinsson.

– En voilà un qui s'est arrêté à temps, dit Svedberg. Qu'est-ce qu'on lui a donné déjà, en cadeau de départ? Une canne à pêche. S'il était resté ici, il n'aurait jamais eu l'occasion de s'en servir.

– Je ne pense pas qu'il se roule les pouces, là où il est, objecta Lisa Holgersson.

– Björk était un bon policier, dit Wallander. Mais je crois que nous devons poursuivre.

Ils commencèrent par l'emploi du temps établi par Ann-Britt Höglund. Wallander avait posé à côté de son bloc-notes le sac plastique contenant l'indicateur des chemins de fer trouvé dans le secrétaire de Katarina Taxell.

Ann-Britt Höglund s'était comme d'habitude acquittée de sa tâche à fond. Tous les horaires qui étaient, d'une manière ou d'une autre, reliés aux différents événements avaient été notés et confrontés les uns aux autres. Tout en l'écoutant, Wallander songea qu'il n'aurait jamais réussi à le faire aussi bien. Il aurait fait preuve de négligence, à coup sûr. Il n'y a pas deux policiers qui se ressemblent, pensa-t-il, et c'est seulement quand nous pouvons nous consacrer à des tâches qui sollicitent nos points forts que nous accomplissons quelque chose d'utile.

– Je ne vois pas vraiment de fil conducteur, conclut Ann-Britt. Les médecins légistes de Lund ont pu dater la mort de Holger Eriksson au 21 septembre en fin de soirée. Je ne connais pas précisément leurs méthodes. Mais ils sont sûrs de leur fait. Gösta Runfeldt a lui aussi été tué la nuit. Les horaires coïncident, mais on ne peut en tirer aucune conclusion. On ne trouve pas davantage un jour récurrent de la semaine. Si on ajoute les deux visites à la maternité d'Ystad et le meurtre d'Eugen Blomberg, on peut éventuellement entrevoir un début de cohérence.

Elle s'interrompit et jeta un regard circulaire. Ni Wallander ni les autres ne semblaient avoir compris.

– C'est presque mathématique, dit-elle. Notre meurtrier passe à l'acte selon un schéma irrégulier au point d'en devenir intéressant. Holger Eriksson meurt le 21 septembre. Katarina Taxell reçoit de la visite à la maternité d'Ystad dans la nuit du 1er octobre. Gösta Runfeldt meurt le 11 octobre. Dans la nuit du 13 octobre, la femme revient à la maternité et frappe la cousine de Svedberg. Enfin, Eugen Blomberg meurt le 17 octobre. On peut ajouter à cela le jour probable de la disparition de Gösta Runfeldt. Ce que je constate, c'est qu'il n'y a aucune régularité là-dedans. Ce qui peut éventuellement nous surprendre. Dans la mesure où tout le reste semble si minutieusement planifié, prémédité – par quelqu'un qui se donne, par exemple, la peine et le temps de coudre des poids dans la doublure d'un sac, en fonction du poids de sa victime. On a donc le choix : soit on considère qu'il n'y a pas d'intervalle significatif entre les différents événements, soit cette irrégularité est causée par quelque chose. Dans ce cas, on se demande : par quoi ?

Wallander n'avait pas bien suivi son raisonnement.

– Encore une fois, dit-il. Lentement.

Elle répéta ce qu'elle venait de dire. Cette fois, Wallander comprit.

– Ce n'est peut-être pas un hasard, conclut-elle. Je ne veux pas me risquer au-delà. C'est peut-être une forme de régularité. Mais pas nécessairement.

Une image commençait à apparaître confusément dans l'esprit de Wallander.

– Supposons qu'il y ait un schéma à l'œuvre, dit-il. Comment faut-il l'interpréter ? Quelles sont les forces extérieures qui influencent l'emploi du temps du meurtrier ?

– Il peut y avoir différentes explications. Ce peut être quelqu'un qui n'habite pas en Scanie. Mais qui vient régulièrement en visite. Ou alors, il ou elle exerce un métier qui obéit à un certain rythme. Ou autre chose, que je n'ai pas encore réussi à me représenter.

– Tu voudrais donc dire que ces jours-là pourraient correspondre à des congés qui reviennent régulièrement ? Si nous avions pu suivre ses agissements pendant un mois supplémentaire, nous l'aurions constaté plus clairement encore ?

– C'est une possibilité. Un métier qui suppose un emploi du temps irrégulier. Où les congés ne correspondent pas aux week-ends.

– C'est peut-être important, dit Wallander avec hésitation. Mais j'ai du mal à le croire.

– À part cela, je ne déchiffre pas grand-chose dans ce tableau chronologique, dit-elle. La personne s'échappe sans cesse.

– Ce que nous ne pouvons établir avec certitude est aussi une forme de connaissance. Puisqu'on en est à la question des horaires, dit Wallander en montrant le sac plastique, voici ce que j'ai trouvé dans un tiroir à double fond du secrétaire de Katarina Taxell. À l'endroit où l'on imagine qu'elle aurait rangé ce qu'elle a de plus précieux ou de plus secret. Un indicateur des chemins de fer. Grandes lignes, printemps 1991. Un horaire est souligné : *Nässjö, départ : 16 h.* C'est un train qui circule tous les jours.

Il tendit le sac à Nyberg.

– Empreintes, dit-il.

Puis il changea de sujet et leur fit part de ses réflexions concernant Krista Haberman, en évoquant la visite matinale à la ferme, dans le brouillard. L'ambiance autour de la table était grave.

– Je ne vois pas d'autre solution, conclut-il. Nous devons commencer à creuser. Une fois que le brouillard se sera dissipé et que Hansson aura réussi à établir qui a cultivé la terre pendant tout ce temps. Et si des changements spectaculaires sont intervenus après 1967.

Il y eut un long silence au cours duquel chacun médita intérieurement ce qui venait d'être dit. Ce fut Per Åkeson qui reprit la parole.

– Ça paraît à la fois incroyable et convaincant, dit-il. Je suppose que nous devons prendre cette possibilité au sérieux.

– Ce serait bien que cela reste entre nous, dit Lisa Holgersson. Les gens n'aiment rien tant que les vieilles disparitions inexpliquées.

Ils étaient parvenus à une décision.

Wallander souhaitait mettre un terme à la réunion le plus vite possible, puisqu'ils avaient tous beaucoup de travail en perspective.

– Katarina Taxell, dit-il. Comme vous le savez, elle a disparu. Elle a quitté son domicile à bord d'une Golf rouge au conducteur non identifié. Son départ doit être qualifié de précipité. Birch s'attend sans doute à une réaction de notre part. La mère de Katarina Taxell veut que nous lancions un avis de recherche. Ce que nous pouvons difficilement lui refuser, en sa qualité de plus proche parente. Mais je crois que nous devrions attendre. Au moins un jour de plus.

– Pourquoi ? demanda Per Åkeson.

– Je soupçonne qu'elle va essayer d'entrer en contact. Pas avec nous naturellement. Mais avec sa mère. Katarina Taxell se doute bien qu'elle est inquiète. Elle va lui téléphoner pour la rassurer. Mais elle ne lui dira malheureusement pas où elle se trouve. Ni avec qui.

Wallander se tourna directement vers Per Åkeson.

– Je veux donc qu'il y ait quelqu'un chez la mère de Katarina Taxell pour enregistrer cette conversation.

– Si elle n'a pas déjà eu lieu, coupa Hansson en se levant. Donne-moi le numéro de Birch.

Ann-Britt Höglund nota le numéro sur un papier, et Hansson quitta aussitôt la pièce.

– Rien de plus pour l'instant, dit Wallander. Retrouvons-nous ici à dix-sept heures. S'il ne s'est pas produit autre chose entre-temps.

Le téléphone sonna au moment où Wallander entrait dans son bureau. C'était Martinsson. Il voulait savoir si Wallander pouvait le voir à quatorze heures, chez lui si possible. Wallander promit d'y être. Puis il quitta le commissariat. Il déjeuna au Continental. Il trouvait que c'était au-dessus de ses moyens, mais il avait faim et il était pressé. Il s'assit à une table, seul, près de la fenêtre, et salua de la tête des gens qui passaient, surpris et blessé de voir que personne ne s'arrêtait pour lui présenter ses condoléances. Pourtant, le décès de son père avait été annoncé dans les journaux. Les nouvelles de la mort se répandaient rapidement. Ystad était une petite ville. Il prit le flétan, et une bière. La serveuse était jeune et rougissait chaque fois qu'il la regardait. Il se demanda avec compassion comment elle allait supporter ce métier.

À quatorze heures, il sonnait chez Martinsson. Ils s'assirent dans la cuisine. Tout était silencieux. Martinsson était seul à la maison. Wallander l'interrogea sur Terese. Elle avait repris l'école. Martinsson était pâle, tendu. Wallander ne l'avait jamais vu si abattu et déprimé.

– Que dois-je faire ? demanda Martinsson.

– Que dit ta femme ? Que dit Terese ?

– Que je dois continuer, bien sûr. Ce ne sont pas elles qui veulent que j'arrête. C'est moi.

Wallander attendit. Mais Martinsson n'ajouta rien.

– Tu te souviens, il y a quelques années, commença Wallander. Quand j'ai abattu quelqu'un, dans le brouillard, à Kåseberga. Et tué quelqu'un en voiture, sur le pont d'Öland. Je suis resté absent pendant près d'un an. Vous pensiez même que j'avais démissionné. Puis il y a eu l'histoire des avocats Torstensson. Et tout a changé du jour au lendemain. Je m'apprêtais à signer ma lettre de démission. Au lieu de cela, je suis retourné au travail.

Martinsson acquiesça. Il s'en souvenait.

– Maintenant, après coup, je suis content d'avoir pris cette décision. Le seul conseil que je peux te donner, c'est de ne pas agir dans la précipitation. Attends. Continue de travailler encore un peu. Décide-toi ensuite. Je ne te demande pas d'oublier. Je te demande de patienter. Tout le monde regrette ton absence. Tout le monde sait que tu es un bon policier. On sent la différence, dès que tu n'es pas là.

Martinsson écarta les mains comme pour se défendre.

– Non, dit-il. Je connais certaines choses du métier. Mais tu ne vas pas me faire croire que je suis irremplaçable.

– Personne ne peut te remplacer. Toi, précisément. C'est ce que je suis en train de te dire.

Wallander s'était préparé à l'éventualité d'une très longue conversation. Martinsson ne dit rien pendant quelques minutes. Puis il se leva et quitta la cuisine. Lorsqu'il revint, il avait enfilé son blouson.

– On y va ? dit-il.

– Oui. On a du pain sur la planche.

Dans la voiture, Wallander lui donna un bref compte rendu des événements des derniers jours. Martinsson l'écouta sans faire de commentaire. À l'accueil, ils furent interceptés par Ebba, qui ne prit même pas le temps de souhaiter la bienvenue à Martinsson. Wallander comprit aussitôt qu'il s'était passé quelque chose.

– Ann-Britt Höglund vous cherche, dit-elle. C'est urgent.

– Qu'est-ce qui se passe ?

– Une certaine Katarina Taxell a appelé sa mère.

Wallander regarda Martinsson.

Il ne s'était donc pas trompé.

Mais c'était arrivé plus vite qu'il ne le pensait.

33

Ils n'étaient pas arrivés trop tard.

Birch avait eu le temps d'installer le matériel d'enregistrement chez Hedwig Taxell. Il fallut à peine une heure pour transférer la cassette de Lund à Ystad. Ils se rassemblèrent dans le bureau de Wallander, où Svedberg avait apporté un magnétophone.

Ils écoutèrent dans un silence tendu la conversation de Katarina Taxell avec sa mère. Une communication brève. Ce fut d'ailleurs la première pensée de Wallander. Katarina Taxell ne voulait pas en dire plus que nécessaire.

Ils écoutèrent la bande une première fois, puis une deuxième. Svedberg tendit un casque à Wallander pour qu'il puisse entendre les deux voix plus distinctement.

– *Maman? C'est moi.*

– *Mon Dieu, où es-tu? Que s'est-il passé?*

– *Rien du tout. Nous allons bien.*

– *Où es-tu?*

– *Chez une amie.*

– *Chez qui?*

– *Une amie. Je voulais juste t'appeler pour te dire que tout va bien.*

– *Que s'est-il passé? Pourquoi as-tu disparu?*

– *Je t'expliquerai un autre jour.*

– *Chez qui es-tu?*

– *Tu ne sais pas qui c'est.*

– *Ne raccroche pas. Quel est ton numéro de téléphone?*

– *Je dois y aller maintenant. Je voulais juste t'appeler pour que tu ne t'inquiètes pas.*

La mère essayait d'ajouter quelque chose. Mais Katarina Taxell raccrocha. Le dialogue consistait en quatorze répliques, dont la dernière était interrompue.

Ils réécoutèrent la bande une vingtaine de fois. Svedberg nota les répliques sur un bout de papier.

– C'est la onzième phrase qui nous intéresse, dit Wallander. « Tu ne sais pas qui c'est. » Que veut-elle dire par là ?

– Qu'elle ne la connaît pas, dit Ann-Britt Höglund.

– Ce n'est pas tout à fait ça. « Tu ne sais pas qui c'est. » Cela peut signifier deux choses. Que la mère ne l'a jamais rencontrée. Ou alors que la mère n'a pas compris ce qu'elle représentait pour Katarina Taxell.

– La première hypothèse est quand même plus plausible, dit Ann-Britt Höglund.

– J'espère que tu te trompes, répondit Wallander. Cela nous aiderait considérablement si nous pouvions l'identifier.

Pendant ce temps, Nyberg réécoutait la cassette. Le bruit qui s'échappait du casque leur indiquait qu'il avait monté le volume au maximum.

– On entend un bruit de fond, dit-il lorsqu'il eut fini. Quelque chose qui cogne.

Wallander prit le casque. Nyberg avait raison. Un choc sourd et régulier à l'arrière-plan. Les autres écoutèrent à tour de rôle. Personne ne put identifier le bruit.

– Où est-elle ? demanda Wallander. Elle est arrivée quelque part. Elle se trouve chez cette femme qui est venue la chercher en voiture. Et il y a quelque chose qui cogne à l'arrière-plan.

– Il y a peut-être un chantier pas loin, proposa Martinsson.

C'étaient ses premières paroles depuis qu'il avait décidé de reprendre le travail.

– C'est une possibilité, concéda Wallander.

Ils réécoutèrent la bande. Le bruit sourd et régulier était bien là. Wallander prit une décision.

– Envoyons la bande au labo de Linköping. Demandons une analyse. Si ce bruit pouvait être identifié, ça nous aiderait.

– Des chantiers, il y en a plein, rien qu'en Scanie, objecta Hamrén.

– C'est peut-être autre chose, dit Wallander.

Nyberg disparut avec la bande. Les autres s'attardèrent dans le bureau de Wallander, appuyés à la table ou contre les murs.

– Trois choses comptent à partir de maintenant, dit Wallander. Nous devons nous concentrer. Laisser provisoirement de côté certaines données de l'enquête. Il faut continuer à reconstituer la vie de Katarina Taxell. Son passé, ses amis, ses déplacements, etc.

Qui est-elle ? autrement dit. C'est la première question. Qui nous conduit à la deuxième : chez qui est-elle ?

Il marqua une pause avant de poursuivre.

– Nous attendrons le retour de Hansson. Mais je pense que notre troisième tâche sera de commencer à creuser, chez Holger Eriksson.

Personne n'avait d'objection à faire. Ils se séparèrent. Wallander comptait se rendre à Lund en emmenant Ann-Britt Höglund. On était déjà en fin d'après-midi.

– Tu as quelqu'un pour garder les enfants ? demanda-t-il lorsqu'ils se retrouvèrent seuls.

– Oui. J'ai de la chance, ma voisine a besoin d'argent en ce moment.

– Comment te débrouilles-tu financièrement ? Ton salaire n'est pas très élevé...

– Très mal. Mais mon mari gagne bien sa vie. C'est ça qui nous sauve. Ça fait de nous une famille privilégiée.

Wallander appela Birch pour le prévenir de leur arrivée. Il demanda à Ann-Britt Höglund s'ils pouvaient prendre sa voiture à elle. Il ne faisait plus confiance à la sienne. Malgré la réparation qui avait coûté une fortune.

Le paysage disparut peu à peu dans le crépuscule. Un vent froid soufflait sur les champs.

– Nous commençons par rendre visite à la mère de Katarina Taxell, dit Wallander. Puis nous retournons à l'appartement.

– Que penses-tu trouver ? Tu as déjà fouillé cet appartement. Et tu n'as pas l'habitude de faire les choses à moitié.

– Rien de neuf, peut-être. Mais éventuellement un lien entre deux détails que je n'aurais pas découvert auparavant.

Elle conduisait vite.

– Est-ce que tu démarres sur les chapeaux de roues ? dit soudain Wallander.

Elle lui jeta un coup d'œil.

– Ça arrive. Pourquoi ?

– Parce que je me demande si c'était une femme au volant de la Golf rouge. Qui est venue chercher Katarina Taxell.

– N'en sommes-nous pas tout à fait sûrs ?

– Non, fit Wallander avec force. Nous n'en sommes pas tout à fait sûrs. Nous ne sommes tout à fait sûrs de rien.

Il regardait par la vitre. Ils venaient de dépasser le château de Marsvinsholm.

– Autre chose que nous ne savons pas avec certitude, dit-il après un silence. Mais dont je suis de plus en plus persuadé.

– Quoi?
– Elle est seule. Il n'y a pas d'homme à ses côtés. Il n'y a personne.
Nous ne cherchons pas quelqu'un qui pourrait nous conduire à
quelqu'un d'autre. Il n'y a pas d'arrière-plan. Derrière elle, il n'y a
que du vide. C'est elle. Personne d'autre.
– Ce serait elle qui aurait commis les meurtres? Qui aurait dressé
le piège hérissé de pieux? Étranglé Runfeldt après l'avoir retenu pri-
sonnier? Jeté Blomberg à l'eau, vivant, dans un sac?
Wallander répondit par une autre question.
– Tu te rappelles qu'au début de l'enquête nous parlions déjà du
langage du meurtrier? Du fait qu'il ou elle voulait nous raconter
quelque chose? De l'aspect démonstratif de ses méthodes?
Elle s'en souvenait.
– Ce qui me frappe maintenant, c'est que nous avions vu juste
dès le début. Mais nous l'avons mal interprété.
– En pensant que ce comportement ne pouvait s'appliquer qu'à
un homme?
– Peut-être pas le comportement en lui-même. Mais ses actes
nous ont tout de suite évoqué des hommes brutaux.
– Nous aurions dû alors penser aux victimes. Puisque c'étaient
des hommes brutaux...
– Justement. Aux victimes, pas au meurtrier. Nous avons mal
interprété ce que nous voyions.
– C'est difficile, pourtant. De penser qu'une femme puisse être
capable de ça. Je ne parle pas de la force physique. Moi, par exemple,
je suis aussi forte que mon mari. Il a beaucoup de mal à me battre
quand on joue au bras de fer.
Wallander la considéra avec surprise. Elle s'en aperçut et eut un
rire bref.
– On s'amuse comme on peut.
Wallander hocha la tête.
– Je me rappelle que je jouais au doigt de fer avec ma mère quand
j'étais petit, dit-il. Mais je crois que c'était moi qui gagnais.
– Elle te laissait peut-être gagner.
Ils prirent la sortie vers Sturup.
– Je ne sais pas comment cette femme justifie ses actes, reprit
Wallander. Mais si nous la retrouvons, je crois que nous découvri-
rons quelqu'un qui ne ressemble à rien de ce que nous avons pu
croiser jusqu'ici, de près ou de loin.
– Un monstre au féminin?
– Peut-être. Mais même ça, ce n'est pas sûr.

Le téléphone de voiture sonna, interrompant la conversation. C'était Birch. Il expliqua à Wallander comment se rendre chez la mère de Katarina Taxell.

– Quel est son prénom ? demanda Wallander.

– Hedwig. Hedwig Taxell.

Birch promit de la prévenir de leur arrivée. Dans une demi-heure environ.

Le crépuscule enveloppait la voiture.

Birch les accueillit sur le perron. Hedwig Taxell habitait la dernière maison d'une rangée de pavillons accolés, un peu en dehors de la ville. Le lotissement devait dater du début des années soixante. Des boîtes carrées tournées vers de petits jardins intérieurs. Il se souvenait d'avoir lu que ces toitures plates avaient tendance à s'effondrer après de grosses chutes de neige. Birch les avait attendus pendant qu'ils cherchaient l'adresse.

– On a tout juste eu le temps d'installer le magnéto, dit-il.

– Nous n'avons pas été gâtés par la chance jusqu'ici, répliqua Wallander. Quelle impression te fait Hedwig Taxell ?

– Elle est très inquiète pour sa fille et pour le bébé. Mais elle paraît plus calme que la dernière fois.

– Est-ce qu'elle va nous aider ? Ou bien protège-t-elle sa fille ?

– Je crois tout simplement qu'elle voudrait savoir où elle est.

Il les précéda dans le séjour. Wallander eut le sentiment confus que cette pièce ressemblait à l'appartement de la fille. Hedwig Taxell se leva à leur entrée. Birch se tenait comme d'habitude à l'arrière-plan. Wallander l'observa. Elle était pâle. Son regard errait avec inquiétude. Wallander n'était pas surpris. Il avait entendu à sa voix, sur la cassette, qu'elle était angoissée et tendue, près de craquer. C'était pour cela qu'il avait tenu à emmener Ann-Britt Höglund. Elle n'avait pas son pareil pour calmer les gens agités. Hedwig Taxell ne paraissait pas sur la défensive. Il eut le sentiment que leur présence la soulageait plutôt, en lui évitant d'être seule. Ils s'assirent. Wallander avait préparé ses premières questions.

– Madame Taxell, nous avons besoin de votre aide pour répondre à un certain nombre de questions concernant Katarina.

– Comment pourrait-elle savoir quoi que ce soit sur ces horribles meurtres ? Elle a accouché il y a peu de temps, vous savez.

– Nous ne pensons pas du tout qu'elle soit impliquée, dit Wallander aimablement. Mais nous sommes obligés de réunir un maximum d'informations.

– De quoi serait-elle informée?

– C'est justement ce que je voudrais que vous me disiez.

– Ne pourriez-vous pas plutôt la retrouver? Je ne comprends pas ce qui a pu se passer.

– Je ne pense pas du tout qu'elle soit en danger, dit Wallander sans parvenir à dissimuler entièrement son hésitation.

– Elle ne s'est jamais comportée ainsi auparavant.

– Vous n'avez aucune idée de l'endroit où elle peut être?

– Non. C'est incompréhensible.

– Katarina a peut-être beaucoup d'amis?

– Non. Mais ceux qu'elle a sont des amis proches. Je ne comprends pas où elle peut être.

– Y aurait-il quelqu'un qu'elle ne voit pas régulièrement? Dont elle aurait fait la connaissance ces derniers temps?

– Qui donc?

– Ou quelqu'un qu'elle aurait rencontré avant? Et qu'elle aurait recommencé à fréquenter récemment?

– Je l'aurais su. Nous avons une bonne relation. Bien meilleure que les mères et les filles en général.

– Je ne sous-entends pas qu'elle vous aurait dissimulé quoi que ce soit, dit Wallander avec patience. Mais il est très rare qu'on sache tout de quelqu'un. Savez-vous, par exemple, qui est le père de son enfant?

Wallander n'avait pas eu l'intention d'être brutal. Mais elle recula.

– J'ai essayé de le lui faire dire. Elle n'a pas voulu.

– Vous ne savez donc pas qui c'est? Vous ne pouvez même pas deviner?

– Je ne savais même pas qu'elle avait une relation avec un homme.

– Vous saviez pourtant qu'elle avait eu une liaison avec Eugen Blomberg?

– Oui. Mais je ne l'aimais pas.

– Pourquoi? Parce qu'il était déjà marié?

– Ça, je ne l'ai su qu'en lisant le journal. Ça a été un choc pour moi.

– Pourquoi ne l'aimiez-vous pas?

– Je ne sais pas. Il me mettait mal à l'aise.

– Saviez-vous qu'il maltraitait Katarina?

L'épouvante qu'elle manifesta était absolument sincère. L'espace d'un instant, Wallander eut pitié d'elle. Un monde s'effondrait. Elle serait à présent contrainte d'admettre qu'elle ignorait presque tout de sa fille. Que la complicité à laquelle elle croyait n'était qu'une coquille vide. Ou du moins, qu'elle était très limitée.

– Il la battait ?
– Il la maltraitait.
Elle le fixait d'un regard incrédule. Mais elle comprenait qu'il disait la vérité. Elle ne pouvait pas se défendre.
– Je crois aussi qu'il y a une possibilité qu'Eugen Blomberg soit le père de l'enfant. Bien qu'elle ait rompu avec lui.
Elle secoua lentement la tête. Mais elle ne dit rien. Wallander se demanda si elle allait s'effondrer à nouveau. Il jeta un regard à Ann-Britt Höglund. Elle fit un signe affirmatif, qu'il interpréta comme un encouragement à poursuivre. Birch se tenait immobile à l'arrière-plan.
– Ses amies, dit Wallander. Nous devons les rencontrer. Leur parler.
– Je vous ai déjà dit qui c'était. Et vous leur avez déjà parlé.
Elle mentionna trois noms. Wallander se tourna vers Birch, qui acquiesça.
– Il n'y a personne d'autre ?
– Non.
– Fait-elle partie d'une association ?
– Non.
– A-t-elle fait des voyages à l'étranger ?
– Nous faisons un voyage ensemble chaque année. En général pendant les vacances de février. À Madère. Au Maroc. En Tunisie.
– Elle n'a pas de centres d'intérêt particuliers ?
– Elle lit beaucoup. Elle écoute de la musique. Mais son entreprise de produits capillaires lui prend beaucoup de temps. Elle travaille dur.
– Rien d'autre ?
– Elle a parfois joué au badminton.
– Avec qui ? L'une de ses trois amies ?
– Avec un professeur. Je crois qu'elle s'appelait Carlman. Mais je ne l'ai jamais rencontrée.
Wallander ne savait pas si c'était important. Mais c'était tout de même un nouveau nom.
– Vous ne vous souvenez pas de son prénom ?
– Je ne l'ai jamais rencontrée.
– Où avaient-elles l'habitude de jouer ?
– Au stade Victoria. On peut s'y rendre à pied de chez Katarina.
Birch quitta discrètement sa place et sortit de la pièce. Wallander savait qu'il allait commencer les recherches. Cinq minutes plus tard, Birch réapparut et fit signe à Wallander qui se leva et le rejoignit dans le vestibule. Pendant ce temps, Ann-Britt Höglund essayait

d'établir ce que savait exactement Hedwig Taxell à propos de la relation de sa fille avec Eugen Blomberg.

– Ça a été facile, dit Birch. Annika Carlman. C'était elle qui réservait et payait le court de badminton. J'ai l'adresse. Ce n'est pas loin d'ici. Lund est encore une petite ville.

– Alors on y va, dit Wallander.

Il retourna dans le séjour.

– Annika Carlman, dit-il. Elle habite Bankgatan, ici, à Lund.

– Je n'ai jamais entendu son prénom, dit Hedwig Taxell.

– On vous laisse un moment, poursuivit Wallander. Nous devons lui parler tout de suite.

Ils prirent la voiture de Birch. Il leur fallut moins de dix minutes pour trouver l'adresse. Il était dix-huit heures trente. Annika Carlman vivait dans un immeuble datant du début du siècle. Birch sonna en bas. Une voix d'homme répondit à l'Interphone. Birch se présenta. Le portail s'ouvrit et ils montèrent au deuxième étage. Une porte était ouverte. Un homme les attendait. Il se présenta.

– Je suis le mari d'Annika, dit-il. Que s'est-il passé?

– Rien, dit Birch. Nous voulons juste lui poser quelques questions.

Il les fit entrer. L'appartement était vaste et meublé avec recherche. On entendait au loin de la musique et des voix d'enfants. Annika Carlman apparut. Elle était grande et portait des vêtements de sport.

– Ce sont des policiers qui veulent te parler. Mais apparemment, il ne s'est rien passé.

– Nous voudrions vous poser quelques questions à propos de Katarina Taxell, expliqua Wallander.

Ils s'assirent dans une pièce remplie de livres. Wallander se demanda si le mari d'Annika Carlman était professeur, lui aussi.

Il commença sans détour.

– Êtes-vous une amie proche de Katarina Taxell?

– Nous jouions au badminton ensemble. Mais nous ne nous fréquentions pas.

– Vous savez évidemment qu'elle a eu un enfant?

– Nous n'avons pas joué depuis cinq mois pour cette raison.

– Vous aviez le projet de reprendre?

– Nous avions convenu qu'elle me rappellerait.

Wallander nomma les trois amies.

– Je ne les connais pas; nous jouions seulement au badminton ensemble.

– Quand avez-vous commencé?

– Il y a cinq ans à peu près. Nous étions profs dans la même école.

– Est-il possible de jouer au badminton régulièrement avec quelqu'un pendant cinq ans sans se connaître ?

– C'est tout à fait possible.

Wallander se demanda comment poursuivre. Annika Carlman répondait de façon claire à ses questions. Pourtant, il sentait qu'ils s'éloignaient de quelque chose.

– Vous ne l'avez jamais vue en compagnie de quelqu'un ?

– Homme ou femme ?

– Disons un homme, pour commencer.

– Non.

– Pas même à l'époque où vous travailliez ensemble ?

– Elle était assez solitaire. Il y avait un collègue qui s'intéressait à elle. Elle le traitait avec beaucoup de froideur. Elle l'a carrément repoussé, on peut dire. Mais elle n'avait aucun problème avec les élèves. Elle était compétente. Une prof têtue et compétente.

– L'avez-vous jamais vue en compagnie d'une femme ?

Wallander avait abandonné tout espoir avant même de poser la question. Mais il s'était résigné trop tôt.

– Oui, répondit-elle. Il y a environ trois ans.

– Qui était-ce ?

– Je ne connais pas son nom. Mais je sais ce qu'elle fait. Toute cette histoire repose sur une étrange coïncidence.

– Que fait-elle ?

– Maintenant, je ne sais pas. Mais à l'époque, elle était serveuse de wagon-restaurant.

Wallander fronça les sourcils.

– Vous avez croisé Katarina Taxell dans un train ?

– Je l'ai aperçue un jour par hasard, en ville, en compagnie d'une femme. Je marchais sur le trottoir opposé. Nous ne nous sommes même pas saluées. Quelques jours plus tard, j'ai dû me rendre à Stockholm et je suis allée à la voiture-bar. Au moment de payer, j'ai reconnu l'employée. C'était la femme que j'avais vue en compagnie de Katarina.

– Vous ne savez pas comment elle s'appelle, évidemment ?

– Non.

– En avez-vous parlé à Katarina après ?

– Non. J'avais sans doute déjà oublié. C'est important ?

Wallander pensa soudain à l'indicateur des chemins de fer dans le secrétaire de Katarina Taxell.

– Peut-être. Quel jour était-ce ? Quel train ?

– Comment pourrais-je m'en souvenir ? demanda-t-elle, surprise. C'était il y a trois ans.

– Vous avez peut-être un vieil agenda ? Cette information nous serait très utile.

Son mari, qui n'avait rien dit jusque-là, se leva.

– Je vais le chercher, dit-il. C'était en 1991 ou en 1992 ?

Elle réfléchit.

– 1991. Février ou mars.

Ils attendirent quelques minutes en silence. La musique avait été remplacée par des bruits de télévision. Le mari d'Annika Carlman revint et lui tendit un vieil agenda noir. Elle le feuilleta et trouva rapidement ce qu'elle cherchait.

– Je suis partie pour Stockholm le 19 février 1991. Départ du train : 7 h 12. Je suis rentrée trois jours plus tard. Je rendais visite à ma sœur.

– Vous n'avez pas revu la femme au retour ?

– Je ne l'ai jamais revue.

– Mais vous êtes sûre que c'était elle ? La même femme que vous avez croisée dans la rue, ici, à Lund ? En compagnie de Katarina ?

– Oui.

Wallander la considéra pensivement.

– Voyez-vous autre chose qui pourrait nous aider ?

Elle secoua la tête.

– Je me rends compte maintenant que je ne sais rien de Katarina. Sauf que c'est une bonne joueuse de badminton.

– Comment décririez-vous sa personnalité ?

– Difficile à cerner... Ce qui est peut-être une description en soi, d'ailleurs. Elle est d'humeur changeante. Elle peut être abattue. Mais le jour où je l'ai vue avec la serveuse dans la rue, elle riait.

– En êtes-vous sûre ?

– Oui.

– Autre chose ?

Wallander vit qu'elle faisait un effort pour les aider.

– Je crois que son père lui manque, dit-elle après un moment.

– Qu'est-ce qui vous fait dire cela ?

– Je ne sais pas. C'est plutôt une intuition. La façon dont elle se comportait avec les hommes qui avaient l'âge d'être son père.

– Comment se comportait-elle ?

– Elle manquait de naturel. Comme si son assurance la quittait tout à coup.

Wallander considéra intérieurement cette réponse. Il pensait au père de Katarina, mort alors qu'elle était encore enfant. Cela pouvait-il éclairer sa relation avec Eugen Blomberg?

Il la regarda à nouveau.

– Rien d'autre?

– Non.

Wallander fit un signe de tête à Birch et se leva.

– Alors nous n'allons pas vous déranger davantage.

– Excusez ma curiosité, dit-elle. Pourquoi la police veut-elle savoir tout cela s'il n'est rien arrivé?

– Il est arrivé beaucoup de choses, répondit Wallander. Mais pas à Katarina. C'est la seule réponse que je peux vous donner.

Ils quittèrent l'appartement.

– Nous devons retrouver cette serveuse, dit Wallander dans l'escalier. À part une photo de jeunesse lorsqu'elle était en visite à Copenhague, on n'a pas l'impression que Katarina Taxell soit quelqu'un qui rit très souvent.

– Les chemins de fer ont sans doute des listes de tout leur personnel, dit Birch. Mais pourrons-nous les obtenir dès ce soir? C'était il y a trois ans, malgré tout.

– Nous devons essayer. Je ne veux pas t'imposer ça, bien sûr. Nous pouvons nous en occuper depuis Ystad.

– Vous avez déjà assez à faire, répondit Birch. Je m'en charge.

Wallander sentit qu'il était sincère. Ce n'était pas un sacrifice.

Ils retournèrent en voiture chez Hedwig Taxell. Birch le déposa et poursuivit jusqu'au commissariat pour lancer les recherches concernant la serveuse des wagons-lits. N'était-ce pas une mission impossible?

Wallander s'apprêtait à sonner à la porte lorsque son téléphone portable bourdonna. C'était Martinsson. Il entendit à sa voix qu'il commençait à sortir de son abattement. Ça allait plus vite que Wallander n'aurait osé l'espérer.

– Comment ça va? demanda Martinsson. Tu es encore à Lund?

– Nous essayons de retrouver la trace d'une serveuse de voiture-bar, répondit Wallander.

Martinsson eut le bon sens de ne pas insister.

– Ici, dit-il, il s'est passé pas mal de choses. Tout d'abord, Svedberg a rencontré le type qui imprimait les recueils de poèmes de Holger Eriksson. Un homme très âgé, mais en pleine forme, d'après Svedberg. Il ne s'est pas fait prier pour dire ce qu'il pensait d'Eriksson. Apparemment, il avait toujours des difficultés à se faire payer.

– Et à part ça ?

– Il semblerait que Holger Eriksson faisait des voyages fréquents et réguliers en Pologne, depuis les années d'après guerre. Il profitait de la misère là-bas pour se payer des femmes. À son retour, il avait l'habitude de se vanter de ses conquêtes. Le vieil imprimeur n'a pas hésité à dire le fond de sa pensée.

Wallander se rappela une remarque de Sven Tyrén au cours de l'un de leurs premiers entretiens. Il en avait à présent la confirmation. Krista Haberman n'était pas la seule Polonaise dans la vie de Holger Eriksson.

– Svedberg se demandait s'il valait la peine de prendre contact avec la police polonaise, dit Martinsson.

– Éventuellement. Mais on va peut-être attendre un peu.

– Il y a aussi autre chose. Je te passe Hansson.

Il y eut un grésillement. Puis Wallander reconnut la voix de Hansson.

– Je crois que je commence à avoir une liste assez complète des gens qui ont cultivé les terres de Holger Eriksson. Il s'en dégage une constante.

– Laquelle ?

– La bagarre. Holger Eriksson avait une faculté extraordinaire de se brouiller avec les gens. On pourrait croire que sa plus grande passion dans la vie était de se faire de nouveaux ennemis.

– Et les terres ? fit Wallander avec impatience.

La voix de Hansson avait changé lorsqu'il répondit. Elle était plus grave.

– Le fossé. Celui où nous avons retrouvé Holger Eriksson empalé…

– Oui. Quoi ?

– Il a été creusé il y a un certain nombre d'années. Il n'existait pas au début. Personne n'a compris pourquoi Eriksson voulait un fossé, alors qu'il n'était même pas utile au drainage. La terre de l'excavation a surélevé la colline. À l'endroit où se dresse la tour.

– Je ne m'étais pas imaginé un fossé, dit Wallander lentement. Ça ne paraît pas coller avec l'idée d'une tombe.

– Moi non plus. Puis j'ai appris quelque chose qui m'a fait changer d'avis.

Wallander retint son souffle.

– Le fossé a été creusé en 1967, dit Hansson. Le cultivateur auquel j'ai parlé en était absolument certain. Il a été creusé à la fin de l'automne 1967.

Wallander comprit aussitôt l'importance de cette information.

– Ça coïncide exactement avec la disparition de Krista Haberman, dit-il.

– Mon cultivateur était plus précis que cela. Le fossé a été creusé à la fin du mois d'octobre. Il s'en souvenait à cause d'un mariage célébré à Lödinge le dernier jour d'octobre de la même année. Si nous partons de la date où Krista Haberman a été vue pour la dernière fois, ça colle parfaitement. Il la ramène en voiture de Svenstavik. Il la tue. Il l'enterre. Il fait creuser un fossé, qui n'a aucune utilité en dehors de celle-là.

– Bien, dit Wallander. On a franchi un pas important.

– Si elle y est, je sais où nous devons chercher. Le cultivateur affirme qu'ils ont commencé à creuser au sud-est de la colline. Eriksson avait loué une pelleteuse. Les premiers jours, il a creusé seul. Le reste du travail a été confié à d'autres gens.

– Alors c'est là que nous allons commencer.

Wallander sentit aussitôt croître son malaise. Il espérait se tromper. Mais maintenant, il était à peu près certain que Krista Haberman se trouvait près de l'endroit localisé par Hansson.

– Nous commençons demain, poursuivit Wallander. Je veux que tu prépares tout.

– Ça va être impossible de garder le secret.

– Nous devons au moins essayer. Je veux que tu en parles à Lisa Holgersson, à Per Åkeson et aux autres.

– Je me pose une question, dit Hansson d'une voix hésitante. Admettons que nous retrouvions son corps. Qu'est-ce que ça prouve, au fond ? Que Holger Eriksson l'a tuée ? Ça, nous pouvons le supposer de toute manière, même si nous ne pourrons jamais prouver la culpabilité d'un mort. Pas dans ce cas-ci. Mais qu'est-ce que cela impliquera pour l'enquête en cours ?

La question était plus que justifiée.

– Tout d'abord, cela nous apprendra que nous sommes sur la bonne voie. Que le mobile qui relie ces meurtres est la vengeance. Ou la haine.

– Et tu penses toujours que c'est une femme ?

– Oui. Plus que jamais.

Après cette conversation, Wallander s'attarda un moment dehors. C'était une soirée d'automne limpide, dégagée. Un vent léger caressait son visage.

Ils étaient lentement en train d'approcher quelque chose. Le noyau qu'il cherchait depuis un mois exactement.

Pourtant, il n'avait aucune idée de ce qu'ils trouveraient.

La femme qu'il tentait d'apercevoir ne cessait de lui échapper. En même temps, il devinait que, d'une manière ou d'une autre, il pourrait peut-être la comprendre.

Puis il sonna à la porte de Hewig Taxell et entra.

*

Elle ouvrit la porte avec précaution. Le bébé était allongé sur le dos dans le petit lit qu'elle avait acheté le jour même. Katarina Taxell était recroquevillée en position fœtale dans l'autre lit. Immobile, elle contempla les dormeurs. *C'était comme si elle se voyait elle-même. Ou peut-être était-ce sa sœur dans le lit d'enfant.*

Soudain, sa vue se brouilla. Il y avait du sang partout. Ce n'était pas seulement l'enfant qui naissait dans le sang. La vie elle-même avait son origine dans le sang qui coulait lorsqu'on transperçait la peau. Le sang qui gardait le souvenir des veines dans lesquelles il avait coulé. Elle le voyait très clairement. Sa mère qui hurlait, étendue jambes écartées sur une table, et l'homme qui se penchait sur elle. Cela faisait plus de quarante ans, mais le temps se ruait sur elle et l'assaillait par-derrière. Toute sa vie, elle avait essayé de lui échapper. Mais c'était impossible. Les souvenirs la rattrapaient toujours.

Maintenant, elle savait qu'ils n'étaient plus une menace pour elle. Pas depuis que sa mère était morte et qu'elle avait la liberté d'agir comme elle le voulait. Comme elle le *devait.* Pour tenir les souvenirs à distance.

La sensation de vertige la quitta aussi vite qu'elle était venue. Elle s'approcha du lit avec précaution et contempla l'enfant endormi. Ce n'était pas sa sœur. Cet enfant-ci avait déjà un visage. Sa sœur n'en avait pas, on ne l'avait pas laissée vivre assez longtemps pour cela. C'était le nouveau-né de Katarina Taxell. Pas l'enfant de sa mère. L'enfant de Katarina Taxell, qui ne connaîtrait jamais la torture. Qui ne serait jamais pourchassé par les souvenirs.

Elle avait retrouvé son calme. Les images étaient parties.

Elle se dit que son action était juste. Elle faisait en sorte que d'autres ne subissent pas ce qu'elle avait subi. Les hommes qui s'étaient rendus coupables et que la société ne punissait pas, elle les menait sur le plus difficile des chemins. Du moins, elle se figurait qu'il en était ainsi. Qu'un homme qui se faisait ôter la vie par une femme ne pouvait jamais vraiment comprendre ce qui lui arrivait.

Tout était calme. C'était le plus important. Elle avait eu raison d'aller la chercher. De lui parler calmement, de l'écouter et de lui dire que tout était pour le mieux. Eugen Blomberg s'était noyé. Ce que racontaient les journaux à propos d'un sac n'était que rumeurs et exagérations sensationnelles. Eugen Blomberg n'était plus. S'il avait trébuché, s'il était tombé à l'eau, ce n'était la faute de personne. Le destin avait tranché. Et le destin était juste. Elle l'avait répété, plusieurs fois, et il lui semblait que Katarina Taxell commençait à comprendre.

Elle avait eu raison d'aller la chercher. Même si cela l'avait obligée la veille à informer les femmes qui devaient venir que la réunion était annulée cette semaine. Elle ne voulait pas modifier son emploi du temps. Cela engendrait du désordre et perturbait son sommeil. Mais cette fois, elle avait dû le faire. On ne pouvait pas tout prévoir. Même si elle aurait préféré ne pas l'admettre.

Tant que Katarina et son enfant étaient là, elle habitait elle aussi la maison de Vollsjö. Elle n'avait emporté que le strict nécessaire de son appartement d'Ystad. Ses uniformes et la petite boîte où elle conservait les bouts de papier et le registre de noms. Maintenant que Katarina et son enfant étaient endormis, il n'y avait plus aucune raison d'attendre. Elle éparpilla les bouts de papier sur le dessus du four à pain, les mélangea et commença à les ramasser l'un après l'autre, au hasard. Le neuvième portait la croix noire. Elle ouvrit son registre, suivit lentement la colonne du doigt, s'arrêta à la neuvième ligne et lut le nom qui était inscrit en face. *Tore Grundén*. Elle leva la tête et resta ainsi, immobile, le regard fixe. L'image de l'homme apparut lentement. Tout d'abord comme une ombre vague aux contours flous, presque insaisissable. Puis un visage, une identité. Maintenant elle se rappelait. Qui il était. Ce qu'il avait fait.

C'était plus de dix ans auparavant. Un soir, peu avant Noël, alors qu'elle était de service, aux urgences. Elle travaillait encore à l'hôpital de Malmö à cette époque. La femme qui était arrivée en ambulance était déjà morte. Un accident. Son mari était là. Secoué, mais sans excès. Elle l'avait aussitôt soupçonné. Elle avait vécu la situation tant de fois auparavant. Puisque la femme était morte, on n'avait rien pu faire. Elle avait pris l'un des policiers à part et lui avait demandé ce qui s'était passé, au juste. Un accident tragique. Son mari était sorti du garage en marche arrière sans la voir. Elle se trouvait derrière la voiture. Il l'avait écrasée, sa tête s'était retrouvée sous l'une des roues de la voiture lourdement chargée. C'était le genre d'accident qui n'aurait jamais dû se produire. Mais qui se produisait malgré tout.

Elle avait profité d'un moment où elle était seule pour écarter le drap et contempler la morte. Elle n'était pas médecin, mais il lui sembla bien que ce corps-là avait été écrasé plus d'une fois. Elle avait enquêté discrètement. La femme avait fait plusieurs séjours à l'hôpital. Une fois, elle était tombée d'une échelle. Une autre fois, elle avait trébuché, dans la cave, et sa tête avait heurté le sol en ciment. Elle rédigea une lettre anonyme à la police, en expliquant que c'était un meurtre. Elle parla au médecin qui avait examiné le corps. Sans résultat. L'homme avait été condamné à une amende, ou peut-être à une peine conditionnelle pour négligence grave. Rien de plus. Et sa femme avait été assassinée.

Mais maintenant, l'heure était venue. La balance serait redressée. Tout serait racheté. Sauf la vie de cette femme, qui était perdue pour toujours.

Elle commença à élaborer un plan.

Mais quelque chose la dérangeait. Les hommes qui surveillaient l'immeuble de Katarina Taxell. Ils voulaient l'empêcher d'agir. Ils essaieraient de l'approcher par l'intermédiaire de Katarina. Ils soupçonnaient peut-être déjà qu'ils avaient affaire à une femme. C'était ce qu'elle voulait. Au début, ils devaient croire qu'il s'agissait d'un homme. Puis ils commenceraient à douter. Pour finir, tout serait inversé.

Mais naturellement, ils ne la retrouveraient jamais. Jamais.

Elle considéra le four à pain. Pensa à Tore Grundén. Il habitait à Hässleholm et travaillait à Malmö.

Soudain, elle comprit comment elle s'y prendrait. C'était d'une simplicité presque embarrassante.

Elle passerait à l'acte pendant ses heures de travail.

Dans l'exercice de ses fonctions. Elle serait même payée pour ça.

34

Ils commencèrent à creuser le vendredi 21 octobre. Il faisait encore nuit. Wallander et Hansson avaient délimité le premier périmètre à l'aide d'un ruban plastique. Les policiers vêtus de combinaisons et de bottes en caoutchouc ne savaient pas ce qu'ils recherchaient. Leur malaise se mêlait à l'air froid du petit matin. Wallander avait le sentiment de se trouver dans un cimetière. Ils risquaient à n'importe quel moment de découvrir les restes d'une morte. Il avait confié la tête des opérations à Hansson, puisque lui-même devait, avec l'aide de Birch, retrouver le plus vite possible la serveuse qui avait fait rire Katarina Taxell un jour dans une rue de Lund.

Wallander s'attarda une demi-heure dans la boue où les policiers avaient commencé à creuser. Puis il remonta l'étroit sentier jusqu'à la ferme où l'attendait sa voiture. Il appela Birch, qui était encore à son domicile de Lund. La veille au soir, Birch avait seulement réussi à établir que le nom qu'ils cherchaient ne pouvait être obtenu qu'à Malmö. Lorsque Wallander le joignit au téléphone, il était en train de prendre son café. Ils décidèrent de se retrouver devant la gare centrale de Malmö.

– J'ai parlé à un responsable du personnel des wagons-lits hier soir, dit Birch. J'ai eu l'impression que je le dérangeais à un moment délicat.

Wallander ne comprit pas tout de suite.

– En pleine action amoureuse, précisa Birch. Parfois, c'est divertissant d'être policier.

Wallander prit la direction de Malmö. Comment Birch pouvait-il savoir qu'il avait dérangé l'autre au mauvais moment ? Puis il pensa à la serveuse qu'ils recherchaient. Il songea que c'était la quatrième femme qui surgissait dans cette enquête. Jusque-là, il y avait eu Krista Haberman, Eva Runfeldt et Katarina Taxell. En existait-il encore une, qui serait dans ce cas la cinquième ? Était-ce elle qu'ils recherchaient? Ou bien auraient-ils atteint leur but une fois qu'ils auraient réussi à localiser la serveuse du train? Était-ce elle, la visiteuse nocturne de la maternité d'Ystad? Sans vraiment savoir pourquoi, il en doutait. Peut-être pourrait-elle les conduire jusqu'à quelqu'un d'autre? Il pouvait difficilement en espérer davantage.

Il roulait dans sa vieille voiture à travers un paysage tout gris. Il se demanda distraitement à quoi ressemblerait l'hiver. Quand avaient-ils eu pour la dernière fois un Noël sous la neige? C'était il y a si longtemps qu'il ne s'en souvenait plus.

En arrivant à Malmö, il eut la chance de trouver une place de parking juste devant l'entrée de la gare. Un court instant, il eut la tentation de prendre un café avant l'arrivée de Birch. Mais il y renonça. Il n'avait pas le temps. Puis il aperçut Birch qui traversait le pont du canal. Il avait dû garer sa voiture du côté de la place centrale. Ils se saluèrent. Birch portait un bonnet de laine trop petit pour lui. Il était mal rasé et semblait avoir peu dormi.

– Vous avez commencé à creuser? demanda-t-il.
– À sept heures.
– Vous la trouverez?
– Difficile à dire. Mais c'est possible.
Birch hocha la tête d'un air sombre. Puis il indiqua la gare.
– Nous devons rencontrer un homme qui s'appelle Karl-Henrik Bergstrand, dit-il. D'habitude il ne commence pas sa journée de si bonne heure. Il a promis de faire un effort aujourd'hui.
– C'est lui que tu as interrompu au mauvais moment?
– Je ne te le fais pas dire.
Ils entrèrent dans la section administrative et furent reçus par le dénommé Karl-Henrik Bergstrand. Wallander le considéra avec curiosité en essayant de se représenter l'instant dont avait parlé Birch. Puis il constata que c'était sa propre vie sexuelle inexistante qui le faisait réagir ainsi.

Gêné, il essaya de penser à autre chose. Karl-Henrik Bergstrand était jeune, à peine la trentaine. Wallander présumait qu'il était censé représenter le nouveau profil des chemins de fer suédois. Birch et Wallander lui expliquèrent l'objet de leur démarche.

– C'est une demande inhabituelle, dit Bergstrand en souriant. Mais nous allons essayer de vous aider.

Il les invita à entrer dans son bureau, qui était spacieux. Wallander pensa que l'assurance de cet homme crevait les yeux. Lui-même, à trente ans, ne se sentait pas sûr de grand-chose.

Bergstrand s'était assis derrière une grande table de travail. Wallander observa les meubles, songeant qu'ils pouvaient éventuellement expliquer le prix des billets de train.

– Nous recherchons donc une employée de voiture-bar, reprit Birch. Nous ne savons pas grand-chose, sinon qu'il s'agit d'une femme.

– Une écrasante majorité des employés de voiture-bar sont des femmes, répondit Bergstrand. Il aurait été plus facile de trouver un homme.

– Nous ne savons pas comment elle s'appelle, ni à quoi elle ressemble, poursuivit Birch.

Bergstrand le dévisagea d'un air perplexe.

– A-t-on vraiment besoin de retrouver quelqu'un dont on sait si peu de chose ?

– Oui, intervint Wallander. Parfois.

– Nous savons à bord de quel train elle travaillait, ajouta Birch.

Il communiqua à Bergstrand les informations fournies par Annika Carlman. Bergstrand secoua la tête.

– Ça remonte à trois ans, dit-il.

– On le sait, dit Wallander. Mais je suppose que les chemins de fer gardent la trace de leurs employés ?

– En réalité, cette question ne relève pas de mes compétences, dit Bergstrand sur un ton professoral. Les chemins de fer constituent un groupe subdivisé en nombreuses sociétés. Les wagons-lits, dont dépendent, en tant que filiale, les voitures-bars, ont leurs propres administration et service du personnel. C'est à eux de répondre à vos questions. Mais nous collaborons naturellement, en cas de besoin.

Wallander constata que l'impatience le gagnait.

– Une mise au point s'impose peut-être, dit-il. Nous ne recherchons pas cette femme pour le plaisir. Nous voulons la retrouver parce qu'elle est susceptible de détenir des informations importantes dans le cadre d'une enquête sur une série de meurtres. Cela nous est donc égal de savoir qui répond à nos questions. Mais nous voulons une réponse le plus vite possible.

Le discours fit son effet. Bergstrand semblait avoir compris. Birch jeta un regard encourageant à Wallander, qui poursuivit.

– Je pense que vous pouvez nous mettre en relation avec la ou les personnes compétentes, dit-il. Nous attendrons le temps qu'il faudra.

– Il s'agit des meurtres commis dans la région d'Ystad ? demanda Bergstrand avec curiosité.

– C'est cela. Et cette serveuse détient peut-être des informations importantes.

– Est-elle soupçonnée?

– Non. Elle n'est pas soupçonnée. Aucune ombre ne viendra salir les trains ni les sandwiches servis à bord

Bergstrand se leva et quitta la pièce.

– Il était un peu arrogant, commenta Birch. Tu as bien fait de le remettre à sa place.

– Ce serait encore mieux s'il pouvait nous donner une réponse. Vite, si possible.

Pendant qu'ils attendaient, Wallander appela Hansson à Löding. Ils approchaient du centre du premier périmètre; mais ils n'avaient encore rien trouvé.

– La nouvelle s'est malheureusement déjà répandue, dit Hansson. On a eu des visites de curieux à la ferme.

– Tenez-les à distance, dit Wallander. C'est tout ce qu'on peut faire, je crois.

– Nyberg voulait te parler. Il s'agit de l'enregistrement de la conversation entre Katarina Taxell et sa mère.

– Ils ont réussi à identifier le martèlement à l'arrière-plan?

– Si j'ai bien compris, l'analyse n'a rien donné. Mais il vaut mieux que tu lui parles directement.

– Ils n'ont vraiment rien pu en dire?

– D'après eux, il y avait quelqu'un, pas loin du téléphone, qui cognait par terre ou contre un mur. Mais à quoi cela nous avance-t-il?

Wallander comprit qu'il avait nourri des espoirs prématurés.

– En tout cas, ce n'est pas le bébé de Katarina Taxell, poursuivit Hansson. Nous avons apparemment accès à un spécialiste capable de filtrer les fréquences ou je ne sais quoi. Il pourra nous dire si l'appel venait de loin, ou des environs de Lund. Mais si j'ai bien compris, c'est un processus très compliqué. Selon Nyberg, ça prendra au moins deux ou trois jours.

– Il faudra nous en contenter.

Au même instant, Bergstrand revint dans le bureau. Wallander se dépêcha de conclure l'entretien avec Hansson.

– Ça va prendre du temps, annonça Bergstrand. D'une part, vous cherchez une information qui remonte à trois ans. D'autre part, le groupe a traversé de nombreux changements depuis lors. Mais je leur ai expliqué que c'était important. Ils font leur possible.

– Nous attendrons, dit Wallander.

Bergstrand ne semblait pas enchanté de la présence des deux policiers dans son bureau. Mais il n'ajouta rien.

– Du café, dit Birch. L'une des spécialités des wagons-lits. Peut-on y goûter en dehors de vos voitures-bars ?

Bergstrand disparut à nouveau.

– Ça m'étonnerait qu'il ait l'habitude de faire le service, dit Birch avec satisfaction.

Wallander ne répondit pas. Bergstrand revint quelques instants plus tard avec un plateau. Puis il s'excusa en prétextant une réunion. Ils restèrent seuls. Wallander but son café en sentant croître son impatience. Il pensa à Hansson et se demanda s'il ne devait pas laisser Birch attendre seul, le temps que la serveuse soit identifiée. Il décida de s'attarder une demi-heure. Pas davantage.

– J'ai essayé de me plonger dans le dossier, dit soudain Birch. Je dois dire que je n'ai jamais rien vu de pareil. Est-ce vraiment possible qu'une femme ait fait ça ?

– Ça paraît difficile à croire, je sais.

Wallander ressentit aussitôt le sentiment familier. La peur d'avoir enlisé toute l'enquête dans un terrain parsemé de pièges, où le sol pouvait se dérober sous leurs pieds à n'importe quel moment.

– Une meurtrière en série, dit Birch après un silence. On en connaît à peine, dans ce pays.

– On n'en connaît pas, je crois. En plus, nous ne savons pas si c'est elle qui a exécuté les actes. Notre piste conduit soit à elle, et à elle seule. Soit à quelqu'un qui se cache derrière elle.

– Et tu crois donc que le reste du temps elle sert le café dans les trains entre Stockholm et Malmö ?

Le ton de Birch était dubitatif.

– Non, répliqua Wallander. Je ne crois pas qu'elle serve le café. La serveuse ne représente sans doute que le quatrième maillon.

Birch ne posa pas d'autres questions. Wallander consulta sa montre et se demanda s'il n'allait pas rappeler Hansson. Cela ferait bientôt une demi-heure qu'ils attendaient. Bergstrand était toujours retenu par sa réunion. Birch lisait une brochure consacrée à l'excellence des chemins de fer suédois.

La demi-heure finit de s'écouler. L'impatience de Wallander commençait à se muer en exaspération.

Bergstrand apparut à la porte.

– On est sur la bonne voie, dit-il d'un air encourageant. Mais on n'y est pas encore.

– Combien de temps ?

Wallander ne chercha pas à dissimuler son irritation. Il sentait bien qu'elle était injustifiée. Mais c'était plus fort que lui.

– Une demi-heure peut-être. Ils sont en train d'imprimer toutes les listes de personnel. Ça prend du temps.

Wallander hocha la tête sans rien dire.

L'attente se poursuivit. Birch reposa la brochure et ferma les yeux. Wallander s'approcha d'une fenêtre et contempla distraitement la ville. Il aperçut le terminal des hydroglisseurs, sur sa droite, et repensa aux occasions où il y avait accueilli Baiba. Combien de fois, jusqu'à présent ? Deux. Pourtant, il avait le sentiment qu'il y en avait eu davantage. Il se rassit et rappela Hansson. Ils n'avaient toujours rien trouvé. Les fouilles allaient prendre du temps. Hansson l'informa aussi qu'il s'était mis à pleuvoir. Wallander imaginait sans peine le tableau. Il raccrocha sur cette vision lugubre.

C'est n'importe quoi, pensa-t-il soudain. J'ai mené toute cette enquête à sa perte.

Birch se mit à ronfler. Wallander ne cessait de regarder sa montre.

Birch se réveilla en sursaut lorsque Bergstrand réapparut, un papier à la main.

– Margareta Nystedt, dit-il. C'est sans doute la personne que vous cherchez. Elle s'occupait seule de la voiture-bar ce matin-là.

Wallander se leva d'un bond.

– Où est-elle maintenant ?

– À vrai dire, je n'en sais rien. Elle a cessé de travailler pour nous il y a un an environ.

– Merde !

– Mais nous avons son adresse, poursuivit Bergstrand. Elle n'a pas forcément déménagé sous prétexte qu'elle a cessé de travailler pour les wagons-lits.

Wallander lui arracha le papier des mains. C'était une adresse à Malmö.

– Carl Gustafs väg. C'est où ?

– Du côté de Pildammsparken, répondit Bergstrand.

Wallander vit qu'il y avait aussi un numéro de téléphone. Mais il décida de ne pas s'en servir. Il voulait se rendre directement chez elle.

– Merci, dit-il. Je peux me fier à vos renseignements, n'est-ce pas ? C'est vraiment elle qui était de service ce matin-là ?

– Les chemins de fer sont connus pour leur sérieux, répondit Bergstrand. Cela signifie entre autres que les renseignements concernant nos employés sont fiables, y compris au niveau des filiales.

Wallander ne voyait pas le rapport. Mais il n'avait pas le temps de poser des questions. Il se tourna vers Birch.

— Alors on y va, dit-il.

Ils ressortirent de la gare. Birch laissa sa voiture et monta dans celle de Wallander. Il leur fallut moins de dix minutes pour trouver l'adresse. C'était un immeuble de cinq étages. Margareta Nystedt habitait au quatrième. Wallander sonna à la porte avant même que Birch fût sorti de l'ascenseur. Il attendit. Sonna de nouveau. Aucune réaction. Il jura intérieurement. Puis il se décida et sonna à la porte voisine. Un vieux monsieur ouvrit presque aussitôt et considéra Wallander avec sévérité. Son ventre dépassait de sa chemise déboutonnée et il tenait à la main un coupon de jeu à moitié rempli. Wallander crut voir qu'il s'agissait de courses de chevaux. Il lui montra sa carte de police.

— Nous cherchons Margareta Nystedt, dit-il.

— Qu'est-ce qu'elle a fait ? C'est une jeune femme très aimable. Son mari aussi.

— Nous avons juste besoin de quelques renseignements, dit Wallander. Elle n'est pas chez elle. Vous ne sauriez pas par hasard où nous pourrions la trouver ?

— Elle travaille pour les hydroglisseurs, dit l'homme. Elle est serveuse.

Wallander et Birch échangèrent un regard.

— Merci pour votre aide, dit Wallander. Bonne chance pour les courses.

Dix minutes plus tard, ils freinaient devant le terminal des hydroglisseurs.

— Je ne pense pas qu'on ait le droit de se garer ici, dit Birch.

— On s'en fout.

Wallander avait le sentiment de courir. S'il s'arrêtait, tout s'écroulerait.

Il ne leur fallut que quelques minutes pour apprendre que Margareta Nystedt travaillait ce matin-là à bord du *Sprinter*. Celui-ci venait de quitter Copenhague et était attendu à Malmö dans une demi-heure. Wallander en profita pour déplacer sa voiture. Birch s'assit sur un banc dans le hall des départs et se plongea dans la lecture d'un journal déchiré. Le responsable du terminal vint leur dire qu'ils pouvaient attendre dans une salle réservée au personnel et leur demanda s'il devait prendre contact avec le bateau.

— De combien de temps dispose-t-elle avant le prochain départ ? demanda Wallander.

– En principe, elle repart directement pour Copenhague.
– C'est impossible.
L'homme était serviable. Il promit de faire en sorte que Margareta Nystedt puisse rester à terre. Wallander l'avait assuré qu'elle n'était soupçonnée de rien.
À l'approche du bateau, il sortit sur le quai balayé par le vent. Lorsque les passagers commencèrent à franchir la passerelle, Wallander s'étonna de voir que tant de gens traversaient le détroit en milieu de semaine. Il était très impatient. Le dernier passager était un homme qui marchait avec des béquilles. Peu après, une femme en uniforme apparut sur le pont. Le responsable qui avait accueilli Wallander un peu plus tôt était à ses côtés et lui parlait en montrant Wallander du doigt. Margareta Nystedt s'engagea sur la passerelle. Elle était blonde, les cheveux coupés très courts, et plus jeune que Wallander ne s'y attendait. Elle s'immobilisa devant lui et croisa les bras. Elle avait froid.
– Vous vouliez me parler ? demanda-t-elle.
– Margareta Nystedt ?
– C'est moi.
– Je propose qu'on aille à l'intérieur. Ce n'est pas la peine de prendre froid ici.
– Je n'ai pas beaucoup de temps.
– Plus que vous ne le pensez. Vous ne ferez pas la prochaine traversée.
Elle s'immobilisa de surprise.
– Pourquoi donc ? Qui l'a décidé ?
– J'ai besoin de vous parler. Mais ne vous inquiétez pas.
Il eut soudain le sentiment qu'elle avait peur. Un court instant, il commença à croire qu'il s'était trompé. Que c'était elle qu'ils attendaient. Qu'il se trouvait déjà en présence de la cinquième femme, sans avoir eu à passer par la quatrième.
Puis il se rendit compte tout aussi vite que c'était invraisemblable. Margareta Nystedt était jeune et menue. Elle aurait été physiquement incapable d'exécuter les actes nécessaires. Il suffisait de la regarder pour comprendre que ce n'était pas la femme qu'ils cherchaient.
Ils entrèrent dans le bâtiment du terminal où les attendait Birch. Ils allèrent dans la salle réservée au personnel et prirent place dans de vieux fauteuils en plastique. Ils étaient seuls. Birch se présenta et elle lui serra la main. Sa main à elle était frêle. Comme une patte d'oiseau, pensa Wallander confusément.

Il considéra son visage. Elle pouvait avoir vingt-sept ou vingt-huit ans. Jupe courte. De belles jambes. Visage très maquillé. Comme si, pensa Wallander, elle cherchait à effacer quelque chose, dans ses traits, qui ne lui plaisait pas. Elle était inquiète.

– Je regrette que nous soyons obligés de prendre contact avec vous de cette manière, dit Wallander. Mais il y a parfois des choses qui ne peuvent pas attendre.

– Mon bateau, par exemple.

Sa voix avait une dureté imprévue. Wallander ne s'y attendait pas. Il ne savait pas au juste à quoi il s'attendait.

– Il n'y a pas de problème, dit-il. J'ai parlé avec l'un de vos chefs.

– Qu'est-ce que j'ai fait ?

Wallander la considéra pensivement. Elle n'avait pas la moindre idée de ce qu'ils lui voulaient. Aucun doute là-dessus.

Il sentit la trappe grincer sous ses pieds.

Son hésitation était très forte.

Elle répéta sa question : qu'avait-elle fait ?

Wallander jeta un regard à Birch et le surprit en train de loucher sur ses jambes.

– Katarina Taxell, dit Wallander. Vous la connaissez, n'est-ce pas ?

– Je sais qui elle est. Je ne sais pas si je la connais.

– Comment l'avez-vous connue ? Quelles étaient vos relations ?

Elle eut un brusque mouvement d'effroi.

– Il lui est arrivé quelque chose ?

– Non. Répondez à mes questions.

– Répondez à la mienne ! Je n'en ai qu'une. Pourquoi m'interrogez-vous à son sujet ?

Wallander comprit qu'il s'était montré trop impatient en voulant aller vite. Elle avait des raisons de se montrer agressive.

– Il n'est rien arrivé à Katarina. Elle n'est soupçonnée de rien. Pas plus que vous. Mais nous avons besoin de certaines informations la concernant. C'est tout ce que je peux dire. Quand vous aurez répondu à mes questions, je m'en irai d'ici. Et vous pourrez reprendre votre travail.

Elle le dévisageait en plissant les yeux. Il remarqua qu'elle commençait à le croire.

– Vous l'avez connue il y a trois ans environ. Vous étiez à l'époque employée des wagons-lits, en tant que serveuse.

Elle parut étonnée de ce qu'il fût si bien renseigné. Wallander eut l'impression qu'elle était sur ses gardes, ce qui le poussa à son tour à aiguiser son attention.

– C'est exact ? demanda-t-il.
– Naturellement. Je ne vais pas vous dire le contraire.
– Et vous connaissiez Katarina Taxell ?
– Oui.
– Comment l'avez-vous rencontrée ?
– Nous étions collègues.
Wallander lui jeta un regard perplexe.
– Katarina Taxell est enseignante, non ?
– Elle avait provisoirement arrêté. Pendant un temps, elle a travaillé pour les chemins de fer.
Wallander regarda Birch, qui secoua la tête. Lui aussi ignorait ce détail.
– Quand était-ce ?
– Au printemps 1991. Je ne peux pas vous répondre plus précisément.
– Et vous travailliez ensemble ?
– Pas toujours. Mais souvent.
– Et vous vous fréquentiez en dehors du travail ?
– Parfois. Mais nous n'étions pas proches. Nous nous amusions. Sans plus.
– Quand l'avez-vous rencontrée pour la dernière fois ?
– Nous nous sommes éloignées l'une de l'autre quand elle a cessé de travailler. Notre amitié n'était pas plus solide que cela.
Wallander constata qu'elle disait la vérité. D'ailleurs, elle n'était plus sur la défensive.
– Katarina avait-elle un fiancé au cours de cette période ?
– Je n'en sais rien.
– Vous dites que vous travailliez ensemble et que vous vous fréquentiez en dehors du travail. N'auriez-vous pas dû être au courant ?
– Elle n'a jamais parlé de qui que ce soit.
– Vous ne l'avez jamais vue en compagnie d'un homme ?
– Jamais.
– Avait-elle des amies, en dehors de vous ?
Margareta Nystedt réfléchit. Puis elle donna trois noms à Wallander ; ceux qu'il connaissait déjà.
– Personne d'autre ?
– Pas que je sache.
– Est-ce que le nom d'Eugen Blomberg vous dit quelque chose ?
– Ce n'est pas celui qui a été assassiné ?
– Oui. Katarina Taxell vous a-t-elle jamais parlé de lui ?
Elle le considéra avec une gravité soudaine.

– C'est elle qui l'a tué?

Wallander saisit la question au bond.

– Vous pensez qu'elle aurait été capable de tuer quelqu'un?

– Non. Katarina était quelqu'un de très pacifique.

Il hésita sur la manière de poursuivre.

– Vous travailliez sur la ligne Malmö-Stockholm, dit-il. Vous aviez sûrement beaucoup de travail. Mais il devait malgré tout vous rester pas mal de temps pour parler. Êtes-vous sûre qu'elle n'a jamais mentionné une autre amie? C'est très important.

Il vit qu'elle faisait un effort de mémoire.

– Non, dit-elle ensuite. Je ne m'en souviens pas.

Wallander avait perçu une hésitation infime dans sa voix, et elle s'en rendit compte aussitôt.

– Peut-être que si, corrigea-t-elle. Mais j'ai du mal à me rappeler.

– Quoi?

– Ce devait être un peu avant qu'elle ne quitte le service. J'avais été malade pendant une semaine. La grippe.

– Que s'est-il passé?

– Quand j'ai repris le travail, elle avait changé.

Wallander se tenait parfaitement immobile, tous les sens en alerte. Birch aussi avait senti qu'il se passait quelque chose.

– Changé de quelle manière?

– Je ne sais pas comment l'expliquer. Elle passait sans transition de l'abattement à l'exubérance et vice versa. Comme si elle avait été transformée.

– Essayez de décrire cette transformation. C'est peut-être très important.

– D'habitude, quand on n'avait rien à faire, on s'installait dans la petite cuisine de la voiture-bar. On bavardait, on feuilletait des magazines. Mais quand je suis revenue après mon congé maladie, on ne l'a plus fait.

– Que faisiez-vous à la place?

– Elle s'en allait.

Wallander attendit une suite qui ne vint pas.

– Elle quittait la voiture-bar? Elle ne pouvait pas quitter le train, tout de même. Qu'allait-elle faire?

– Elle ne le disait pas.

– Mais vous avez dû lui poser la question. Elle avait changé. Elle ne bavardait plus avec vous...

– Je lui ai peut-être posé la question. Je ne m'en souviens pas. Mais elle ne m'a pas répondu. Elle s'en allait, c'est tout.

– Systématiquement?

– Non. Tout à la fin, juste avant qu'elle ne quitte le service, elle a changé de nouveau. Comme si elle se retranchait à l'intérieur d'elle-même.

– Pensez-vous qu'elle rencontrait quelqu'un, dans le train? Un passager qui se trouvait toujours à bord? Cela paraît très étrange.

– Je ne sais pas si elle rencontrait quelqu'un.

Wallander n'avait plus de questions. Il jeta un regard à Birch, qui n'avait rien à ajouter.

L'hydroglisseur était en train de quitter le quai.

– Vous venez de gagner une pause, constata Wallander. Appelez-moi si vous vous souvenez d'autre chose. Je compte sur vous.

Il nota son nom et son numéro de téléphone sur un bout de papier et le lui tendit.

– Je ne me souviens de rien d'autre, dit-elle.

Elle se leva.

– Qui Katarina pouvait-elle rencontrer à bord du train? demanda Birch après son départ. Un passager qui fait la navette entre Malmö et Stockholm? En plus, le personnel ne doit pas toujours servir à bord du même train... Ça paraît complètement invraisemblable.

Wallander ne perçut que vaguement ce que lui disait Birch. Une idée venait de germer dans son esprit, et il ne voulait surtout pas la lâcher. Ce ne pouvait pas être un passager. Ce devait être quelqu'un qui se trouvait à bord du train pour les mêmes raisons qu'elle. Parce que c'était son métier.

Wallander leva la tête vers Birch.

– Qui travaille à bord d'un train? demanda-t-il.

– Je suppose qu'il y a quelqu'un dans la locomotive.

– À part ça?

– Des contrôleurs. Un ou plusieurs.

Wallander approuva de la tête. Il pensait aux conclusions d'Ann-Britt Höglund. Le vague contour d'un emploi du temps. Avec des congés fréquents, mais irréguliers. Comme en ont, par exemple, les gens qui travaillent à bord des trains.

Il se leva.

Il y avait aussi l'indicateur trouvé dans le tiroir secret de Katarina Taxell.

– Je crois que nous allons retourner voir Karl-Henrik Bergstrand, dit-il.

– Tu cherches d'autres serveuses?

Wallander ne répondit pas. Il avait déjà quitté le terminal.

Le visage de Karl-Henrik Bergstrand exprima tout sauf de la joie lorsqu'il ouvrit la porte de son bureau et reconnut ses visiteurs. Wallander ne marqua pas de temps d'arrêt. Il le repoussa presque à l'intérieur de son bureau et l'assit d'autorité dans son fauteuil.

– La même période, dit-il. Printemps 1991. Vous aviez à ce moment-là une employée du nom de Katarina Taxell. Vous ou la filiale qui vend le café, peu importe. Maintenant, je veux que tu me trouves le nom de tous les contrôleurs et de tous les conducteurs qui travaillaient à cette époque à bord des mêmes trains que Katarina Taxell. Je suis surtout intéressé par une certaine semaine au cours du printemps 1991 pendant laquelle Margareta Nystedt était en congé maladie. Compris ?

– Ce n'est pas possible, répliqua Karl-Henrik Bergstrand. Ce n'est pas sérieux. Il nous faudra des mois pour combiner toutes ces données.

– Disons que tu disposes de quelques heures, répondit Wallander aimablement. Si nécessaire, je demanderai au grand patron de la police à Stockholm d'appeler son collègue le directeur général des chemins de fer suédois pour se plaindre de la lenteur d'un certain fonctionnaire de Malmö.

Bergstrand avait compris. Il semblait même assez excité soudain à l'idée de relever le défi.

– On va faire l'impossible, dit-il. Mais ça prendra plusieurs heures.

– Si tu fais aussi vite que tu peux, je te laisse tout le temps que tu veux, répondit Wallander.

– Vous pouvez passer la nuit dans l'une des chambres de la gare. Ou à l'hôtel Prize, avec lequel nous avons un accord.

– Non, dit Wallander. On va faire autrement. Quand tu auras obtenu les renseignements, tu les faxes directement au commissariat d'Ystad.

Il était presque dix heures et demie lorsqu'ils ressortirent de la gare.

– Tu penses que c'est quelqu'un qui travaillait pour les chemins de fer à l'époque ?

– Oui. Il n'y a pas d'autre explication plausible.

Birch mit son bonnet.

– Alors, il n'y a plus qu'à attendre.

– Toi à Lund et moi à Ystad. Le magnéto doit rester chez Hedwig Taxell. Il se peut que Katarina la rappelle.

Ils se séparèrent devant la gare. Wallander récupéra sa voiture et quitta la ville. S'apprêtait-il enfin à ouvrir la dernière poupée russe? Qu'allait-il découvrir? Qu'elle était vide? Il ne savait rien. Il était extrêmement inquiet.

Au dernier rond-point avant l'autoroute vers Ystad, il s'arrêta pour faire le plein d'essence. En revenant à la voiture après avoir payé, il entendit que le portable posé sur le siège du passager bourdonnait. Il s'en empara brutalement. C'était Hansson.

– Où es-tu? demanda Hansson.

– En route vers Ystad.

– Je crois qu'il vaut mieux que tu viennes.

Wallander faillit lâcher l'appareil.

– Vous l'avez trouvée?

– Je crois.

Wallander ne dit rien.

Puis il prit la route de Lödinge.

Le vent soufflait de plus en plus fort. Il avait changé de direction. Il venait du nord.

35

Ils avaient trouvé un fémur. Rien de plus.

Plusieurs heures de travail furent ensuite nécessaires pour exhumer d'autres fragments de squelette. Le vent froid, soufflant par rafales, transperçait leurs vêtements et augmentait le côté déprimant de la tâche.

Le fémur était posé sur une bâche en plastique. Wallander pensa qu'ils avaient fait vite, malgré tout. Ils n'avaient excavé que vingt mètres carrés de terre, de manière assez superficielle, lorsqu'une bêche avait heurté l'os.

Un médecin arriva sur les lieux et examina la trouvaille en grelottant. Il fut bien obligé d'admettre qu'il s'agissait d'un os humain. Mais Wallander n'avait pas besoin de confirmations supplémentaires. Pour lui, il n'y avait aucun doute. Il s'agissait bel et bien des restes de Krista Haberman. Le travail se poursuivrait, ils parviendraient peut-être à reconstituer le squelette entier, et ils pourraient éventuellement déterminer de quelle manière elle avait été tuée. Holger Eriksson l'avait-il étranglée? L'avait-il abattue d'un coup de fusil? Que s'était-il passé exactement ce jour-là, vingt-sept ans plus tôt?

Wallander se sentait de plus en plus fatigué et triste à mesure qu'avançait l'interminable matinée. Le fait d'avoir eu raison ne lui était pas d'un réel réconfort. C'était comme de se trouver confronté à une histoire d'épouvante dont il aurait désespérément voulu détourner les yeux. Mais en même temps, il attendait fébrilement le résultat des recherches de Karl-Henrik Bergstrand. Après avoir passé quelques heures dans la boue avec Hansson et les autres policiers, il était retourné au commissariat. Entre-temps, Hansson avait été informé des événements de Malmö, de la rencontre avec Margareta Nystedt et de la découverte que Katarina Taxell, pendant une courte période de sa vie, avait travaillé comme serveuse de voiture-bar sur la ligne Malmö-Stockholm. À un moment donné, elle avait alors rencontré quelqu'un qui avait eu sur elle une influence décisive. Wallander ne savait même pas s'il s'agissait d'un homme ou d'une femme. Il était seulement certain que, lorsqu'ils auraient retrouvé cette personne, ils auraient aussi fait un grand pas vers le centre de cette enquête qui se dérobait depuis trop longtemps.

En arrivant au commissariat, il avait rassemblé ses collaborateurs, ceux du moins qui étaient là, pour leur répéter ce qu'il avait dit une demi-heure auparavant à Hansson. Il ne restait plus qu'à attendre l'arrivée du fax.

Pendant qu'ils étaient réunis, Hansson téléphona pour leur communiquer la découverte d'un tibia. Le malaise autour de la table était très fort. Wallander pensa que tous attendaient à présent le moment où le crâne surgirait dans la boue.

L'après-midi fut interminable. La première tempête d'automne s'apprêtait à s'abattre sur la Scanie. Les feuilles mortes tourbillonnaient sur l'asphalte du parking. Ils s'étaient tous attardés dans la salle de réunion, alors même qu'ils n'avaient pas de sujet urgent à discuter ensemble et que tous avaient différentes tâches qui les attendaient dans leur bureau. Mais, pensa Wallander, ce dont ils avaient surtout besoin maintenant, c'était de rassembler leurs forces. S'ils parvenaient à ouvrir une brèche dans l'enquête grâce aux informations qui arriveraient tôt ou tard de Malmö, ils pouvaient être sûrs qu'il y aurait énormément de choses à faire en peu de temps. C'est pourquoi ils se reposaient, assis ou à demi allongés dans les fauteuils autour de la table. Birch appela au cours de l'après-midi pour signaler que Hedwig Taxell n'avait jamais entendu parler de Margareta Nystedt, mais qu'elle ne comprenait pas comment elle avait pu oublier que sa fille Katarina avait à une époque de sa vie travaillé comme serveuse dans les trains. Birch souligna le fait qu'il ne mettait pas en cause sa sincérité. Martinsson ne cessait de quitter la pièce pour appeler chez lui. Wallander interrogea discrètement Ann-Britt Höglund, qui lui dit que Terese allait déjà beaucoup mieux. Martinsson n'avait pas reparlé de son projet de démission. Cela aussi, pensa Wallander, devait attendre. La vie elle-même était mise en attente lorsqu'on travaillait sur une enquête criminelle compliquée.

À seize heures, Hansson leur apprit qu'ils avaient trouvé un doigt. Peu après, il rappela pour annoncer la découverte du crâne. Wallander lui avait demandé s'il souhaitait être relevé. Mais il préférait rester. C'était inutile que quelqu'un d'autre s'enrhume, dit-il.

Un malaise glacé parcourut la salle lorsque Wallander expliqua qu'on avait selon toute vraisemblance retrouvé le crâne de Krista Haberman. Svedberg posa vivement le sandwich entamé qu'il tenait à la main.

Wallander le savait par expérience : un squelette ne signifiait rien tant qu'on n'avait pas trouvé le crâne. Alors seulement, il devenait possible d'apprendre quelque chose sur l'être humain disparu.

Dans cette atmosphère de fatigue et d'attente, où les membres de l'équipe se reposaient, éparpillés autour de la table, de brefs échanges avaient lieu de temps à autre. Différents détails étaient abordés. Quelqu'un posait une question. Un autre répondait, un détail était éclairci et le silence retombait.

Svedberg évoqua soudain Svenstavik.

– Holger Eriksson devait être un homme très particulier, dit-il. D'abord, il persuade une Polonaise de l'accompagner en Scanie. Dieu sait ce qu'il lui avait promis. Le mariage ? De l'argent ? Devenir la reine du roi de l'automobile ? Puis il l'assassine presque aussitôt. Près de trente années passent. Mais sentant approcher sa propre mort, il veut apaiser sa conscience en faisant une donation à l'église, là-haut dans le Jämtland.

– J'ai lu ses poèmes, dit Martinsson. En partie du moins. On ne peut nier qu'il fait preuve à l'occasion d'une certaine sensibilité.

– Vis-à-vis des oiseaux, intervint Ann-Britt Höglund. Pas des humains.

Wallander se rappela le chenil abandonné. Combien de temps était-il resté vide ? Hamrén prit un téléphone et réussit à joindre Sven Tyrén dans la cabine de son camion-citerne. Ce fut ainsi qu'ils obtinrent la réponse. Le dernier chien de Holger Eriksson avait été retrouvé mort un matin dans son chenil. Cela s'était passé quelques semaines avant l'assassinat de Holger Eriksson. Tyrén l'avait appris par sa femme, qui tenait l'information du facteur. Il ne savait pas de quoi le chien était mort. Mais il était assez âgé. Wallander pensa en silence que quelqu'un avait tué le chien pour éviter qu'il donne l'alerte. Et cette personne ne pouvait être que celle qu'ils recherchaient à présent.

Ils avaient obtenu un éclaircissement supplémentaire. Mais il leur manquait encore les connexions principales. Rien n'était encore vraiment élucidé.

À seize heures trente, Wallander téléphona à Malmö. Karl-Henrik Bergstrand prit la communication. Ils étaient en plein travail, dit-il. Ils pourraient bientôt leur transmettre les noms et les autres renseignements demandés par Wallander.

L'attente se poursuivit. Ils eurent un appel d'un journaliste qui voulait savoir ce qu'ils recherchaient sur les terres de Holger Eriksson. Wallander prétexta des raisons techniques liées à l'enquête. Mais il demeura courtois, aussi aimable que le lui permettait la fatigue. Lisa Holgersson resta avec eux pendant la plus grande partie de leur longue attente, s'absentant uniquement pour une visite à Lödinge en compagnie de Per Åkeson. Mais, contrairement à leur ancien chef Björk, elle ne dit pas grand-chose. Wallander songea qu'ils étaient très différents. Björk aurait profité de l'occasion pour se plaindre du dernier mémo de la direction centrale. D'une manière ou d'une autre, il aurait réussi à le relier à l'investigation en cours. Lisa Holgersson réagissait différemment. Wallander pensa distraitement qu'ils étaient bien tous les deux, chacun à sa manière.

Hamrén jouait au morpion sur un coin de table, Svedberg tâtait sa calvitie à la recherche de cheveux rescapés, et Ann-Britt Höglund avait fermé les yeux. Wallander se levait de temps à autre et allait faire un tour dans le couloir. Il se sentait très fatigué. Il se demanda si le silence de Katarina Taxell signifiait quelque chose. Devaient-ils malgré tout lancer un avis de recherche ? Il hésitait. Il craignait d'alarmer la femme, de la pousser à la fuite. Il entendit le téléphone sonner dans la salle de réunion et se dépêcha de revenir sur ses pas. Il s'immobilisa à la porte. Svedberg avait décroché. Wallander forma le mot *Malmö* avec les lèvres. Svedberg fit non de la tête. C'était à nouveau Hansson.

– Une côte cette fois, dit Svedberg après avoir raccroché. Il n'est peut-être pas obligé de téléphoner chaque fois qu'ils trouvent un os ?

Wallander se rassit. Le téléphone sonna à nouveau. Svedberg décrocha une fois de plus. Il écouta brièvement avant de tendre le combiné à Wallander.

– Ça va arriver dans quelques minutes sur votre fax, dit Karl-Henrik Bergstrand. Je crois qu'on a tous les renseignements.

– Dans ce cas, vous avez bien travaillé. Si on a besoin d'explications ou d'informations complémentaires, je te rappelle.

– Je n'en doute pas une seconde, dit Bergstrand.

Ils firent cercle autour du télécopieur. Au bout de quelques minutes, la machine se mit à crépiter. Wallander constata aussitôt que la liste comportait bien plus de noms qu'il ne s'y attendait. Ils commencèrent par arracher les pages et en faire plusieurs photocopies. De retour dans la salle de réunion, ils examinèrent les documents en silence. Wallander compta trente-deux noms. Dont dix-sept femmes contrôleurs. Il ne reconnaissait aucun d'entre eux. Les

combinaisons possibles semblaient infinies. Il dut chercher longtemps avant de trouver la semaine où le nom de Margareta Nystedt
ne figurait pas. Pas moins de onze femmes contrôleurs avaient travaillé aux jours et aux heures où Katarina Taxell servait dans la voiture-bar. D'autre part, il n'était pas sûr d'avoir vraiment compris
toutes les abréviations et les codes désignant les différentes personnes et leurs emplois du temps.

Un court instant, Wallander sentit le découragement le gagner
une fois de plus. Il se força à le chasser et tambourina avec son
crayon sur la table.

– Ça fait beaucoup de monde, dit-il. Si je ne me trompe pas du
tout au tout, nous devons commencer par nous intéresser à onze
contrôleurs et responsables féminins. S'ajoutent à cela quatorze
hommes. Mais je veux que nous commencions par les femmes.
Reconnaissez-vous un nom parmi ceux qui figurent sur cette liste ?

Ils se penchèrent à nouveau sur leurs papiers. Personne ne put établir de rapprochement avec de précédentes étapes de l'enquête. Wallander regrettait l'absence de Hansson, qui possédait la meilleure
mémoire du groupe. Il demanda à l'un des policiers de Malmö de
faire une copie de la liste et de veiller à ce que quelqu'un l'apporte à
Hansson.

– Allons-y, dit-il lorsque le policier eut quitté la pièce. Onze
femmes. Il faut se renseigner sur chacune d'entre elles. À un
moment donné, avec un peu de chance, nous trouverons un point
de recoupement avec l'enquête. On se les partage. Et on commence
tout de suite. La soirée risque d'être longue.

Ils se répartirent les noms et quittèrent la salle de réunion. Le
court instant d'impuissance ressenti par Wallander avait disparu. Il
sentait que la chasse venait de commencer. La longue attente touchait à sa fin.

Vers vingt-trois heures, Wallander sentit le découragement le
gagner à nouveau. Pour tout résultat, ils avaient réussi à éliminer
deux noms de la liste. Une femme était décédée dans un accident de
la route longtemps avant que Holger Eriksson ne soit retrouvé mort
dans son fossé. La seconde figurait sur la liste par erreur ; à l'époque,
elle travaillait déjà dans les services administratifs, à Malmö. C'était
Karl-Henrik Bergstrand qui avait découvert l'erreur et l'avait aussitôt signalée à Wallander.

Ils étaient à la recherche d'éventuels points de recoupement, sans en
trouver un seul. Ann-Britt Höglund entra dans le bureau de Wallander.

– Qu'est-ce que je fais de celle-ci ? demanda-t-elle en agitant un papier.

– Qui ?

– Anneli Olsson, trente-neuf ans, mère de quatre enfants. Vit à Ängelholm, mariée à un pasteur presbytérien. Elle travaillait auparavant comme préposée au buffet dans un hôtel d'Ängelholm. Puis, ne me demande pas pourquoi, elle s'est recyclée. Si j'ai bien compris, elle est très croyante. Elle travaille à bord des trains, s'occupe de sa famille et consacre ses rares loisirs à des travaux d'aiguille au profit des missions. Qu'est-ce que j'en fais ? Je la convoque pour interrogatoire ? Je lui demande si elle a tué trois hommes au cours du mois écoulé et si elle sait où trouver Katarina Taxell et son nourrisson ?

– Laisse tomber, dit Wallander.

Hansson était revenu de Löding vers vingt heures, au moment où la pluie et le vent rendaient impossible la poursuite du travail. Il les informa qu'il aurait besoin de renforts s'il devait continuer à creuser. Puis il se plongea sans transition dans les recherches concernant les neuf femmes qui restaient sur la liste. Wallander avait en vain tenté de le renvoyer chez lui, pour qu'il se change, au moins. Mais Hansson avait refusé. Wallander devina qu'il voulait oublier le plus vite possible la journée désagréable qu'il venait de vivre.

Peu après vingt-trois heures, Wallander était au téléphone et tentait de retrouver la trace d'un proche susceptible de lui donner des informations sur une contrôleuse du nom de Wevin, qui avait changé cinq fois d'adresse au cours de l'année écoulée. Elle sortait d'une procédure de divorce compliquée et se trouvait la plupart du temps en congé maladie. Il était sur le point de composer une fois de plus le numéro des renseignements lorsque Martinsson apparut à la porte. En voyant son expression, Wallander reposa immédiatement le combiné.

– Je crois que je l'ai trouvée, dit Martinsson lentement. Yvonne Ander. Quarante-sept ans.

– Qu'est-ce qui te fait penser que c'est elle ?

– D'abord le fait qu'elle habite ici, à Ystad. Dans Liregatan.

– Quoi d'autre ?

– Elle paraît étrange, pour plusieurs raisons. Fuyante. Comme toute cette enquête. Mais son passé devrait nous intéresser. Elle a été aide-soignante, et aussi ambulancière.

Wallander le dévisagea un court instant en silence. Puis il se leva.

– Va chercher les autres, dit-il. Maintenant, tout de suite.

Quelques instants plus tard, ils étaient à nouveau rassemblés dans la salle de réunion.

— Martinsson l'a peut-être trouvée, dit Wallander. Et elle habite ici, à Ystad.

Martinsson leur communiqua tous les renseignements qu'il avait réussi à obtenir sur Yvonne Ander.

— Elle a donc quarante-sept ans. Elle est née à Stockholm. Il semblerait qu'elle soit arrivée en Scanie il y a quinze ans. Les premières années, elle vivait à Malmö, puis elle a déménagé pour venir ici, à Ystad. Elle travaille pour les chemins de fer depuis dix ans. Mais avant cela, probablement dans sa jeunesse, elle a passé un diplôme d'aide-soignante et elle a longtemps travaillé dans les hôpitaux. J'ignore évidemment pourquoi elle a tout à coup changé d'orientation. Elle a aussi été assistante ambulancière. Et elle est restée pendant de longues périodes sans emploi.

— Qu'a-t-elle fait pendant ce temps-là ? demanda Wallander.

— Il y a beaucoup de lacunes.

— Elle est mariée ?

— Non. Elle vit seule.

— Divorcée ?

— Je ne sais pas. Elle n'a pas d'enfants. Je ne pense pas qu'elle ait jamais été mariée. Mais ses horaires coïncident avec ceux de Katarina Taxell.

Martinsson posa son bloc-notes.

— Autre chose, dit-il ensuite. Ce qui m'a fait réagir en tout premier lieu, c'est qu'elle est membre de l'association sportive des chemins de fer à Malmö. Ça n'a rien d'extraordinaire en soi. Ce qui m'a surpris, c'est qu'elle a choisi la musculation.

Un grand silence se fit autour de la table.

— En d'autres termes, poursuivit Martinsson, elle devrait être plutôt athlétique. N'est-ce pas une femme d'une force physique inhabituelle que nous recherchons ?

Wallander évalua rapidement la situation. Se pouvait-il que ce soit elle ? Puis il se décida.

— Nous laissons de côté tous les autres noms jusqu'à nouvel ordre, dit-il. Tout le monde se concentre sur Yvonne Ander. Reprends tout depuis le début. Lentement.

Martinsson répéta ce qu'il venait de dire et ils posèrent de nouvelles questions. Il manquait beaucoup d'informations. Wallander jeta un coup d'œil à sa montre. Il était minuit moins le quart.

— Je crois que nous allons lui parler dès ce soir.

– Si elle ne travaille pas, dit Ann-Britt Höglund. Si on regarde les listes, on constate qu'elle est parfois de service la nuit. Ce qui paraît curieux. Il semblerait que les autres contrôleurs travaillent soit de jour, soit de nuit, pas les deux. Mais je me trompe peut-être...

– De toute façon, dit Wallander, soit elle est chez elle, soit elle ne l'est pas.

– De quoi allons-nous lui parler ?

La question venait de Hamrén. Elle était justifiée.

– Cela ne me paraît pas invraisemblable de penser que Katarina Taxell est là-bas, dit Wallander. Même si ce n'est pas le cas, ça peut nous servir de prétexte. Sa mère est inquiète. Commençons par là. Nous n'avons aucune preuve contre elle. Nous n'avons rien. Je voudrais obtenir des empreintes digitales.

– Pas d'intervention en force, autrement dit, conclut Svedberg.

Wallander désigna Ann-Britt Höglund d'un mouvement de tête.

– Je pensais que nous pourrions y aller à deux, avec une autre voiture pour nous épauler en cas de besoin.

– Quel besoin ? demanda Martinsson.

– Je ne sais pas.

– N'est-ce pas un peu irresponsable ? demanda Svedberg. Nous la soupçonnons malgré tout d'actes assez violents.

– On sera armés, bien sûr, répondit Wallander.

Ils furent interrompus par quelqu'un du central, qui frappa à la porte entrebâillée.

– On a un message d'un médecin de Lund, dit-il. Il a fait un examen préliminaire des restes de squelette que vous avez trouvés. Il pense qu'ils proviennent d'une femme. Et qu'ils sont en terre depuis longtemps.

– Bien, dit Wallander. Ça fait une question de moins. À défaut d'autre chose, nous sommes en passe d'élucider une disparition qui remonte à vingt-sept ans.

Le policier quitta la pièce. Wallander reprit le fil de la discussion.

– Je ne pense pas qu'il y ait de danger.

– Que dirons-nous si jamais Katarina Taxell n'est pas là ? Nous avons malgré tout l'intention de frapper à sa porte en pleine nuit.

– Nous l'interrogerons à propos de Katarina. Nous sommes à sa recherche. Rien d'autre.

– Et si elle n'est pas chez elle ?

Wallander n'eut pas besoin de réfléchir.

– Dans ce cas, dit-il, on entre. La deuxième voiture nous prévient si quelqu'un arrive. On évite de débrancher les portables. Pendant ce temps, je veux que les autres attendent ici. Je sais qu'il est tard. Mais on n'y peut rien.

Personne n'avait d'objection à formuler.

Peu après minuit, ils quittaient le commissariat. Le vent avait atteint force de tempête. Ils prirent la voiture d'Ann-Britt Höglund ; Martinsson et Svedberg les suivaient. La rue qu'ils cherchaient, Liregatan, était située en plein centre. Ils se garèrent un pâté de maisons plus loin. La ville était déserte. Ils n'avaient croisé qu'une seule voiture, et c'était une patrouille de police. Wallander se demanda fugitivement si les nouveaux commandos à bicyclette qu'on leur annonçait seraient en mesure d'intervenir en cas de tempête.

Yvonne Ander habitait une ancienne maison à colombages restaurée, divisée en trois appartements, le sien étant celui du milieu. Sa porte donnait directement sur la rue. Ils contemplèrent la façade depuis le trottoir opposé. En dehors d'une fenêtre éclairée, à gauche, la maison était plongée dans l'obscurité.

– Ou bien elle dort, dit Wallander, ou bien elle n'est pas chez elle. Mais nous devons partir de l'idée qu'elle y est.

Il était minuit vingt. Le vent soufflait fort.

– C'est elle ? demanda Ann-Britt Höglund.

Wallander constata qu'elle avait froid et qu'elle paraissait mal assurée. Était-ce parce qu'ils étaient à la recherche d'une femme ?

– Oui, répondit-il. Bien sûr que c'est elle.

Ils traversèrent la rue. La voiture de Martinsson et Svedberg se trouvait sur leur gauche, lumières éteintes. Ann-Britt Höglund sonna. Wallander colla son oreille contre la porte et perçut l'écho de la sonnerie à l'intérieur de l'appartement. Ils attendirent dans un état de tension extrême. Il lui fit signe de sonner à nouveau. Puis une troisième fois.

– Elle dort ? demanda Ann-Britt.

– Non. Je crois qu'elle n'est pas là.

Il essaya d'ouvrir la porte. Elle était fermée à clé. Il recula et fit un signe en direction de la voiture. Martinsson descendit. C'était le meilleur de l'équipe lorsqu'il s'agissait d'ouvrir les portes sans recourir à la force. Il avait emporté une lampe de poche et plusieurs outils. Wallander lui tint la lampe pendant qu'il travaillait. Il lui fallut plus de dix minutes pour faire jouer la serrure. Il récupéra sa lampe et retourna à la voiture. Wallander jeta un regard circulaire. La rue était déserte. Il entra, suivi d'Ann-Britt Höglund. Ils s'immobilisèrent et tendirent l'oreille. Il n'y avait apparemment pas de fenêtre dans l'entrée. Wallander alluma. À gauche, une salle de séjour basse de plafond, à droite une cuisine. Un escalier étroit, devant eux, conduisait au premier étage. Les marches grincèrent sous leurs pas. Il y avait trois chambres à coucher là-haut. Toutes les trois étaient vides. Il n'y avait personne dans l'appartement.

Il essaya d'évaluer la situation. Il était près d'une heure du matin. Était-il probable que la femme qui vivait là revienne au cours de la nuit ? Peu d'arguments penchaient en faveur de cette hypothèse. Par exemple, le fait qu'elle se trouvait en compagnie de Katarina Taxell et d'un nourrisson. Allait-elle les déplacer en pleine nuit ?

Wallander s'approcha d'une porte vitrée dans l'une des chambres et découvrit qu'elle donnait sur un balcon. Celui-ci était presque entièrement occupé par de grands pots de fleurs. Mais les pots étaient vides. Aucune fleur. Rien que de la terre. L'image du balcon et des pots vides le mit brusquement mal à l'aise. Il se hâta de quitter la chambre et ils redescendirent dans le hall d'entrée.

– Va chercher Martinsson, dit-il. Et demande à Svedberg de retourner au commissariat. Je crois qu'Yvonne Ander a un autre lieu de résidence, probablement une maison. Il faut la trouver.

– On ne surveille pas la rue ?

– Elle ne reviendra pas cette nuit. Mais on maintient la surveillance, bien sûr. Demande à Svedberg de s'en occuper.

Ann-Britt Höglund s'apprêtait à partir lorsqu'il la rappela. Il regarda autour de lui, alla à la cuisine et alluma la lumière au-dessus de l'évier où traînaient deux tasses pas encore lavées. Il les enveloppa dans un torchon et les lui tendit.

– Empreintes, dit-il. Donne-les à Svedberg, pour qu'il les passe à Nyberg. Ça peut être décisif.

Il remonta au premier étage. Entendant le bruit du verrou, en bas, il resta quelques instants immobile dans la pénombre. Puis ce qu'il fit le prit lui-même au dépourvu. Il alla à la salle de bains, saisit une serviette et la renifla. Il sentit vaguement la trace d'un parfum inhabituel.

Mais l'odeur lui rappela aussi brusquement autre chose.

Il essaya de se rappeler de quoi il s'agissait. Le souvenir d'une odeur. Il la respira à nouveau. Sans résultat. Pourtant, il la reconnaissait.

Il avait déjà senti cette odeur quelque part. À une autre occasion. Où et quand ? C'était tout récemment.

Il sursauta en entendant la porte du rez-de-chaussée s'ouvrir. L'instant d'après, Martinsson et Ann-Britt Höglund apparurent dans l'escalier.

– Alors on commence, dit Wallander. Nous ne sommes pas seulement à la recherche de tout ce qui pourrait l'associer aux meurtres. Nous cherchons aussi une indication qu'elle possède réellement un autre lieu de résidence. Je veux savoir où.

– Pourquoi aurait-elle une deuxième résidence ? demanda Martinsson.

Ils parlaient à voix basse, comme si la personne qu'ils cherchaient se trouvait tout près d'eux et pouvait les entendre.

– Katarina Taxell, dit Wallander. Le nourrisson. De plus, nous avons toujours émis l'hypothèse que Gösta Runfeldt avait été séquestré pendant trois semaines. J'ai la quasi-certitude que ce n'était pas ici, dans le centre d'Ystad.

Martinsson et Ann-Britt Höglund restèrent au premier étage, pendant que Wallander redescendait au rez-de-chaussée. Il ferma les rideaux du séjour et alluma quelques lampes. Puis il se posta au milieu de la pièce et tourna lentement sur lui-même en regardant autour de lui. La femme qui vivait là avait de beaux meubles. Et elle fumait. Il considéra un cendrier posé sur une petite table à côté d'un canapé en cuir. Il n'y avait pas de mégots. Mais des traces de cendre. Des tableaux et des photographies ornaient les murs. Il s'approcha et examina certaines toiles. Des natures mortes et des bouquets de fleurs, d'une facture assez médiocre. En bas à droite, une signature. *Anna Ander – 58.* Une parente, donc. Il songea qu'Ander était un nom inhabituel. Qui figurait d'ailleurs dans les annales criminelles suédoises, même si le contexte lui échappait pour l'instant. Il contempla l'une des photographies encadrées. Une ferme de Scanie, prise en plongée. Wallander devina que le photographe avait grimpé sur un toit ou une grande échelle. Il fit le tour de la pièce. Essaya de sentir la présence de cette femme. Pourquoi était-ce si difficile ? Tout donne une impression d'abandon, pensa-t-il. Un abandon méticuleux, ordonné. Elle n'est pas souvent là. Elle passe son temps ailleurs.

Il avança jusqu'au secrétaire, placé contre le mur. Par la fente des rideaux, il entrevit une petite cour. La fenêtre était mal calfeutrée. Il sentit le courant d'air froid. Il tira la chaise, s'assit et essaya d'ouvrir le plus grand tiroir. Il n'était pas fermé à clé. Une voiture passa dans la rue. Wallander vit la lumière des phares se refléter dans une vitre avant de disparaître. Puis le silence retomba, troublé par le seul bruit du vent. Le tiroir était rempli de lettres. Il chercha ses lunettes et prit la première enveloppe qui lui tombait sous la main. L'expéditeur était A. Ander. Une adresse en Espagne. Il sortit la lettre et la lut rapidement. Anna Ander était sa mère. Cela apparaissait immédiatement. Elle décrivait un voyage. À la dernière page, elle mentionnait son intention de se rendre en Algérie. La lettre était datée du mois d'avril 1993. Il la reposa à l'endroit où il l'avait prise. Le plancher grinçait au premier étage. Il tâta le fond du tiroir. Rien. Il commença à examiner le contenu des autres tiroirs. Même des papiers, pensa-t-il, peuvent donner l'impression d'avoir été abandonnés. Rien ne retint son attention. *C'était trop vide pour être naturel.* À présent, il était convaincu qu'elle vivait ailleurs. Il continua d'explorer les tiroirs.

Le plancher grinçait à l'étage.

Il était une heure trente du matin.

*

Elle conduisait dans la nuit, avec un sentiment de grande fatigue. Katarina s'était montrée inquiète, et il avait fallu l'écouter pendant plusieurs heures. Elle s'interrogeait souvent sur la faiblesse de ces femmes, qui se laissaient maltraiter, torturer, tuer... Si elles en réchappaient, elles passaient ensuite leurs nuits à se plaindre. Elle ne les comprenait pas. Là, au volant de sa voiture, en pleine nuit, elle se dit qu'au fond elle les méprisait. Parce qu'elles n'opposaient aucune résistance.

Il était une heure du matin. Normalement, elle aurait dû dormir. Elle commençait son service tôt le lendemain. Au départ, elle avait eu l'intention de passer la nuit à Vollsjö, mais finalement, elle avait osé laisser Katarina seule avec le bébé. Elle l'avait convaincue de rester. Encore quelques jours, peut-être une semaine. Elles allaient rappeler sa mère le lendemain soir. Katarina lui parlerait. Elle serait à ses côtés. Elle ne pensait pas que Katarina commettrait un impair. Mais elle voulait être présente malgré tout.

Il était une heure dix lorsqu'elle arriva à Ystad.

En tournant au coin de Liregatan, elle sentit instinctivement le danger. La voiture en stationnement, phares éteints. Elle ne pouvait pas faire demi-tour. Elle devait continuer. Au passage, elle jeta un rapide coup d'œil à la voiture et vit qu'il y avait deux hommes à l'avant. Elle devina aussi que la lumière était allumée dans son appartement. La rage la fit appuyer sur l'accélérateur. La voiture bondit. Elle freina tout aussi brutalement après avoir tourné au coin de la rue. Ils l'avaient donc trouvée. Ceux qui surveillaient l'immeuble de Katarina Taxell. Maintenant, ils étaient chez elle. Elle sentit monter le vertige. Mais ce n'était pas de la peur. Rien dans l'appartement ne pouvait les conduire jusqu'à Vollsjö. Rien ne trahissait qui elle était. Rien d'autre que son nom.

Elle resta assise immobile. Le vent sifflait autour de la voiture. Elle avait coupé le moteur et éteint les phares. Elle était obligée de retourner à Vollsjö. Elle comprenait à présent pourquoi elle en était partie : pour vérifier si les hommes qui la poursuivaient avaient pénétré dans sa maison. Elle avait encore beaucoup d'avance. Ils ne la rattraperaient jamais. Elle continuerait de déplier ses petits papiers tant qu'il y aurait des noms sur la liste. Jusqu'au dernier.

Elle remit le contact. Décida de repasser devant sa maison.

La voiture était toujours là. Elle freina à une vingtaine de mètres de chez elle. Malgré la distance et l'étroitesse de l'angle, elle put voir que les rideaux de son appartement étaient fermés. Ceux qui se trouvaient à l'intérieur avaient allumé la lumière. Ils fouillaient à présent. Mais ils ne trouveraient rien.

Elle accéléra. S'obligea à le faire discrètement, non pas sur les chapeaux de roues, comme elle en avait l'habitude.

Lorsqu'elle arriva à Vollsjö, Katarina Taxell et son enfant dormaient. Il n'arriverait rien. Tout continuerait conformément à ses plans.

*

Wallander était à nouveau penché sur les liasses de lettres lorsqu'il entendit des pas rapides dans l'escalier. Il se leva. C'était Martinsson, suivi d'Ann-Britt Höglund.

– Je crois que tu devrais jeter un coup d'œil à ça, dit Martinsson.

Il était pâle et s'exprimait d'une voix mal assurée. Il posa sur la table un carnet usé à la reliure noire. Wallander mit ses lunettes, ouvrit le carnet et vit une liste de noms. Chacun était assorti d'un numéro en marge. Il fronça les sourcils.

– Feuillette-le, dit Martinsson. Quelques pages.

Wallander obéit. La liste de noms, encore. Les flèches et les ratures évoquaient un brouillon.

– Encore quelques pages, dit Martinsson.

Il était manifestement secoué.

La liste des noms revenait. Cette fois, les changements et les flèches étaient moins nombreux.

Ce fut alors qu'il l'aperçut.

Le premier nom familier. Gösta Runfeldt. Puis les autres, Holger Eriksson et Eugen Blomberg. En face de leur nom, une date.

Celle de leur mort.

Wallander leva la tête vers Martinsson et Ann-Britt Höglund. Ils étaient tous deux très pâles.

Il n'y avait plus aucun doute. Ils avaient trouvé.

– Il y a plus de quarante noms dans ce carnet, dit Wallander. A-t-elle l'intention de les tuer tous?

– Nous pouvons en tout cas deviner qui est le prochain, dit Ann-Britt.

Elle l'indiqua du doigt.

Tore Grundén. Son nom était assorti d'un point d'exclamation rouge. Mais aucune date n'était inscrite dans la marge de droite.

– Il y a une feuille volante à la fin, ajouta-t-elle.

Wallander la prit avec précaution. C'était une série de notes rédigées avec un soin minutieux. Wallander pensa de façon fugitive que l'écriture lui rappelait celle de son ex-femme, Mona. Les lettres étaient arrondies, les lignes régulières, sans ratures ni modifications. Mais le contenu était difficile à interpréter. Que signifiaient ces notes? Des chiffres, la ville de Hässleholm, une date, quelque chose qui pouvait ressembler à un horaire. 07. 50. La date était celle du lendemain : samedi 22 octobre.

– Qu'est-ce que c'est censé signifier? demanda Wallander. Tore Grundén va descendre à Hässleholm à sept heures cinquante?

– Il doit peut-être prendre un train, dit Ann-Britt Höglund.

Wallander comprit. Il n'eut pas besoin de réfléchir davantage.

– Appelle Birch à Lund. Il a le numéro de quelqu'un qui s'appelle Karl-Henrik Bergstrand à Malmö. Il faut qu'il réveille Bergstrand pour qu'il réponde à une question. Yvonne Ander est-elle de service à bord du train qui s'arrête ou qui part de Hässleholm à sept heures cinquante demain matin?

Martinsson sortit son téléphone portable. Wallander regardait fixement le carnet de notes ouvert.

– Où est-elle? demanda Ann-Britt. Maintenant? Nous savons où elle sera probablement demain matin…

Wallander leva la tête vers elle. À l'arrière-plan, il entrevoyait les tableaux. Soudain, il comprit. Il aurait dû le voir immédiatement. Il s'approcha du mur et décrocha la photographie encadrée de la ferme. La retourna. *Hansgården à Vollsjö. 1965.* Quelqu'un avait noté le nom de la ferme à l'encre.

– C'est là qu'elle vit, dit-il. Et c'est probablement là qu'elle se trouve en ce moment.

– Qu'est-ce qu'on fait?

– On y va et on l'arrête, répliqua Wallander.

Martinsson avait réussi à joindre Birch. L'entretien fut bref.

— Il va réveiller Bergstrand, dit Martinsson.

Wallander tenait le carnet de notes à la main.

— Alors on y va, dit-il. On prend les autres au passage.

— Est-ce qu'on sait où se trouve cette ferme ? demanda Ann-Britt.

— On la trouvera dans notre registre immobilier, dit Martinsson. Ça va me prendre dix minutes au maximum.

Ils étaient très pressés. À deux heures cinq, ils étaient de retour au commissariat. Ils rassemblèrent leurs collègues fatigués, et Martinsson chercha la ferme de Hansgården dans ses ordinateurs. Cela lui demanda plus de temps que prévu. Il n'était pas loin de trois heures lorsqu'il obtint la réponse. Ils cherchèrent l'endroit sur la carte. La ferme se trouvait un peu en dehors de l'agglomération.

— On prend nos armes ? demanda Svedberg.

— Oui, dit Wallander. Mais n'oublions pas que Katarina Taxell est là. Avec le bébé.

Nyberg surgit au même moment dans la salle de réunion. Il avait les cheveux en pagaille et les yeux injectés de sang.

— On a trouvé ce qu'on cherchait, dit-il. Sur l'une des deux tasses. L'empreinte correspond. La même que sur la valise. La même que sur le mégot. Comme ce n'est pas un pouce, je ne peux pas affirmer avec certitude que c'est la même que sur la balustrade de la tour d'observation. La chose étrange, c'est qu'on dirait que l'empreinte de la tour est plus récente. Comme si elle était retournée là-bas. À supposer que ce soit elle. Mais il faut croire que oui. Qui c'est ?

— Yvonne Ander, dit Wallander. Et maintenant on va aller la chercher. On attend juste des nouvelles de Bergstrand.

— Est-ce vraiment nécessaire ? demanda Martinsson.

— Une demi-heure. Pas davantage.

Ils attendirent. Martinsson quitta la pièce pour vérifier que l'appartement de Liregatan était toujours sous surveillance.

Le téléphone sonna après vingt-deux minutes. C'était Bergstrand.

— Yvonne Ander est de service à bord du train qui part de Malmö demain matin en direction du nord, dit-il.

— Ça fait une incertitude en moins, répondit Wallander, laconique.

Il était quatre heures moins le quart lorsqu'ils quittèrent Ystad. La tempête avait atteint son point culminant.

La dernière chose que fit Wallander fut de passer encore deux coups de fil. L'un à Lisa Holgersson, l'autre à Per Åkeson.

Ni l'un ni l'autre n'avait d'objection à formuler.

Ils devaient l'arrêter le plus vite possible.

36

Peu après cinq heures, ils étaient regroupés autour de la ferme de Hansgården. Il soufflait un vent de tempête, et ils étaient tous frigorifiés. Au terme d'une courte discussion, il avait été décidé que Wallander et Ann-Britt Höglund entreraient seuls. Les autres avaient pris position de manière à encercler le bâtiment tout en gardant un contact rapproché avec au moins un collègue.

Ils avaient laissé les voitures assez loin et s'étaient approchés de la ferme à pied. Wallander avait immédiatement repéré la Golf rouge garée devant la maison. Au cours du trajet depuis Ystad, il s'était inquiété à l'idée qu'Yvonne Ander serait peut-être déjà partie. Mais sa voiture était là. Elle était donc encore chez elle. La maison était silencieuse, plongée dans le noir. Rien ne bougeait. Et il n'y avait apparemment pas de chiens de garde.

Tout s'était passé très vite. Une fois le dispositif en place, Wallander demanda à Ann-Britt Höglund de prévenir les autres par talkie-walkie qu'ils allaient attendre quelques minutes avant d'entrer.

Attendre quoi ? Elle n'avait pas compris. Wallander ne lui donna aucune explication. Avait-il besoin de se préparer ? D'achever une mise au point intérieure ? De suspendre le cours des événements pendant quelques instants pour réfléchir à tout ce qui s'était passé ? Il se tenait immobile dans l'obscurité. Il avait froid. Tout lui paraissait irréel. Pendant un mois, ils avaient traqué une ombre étrange qui ne cessait de se dérober. Maintenant, enfin, ils touchaient au but. À la battue qui mettrait un terme à la chasse. Il devait se libérer du sentiment d'irréalité qu'il éprouvait encore. En particulier vis-à-vis de la femme qui se trouvait dans cette maison et qu'ils s'apprêtaient à arrêter. Il lui fallait un trou d'air. C'était pour cela qu'il leur avait demandé d'attendre.

Il se tenait avec Ann-Britt Höglund contre une grange délabrée, à l'abri du vent. La porte d'entrée de la maison était à vingt-cinq mètres environ. Le temps passait. L'aube serait bientôt là. Ils ne pouvaient plus repousser l'échéance.

Ils étaient armés, à la demande de Wallander. Mais il avait spécifié que tout devait se passer dans le calme. À cause notamment de la présence de Katarina Taxell et de son bébé.

Rien ne devait mal tourner. Le plus important, c'était qu'ils gardent leur calme.

– On y va, dit-il. Transmets.

Elle parla à voix basse dans le talkie-walkie et obtint une série de confirmations que le message était reçu. Puis elle sortit son arme. Wallander secoua la tête.

– Non, dit-il. Mais souviens-toi dans quelle poche tu l'as mise.

La maison était toujours aussi silencieuse. Aucun mouvement. Wallander marchait devant, couvert par Ann-Britt Höglund. Le vent soufflait encore très fort. Wallander jeta de nouveau un regard à sa montre. Cinq heures dix-neuf. Yvonne Ander devait être levée si elle voulait prendre son service à bord du train. Ils s'immobilisèrent devant la porte. Wallander prit une profonde inspiration, frappa et recula d'un pas en serrant l'arme dans la poche droite de sa veste. Rien. Il avança et frappa à nouveau, en même temps qu'il tournait la poignée. La porte était verrouillée de l'intérieur. Il frappa à nouveau. Soudain, il sentit l'inquiétude le gagner. Il cogna à la porte. Aucune réaction. Quelque chose clochait.

– On entre en force, dit-il. Transmets. Qui a le pied-de-biche? Pourquoi n'est-ce pas nous?

Ann-Britt Höglund s'exprima avec autorité dans le talkie-walkie, en se plaçant de manière à avoir le vent dans le dos. Wallander surveillait constamment les fenêtres de part et d'autre de la porte. Svedberg arriva en courant avec le pied-de-biche. Wallander lui demanda de reprendre immédiatement sa position. Puis il inséra l'outil et appuya de tout son poids. La porte s'ouvrit, serrure arrachée. La lumière était allumée dans le vestibule. Sans réfléchir, Wallander tira son arme. Ann-Britt Höglund le suivait de très près. Il se baissa et entra pendant qu'elle le couvrait. Tout était silencieux.

– Police! cria Wallander. Nous cherchons Yvonne Ander.

Aucune réaction. Il cria à nouveau, tout en avançant lentement vers la pièce située droit devant eux. Ann-Britt Höglund le suivait, en le couvrant toujours. Le sentiment d'irréalité revint. Wallander fit irruption dans la pièce en brandissant son arme dans un geste circulaire. Il n'y avait personne. Il laissa retomber son bras. Ann-Britt

Höglund était restée dans l'encadrement de la porte. La pièce était vaste, spacieuse. Des lampes étaient allumées. Un four à pain de forme étrange longeait l'un des murs.

Soudain une porte s'ouvrit en face d'eux. Wallander sursauta et leva à nouveau son arme, Ann-Britt Höglund mit un genou à terre. Katarina Taxell apparut, en chemise de nuit. Elle semblait avoir peur.

Wallander baissa son arme, Ann-Britt Höglund l'imita.

Au même instant, il comprit qu'Yvonne Ander n'était pas dans la maison.

– Que se passe-t-il ? demanda Katarina Taxell.

Wallander l'avait déjà rejointe.

– Où est Yvonne Ander ?

– Elle n'est pas ici.

– Où est-elle ?

– Je suppose qu'elle est partie travailler.

– Qui est venu la chercher ?

– Elle conduit toujours elle-même.

– Sa voiture est garée devant la maison.

– Elle a deux voitures.

Tellement simple, pensa Wallander. Il n'y avait pas que la Golf rouge.

– Tu vas bien ? demanda-t-il ensuite. Et l'enfant ?

– Bien sûr. Pourquoi ?

Wallander jeta un rapide coup d'œil autour de lui. Puis il demanda à Ann-Britt de faire entrer les autres. Ils n'avaient pas beaucoup de temps.

– Fais venir Nyberg, dit-il. Cette maison doit être fouillée de fond en comble.

Les policiers transis de froid se rassemblèrent dans la grande pièce blanche.

– Elle est partie, dit Wallander. Elle est en route vers Hässleholm. Du moins, on n'a aucune raison d'envisager autre chose. Elle doit prendre son service là-bas. Dans le train où voyage aussi un certain passager. Tore Grundén, le prochain candidat désigné sur sa liste.

– Elle a vraiment l'intention de le tuer dans le train ? demanda Martinsson, incrédule.

– Nous n'en savons rien. Mais nous ne voulons pas d'un meurtre supplémentaire. Nous allons l'arrêter avant.

– Il faut prévenir les collègues de Hässleholm, dit Hansson.

– On le fera en cours de route. Hansson et Martinsson, vous m'accompagnez. Vous autres, occupez-vous de fouiller la maison ! Et de parler à Katarina Taxell.

Il fit un signe de tête dans sa direction. Elle se tenait contre le mur, dans la lumière grise. Elle se confondait presque avec le mur. Un être humain pouvait-il vraiment se diluer, devenir pâle et flou au point de n'être plus visible?

Ils partirent. Hansson conduisait. Martinsson s'apprêtait à appeler les collègues de Hässleholm lorsque Wallander lui demanda d'attendre.

– Je crois qu'il vaut mieux que nous fassions ça nous-mêmes, dit-il. En cas de panique, on ne sait pas ce qui peut arriver. Elle peut être dangereuse. Je comprends ça maintenant. Vraiment dangereuse, y compris pour nous.

– Qu'est-ce que tu crois? demanda Hansson, surpris. Elle a empalé un homme, elle en a étranglé un autre et noyé un troisième. Si cette femme-là n'est pas dangereuse, alors je ne sais plus...

– Nous ne savons même pas à quoi ressemble Grundén, dit Martinsson. Qu'est-ce qu'on va faire? L'appeler par haut-parleur? Et elle? Elle a un uniforme, au moins?

– Peut-être. On verra bien en arrivant. Mets le gyrophare. On est pressés.

Hansson conduisait vite. Mais le temps était compté. Un peu plus tard, Wallander calcula qu'il leur restait vingt minutes de trajet, et qu'ils arriveraient à temps.

L'un des pneus creva presque au même moment. Hansson jura et freina brutalement. Lorsqu'ils comprirent qu'il faudrait changer la roue arrière gauche, Martinsson voulut à nouveau appeler les collègues de Hässleholm. Ils pourraient au moins leur envoyer une voiture. Mais Wallander refusa. Il avait pris sa décision. Ils arriveraient à temps malgré tout. Ils changèrent la roue à une vitesse record, dans le vent qui semblait vouloir leur arracher les vêtements. Ils repartirent. Hansson conduisait très vite, les minutes s'égrenaient et Wallander essayait de décider ce qu'ils allaient faire en arrivant. Il avait peine à imaginer qu'Yvonne Ander allait assassiner Tore Grundén sous les yeux des passagers qui attendaient le train. Cela ne correspondait pas à ses méthodes. Il arriva à la conclusion qu'ils devaient oublier Tore Grundén pour l'instant. Ils devaient se concentrer sur elle, une femme en uniforme, et l'arrêter le plus discrètement possible.

Une fois à Hässleholm, Hansson s'égara par pure nervosité, alors qu'il affirmait connaître le chemin. Wallander s'énerva à son tour, et le temps d'arriver à la gare, ils s'insultaient presque. Ils descendirent de voiture sans prendre la peine d'arrêter le gyrophare. Trois hommes, pensa Wallander en un éclair, qui donnent toutes les apparences de s'apprêter à cambrioler la gare ou du moins de sauter dans un train près de partir. L'horloge indiquait qu'ils disposaient de trois minutes exactement. Il était sept heures quarante-sept. Les haut-parleurs annoncèrent l'arrivée du train. Mais Wallander ne comprit pas s'il entrait en gare ou s'il était déjà à quai. Il dit à Martinsson et à Hansson qu'ils devaient se calmer tous les trois et avancer lentement sur le quai, à distance les uns des autres, mais en gardant le contact en permanence. Lorsqu'ils l'auraient trouvée, ils l'encercleraient discrètement et lui demanderaient de les suivre. Wallander devinait que ce serait le moment critique. Ils ne pouvaient être sûrs de la manière dont elle réagirait. Ils devaient se tenir prêts, mais sans leurs armes. Il souligna ce dernier point plusieurs fois. Yvonne Ander n'utilisait pas d'arme. Ils devaient être prêts à tout, mais ils devaient l'arrêter sans tirer.

Ils s'engagèrent sur le quai. Le vent soufflait toujours aussi fort. Le train n'était pas encore arrivé. Les voyageurs cherchaient à s'abriter du vent comme ils le pouvaient. Ils étaient étonnamment nombreux à vouloir se rendre dans le nord en ce samedi matin. Wallander marchait devant, Hansson derrière lui, Martinsson au bord de la voie. Wallander aperçut aussitôt un contrôleur, un homme, qui fumait une cigarette. Il constata que la tension le faisait transpirer. Yvonne Ander restait invisible. Aucune femme en uniforme. Il scruta rapidement la foule, à la recherche d'un homme qui aurait pu être Tore Grundén. Mais cela n'avait évidemment aucun sens. L'homme n'avait pas de visage. Ce n'était qu'un nom barré dans un carnet macabre. Il échangea un regard avec Hansson et Martinsson. Puis il se tourna vers le bâtiment de la gare, au cas où elle viendrait de cette direction. Au même instant, le train apparut. Il comprit que quelque chose clochait. Il refusait encore de croire qu'elle avait l'intention de tuer Tore Grundén sur le quai. Mais il ne pouvait en être entièrement sûr. Il avait vu trop de fois des gens calculateurs se mettre à agir soudain de manière incontrôlée, contraire à toutes leurs habitudes. Les gens commencèrent à s'affairer avec leurs sacs et leurs valises. Le train approchait. Le contrôleur avait jeté son mégot. Wallander comprit qu'il n'avait plus le choix. Il devait lui parler, lui demander si Yvonne Ander se trouvait déjà à bord du train, ou si son emploi du temps avait été modifié à la dernière minute. Le train était presque à l'arrêt. Wallander dut se frayer un chemin parmi les voyageurs pressés de fuir le vent et de monter à bord. Soudain, Wallander découvrit un homme seul, un peu plus loin sur le quai, qui s'apprêtait à soulever sa valise. Une femme se tenait non loin de lui, vêtue d'un long pardessus que le vent malmenait. Un train était à l'approche de l'autre côté du quai. Wallander ne put jamais déterminer après coup s'il avait réellement saisi la situation. Il réagit cependant comme si tout était clair. Il bouscula les voyageurs qui lui bloquaient le passage. Quelque part derrière lui, Hansson et Martinsson s'étaient mis à courir, alors qu'ils ignoraient ce qui se tramait. Wallander vit la femme empoigner l'homme par-derrière. Elle paraissait douée d'une force colossale. Elle le souleva presque de terre. Wallander devina plus qu'il ne comprit qu'elle avait l'intention de le jeter contre le train qui entrait en gare. Comme il était trop loin pour intervenir, il cria. Elle dut l'entendre malgré le fracas de la locomotive. Une fraction de seconde d'hésitation suffit. Elle tourna la tête vers Wallander – Martinsson et Hansson venaient de surgir à ses côtés – et elle lâcha l'homme. Le long manteau s'écarta sous l'effet du vent, dévoilant le bas de son uniforme. Soudain, elle leva la main et fit un geste qui brisa net l'élan de Hansson et de Martinsson. Elle s'arracha les cheveux. Le vent s'en empara aussitôt, les balayant le long du quai. Sous la perruque, elle avait les cheveux très courts. Ils se remirent à courir. Tore Grundén ne semblait pas comprendre à quoi il venait d'échapper.

– Yvonne Ander! cria Wallander. Police!

Martinsson était sur le point de la rattraper. Wallander le vit allonger le bras. Puis tout alla très vite. Elle le frappa – un direct du droit, dur et précis. Le coup atteignit Martinsson à la joue gauche. Il s'écroula sans un bruit sur le quai. Au même instant, Wallander entendit un cri, derrière lui. Un voyageur avait découvert ce qui se passait. Hansson, qui s'était arrêté net en voyant tomber Martinsson, fit le geste de tirer son arme. Mais il était déjà trop tard. Elle l'empoigna par son blouson et lui balança un violent coup de genou entre les jambes. Hansson s'écroula. Un court instant, elle se pencha sur lui. Puis elle se mit à courir le long du quai, en se débarrassant de son pardessus, qui fut emporté par le vent. Wallander s'arrêta pour voir comment allaient ses collègues. Martinsson était évanoui. Hansson gémissait; il était blanc comme un linge. Lorsque Wallander releva la tête, elle avait disparu. Il se remit à courir le long du quai. Puis il l'aperçut de loin, courant entre les rails. Il comprit qu'il ne la rattraperait pas. En plus, il ne savait pas dans quel état était réellement Martinsson. En revenant sur ses pas, il remarqua que Tore Grundén avait disparu. Entre-temps, des employés de la gare s'étaient précipités sur les lieux. La confusion était totale. Bien entendu, personne ne comprenait ce qui venait de se produire.

Après coup, Wallander se rappellerait toujours l'heure qui suivit comme un chaos sans fin. Il avait essayé d'accomplir plusieurs choses en même temps, mais personne ne saisissait ses ordres. De plus, il était sans cesse gêné dans ses mouvements par la foule des voyageurs. Hansson commençait lentement à récupérer, au milieu du désordre. Mais Martinsson était toujours inconscient et Wallander enrageait contre l'ambulance qui n'arrivait pas. Ce ne fut que lorsque quelques policiers de Hässleholm complètement désorientés surgirent sur le quai qu'il put enfin dominer tant bien que mal la situation. Martinsson s'était pris un sacré coup. Mais il respirait régulièrement. Quand les ambulanciers arrivèrent pour l'emporter, Hansson était suffisamment remis pour les accompagner à l'hôpital. Wallander expliqua aux policiers qu'ils avaient été sur le point d'arrêter une femme contrôleur, mais qu'elle avait réussi à s'échapper. Au même moment, Wallander constata que le train était parti. Il se demanda si Tore Grundén était à bord. Avait-il même compris qu'il venait de frôler la mort ? Wallander constata que personne n'avait la moindre idée de ce qu'il racontait. Seules sa carte de police et son autorité lui évitaient d'être pris pour un fou.

Sa seule préoccupation, en dehors de l'état de santé de Martinsson, était de savoir où se trouvait Yvonne Ander. Il avait appelé Ann-Britt Höglund, au milieu de l'agitation générale, pour lui raconter ce qui s'était passé. Elle promit qu'ils se tiendraient prêts au cas où Yvonne Ander reviendrait à Vollsjö. L'appartement d'Ystad fut immédiatement placé sous surveillance. Mais Wallander était dubitatif. Il ne pensait pas qu'elle se manifesterait là-bas. Elle savait désormais non seulement qu'elle était surveillée, mais qu'ils la suivaient à la trace et qu'ils ne renonceraient pas avant de l'avoir retrouvée. Quel choix lui restait-il ? La fuite pure et simple ? Il ne pouvait ignorer cette possibilité. En même temps, quelque chose contredisait cette hypothèse. Cette femme préméditait tous ses actes. Elle avait sûrement prévu des issues de secours. Wallander rappela Ann-Britt Höglund et lui demanda de parler à Katarina Taxell. Une seule question : Yvonne Ander avait-elle une autre cachette ? Tout le reste pouvait attendre jusqu'à nouvel ordre.

— Je crois qu'elle a un lieu de repli, dit Wallander. Elle peut avoir mentionné un endroit, une adresse, sans que Katarina ait pensé précisément à une cachette.

— Elle choisira peut-être l'appartement de Katarina Taxell à Lund ?

Wallander réfléchit. C'était une possibilité.

— Téléphone à Birch, dit-il. Demande-lui de s'en occuper.

— Elle a les clés de l'appartement. Katarina me l'a dit.

Wallander fut conduit à l'hôpital par une voiture de police. Hansson se sentait mal. Il était allongé sur une civière, ses testicules avaient enflé et il devait rester en observation. Martinsson était toujours inconscient. Un médecin évoqua une sérieuse commotion cérébrale.

— L'agresseur devait être un type costaud, dit-il.

— Oui, répondit Wallander. Sauf que c'était une femme.

Il quitta l'hôpital. Où avait-elle disparu ? Une idée le taraudait, sans qu'il puisse la formuler consciemment. Une intuition qui l'amènerait à l'endroit où elle se trouvait, ou vers lequel elle se dirigeait. Puis il comprit. Il s'immobilisa devant l'hôpital. Nyberg s'était exprimé très clairement. *Les empreintes digitales dans la tour étaient plus récentes que les autres.* La possibilité existait, même si elle était infime. Yvonne Ander lui ressemblait peut-être, sur ce point. Dans les situations de crise, elle recherchait l'isolement. Un lieu d'où elle pouvait dominer la réalité. Parvenir à une décision. Tous ses actes donnaient une impression de préparation minutieuse et d'horaires rigoureux. Tout cela venait de s'effondrer pour elle.

Il décida que cela valait le coup d'essayer.

L'endroit était toujours isolé par des barrières de sécurité. Mais Hansson avait bien dit que le travail ne reprendrait que lorsqu'ils auraient obtenu les renforts demandés. Il supposait de plus que la surveillance se limitait aux patrouilles de routine. Et elle pouvait très bien venir par le chemin qu'elle avait déjà utilisé auparavant.

Wallander prit congé des policiers de Hässleholm. Ils n'avaient toujours pas bien compris ce qui s'était passé à la gare, mais Wallander leur promit qu'ils seraient informés dans le courant de la journée. C'était, en gros, une arrestation qui avait mal tourné. Mais sans conséquences sérieuses. Les deux policiers hospitalisés seraient bientôt rétablis.

Wallander monta dans sa voiture et appela Ann-Britt Höglund pour la troisième fois. Il ne lui dit rien de ses intentions ; il lui demanda simplement de le retrouver à l'embranchement du chemin conduisant à la ferme de Holger Eriksson.

Il était plus de dix heures lorsque Wallander arriva à Lödinge. Ann-Britt l'attendait. Elle monta dans la voiture de Wallander pour la dernière partie du trajet. Il s'arrêta à cent mètres de la maison. Il n'avait encore rien dit. Elle l'interrogea du regard.

– Je peux parfaitement me tromper, dit-il. Mais la possibilité existe qu'elle revienne ici. Dans la tour. Elle y est déjà venue.

Il lui rappela ce qu'avait dit Nyberg à propos des empreintes.

– Quelle raison aurait-elle de le faire ?

– Je ne sais pas. Mais elle est traquée. Elle doit prendre une décision. De plus, elle est déjà venue.

Ils descendirent de voiture. Le vent soufflait fort.

– Nous avons trouvé un uniforme d'hôpital, dit-elle. Ainsi qu'un sac en plastique contenant des caleçons. On peut supposer sans trop de risque que Gösta Runfeldt a été détenu à Vollsjö.

Ils étaient parvenus à la maison d'habitation.

– Qu'est-ce qu'on fait si elle est dans la tour ? demanda Ann-Britt.

– On la coince. Je vais contourner la colline. Si elle est dans la tour, c'est par là qu'elle est arrivée et qu'elle a garé sa voiture. Toi, tu prends le chemin qui part de la maison. Cette fois, on ne garde pas les armes dans notre poche.

– Je ne pense pas qu'elle vienne.

Wallander ne répondit pas. Elle avait très probablement raison.

Ils se tenaient dans la cour, à l'abri du vent. Le ruban plastique du périmètre de sécurité, à l'endroit des fouilles, avait été en partie arraché par le vent. La tour était abandonnée. Elle se découpait très nettement contre le ciel d'automne lumineux.

– On attend un moment, dit Wallander. Si elle a décidé de venir, elle sera bientôt là.

– L'alarme a été donnée dans tout le district.

– Si nous ne la retrouvons pas, elle sera bientôt recherchée dans tout le pays.

Ils restèrent silencieux. Le vent malmenait leurs vêtements.

– Qu'est-ce qui la pousse ? demanda enfin Ann-Britt.

– Elle seule peut répondre à cette question. Mais ne peut-on pas imaginer qu'elle a été maltraitée, elle aussi ?

Ann-Britt ne répondit pas.

– Je crois qu'elle est extrêmement seule, dit Wallander. Et qu'à un moment donné, elle a perçu que le sens de sa vie tenait à une mission. Qu'elle était appelée à tuer pour le compte des autres.

– Au début, nous cherchions un mercenaire. Et maintenant, nous attendons qu'une femme contrôleur surgisse dans une tour d'observation abandonnée.

– L'idée du mercenaire n'était peut-être pas si absurde, dit Wallander pensivement. Sauf que c'est une femme et qu'elle ne se fait pas payer, du moins pas à notre connaissance. Il y a tout de même des éléments qui font écho à notre hypothèse de départ, même si elle était fausse.

– Katarina Taxell a dit qu'elle avait fait sa connaissance par l'intermédiaire d'un groupe de femmes qui se réunit régulièrement à Vollsjö. Mais leur première rencontre a eu lieu dans le train. Tu avais raison sur ce point. Elle avait apparemment interrogé Katarina Taxell sur un bleu qu'elle avait à la tempe, sans se laisser démonter par ses faux-fuyants. C'était Eugen Blomberg qui l'avait frappée. Je n'ai pas tout à fait compris de quelle manière les choses se sont enchaînées à partir de là. Mais elle a confirmé qu'Yvonne Ander avait travaillé en milieu hospitalier, et aussi comme ambulancière. Elle a donc eu l'occasion de voir beaucoup de femmes battues, et elle a repris contact avec elles par la suite. Elle les a invitées à Vollsjö. On peut dire qu'il s'agissait d'un groupe de crise extrêmement confidentiel. Elle a obtenu le nom des responsables. Ensuite il est arrivé quelque chose à ces hommes. Katarina a aussi reconnu que c'était bien Yvonne Ander qui lui avait rendu visite à l'hôpital. La dernière fois, elle lui avait livré le nom du père de l'enfant. Eugen Blomberg.

– Signant ainsi son arrêt de mort... Je crois qu'Yvonne Ander s'est préparée longtemps avant de passer aux actes. Il s'est passé quelque chose, un événement qui a tout déclenché. Lequel? Nous ne le savons pas.

– Le sait-elle elle-même?

– Nous devons supposer que oui. Si elle n'est pas tout à fait folle.

Ils attendirent. Le vent soufflait par rafales violentes et irrégulières. Une voiture de police apparut à l'entrée de la ferme. Wallander leur demanda de ne pas revenir jusqu'à nouvel ordre. Il ne leur donna aucune explication. Mais il était très déterminé.

L'attente se poursuivit. Ni l'un ni l'autre n'avait grand-chose à dire.

À onze heures moins le quart, Wallander posa doucement la main sur l'épaule d'Ann-Britt Höglund.

– La voilà, dit-il à voix basse.

Ann-Britt l'aperçut au même instant. Une silhouette avait surgi au pied de la colline. Ce ne pouvait être qu'Yvonne Ander. Elle regarda autour d'elle. Puis elle commença à monter dans la tour.

– Il me faut vingt minutes pour contourner la colline, dit Wallander. Tu attends vingt minutes, et puis tu y vas. Je serai derrière si jamais elle essaie de s'enfuir.

– Et si elle m'attaque ? Il faudra que je tire.

– Je vais l'en empêcher. Je serai là.

Il courut jusqu'à sa voiture et conduisit aussi vite qu'il le put jusqu'au chemin charretier qui donnait accès à l'arrière de la colline. Il n'osait cependant pas se garer trop près. Il descendit de voiture et fit la dernière partie du trajet en marche forcée. Il était essoufflé, et constata que cela lui avait pris plus de temps que prévu. Une voiture était garée sur le chemin. Une Golf, encore. Mais celle-ci était noire. Le téléphone portable bourdonna dans la poche de sa veste. Il pensa que ce pouvait être Ann-Britt et répondit tout en continuant d'avancer. C'était Svedberg.

– Où es-tu ? Qu'est-ce qui se passe, bordel ?

– Je ne peux pas t'expliquer maintenant. Mais on est à la ferme d'Eriksson. Ce serait bien si tu pouvais venir avec quelqu'un. Hamrén, par exemple. Je ne peux pas t'en dire plus.

– Moi, j'ai quelque chose à te dire, répliqua Svedberg. Hansson a appelé de Hässleholm. Ils vont mieux, Martinsson et lui. En tout cas, Martinsson a repris connaissance. Mais Hansson se demande si c'est toi qui as pris son arme.

Wallander s'arrêta net.

– Son arme ?

– Il dit qu'elle a disparu.

– Je ne l'ai pas.

– Elle n'est pas restée sur le quai, tout de même ?

Wallander comprit au même instant. En un éclair, il revit l'enchaînement des événements. *Elle avait agrippé Hansson par son blouson avant de lui balancer un coup de genou à l'aine. Puis elle s'était penchée sur lui.* Ça n'avait duré qu'un instant. Elle avait pris l'arme à ce moment-là.

– Merde ! cria Wallander.

Svedberg n'eut pas le temps de répondre. Wallander avait déjà rangé son portable. Il avait mis Ann-Britt Höglund en danger de mort. La femme dans la tour était armée.

Wallander se mit à courir. Son cœur cognait comme un marteau. Un regard à sa montre lui apprit qu'Ann-Britt devait déjà être en marche vers la colline. Il s'immobilisa de nouveau et composa son numéro de portable. Aucune réponse. Elle l'avait sans doute laissé dans la voiture.

Il se remit à courir. Il devait à tout prix arriver le premier. Ann-Britt ne savait pas qu'Yvonne Ander était armée.

La peur le fit accélérer encore. Il déboula au pied de la colline. Elle devait presque être arrivée au fossé maintenant. *Marche lentement*, pensa-t-il. *Tombe, glisse, peu importe. Ne te dépêche pas. Marche lentement.* Il tira son arme et s'élança en trébuchant vers la tour. Arrivé au sommet de la colline, il vit qu'Ann-Britt était déjà au bord du fossé, son arme à la main. La femme dans la tour n'avait toujours pas senti la présence de Wallander dans son dos. Il hurla à Ann-Britt Höglund de s'enfuir.

Il avait pointé son arme vers la femme qui lui tournait le dos, là-haut dans la tour.

Au même instant, il entendit la détonation. Ann-Britt Höglund tressaillit et s'écroula dans la boue. Pour Wallander, ce fut comme si quelqu'un avait enfoncé une épée dans son propre corps. Son regard était rivé à la forme immobile étendue dans la boue. Il ne perçut que très vaguement les mouvements de la femme, qui venait de faire volte-face. L'instant d'après, il s'était jeté à terre et tirait en direction de la tour. La troisième balle atteignit sa cible. La femme eut un soubresaut et lâcha son arme. Wallander se précipita. Il contourna la tour, se jeta dans le fossé, remonta de l'autre côté en trébuchant. Lorsqu'il vit Ann-Britt Höglund immobile, couchée sur le dos, il crut qu'elle était morte. Elle avait été tuée par l'arme de Hansson, et tout était sa faute.

Un court instant, il ne vit pas d'autre issue que de se tirer une balle dans la tête. Là, tout de suite, à quelques mètres d'elle.

Puis il vit qu'elle bougeait imperceptiblement. Il tomba à genoux à côté d'elle. Le devant de son blouson était plein de sang. Elle était très pâle et le dévisageait fixement avec des yeux pleins de peur.

– Tout va bien, dit-il. Tout va bien.

– Elle était armée, murmura-t-elle. On ne le savait pas?

Wallander s'aperçut qu'il pleurait. Puis il trouva son portable et appela une ambulance.

En repensant à cette scène, plus tard, il se rappellerait qu'il avait attendu l'arrivée de l'ambulance en priant de façon confuse et ininterrompue un Dieu auquel il ne croyait pas vraiment. Il avait perçu l'arrivée de Svedberg et de Hamrén comme à travers un brouillard. Ann-Britt Höglund avait été emportée sur une civière. Wallander était toujours assis dans la boue et personne n'avait pu le convaincre de se relever. Un photographe qui avait suivi l'ambulance au moment où celle-ci quittait Ystad avait photographié Wallander dans cette attitude. Crasseux, abandonné, désespéré. Le photographe avait réussi à prendre cette unique image avant d'être chassé par Svedberg hors de lui. Lisa Holgersson avait dû multiplier les pressions pour que la photo ne soit pas publiée.

Pendant ce temps, Svedberg et Hamrén étaient montés chercher Yvonne Ander dans la tour. La balle de Wallander l'avait touchée en haut de la cuisse. Elle saignait beaucoup, mais sa vie n'était pas en danger. Elle fut emportée à son tour par une ambulance. Svedberg et Hamrén réussirent finalement à remettre Wallander debout et à le traîner jusqu'à la ferme.

Le premier rapport de l'hôpital d'Ystad leur parvint au même moment.

Ann-Britt Höglund avait été grièvement blessée au ventre. Elle était dans un état critique.

Svedberg conduisit Wallander jusqu'à l'endroit où il avait laissé sa voiture. Il hésita à le laisser prendre le volant seul jusqu'à Ystad, mais Wallander lui affirma qu'il n'y avait aucun problème. Il se rendit directement à l'hôpital et s'assit dans le couloir pour attendre. Il n'avait pas eu le temps de se laver. Il attendit plusieurs heures, jusqu'à ce que les médecins lui assurent que l'état d'Ann-Britt s'était stabilisé. À ce moment-là seulement, il quitta l'hôpital.

Il disparut. Personne ne l'avait vu partir. Svedberg commença aussitôt à s'inquiéter. D'un autre côté, il lui semblait connaître suffisamment Wallander pour savoir qu'il avait juste besoin d'être seul.

Wallander avait quitté l'hôpital peu avant minuit. Le vent soufflait encore par rafales. Il avait pris sa voiture jusqu'au cimetière où était enterré son père. Il avait cherché la tombe dans le noir et il était resté longtemps debout, dans un état de vide intérieur total. Il n'avait toujours pas trouvé le temps de se laver. Vers une heure du matin, il était rentré chez lui et avait longuement parlé au téléphone avec Baiba, à Riga. Ensuite seulement, il s'était déshabillé et il avait pris un bain.

Après avoir changé de vêtements, il était retourné à l'hôpital. Peu après trois heures, il était allé jusqu'à la chambre qu'occupait Yvonne Ander, sous haute surveillance, et il avait ouvert la porte avec précaution. Elle dormait. Il avait longuement contemplé son visage. Puis il était parti sans un mot.

Une heure plus tard, il était de retour. Lisa Holgersson arriva à l'hôpital à l'aube et lui dit qu'ils avaient réussi à joindre le mari d'Ann-Britt Höglund, qui se trouvait à Dubaï. Il allait atterrir à l'aéroport de Copenhague plus tard dans la journée.

Personne n'aurait pu dire si Wallander entendait ce qu'on lui disait. Il restait assis sur une chaise sans bouger. Ou alors il se levait et allait se mettre près d'une fenêtre, le regard fixe. Lorsqu'une infirmière lui proposa un café, il fondit brusquement en larmes et s'enferma dans les toilettes. Mais, la plupart du temps, il restait immobile sur une chaise, à regarder ses mains.

À peu près au moment où le mari d'Ann-Britt Höglund atterrissait à Kastrup, un médecin leur annonça enfin la nouvelle qu'ils attendaient tous. Elle survivrait. Il n'y aurait probablement pas de séquelles. Elle avait eu de la chance. Mais la convalescence serait longue.

Wallander avait accueilli la nouvelle debout, comme on écoute un verdict. Après, il avait simplement quitté l'hôpital et disparu dans la bourrasque.

Yvonne Ander fut officiellement inculpée le lundi 24 octobre. Elle se trouvait encore à l'hôpital. Jusque-là, elle n'avait pas prononcé un mot ; même l'avocat commis d'office n'avait rien pu tirer d'elle. Wallander avait tenté de conduire un interrogatoire au cours de l'après-midi, mais elle s'était contentée de le regarder sans répondre à ses questions. Au moment où il s'apprêtait à partir, il se retourna et lui dit qu'Ann-Britt Höglund s'en sortirait. Il lui sembla alors déceler chez elle une réaction qui ressemblait à du soulagement, peut-être même à de la joie.

Martinsson était en congé maladie pour commotion cérébrale. Hansson avait repris le boulot, même s'il avait encore du mal à marcher et à s'asseoir.

Pendant ce temps, ils avaient entrepris un travail laborieux : comprendre tout ce qui s'était passé, au fond. Une seule chose ne fut jamais prouvée de façon concluante : si le squelette qu'ils avaient réussi à reconstituer – à l'énigmatique exception d'un tibia introuvable – était bien celui de Krista Haberman. Rien ne démentait cette hypothèse. Mais rien ne permettait non plus de l'étayer réellement.

Pourtant, ils n'avaient aucun doute. Et une fêlure au crâne leur apprit aussi de quelle manière Holger Eriksson l'avait tuée, vingt-sept ans plus tôt. Tous les autres détails furent progressivement élucidés – avec beaucoup de lenteur et quelques points d'interrogation en pointillé. Gösta Runfeldt avait-il assassiné sa femme ? Ou bien était-ce un accident ? La seule à pouvoir répondre à ces questions était Yvonne Ander, et elle ne disait toujours rien. Son passé, qu'ils avaient commencé à explorer, leur avait livré une histoire qui ne dévoilait qu'en partie qui elle était et les éventuelles raisons qui la poussaient à agir.

Un après-midi, à la fin d'une longue réunion, Wallander prononça une phrase qu'il semblait avoir ruminée longuement.

– Yvonne Ander est la première personne que je rencontre qui soit à la fois sage et folle.

Il ne leur expliqua pas ce qu'il entendait par là. Mais il n'y avait aucun doute : il venait d'exprimer une opinion mûrement réfléchie.

Au cours de cette période, Wallander rendit aussi visite chaque jour à Ann-Britt Höglund à l'hôpital. Le sentiment de culpabilité ne le quittait pas. Personne ne pouvait le faire démordre de cette conviction. Il s'estimait responsable, point final. Il n'y avait pas de remède contre cela.

Yvonne Ander continuait de se taire. Un soir, Wallander s'attarda longuement au commissariat pour relire une nouvelle fois la volumineuse correspondance qu'elle avait échangée avec sa mère.

Le lendemain, il lui rendit visite à la prison.

Ce jour-là, elle sortit de son mutisme.

C'était le 3 novembre 1994.

Le paysage autour d'Ystad était tout blanc de givre.

Scanie

4-5 décembre 1994

ÉPILOGUE

Le dernier entretien de Kurt Wallander avec Yvonne Ander eut lieu l'après-midi du 4 décembre. Il ignorait qu'il n'y en aurait pas d'autre – même s'ils n'avaient pas convenu d'un nouveau rendez-vous.

Le 4 décembre, ils étaient parvenus à une conclusion provisoire. Soudain, il n'y avait plus rien à dire. Plus de questions à poser, plus de réponses à donner. Et ce fut alors seulement que Wallander put progressivement commencer à penser à autre chose. L'arrestation d'Yvonne Ander remontait à plus d'un mois, mais l'enquête avait continué de dominer sa vie. Jamais dans sa carrière, il n'avait éprouvé un tel besoin de comprendre, de comprendre vraiment. Les actes criminels constituaient toujours une surface. Souvent, la surface et le fond étaient enchevêtrés, et on pouvait déceler un rapport direct entre les deux. Mais parfois, une fois la surface entamée, on se trouvait confronté à un abîme dont on n'avait pas même soupçonné l'existence. C'était le cas pour Yvonne Ander. Wallander avait traversé la surface à un endroit, et il avait aussitôt compris qu'elle masquait un gouffre. Il prit alors la décision symbolique de s'encorder et d'entamer une descente dont il ne savait pas où elle les mènerait – elle pas plus que lui.

Le premier pas consistait à la convaincre de briser le silence et de commencer à parler. Il réussit à le faire après avoir lu pour la deuxième fois la correspondance qu'elle avait échangée avec sa mère et soigneusement conservée tout au long de sa vie d'adulte. Wallander avait intuitivement deviné qu'il lui fallait passer par là s'il voulait forcer les défenses de cette femme inaccessible. Il avait vu juste. La percée s'était produite le 3 novembre, plus d'un mois auparavant. Wallander était alors toujours déprimé par l'état d'Ann-Britt Höglund. Il savait qu'elle survivrait, qu'elle guérirait même, et qu'elle n'en garderait qu'une cicatrice au ventre, sur le côté gauche. Mais la culpabilité lui pesait tellement qu'elle menaçait de l'étouffer. La personne qui l'aida au cours de cette période fut Linda. Elle était venue à Ystad, alors même qu'elle n'en avait pas le temps, et elle s'était occupée de lui. Mais elle l'avait aussi forcé à admettre que ce qui s'était produit n'était pas sa faute, mais celle des circonstances. Avec son aide, il avait réussi à traverser les premières affreuses semaines de novembre. En dehors des efforts qu'il devait faire pour se lever et rester debout chaque jour, il avait consacré tout son temps à Yvonne Ander. C'était elle qui avait tiré, et qui aurait pu tuer Ann-Britt Höglund si le hasard en avait décidé autrement. Mais les crises d'agressivité et l'envie de la frapper, parfois, n'avaient duré qu'un temps. Par la suite, il était devenu plus important pour lui d'essayer de comprendre qui elle était vraiment. Il était aussi le seul à qui elle acceptait de parler. Il s'était donc encordé et il avait entamé sa descente.

Qu'avait-il trouvé dans le gouffre ? Longtemps, il se demanda si elle n'était pas folle malgré tout, si tout ce qu'elle racontait sur elle-même n'était pas que rêves embrouillés, illusions et déformations pathologiques. En plus, il ne se fiait pas à son propre jugement, au cours de cette période, et il avait du mal à cacher la méfiance qu'elle lui inspirait. Mais en même temps, il se doutait qu'elle ne disait au fond que la vérité. Rien d'autre. Au milieu du mois de novembre, l'opinion de Wallander opéra un revirement complet. Lorsqu'il revint à son point de départ, ce fut comme s'il avait été doté d'un regard neuf. Il n'avait plus aucun doute quant au fait qu'elle disait la vérité. En plus, il comprit qu'Yvonne Ander était cet oiseau rare : un être humain qui ne mentait jamais.

Il avait lu les lettres écrites par sa mère. Dans la dernière liasse, il en avait trouvé une autre – une lettre étrange signée par une fonctionnaire de la police algérienne du nom de Françoise Bertrand. Tout d'abord, il n'avait rien compris à son contenu. Elle était jointe à une collection de lettres inachevées de la mère, qui n'avaient jamais été envoyées et qui avaient toutes été rédigées en Algérie, un an plus tôt. Françoise Bertrand avait écrit à Yvonne Ander en août 1993. Wallander passa plusieurs heures, cette nuit-là, à essayer de reconstituer le puzzle. Finalement, il avait compris. La mère d'Yvonne Ander, Anna Ander, avait été assassinée par erreur, à cause d'une coïncidence absurde, et la police algérienne avait tenté d'escamoter le meurtre. Il y avait un arrière-plan politique, un acte terroriste, même si Wallander ne comprenait pas exactement de quoi il retournait. Françoise Bertrand avait écrit à Yvonne Ander dans le plus grand secret pour l'informer de ce qui s'était réellement passé. Jusque-là, il n'avait obtenu aucune aide de la part d'Yvonne Ander. Il avait alors abordé le sujet avec Lisa Holgersson. Celle-ci l'avait écouté, puis elle avait pris contact avec la brigade criminelle de Stockholm. L'affaire avait du même coup disparu de l'horizon de Wallander, qui était retourné une fois de plus à ses lettres.

Wallander rendait visite à Yvonne Ander en prison. Elle avait peu à peu compris qu'il ne la traquait pas. Il était différent des autres hommes qui peuplaient le monde. Il était tourné vers l'intérieur. Il donnait l'impression de dormir très peu, et paraissait torturé par l'inquiétude. Pour la première fois de sa vie, Yvonne Ander découvrait qu'elle pouvait faire confiance à un homme. Elle le lui dit, au cours de l'une de leurs dernières entrevues.

Elle ne lui posa jamais directement la question, mais il lui semblait malgré tout connaître la réponse. Il n'avait sans doute jamais frappé une femme. Ou alors, cela s'était produit une seule fois. Pas davantage.

La descente dans l'abîme avait commencé le 3 novembre. Le même jour, Ann-Britt Höglund subissait sa troisième opération, qui s'était bien déroulée. Elle pouvait entamer sa convalescence. Au cours de ce mois de novembre, Wallander institua une sorte de rituel. Après ses conversations avec Yvonne Ander, il allait toujours directement à l'hôpital. Il ne restait pas longtemps ; mais il lui parlait d'Yvonne Ander. Ann-Britt Höglund devint ainsi l'interlocutrice qu'il lui fallait pour s'orienter dans le gouffre dont il soupçonnait déjà la profondeur.

Sa première question à Yvonne Ander porta sur les événements survenus en Algérie. Qui était Françoise Bertrand ? Que s'était-il réellement passé ? Une lumière pâle tombait dans la pièce où ils étaient assis, de part et d'autre d'une table. On entendait vaguement une radio et un bruit de perceuse. Lorsqu'elle lui répondit, Wallander ne comprit pas tout d'abord ce qu'elle disait, car le silence enfin rompu lui fit l'effet d'une bombe. Il se contenta d'écouter sa voix, qu'il n'avait jamais entendue, qu'il avait seulement tenté d'imaginer.

Puis il commença à écouter ce qu'elle lui disait. Il prenait très rarement des notes au cours de leurs rencontres, et il n'apportait jamais de magnétophone.

– Il y a un homme qui a tué ma mère, avait-elle dit. Qui le recherche ?

– Pas moi, répondit Wallander. Mais si vous me dites ce qui s'est passé, et si une ressortissante suédoise a été tuée à l'étranger, nous devons naturellement réagir.

Il ne lui dit rien de la conversation qu'il avait eue quelques jours plus tôt avec Lisa Holgersson, ou du fait que la mort de sa mère faisait déjà l'objet d'une enquête.

– Personne ne sait qui a tué ma mère, continua-t-elle. C'était un hasard absurde. Ceux qui l'ont tuée ne la connaissaient pas. Ils pensaient pouvoir tuer n'importe qui. Même une femme innocente qui consacrait la fin de sa vie à voyager parce qu'elle n'avait jamais eu le temps ni les moyens de le faire avant.

Il perçut toute sa colère, son amertume ; elle ne faisait aucun effort pour les dissimuler.

– Pourquoi logeait-elle chez les religieuses ? demanda-t-il.

Elle leva la tête brusquement et le regarda droit dans les yeux.

– Qui vous a donné le droit de lire mes lettres ?

– Personne. Mais elles vous appartiennent. Et vous êtes quelqu'un qui a commis plusieurs meurtres. Autrement, je ne les aurais pas lues, bien sûr.

Elle détourna le regard.

– Les religieuses, répéta Wallander. Pourquoi logeait-elle là-bas ?

– Elle n'avait pas beaucoup d'argent. Elle logeait dans les endroits bon marché. Elle ne pouvait pas deviner qu'elle en mourrait.

– Cela s'est passé il y a plus d'un an. Comment avez-vous réagi en recevant cette lettre ?

– Je n'avais plus aucune raison d'attendre. Comment aurais-je pu justifier ma propre passivité ? Alors que tout le monde s'en fichait.

– Se fichait de quoi ?

Elle ne répondit pas. Il attendit quelques instants. Puis il formula sa question autrement.

– Vous n'aviez plus aucune raison d'attendre quoi ?

Elle répondit sans le regarder.

– De les tuer.

– Qui ?

– Ceux qui n'ont jamais été punis, malgré ce qu'ils ont fait.

Il comprit alors qu'il avait vu juste. C'était au moment où elle avait reçu la lettre de Françoise Bertrand qu'une force jusque-là réprimée s'était libérée en elle. Elle ruminait déjà des idées de vengeance, mais elle les contrôlait. Puis la digue avait cédé. Elle avait décidé d'écrire sa propre loi.

Après coup, Wallander avait pensé que ce n'était pas très différent de ce qui s'était produit à Lödinge. Elle avait institué sa propre milice privée. Elle s'était placée en dehors du droit pour rendre sa propre justice.

– C'était ça? fit-il. Vous vouliez que justice soit faite? Vous vouliez punir ceux qui, injustement, n'avaient jamais été jugés?

– Qui recherche l'homme qui a tué ma mère? Qui?

Puis elle s'était à nouveau murée dans le silence. Wallander avait essayé de se figurer le commencement, l'origine. Quelques mois après avoir reçu la lettre d'Alger, elle s'était introduite dans la ferme de Holger Eriksson. C'était le premier pas. Lorsqu'il lui demanda sans détour si c'était bien ainsi que les choses s'étaient passées, elle ne parut pas même surprise. Elle semblait tenir pour acquis qu'il le savait déjà.

– J'avais entendu parler de Krista Haberman, dit-elle. Et de ce marchand de voitures qui l'avait tuée.

– Qui vous en a parlé?

– Une Polonaise hospitalisée à Malmö. Il y a bien des années de cela.

– Vous travailliez à l'hôpital à l'époque?

– J'ai travaillé là-bas à différentes époques. Je parlais souvent avec des femmes qui avaient été victimes de violences. Celle-ci avait une amie qui connaissait Krista Haberman.

– Pourquoi vous êtes-vous introduite chez Holger Eriksson?

– Je voulais me prouver que c'était possible. En plus, je cherchais des indices montrant que Krista Haberman avait été là-bas.

– Pourquoi avez-vous construit ce piège? Pourquoi les pieux? Pourquoi les planches sciées? L'amie de Krista Haberman soupçonnait-elle que le corps avait été enterré près de ce fossé?

Elle ne répondit pas à cette question. Mais Wallander comprit malgré tout. En dépit du côté insaisissable de l'enquête, Wallander et ses collègues avaient confusément suivi la bonne piste. Yvonne Ander avait en effet mis en scène la brutalité des hommes dans sa manière de les assassiner.

Au cours des cinq ou six premiers entretiens avec Yvonne Ander, Wallander passa méthodiquement en revue les trois meurtres, élucida les points obscurs et reconstitua les liens qui leur avaient jusque-là échappé. Il continuait de l'approcher sans magnétophone. Après les entretiens, il prenait des notes dans sa voiture. Celles-ci étaient ensuite dactylographiées et transmises, entre autres, à Per Åkeson, pour la préparation du réquisitoire qui ne pourrait jamais conduire à autre chose qu'à une condamnation pour triple homicide avec préméditation. Mais Wallander savait qu'il ne faisait encore que gratter la surface. La véritable descente n'avait pas encore commencé. La couche superficielle, avec son accumulation de faits et de preuves, la conduirait en prison. Mais la vérité, il ne l'atteindrait que bien plus tard, lorsqu'il aurait touché le fond. Et ce n'était même pas sûr.

Yvonne Ander allait devoir subir une expertise psychiatrique. C'était inévitable. Mais Wallander insista pour que cet examen soit repoussé. Dans l'immédiat, le plus important était qu'il puisse lui parler dans le calme. Personne n'avait d'objection à faire. L'argument de Wallander était inattaquable. Tous comprenaient qu'elle retournerait vraisemblablement à son mutisme si on la dérangeait.

Elle était disposée à parler à Wallander. À lui, et à lui seul.

Ils continuèrent de progresser, pas à pas, jour après jour. L'automne, au-dehors, approchait de l'hiver. Wallander ne sut jamais pourquoi Holger Eriksson était allé chercher Krista Haberman à Svenstavik pour la tuer presque aussitôt après. Peut-être lui avait-elle refusé quelque chose qu'il avait l'habitude d'obtenir. Une dispute avait peut-être dégénéré en scène de violence.

Ensuite, ils avaient parlé de Gösta Runfeldt. Elle était persuadée qu'il avait tué sa femme. Même si ce n'était pas le cas, même s'il ne l'avait pas noyée, il méritait de mourir. Il l'avait torturée au point de lui ôter l'envie de vivre. Ann-Britt Höglund avait eu raison de penser que Gösta Runfeldt avait été agressé à l'intérieur de sa boutique. Yvonne Ander s'était renseignée, avait appris son projet de voyage à Nairobi et l'avait attiré à la boutique sous le prétexte qu'elle avait besoin de fleurs. Elle l'avait frappé, le sang par terre était effectivement le sien. La vitre brisée n'était qu'une manœuvre de diversion pour faire croire à une tentative de cambriolage.

Ensuite elle lui donna une description de ce qui, pour Wallander, restait l'épisode le plus insoutenable de l'histoire. Jusque-là, il avait essayé de la comprendre sans se laisser déborder par ses propres sentiments et réactions. Là, ce n'était plus possible. Elle lui raconta très calmement de quelle manière elle avait déshabillé Gösta Runfeldt avant de le ligoter et de l'enfermer de force dans le vieux four à pain. Lorsqu'il n'avait plus été en mesure de contrôler ses besoins naturels, elle lui avait enlevé ses sous-vêtements et l'avait couché sur une grande feuille de plastique.

Puis elle l'avait conduit dans la forêt. Il était alors à bout de forces ; elle l'avait attaché au pied de l'arbre et elle l'avait étranglé. Ce fut à cet instant qu'elle se transforma en monstre aux yeux de

Wallander. Homme ou femme, cela n'avait plus d'importance. Elle se transforma en monstre, et il était content qu'ils aient réussi à l'arrêter avant qu'elle ne tue Tore Grundén ou quelqu'un d'autre dont le nom figurait sur sa liste macabre.

C'était d'ailleurs sa seule erreur. Ne pas avoir brûlé le carnet où elle notait ses brouillons avant de reporter la liste définitive dans son registre. Le registre qu'elle conservait non pas à Ystad, mais à Vollsjö. Wallander ne l'interrogea jamais là-dessus, mais elle confessa spontanément cette erreur. C'était, de tous ses actes, le seul qu'elle ne comprenait pas.

Après coup, Wallander se demanda si cela pouvait signifier qu'elle voulait malgré tout laisser une trace. Qu'elle voulait, tout au fond d'elle-même, laisser une chance aux enquêteurs de la retrouver et de l'empêcher de continuer.

Mais il n'était sûr de rien. Parfois il croyait qu'il en était ainsi, parfois non. Il n'acquit jamais de certitude à ce sujet.

Elle n'avait pas grand-chose à dire à propos d'Eugen Blomberg. Elle avait déjà décrit à Wallander la manière dont elle mélangeait les bouts de papier, dont un seul portait la croix noire. Le hasard seul décidait de la victime. De la même manière que le hasard avait tué sa mère.

Ce fut l'une des rares fois où il intervint dans son récit. D'habitude, il la laissait s'exprimer librement, se contentant de glisser une question lorsqu'elle ne trouvait plus d'elle-même le moyen de poursuivre. Là, il l'interrompit.

– Vous avez donc fait la même chose que ceux qui ont tué votre mère, dit-il. Vous laissiez le sort désigner vos victimes, arbitrairement.

– On ne peut pas comparer. Tous ceux qui figuraient sur ma liste méritaient de mourir. Je leur laissais du temps, avec mes bouts de papier. Je prolongeais leur vie.

Il n'avait pas insisté. Il comprenait qu'elle avait obscurément raison. Il pensa à contrecœur qu'elle possédait sa propre vérité, tout à fait personnelle et difficile à appréhender.

Il avait songé, en relisant ses propres notes, qu'il s'agissait bien d'une confession. Mais aussi d'un récit qui restait très incomplet. Il était encore loin du récit qui aurait expliqué la portée réelle de cette confession, son sens.

Parvint-il jamais à réaliser ce dessein ? Par la suite, Wallander devait rester très laconique lorsqu'on l'interrogeait sur Yvonne Ander. Il renvoyait toujours ses interlocuteurs aux notes qu'il avait rédigées à partir de leurs entretiens. Mais tout n'y était pas. D'ailleurs, le secrétaire qui les décryptait se plaignait souvent auprès de ses collègues de leur côté indéchiffrable.

Ce qui transparaissait toutefois, dans ce document qui allait d'une certaine manière devenir le testament d'Yvonne Ander, c'était une enfance marquée par des expériences terribles. Wallander, qui était à une année près le contemporain d'Yvonne Ander, pensa plusieurs fois que cette époque tournait autour d'une question unique et décisive : que faisons-nous à nos enfants ? Elle lui avait raconté que sa mère était systématiquement battue par le beau-père qui avait pris la place de son vrai père, lequel avait lui-même disparu, ne laissant à la petite fille qu'une photographie floue et sans âme. Le pire était que son beau-père avait contraint sa mère à avorter. Elle n'avait jamais connu sa sœur – l'enfant que portait sa mère. Elle n'avait même pas pu savoir s'il s'agissait vraiment d'une sœur. Peut-être était-ce un frère, mais pour elle c'était une sœur, et elle avait été tuée contre la volonté de sa mère, dans son appartement, au cours d'une nuit au début des années cinquante. Elle se souvenait de cette nuit-là comme d'un enfer sanglant. Lorsqu'elle l'évoqua pour Wallander, elle leva exceptionnellement la tête et le regarda droit dans les yeux. Sa mère était étendue sur la table de la cuisine qui avait été recouverte d'un drap, le médecin avorteur était ivre, le beau-père était enfermé à la cave, probablement ivre lui aussi, et elle, la petite fille, avait perdu sa sœur. L'avenir était devenu, du jour au lendemain, une longue nuit où des hommes menaçants la guettaient à chaque coin de rue, où la violence était potentiellement tapie derrière chaque sourire bienveillant.

Elle avait enfermé ses souvenirs dans une chambre intérieure secrète. Elle avait fait des études, elle était devenue infirmière, et elle avait toujours gardé l'idée confuse d'un devoir qui lui incombait – venger un jour la sœur qu'elle n'avait jamais eue et la mère qui n'avait pas réussi à se défendre et à lui donner naissance. Elle avait collectionné les récits de femmes battues, elle avait recherché celles qui étaient mortes dans les champs de boue et les lacs gelés, elle avait construit des emplois du temps, inscrit des noms dans un registre et joué avec des bouts de papier.

Puis sa mère avait été assassinée.

Elle décrivit ce moment pour Wallander en termes presque poétiques. *Comme un raz de marée tranquille,* dit-elle. *Rien de plus. J'ai compris que le moment était venu. Un an s'est écoulé, pendant lequel j'ai tout préparé, en perfectionnant l'emploi du temps qui m'avait permis de survivre pendant toutes ces années. Puis j'ai creusé un fossé la nuit.*

C'étaient ses propres mots. *Puis j'ai creusé un fossé la nuit.* Cette phrase était peut-être celle qui résumait au mieux l'impression que devait conserver Wallander de ses nombreux entretiens avec Yvonne Ander à la prison, au cours de cet automne.

C'était, pensa-t-il, comme une image de l'époque où il vivait.

Quel fossé creusait-il lui-même ?

Une seule question resta définitivement sans réponse. Pourquoi avait-elle soudain décidé, au milieu des années quatre-vingt, de changer de métier et de devenir contrôleuse des chemins de fer ? Wallander avait compris que les horaires constituaient sa liturgie privée, le manuel de régularité qui dominait son existence. Mais il ne chercha jamais à en savoir plus. L'univers des trains resta le domaine privé d'Yvonne Ander. Peut-être le seul, peut-être le dernier.

Éprouvait-elle des remords ? Per Åkeson interrogea Wallander à ce sujet, plusieurs fois, Lisa Holgersson moins souvent, ses collègues presque jamais. La seule personne en dehors d'Åkeson à poser la question avec insistance était Ann-Britt Höglund. Wallander leur dit ce qu'il en était : il n'en savait rien.

– Yvonne Ander est comme un ressort tendu, confia-t-il à Ann-Britt. Je ne peux pas m'exprimer mieux que cela. Je ne sais pas si la culpabilité est incluse. Ou si elle est absente.

Le 4 décembre, c'était fini. Wallander n'avait plus de questions à poser, Yvonne Ander n'avait plus rien à lui dire. La confession était prête. Wallander était parvenu au bout de sa longue descente. Il pouvait à présent donner un coup sec à la corde invisible et remonter à l'air libre. L'examen psychiatrique allait débuter. L'avocat, qui pressentait l'intérêt que ne manquerait pas de susciter cette affaire, commençait à affûter sa plaidoirie, et Wallander était le seul à prévoir ce qui risquait d'arriver.

Yvonne Ander retournerait à son mutisme. Avec la détermination farouche de quelqu'un qui n'a plus rien à dire.

Juste avant de partir, il lui posa encore deux questions. La première concernait un détail qui n'avait plus d'importance. Simplement pour satisfaire sa curiosité.

– Lorsque Katarina Taxell a appelé sa mère de la maison de Vollsjö, il y avait quelque chose qui cognait à l'arrière-plan. On n'a jamais réussi à comprendre ce que c'était.

Elle le regarda sans comprendre. Puis son visage grave s'éclaira d'un sourire, pour la première fois depuis le début de leurs entretiens.

— Un cultivateur était tombé en panne dans le champ voisin. Il tapait sur son tracteur avec un marteau pour dégager quelque chose qui s'était coincé dans le châssis. On pouvait vraiment l'entendre au téléphone?

Wallander hocha la tête. Il pensait déjà à sa dernière question.

— Je crois que nous nous sommes déjà rencontrés une fois, dit-il. Dans un train.

Elle acquiesça en silence.

— Au sud d'Älmhult, précisa-t-il. Je vous ai demandé quand nous arriverions à Malmö.

— Je vous ai reconnu, dit-elle. On voyait souvent votre photo dans les journaux, l'été dernier.

— Avez-vous compris à ce moment-là que nous finirions par vous arrêter?

— Pourquoi donc?

— Un policier d'Ystad qui monte dans le train à Älmhult. Que fait-il là-bas, sinon tenter de reconstituer ce qui est arrivé autrefois à la femme de Gösta Runfeldt?

Elle secoua la tête.

— Je n'y ai même pas pensé, dit-elle. Mais j'aurais dû, bien sûr.

Wallander n'avait plus de questions. Il avait appris tout ce qu'il voulait savoir. Il se leva, marmonna un au revoir et quitta la pièce.

L'après-midi, il se rendit comme d'habitude à l'hôpital. Ann-Britt Höglund dormait lorsqu'il arriva. Elle était en réanimation après sa dernière opération, et elle ne s'était pas encore réveillée de l'anesthésie. Mais Wallander obtint la confirmation qu'il cherchait par l'intermédiaire d'un médecin aimable. Tout s'était bien passé. Elle pourrait sans doute reprendre son travail dans six mois.

Wallander quitta l'hôpital peu après dix-sept heures. Il faisait déjà nuit. Un ou deux degrés en dessous de zéro, pas de vent. Il prit la voiture, se rendit au cimetière et marcha jusqu'à la tombe de son père. Des fleurs fanées, gelées. Trois mois ne s'étaient pas écoulés depuis leur retour de Rome. Le voyage lui revint avec beaucoup de netteté, là, devant la tombe. Il se demanda à quoi pensait son père au moment de sa promenade solitaire, la nuit, jusqu'à la Piazza di Spagna, l'escalier et la fontaine, avec cet éclat dans son regard.

C'était comme si Yvonne Ander et son père se faisaient signe, de part et d'autre d'un fleuve. Alors même qu'ils n'avaient rien en commun. Ou bien? Wallander se demanda ce que lui-même avait en commun avec Yvonne Ander. Il n'avait pas de réponse à cette question.

Ce fut ce soir-là, dans la pénombre du cimetière, que l'enquête toucha réellement à sa fin. Il y aurait encore des documents à lire et à signer. Mais l'enquête était close, terminée. L'examen psychiatrique établirait sans doute qu'Yvonne Ander était en pleine possession de ses facultés. À supposer qu'on parvienne à lui arracher un mot. Puis elle serait jugée et enfermée à Hinseberg. L'enquête concernant la mort de sa mère en Algérie se poursuivrait. Mais ce n'était plus du ressort de Wallander.

La nuit du 4 au 5 décembre, il dormit d'un sommeil très agité. Il avait décidé de visiter le lendemain une maison située un peu au nord de la ville. Il voulait aussi passer chez un éleveur de Sjöbo qui avait des labradors à vendre. Le 7 décembre, il devait se rendre à Stockholm pour exposer le jour suivant sa vision du travail d'enquêteur aux élèves de l'école de police. Lisa Holgersson l'avait relancé ; il ne savait pas pourquoi il avait fini par accepter. Et maintenant, il s'agitait dans son lit en se demandant ce qu'il allait bien pouvoir leur dire, sans comprendre comment elle avait réussi à le convaincre.

Mais plus que tout, il pensait à Baiba. Plusieurs fois, il se leva et regarda par la fenêtre de la cuisine le lampadaire oscillant sur son fil.

À son retour de Rome, à la fin du mois de septembre, ils avaient prévu qu'elle viendrait dans peu de temps, pas plus tard qu'en novembre. Ils décideraient enfin si elle allait quitter Riga et vivre en Suède. Mais soudain, elle avait eu un empêchement, le voyage avait été reporté une première fois, puis une deuxième. Il y avait toujours d'excellentes raisons pour lesquelles elle ne pouvait pas venir, pas encore. Wallander la croyait, naturellement. Mais en même temps, tout cela engendrait une incertitude. Y avait-il déjà, entre eux, une fêlure qu'il n'aurait pas vue ? Et si c'était le cas, pourquoi ne l'avait-il pas repérée ? Parce qu'il ne le voulait pas ?

Maintenant, en tout cas, elle allait venir. Ils devaient se retrouver à Stockholm le 8 décembre. Il se rendrait directement à l'aéroport d'Arlanda après sa conférence à l'école de police pour l'accueillir. Le soir, ils dîneraient avec Linda, avant de prendre la route d'Ystad le lendemain. Il ne savait pas combien de temps elle pourrait rester. Mais, cette fois, ils allaient parler sérieusement de l'avenir, pas seulement d'une prochaine rencontre.

Cette nuit du 5 décembre lui parut interminable. Le temps s'était radouci, mais les météorologues prévoyaient de la neige. Wallander errait comme une âme en peine entre son lit et la fenêtre de la cuisine. Parfois, il s'asseyait à la table et prenait quelques notes dans une vaine tentative pour trouver une introduction à ce qu'il racontera aux élèves de Stockholm. En même temps, il pensait constamment à Yvonne Ander et à son récit. Elle était si présente qu'elle éclipsait même la pensée de Baiba.

En revanche, il pensa très peu à son père cette nuit-là. Son père était déjà loin. Wallander avait découvert qu'il avait parfois du mal à se rappeler les détails de son visage. Alors, il était obligé de regarder une photo pour ne pas oublier complètement ses traits. Au cours du mois de novembre, il avait parfois rendu visite à Gertrud, le soir, après le travail. La maison de Löderup était très vide, l'atelier froid et repoussant. Gertrud paraissait toujours calme. Mais elle était seule. Il avait l'impression qu'elle s'était réconciliée avec la pensée qu'un vieil homme était mort. Et que cette fin était préférable à une maladie prolongée qui aurait progressivement grignoté son intelligence.

Peut-être dormit-il quelques heures, au petit matin, ou peut-être l'insomnie dura-t-elle toute la nuit. À sept heures, en tout cas, il était déjà habillé.

À sept heures et demie, il prit sa voiture et constata que le moteur faisait un bruit suspect. Tout était calme ce matin-là au commissariat. Martinsson était enrhumé, Svedberg était en mission, contre son gré, à Malmö. Le couloir était désert. Il s'assit à son bureau et parcourut le document rédigé à partir des notes de sa dernière conversation avec Yvonne Ander. Il trouva aussi le compte rendu de l'interrogatoire de Tore Grundén, qu'elle avait décidé de pousser sous les roues du train à la gare de Hässleholm. On retrouvait dans son passé les mêmes ingrédients que chez les autres hommes dont le nom figurait sur le registre macabre. Tore Grundén, employé de banque, avait même fait de la prison pour mauvais traitements infligés à une femme. En lisant le rapport de Hansson, il remarqua que celui-ci s'était donné la peine de bien faire comprendre à Grundén qu'il avait été à deux doigts de finir en bouillie sous les roues du train.

Wallander avait déjà remarqué l'indulgence tacite de ses collègues vis-à-vis d'Yvonne Ander. Cela l'avait surpris que cette compréhension puisse même exister, alors qu'elle avait tiré sur Ann-Britt Höglund et tué plusieurs hommes. Il n'en comprenait pas la raison. Un groupe de policiers ne constituait pas a priori un club de supporters évident pour une femme comme Yvonne Ander. On pouvait même se demander si la police avait une opinion très favorable des femmes en général – à moins qu'elles ne possèdent la force de résistance particulière qu'on trouvait à la fois chez Ann-Britt

Höglund et chez Lisa Holgersson. Il griffonna sa signature et repoussa les documents. Il était neuf heures moins le quart.

La maison qu'il devait visiter était située un peu au nord de la ville. Il était passé prendre les clés la veille à l'agence immobilière. Il s'agissait d'une bâtisse en pierre à deux étages qui trônait au milieu d'un grand jardin envahi par la végétation. Il ouvrit la porte et entra. La maison était pleine de recoins et d'ajouts faits à différentes époques. Du premier étage, on avait vue sur la mer. Le précédent propriétaire avait enlevé tous les meubles. Il fit le tour des pièces silencieuses et vides, ouvrit les portes de la véranda donnant sur le jardin et essaya de s'imaginer qu'il habitait là.

À son propre étonnement, ce lui fut assez facile. Il ne s'était donc pas identifié à l'appartement de Mariagatan autant qu'il le redoutait. Baiba pourrait-elle se plaire dans cette maison ? Elle avait évoqué son désir de quitter Riga, de s'installer à la campagne, mais pas dans un coin trop isolé.

Il ne lui fallut pas longtemps, ce matin-là, pour parvenir à une décision. Il achèterait la maison si Baiba donnait son accord. Le prix était raisonnable, il pourrait faire face aux emprunts nécessaires.

Il quitta les lieux peu après dix heures. Il rendit les clés à l'agence et promit de donner une réponse définitive la semaine suivante.

Ensuite il se rendit directement chez l'éleveur, qui était installé sur la route de Höör, non loin de Sjöbo. Les chiens se mirent tous à aboyer lorsqu'il freina dans la cour. La propriétaire était une jeune femme qui, à l'étonnement de Wallander, s'exprimait avec un fort accent de Göteborg.

– Je voulais voir un labrador noir, dit Wallander.

Elle lui montra les chiots, qui n'étaient pas encore sevrés et se trouvaient avec leur mère.

– Vous avez des enfants ? demanda-t-elle.

– Plus à la maison, malheureusement. C'est une condition nécessaire pour acheter un chiot ?

– Pas du tout. Mais les labradors s'entendent particulièrement bien avec les enfants.

Wallander lui dit ce qu'il en était. Il allait peut-être acheter une maison dans les environs d'Ystad. S'il se décidait, il pourrait aussi envisager d'acheter un chien. Les deux décisions étaient liées. Mais il devait commencer par la maison.

– Prenez votre temps, dit-elle. Je vous réserve l'un des chiots. Mais n'attendez pas trop. J'ai souvent des clients pour les labradors et il arrive toujours un moment où je suis obligée de les vendre.

Wallander lui promit, comme à l'agent immobilier, de lui donner sa réponse dans une semaine. Il fut sidéré par le prix qu'elle lui annonça. Un chiot pouvait-il coûter une somme pareille ?

Mais il ne fit aucun commentaire. Il savait déjà qu'il reviendrait si l'achat de la maison avait lieu.

Il était midi lorsqu'il reprit le volant. Une fois sur l'autoroute, il se demanda soudain où il allait. Avait-il même un endroit où aller ? Il ne devait pas rencontrer Yvonne Ander. Pour l'instant, ils n'avaient plus rien à se dire. Ils se reverraient, mais pas dans l'immédiat. Ils avaient atteint une conclusion provisoire. Per Åkeson lui demanderait peut-être de compléter son rapport, de lui fournir des détails supplémentaires, mais il en doutait. Le dossier était déjà très épais.

La vérité, c'était qu'il n'avait nulle part où aller. Ce jour-là, 5 décembre, personne n'avait sérieusement besoin de lui.

Sans l'avoir réellement décidé, il prit la route de Vollsjö et s'arrêta devant la ferme de Hansgården. On ignorait encore ce qu'il adviendrait de la maison. Yvonne Ander en était propriétaire et le resterait sans doute pendant toutes les années de sa détention. Elle n'avait pas de parents proches, en dehors de sa sœur et de sa mère – mortes toutes les deux. Elle n'avait peut-être même pas d'amis. Katarina Taxell avait été dépendante d'elle et avait bénéficié de son soutien, comme les autres femmes. Mais était-elle son amie ? Wallander frissonna à cette pensée. Yvonne Ander n'avait personne de vraiment proche. Elle surgissait de nulle part et tuait des hommes.

Wallander descendit de voiture. La maison respirait l'abandon. Il en fit le tour et remarqua une fenêtre entrouverte. C'était imprudent ; un cambriolage était vite arrivé, sans compter que la maison d'Yvonne Ander pouvait facilement devenir la cible des chasseurs de trophées. Wallander alla chercher un banc et le plaça sous la fenêtre. Puis il entra dans la maison. Rien ne semblait indiquer une effraction. La fenêtre était simplement restée ouverte par négligence. Il fit le tour du rez-de-chaussée et considéra le four à pain avec répulsion. La frontière invisible passait à cet endroit. Au-delà de cette limite, il ne la comprendrait jamais.

Il pensa à nouveau que l'enquête était terminée. Ils avaient mis un point final à la liste macabre et déchiffré le langage du meurtrier.

C'était pour cela qu'il se sentait superflu. On n'avait plus besoin de lui. En revenant de Stockholm, il reprendrait l'enquête sur le trafic de voitures entre la Suède et les anciens pays de l'Est. Alors seulement il redeviendrait réel à ses propres yeux.

Une sonnerie résonna dans le silence. Il mit quelques instants à comprendre qu'elle venait de son téléphone portable. Il le sortit de la poche de sa veste. C'était Per Åkeson.

– Je te dérange ? Où es-tu ?

Wallander ne voulait pas répondre à cette question.

– Je suis dans ma voiture, dit-il. À l'arrêt.

– Je suppose que tu n'es pas au courant. Il n'y aura pas de procès.

Wallander ne comprit pas. Pourtant, il aurait dû. Il aurait dû être préparé à cette éventualité. Mais elle ne lui avait même pas effleuré l'esprit.

– Yvonne Ander s'est suicidée, dit Per Åkeson. Au cours de la nuit, on ne sait pas exactement à quel moment. Ils l'ont trouvée morte tôt ce matin.

Wallander retenait son souffle. Quelque chose en lui résistait encore, refusait de céder.

– Il semblerait qu'elle ait eu accès à des médicaments. Ce n'aurait pas dû être le cas, du moins pas en quantité suffisante pour mourir. Les gens mal intentionnés se demanderont évidemment si c'est toi qui les lui as donnés.

Wallander comprenait que ce n'était pas une question déguisée. Mais il répondit tout de même.

– Je ne l'ai pas aidée.

– Elle paraissait sereine, d'après ce qu'on m'a dit. Tout était bien rangé. Il semblerait qu'elle ait pris sa décision et qu'elle l'ait exécutée calmement. Elle s'est endormie, en somme. On peut naturellement la comprendre.

– Vraiment ?

– Elle a laissé une lettre. Avec ton nom sur l'enveloppe. Je l'ai sous les yeux.

Wallander hocha la tête.

– J'arrive, dit-il. Je serai là dans une demi-heure.

Il resta un instant debout, le téléphone à la main. Essaya de sentir ce qu'il éprouvait réellement. Un sentiment de vide, peut-être un vague soupçon d'injustice. Autre chose ? Il ne savait pas au juste.

Il vérifia que la fenêtre était bien fermée avant de quitter la maison par la porte principale, qui avait une serrure de sûreté.

Le ciel était parfaitement limpide. L'hiver attendait son heure, toute proche à présent.

Il retourna à Ystad et passa prendre sa lettre. Per Åkeson n'était pas là, mais sa secrétaire était au courant. Wallander entra dans le bureau de Per Åkeson. La lettre était posée bien en évidence sur la table.

Il la prit et descendit jusqu'au port. Après avoir garé la voiture, il continua à pied jusqu'au bâtiment rouge de la Marine et s'assit sur le banc.

La lettre était très courte.

En Algérie, il y a un homme qui a tué ma mère. Qui le recherche?

C'était tout. Elle avait une belle écriture.

Qui le recherche?

Elle avait signé de son nom en toutes lettres. En haut à droite, elle avait noté la date et l'heure.

Le 5 décembre 1994, 2 h 44.

L'avant-dernière date de son emploi du temps, pensa-t-il.

La dernière, ce n'est pas elle qui l'écrira, mais le médecin qui notera l'heure probable où la mort est intervenue.

Puis plus rien.

Emploi du temps verrouillé, existence close.

Un adieu formulé comme une question ou une accusation. Ou les deux.

Qui le recherche?

Il ne resta pas longtemps assis sur le banc. Il faisait trop froid. Il déchira lentement la lettre en petits morceaux qu'il éparpilla au-dessus de l'eau, dans le vent. Il se rappela que, quelques années plus tôt, il avait déchiré une lettre ratée destinée à Baiba, au même endroit exactement. Cette fois-là aussi, il avait éparpillé les confettis de papier blanc au-dessus de l'eau.

Il y avait cependant une grande différence. Baiba, il la reverrait. Très prochainement même.

Il resta debout quelques instants, regarda disparaître les bouts de papier. Puis il quitta le port et prit la direction de l'hôpital pour rendre visite à Ann-Britt Höglund.

Quelque chose s'achevait peut-être enfin.

La Scanie entrait dans l'hiver.

POST-SCRIPTUM

Je voudrais remercier plusieurs personnes pour leur contribution. Par exemple, Bo Johansson, d'Alafors, qui connaît le monde des oiseaux et qui a partagé ses connaissances avec moi, ainsi que Dan Israel, mon premier et dernier lecteur, qui découvre les failles, propose des solutions et dont la dureté critique n'a d'égal que l'enthousiasme. Un grand merci également à Eva Stenberg pour l'autorité avec laquelle elle supervise tout le travail de correction, à Malin Svärd qui a vérifié que les horaires, réels et symboliques, concordaient, ainsi qu'à Maja Hagerman qui m'a expliqué l'évolution du rôle de la voisine des années cinquante à nos jours.

Merci aussi aux autres, qui auront reconnu leur contribution dans ces pages.

Il existe une liberté dans le monde du roman. Ce que je décris aurait pu se passer ainsi, mais s'est peut-être passé d'une manière un peu différente dans la réalité. Cette liberté implique aussi qu'on peut déplacer un lac, changer un carrefour de place et modifier la disposition d'un service de maternité. Ou encore, inventer une église qui n'existe peut-être pas. Ou un cimetière.

C'est ce que j'ai fait.

Henning Mankell,
Maputo, avril 1996.